MARYSE
de Francine Noël
fut le cent quarante-troisième ouvrage
publié chez
VLB ÉDITEUR
et est le deuxième
de la collection «courant».

Courant :

mouvement dans un sens déterminé. Déplacement orienté.
Courant rapide, impétueux.

VLB Éditeur se propose de reprendre, dans cette collection
de poche, les textes marquants qui ont déterminé, façonné
la littérature québécoise.

MARYSE

du même auteur

CHANDELEUR (Théâtre)
MYRIAM (À paraître)

Francine Noël

MARYSE

ROMAN

Préface de Lise Gauvin

vlb éditeur

VLB ÉDITEUR
4665, rue Berri
Montréal, Qc
H2J 2R6
Tél.: (514) 524.2019

Maquette de la couverture:
Mario Leclerc

Illustration de la couverture:
Maureen Maxwell

Photocomposition:
Atelier LHR

Distribution en librairies et dans les tagabies:
AGENCE DE DISTRIBUTION POPULAIRE
955, rue Amherst
Montréal, Qc
H2L 3K4
Tél.: à Montréal — 523.1182
      de l'extérieur — 1.800.361.4806

©VLB ÉDITEUR & Francine Noël
Dépôt légal — 1er trimestre 1987
Bibliothèque nationale du Québec
ISBN 2-89005-258-3

En guise
de préface

Lettre à Maryse

Chère Maryse

Ne t'étonne pas si c'est à toi que j'écris. Parce que j'aime la liberté de la lettre qui permet de dire ce que l'on veut sans s'embarrasser du ton pompeux — facilement pompier — de préfacier. De préfacière, plus exactement. Je ne dis pas que toutes les préfaces sont pompières (ouf! qu'est-ce que tu aurais écrit à ma place?), mais je crois que dans la préface on trouve, généralement, plus de solennité que de familiarité. Que la préface suppose toujours quelque prétention à la Vérité. Cette Vérité avec un grand V qui nous ennuie l'une et l'autre parce qu'elle ressemble à la logologie et à son artillerie connue. Quand Jacques Lanctôt m'a demandé une préface, d'abord j'ai été flattée — pourquoi pas —, puis paniquée — que dire de plus que ce que j'avais déjà écrit —, puis consternée — n'avais-je pas à «défendre» Maryse contre tous ceux qui-me-disaient-que-ce-n'était-pas-si-extraordinaire-que-cela —, puis amusée — je me suis mise à relire le livre et une fois de plus, j'ai été ravie. J'ai eu l'impression, au cours de cette deuxième lecture, de te reconnaître un peu mieux, de devenir ta complice, ton amie. Pardonne ma témérité. Mais les amitiés inventées ne sont-elles pas, comme les lettres fictives, au moins aussi vraies que les autres?

J'avais tout de même commencé à rédiger quelque chose qui donnait à peu près ceci:

Sans doute la plus grande nouveauté de la littérature québécoise récente aura-t-elle été de s'inventer, par-delà la question des langues et des langages, une culture et une littérature comme référence. Ainsi l'un et l'autre des récits contemporains se répondent, s'informent et construisent ce qu'il faut bien désormais nommer un espace de fiction. Il fut un temps où la poésie et l'essai l'emportaient sur le roman. Dans une époque encore plus lointaine, des écrivains s'appliquèrent à transformer en texte et en écriture les contes et légendes orales. C'est ainsi qu'une littérature commença par parler de Diable beau danseur, de loups-garous et de Chasse-galerie. Un siècle plus tard, cette littérature, qui s'est désignée comme québécoise, est entrée dans ce que j'appelle l'*Âge de la prose*: une prose humoristique, vivante, jouant sur tous les registres de la parole et construisant sa fiction à partir de la quotidienneté même.

Voilà pour mon début. Mes notes étaient toutes prêtes, tirées d'une conférence prononcée aux U.S.A. l'hiver dernier. J'y parlais des constantes que j'avais cru percevoir dans le roman québécois récent: le sens de la fresque et de la chronique, le rapport explicite à l'histoire, le cadre résolument urbain, l'intégration de la langue parlée, les ruptures de ton, et surtout l'attention au détail, aux petites choses de la vie courante, soit l'intelligence du quotidien. *Les romanciers québécois semblent avoir appris des Sud-Américains que le regard microscopique vers l'objet, le mouvement infime, le fragment, donne lieu à de curieux échanges entre réalisme et fantastique. De tout cela, disais-je,* Maryse *participe éloquemment. Avec, en plus, son art de citer sans citer, de continuer la trace des romans qui l'ont précédé, de leur répondre, de rectifier l'éclairage et, ce faisant, de modifier le sens.*

C'est cela que je trouvais et trouve toujours intéressant dans ton livre, Maryse. *Tu m'excuseras si je parle de toi à la fois comme auteure et comme personnage: est-ce que le récit écrit par la jeune femme, à la fin du roman, ne pourrait pas être celui-ci? Je joue la fiction de* Maryse *personnage auteure du roman intitulé* Maryse. *Ceux qui ont lu Proust jusqu'au bout savent qu'il est très possible, voire très moderne, de procéder ainsi.*

Je disais donc que cet aspect réécriture des modèles m'avait d'abord frappée. Je reconnaissais en Michel Paradis, beau gars friand de belles paroles, coureur de cafés et de filles, peu bavard sur l'amour mais convaincu de la haute nécessité de ses agissements, quelque chose du François Paradis de Maria Chapdelaine, *du Jean Lévesque de* Bonheur d'occasion, *du Michel Beauparlant de* L'Isle-au-dragon, *voire de certains héros familiers qu'il arrive à chacun(e) de côtoyer. Plutôt bon gars au fond. Pas méchant pour deux sous. Pourvu qu'il décide tout et qu'on ne remette jamais en cause sa propre conduite. Tes portraits sont justes. Ils ont la netteté des figures théâtrales qui, sans aller jusqu'au type, sont déjà en elles-mêmes porteuses de généralisations. Du côté des femmes, les Marie (Maryse, Marie-Lyre, Marie-Thérèse) s'opposent aux Francine (Francine Fauchée, Francine Crête, Francine...). Du côté des hommes, les Michel aux François. On t'a reproché ta caricature du poète et d'Elvire: n'était-ce pas la plus sûre façon de faire entrer les Muses dans la littérature québécoise?*

Sur plus d'un sujet d'ailleurs, tes critiques, pour être énoncées avec humour, n'en sont pas moins féroces. Tout y passe, des institutions aux systèmes de pensée jusqu'à une certaine représentation de la femme. Ni femme fatale ni femme-objet, tu traverses les images de Florentine Lacasse et d'Eliza Doolittle pour te constituer toi-même, à la fin de ce roman d'apprentissage, comme sujet du texte. En même temps que tu t'arroges le privilège de la parole, tu conquiers celui d'établir les catégories de la pertinence.

Ma seconde lecture a été davantage orientée par la piste du livre dans le livre. Je t'ai imaginée écrivant, découpant tes épisodes, passant de la chronique floue à l'événement daté, tissant tes phrases avec une précision passionnée. Comme François Ladouceur rêvant de faire un cours sur la parenthèse, je me suis mise à m'intéresser à tes points virgules et à ce qui constitue, dans ton texte, la recherche d'un langage, pour ne pas dire d'une langue. Maryse, alias Mary, née de père et de mère à demi inconnus, plus perdus dans leur pauvreté que dans une foule sans visage, ne dois-tu pas réinventer, telle une amnésique, ta langue?

Puisque pour toi «vivre c'est parler», échapper au silence
(celui d'Élise Laurelle, celui de Marie Uguay), tu as choisi de
privilégier l'écriture de la parole. Par l'abondance des dia-
logues, la recherche d'un niveau de langue populaire — parfois
je trouve que tu exagères un peu, soit dit sans t'offenser —, les
mixtures d'anglais — comme seuls les intellectuels flyés peuvent le faire, depuis l'Hiver de force de Ducharme —, tu as
voulu rendre l'impact du direct. Sans concession à la «Francité», comme le dit le petit génie de la langue qui vient te
rendre visite. Sans concession au professeur André Breton
non plus, ce qui nous vaut l'un des monologues les plus réussis
du livre. Avec Marie-Lyre, tu t'insurges devant «l'absence de
français» dans les grands magasins. Tu nous plonges dès le
début dans le dilemme du grille-pain et du toaster et on
t'accompagne ensuite dans un itinéraire qui t'amène jusqu'à
un directeur de département de Français, langue ornementale.
Mais le sujet de ton livre, n'est-ce pas d'abord le regard que tu
poses sur ta propre écriture, qualifiant telle phrase de litote,
telle autre d'expression triviale ou régionale, jouant avec les
énumérations, de Rutebeuf à Rhugo (sic), les noms propres, les
noms de lieux? Comme Eliza, tu fais un «trip de langage».

Tu m'as éblouie par ton épopée des graffiti et j'ai été
sensible au plaisir que tu sembles prendre aux sonorités;
n'es-tu pas un peu poète, toi aussi? On a quand même la
parole difficile, dans ton entourage, sur certains sujets! Tu te
souviens du fiancé de Maria Chapdelaine qui lui disait un jour,
pour toute déclaration: «Vous serez encore icitte, au printemps?» Sur ce chapitre, ton chum, comme tu l'appelles, n'est
guère plus loquace. Parfois je me demande si on a vraiment
accédé à l'Âge de la parole? Pour ton roman en tout cas, la
question ne se pose pas et on pourrait lui attribuer l'une de tes
phrases: «Il ne se passait rien d'autre que des mots et l'hiver
sévissait.»

Je ne t'en dirai pas davantage aujourd'hui, sinon qu'en
refermant le livre j'avais envie de t'écrire et d'écrire. Que tu le
veuilles ou non, tu es devenue à ton tour une référence. Tu as

changé un peu notre façon de voir, de rêver, de vivre le quotidien. On croit t'avoir déjà rencontrée. Imposer à ce point un prénom, ce n'est pas une entreprise facile. Je sais ce qu'il faut d'art et d'artifice pour créer pareille illusion de réalité, pour faire exister la vie à travers le langage. On dira maintenant: Maria, Florentine, Eliza, Maryse... On en est à l'après-Maryse. Il fallait que ces choses-là soient dites, qui concernent l'histoire d'une génération.

LISE GAUVIN

le 18 décembre 1986

Je remercie Michèle Barrette, Aloyse Freitag, André et Louise Nantel qui ont lu mon manuscrit et dont les commentaires m'ont encouragée et stimulée.

à André

«Mais la mort, pour moi, ce n'est pas quelque chose
dont on peut parler.»

MARIE UGUAY

1

Les années naïves

Vingt et un novembre 1968

Ses souliers à talons hauts laissaient de toutes petites traces dans la neige molle qui ne resterait sûrement pas. Maryse l'avait remarqué, la neige tombée avant le vingt et un novembre fondait toujours aussitôt: ce n'était pas encore l'hiver, mais un simple avertissement. Elle ne portait ni gants, ni foulard, ni chapeau, son manteau était entrouvert et, dans la rue Sherbrooke transformée par la tempête naissante, elle s'était mise à courir, légère, insensible au froid et indifférente aux gens qu'elle croisait: l'image de Michel Paradis était devant elle. Elle entendait encore l'air de *jota* que le haut-parleur du restaurant diffusait au moment où Michel parlait; il y avait, dans cette musique venue d'un pays sec et jaune, quelque chose d'impérieux qui la poursuivait jusque dans le froid de Montréal, imprimant à sa course un mouvement de danse. Les passants la dévisageaient, étonnés, mais elle ne les regardait pas: attentive à l'éparpillement prodigieux des flocons qui se détachaient de la blancheur du ciel et brillaient un moment avant de venir fondre sur son visage, elle voyait dans ce voile mouvant, discontinu et humide, tantôt les pieds menus d'une danseuse espagnole, tantôt le sourire de Michel Paradis. Elle aurait voulu s'envoler avec lui vers les Îles Canaries où, prétendait la publicité, on dansait la *jota* à tous les carrefours. Elle tourna le coin de la rue Sainte-Famille, moins éclairée, moins passante et encore toute blanche. Elle était un peu essoufflée maintenant, mais elle monta deux à deux les marches du vieil escalier de l'appartement.

Ses deux co-locataires n'étaient pas rentrés et elle se retrouva seule dans ce qu'ils appelaient pompeusement «la piaule». Seule et exaltée. Elle ôta ses lunettes tout embuées, ses vêtements mouillés, ses souliers. Elle fit jouer un disque sur le vieux pick-up de Ladouceur. Toutes les affaires de François Ladouceur étaient usées, le disque aussi, mais cela importait peu. Elle se mit à danser, à moitié nue dans le salon mal chauffé, ne sentant pas le froid tant son énervement était grand. Elle dansait dans le souvenir de Michel et elle revoyait chaque détail de la soirée qu'elle venait de passer à *la Luna de papel* avec le groupe des Beaux-Arts...

L'éclairage du restaurant était rouge et l'atmosphère rendue tellement opaque par la fumée des cigarettes qu'on voyait à peine le mur du fond. Au bar, les deux garçons de table s'étaient engueulés, mais discrètement, ils parlaient espagnol et Maryse n'avait pas pu comprendre ce qu'ils disaient. D'ailleurs elle était trop loin. Les clients de la table numéro huit réclamaient un autre carafon de Geloso rouge qui avait l'air presque noir dans l'éclairage; cette lumière était, comme le mauvais vin *de la casa* qu'elle buvait à petits coups, traîtresse et grisante. À sa table, ils parlaient du Bauhaus de Weimar et aussi de l'Opération Déclic. Cela, au moins, Maryse savait ce que c'était, ils en avaient assez discuté. Mais «Bauhaus», qu'est-ce que ça pouvait vouloir dire? Le garçon de table, qu'ils appelaient Manolo, avait apporté le carafon de la huit. Il était temps, ils allaient s'impatienter, elle le sentait. Le regard de Manolo avait croisé le sien, il lui avait souri, mais c'était sa job; il était efficace et patient avec eux, la gang des Beaux-Arts aux pourboires intermittents. Maryse lui avait souri en retour et il était disparu dans la cuisine. Elle avait regardé les gens attablés avec elle et suivi les gestes qu'ils faisaient en parlant: il y avait là Sauvageau, Pitou, Tit-cul Galipo, Marik, Boileau, Tignasse, Gravelle Deschamps, Claude et Michel Paradis. Elle n'en revenait pas de voir ces hommes, assis là en toute quiétude, et comme offerts à sa contemplation. Le restaurant était plein du bruit de leurs voix et de la rumeur des chansons espagnoles, faciles mais prenantes, qui repassaient d'heure en heure, toujours les mêmes. L'éclairage semblait tout englober dans une même atmosphère de fièvre: les corps, leurs paroles et la musique. Avec sa main, Michel Paradis marquait le rythme et son regard flottait partout. En un éclair, il s'était posé sur elle, qui était devenue liquide et rouge comme la lumière. Il avait certainement compris qu'elle l'aimait, qu'elle le souhaitait, l'espérait. Mais il regardait déjà ailleurs. Le regard de Michel Paradis ne s'accrochait à rien. Pendant un court moment, il avait semblé à Maryse que seuls existaient ces êtres merveilleusement présents et leurs voix volontaires, car seul au monde était réel l'îlot rouge du restaurant, lourd de ces corps sains, bien nourris, tranquillement sûrs de leur réussite à venir. Et le reste, toutes ces années d'attente qu'elle avait vécues avant, était aboli, comme l'était l'extérieur du restaurant où s'agitaient des gens qu'elle ne connaîtrait jamais et qui n'étaient même pas assis à la table de Michel Paradis. Le monde était parfait et la vie, facile. Vivre, c'était parler, très tard la nuit, toutes les nuits... Le regard de Michel s'était posé à nouveau sur elle. C'était un regard bleu, parfaitement clair. Michel disait: «Il faudrait retourner, pouvoir retourner à l'esthétique du Bauhaus.» Il avait prononcé le mot «Bauhaus», mais à quoi pensait-il? Ce mot était troublant dans sa bouche luisante et charnue. Il n'avait pas l'air de s'en douter, pourtant. On entendait un air de *jota* et Maryse avait alors pensé que les gens ne savent pas jusqu'à quel point ils sont beaux, les hommes surtout pour qui la séduction n'est ni une spécialité ni un devoir. Michel continuait de la regarder, innocemment. Elle avait voulu sourire, mais cela lui avait été impossible. Elle s'était levée. La lumière rouge avait vacillé un peu, puis, à mesure qu'elle marchait, les choses avaient repris leur place. Manolo préparait l'addition pour les clients de la onze qui avaient bu trois pots de Sangria et disaient: «C'est pas cher, on reviendra...» Maryse avait buté très légèrement dans la porte — elle avait de la difficulté parfois à franchir les seuils —, mais personne ne s'en était rendu compte. Elle avait descendu l'escalier du restaurant et s'était arrêtée sur la dernière marche au ciment effrité pour enfiler son manteau. Un peu ivre, elle avait regardé la neige et elle s'était dit: «Tiens, on est le vingt et un novembre, justement»... Ce jour-là, au Couvent de la Désolation où elle avait fait ses études, on avait coutume de fêter la Présentation de Marie au Temple. On fêtait aussi les pensionnaires et, à cette occasion, tous les interdits étaient levés: elles avaient le droit de circuler partout, même au grenier et, une fois la messe expédiée, elles passaient la journée entière à manger des bonbons, à faire des jeux, à écouter des disques... La première vraie neige venait toujours après — ou le jour même comme cette année — et, à l'Immaculée Conception, l'hiver s'était installé définitivement sur la ville... Mais Maryse s'était dit qu'elle devait garder ces points de repère pour elle seule, sinon les autres l'accuseraient encore une fois d'être «judéo-chrétienne» et ils auraient ce petit sourire en coin qui la navrait. Puis, elle était partie en courant vers la piaule.

      La musique cessa. Elle remit le disque du même côté et continua à danser, seule mais heureuse à la pensée que Michel puisse l'aimer un jour. Elle revoyait son regard immense et brûlant bien que bleu, elle entendait sa voix prononcer le mot «Bauhaus» et ce mot était magique. À la fin, elle se laissa tomber dans l'unique fauteuil de la pièce qui appartenait aussi à François Ladouceur. Elle n'avait pas sommeil et l'appartement à peine éclairé lui sembla soudainement hostile. Elle enfila ses vêtements secs, ouvrit les lumières et brancha un grille-pain pour moins geler. Après avoir mis de l'eau à bouillir, elle chercha, dans l'évier où stagnait régulièrement la vaisselle sale des deux gars, la tasse la moins répugnante, et se mit à la laver. Elle regrettait maintenant d'avoir quitté si vite *la Luna de papel*: si elle y était restée, il se serait peut-être passé quelque chose. Mais elle partait toujours trop tôt, sans savoir pourquoi. Elle se dit que son amie Marité, à sa place, aurait su exactement quoi faire, comment agir. Marité avait le tour et l'usage du monde.

      Comme le thé commençait à infuser, François Ladouceur rentra, souriant et enneigé. Il était allé voir *My Fair Lady* au cinéma Verdi où il passait presque tous ses soirs libres, sinon il courait à la cinémathèque revoir des films encore plus vieux. Ladouceur aimait les vues, mais pour vrai, en personne, comme il disait, pas à la télé. À vingt-trois ans, il avait vu *Citizen*

Kane douze fois et sa culture cinématographique n'avait pas de bornes. Aux yeux de Maryse, du moins. Il rêvait vaguement de faire un film mais il devait d'abord rédiger sa thèse de maîtrise qui portait temporairement sur «l'accumulation des sémèmes dénominatifs dans la section gauche de l'écran du *Napoléon* d'Abel Gance». Après, il verrait.

Maryse lui demanda comment il avait trouvé le film de ce soir.

— Sucré, cheap, redondant, et d'un symbolisme aussi appuyé que celui d'un gâteau de noce!

François amalgamait aisément le jargon universitaire et le joual refabriqué. Il avait suspendu son imperméable à une patère murale et la neige qui le recouvrait commençait à glisser sur le plancher. Il accrocha son veston à la poignée de la porte de sa chambre, malencontreusement ouverte sur son désordre. Il referma la porte et l'affiche du Festival de l'Élysée, qu'elle exhibait, reparut dans toute son horreur. Maryse détestait cette affiche mais elle n'osait pas le lui dire de peur de le blesser. Elle l'aimait bien, pourtant; il inspirait confiance. La main sur la poignée, il resta un moment à se demander s'il ne remettrait pas son veston: on gelait. Il portait un chandail à col roulé trop grand, ce qui lui donnait un air de collégien mal nourri. Effectivement, il se nourrissait mal, mais il était plutôt costaud et bien charpenté. Il était même un peu musclé. Pour un intellectuel. Il n'était pas beau, mais qu'est-ce que ça veut dire? pensait Maryse. Il avait un charme indéniable qui lui venait d'un fond généreux: malgré une obsession constante de la mort, à cause de cela peut-être, François Ladouceur aimait la vie, le monde, les gens et, à défaut d'être toujours bien dans sa peau, il était à l'aise dans sa tête. De plus, il avait une façon de vous regarder, d'un œil étonné et attentif, qui vous donnait à coup sûr l'impression d'être quelqu'un, quelqu'une.

Finalement, il remit son veston et disparut vers la cuisine, d'où il revint quelques minutes plus tard avec une tasse propre et un deuxième grille-pain qu'il brancha à côté de l'autre, mais sur un circuit différent pour ne pas tout faire sauter comme la dernière fois. Maryse et lui se rapprochèrent des deux grille-pain posés au milieu de la pièce qui leur tenait lieu de salon. Il était minuit moins cinq et la nuit menaçait d'être longue, encore une.

Maryse remit ses petites lunettes rondes après les avoir essuyées avec le coin de son châle et elle vit que François était plus cerné que d'habitude.

— Pourquoi t'aimes pas ça, *My Fair Lady?* J'aime ça, moi.

C'était *la* vue de son père. À chaque fois qu'elle s'ennuyait ou si quelque chose n'allait pas, Maryse — qui, à l'époque, s'appelait encore tout bonnement «Mary» — n'avait qu'à s'approcher de son père Tom pour lui réclamer l'histoire d'Elisa Doolittle. Docilement, Tom se mettait à raconter et Mary s'évadait dans les replis de son récit naïf et sinueux comme ceux des enfants. C'était la même histoire, toujours, cent fois recommencée, avec quelques variantes parfois, mais rarement. Puis un jour, un après-midi, Tom l'avait fait monter jusqu'à sa cabine de projection. C'était du temps où il travaillait comme projectionniste; il remplaçait l'employé régulier au cinéma *Rialto*. Il fallait grimper longtemps pour atteindre la cabine et les marches du cinéma, déjà vieux, étaient à pic. Le nez dans la poussière du tapis, et luttant contre le vertige, Mary se tenait à deux mains pour ne pas tomber. Une fois rendue, sur l'écran lumineux qui était en bas, très loin mais brillant, s'étalait la figure transfigurée d'Elisa Doolittle. Mary avait regardé, fascinée, émerveillée: elle allait aux vues pour la première fois et c'était encore plus beau qu'elle avait pu se l'imaginer... Après, au restaurant, ils avaient reparlé du film, ils en avaient parlé pendant des mois. Mais ce n'était peut-être pas cette fois-là que son père l'avait amenée prendre un sundae, Maryse ne s'en souvenait plus. Elle savait seulement que la robe d'Elisa Doolittle était rose comme celle qu'elle portait elle-même le jour du restaurant, et qu'elle voulait alors être comme Elisa, plus tard. Elle était rendue à plus tard...

— Comment tu sais que la robe était rose?

— Mais parce que je l'ai vue!

— Tu parles bien de la première version filmée de la pièce de Bernard Shaw? C'est *Pygmalion*, d'Anthony Asquith, que t'as vu.

Elle dit que oui, probablement. Son père et elle ne s'encombraient pas de connaître les titres et les noms des réalisateurs; c'étaient les acteurs qui les intéressaient.

— La robe n'était certainement pas rose, dit François, puisque le film a été tourné dans les années trente, bien avant l'invention de la pellicule couleur.

Maryse sourit, amusée.

— Pourtant, j'ai le souvenir très précis d'une robe rose. C'est curieux, la mémoire.

Elle avait en tête l'image d'une jeune femme dansant dans un froufrou rosé de taffetas. Et elle pensait en même temps à Michel Paradis qui disait des mots rares et prestigieux, prince barbare à qui tous les empires étaient promis. Il ne l'avait pas vue danser, elle ne l'avait pas charmé. Maryse ne dansait jamais que pour elle-même.

— Ce que j'aimais aussi, dans le film, c'est la séquence où Elisa apprend à prononcer correctement *The rain in Spain stays mainly in the plain*.

Elle souriait en le disant, ses dents brillaient et cela donna un coup à François qui essaya de ne pas s'affoler.

— C'est la première fois que tu me parles de toi, de ta famille, dit-il. J'aime ça.

Ce n'étaient que des fragments de souvenirs qui revenaient à Maryse, mais assez tout de même pour pouvoir dire qu'elle avait eu une enfance comme tout le monde, un père. On pouvait raconter quelque chose sur lui, de lui, on pouvait en parler: cela prouvait qu'il avait existé. François la regardait, enroulée dans son châle mauve, émouvante et ignorante de son charme. Elle avait posé sa tasse sur la table à café et, quand elle se penchait pour la reprendre, il voyait son bras blanc sortir et rentrer bien vite dans la chaleur de la laine. Elle était aussi gracieuse qu'Audrey Hepburn dans *My Fair Lady*, avec en plus une sorte de sauvagerie, un air indompté qui lui venait peut-être de sa tignasse épaisse aux reflets roux. Audrey Hepburn! François déplora d'être noyé dans la culture des autres et de devoir penser à Maryse avec des mots étrangers. Sur le chromo insipide accroché au mur juste au-dessus d'elle, il venait de superposer mentalement un énorme cœur rose transpercé d'une flèche et dans lequel on pouvait lire: «Frank love Mary». Quelle dérision! pensa-t-il. Et quelle humiliation pour un membre du RIN! Car il en était. Il devait bien se l'avouer, le langage amoureux des Québécois était en grande partie emprunté au cinéma américain: ici, l'amour se disait en anglais. Mais cette pensée l'effleura à peine car ce n'était pas de ça que Maryse parlait et le récit qu'elle venait de lui faire d'une sorte de scène primitive dans un restaurant, avec un père disparu, lui donna l'idée d'écrire un conte intitulé: *La Nouvelle Cendrillon*, mais comme il avait alors une très forte tendance à l'auto-censure, il pensa presque en même temps que ce serait idiot. Seule comptait sa nuit avec Maryse, vive, toute proche, et éperdue d'admiration pour son amie Marité. Car elle parlait maintenant de Marité, sa seule amie, qui était son aînée de quatre ans et, comme eux tous, étudiante, mais en droit.

Dans le feu de sa relation des exploits de Marité, Maryse s'était insensiblement rapprochée. Sans l'avoir remarqué, probablement, François n'aurait pas pu le dire. Et puis, il faisait tellement froid! Le temps semblait s'être arrêté et, pour meubler leur insomnie, ils se racontaient des histoires comme à toutes les nuits depuis qu'ils partageaient la piaule. François se demanda ce qui arriverait s'il touchait le genou de Maryse, qui le frôlait parfois. La main lui démangeait, mais elle restait sagement, bêtement, sur sa tasse de thé vide. Il pensa: «Elle doit me trouver niaiseux, depuis trois mois qu'elle reste ici, y s'est encore rien passé, il ne se passe jamais rien dans ma vie, si on fait pas l'amour cette nuit, c'est que je suis un con. C'est ça, je suis trop stupide! De toute façon, je vais mourir avant, j'ai peut-être déjà le cancer. Merde, je pense encore à la mort, comment ça se fait, donc?»

Comme François s'appliquait à refouler cette idée, Tit-cul Galipo fit son entrée dans une rafale de neige. Il revenait de *la Luna de papel*. À peine passé le seuil, il cria:

— Maryse, tu me dois deux piastres et vingt-cinq pour le vin.

Elle lui demanda si ça comprenait le pourboire. Non. Il n'en avait pas laissé mais elle pouvait lui en donner un à lui-même si ça lui tentait!

Il rit finement et, sans même avoir enlevé sa vareuse, il se laissa choir sur les coussins. Tit-cul Galipo se disait artiste-peintre. En fait, il terminait de peine et de misère sa dernière année aux Beaux-Arts, ce qui le rendait baveux avec les petits de première comme Maryse qui, pour le moment, avait l'air ahuri. Condescendant, il se tourna vers elle:

— Écoute, fille, t'étais partie sans payer comme une folle! J'ai payé pour toé, pis moé j'laisse pas ça des tips, j'suis pas un bourgeois, moé — il jeta un look de travers à Ladouceur —, pis j'ai pas encore eu mon Prêt d'honneur!

Galipo adorait se sentir misérable et il aimait bien, à l'occasion, pouvoir rappeler à ses contemporains mieux nantis qu'il crevait de faim. Il était un artiste à-gauche-et-au-boutte. Maryse lui fit remarquer que le garçon de table avait besoin de son pourboire pour vivre.

— Tu comprends rien, bonne femme! Faut abolir ça les tips, c'est du quêtage! Quand on sera socialisés, y'en aura pu de tips pis tout le monde sera égal! En attendant, moé chus t'un prolétaire pis j'ai pas les moyens pour.

François se demandait parfois si Galipo faisait exprès pour parler comme ça, parce qu'il avait des grands bouts en français normal.

— Ça paraît que t'as jamais été garçon de table! conclut Maryse.

Mais Galipo ne supportait pas de ne pas avoir le dernier mot:

— C'est vrai qu'on reste avec une ancienne waitress, dit-il.

Puis il rota, se leva et prit la direction de sa chambre.

Le charme était rompu mais François sourit tout de même: il pensait à Maryse, telle qu'il l'avait connue, l'été d'avant, affublée de l'obligatoire mini-jupe des serveuses du *Maplewood Inn*. Ses jambes étaient longues et fermes et les cabarets qu'elle portait incessamment d'une table à l'autre semblaient trop lourds pour ses poignets. Elle avait l'air d'une

enfant qui joue au restaurant. Pourtant ce n'était pas un jeu
puisque, selon le règlement du *Maplewood*, elle devait travailler onze jours d'affilée. On lui laissait le douzième pour
entretenir son uniforme, blanchir ses souliers, s'acheter de
nouveaux bas nylon et dormir, si nécessaire. Elle avait alors
vingt ans.

Comme beaucoup d'étudiants, François Ladouceur allait
parfois prendre un verre au *Maplewood Inn* après le cinéma
ou les cours. La première fois que Maryse l'avait servi, il avait
commandé un scotch et elle lui avait apporté une grosse Mol
comme aux autres clients. Il avait bu la bière sans lui faire
remarquer son erreur. Par la suite, Maryse avait pris plaisir à sa
conversation et elle s'arrangeait toujours pour qu'il s'assoie à
l'une de ses tables. Elle se cherchait alors une chambre convenable et, comme le troisième co-locataire de la piaule était parti
s'accoter ailleurs, François lui avait proposé de le remplacer.
Elle avait accepté, même si c'était pour aller vivre avec deux
gars traîneux dans un quasi-taudis. Malgré les coquerelles et le
froid, la piaule semblait à Maryse plus chaleureuse que la
chambre minable dans laquelle elle avait campé pendant
quelques mois après être partie de chez sa mère, où on vivait
entassé dans l'attente des chèques du Bien-Être. Elle était
contente d'être enfin arrivée en quelque part, dans une vraie
maison.

Bien sûr, la vie à la piaule avait quelques inconvénients
dont le principal était Tit-cul Galipo lui-même, mais il découchait
souvent. Et puis Maryse considérait François comme un ami; si
elle n'en était pas amoureuse, c'est tout simplement que
depuis septembre elle ne pouvait s'empêcher de penser à
Michel Paradis tout le temps, quoi qu'elle fasse. Il l'obsédait.

Elle et François dormirent donc seuls cette nuit-là, dans
leurs chambres pourtant contiguës. Leurs lits étaient appuyés à
la cloison mitoyenne qui était mince et que François, dans ses
moments d'abandon, voyait s'estomper en un fondu-enchaîné
impeccable. Mais quand il rouvrait les yeux, le mur était
toujours là, froid et malveillant, entre les lits étroits où ils
espéraient séparément le sommeil, inquiets tous les deux, et

souhaitant chacun des choses différentes, après avoir parlé, parlé longuement, interminablement.

☐

Le lendemain, la neige avait fondu. Maryse s'éveilla en pensant à Michel, à sa voix, aux inflexions qu'il avait eues, la veille, en parlant du Bauhaus. Il lui aurait suffi d'aller aux Beaux-Arts pour le voir — ils étaient dans la même classe — mais elle repoussait ce moment de peur d'être déçue. Finalement, elle sécha les cours. Ça sentait le café dans toute la maison, jusque dans sa chambre. Le café de François, qu'il préparait soigneusement et qu'il aimait bien tassé, était son seul luxe. Il s'était levé tôt car il devait remettre sans faute pour cinq heures les cinquante-huit copies dont le professeur Tibodo, son directeur de thèse, lui avait donné le contrat de correction. Les copies traitaient toutes de Montherlant, un auteur que François exécrait. Pour se donner du courage, il était allé chercher des croissants, mais pendant tout le trajet de la piaule à la boulangerie et de la boulangerie à la piaule, il avait eu des idées macabres. Une fois rentré, il avait décidé de ne pas se raser car la seule vue de la lame le faisait toujours dériver vers de sombres rêveries sur la mort. La sienne évidemment, la seule qui comptait. En ne se rasant pas, il pouvait se contrôler pendant un certain temps. Mais c'était trop tard, il y avait déjà pensé aujourd'hui. Pas un jour sans qu'il y pense.

— As-tu peur de mourir, Maryse?

Elle prit une bouchée de croissant, lentement, elle réfléchissait.

— Oui, beaucoup. Mais pourquoi tu me demandes ça?

— Pour rien.

Il déplia *Le Devoir*. Maryse ne lisait pas les journaux: on y réservait trop souvent la manchette aux mêmes politiciens imbéciles, à des catastrophes navrantes de similitude, et une forte impression d'irréalité se dégageait de toute cette prose qui se donnait pour le réel. Maryse considérait d'ailleurs la vie publique et l'état de veille comme des choses banales et d'une importance toute relative: elle venait de lire les bulles du pape

Breton, elle souhaitait d'être follement aimée par Michel
Paradis et vivait beaucoup dans sa tête.

— La nuit dernière, dit-elle, j'ai rêvé que j'allais à Québec
avec ma mère pour une noce. Une noce plate. Je me mets à
danser mais ma mère m'arrête et me dit que je lui fais honte...
Plus tard, je suis chez elle avec d'autres personnes, des
hommes. Nous nous préparons pour aller voir un spectacle.
Quelqu'un a pris son bain et l'eau sale qu'il a laissée dans la
baignoire me dégoûte. Je suis en retard, pas encore habillée.
Je fouille dans l'immense garde-robe de ma mère pleine de
vêtements bleus trop grands pour moi, j'essaie ses robes et
aucune ne me va.

— Tu rêves souvent à ta mère?

— Oui. Et c'est étrange parce que le jour, je ne pense
jamais à elle.

— Je vois, dit François.

Il regardait les bras délicats de Maryse et essayait d'imaginer quel genre de squelette elle ferait. Il pensa: «On est tous
des squelettes.» Elle s'était levée pour aller consulter le dictionnaire.

— Qu'est-ce que tu cherches?

— Rien.

Elle cherchait le mot «Bauhaus» mais ne voulait pas
l'avouer.

— Pour Noël, dit François, je vais te donner une belle
grosse Encyclopédie Parpaillot illustrée.

Elle lui fit remarquer que c'était trop cher mais il la rassura:
il allait l'acheter à moitié prix de Galipo qui était un des
piqueurs les plus assidus de la *Librairie Tranquille*. Elle rit et dit
«Voyons donc!» mais elle était flattée que François pense à lui
faire un cadeau. Ils parlèrent de choses et d'autres, l'avant-midi
filait et ils n'avaient plus le goût de travailler, mais l'apparition
de Tit-cul Galipo, surgi de sa chambre la falle basse et l'air
sombre, les ramena à l'ordre. Dans un traînement de savates,
le sieur Galipo se prépara un horrible café instantané Maxwell
House et, presque en même temps, Maryse et François s'en
retournèrent geler dans leurs chambres. Maître de la cuisine,

Galipo entreprit la confection de ses rouleuses en sirotant son café, l'œil dans le vague et les pieds dans le four ouvert comme le père de Maryse, autrefois, après que son patron l'eût définitivement slacké.

— Qu'est-ce que tu fais dans ma cuisine? lui demandait sa femme.

Tommy O'Sullivan répondait invariablement:

— Bâdre-moi pas, Irene. Chus t'en train de jongler, là.

Il jonglait, c'était sa spécialité. Galipo devait être de la même race mais Maryse aimait mieux ne pas le voir dans ces moments-là; elle lui trouvait un air canaille.

Vers la fin de l'après-midi, alors qu'on entendait seulement le bruit irrégulier de la dactylo de François — qui devait taper les commentaires justifiant ses corrections —, le téléphone se mit à sonner. Onze coups. Personne ne semblait vouloir répondre. Au douzième coup, Galipo, qui s'était oublié dans la cuisine, sortit de son somme, allongea le bras, décrocha et hurla «Quoi?» Puis, il glapit en direction des chambres:

— Maryse, c'est pour toi, stie, chus toujours pogné pour prendre les calls des autres!

Quand celle-ci entra dans la cuisine, elle vit le récepteur osciller absurdement au bout de son fil. C'était un téléphone mural noir, très laid: rien de bon ne pouvait en sortir et Galipo, affalé tout près, semblait déjà se délecter de la conversation qu'il allait épier. Il sourit méchamment. Maryse haussa les épaules et prit le récepteur. Une voix de femme lui parvint, une voix familière. Une fraction de seconde, elle pensa à Marité, la seule qu'elle aurait aimé entendre, mais à l'accent et au débit poussif, elle reconnut presque immédiatement sa sœur Maureen. Comment celle-ci avait-elle pu la retracer? Maureen lui annonçait le mariage de leur frère.

— So what! dit Maryse. Quest-ce que tu veux que ça me fasse? Je crois pas à ça, moi, le mariage, c'est une institution décadente.

— Depuis que t'as sacré ton camp, tu parles encore plus drôle qu'avant, Mary. On n'est pus assez smattes pour toé?

— C'est pas ça. Mais qu'est-ce que j'irais faire aux noces

de Jean-Guy?

En fait, Maryse n'aimait ni son frère, ni sa sœur, ni le téléphone.

— Comme ça, tu viens pas? Ça va faire de la peine à moman.

Maryse expliqua, sans trop de patience, que non, elle n'irait pas. Tant qu'à faire, Jean-Guy aurait pu se marier en été comme tout le monde!

— C'est un mariage forcé, Mireille est en famille de cinq mois, ça commence à faire dur.

— C'est pas une raison pour se marier.

— En tout cas, c'est pas de sa faute à lui.

— Puisque tu le dis...

Maryse ne s'était jamais entendue avec Maureen et elle ne voulait pas discuter avec elle qui, pourtant, la relançait. Mais pourquoi? Toujours leurs conversations prenaient un tour insignifiant: elles n'avaient rien à se dire.

— C'est tout ce que t'avais à me raconter?

— Je pense ben que c'est toute.

— Ben salut, dit Maryse.

Et elle raccrocha, profondément troublée. Sa famille, qu'elle pensait avoir parquée dans un coin de sa mémoire et n'être plus qu'une chose dont on parle, continuait à vivre de son côté. Pire, ils allaient se multiplier: ils feraient plein de petits Jean-Guy et de petites Maureen empotés et résignées. Car c'est comme ça qu'ils étaient chez elle, la voix épaisse de sa sœur le lui avait rappelé. Maryse avait honte d'eux, de Maureen surtout, et honte d'avoir honte. Elle aimait bien parler d'un père disparu et pittoresque, mais ne voulait plus frayer avec des gens qui avaient toujours ri d'elle quand elle rentrait du couvent avec un accent différent et des manières de table fancies. Avec des manières.

Retournée à sa chambre, elle se vit dans le miroir de la commode et comprit la raison du sourire de Galipo: une large trace de fusain lui barrait la figure, accentuant le caractère juvénile de ses traits. Elle prit les esquisses auxquelles elle travaillait depuis quelques heures et les déchira.

Chronique floue

Maureen ne rappela pas. Pas tout de suite. Et Maryse cessa momentanément de s'inquiéter au sujet de sa famille. Comme par hasard, elle se retrouvait toujours dans les mêmes groupes d'étude que Michel Paradis. Ils contestaient. Les étudiants exigeaient alors une réforme de l'enseignement des arts. Ça contestait aussi dans les Cégeps et c'était normal, voire même fatal, un recteur l'avait dit, l'air résigné: «C'est à cause de mai 68, on en a les retombées maintenant.» Six mois de retard, c'était peu pour une ancienne colonie. Au milieu de la mêlée, Michel Paradis se distinguait; il savait, mieux que quiconque, expliquer à ses collègues comment ils se faisaient fourrer car il avait l'argumentation et le vocabulaire idoines, étant un transfuge de la faculté de droit. Michel parlait beaucoup et souvent de changer le système. Sauvageau et Pitou étaient de son avis, Maryse aussi. C'est à propos de stratégie qu'ils ne parvenaient pas à s'entendre. Ils décortiquaient longuement la question.

Quelques jours avant Noël, après une interminable discussion, Michel avait reconduit Maryse chez elle. Avant même qu'elle lui eût demandé s'il voulait monter, il la précédait dans l'escalier. Elle le suivit, étonnée de son aisance, énervée, ravie. La semaine suivante, il revint, comme elle l'espérait. Alors, c'était sérieux! Sérieux mais libre: Michel préférait qu'ils ne se voient pas à tous les soirs, ça faisait trop couple marié.

☐

Dès la première visite de Michel Paradis à la piaule, François comprit qu'il n'avait plus tellement de chances auprès de Maryse, mais il continua de l'aimer, gratuitement, comme pour lui-même. De toute façon, c'était lui qui l'avait le plus souvent pendant les nuits froides et tendres où ils se retrouvaient seuls avec leurs rêves éveillés.

Durant ces nuits, Maryse se disait parfois qu'elle parlait trop d'elle-même et, gênée, elle se mettait à raconter les faits et gestes de son amie Marité qui était, à ses yeux, la perfection faite femme et qu'elle admirait sans aucune retenue. Les deux filles s'étaient connues l'été d'avant au *Maplewood Inn* où elles travaillaient, l'une par nécessité et l'autre par bravade, pour voir comment c'était. Car Marité n'avait pas vraiment besoin de gagner ses études, ses parents étaient à l'aise. Sa vie avait d'ailleurs l'aisance d'un dénouement de conte de fées et son avenir semblait tout tracé d'avance: une fois son Barreau terminé, elle ouvrirait une étude avec un certain Jean Duclos, qu'elle allait bientôt épouser, et ils auraient sûrement des enfants, mais pas tout de suite. Marité savait ce qu'elle voulait et elle ne s'énervait jamais. Physiquement, elle était tout le contraire de Maryse: ses cheveux avaient aussi un reflet cuivré, mais ils étaient blonds, elle avait la peau dorée, de grandes mains, une voix rassurante et mesurait cinq pieds et huit pouces, ce qui, pour Maryse, était colossal. On avait le goût de se coller à elle; on l'imaginait chaude et sentant quelque chose comme la fraise ou le pain ou les coffres de cèdre débordant de tricots. Il n'y avait aucun tremblement dans sa démarche, ses gestes ou sa parole. Rien que du solide. Telle était Marie-Thérèse Grand'maison pour Maryse et aussi, forcément, pour François qui ne la connaissait que par ce qu'en disait Maryse.

Effectivement, Marité avait une vie harmonieuse mais elle se trouvait tout à fait ordinaire, comparée à son amie Maryse qui semblait avoir eu une enfance étrange. Pour elle, tout avait toujours été facile. Bien sûr, elle avait ses incertitudes et ses craintes, mais peu de regrets. Il lui arrivait de penser avec perplexité au classique rejet des parents qu'elle n'avait pas éprouvé bien fort lors de son adolescence: cela ne s'était pas produit dans son cas et c'est en douceur qu'elle était devenue une adulte. Elle se disait que ces théories sur l'œdipe et la

puberté étaient peut-être de la foutaise, comme devait l'être la
prétendue inévitable rivalité entre la fille et la mère; plus elle
vieillissait, plus elle se sentait proche de la sienne. En fait, la
seule note discordante dans ce tableau, c'était Charles-Émile,
son père, qui la faisait entendre, et encore, pas très fort: il
n'était pas souvent à la maison, réservant ses énergies à
l'accomplissement de la lourde tâche que représentait son
métier, comme il disait. Charles-Émile Grand'maison était juge
et fier de l'être. Sa fille se demandait parfois quel genre de
justice il pouvait bien rendre dans sa Cour et elle doutait de
celle qu'il faisait planer de loin sur la maison et dont sa femme,
toujours, avait atténué la rigueur. Mais, dans l'ensemble,
Charles-Émile n'était pas si pire. Pour un père. Absent, il
n'avait jamais occupé beaucoup de place dans sa vie et elle
parlait rarement de lui. C'était de droit, la plupart du temps,
qu'elle entretenait Maryse: le bureau qu'elle ouvrirait avec
Jean serait situé dans un quartier populaire et, ensemble, ils
essaieraient d'améliorer les conditions de vie des citoyens.
Sans le savoir, c'étaient peut-être les origines prolétaires de
Maryse qui l'attiraient. Mais c'était aussi, indéniablement, la
vivacité de celle-ci, ses colères magnifiques et surtout, sa
capacité d'emballement. Car Maryse était une passionnée et
quand elle aimait quelqu'un, quelqu'une, c'était intense et
quasi-irrévocable. Aussi François prenait-il plaisir à l'entendre
vanter les mérites de Marité qui était devenue, pour eux —
entre eux — une sorte de personnage, une héroïne aux
prouesses innombrables.

  Mais tout en étant charmé, François se disait que l'admiration déforme les choses et que la vraie Marité ne pouvait pas,
forcément, être aussi extraordinaire que Maryse le prétendait.
Celle-ci devait exagérer comme elle le faisait manifestement en
parlant de Michel Paradis, lequel, du point de vue de François
toujours, n'avait vraiment rien de spécial! Le nom de Michel,
absent la plupart du temps et que Maryse citait de plus en plus,
créait comme un vide inavoué entre eux. Elle parlait des
théories de Michel mais jamais du fait qu'elle couchait avec lui.
C'était pourtant à *ça* que François pensait constamment: la

situation était intolérable et il ferait mieux de partir loin, en Europe, faire son doctorat. Ailleurs, il oublierait le corps affolant de Maryse et son imaginaire fantasque. Mais pour le moment, il était embourbé dans le second chapitre de sa thèse et englué dans les récits qu'elle lui faisait; elle lui racontait de plus en plus aisément sa vie d'autrefois et certains rêves dont la transparence le troublait. Ils étaient encore, tous les deux, près de leur enfance, timides, sauvages et naïfs. Ils se payaient des orgies esthétiques et cérébrales, allant jusqu'à faire jouer le même disque vingt fois de suite. Une nuit, ils avaient regardé brûler dans l'évier de la cuisine les poèmes lousses de François et ses croquis à elle. Mais leurs plus grandes débauches étaient de lectures: comme ils avaient peu d'argent, ils puisaient à même la réserve de Galipo qui volait n'importe quoi dans l'espoir de le refiler à des caves, et qui leur disait: «Vous m'exploitez, man, j'devrais vous les louer, mes livres.» Toutefois, il n'allait pas jusque-là, exigeant seulement qu'ils portent des gants blancs pour manipuler le fruit de son dur labeur. Il fournissait les gants, en ayant piqué un lot quelques semaines auparavant chez *Morgan*. Tit-cul Galipo, en effet, volait n'importe quoi, mais pas n'importe où et, vu le sang-froid, l'esprit d'organisation et la grande rigueur intellectuelle que l'opération demandait, il considérait le vol à l'étalage comme un travail, et un travail de spécialiste. Là-dessus, Maryse et François n'osaient pas lui donner tout à fait tort. Gantés de blanc, vêtus de plusieurs gilets, et le cœur imaginaire de François suspendu au-dessus de leur tête, ils lisaient pendant des heures autour des grille-pain du salon. Et se parlaient ensuite de leurs lectures. Leur délire verbal atteignit son paroxysme le soir où Maryse entreprit de réciter *Macbeth* dans le texte en pensant aux intonations de la voix de Michel pour donner plus de gravité à la sienne. François qui rentrait, survolté, d'une réunion du MSA, s'était écrié:

— C'est beau l'anglais, tout de même!

Maryse avait lu très longtemps, puis ils avaient parlé du goût du pouvoir, du séparatisme et de ses origines à elle; moitié irlandaise, moitié canadienne-française, elle s'était rangée du côté français à cause de son séjour au couvent mais pour elle, la position séparatiste n'était ni évidente, ni claire, ni simple. Vers trois heures du matin, sans avoir vidé aucune question — nationale ou autre —, ils étaient allés se coucher, innocemment.

Il ne se passait rien d'autre que des mots et seul l'hiver sévissait.

Février 1969

Les pieds de Maryse s'enfonçaient dans le matelas trop mou, y faisant un creux. Elle ne se voyait pas en entier dans l'unique miroir de sa chambre qui était fixé à la commode; pieds nus sur le plancher froid, elle se regardait d'abord jusqu'aux hanches puis, juchée sur le lit, elle examinait ses jambes. Elle avait ainsi essayé tous ses vêtements d'hiver en deux temps, comme si son corps eût été séparé, le haut, puis le bas. Il y avait, dans la vitrine d'un antiquaire de la rue Notre-Dame, juste à côté de *l'Armée du Salut,* une psyché somptueuse où elle aurait pu se voir en entier, comme les autres la voyaient. Mais elle n'était jamais allée en demander le prix, sachant qu'un tel meuble n'était pas pour elle et qu'elle devrait, longtemps encore, se regarder par fragments, comme en pièces détachées. Debout au milieu du lit, elle imagina une chambre immense et ensoleillée, sentant le lilas plutôt que les rouleuses de Galipo, et au fond de laquelle se dressait une psyché au cadre de bois blond. La psyché était placée de telle manière qu'en entrant dans la pièce on s'y voyait déjà et qu'on pouvait se regarder longtemps marcher vers sa propre image. Le tapis sur lequel Maryse avançait était spongieux et ses souliers rouges à talons hauts s'y enfonçaient... Mais en fait, elle n'avait jamais eu de souliers rouges et le miroir de sa commode ne reflétait que ses jambes nues et le bas de sa jupe de jersey qui gondolait un peu trop et qu'elle ne pourrait pas non plus porter pour aller au chalet de Blanche Grand'maison, la mère de Marité.

Elle se plia en deux et apparut, en position fœtale mais entière, dans le cadre de son miroir. Elle plissa son visage dans tous les sens et ne se découvrit la trace d'aucune ride; une fois

vieille, elle serait comme Blanche, encore belle et bien conser-
vée. Blanche! Elle avait fait sa connaissance quelques jours
plut tôt et elle était encore sous le choc de cette rencontre.
Blanche avait le charme des femmes de sa génération qui, par
miracle, n'étaient pas devenues aigries. Elle avait conservé les
jambes fines de sa jeunesse et, bien vivace, le souvenir des
soirées que sa famille donnait. Elle dansait bien dans son
temps et, comme les autres demoiselles Deslandes, ses sœurs,
elle était la coqueluche de la petite ville de province où elle
avait vécu jusqu'à son mariage avec Charles-Émile qui, déjà,
avait des ambitions. Jeune fille, elle avait fait la classe quelques
mois, mais devenue femme d'avocat, son rang (et son mari) lui
interdisant de «travailler», elle s'était repliée sur le bénévolat
paroissial tout en tenant ses distances vis-à-vis du curé dont
elle trouvait qu'il se mêlait de choses qu'il ne connaissait pas,
comme l'empêchement de la famille. Malgré les désillusions de
son mariage, elle était encore habitée d'un immense goût de
vivre qu'elle avait transmis à sa fille. Blanche était le genre de
mère que vous auriez aimé avoir eue; pas une mère martyre, ni
souffreteuse, ni hagarde, ni agrippante, mais une femme ayant
son quant-à-soi, sa vie à elle, ses activités, curieuse encore, et
vivante, étonnamment vivante. En la rencontrant, Maryse avait
été impressionnée par tant de sérénité et si peu de rancœur.
«Maman t'a beaucoup aimée», avait dit Marité. Plaire! Elle avait
plu à Blanche Grand'maison, une femme ayant l'aisance des
gens possédant des biens depuis des générations. Maryse se
sourit à elle-même: il y avait deux univers, pour elle, deux
temps, deux rythmes: un temps d'attente, d'espoir et de rêve
dans le froid de la piaule en compagnie de François, et parfois,
brièvement, comme une lueur, une éclaircie, quand Michel lui
demandait négligemment: «On va prendre un verre?» ou
quand Blanche disait à sa fille: «Mais elle est charmante, ta
nouvelle amie, tu devrais l'inviter.» Maryse vivait pour ce
temps de reconnaissance. Charmante, elle ne demandait pas
mieux que de le rester, mais elle n'était pas présentable.

Elle s'était assise, pensive, au milieu du lit plein de
vêtements froissés et disparates. La chatte y grimpa pour se

faire flatter. C'était une chatte tigrée de deux mois à peine, au ronronnement facile. François Ladouceur l'avait introduite dans la piaule la semaine d'avant, malgré le veto inutilement farouche de Galipo. Pour des raisons que lui seul connaissait, François l'avait baptisée Mélibée Marcotte et Mélibée suivait partout Maryse qui n'avait encore jamais eu de chat, sa mère ayant toujours dit: «Si vous rentrez un maudit chat icitte, moé j'sors!» C'est Maryse, finalement, qui était sortie. Maintenant, elle se sentait grande et libre d'avoir autant de minous qu'elle le voulait. L'apparition de Mélibée Marcotte dans sa vie lui semblait d'ailleurs de très bon augure: à la caresser, elle avait l'impression de transgresser un interdit, de s'affranchir. Cela était d'autant plus étrange qu'elle n'avait rien éprouvé de tel en quittant la maison familiale ou même en faisant l'amour la première fois.

Mélibée jouait mollement avec les boutons d'une blouse et son ronron emplissait le silence de l'appartement. Maryse avait moins peur de rester seule le soir depuis que la chatte y était. Elle ôta son chandail blanc et remit le bleu. Ça n'allait pas non plus. C'était un peu décourageant, mais pas vraiment, elle trouverait bien une solution. Dans les yeux verts de la chatte, elle revoyait ceux de Marité — verts également — qu'elle venait de quitter. Elles étaient allées manger à *la Luna de papel* et le restaurant, comme d'habitude, était plein de musique: une voix d'homme chantait en espagnol un tango et Manolo, leur garçon de table, parlait lui aussi en espagnol avec les autres.

— Sois pas gênée, avait dit Marité, commande tout ce que tu veux; c'est moi qui paie et l'argent vient de mon père.

C'est au début du repas qu'elle avait transmis l'invitation de sa mère. Évidemment, Michel était aussi le bienvenu. Puis, Marité avait parlé d'autre chose, du Bill Omnibus, mais Maryse avait écouté distraitement, pensant aux arguments à trouver pour convaincre Michel de l'accompagner et aux vêtements qu'elle porterait. Insensiblement, elle avait amené la conversation sur l'enfance de Marité, ayant découvert depuis peu que celle-ci avait connu Michel enfant; ils avaient été élevés tous les deux à Outremont, à quelques rues de distance. Mais c'était surtout de sa mère dont son amie avait parlé, pas de Michel Paradis, qu'elle n'avait jamais vraiment fréquenté; ils n'étaient pas dans le même groupe d'amis. Qu'importe, avait pensé Maryse, tout ce qui venait du haut de la côte, du quartier Outremont, était merveilleux. Elle trouvait fascinant qu'on puisse raconter son enfance comme le faisait Marité, avec autant de naturel, sans rien avoir à travestir ou à dissimuler. Marité avait l'air d'aimer beaucoup Blanche et ça devait être extraordinaire de pouvoir, comme ça, se dire et dire: «J'aime ma mère.» On devait se sentir bien. Blanche Grand'maison régnait avec élégance sur une maison ordonnée, confortable, pleine de toiles chères, une maison de juge où elle était admise, elle, Mary O'Sullivan qui au couvent n'avait jamais espéré être invitée chez les autres pensionnaires. Les religieuses, qui portaient bien leur nom de Filles de la Désolation de Marie, l'instruisaient par charité chrétienne et par principe, deux choses dont on lui avait rabattu les oreilles pendant tout son cours classique. La charité fournissait les clés du savoir mais ces clés n'ouvraient pas nécessairement les portes des gens bien. Heureusement, le temps de la maudite charité chrétienne était révolu... Elle recommença à combiner ses vêtements. Mélibée suivit du regard le ruban bleu d'une blouse puis elle s'avança en tapinois et resta un moment à l'affût, les oreilles dressées; elle venait d'entendre François rentrer et elle bondit à sa rencontre, non pas qu'elle le considérât comme son maître, mais elle allait vers tout ce qui bouge.

Sans prendre le temps de se changer ou de ranger ses vêtements, Maryse enfila ses pantoufles et elle courut, aussi excitée que la chatte, accueillir François qu'elle n'avait pas vu depuis deux jours, car la veille, elle avait dormi chez Michel. Il lui demanda si elle avait bien mangé, au moins, avec Marité. Donc, il se souvenait de son emploi du temps, ce que Michel ne parvenait jamais à se mettre dans la tête. Elle en fut touchée. Pour la taquiner, il émit quelques réserves sur son amie: il ne s'entendrait jamais avec une fille comme ça, il n'aimait pas les avocats et, de toute façon, elle l'impressionnait beaucoup.

— Voyons donc, François Ladouceur, Marité sera pas une avocate comme les autres!... Pis moi, j'tʼimpressionne pas?

François voulut répondre qu'elle l'impressionnait beaucoup, qu'il l'aimait, qu'il ne la laisserait jamais seule, lui. Mais tout ce qu'il trouva à dire, c'est qu'elle n'était pas pareille. C'était vague. Maryse était mi-froissée, mi-résignée, ne concevant pas un seul instant qu'entre la belle et la parfaite Marie-Thérèse Grand'maison et elle-même, quelqu'un puisse la préférer, elle.

François partit faire du thé. Il prit un biscuit dans la réserve que Galipo avait chipée chez *A & P* au coin de la rue, où c'était relativement facile de piquer à cause des deux portes. Le biscuit était mou et fade, comme Galipo. La veille, quelque chose s'était brisé dans la fournaise, il faisait plus froid que d'habitude et les joues de Maryse devenaient de plus en plus blanches, d'un blanc qu'on aurait aimé toucher, pensa François. Il posa le cabaret pour aller chercher le grille-pain de sa chambre. Il en rapporta quelques feuilles maladroitement dactylographiées qu'il mit devant lui et, sans aucun lien, il commença à parler d'*Isabel*, de Paul Almond et du dernier film de Jean-Pierre Lefebvre puis, finalement, il se décida:

— Est-ce que je peux te montrer mon texte?

Ça ne se refusait pas. Il lut quelques mots et s'arrêta:

— C'est un narrateur omniscient, tu vas voir.

Il reprit sa lecture, puis l'interrompit à nouveau, l'air découragé:

— Mon Dieu que ça fait donc pas nouveau roman!

— Arrête-toi pas tout le temps, on perd le fil.

Il continua, comme à contre-cœur et en marquant bien, dans le ton, qu'il trouvait le texte insignifiant. Son héros était un automate s'animant à l'insu de son créateur; oublié dans un placard inaccessible, l'automate — un petit garçon — avait peur dans le noir et, à la longue, à force de ne pas bouger, ses jambes se déformaient comme celles des Vietnamiens, enfermés dans des cages le temps d'une guerre qui n'en finissait plus.

— C'est étrange, commenta Maryse à la fin du conte, moi

aussi, enfant, je me méfiais des placards, des garde-robes; comme si j'avais eu peur d'y être emmurée.

En disant cela, ce n'était pas l'image d'un placard qu'elle voyait mais celle, lointaine et floue, d'un automate, un tronc, surmonté d'une tête de clown ou de jeune garçon, elle ne se souvenait plus. Ou plutôt, les deux images se superposaient, c'était ça, il s'agissait d'un automate qui ressemblait vaguement à Mickey Rooney, jeune mais déjà vieillissant. La chose trônait, imbécile et étrange, sur une table de l'arrière-boutique où allait parfois travailler son père Tom. Un jour, mais c'était peut-être la nuit, il faisait sombre dans la pièce, Tom avait amené Mary avec lui. Elle était petite alors, et atteignait à peine le bord des tables où s'entassaient les copies de film à réparer. Tout ce qu'elle touchait était sale ou usé ou les deux. Le plancher était jonché de petits bouts de pellicule luisant sous leur couche de poussière. Tom n'avait pas d'ordre, ou du moins, pas l'ordre des autres. Installé sur un haut tabouret, en clignant des yeux, il manipulait d'interminables rubans de pellicule qu'il coupait parfois et assemblait ensuite avec la colleuse à chaud. Sur une table à l'écart et comme oublié, le mannequin de Mickey Rooney s'empoussiérait. Mary l'avait bien vu en entrant dans la pièce éclairée seulement par la lampe de la colleuse mais elle avait aussitôt détourné la tête.

Tom avait rembobiné toute une bobine et, voyant que sa fille avait l'air de s'ennuyer, il avait actionné Mickey Rooney. En grinçant, l'automate avait ouvert la bouche, battu des paupières, parlé et ri. Maryse ne se souvenait plus de ce qu'il avait dit, sinon que c'était sinistre. Oui, cela devait avoir été sinistre. Et Tom avait dit: «Listen, Tootsie, the real voice of Mickey Rooney, the king of laughter.» De frayeur, Mary s'était tassée sur elle-même et Tom, ne comprenant pas qu'elle avait peur, avait été amusé de sa réaction. Puis, un peu déçu qu'elle n'apprécie pas, il avait éteint l'automate. Et c'est à ce moment qu'il l'avait prise dans ses bras pour la jucher sur un tabouret près du sien. Maryse en était sûre, il l'avait tenue dans ses bras pendant un interminable moment. Elle avait passé le reste du temps immobile et silencieuse, regardant parfois, au travers de

la plaque lumineuse de la table, les petites pictures comme
disait Tom, cette multitude d'images qui lui semblaient identiques et qui étaient décevantes, finalement. Les photos qui
passaient entre les mains de son père n'étaient pas celles
d'Elisa Doolittle. Pas même celles du professeur Higgins. Ce
n'était pas Higgins mais un autre sans intérêt, John Wayne-
the-great, avait dit daddy, et Mary n'aimait pas les cowboys.
Jusqu'à son départ, elle avait évité de regarder du côté du roi
du rire. Cela avait été long: de sa main tremblante — «j'ai le
shake», disait-il —, Tom examinait les copies, les coupait, les
assujettissait dans les griffes de la machine, mettait la colle, puis
rabattait une manette. Quand il la relevait, les images étaient
soudées à nouveau et il n'y aurait plus qu'un très léger ratage
dans le sourire de John Wayne. Mary n'était jamais retournée
dans la shop de réparation. D'ailleurs, Tom n'y allait pas
souvent. Mais elle avait beaucoup parlé du travail de daddy.
Elle disait: «My dad makes the movies go together.» Elle était
persuadée qu'il avait le pouvoir de faire apparaître, tout
imprimée, la pellicule brillante qui s'entortillait au bout de ses
doigts comme des serpents magiques.

— Qu'est-ce que t'en penses? demanda François.

— J'étais dans la lune, dit Maryse. Excuse-moi.

Il répéta sa phrase. Il parlait de la mort.

— J'ai peur des morts, dit-il. Qu'ils soient dans des garde-
robes ou non. De toute façon, tout ressemble à des cercueils;
les bains ressemblent à des cercueils, c'est pour ça que je
prends toujours ma douche; les avions, c'est des cercueils; les
garde-robes, c'est rien que des cercueils debout, pleins de
vêtements désertés.

Son grand-père paternel, qui habitait à côté de chez eux, à
Rosemont, s'amusait autrefois à lui raconter des histoires
d'épouvante pour l'habituer à ne pas avoir peur, disait-il, «pour
en faire un homme». C'étaient toujours des récits de vols
d'enfants par des gipsys qui les tuaient ensuite. Sur de petits
chariots réservés à cet effet, les gipsys et leurs femmes
méchantes traînaient derrière leur roulotte les cercueils blancs
des enfants volés: des cages en forme de placard ou de

coffre-fort. François ne parvenait pas à oublier les récits idiots de son grand-père que sa mère Alice détestait. «Le vieux maudit! disait-elle. Si ça a du bon sens de mettre des histoires pareilles dans la tête du p'tit!» Elle serrait François dans ses bras pour le consoler mais le mal était fait et, sans le savoir, elle berçait en même temps que son enfant toute la cohorte des personnages hideux qui lui parasitaient déjà le cerveau. L'héritage grand-paternel, François pensait souvent qu'il s'en serait volontiers passé. Mais l'empreinte du vieux maudit semblait indélébile car encore aujourd'hui, il ne pouvait pas s'imaginer la mort autrement que sous les traits d'une gitane errante aux longues dents vertes, et qui passait, la nuit, de maison en maison pour arracher les enfants malades des bras de leur mère. Jusqu'à ce soir, François n'avait jamais mentionné à personne l'existence de la gitane. Il se mit à la décrire à Maryse qui comprit tout de suite quelle vision d'effroi cela représentait pour lui: il parlait de la mort rôdeuse, et l'expression évoquait pour elle des scènes d'un autre type mais similaires, et porteuses d'une frayeur tout aussi profonde. Car Maryse, elle aussi, redoutait la mort, les nuits blanches et le noir.

— Faut plus parler de ces folies-là, dit-il soudain. Oublie mes histoires d'épouvante, Maryse.

Elle se leva pour aller prendre un châle. Sa garde-robe était béante et en désordre mais le châle n'était pas visible. Finalement, elle le découvrit dans le lit, sous les couvertures. Retournée au salon et Mélibée réinstallée sur ses genoux, elle pensa que Michel ne viendrait pas cette nuit et son angoisse la reprit.

— Je suis tannée des Beaux-Arts, dit-elle pour meubler le silence.

En fait, Maryse aimait les Beaux-Arts mais elle ne s'y sentait pas vraiment à l'aise. D'ailleurs, l'an prochain, Michel n'y serait peut-être plus: il avait été désappointé, déçu, par l'École. Ce n'était ni l'atmosphère, ni le climat qu'il souhaitait et il pensait tout laisser tomber pour aller en logologie car seule la théorie l'intéressait, finalement.

— Je suis entrée à l'École des Beaux-Arts parce que c'est

tout ce que je connaissais, dit Maryse. J'en ai tellement rêvé, enfant, en regardant passer les étudiants sur ma rue! Mais il me semble qu'à l'Université je serais plus à ma place. Seulement, je ne voudrais pas m'inscrire en logo comme Michel, ni en socio, ni en sciencepo, je ne veux pas non plus aller en géno, ni en ergo, ni en filo, ni même en dino. Tiens, j'irais peut-être en littéro, comme toi. J'y apprendrais à écrire. Ma tante Kathleen croyait d'ailleurs que «la grande littérature française» était la plus belle chose au monde! Kathleen avait terminé sa septième année et elle tenait à s'exprimer en français, toujours, même si du côté de mon père — c'était la sœur de mon père —, on parlait surtout anglais. Elle a mal tourné, aussi, ma tante Kathleen; c'est la guidoune de la famille. En avez-vous, une guidoune, vous autres?

François sourit, gêné. Maryse avait le sens de la digression et, avec elle, les conversations les plus anodines prenaient parfois des tournures embarrassantes. Avaient-ils une guidoune dans la famille? Sa cousine Armande pouvait-elle être considérée comme telle? N'en ayant jamais lui-même eu la pratique, François se représentait les prostituées comme des hétaïres de la Grèce antique. Non, Armande n'était pas vraiment une prostituée. Il revit le beau visage de sa sœur Marie qui aurait pu, elle aussi, virer putain, n'eût été sa maladie. Il n'y a pas de putain infirme. Il répondit:

— Non, on n'a pas de guidoune.

Soudain aux aguets comme une chatte qui entend ce que les humains n'entendent pas encore, Maryse avait cessé de parler: elle avait cru reconnaître le pas de Michel dans l'escalier. Mais Mélibée n'avait pas bronché. Maryse soupira et François se dit qu'elle allait encore passer le restant de la nuit à l'attendre. Michel Paradis avait la désagréable habitude d'arriver à l'improviste, comme s'il était chez lui. À chaque fois, François rentrait dans sa chambre et il éprouvait certaines difficultés à se concentrer sur ses livres. Il soupira à son tour, perplexe, car en essayant d'imaginer Maryse à la faculté de littérologie, il s'était rappelé ses trois sœurs, si fortes en français. Étrangement, toutes les femmes de sa connaissance semblaient avoir un don pour les langues. Quel rapport entretenait-il lui-même à cette langue dite maternelle et qui semblait être une histoire de femmes? «Serais-je un fifi?» se demanda-t-il, soudain hagard. Le lendemain, il devait noter sur une feuille volante: «Quel lien souterrain unit la langue «maternelle» et les femmes? Serais-je, à mon insu, un fifi, entouré de filles comme je l'ai été? Pourquoi Maryse me fait-elle penser à ma sœur Marie?» Mais ces questions resteraient sans réponse pendant quelques années car ses préoccupations allaient prendre un autre cours. D'ailleurs, il perdra la feuille dans un déménagement improvisé. Il finit par dire à Maryse:

— Inscris-toi donc en littérologie. Les professeurs sont plates, mais des fois, tu peux tomber sur du monde le fun. Moi, je ne serai plus là.

Il roula un autre joint pendant que Maryse refaisait du thé. Elle posa sa tasse chaude et odorante contre sa joue pour se réchauffer. Ils ne parlaient plus. François se disait que Maryse pensait à Michel, et Maryse se disait qu'elle pensait trop à Michel. Ils demeurèrent longtemps silencieux pendant que le thé refroidissait. Cela dura peut-être une heure. François attendait, immobile et malheureux à sa façon, qu'un miracle se produise et qu'elle lui saute dans les bras. Finalement, l'ayant embrassé sur la joue, elle se dirigea vers sa chambre en prenant soin de ne pas déplacer en marchant les plis de son long châle. Il lui cria:

— Apporte un grille-pain au moins, tu vas geler.

Il lui en voulait de le lâcher au milieu de la nuit.

C'est à ce moment que Tit-cul Galipo sortit de son antre pour aller pisser.

— T'étais là, toi? Depuis quand?

— Ben oui, j'étais là. J'ai toujours été là, stie. J'étais bien, j'rêvais que je baisais pis vous m'avez réveillé avec votre criaillage... T'aurais pas un joint, man, astheur que chus deboutte?

La compagnie de Tit-cul Galipo stone n'avait rien d'exaltant, mais comme François craignait les fantômes, les revenants, les vampires et la mort rôdeuse, toute présence, si peu

humaine fût-elle, lui semblait préférable à la solitude. Il dit à
Galipo:

— Va donc répondre, puisque t'es debout.

On venait de frapper trois grands coups à la porte dont la
sonnette avait toujours été out of order.

Au fond de son lit, Maryse cessa de respirer; elle espérait
follement que ce soit Michel, même s'il avait l'habitude d'entrer
sans frapper. Ce n'était hélas que le Baron Philippe, en mal de
piaule, et qui demandait si «la môme diaphane» était là. C'est
ainsi qu'il nommait Maryse.

— Ferme la porte, Gingras, tu nous fais geler, lança François. J'espère que tu t'es lavé depuis la dernière fois. Maryse est
couchée pis c'est aussi bien: tu lui fais peur avec tes sparages.

François avait l'air bourru mais quelque chose chantait
dans sa voix: il ne passerait pas la nuit seul. Quant au Baron,
qui s'appelait effectivement Gingras, il lui en fallait beaucoup
plus pour se démonter, surtout venant d'un vieux chum de
l'école secondaire. Il installa son campement pour la nuit.
Comme il était un homme du monde, après les considérations
d'usage sur le prix du pot et les difficultés du métier de
chômeur, il entreprit de faire jouer tous les disques des Beatles
qu'il traînait toujours dans son énorme sacoche.

À travers la musique et les «hostie» retentissants de Galipo
qui ne voulait plus du tout dormir, Maryse comprit que le
Baron entretenait François de ses deux sujets favoris: Alys
Robi, telle que fantasmée par son propre père — du moins le
prétendait-il — et la gloire naissante du «paète» Adrien Oubedon, leur idole commune. La présence des trois gars dans la
pièce d'à côté, leur vacarme rassurant, lui permirent de glisser
lentement vers le sommeil comme autrefois, toute petite, elle
finissait par s'endormir, portée par les bruits de ceux qui
avaient le droit de ne pas se coucher parce qu'ils étaient, eux,
du grand monde.

Chronique floue

Michel Paradis laissa les Beaux-Arts avant même la fin de
l'année scolaire et, à l'automne suivant, il était devenu
étudiant régulier en logologie radicale. Il s'intégra très vite à
son nouveau milieu pendant que Maryse, de son côté, essayait
de comprendre quelque chose au comportement des littérologues. Ils n'étaient passés tous les deux par les Beaux-Arts que
le temps de se rencontrer et pensaient en être sortis au bon
moment: l'École risquait fort de perdre son cachet spécial vu
que les autorités venaient de l'intégrer à la nouvelle université
populaire, bidulaire et débonnaire.

Le père de Michel avait dit:

— Puisque tu veux faire le fou, mon garçon, tu vas te les
payer toi-même, tes études en logologie! On a fait notre part,
nous autres, on a fini de subventionner des cours que tu
termines pas ou qui mènent à rien. À ton âge, j'étais déjà en
troisième année de médecine et je travaillais en plus.

Il y avait eu un bref moment de silence pendant lequel
Émilien Paradis s'était revu en carabin brillant — comme il
s'était toujours imaginé l'avoir été —, puis il était revenu à son
fils évaporé et avait conclu: «J'aime mieux garder mon argent
pour Julien, il ne m'a pas déçu, lui!»

— Pas encore! avait dit Michel. Prenez patience, papa, ça
viendra.

Sa mère avait murmuré: «Tu nous fais de la peine,
Michou» en lui glissant dans la main une enveloppe contenant
un chèque.

À l'été, Michel s'était trouvé une job de gérant à l'Expo.
C'était un travail fastidieux mais payant, surtout avec les
combines. Maryse aussi travaillait à l'Expo, cet été-là, comme

caissière, et son salaire était très moyen. Mais Michel le lui disait: «Dans ce système pourri, tout le monde ne peut pas être gérant.» D'ailleurs, il lui payait sa bière et ses repas. Maryse n'aimait pas tellement la bière. Mais elle savait qu'elle aurait dû: c'était la boisson du peuple et des étudiants. Elle en buvait dans l'espoir de s'y habituer.

□

Au début de mai, elle reçut un faire-part pour les noces de Marie-Thérèse qui y avait griffonné: «Il faut absolument que tu assistes à mon mariage, sinon, je t'en voudrai à mort. Becs, Marité.» C'était un grand mariage tout simple dans la petite Chapelle du Sacré-Cœur de l'Église Notre-Dame. Maryse avait hâte d'y assister; elle n'avait jamais vu de noces chics. Mais Michel lui avoua qu'il détestait Marie-Thérèse. Pour des raisons obscures. Il n'aimait pas non plus les noces. Il n'irait pas. Maryse n'osa pas demander à François de l'accompagner et finalement elle se présenta seule et endimanchée à la Chapelle du Sacré-Cœur, juste à temps pour entendre son amie dire oui sous l'œil satisfait de cent trente parents et amis distingués. Puis, l'Europe aspira Marité et son mari pendant six semaines au cours desquelles ils continuèrent à parler de leur sujet favori, le droit. Jean s'intéressait de plus en plus au droit pénal alors que Marité penchait vers le droit de la famille. De Venise à Mycènes, en passant par Guadalajara, ils en parlèrent. Longuement. Le reste du temps, ils baisaient. Ils virent peu l'Europe et en revinrent quelques jours après le départ de François Ladouceur.

□

Celui-ci avait, au début de l'été, réglé à la satisfaction du jury de maîtrise le problème de la polysémie dans le récit abelgancien et obtenu une bourse pour aller faire son doctorat à Paris. Il avait hâte d'y être rendu: il y oublierait ses amours impossibles avec Maryse et commencerait une nouvelle vie.

— Je vais m'ennuyer de toi, lui avait-elle dit.

Maryse ne comprenait pas l'attirance que l'Europe exerçait sur ses amis: c'était comme un trou béant, un remous qui les happait. Elle espérait que Michel échappe à cet attrait. Tout remué, François trouva le tour de partir à reculons, en regrettant que les doctorats d'ici soient moins bien cotés.

☐

Après son départ, Galipo étant presque toujours absent, Maryse se rendit compte qu'elle avait peur, seule, dans la piaule: Mélibée Marcotte, dont elle avait la garde, ne suffisait plus à la rassurer. Certains soirs, il lui arrivait de penser aux garde-robes de François et aux morts verdis et pleins de vers qui pourraient en sortir. C'était intolérable, il fallait que quelqu'un d'autre vienne habiter avec eux, d'autant plus que les revenus de Galipo étant aléatoires, elle avait dû défrayer toute seule le loyer de septembre. Ti-cul Galipo lui avait déclaré:

— J'vas faire ma part, Maryse, j'comprends que ça a pas d'allure! On va demander à mon chum Coco de venir pensionner icitte. C'est un gars fiabe, lui, t'auras pas de misère avec.

Septembre 1969

Il faisait encore chaud. Maryse revenait de l'épicerie en traînant ses souliers dans les feuilles mortes. Elle n'était pas pressée. Elle pensait à Maureen qui avait téléphoné la veille pour annoncer, cette fois-ci, son propre mariage. Maryse n'avait rien en commun avec sa sœur, sinon d'avoir trop longtemps partagé la même chambre, les mêmes corvées d'entretien, les mêmes punitions. Cela éloigne parfois. Cependant, elle ne pouvait pas s'empêcher de se demander si, pour Maureen, le fait d'être avec un homme signifierait la même chose que pour elle. Sans doute pas. D'ailleurs, elle-même n'était pas véritablement avec Michel Paradis, mais c'était tout comme; ça faisait chic, dans le milieu, de ne pas habiter le même appartement car la notion de couple était bourgeoise et rétrograde. C'est ce que pensait la nouvelle gang de Michel, qui était farouchement contre le mariage. Maryse ne voulait surtout pas être bourgeoise et rétrograde. Sans s'en rendre compte, elle s'était mise à marcher plus vite et les feuilles, dont l'odeur forte lui montait à la tête, bruissaient sous ses pas. Le mariage de Maureen la rendait malade d'écœurement: pourquoi cela arrivait-il à sa sœur, et pas à elle? À quoi lui servait d'être libre si elle ne pouvait pas voir Michel quand elle le voulait, c'est-à-dire tout le temps? Si au moins ils avaient été accotés! Devant l'énormité de l'évidence, elle eut envie de pleurer: elle était irrémédiablement amoureuse de Michel Paradis, toujours, elle avait voulu habiter avec lui, et dès le premier soir, elle avait désiré l'épouser. Elle se mourait d'envie de devenir madame Maryse Paradis et cette ambition, qui était manifestement égocentrique et mesquine, la scandalisait. Elle n'était qu'une petite bourgeoise jalouse égarée dans un groupe progressiste qui n'hésiterait pas à l'exclure en découvrant jusqu'à quel point elle s'agrippait. Elle n'était pas cool mais dépendante et, dans le fond, aussi réactionnaire que sa sœur Maureen... Perdue dans ses pensées, elle avait dépassé l'escalier chambranlant de la piaule quand elle se souvint d'avoir oublié d'acheter la nourriture de Mélibée. C'était sans importance puisqu'elle avait le temps, tout son temps; elle était une femme libre, mauditement libre, vivant une union super libre avec Michel Paradis, ce qui lui laissait le loisir d'aller acheter toutes les cannes de *Puss and Boots* qu'elle voulait. Elle fit demi-tour, oppressée malgré la douceur de l'air, jalouse de sa sœur, consciente de l'être et tourmentée à l'idée d'éprouver un sentiment aussi méprisable.

Quand elle revint avec le lait et les boîtes de nourriture à chat, Coco Ménard était assis dans l'escalier; entouré de sacs à poignée Gold Star, il serrait une vieille dactylo sur son cœur et attendait. Lui aussi semblait avoir tout son temps.

— T'aurais pu entrer, la porte est jamais barrée.

— C'est que je souhaitais ardemment que quelqu'un m'intronisât!

Maryse posa son sac d'épicerie, elle ouvrit la porte toute grande et Mélibée Marcotte apparut sur le seuil.

— Rentre donc, Coco Ménard, mais fais ça vite. Je veux bien t'introniser, mais pas courailler ma chatte.

Elle parlait, cela sortait normalement malgré la boule qu'elle avait dans la gorge. C'est ça qu'elle trouvait extraordinaire: on pouvait vouloir mourir et personne ne s'en doutait, on ne dérangeait pas les gens, on restait polie. Coco avait pris Mélibée Marcotte dans ses mains et, la maintenant à la hauteur de son visage, il la flaira longuement:

— C'est donc ça l'animal que Galipo haït? Je comprends, elle a l'air bien plus fittée que lui. Ça m'étonnerait pas qu'a soit la réincarnation d'Èva Ratelle, une psychopathe sympathique du début du siècle, morte noyée dans sa baignoire. Tu connais?

Maryse choisit de ne pas répondre. Ménard venait d'ouvrir brusquement ses mains et la chatte était retombée sur ses pattes. Satisfait de sa performance, Coco ajouta:

— C'est ben correct avec moi, Mélibée, tu parles d'un nom! How do you do, Mélibée Marcotte? I am Coco Ménard, but my real name is Coco Laflamme. Pis c'est pas toute, chus la réincarnation de Varette Évrelle, une grande poétesse inconnue du sixième siècle avant le petit Jésus, morte les pieds dans un bain de pieds trop chaud. Vous avez de la chance, les filles, que je vienne rester icitte!

Maryse haussa les épaules et fila vers la cuisine avec Mélibée; elles en avaient vu d'autres!

Ayant posé ses sacs au milieu du salon, Coco Ménard entreprit de les vider. Leur contenu formait sur le tapis un magma poussiéreux dans lequel on pouvait identifier trois tee-shirt sales et jaunes, une Bible de Jérusalem format de poche, un pot de beurre de peanut rempli de vingt-cinq sous, des running, *Le Petit Prince*, une tête de poupée dont un œil ne fermait plus, un canif, un jack strap, le théâtre complet de Shakespeare, des pochettes de disques maganées, le *Yi King,* des cartes de Tarot, un chapeau mexicain plié en pointe, du papier pelure d'oignon et un grille-pain de style vaguement rococo. Ça leur en ferait quatre, pensa Maryse. Quand elle était arrivée à la piaule, l'année d'avant, François lui avait dit: «T'apportes pas de toaster, toi? Tant mieux, on en a déjà trois, le monde les laisse en partant.»

Coco avait trouvé ce qu'il cherchait. Il installa sa dactylo sur la table à café et la chargea d'une feuille à peine froissée. La dactylo devait rester là durant tout son séjour: ça l'inspirait, disait-il, d'écrire «sur la place publique, avec la musique ben forte et le monde qui flippait à côté de lui». Il voulait devenir un paète populaire. Pour le moment, il s'était mis à taper, à deux doigts, un quelconque poème abscons qu'il lut ensuite à voix haute et aiguë. Puis, voyant que Maryse ne réagissait pas, il s'empara de la théière qu'elle venait d'apporter, se versa une ration de thé dans un vase à fleurs oublié sur un guéridon bancal et, pendant que la chatte, rassasiée de Puss and Boots au poulet, le flairait à son tour, il but le mélange en donnant des signes évidents de satisfaction. Maryse commençait à trouver qu'il en mettait un peu trop. Pour en finir, elle lui demanda s'il voulait voir sa chambre.

— Ça presse pas, fille, on est bien icitte, c'est au boutte!

Elle pensa avec nostalgie à son beau François Ladouceur: tu parles d'un remplaçant!

La cérémonie du thé terminée, Ménard jeta son dévolu sur sa Bible de Jérusalem. Il se mit à lire au hasard: «Vision de la femme et du dragon. Un signe grandiose apparut au ciel: une Femme. Le soleil l'enveloppe, la lune est sous ses pieds et douze étoiles couronnent sa tête; elle est enceinte et crie dans les douleurs et le travail de l'enfantement. Puis, un second signe apparut au ciel: un énorme Dragon rouge feu, à sept têtes et dix cornes, chaque tête surmontée d'un diadème. Sa queue balaie le tiers des étoiles du ciel et les précipite sur la terre. En arrêt devant la femme en travail, le Dragon s'apprête à dévorer son enfant aussitôt né. Or la Femme mit au monde un enfant mâle...»

— Elles mettent toujours au monde des enfants mâles, dit Maryse. Autrement, on ne parle pas d'elles.

— Ô Maryse! dit Ménard, je serai ton Dragon protecteur. Je veux te faire un enfant mâle aux cheveux roux.

Ayant dit, il se pitcha à ses pieds comme saint Jean ébloui par la Femme sur l'île de Pathmos et se mit à lui baiser les genoux. Elle pensa furtivement qu'il voulait l'agresser, mais il l'embrassait d'une manière innocente et folle, comme un enfant affectueux ou plutôt comme un chiot qui veut jouer. D'ailleurs, il s'était relevé et continuait sa lecture d'un ton strident. Maryse se demanda par quel maléfice elle côtoyait autant d'énergumènes et d'écrivaillons amateurs de belles-lettres.

Cette nuit-là, elle apporta la Bible de Coco dans sa chambre et parcourut l'Apocalypse en entier, figée d'horreur, mais fascinée. Sur les quatre heures du matin, à la hauteur de sa fenêtre, elle crut voir passer les quatre cavaliers de saint Jean sur leurs chevaux écumants. Au quatrième, qui figurait la mort verte, elle ferma les yeux. Elle ne dormit pas avant l'aube.

☐

Quand, le lendemain, elle entra dans la cuisine pour y déjeuner, Tit-cul Galipo occupait déjà toute la place avec son kit de rouleuses et sa *Presse* bien étalée. Ménard arriva à son tour et sourit gentiment. Il était drôle, finalement, dans son genre. Distrayant. Il parlait sans arrêt. Maryse se fit des toasts et elle pensa que Michel ne viendrait sans doute pas ce soir-là non plus: il avait une conférence de para-logologie appliquée. Soudain, elle perçut comme un trou dans le soliloque de Ménard; il avait cessé de gazouiller, mais depuis combien de temps? Elle n'aurait pas pu le dire. Encore une fois, elle était en train de penser à Michel et cela l'absorbait complètement. La bouche pleine d'une toast au beurre de peanut, Coco Ménard la dévisageait. Galipo aussi la dévisageait. Coco répéta sa question.

— T'es sûre que je t'écœure pas?

— Mais non, pas du tout.

Un autre qui mangeait la bouche ouverte!

— Ça se peut pas que je t'écœure pas. Moi-même, je me dégoûte. J'adore me dégoûter, dit Coco. Si tu me voyais comme je me vois, de l'intérieur, chus sûr que tu tiendrais pas le coup, fille!

Déjà, l'extérieur de Coco Ménard promettait: il avait de grandes dents un peu croches, les cheveux raides et blondasses et les gencives roses, roses, roses.

— Tu sais à quoi j'ai rêvé? dit Maryse. J'ai rêvé à un petit animal à lunettes qui te ressemblait. C'était un lézard vert et rose, rose jujube.

— J'adare les lézords, mon trésar, dit Ménard.

— Marnard, fit Mélibée.

— Ta yeule, lui répondit Coco. On s'entend plus penser.

— Ça, c'est vrai, dit Galipo.

Il se leva et partit vers sa gamique en laissant sa tasse sale sur la table.

— Avant ça, dit Maryse, j'avais rêvé que j'étais avec François Ladouceur. Tu le connais pas. On prenait le thé au bord d'un petit ruisseau mais le thé, c'était de la crème de menthe et la terre, c'était pas de la terre mais une sorte de mousse poreuse. Comme du styrofoam. Arrive le poète Oubedon, très vieux. Il tient une fillette par la main. Il est devenu un poète-grand-père. François dit: «C'est comme Victor Hugo.» Je prends la petite sur mes genoux et on regarde l'eau couler en buvant de la crème de menthe. L'air est devenu raréfié, suspendu, saturé d'une poussière d'un blanc verdâtre et lumineux. Je dis à François: «C'est drôle, on n'étouffe pas, dans la lumière blanche.» Je lui parle en anglais... Après, je ne sais pas. Puis je m'aperçois que la petite a disparu.

— Tu fais des maudits beaux rêves, toi! dit Coco. Tu sais, le lézard, c'est un symbole phallique. En plus, y me ressemblait!

Il se mit à rire.

— Arrête ça tout de suite, Coco Ménard. Si tu me niaises, j'te raconterai plus rien.

— J'te niaise pas, fille, mais j'ai lu Sigmund, moé.

Maryse haussa les épaules. Depuis qu'elle était en littérologie, elle avait pris de l'assurance à propos des textes. Il y avait, dans sa classe, une fille superbe, aux cheveux noirs et luisants, et qui avait dit un jour que Freud était suspect. Cette déclaration avait beaucoup plu à Maryse. La fille s'appelait Marie-Lyre Flouée et elle voulait devenir comédienne. Maryse eut un éclair:

— Dis donc, Coco Ménard, si je rêve à un pénis, ça sera le symbole de quoi, tu penses?

— Le pénis, fille, c'est le symbole d'un crayon pour un paète, d'un sceptre pour le restant du monde. Le pénis est le pouvoir. Sigmund a dit...

Maryse l'interrompit:

— Écoute, Coco, si j'avais voulu voir un pénis, j'aurais rêvé à un pénis. Seulement, moi, j'aime mieux rêver à des lézards, oké, là? Pis mes rêves, je sais toujours ce qu'ils veulent dire. Je le sens. C'est rarement conforme à l'orthodoxie de saint Sigmund Freud mais j'm'en contre-tamponne: Freud était un crosseur.

Quand elle était hors d'elle, la verdeur de son langage

d'autrefois lui revenait et elle s'y complaisait, ce que Coco Ménard ne saisissait pas encore. Il dit:

— Mon Dieu que t'es mal embouchée, Maryse O'Sullivan. T'es la fille la plus vulgaire que j'aie jamais rencontrée! C'est de valeur parce que t'es belle, pis plus t'es fâchée, plus t'es cute.

— J't'haïs! Coco Ménard.

— J'm'appelle Armand Laflamme, dit-il.

— Viens donc pas!

Ménard se leva dignement et il réintégra sa suite pour le restant de la journée. Mais ils reprirent la discussion le lendemain car, dans le fond, ils adoraient se picosser et tout l'hiver, ils continuèrent à se raconter des peurs.

Chronique floue

Coco Ménard n'était pas si fou que ça. Il aimait seulement d'une façon excessive la paésie et les happenings. Au moment où Maryse fit sa connaissance, il était travaillé par la théorie de la réincarnation, l'arcane douze du tarot de Marseille et l'avènement prochain des communes. Il n'avait pas complètement abandonné l'idée de Dieu mais ce Dieu, quoique toujours mâle, n'était plus unique et emmerdant; s'il existait encore, il était certainement totalement messianique et la personne de Bob Dylan aurait pu, à la rigueur, être un de ses avatars modernes, Ménard n'était pas fixé là-dessus. Maryse pensait à peu près la même chose de Dieu, sauf qu'elle ne croyait pas que c'était Bob Dylan ni même Jerry Rubin, qu'elle ne connaissait d'ailleurs pas encore. Le fait que Dieu, si parfaitement suprême, ait choisi d'être un homme et, par conséquent, de ne pas avoir de seins et de ne pas être belle, avait toujours intrigué Maryse qui, même toute petite, voyait bien que quelque chose clochait là-dedans: pourquoi Dieu n'était-il pas la Sainte Vierge, tout simplement? Mais à la différence de Ménard, Maryse ne pensait plus à ces questions depuis bientôt deux ans et pour elle, le concept avait tellement perdu de sa densité qu'il n'évoquait même plus un vieux snoreau à barbe blanche. En entendant le mot Dieu, elle ne voyait plus qu'un grand carré beige pâle sans odeur et sans aucun intérêt. Et encore, pas à toutes les fois. Quant à Ménard, sur le plan de la vie matérielle et sordidement pécuniaire, il avait la conviction d'avoir découvert lui-même que les études, c'était de la marde, et que les jobs vous emprisonnaient dans le système. Que faire alors? Ménard hésitait et il s'était donné quelques années — jusqu'à vingt-sept ans — pour y penser.

Lorsqu'il était vraiment cassé, il mettait son suit chic pour aller faire quelques jours de suppléance dans les écoles de l'Est de la ville. Il disait pogner avec les tits-culs du quartier Hochelaga-Maisonneuve, les seuls qui, à ses yeux, représentaient le peup' dans toute sa sauvage pureté. Coco Ménard était donc, à son arrivée à la piaule, conforme à la description que Galipo en avait faite: open et, dans le fond, très gentil. Il était plus que mûr pour vivre intensément la merveilleuse décennie du patchouli et du macramé dont on sentait déjà les signes avant-coureurs. Stone la plupart du temps — ce qui le rendait malléable et amorphe —, sa présence rassurait vraiment Maryse: avec lui, rien ne portait à conséquence car il était, comme plusieurs de ses chums, une sorte d'ange asexué. Plus précisément, Coco Ménard était de sexe inconnu.

Pour cette raison, et aussi à cause de la trop grande divergence de leurs préoccupations, Coco ne remplaça jamais François Ladouceur dans la vie de Maryse qui attendait les lettres de celui-ci avec impatience. François mettait beaucoup de temps à les rédiger, et il avait raison car Maryse les relisait partout, dans l'autobus, au travail, avant de s'endormir, jusqu'à les savoir par cœur. Maintenant qu'il était inaccessible, elle se rendait compte de l'importance que François avait pour elle et la pensée qu'il ne devait pas revenir avant deux ans lui serrait le cœur.

□

Au milieu d'octobre, Tit-cul Galipo quitta la piaule, l'air sombre comme toujours, disant que «c'était plus travaillable dans le shack depuis l'arrivée de Ménard». Maryse ne l'avait jamais vu travailler. Sa remplaçante, Jocelyne Ménard — aucun lien de parenté avec Coco —, possédait elle aussi un toaster mais le sien était, définitivement, un grille-pain: Jocelyne vénérait le «français de France» et le moindre anglicisme l'étrivait. À son contact, Maryse et Coco durcirent leurs positions; ils se mirent à parler du sink, de la rédio, de l'hostie de pick-up fucké à Ladouceur et, bien sûr, cela s'imposait, du toaster à m'ame Ménard. Ils eurent beaucoup de fun avec Jocelyne car elle était du genre à triper sur «le vierge, le vivace et le bel aujourd'hui». Elle tripait aussi sur les éviers propres, détail qui n'a rien d'étonnant: étant du sexe femelle, Jocelyne était portée (par une sorte d'atavisme?) vers les tâches domestiques et grâce à sa présence décapante, la piaule ressembla un peu moins à une soue à cochons.

Ménard, lui, vivait au-dessus de ces contingences matérielles tout en sachant apprécier — en son for intérieur et en silence — les éviers propres et blancs qui lui rappelaient celui de sa moman, symbole, comme il aimait à se le répéter, de la matrice aseptique. Le fait que l'émail du lavabo fût froid et dur importait peu: il ne fallait pas demander à un symbole de reproduire bêtement toutes les caractéristiques de la chose...

Maryse se réjouissait des principes d'économie domestique affichés par sa nouvelle co-locataire; ils ressemblaient aux siens. Toutefois ce consensus «féminin» sur les soins du ménage ne suffit pas à la rapprocher de Jocelyne Ménard avec laquelle elle ne se trouva aucune autre affinité et dont elle ne devint jamais l'amie.

Cette difficulté qu'elle avait à se lier l'inquiétait; elle commençait même à se demander si elle était vraiment douée pour les relations humaines et, dans ces moments de doute, elle enviait l'entregent de Michel. Celui-ci s'était rapidement refait un groupe d'amis dont le noyau était constitué de lui-même, évidemment, d'un certain Lemire, grand hâbleur à la moustache agressive, d'une fille appelée Francine Fauchée, tellement fagotée qu'elle semblait le faire exprès, d'une autre fille, Elvire Légarée, belle celle-là et secrète, et d'un couple, le seul que le groupe tolérât, d'abord parce qu'on ne pouvait tout de même pas les démarier et ensuite (et surtout) parce que leur amour, bien que fort et exemplaire, passait *après* leurs convictions politiques. Les Crête — c'était leur nom et ils n'en voulaient qu'un — avaient réglé leurs problèmes affectifs; ils étaient sains, équilibrés, matures et prêts à donner leurs forces vives pour accomplir un travail révolutionnaire à la base, auprès du monde ordinaire. Ils portaient tous les deux des bottes Kodiac bien entretenues et de très belles chemises à carreaux.

Malheureusement, Maryse ne les aimait pas beaucoup, ni eux, ni leurs chemises, ni Francine Fauchée. Quant à Lemire, elle avait tout simplement peur de ses sous-entendus gênants et de ses constantes références à des ouvrages qu'elle n'avait pas lus. Cependant, elle essayait de leur trouver à tous des qualités à cause de Michel qui prenait des pots avec eux à *la Luna de papel*. On prenait des pots, à l'époque: Lemire était Français et tout le monde de la gang parlait comme lui. Maryse se disait qu'ils devaient tous être corrects et qu'elle seule avait des problèmes de comportement; elle ne réussissait pas mieux avec les gens de sa propre faculté où seules quelques filles lui semblaient intéressantes. Mais, curieusement, ces filles étaient peu enclines à se lier avec elle. Si quelques-unes acceptaient de lui parler entre deux cours, c'était debout dans le corridor U-18. Tenant à la main, pour la contenance, un verre débordant de café rigoureusement imbuvable des machines, elles surveillaient les allées et venues des gars et, dès qu'un groupe de pantalons passait près d'elles, elles devenaient comme abstraites et ne se donnaient même plus la peine de répondre correctement aux questions de Maryse. Mentalement, elles étaient ailleurs, là où leur véritable intérêt les portait, avec les gars.

Seule parmi toutes ces filles, Marie-Lyre Flouée, celle qui n'aimait pas Freud, parlait à tous, indépendamment de leur sexe. Cela avait été facile, pour Maryse, de l'aborder. Elle l'avait même présentée à Michel qui ne l'avait pas aimée. C'était étonnant, tout de même, une si belle fille! Michel s'était contenté de déclarer que Marie-Lyre était une vraie folle, catégorie de femmes qui semblait surpeuplée. Ce qui lui avait fait dire ça, c'est qu'elle leur avait avoué faire souvent des téléphones à certains ministères, dans les banques, aux postes de radio et dans les grands magasins pour se plaindre de l'absence du français dans les services, du racisme et de bien d'autres choses encore. Il lui arrivait aussi d'écrire aux journaux et ses lettres étaient parfois publiées. Michel trouvait tout cela inutile et elle faisait la preuve, en agissant ainsi, de son peu de pouvoir et d'envergure. Quoi qu'il en soit, Marie-Lyre n'avait ni enfants, ni job, ni chum steady et elle séchait la plupart de ses cours; cela lui laissait beaucoup de temps et d'énergie à consacrer à la réforme de la société, aux médias d'information et à la seule chose qu'elle aimât passionnément, le Théâtre. Elle avait déjà été refusée à l'École Nationale et au Conservatoire, mais elle ne s'en faisait pas: en France, Delphine Seyrig avait elle aussi été refusée. Comme tant d'autres, elle allait prendre la voie parallèle et elle n'était en littérologie qu'en attendant. Elle jouait des rôles impossibles dans des troupes de jeunes dont Maryse n'avait jamais entendu parler et qui exigeaient une cotisation hebdomadaire et de longues heures de corvée. Marie-Lyre Flouée n'était donc pas très souvent à l'université et, conséquemment, son amitié naissante avec Maryse ne progressait pas très vite. Quant à se rencontrer en dehors du campus, elles n'en étaient pas rendues là.

☐

En fait, la seule amie de Maryse était Marité, mais elles se voyaient moins car celle-ci était absorbée par son stage au Barreau. Une fois seulement les deux filles étaient retournées ensemble à *la Luna*.

— Au fait, je suis enceinte, avait dit Marité, à brûle-pourpoint.

— C'était pas prévu...

— Non, mais ça fait rien, on veut un enfant de toute façon.

Manolo venait d'enlever les assiettes et il leur apportait les menus pour le dessert. Maryse lui dit:

— Vous savez, ma copine Marité est enceinte.

Il partit comme une flèche. C'était stupide de lui avoir raconté ça, à lui, et Maryse le regretta aussitôt. Il revint avec des Cointreau *de la casa*, pour célébrer l'événement, dit-il: sa femme aussi était enceinte, ils attendaient leur deuxième enfant autour de Noël. Puis, il s'éclipsa pour aller prendre la commande de la quinze où les clients commençaient à s'impatienter.

Marité enchaîna sur la Commission Bird et Maryse eut beaucoup de difficulté à se concentrer sur ce que celle-ci disait. Elle fixait le menu ouvert devant elle, relisant machinalement la liste faussement exotique des desserts: les noms des *postres* étaient écrits très gros en espagnol puis, au-dessous, plus petit en anglais et, sur la troisième ligne, encore plus petit en français. Une langue était censée constituer la traduction de l'autre mais rien ne faisait sens; le texte qu'elle avait sous les yeux n'était pas plus compréhensible que les paroles de Marité et que toutes les discussions qu'elle avait dû subir depuis sa rencontre avec Michel. C'était absurde car il ne s'agissait, ici, que de cuisine. Elle avait mal au cœur et elle éprouvait, comme toujours quand des sujets politiques étaient abordés en sa présence, un léger vertige. Elle regarda Marité dans les yeux et se surprit à dire avec assurance et même désinvolture:

— Qu'est-ce que c'est, déjà, la Commission Bird?

Sans se démonter et sans lui reprocher son ignorance, Marité le lui avait expliqué... Cette soirée avait marqué un jalon important dans l'évolution de l'amitié des deux femmes: l'attitude de Marité était tout le contraire de celle de Michel et, commentées par elle, les questions politiques prenaient un sens.

□

À la suite de cette conversation, Maryse se mit à suivre avec intérêt les débats autour de la Commission Bird; elle en avait le temps car, mis à part ses contacts intermittents avec Marité et Marie-Lyre, et malgré le verbiage incessant de Coco Ménard, elle était généralement seule avec elle-même, la présence de Michel ne lui étant jamais assurée. Son humeur variait selon les va-et-vient de celui-ci, passant tour à tour de l'euphorie à la dépression morne; elle le soupçonnait d'en voir une autre, Francine Fauchée peut-être. Il venait pourtant dormir chez elle la plupart du temps et, bien qu'il n'y ait jamais eu de mots échangés entre eux, elle pouvait se considérer — et tout le monde la considérait — comme la blonde steady de Michel Paradis. Cette chose extraordinaire lui était arrivée; entre toutes les filles des Beaux-Arts, parmi celles de sa classe actuelle, celles qu'il avait connues avant, dans son quartier, parmi toutes les femmes qui déambulaient dans les rues de Montréal, Michel l'avait choisie, *elle*, Maryse O'Sullivan. C'est ce qu'elle se disait parfois pour s'encourager quand elle se retrouvait seule à la piaule avec ses livres et qu'elle se mettait au lit pour avoir moins froid. Ensevelie sous les couvertures avec Mélibée Marcotte, il lui arrivait, avant de commencer à étudier, de relire les lettres de François. Certes, Maryse savait que la sœur Sainte-Monique, la maîtresse de discipline du Couvent, aurait rangé cette manie de lire au lit parmi les habitudes néfastes. Mais la sœur Sainte-Monique n'était plus là pour l'écœurer. Elle était une femme libre, Coco Ménard le lui avait confirmé. Les lettres de François la troublaient car il lui laissait entendre qu'il l'aimait; de loin, ça devait être plus facile. Elle prenait bien garde de laisser traîner sa correspondance depuis que Michel lui avait fait remarquer: «Y en a, des choses à te dire, ton François Ladouceur!»

□

Un après-midi qu'elle avait laissé tomber ses livres, prise dans une sorte de rêverie sur Michel qu'elle voyait marchant vers Québec, avec sa main à elle dans sa grande main — ils manifestaient contre le Bill 63 —, elle avait fini par somnoler, engourdie par le poids des couvertures et le ronronnement de la chatte. Sa fenêtre était entrouverte et dans son demi-sommeil, elle entendait des voix claires d'enfants qui riaient et scandaient des comptines. Soudain, une voix se mit à chanter:

> «*London Bridge is falling down,*
> *falling down, falling down,*
> *London Bridge is falling down,*
> *My fair Lady.*»

Petite, elle avait longtemps pensé que la Lady de la chanson était Elisa Doolittle. À la fin de l'histoire de son père, le professeur Higgins disait à Elisa: «Now, Lisa, you are my fair lady...» À chaque fois que Tom arrivait à ce passage, Mary était transportée de joie; elle voyait Elisa se promener lentement sur le pont de Londres, au bras du professeur Higgins... Maryse se rappela, enfouie au fond de son enfance indigente, la voix de son père chantant la courte mélodie. Mais dans son souvenir, ils étaient deux adultes à chanter *London Bridge* et l'autre voix était celle d'une femme. Alors, ce devait être la tante Kathleen. Maryse aimait cette chanson. Elle imagina les enfants de la rue; dépenaillés, sautant dans l'air encore doux de l'automne attardé, tous pareils, qu'ils soient filles ou garçons, blonds avec de grands yeux noirs et des voix identiques, et ressemblant peut-être à cet enfant que Marie-Thérèse portait... Puis les voix enfantines devinrent stridentes: la chicane venait de prendre et le troupeau fut éparpillé par l'intervention d'une mère.

Maryse s'assit sur son lit, parfaitement éveillée. Elle se prit à espérer: son attente avait un sens, elle en était sûre, la mélodie de *London Bridge* était un signe. Elle se fit couler un bain et rangea dans la garde-robe son uniforme d'ouvreuse de la Place des Arts. Elle n'aimait pas les uniformes, et son nouveau travail l'ennuyait. Après son bain, elle fit le ménage afin que tout soit propre au retour de Michel.

Il ne vint pas.

□

Le lendemain, elle se hasarda à lui demander s'il voyait d'autres filles.

— Je t'aime bien, tu sais, dit Michel. Il n'y en a pas d'autres. Les autres ne comptent pas, elles ne sont pas vraiment importantes.

Puis, il changea adroitement de sujet. Sa réponse, toutefois, n'avait pas satisfait Maryse qui passait son temps à justifier ses retards et à essayer de comprendre son comportement.

Elle finissait toujours par s'attribuer tous les torts. Parfois, quand elle se traitait de folle et souhaitait ne l'avoir jamais rencontré, elle reconnaissait son pas dans l'escalier. Elle écoutait alors, de toutes ses forces: c'était le moment unique où il venait vers elle, encore un soir. Il la trouvait tremblante et docile au milieu d'une chambre en désordre. Il s'étonnait:

— Ça ne va pas?

Invariablement, Maryse répondait:

— Ça va, puisque tu es là.

C'était vrai: tout son ressentiment avait fondu à la seule vue de Michel, au son de sa voix. Elle pensait: «Je suis veule. Dès que tu parais, j'oublie tout le temps qui nous a séparés, je m'oublie moi-même, je suis prête à tout pardonner pourvu que tu reviennes, je suis dans ton prolongement. Je t'aime. Je me croyais dure et hautaine, et je demeure pendant des jours à attendre ton bon plaisir. Tu peux me prendre quand tu veux, moi je veux toujours. J'ai perdu toute fierté, je suis lâche et je n'ai même pas honte, j'ai tellement de peine que je peux me passer d'avoir honte. Je suis comme une petite fille inquiète et, comme toutes les femmes, insécure. Nous attendons souvent. Je pourrais crier partout que je t'aime.» Maryse ne criait pas pourtant. Elle se disait tout cela à elle-même en souriant à Michel d'un pauvre petit sourire. Elle savait que c'est dans les livres seulement qu'on dit autant de choses à la suite. Dans la vie, il y a toujours quelqu'un pour vous assurer que vous vous faites des idées, ou le téléphone qui sonne.

Michel avait toujours l'air un peu embarrassé quand il rentrait tard et Maryse n'aimait pas qu'il ait cet air. C'est pourquoi elle lui facilitait les choses en ne posant pas de question. Un soir, alors qu'elle aurait dû préparer ses examens de mi-session, elle écrivit un texte désespéré et rageur au bas duquel elle nota: «J'écris des histoires insignifiantes et je suis possessive. C'est inadmissible.» Le texte s'appelait *la Fille mauvaise*. Maryse le mit au fond d'un tiroir et elle n'y pensa plus.

□

D'ailleurs, elle n'avait pas vraiment le temps d'écrire des choses à son goût car, à l'université, elle était surchargée de travaux. Le plus féroce des professeurs était Télémaque Surprenant qui semblait prendre un malin plaisir à imposer ce qu'il appelait des take home. Un jour, il ordonna aux étudiants de lui pondre des pastiches. Et que ça saute!

— Le pastiche, avait-il affirmé entre deux poffes de gitane, est for-ma-teur. Très. Vous m'en ferez un de mille mots pour la semaine prochaine.

Le professeur Surprenant n'avait pas cru bon de spécifier *qui* les étudiants devaient pasticher. Dans son idée à lui, il s'agissait d'auteurs comme Ronsard, Rabelais, Racine, Rimbaud, Rabutin, Rutebeuf, Robbe-Grillet, voire même le grand Rhugo. À la rigueur, il pouvait toujours s'agir de Radiguet, Ringuet, Roy ou Robert de Rochebrune. Mais ceux-ci n'étaient pas Français, donc moins bons auteurs et, conséquemment, moins pastichables. Malheureusement, Maryse ne comprit pas le sens du travail. Elle était alors fascinée non seulement par la littérologie mais par tout discours scientifique — ou pseudo —, surtout celui de la science logologique. Elle passait de longues heures dans les bibliothèques, affolée par l'immensité de sa propre ignorance et découragée devant l'énormité de sa tâche: il lui faudrait *tout* lire pour devenir une vraie intellectuelle. Déjà les titres des livres, seulement leurs titres, la rebutaient et l'attiraient à la fois: ils lui semblaient, en quelque sorte, être permutables et se répondre les uns les autres en une combinatoire aussi vide de sens que mince. L'étrangeté de certains termes, qui revenaient comme en écho d'une couverture à l'autre, ne laissait pas de l'étonner. Elle en fit tout naturellement un pastiche intitulé *Variations logogistiques* et qui commençait, comme il se doit, par l'inévitable structure des classes sociales, laquelle se transformait aussitôt en zoo-sociologie des ruptures classées. Son texte continuait comme suit:

«*La signologie: science ou non-sens?*
La transcendance du non-sens dans les sciences ancillaires.
Socio-logologie du lyrisme de Mac Pouet.
Segmentation des sédiments schizoïdes.
Le totémisme à Caugnawaga.
Le mou et le super-mou.
Transfert freudien, correspondance et tickets.
Analepse et ineptie.
Les mirlitons de la psychanalyse.
Néo-structuralisme et putréfaction.
Forme du contenu.
Le contenu de la forme.
Compte tenu des formes...
Le matérialisme actanciel de Lord Youbet.
Orgasme et lutte des classes.
L'orgasme à double articulation.
Du pénis en question: analyse opérationnelle.
L'instance irréversible du retour de Chopin Ower.
La dialectique mise à nue, par Cédule Valiquette.
Récurrence du totalitarisme dans les groupes
      de contre-culture: prolégomènes à l'étude
          de trois cents cas.
Le pré-conscient chez le casoar à casque.
Capital et intérêts fonciers chez les Hottentots.
Les corps hystérisés de Graham Bell et Walt Disney.
Le pénis roulé, par Maurice de la Tour Penchée.
Traité de zogologie délocutive, par Anastase Noëlle.
Le mâle et le mou, par Crémone Dubois.
La vipère lubrique durcit ses positions.
Le blackboulage en treize leçons, par Klauss Pépin, o.m.i.
Anna Gramme; vie, œuvres, mort et résurrection.
La catachrèse frileuse, contribution d'Écholalie Mallette.
Comment j'ai vaincu la barre oblique, par madame X.
Structure des swamps; étude en trois temps étalée
      sur deux champs sénémantiques.
De la lacanologie à la canne de bière.
Opprobre et déjection: quelques notes pour les années 70.

Mao et le paradigme fluide.
Les dernières errances de la tomate itérative.
Libido et névrose de Drummondville à Greenwich Village.
L'icône tautologique.
L'arbitraire et le libre arbitre: cul de sac?
Pour un behaviorisme polymorphe.
Le happening chez les Lapons (1959-1969);
    modèles organisationnels.
La libido comme indice de plus-value.»

— Qu'est-ce que c'est que ce torchon? dit Télémaque
Surprenant.

Pour mieux téter sa gitane, il avait posé ses pieds sur son
bureau; c'était bien son droit car il portait de superbes Wallabees
tout neufs. Il avait la voix haute et l'accent pointu.

— C'est un pastiche de titres.

— Mais c'est con, un pastiche de titres, j'ai jamais demandé
ça, moi! En plus, vous maîtrisez mal le sujet: vous avez mis tous
les mots que vous connaissez, mais lisez-les donc, les livres, au
lieu d'en rire! Et ce ne sont même pas des textes littérologiques!
Citez-moi donc Proust, *Albertine disparue*, édition Parpaillot,
page quatre-vingt-dix-huit, sixième ligne, vite, rien que pour
vérifier vos connaissances basiques.

— «La fille qui n'a point d'ami, répondit Maryse, Comment
vit-elle? Elle ne dort jour ni demi Mais toujours veille. Ce fait
amour qui la réveille Et qui la garde de dormir», Christine de
Pisan, Encyclopédie Piperade, page trente-six.

— Vous n'avez pas lu Marcel Proust et vous dites n'importe quoi.

— C'est peut-être n'importe quoi pour vous, mais moi
j'aime ça.

Surprenant la regarda d'un œil morne. Il lui avait consacré
assez de temps. Il était un spécialiste de la maudernité qui avait
commencé avec Proust, comme tout le monde sait, alors
Christine de Pisan-quinzième siècle... Il se contenta de dire:

— Ne vous attendez pas à ce que je remonte votre note.

— Je ne vous ai rien demandé, dit Maryse, et j'aimerais
bien que vous me parliez poliment. Je n'ai pas écrit mon

pastiche spécialement pour vous déplaire, mais tant pis. De toute façon, si mon texte vous a ennuyé, dites-vous bien que vous êtes payé pour le lire.

Elle pensait en elle-même: «La prochaine fois, je vais copier sur Marie-Lyre, vieux salaud, et tu t'en rendras même pas compte.» Surprenant l'examina de la tête aux pieds, complètement désarçonné; on ne lui avait jamais parlé sur ce ton-là! Pendant une fraction de seconde, une lueur de stupéfaction brilla dans ses yeux gris, mais il résista, se ressaisit et retrouva son aplomb. En prenant une dernière poffe, il cria à la cantonade: «Suivant: Ginette Lefaivre-Frenelle», et aussitôt cette dernière entra au pas de course. L'audience de Maryse était terminée. Elle sortit en butant dans la porte, étonnée de sa propre audace, et relata toute la scène à François dans une longue lettre.

Sa rencontre avec Surprenant lui avait fait comprendre que la faculté de littérologie n'était ni le lieu d'affleurement du plaisir ni, comme elle l'avait naïvement pensé, la place pour apprendre à écrire. Mais elle venait de saisir le Système littérologique par le bon bout et, pendant tout le reste de ses études, elle ne produisit plus que d'excellents devoirs bien sages, bien léchés et très haut notés.

Quatorze février 1970

— C'est pas une raison pour être bête, dit Michel. Mon Dieu, Maryse, que t'es cassante avec les garçons de table!

— Qu'y soient fins, pis j'serai fine.

— Mais tu fais des histoires pour rien! T'es complètement hystérique.

Maryse eut soudain une envie folle de le planter là, au beau milieu du restaurant bruyant, avec les assiettes enfin arrivées et Lemire qui savourait leur chicane. Elle n'avait plus faim. Le fait que Michel soit si désagréable confirmait d'ailleurs ses appréhensions: il avait oublié la Saint-Valentin, fête quétaine par excellence, et qu'il fallait ignorer. Il avait eu l'air prodigieusement agacé par l'altercation qu'elle venait d'avoir avec le waiteur et pourtant le service était mal fait, elle le savait.

— Je ne vois pas pourquoi je ferais semblant de le trouver correct, ce waiteur-là, y nous écœure. Je suis peut-être hystérique, mais j'ai raison.

— Bien sûr, dit Michel, calme-toi! Le monde nous regarde.

Le menton de Maryse tremblait. Elle se mit à manger en silence mais ça ne rentrait pas et la viande était froide. Ça y était, elle avait été agressive. Ils n'étaient pas assis dans la section de Manolo et le garçon qui les servait était de la race de ceux qui ont toujours raison et qui ne sont jamais là quand on veut quelque chose. Lemire avait changé deux fois d'idée en commandant — ce qui n'avait pas aidé — et le waiteur avait dû mêler leur commande avec celle de la dix-huit où étaient attablés une femme et deux hommes qui leur ressemblaient vaguement. Des erreurs comme ça étaient courantes et excusables. Si seulement il ne les avait pas niaisés! Il était toutefois impossible d'expliquer cela à Michel, pour qui les

choses étaient plus simples: sa blonde s'était pognée aux
cheveux avec un garçon de table, un honnête-camarade-
travailleur, elle n'était pas sortable et se comportait de plus en
plus comme une odieuse-petite-bourgeoise-réactionnaire manquant totalement de compréhension envers les classes laborieuses. Le travail était, pour Michel, quelque chose de sacré.
Pour Maryse aussi. Mais elle se demandait depuis quelque
temps si le fait d'avoir en tête le menu détaillé de vingt-trois
clients, de ne pas se tromper dans les additions, de transporter
des assiettes trop chaudes et de ne pas oublier de sourire, était
bien du travail. Cela n'était pas clair car il n'y avait pas, dans
ces opérations, la moindre production de quoi que ce soit, au
sens où Marx l'entendait. Le camarade Marx ne pouvait
pourtant pas s'être trompé mais il ne disait rien sur les waiteurs
et Maryse était perplexe. Elle n'était rendue qu'au troisième
chapitre du premier livre du *Capital* et elle ne voyait toujours
pas comment cela pouvait s'appliquer aux chauffeurs de taxis,
aux monitrices des garderies, aux infirmières, aux femmes de
ménage, aux réceptionnistes, aux coiffeuses, au Chinois du
coin, et surtout, aux waiteurs. Michel l'avait rassurée à propos
de Marx: ça s'éclaircissait plus loin, ça deviendrait même
limpide. En attendant, elle avait bel et bien été grossière avec
un camarade-prolétaire qui était peut-être préoccupé et, sans
aucun doute, fatigué. C'était là une contradiction terrible, elle le
savait. Elle nageait en pleine contradiction et s'en voulait. «Je
m'en veux à mort, se dit-elle, je m'haïs.» Comment se compor-
ter avec le prolétariat? De quel œil le regarder? Quel mode
d'emploi choisir? Son malaise face aux gens ordinaires l'étonnait elle-même: issue du peuple, elle aurait dû, mieux que
Michel, le comprendre et sympathiser avec lui, mais ça n'allait
pas de soi. Elle savait pourtant l'adresse et la vivacité d'esprit
qu'il faut pour être waitress et elle avait aimé faire ce métier
dont les gestes lui revenaient, comme un réflexe, à chaque fois
qu'elle mettait les pieds dans un restaurant: elle pouvait dire,
dès son entrée, si le service roulait bien et sinon, ce qui n'allait
pas.
    Elle essaya de manger un peu et de mettre de l'ordre dans

ses idées. Elle avait tout le temps pour cela car Lemire avait lancé Michel dans un débat de fond sur les rapports secrets que la dictature du prolétariat entretenait possiblement avec le stade du miroir. Il était urgent de déterminer si l'une procédait de l'autre ou l'autre de l'une et d'établir — une fois pour toutes! — qui, entre Marx, Bozanov, Lacan, Marcel Chaput et Wurtèle, avait finalement raison. Maryse n'était pas tenue de donner la réplique aux deux gars qui lui demandaient tacitement de faire semblant d'écouter, ce qui l'arrangeait dans le fond: pour d'étranges raisons, elle ne parvenait pas à lire Lacan et, sur ce sujet, force lui était de se tenir fort close et sur ses gardes. Pendant qu'elle leur souriait, une partie d'elle-même plongea avec délectation dans ses pensées profondes, dont la plupart étaient vénéneuses. Elle ne pouvait pas s'empêcher de suivre les allées et venues du garçon de table et de jauger son incompétence: à la dix, on lui réclamait des verres d'eau pour la troisième fois. Tout à coup, elle eut le goût d'aller les leur porter. Elle était assise tellement près de la fontaine! Elle se vit debout, faisant le service avec Manolo, et essaya d'imaginer la tête des clients et surtout celle de Michel. Puis la tentation de se lever devint comme une urgence, accentuée par la rougeur soudainement incandescente de l'éclairage et par le rythme affolant de la chanson de Violetta Parra qu'on entendait. Lemire n'arrêtait pas de parler de praxis et le mot résonnait comme chriss; c'était peut-être sa façon à lui de sacrer. Maryse dut résister de toutes ses forces pour rester à sa place, elle se mit à sourire de plus en plus mécaniquement, la tête vide, la bouche sèche, et sentant, dans les jambes, un irrésistible désir de bouger et d'aller corriger ce qui n'allait pas dans le service du waiteur: après leur avoir apporté les verres d'eau, d'une eau très froide, elle ne reviendrait pas à sa table, elle partirait en laissant Michel ahuri devant son assiette pleine, et le rouge énervant du restaurant se diluerait dans la neige...

Elle fut délivrée de son fantasme par l'invasion tapageuse de la gang qui se composait, ce soir-là, des Crête et de Francine Fauchée. Presque en même temps, le shift de leur waiteur prit fin, il encaissa partout et fila. Manolo, qui avait écopé d'une partie de ses tables, vint leur demander s'ils attendaient quelqu'un d'autre.

— Ça se peut qu'une fille nous rejoigne, dit Gilles Crête, mais on va manger tout de suite, ma femme a faim.

La gueule de Gilles Crête ne revenait pas à Manolo, mais il ne s'en douta jamais. Ayant renoncé à faire un service cohérent, le garçon de table apporta immédiatement les menus et des verres d'eau. L'eau sembla à Maryse étrangement attirante dans ce désert surpeuplé où résonnaient des mots comme hystérie et champs psychanalytiques. Elle vida son verre d'un trait et les paroles des autres devinrent moins obsédantes, leurs voix reprirent un timbre normal. Michel lui sourit et elle sut que leur première chicane de couple — qui n'avait même pas eu lieu en tête à tête — était terminée.

Comme ils venaient de donner leur commande, la personne que Gilles Crête attendait arriva: c'était Elvire Légarée, flanquée du poète Adrien Oubedon qu'elle présenta négligemment, comme si c'eût été banal. Maryse avait toujours imaginé Oubedon sous les traits d'Émile Nelligan, mais il était gros et très quelconque. Ça ne faisait rien; il était tout de même poète, vivant, et assis en face d'elle. Sa figure un peu bouffie lui sembla mille fois plus agréable à regarder que celle de Lemire, qui lui faisait également face, et elle décida de centrer son attention sur le couple d'arrivants. Elvire couvait Adrien du regard en lui faisant des mamours comme à un petit garçon et celui-ci grognait de temps en temps de plaisir. À aucun moment, Maryse ne se sentit vraiment exclue de leur délire car Elvire, qui n'était pas mesquine, trouvait tout naturel que les autres femmes partagent son adoration pour le poète, pourvu qu'elles le fassent avec modération et lui laissent ses prérogatives de muse. En plus de poursuivre des études en logologie, Elvire Légarée était en effet aspirante muse à temps partiel. Elle avait d'ailleurs des aptitudes et Maryse put voir comment, déjà, elle était maternelle et zozotante. Toutefois, n'ayant aucune expérience de ce genre de commerce, Maryse fut rapidement assaillie par les difficultés multiples que présente la conversation avec un poète en semi-transes et sa muse.

D'autant plus qu'à l'autre bout de la table, les esprits commençaient à s'échauffer. Gilles Crête n'était pas d'accord avec
Francine Fauchée et il ne reculait devant aucune attaque
perfide pour défendre son point de vue:

— Ben, j'arais jamais pensé ça de toé, Francine Fauchée!
T'analyses mal les enjeux du conflit, là. Tu fais le jeu des
patrons, pis à part de t'ça, t'es situationniss. Fais attention, c'est
rendu une déviation, ça, chère. Le monde qui pensent comme
toi nuisent à la juste lutte des travailleurs. T'es s'ul bord, s'ul
bord de la collaboration de classe, là!

Comme tous les nouveaux amis de Michel, les Crête
étaient d'extrême-gauche, voués à la gauche comme si c'eût
été de naissance, comme une tache de naissance. Ils auraient
aimé que cela en soit une. Le couple venait d'adhérer
secrètement — mais tout le monde le savait — à la L M N O P
Q R S T U (Ligue Machiste Nationaliste officiellement Péquiste
et Québécoise-Radicale Secrètement Thanatoïste et Unitaire).
Comme adhérents à la Ligue, ils pactisaient avec les V W,
avaient dû rompre toute relation avec les tenants du X Y Z et
s'opposaient férocement à l'A B C. Chacun de ces groupuscules avait son stand sur la grande place de l'université et ses
zones d'influence sur le campus. Tous travaillaient fort à
libérer le prolétariat de ses chaînes mais leur vision du monde,
leurs méthodes et leurs techniques divergeaient. Conséquemment, si quelqu'un ou — moins fréquemment — quelqu'une
mettait les pieds dans une zone ennemie, les engueulades
fusaient. Il arrivait même que les coups pleuvent et que
certains fussent tapochés. Mais tout cela restait généralement
universitaire, théorique et ludique, la plupart des discussions
tournant autour de questions internationales, c'est-à-dire étrangères, comme les problèmes du Laos, ceux du Biafra, ceux du
Vietnam agonisant, la politique extérieure des États-Unis ou
même la Chine grandiose de Mao qui, loin d'être un problème,
était *la* solution à tous les maux de l'univers. À côté de la
mêlée, les pieds bien au chaud dans leurs bottes Kodiac, les
Crête analysaient tout, méthodiquement. C'est-à-dire que Gilles
parlait pendant que sa moitié opinait: ils étaient un couple uni

et Francine endossait entièrement le discours de Tit-Gilles. Les Crête étaient des gens heureux dont jamais personne ne parvint à troubler la sérénité des croyances, pas même Francine Fauchée, pourtant corrosive. Celle-ci pensait leur avoir cloué le bec à propos des déviations de tous ordres, grandes et petites, majeures et mineures, principales et secondaires, courtes ou longues, circulaires ou carrées, quand Gilles lui répondit qu'elle n'avait rien compris à Gramsci. Qu'est-ce que Gramsci venait faire là-dedans?

— Vous êtes bourrés de préjugés bourgeois, dit Francine Fauchée.

— Nous zautres, des bourgeois! répondirent à l'unisson les deux Crête, t'as ben menti, Francine Fauchée! T'as pas de preuves! Pis tu t'es pas regardée.

Alerté par leurs cris, Oubedon sortit de son coma et dit brusquement:

— Camarades, on va faire un petit jeu gorlo: dites-moi donc les métiers de vos popas respectifs. On va bien voir qui c'est qui est bourgeois, pis qui c'est qui l'est pas.

Eh oui! Oubedon ne faisait pas qu'écrire des poèmes, il se livrait par moments à la trivialité bestiale et, quand il avait bu, il parlait une prose très quelconque et joualisante. Un peu saisis, les gens autour de la table durent s'exécuter; ils ne pouvaient pas ignorer les désirs d'un poète qui avait dix ans de plus qu'eux et la célébrité, déjà. Leurs popas, à l'exception de ceux de Maryse et de Francine Fauchée, étaient médecins, ingénieurs, notaires et similaires. Oubedon commenta:

— C'est écœurant les parents qu'on a eus, han? On n'a donc pas de chance, on n'a jamais vécu la vie du peup. On culpabilise. Vous culpabilisez, han? Dites pas non, ça paraît dans vos faces. À part ça, vous commencez à m'haïr...

Il rit malicieusement:

— Si j'étais de vous zautres, camarades, je lâcherais les études pour le travail en usine. L'usine, toute est là!

Et de sa belle voix de poète, il entonna:

«*La vraie vie est à l'usine,*
la vraie voie passe par la Chine,
la vraie vierge est Mélusine,
la vraie mère est aux cuisines.
Pensez-y donc, mes câlines!»

Elvire le stoppa:

— Énerve-toi pas comme ça, Adri! Je t'ai déjà dit de ne pas improviser en public, de ne pas citer des vers inédits, tu vas te faire piller, mon chéri.

Elvire était à la fois ferme et suave comme il sied à une muse vigilante. C'est pourquoi les autres ne lui tinrent pas rigueur d'avoir interrompu le poète alors qu'il commençait à léviter. Le premier commandement de la muse n'était-il pas: «Autant que faire se peut, dût-on te passer sur le corps, tu protégeras ton auteur des embûches de la vie mondaine.»

Une fois raplombé, Oubedon sourit langoureusement à sa muse et il retomba dans sa torpeur où se promenait toute nue l'idée que le métier de poète est aussi exigeant que celui de politicien, bien qu'il rapporte beaucoup moins. «Vous êtes un homme de parole, Adrien Oubedon, dit l'idée, c'est pourquoi, à l'instar d'un ministre, vous devez surveiller constamment le niveau de votre langage et surtout, le sens apparent de votre discours. Quant à sa signification occulte, les exégètes s'en chargeront.» Adrien examina l'idée qui, définitivement, était séduisante. Mais pernicieuse. Et retorse. Et démobilisatrice. Et assoiffée de pouvoir. Et prosaïque. Et même pas nouvelle! Certes, son métier était ingrat, mais il avait la vocation et, contrairement aux politiciens, aucun intérêt à fourrer le monde. Il chassa bien vite la mauvaise idée de son cœur mou de poète et la remplaça par celle — combien plus féconde! — que poésie et révolution sont les deux mamelles de l'intelligentsia.

Son intervention, néanmoins, avait désarçonné les autres pendant quelques secondes, puis la conversation reprit autour de la visite récente de Cohn-Bendit, dont personne ne s'était encore remis. Tout naturellement, ils embrayèrent sur mai 68 et les autres révolutions, sujets inépuisables et profonds, au sens de creux. Le ton monta à nouveau. Ils en étaient à leur sixième pot de Sangria, tout le monde parlait en même temps et la voix aiguë de Lemire se démarquait des autres et résonnait douloureusement aux oreilles de Maryse. Le jeu innocent d'Adrien avait ajouté une strate à son désarroi: prise de panique, elle avait prétendu que son père tenait une épicerie. Michel n'avait pas relevé sa réponse et elle lui en fut reconnaissante. De toute façon, elle ne lui avait jamais donné trop de détails sur sa famille. Il disait qu'elle seule l'intéressait, actuellement, peu importait d'où elle venait...

En réalité, le père de Maryse n'avait jamais vraiment travaillé. Sa spécialité, c'était le Secours Direct et la Saint-Vincent-de-Paul. Sporadiquement, il avait été projectionniste car il raffolait des caméras, des vues et des actrices. Mais il ne gardait pas ses jobs plus de quelques semaines et passait le plus clair de son temps dans la cuisine de sa femme ou à la taverne. Thomas O'Sullivan était un homme d'intérieur, grand buveur de bière et oiseau de nuit; les pieds sur la table, il veillait tard, immobile comme un iguane et remuant dans son cerveau de contemplatif des pensées rares, lentes et laborieuses. Quand la bière était bue, il allait se coucher, tout sec et tout maigre à côté de sa femme qui déjà commençait à être grosse. Mais il ne dormait pas: il jonglait. Du plus loin qu'elle se souvienne, Maryse avait toujours eu honte de lui, face au monde extérieur où les autres pères partaient le matin avec leurs grosses bottes et leurs habits de travail. Tommy, lui, restait à la maison, en savates, et quand, par affaires, il sortait rencontrer ses chums à la taverne, il enfilait de vieux souliers aux lacets dépareillés.

Comme toujours, au couvent, devant les autres qui se rengorgeaient en parlant des occupations prestigieuses de leur père, ce soir encore, Maryse avait été incapable d'avouer que Tom n'avait jamais pu, jamais voulu travailler. Soudain, elle se sentit beaucoup plus proche de Manolo — dont elle imaginait la fatigue et connaissait le travail — que des gens dont elle partageait la table. Le monde se divisait inégalement en deux: d'un côté, ceux qui mangeaient en parlant du prolétariat, et de l'autre, ceux qui n'avaient pas le temps de parler. Assise à cette table, elle se dit qu'elle n'était pas à sa place (il devait y avoir une erreur quelque part) et cela ne fit qu'accentuer son sentiment de culpabilité. Elle prit une grande respiration et essaya de se rapprocher de Michel qui était à sa droite. Elle ne voyait de lui que son dos car il s'était tourné vers Francine Fauchée qui discutait toujours avec Gilles Crête.

— Finalement, c'est le pouvoir que tu veux, disait Francine Fauchée.

Francine Crête allait répondre à l'affront quand son mari l'avertit:

— Toi, parle pas à ma place! Chus capab de me défendre tu seul.

— C'est sur la même note, demanda Manolo, ou séparé? Le couple avait réclamé l'addition.

— Séparé, dit vivement Francine Crête.

C'est à ce moment que Coco Ménard entra dans la salle du fond où ils étaient attablés. Coco faisait la tournée des boîtes, en cherchant quelqu'un à taper. Ayant compris que l'homme à la peau molle assis en face de Maryse était nul autre que le poète Oubedon et, s'étant assuré que celle-ci avait bien cinq piastres à lui passer, il se tira une chaise qu'il installa entre Elvire et Maryse. Il s'inclina légèrement vers Oubedon:

— Maître, j'me présente: Coco Ménard-Laflamme. J'aimerais bien entrer dans vot'fan-club. Je vous admire en silence depuis si longtemps! Je connais tous vos vers, même ceux que vous n'avez pas encore écrits. Bien sûr, je sais qu'il y a powète et paète, et je ne suis moi-même qu'un humble petit pouet, mais permettez, ô sublime, que je m'assise au ras vous.

— C'est ça, dit Adrien, assis-toi mon jeune. Mais j'te préviens; je donne pas de consultations à soir. Je suis off.

Après avoir rassuré le maître sur la pureté de ses intentions, Coco demanda à Maryse si, par hasard, elle n'avait pas une sèche à lui prêter. Maryse lui tendit silencieusement son paquet de Craven A. Coco Ménard lui coûtait cher en cigarettes, mais c'était sans importance: ce soir, elle préférait sa paésie à toutes les théories logologiques, si séduisantes et si appliquées fussent-elles.

Les Crète s'éternisaient, debout dans l'allée, gênant le service.

— J'ai laissé mon portefeuille à maison, dit Gilles.

— J'vas te le payer, pitou, pis tu me devras 5,28$.

Ils partirent en oubliant de laisser un pourboire.

Dès qu'ils eurent disparu, Francine Fauchée se lança dans une analyse fouillée des tendances de la ligue Machiste-Nationaliste et des prises de positions récentes des différents groupuscules de gauche. Elle connaissait bien le sujet. Mon Dieu qu'elle est intelligente, cette fille-là, pensa Maryse. Et, sans qu'elle sache pourquoi, elle eut le goût de brailler. Tout l'émouvait, même le juste combat de la Ligue. «Je dois être soûle», se dit-elle. Elle ne comprenait pas comment Francine Fauchée s'y prenait pour que les gars l'écoutent. Même Lemire n'osait pas lui couper la parole! Maryse essaya de placer un mot, mais cela semblait hors d'ordre et, sans s'interrompre vraiment, Francine Fauchée lui jeta un regard bref et froid. Son intelligence avait quelque chose de fascinant mais Maryse pensa que ce type d'intelligence la rapetissait personnellement. Indéniablement. «Je ne mérite pas tant de mépris», se dit-elle. Qu'est-ce qui n'allait pas dans la tête parleuse de Francine Fauchée? Elle ne parvenait pas à le trouver mais elle prit la décision de l'appeler, dorénavant, Lady Fauchée. Ça lui convenait très bien! Cette vengeance secrète la réjouit et elle se mit à sourire. Michel la regarda à ce moment et la trouva très belle. Voyant qu'il s'était tourné vers elle, elle accentua son sourire. Il se dit: «Ouf, ça va mieux.» Ou quelque chose comme ça. Peu importe.

De l'autre côté de Maryse, et penchant de plus en plus vers elle, Coco finissait les fonds de verre de tout le monde et il avait le regard glauque. Pendant le match Crète-Fauchée, Michel s'était rangé du côté Fauchée et Lemire dans l'autre camp, mais une fois les Crète partis, les esprits s'étaient calmés, les alliances reformées et tous étaient tombés d'accord: les Crète étaient *trop* dogmatiques. Quand Lady Fauchée eut terminé son exposé, il était tard et, personne ne prenant la relève, la conversation devint terre-à-terre:

— Coudon, demanda Elvire, Francine Crête serait pas un peu enceinte?

— Comment ça, dit Lemire, un peu enceinte, c'est pas possible.

— Mais oui, ça se peut. Qu'est-ce que tu connais là-dedans, toi? Moi-même je suis presque toujours un peu enceinte. L'important, mon grand, c'est de ne pas l'être tout à fait.

Quelques mois plus tôt, Elvire s'était fait avorter à New-York. Il y eut un temps mort, Lemire ne se donnant pas la peine de répondre. Ces histoires n'intéressaient personne, sauf Maryse qui n'y connaissait pas grand-chose et qui était sûre d'elle avec, au fond de son sac, sa rondelle de pilules ortho-novum.

La soirée était finie et le groupe se désagrégea. Coco Ménard était très soûl. Michel le chargea dans la super-minoune qu'il venait de s'acheter pour pas cher. À la piaule, il le laissa tomber dans son lit, après quoi il se coucha à son tour et s'endormit rapidement.

Maryse n'avait pas sommeil. Elle en profita pour écrire à François. La chatte sur ses genoux, elle lui fit un compte rendu fidèle des faits et propos d'Adrien Oubedon et de sa curieuse blonde très blonde. Elle lui apprit le surnom qu'elle venait de donner à Francine Fauchée et même les sentiments mitigés qu'elle éprouvait à son égard. Mais elle n'écrivit rien de sa première dispute avec Michel et du malaise qu'elle avait ressenti parmi tous les intellectuels, nés et élevés dans des maisons aux bibliothèques bien garnies.

Le lendemain, Michel était d'excellente humeur et il semblait avoir tout pardonné. Il proposa d'aller faire du ski dans le Nord. C'était gentil. Mais impossible: Maryse travaillait cette fin de semaine-là. Le show de la salle Wilfrid-Pelletier, où elle distribuait des programmes, était gros, bien rodé et néanmoins très plate.

Chronique floue

Marie-Thérèse trouva l'hiver dur: certains procédés, quelque chose de méprisant et d'inhumain dans la pratique du bureau où elle terminait son stage, la révoltaient. Elle avait engraissé et elle était ostensiblement enceinte. Ce qui ne l'empêchait pas de déambuler d'un pas ferme dans les couloirs du Palais de Justice, ventre en avant, regardant les gens droit dans les yeux et leur faisant de bons gros sourires. Elle s'était dit: «Vous autres, gang de sacraments, vous m'aurez pas!» Personne ne lui faisait de remarque mais plusieurs la trouvaient très, très, très enceinte. Allait-elle leur accoucher dans la face, en pleine Cour?

En fait, Marité ne tenait pas plus qu'une autre à rester éternellement enceinte et elle avait hâte au vingt-six avril, date pour laquelle son gynécologue lui avait promis un accouchement sans douleur, sans odeur, sans cris, de neuf à cinq, de préférence...

Maryse mettait craintivement sa main sur le ventre de son amie: la peau en était tendue, tendue et transparente. C'était bizarre et nouveau pour elle qui n'avait jamais touché le ventre d'une femme enceinte. Blanche avait dit que ça portait bonheur et Maryse la croyait un peu.

— On me fera pas avaler que c'est normal, tout ça, disait Marité.

Mais elle se frottait avec conviction la bédaine à l'huile d'amande douce et parlait de l'éducation qu'ils allaient *lui* donner et du prénom à choisir; elle hésitait entre Marie-Ève, Marie-Sol, Marie-Mélancolie et Flor.

□

De la mi-février à la mi-mai, Marie-Lyre Flouée téléphona cinq fois à la compagnie *Bell,* une fois à la CTCUM, sept fois à Radio-Canada, trois fois au ministère des Affaires culturelles (frais virés!), deux fois chez *Eaton,* et elle prit la parole sur trois lignes ouvertes. Toujours pour signaler au monde ce qui n'allait pas. Le reste du temps, ses appels étaient amicaux. Elle téléphonait en moyenne huit fois par jour, ce qui n'a rien d'excessif pour une Québécoise. Maryse lui avait dit:

— S'il te plaît, MLF — elle l'appelait MLF — ne me téléphone pas! J'aime mieux qu'on se donne des rendez-vous, on se voit presque à tous les jours, de toute façon.

Marie-Lyre avait ri: «C'est ça, on s'écrira!»

Le fait est qu'elle excellait dans le genre épistolaire car elle sortait en même temps avec trois hommes mariés auxquels elle laissait de longues missives passionnées. À leur travail, bien sûr. Elle avait le tact de ne pas les relancer dans leur nid familial. Les trois chums mariés de Marie-Lyre Flouée étaient fort jaloux les uns des autres et tous trois la menaçaient à tour de rôle de la quitter si elle ne leur assurait pas l'exclusivité de son cœur et de son cul. Ils ne s'exprimaient pas tout à fait dans ces termes (ils étaient des gentlemen), mais Marie-Lyre les comprenait tout de même. Cependant, elle leur tenait tête, se disant qu'il lui en fallait trois pour en faire un à temps plein et qu'elle se devait de tromper l'un avec l'autre, et l'autre avec le troisième pour mieux neutraliser les pouvoirs maléfiques de chacun. Dans le fond, elle en aimait un des trois, mais il ne pouvait pas abandonner sa femme qui était, disait-il, démunie-et-fragile. Marie-Lyre ne le croyait pas mais elle ne parvenait pas à se passer de lui. Elle voyait donc les deux autres par vengeance, pour survivre. Un jour, elle fit connaissance avec la frêle épouse en question. Par hasard. En toute honnêteté, la femme de son chum lui plut et cette rencontre la laissa longtemps songeuse.

☐

À la piaule, le téléphone sonnait sans arrêt càr Hermine Paradis, la mère de Michel, appelait régulièrement pour savoir où était passé son grand. Sa voix agaçait prodigieusement Maryse. Quand ce n'était pas Hermine ou Maureen, c'était un gars de littérologie amoureux d'elle et à qui on ne pouvait rien reprocher: il était gentil, intelligent et tendre. Mais Maryse ne pensait qu'à Michel en attendant poliment que le gars ait fini de lui parler. Lorsque le gars ou Hermine ou Maureen raccrochait enfin, elle s'allumait une cigarette et descendait chercher le courrier: il n'y avait que des comptes à son nom et de la publicité anonyme. Plus le téléphone sonnait, moins il y avait de lettres de François. La plupart du temps, il n'y avait même pas de comptes. Déçue, elle partait pour l'université où elle avait l'occasion d'apprendre des tas de choses fort utiles à son épanouissement personnel. Mais la petite malheureuse n'en profitait pas pleinement! Par exemple, dans le cadre d'un cours sur les phantasmes érotiques de Boileau et de Guez de Balzac réunis, elle aurait dû parcourir *en entier* les œuvres de ces deux gïants de l'écriture. Mais elle abandonna sa lecture en cours de route. Pourtant, une fois complétée, sa formation allait lui permettre de passer sans frémir d'ennui au travers de n'importe quel texte. Mais elle n'était qu'en première année, elle manquait de discipline et d'endurance.

☐

Quelque part en mars, il y eut une nuit de la poésie où tout fut magique et politique. Oubedon en était. Marie-Lyre toffa la cérémonie jusqu'à trois heures du matin, heure à laquelle un musicien plus que stone et gorgé du vin rouge qui coulait à flots, consentit à disparaître avec elle par la sortie des artistes pour aller, le temps d'un éclair fulgurant, déverser dans son âme assoiffée le trop-plein de sa mâle plénitude, avant de sombrer dans un tissu de rêves muets et totalement insonorisés. Maryse ne se rendit pas à la nuit de la poésie; elle aurait bien aimé, mais ça ne disait rien à Michel et elle préféra rester avec lui devant l'appareil de télévision qui diffusait, ce soir-là, un des matches les plus sublimes de la série des éliminatoires de hockey. Quant à Marité, malgré tout le bien que Maryse lui avait dit escompter de l'événement, elle resta sagement chez elle. D'ailleurs, comme à toutes les nuits de sa grossesse, poétiques ou non, elle eut mal dans le dos.

□

La grande affaire de la saison fut l'installation de Maryse dans un véritable appartement. Comme ils habitaient deux quartiers éloignés, comme ils avaient peu d'argent, comme Michel était souvent chez elle, comme il était tanné de vivre dans des valises et de ne pas avoir ses livres à portée de la main, et pour toutes sortes d'autres bonnes et louables considérations, un beau matin, alors qu'ils se rendaient ensemble à leurs cours, Michel dit à sa blonde:

— Écoute, ce serait peut-être plus pratique de partager le même appartement.

— Ah oui? Peut-être, dit Maryse du ton le plus détaché possible.

Elle attendait cette phrase-là, qui était une espèce de demande en mariage moderne, depuis plus d'un an. Elle faillit lui sauter au cou mais elle se retint: des plans pour qu'il se sente envahi et se ravise! Elle se dit: «J'ai donc bien fait d'attendre qu'il en parle le premier. Comme ça, il ne pourra jamais prétendre qu'il ne l'a pas voulu.»

Ils étaient rendus sur le campus, au haut des escaliers. Ils s'embrassèrent rapidement avant de se séparer et, quelques minutes plus tard, Maryse entrait, fière comme d'Artagane, dans l'amphi K13-00Pi pour y subir sans l'entendre un cours sur l'instance récursivo-narrative dans le discours de Dumas-père, alias Eugène Sue. Car il est maintenant prouvé, et reconnu par tous les littérologues sérieux, que les délicats textes d'Alexandre Dumas ont été écrits par Eugène Sue, sous un nom de plume, évidemment, il avait une réputation à sauvegarder. Mais si on étudie la trame du texte à l'aide de la méthode chomskienne combinée dans un certain ordre avec celle du carbone 14, on voit clairement, au fin fond de la matrice narrativo-motrice, un sédiment eugènesuesque dont l'authenticité ne laisse aucun doute. C'était là la thèse que le professeur Léon Bardanne, un Français, exposait avec brio. À la fin de chaque strophe, les étudiants frappaient très fort sur leurs pupitres — les gars surtout, plus connaisseurs et plus virils —, en scandant: «Ce n'est qu'un début, vas-y Léon, t'es bon!»

Maryse pourtant ne profitait pas du savoir de Bardanne car si elle tapait énergiquement sur son pupitre, ce n'était que du fake: son esprit était ailleurs, avec Michel, dans leur futur logement rempli de soleil.

Marie-Lyre Flouée, arrivée un peu avant l'entracte, remarqua immédiatement l'air étrange de son amie. À première vue, MLF pouvait sembler branchée uniquement sur sa personne, mais en fait, elle était attentive aux autres et affectueuse. Comme elle le disait elle-même: «C'est pas parce que je parle beaucoup que je vois rien.» Elle demanda à Maryse ce qui n'allait pas, si c'était *encore* son chum. Celle-ci lui apprit la nouvelle.

— Y'a pas de danger que ça m'arrive à moi, des affaires de même! Qu'est-cé que j'ai faite au bon Dieu pour toujours tomber sur des gars mariés, moi? Merde.

Le mot merde constituait, dans le parler de Marie-Lyre, une cheville importante lui permettant de passer d'un registre à l'autre. Elle enchaîna sur un ton tout différent:

— Mais dis donc, c'est l'fun, ça! C'est au boutte! C'est marrant, c'est transcendant, c'est excitant, c'est pâmant! C'est tripant! J'vais t'aider, je suis très forte en déménagement. Depuis que j'ai l'âge de paqueter, j'ai fait les onze derniers déménagements de ma mère et elle a jamais rien pu me reprocher. Moi-même, ça fait trois fois que je déménage. J'aime ça!

Elle fit une pause:

— Mon Dieu! J'espère que ça tombera pas en même temps qu'une répétition.

Elle vérifia. Non, son premier mai était libre.

— Je t'inscris. Il faut se dépêcher, avec tout ce qu'on a à faire d'ici là. Je propose de laisser tomber le cours de Bardanne, quitte à devoir acheter les notes de Sylvie Daigno, mais c'est du bon stock, même les intonations y sont. On peut bien se payer ça, pour l'occasion! C'est la première fois qu'une de mes amies s'accote.

On était au début d'avril, il fallait avertir Coco et Jocelyne Ménard, trouver un appartement au plus sacrant, signer le bail avant que Michel ne change d'idée, et faire des boîtes. Maryse se laissa débaucher; pour ne pas que Bardanne doute de son génie, les deux filles sortirent discrètement de l'amphi et, attablées devant deux espressos de chez *Ercole,* elles établirent un plan d'action si impeccable que tout fut prêt à temps pour le premier mai.

Ce fut un vrai beau déménagement! Elles avaient obtenu le truck du beau-frère de Gilles Crête. Le beau-frère venait avec: il leur ferait ça pour pas cher, avait-il dit, il ne laissait pas son véhicule dans les mains de n'importe qui. D'ailleurs, savaient-elles seulement chauffer un truck? «Non.» Alors, il venait avec. En plus du beau-frère, il y avait Gilles Crête, Paul, le frère de Michel, Michel lui-même, Coco Ménard, Serge Gagnon, Sauvageau, Pitou et Lemire. Ils se mirent en branle vers deux heures de l'après-midi, rien ne pressait, avait affirmé le beau-frère (en fait, il avait un autre déménagement le matin). Pendant qu'ils vidaient l'appartement de Michel, Hermine téléphona à deux reprises pour savoir si ça se passait bien.

— Mais oui maman, dit Michel. Tout est correct. Vous viendrez nous voir quand ce sera plus organisé. C'est ça. Bonjour là.

Coco Ménard trouva l'épisode irrésistible: Hermine commençait à se sentir en confiance et, à chaque fois qu'elle tombait sur lui à la piaule, elle lui parlait longuement. Avec le départ de Maryse, qu'il regrettait, Coco serait débarrassé d'Hermine à tout jamais. C'était un avantage certain. Ils déchargèrent les derniers meubles à huit heures et mangèrent deux larges pizzas all-dressed abondamment arrosées de 50, au milieu des boîtes et de la poussière des prédécesseurs. La vie de couple de Maryse et Michel commençait bien, dans un appartement pas très beau mais grand et ensoleillé, comme celle-ci l'avait souhaité.

Après la pizza, Coco Ménard lui confia:

— Faut que je m'en aille, j'ai un rendez-vous top secret.

Maryse ne répondit rien.

— Tu veux pas savoir pourquoi?

— Puisque tu me dis que c'est secret...

— Maudit que j't'haïs, des fois, Maryse O'Sullivan! T'es même pas curieuse. Ben, tu vas le savoir pareil: c'est pour le FLQ.

Il partit en promettant de téléphoner. Il ne téléphona jamais. Maryse non plus.

□

Une fois la bière bue, les autres gars finirent par s'en aller, à l'exception de Lemire. Michel avait repéré son jeu d'échec et une bouteille de scotch et, après avoir repoussé les cartons de pizza, les deux gars entamèrent une partie. Ils étaient assis sur des chaises dépareillées dans une cuisine graisseuse et jaunie, éclairée seulement par le plafonnier au néon. Lemire commençait à bedonner, Maryse le remarqua pour la première fois. C'était un peu déprimant.

— Faut pas se laisser faire, dit Marie-Lyre, on va tout de même pas travailler pendant qu'y niaisent! Après tout, c'est ta soirée off, Maryse. Laisse tomber ton chiffon-J, on va se faire du fun, nous autres aussi.

Les filles s'enfermèrent dans la chambre avec Mélibée Marcotte, elles mirent un drap sur le matelas et Marie-Lyre y disposa les vingt-deux arcanes majeurs du tarot. Mélibée voulut jouer avec les cartes et les mordiller mais Maryse l'apaisa en la flattant. Le rectangle du drap, fleuri et bien tiré,

était le seul espace propre dans tout l'appartement; la destinée
de Maryse s'y étalait. Marie-Lyre prit une poffe de hash et l'air
inspiré de la sibylle de Cumes ou de Delphes — elle les avait
toujours confondues —, et elle commença à retourner les
lames en les commentant longuement. Elles rirent beaucoup et
très fort, ce qui troubla la concentration des joueurs de cuisine.
Mais à la fin de la soirée, MLF savait tout de la vie future de
Maryse — à défaut de connaître son passé — et elles étaient
devenues des amies intimes.

Cette nuit-là, la première à l'appartement, Maryse rêva
qu'on lui faisait cadeau d'un petit toutou fleuri, un rhinocéros.
Il portait au cou un collier bleu fait de perles fines. Il y avait
aussi des étoiles et des cœurs dans le collier. Elle égarait le
rhinocéros dans les papiers de soie qui avaient servi à l'emballer, puis le retrouvait dans une chambre où sa mère était déjà
installée, à le bichonner comme un bébé. Il y avait, au fond de
la pièce, un aquarium dont l'eau était trouble, à tel point que
les poissons rouges en sortaient, paniqués. Maryse se réveilla
en sursaut. Elle ne se sentait pas trop mal malgré son rêve et
Michel dormait à ses côtés, dans *leur* lit. Ils étaient chez eux.
Elle se rendormit.

□

Le lendemain matin, deux mai, dans la blancheur crue
d'une salle d'opération moderne et bien aseptisée de l'Hôpital
Notre-Dame, après une nuit entière de travail et de cris
retenus, Marie-Thérèse Grand'maison accoucha d'un garçon
parfaitement normal.

□

L'après-midi du même jour, François Ladouceur sortait
d'un avion d'Air Canada qui venait tout juste de se poser à
Dorval. Sa scolarité de doctorat était terminée et il rentrait

définitivement: il rédigerait sa thèse ici, par correspondance. Ébloui par le soleil, il se dirigea vers une cabine téléphonique pour tenter de rejoindre Maryse... Deux jours plus tard, il sonnait à sa porte. En examinant les lieux, il lui avoua être dégoûté de Paris. Sur aucun des murs de l'appartement, il ne parvint à faire apparaître son cœur rose «Frank love Mary» et, pour achever sa désillusion, Michel Paradis sortit abruptement de la chambre, «leur» chambre, la face et la barbe longues. Il n'avait pas changé d'accent, lui dit Maryse. Pas changé. Du moins, à première vue. Mélibée Marcotte sembla le reconnaître mais il n'eut pas le cœur de la lui enlever. Et puis, avec les chattes, on ne sait jamais.

☐

Malgré les remarques fielleuses de leurs parents respectifs, Marie-Thérèse et son mari refusèrent de faire baptiser leur bébé. Ils étaient sûrs tous les deux de pouvoir l'élever en toute quiétude comme un vrai petit païen, c'était l'expression que Françoise Duclos, la mère de Jean, avait utilisée.

Au retour de l'hôpital, Marité avait eu une conversation avec sa mère qui était venue en émissaire de Charles-Émile, trop furieux pour raisonner lui-même avec sa fille. Incidemment, la vie domestique représentait, pour le juge Grand'maison, la source de troubles multiples: l'aîné de ses enfants avait refusé de faire son droit pour se lancer en anthropologie, et c'est la fille qui s'était inscrite au Barreau. Le monde à l'envers. Quant à Louis, le plus jeune, il avait toujours été un enfant difficile et Charles-Émile n'attendait rien de lui. Aussi n'avait-il pas été déçu: Louis passait le plus clair de son temps avec sa gang de musiciens crottés à faire des jam-sessions. Les enfants, c'est comme ça, il ne fallait pas trop y penser. Mais de là à laisser éclabousser sa réputation par les frasques de sa fille qui plaçait le progrès dans le refus de toute éducation catholique, il y avait des limites! Blanche avait donc été chargée de ramener Marie-Thérèse à la raison. Elle avait dit:

— Même si tu ne crois plus, c'est important le baptême. De l'eau, Marie-Thérèse, ça n'a jamais fait mourir un bébé. On ne te demande pas grand-chose, ma petite fille, et tu nous réponds comme si on te forçait à faire tatouer ton enfant ou pire encore.

Marité avait dit: «Voyons maman», mais Blanche avait continué, imperturbable:

— Ton père accepte mal que son petit-fils soit un athée. Moi non plus je ne te comprends pas; on n'a pas les mêmes valeurs, il n'y a plus de coutumes, le baptême, c'est une sorte d'initiation et si vous n'en faites pas, c'est comme si Gabriel n'était pas né. Pour le monde. Sans compter que sur le plan religieux...

Marité l'avait interrompue:

— C'est donc ça, c'est le fait qu'on ne puisse plus s'accrocher à rien qui t'inquiète, maman? Ben on va se raccrocher. Si c'est la tradition que tu trouves importante, on va t'en faire un party de baptême, on va te l'introniser, c't'enfant-là, je t'en priverai pas.

— C'est pas tout à fait ça, avait dit Blanche, c'est pas uniquement ça.

Mais c'était peine perdue: Marie-Thérèse s'était mise à parler des invités et du choix de parrains symboliques. Comme elle n'avait pas de sœur, elle demanderait à Maryse d'être la marraine; quant au parrain, son frère Louis ferait l'affaire: il avait déjà la gueule d'un mononcle.

— Pourquoi pas Michel? avait dit Maryse.

— Ah! tu sais, les couples, c'est pas éternel, et je prends très au sérieux vos fonctions hyper-symboliques!

Maryse était revenue à la charge mais Marité n'avait pas changé d'avis: elle voulait Louis, et personne d'autre.

Blanche était retournée vers son mari avec ce qu'elle considérait être une demi-victoire. Elle avait d'ailleurs sa petite idée derrière la tête. Mais Charles-Émile ne vit pas les choses de la même manière: il trouvait particulièrement odieux que sa fille ose donner une réception alors qu'elle ne faisait même pas baptiser. C'était la meilleure façon pour que toute la ville répète que le petit-fils du juge Grand'maison n'était pas catholique! Il ne le lui pardonna jamais et, le jour convenu, il resta chez lui à lire ses dossiers. Tout le temps que dura la fête, Marité pensa à son absence mais elle disait à tout le monde qu'elle s'en fichait et que Charles-Émile avait toujours été bougon et buté.

Trente mai 1970

Le matin du baptême, quand Michel Paradis se réveilla, le soleil était rendu au milieu de la chambre; cela voulait dire qu'il était deux heures passé. Ils avaient été invités à faire de la voile sur le lac Saint-Pierre et, à cause du cocktail-baptême, ils avaient dû refuser. Décidément, Marie-Thérèse Grand'maison n'avait pas beaucoup changé depuis l'époque lointaine où elle courait l'Halloween déguisée en sainte Thérèse de l'Enfant Jésus: toujours aussi exaltée, show-off et emmerdeuse... À huit ans, Marie-Thérèse tirait déjà la couverture de son côté, Michel l'avait senti cet automne-là en faisant les portes de l'avenue de Vimy derrière elle. Ils passaient pour l'Halloween dans le même groupe d'enfants sous la garde de trois momans maternelles et friandes de ce genre d'expéditions. Marie-Thérèse, qui était alors beaucoup plus grande que lui, était toujours fourrée devant, son costume faisait sensation et mettait en valeur ses yeux verts; elle se trouvait à être la seule sainte dans une ribambelle de sorcières, cowboys, fées des étoiles, pirates et autres supermen. Déjà, Marie-Thérèse Grand' maison n'avait aucun sens des convenances car les saintes, Michel s'en doutait bien, c'était pour l'église et pour l'école, pas pour l'Halloween! Même lui, un petit, comprenait ça! Pourtant le grand monde faisait semblant de rien et, comme pour le rachever, à chaque porte, les madames s'exclamaient: «Ah! la belle petite sainte Thérèse!» Personne ne parlait de son costume à lui, qui était déguisé en Roy Rodgers... Il sourit à ce souvenir tragico-comique et qualifia rétrospectivement sa soirée d'Halloween de chiante, comme le serait le baptême bidon d'aujourd'hui qu'il devait se farcir à cause des fausses obligations de sa blonde qui était devenue la meilleure amie de la

grande évaporée à Grand'maison! Pour que Maryse l'entende
bien, il dit tout haut:

— Je vais préparer le café.

Elle faisait probablement semblant de dormir... Il voulait
bien s'occuper du café mais pas l'apporter au lit, il y avait des
limites.

Comme elle entrait dans le salon, Michel posa leurs deux
tasses sur le tapis, un vieux tapis ayant appartenu à sa mère.
Vieux pour elle. Ils étaient en train de prendre l'habitude de
déjeuner au salon, par terre, dans le soleil.

— T'es sûre que c'est une bonne idée d'amener François
Ladouceur au baptême?

— Bien oui, il est complètement perdu, il sait pas quoi
faire de son corps. Ça va l'amuser.

Michel n'avait pas fait de rôties. Résignée, Maryse se dit
que les hommes ont rarement une vue d'ensemble dans la
préparation d'un repas. Au moins, il avait pensé au café. Elle
lui demanda s'il voulait des toasts, minou.

— Oui. Mais appelle-moi pas minou! On est déjà pognés
avec une chatte.

Il en était sûr: elle profitait du matin, temps pendant lequel
il était particulièrement démuni, pour lui administrer une
bonne dose de petits noms ridicules. Au moins, elle avait
l'intelligence de ne pas faire ça devant le monde. Il se leva
pour mettre un disque.

Dans la cuisine, en préparant les rôties, Maryse se souvint
du rêve qu'elle venait de faire. Elle cria:

— Sais-tu à quoi j'ai rêvé la nuit dernière?

— Quoi? dit Michel.

Il n'avait pas compris à cause de la musique. Elle vint à
la porte du salon:

— Sais-tu à quoi j'ai rêvé la nuit dernière?

— Non.

Il ne pouvait tout de même pas répondre oui.

— Je retournais dans la maison de mon enfance et il y
avait, au milieu du salon, un bouquet d'arbres verdoyant,
congelé et conservé dans un bloc de glace.

— Ça sent les toasts brûlées, dit Michel.

Cette manie qu'elle avait de raconter ses rêves! Il trouvait cela indécent, lui qui ne rêvait jamais. «Je ne rêve pas», avait-il dit un jour devant Coco Ménard, comme pour le provoquer. Mais c'est Maryse qui avait répondu:

— Voyons donc, tu dois rêver, tout le monde rêve! Tu te censures peut-être?

Il avait laissé tomber sèchement:

— Moi, c'est Marx, pas Freud.

— Vous devriez essayer Reich, avait suggéré Coco.

Michel n'était pas d'humeur à la trouver drôle et il lui avait enjoint d'aller méditer Reich dans sa chambre en se crossant. Maintenant, ils étaient débarrassés de Coco Ménard... Maryse revint de la cuisine avec une assiettée de toasts beurrées et sa tasse de café. Elle marchait avec précaution, comme une geisha, pour ne rien renverser, et Michel regardait ses cuisses bien lisses qui sortaient de son tee-shirt à lui. «Baisable.» Maryse était baisable, c'est ce qu'il avait pensé d'elle la première fois qu'il l'avait vue. Elle était encore plus cute sans ses lunettes et elle ne les mettait jamais au réveil. Elle venait à lui comme une geisha dénudée, lui apportant une assiette de nourriture. C'était une bonne chose de s'être accotés. Ils avaient peut-être le temps de faire l'amour avant l'arrivée de Ladouceur...

Le téléphone, qui était branché depuis la veille, se mit à sonner. Maryse posa l'assiette de rôties devant Michel et, comme elle était déjà debout, elle alla répondre.

— Ils vous l'ont enfin installé! C'est pas trop tôt, le trente mai! Vous étiez pas rejoignables. Comment allez-vous?

C'était la mère de Michel. Elle ne se nommait jamais, comme si elle eut été la seule au monde à téléphoner. Effectivement, la voix d'Hermine Paradis était unique au monde et Maryse la reconnut tout de suite. Quelque chose en elle se résigna aussitôt et elle s'assit à même le plancher.

— Ça va bien, très bien. Et vous, madame Paradis?

— Oh, ça va bien, et vous, comment allez-vous?

— Bien, ça va bien...

— Je ne vous réveille pas toujours? Vous avez la voix enrouée.

— Mais non.

— Ma petite Maryse, je voudrais vous demander quelque chose, un service. J'espère que je ne vous dérange pas, toujours? Parce que si je vous dérange, j'rappellerai.

— Ah! non, vous me dérangez pas.

— Bon. C'est à propos de la fête de Michel...

— Mais c'est au mois de septembre.

— Bien oui, j'le sais! Seulement je m'y prends de bonne heure, cette année, pour ne pas manquer mon coup. Vous auriez pas une idée de cadeau? Qu'est-ce que vous lui donnez, vous?

— Bien, j'sais pas encore.

— Écoutez, Maryse, essayez donc de découvrir ce qu'il aimerait.

— Oké, j'vais essayer.

— Vous allez faire ça? Vous êtes bien fine, Maryse. À part ça, ça va, vous?

— E... oui...

Maryse vit Mélibée passer dans un rayon de soleil, à la poursuite d'un bouchon de liège pendant qu'Hermine, très loin, dans une autre maison ensoleillée, poursuivait, elle, son soliloque:

— Je vous trouve pâle, Maryse. Êtes-vous sûre de ne pas faire d'anémie? Il faudrait qu'un médecin vous suive. Allez donc voir le docteur Gervais de ma part. Avec l'assurance-santé, maintenant, c'est facile. Attendez, je vous donne son numéro de téléphone. Avez-vous un crayon, là?

— Oui, dit Maryse.

Elle n'en avait pas. Hermine répéta deux fois le numéro, consciencieusement, puis elle ajouta:

— J'voudrais pas vous blesser, ma chère, mais franchement vous êtes un peu trop maigre et je me demande si vous vous nourrissez bien. Michel non plus n'est pas très gros. C'est pas un reproche que je vous fais, remarquez, la cuisine, ma mère disait toujours que c'est ce qui vient en dernier: ça prend au moins sept ans pour faire une bonne cuisinière! Moi-même, le jour de mon mariage, je ne savais pas faire cuire un œuf, ah, ah!

«Ça se peut-tu!», se dit Maryse.

— Vous devriez venir manger plus souvent à la maison. Émilien vous aime beaucoup, vous savez, on vous a adoptée. Venez donc souper demain soir.

— Demain, on peut pas.

— Alors dimanche prochain?

— J'vais en parler à Michel...

— Bon, c'est ça. Vous allez m'excuser, Maryse, mais je suis obligée de vous laisser, là. Je suis un peu pressée, les Lagacé viennent jouer au bridge ce soir et ma femme de ménage s'est décommandée! Hier, à la dernière minute! Elle dit qu'elle est malade... Enfin, je ne veux pas vous ennuyer avec mes problèmes. Passez-moi donc Michel.

— Mais vous ne m'ennuyez pas, madame Paradis, bonjour là.

Elle tendit le récepteur à son chum:

— C'est à ton tour d'écouter, cher.

Quelqu'un sonna à la porte. Elle enfila ses jeans et ouvrit.

— Comment, vous êtes pas prêts? dit Ladouceur.

C'était lui.

— Ben oui on est prêts; on y va comme ça.

— On fitte pas ensemble. C'est mon premier pseudo-baptême, je me suis mis chic, moi!

Il tenait à la main un énorme bouquet de fleurs. Maryse le fit passer au salon et lui demanda s'il la trouvait pâle.

— Bien sûr que t'es pâle. Et ça te va très bien, t'es belle comme ça.

Michel raccrocha et la chatte miaula; il venait de lui marcher sur une patte. Il avait entendu la réponse de François et cela le mit en rogne: Ladouceur était mieux de ne pas faire le fou avec lui et de garder ses beaux compliments pour les autres filles.

— Je suis pas mal down, dit François, parfaitement inconscient des pensées hostiles que Michel ruminait à son égard.

Maryse le regarda: enfoncé dans les coussins, tenant toujours son bouquet à la main et mal à l'aise dans son complet d'été très parisien, il avait l'air d'un enfant endimanché qui attend ses parents.

☐

Évidemment, ils arrivèrent en retard au baptême. Ça ne faisait rien, c'était un open house. Plein de gens qu'ils ne connaissaient pas: des collègues de Jean et de Marité et la parenté des deux côtés.

— Ça s'est bien passé, ton accouchement? demanda quelqu'un.

Marité avait l'air épuisée et elle n'avait pas le goût de parler de ça, c'était fini.

— T'es venue avec tes deux chums! dit-elle à Maryse.

— Faudrait pas que Michel t'entende, il est déjà suffisamment marabout.

Mais il n'y avait aucun risque: elles étaient dans la salle à dîner avec les autres femmes et seuls François et Louis, le parrain freak, étaient restés de leur côté, Michel étant allé rejoindre les hommes qui discutaient de politique au salon.

Comme tous les invités étaient arrivés, Marie-Thérèse alla chercher son fils pour l'exhiber; les gens étaient venus pour le voir, officiellement du moins. Toutes les femmes de plus de vingt-cinq ans se mirent à tripoter l'enfant et à lui faire des risettes. Maryse n'osait pas le prendre, il était trop petit, et Louis se réservait pour plus tard, il avait peur de le casser.

— Ça commence bien, dit Marité. Vous faites un beau couple de parrains!

Elle entreprit de leur montrer comment on manipule un bébé. Elle le tenait d'une seule main, appuyé sur son épaule, et elle oscillait imperceptiblement pour le bercer.

— T'étais pas aussi désinvolte au début, dit Louis. Toi non plus tu savais pas quoi faire avec.

Marité en convint. Puis, une matante encore alerte fonça vers eux et elle s'empara du bébé: elle ne l'avait pas encore eu, elle! Marité se retrouva les mains vides, complètement libre et, assise sur le coin d'une table, les jambes pendantes, elle en profita pour manger des raisins verts en regardant le party qu'elle avait organisé uniquement pour faire plaisir à ses parents. Elle portait une robe verte en toile de lin et ses sandales étaient vertes, également. François, qui la voyait de près pour la première fois, la trouva belle, presque autant que Maryse. Mais son attention fut bientôt détournée par les cris du bébé qui, sans doute écœuré de circuler d'un giron à l'autre et de respirer le mélange des parfums, s'était mis à hurler. Mondou! Marité laissa tomber les raisins pour bondir vers son fils en détresse. C'était déjà quelque chose comme le réflexe de Pavlov. Mais où était la gratification? Elle n'avait pas le temps de réfléchir à cet aspect de son comportement qui l'étonnait elle-même, elle y penserait plus tard, en le nourrissant, pour le moment, son fils la réclamait! Elle arracha le bébé des mains idiotes qui le faisaient pleurer et l'amena dans sa chambre: après l'avoir embrassé, rassuré, consolé et abreuvé, elle le rangerait en lieu sûr, dans son moïse.

François prit la grappe de raisins, la posa sur la table, et, sans aucun lien logique apparent, il pensa à la phrase de Hegel: «... la naissance des enfants, c'est la mort des parents». Même à l'occasion d'un baptême, il trouvait le tour d'évoquer la mort, toujours...

Marité ne revenait pas. Blanche, étonnée de cette absence prolongée, décida d'aller lui tenir compagnie. L'autre grand-mère arriva à son tour:

— Avez-vous besoin d'aide, Marie-Thérèse?

— Non, ça va. Merci.

Marité ne trouva aucun prétexte pour les faire sortir de la chambre où elles s'attardaient. Bien canté dans son moïse, le bébé s'était endormi et elle devait s'occuper de ses invités; elle finit par s'excuser et revint au salon.

Quand elle fut bien sûre que sa fille n'avait pas fait une fausse sortie, Blanche dit à la mère de Jean:

— Dites-donc, Françoise, trouvez-vous ça normal, vous?

— Quoi? Le baptême?

— Oui, la mascarade de baptême!

— Ah! Vous savez, Blanche, de mon temps, on les baptisait vraiment, dit Françoise. (*Soupirs.*) Mais que voulez-vous? Ça change. (*Soupirs.*) De toute façon, on n'a pas le choix et c'est bien dommage. D'autant plus que si vraiment ils sont pas croyants (parce que j'ai de la misère à la croire, celle-là), ça ne devrait pas être important pour eux. Croyez-vous ça qu'ils ont perdu la foi, vous? Ça se perd pas comme ça.

— Qu'est-ce que tu fais, maman? dit Marité en passant la tête dans le cadre de la porte.

— Rien. On regarde le trousseau du bébé. Parle pas si fort, tu vas le réveiller. Va t'occuper de ton monde.

Jean entra dans la chambre:

— Qu'est-ce que tu fais maman?

— Rien. On parle entre femmes. Sors d'ici avec ta cigarette, tu vas l'étouffer, c't'enfant-là.

Il sortit à reculons, vaincu.

Les deux femmes se penchèrent au-dessus du moïse. Ce n'était pas un parti pris de leur part, elles devaient en convenir honnêtement: leur petit-fils commun était beau! Très beau même, pour un bébé d'un mois. Mais il était païen. Quelle tristesse!

— Bougez pas, dit Blanche, on va régler le problème, on va le baptiser.

— Voyons donc, madame Grand'maison, on peut pas faire ça, on n'est pas des prêtres.

— Et puis? Qu'est-ce que ça peut faire? C'est un cas spécial. N'importe quel catholique peut ondoyer un bébé, vous devez le savoir! Même les femmes peuvent. C'est un cas de force majeure!

Françoise avait l'air effaré:

— J'aime donc pas ça des histoires de même...

— Mais vous aimeriez bien avoir un petit-fils baptisé, hein, Françoise? Laissez-moi faire.

Blanche disparut vers la salle de bains et en revint avec un verre d'eau. Elle croisa Maryse qui, une fraction de seconde, lui trouva l'air suspect. Mais Maryse écarta vite cette pensée; la mère de Marité continuait de l'impressionner avec sa chevelure blanche bien coiffée et son air serein.

— J'aime donc pas ça, répétait l'autre grand-mère en soupirant.

— Inquiétez-vous pas, Françoise, j'ai pas l'intention de le noyer.

Blanche jeta quelques gouttes d'eau sur le bébé tout rose, tout beau et calme, en prononçant les paroles rituelles:

— *In nomine Patrem et Filii et Spiritu Sancto, ego te baptismo...*

— Voyons Blanche, qu'est-ce que vous faites là? On ne baptise plus en latin. C'est plus ça, la formule.

— Vous croyez peut-être que le bon Dieu a perdu son latin?

— Moi, j'disais ça comme ça.

Blanche avait un grand sourire suave.

— C'est bon, dit-elle, spécialement pour vous, Françoise, je vais traduire: Au nom du Père, du Fils et du Saint-Esprit, je te baptise Joseph, Nicolas...

— Comment ça, Nicolas?

— Bien oui, Nicolas. C'est mon choix. J'aurais voulu qu'ils l'appellent Nicolas.

— Mais moi, je voulais Éric.

Blanche avait toujours trouvé Françoise Duclos un peu gourde, mais maintenant celle-ci commençait à lui tomber sur les nerfs.

— Franchement, madame Duclos, vous auriez pu le dire avant! Ça va finir par pas être valide, ce baptême-là! (*Elle fit une pause.*) Bon, c'est correct, je recommence, mais c'est la dernière fois.

Elle refit un signe de croix, aspergea à nouveau le bébé et dit:

— Au nom du Père, du Fils et du Saint-Esprit, je te baptise Joseph, Éric, Nicolas, Gabriel.

L'esprit mauvais, qui dormait paisiblement dans le petit cerveau de Gabriel, s'étira en maugréant que c'était toujours la même maudite histoire; à chaque fois qu'il se trouvait une planque, le head office le mutait ailleurs. Sans compter qu'il devait abandonner un pauvre malheureux aux vicissitudes de la vie. Encore un autre qui partait perdant! Mais le baptême est le baptême, il y croyait, lui! C'était un tout jeune esprit encore naïf, de la catégorie rose-rayé-bleu, catégorie peu combative et naturellement affable. Il sortit sur la pointe des pieds de la tête de Gabriel, qui ne se réveilla même pas.

— T'en fais pas, je reviendrai, souffla-t-il au bébé.

— Écoutez, Françoise, dit Blanche, c'est entre nous, ça. Faudrait pas le dire aux enfants, ça ferait des complications pour rien.

Mais Françoise Duclos avait tellement la chienne que l'avertissement de Blanche était superflu. Les deux femmes quittèrent la chambre sur les talons de l'esprit mauvais mais elles ne le virent pas. Pourtant, elles avaient la foi. Le domaine de la foi est très complexe. En entrant au salon, Blanche fit à sa fille un sourire que celle-ci trouva particulièrement réconfortant...

Et c'est ainsi, grâce à l'esprit d'initiative de sa grand-mère maternelle, que Gabriel Duclos, né en 1970 de parents fraîchement athées et fiers de l'être, entra dans la vie par la même porte que ses mère et père et qu'à leur grand étonnement, il eut des rapports fréquents avec les anges, bons et mauvais, les trônes, les dominations, les archanges et autres esprits fugaces inhérents à la chose catholique.

Chronique floue

Les nuits de l'été soixante-dix furent chaudes et immobiles. Marité dormit peu. À l'hôpital, on l'avait rassurée: il lui serait facile d'allaiter son bébé, c'était la meilleure chose pour l'enfant et... tellement naturel. L'allaitement maternel revenait d'ailleurs à la mode et plusieurs mères s'y adonnaient avec conviction sous l'œil attendri du père de leur rejeton. Ces femmes disaient à qui voulait l'entendre que c'était jouissif-tripant-excitant de se faire téter pendant des heures. C'était le début de la décade écologique et on revenait à la bonne vieille nature qui façonne si bien les choses et fait se pâmer d'aise les femmes en gésine...

Mais Marité était moins chanceuse que les nouvelles mamans naturopathes. Les médecins de l'hôpital avaient omis de lui signaler qu'elle serait branchée à son bébé pendant des heures, à tous les jours, pendant des mois, que ça lui tente ou non, où qu'elle soit, quoi qu'elle fasse. Ou peut-être l'avaient-ils dit? Ils devaient l'avoir dit mais, sur le coup et dans le nirvāna de la grossesse, elle n'avait pas enregistré. Cela n'avait pas été mentionné, elle s'en serait souvenu, dans le documentaire qu'on leur avait projeté aux cours pré-nataux et qui l'avait particulièrement frappée.

Le film, intitulé *La Lactation, phase 2,* montrait d'abord une pauvre femme hirsute et négligée aux prises avec un paquet hurlant et d'horribles biberons à stériliser, puis on voyait une autre femme, détendue et bien coiffée, prendre dans ses bras un beau bébé joufflu, se pencher amoureusement vers lui, baisser l'épaulette de sa blouse et, pendant que la caméra s'éloignait pudiquement, entrouvrir le lobe droit de son soutien-gorge de nourrice d'un blanc aveuglant. La femme souriait ensuite à la caméra pendant que le bébé tétait en agitant ses orteils de contentement. Il semblait si heureux qu'on avait l'impression de l'entendre ronronner. Sur ces images idylliques, la voix de Françoise Faucher énumérait aux mamans canadiennes les diverses composantes du lait humain et les comparait à celles du lait de vache. Il n'y avait pas de vache sur l'écran mais on en parlait beaucoup. Il ressortait de tout cela qu'à côté du vulgaire lait vachier, le lait humain comportait des avantages innombrables et que sa valeur nutritive était *irremplaçable* pour le petit de la femme évidemment, pas pour le veau ou le chevrotin.

Gabriel buvait aux quatre heures, la nuit comme le jour et, à chaque fois, cela lui prenait au moins quarante minutes. Conséquemment, Marité ne retirait pas de ses fonctions de mère nourricière la joie profonde qu'on lui avait promise. Elle se sentait comme une vache qui vient de mettre bas ou, au mieux, comme Mélibée Marcotte qu'elle avait aperçue l'autre jour chez Maryse entre deux boires et dont le ventre grossissait de jour en jour; elles étaient toutes des femelles. Mais, contrairement à la vache et à Mélibée instinctivement portées sur l'allaitement, Marité, elle, ne savait pas comment s'y prendre, pas plus que Jean qui tournait autour d'elle, inutile, gauche, et navré de l'être. Bien qu'elle aimât sentir le petit corps de son bébé dans ses bras, Marité, en le nourrissant, ne souriait pas comme la femme du film car elle avait atrocement mal aux seins qui avaient tendance à gercer. Les gerçures étaient-elles normales? Pour en avoir le cœur net, elle questionna sa mère.

— Je voudrais bien t'aider, dit celle-ci, mais j'en sais pas plus que toi. De mon temps, c'était le biberon.

Marité lui demanda si sa mère à elle l'avait nourrie au sein. Elle avait dû, Blanche ne se souvenait plus, ne savait pas. On ne parlait pas de ça autrefois et les femmes se cachaient pour allaiter.

— C'est quand même étrange, dit Marité, qu'en si peu d'années, on ait complètement perdu l'habitude d'une chose censée être naturelle.

Blanche suggéra d'habituer graduellement Gabriel au

biberon. Il ne s'en porterait pas plus mal.

— Quoique, dit-elle, quand ton frère a eu des troubles de comportement, le psychologue m'a fait remarquer qu'il était un enfant du caoutchouc; il n'a pas eu assez de contacts directs avec moi, étant bébé, c'est là la genèse de son traumatisme.

— Tu l'as cru?

— Évidemment pas, dit Blanche. (Elle n'avait pas l'air très sûre.) De toute façon, mon expérience ne peut pas tellement te servir: dans les années quarante, on ne savait même pas ce qui se passait à l'accouchement, ils nous endormaient et on se réveillait malades et n'ayant rien vu. Au moins maintenant vous comprenez tout, vous êtes mieux suivies, vous avez l'accouchement sans douleur.

— Accouchement sans douleur mon cul, dit Marité. Pourquoi tu me l'as pas dit, maman, que ça faisait si mal? Je voulais mourir là, moi.

— Mon Dieu, Marie-Thérèse! Je trouve parfois que tu es vulgaire pour rien! Je me demande si c'est ça que tu vas montrer à Nicolas-Gabriel. Ça fait peut-être bien ce langage-là dans ton groupe d'amis, mais comment fais-tu, ma petite fille, pour plaider sans sacrer?

Marité sourit. Un peu. Elle était fatiguée, fatiguée. Elle dit:

— Comme ça, tu passerais au biberon, toi maman? Après tout, t'en as élevé plus que moi.

□

Le lendemain soir, après le boire de huit heures, elle sortit de son portefeuille l'ordonnance que le pédiatre lui avait remise au cas où elle opterait pour l'allaitement artificiel. La formule la plus proche de l'irremplaçable lait de femme s'appelait Fermalac. Elle somma son mari d'aller en acheter trois boîtes à la pharmacie Jean Coutu, tout de suite.

— Ça ne peut pas attendre à demain? demanda Jean.

Non, ça ne pouvait pas attendre. Elle ajouta:

— Prends des biberons Everflo, il paraît qu'ils sont meilleurs parce que, vois-tu, la tétine est en forme de sein!

Résigné, Jean mit ses sandales et sortit.

Quand il revint avec le kit, Marité était couchée et il faisait presque noir dans la chambre. Il posa ses provisions sur la table de nuit et s'alluma une cigarette:

— T'ouvres pas le sac, Marité?

Il y eut un long moment de silence pendant lequel Marité pensa que si elle ne dormait pas cette nuit encore, elle allait devenir folle, tout simplement.

Il reposa sa question.

— Non, Jean, j'ouvre pas le sac. C'est toi qui vas étrenner les biberons. Il faudrait que tu prennes le shift de nuit, comme ça, je pourrais dormir enfin.

— Ah bon, c'est drôle, dit Jean.

Il fit: «Ah, ah!» et demanda comment faire. Elle soupira:

— J'le sais pas plus que toi. Essaie, je t'en prie.

Il faisait complètement noir maintenant et elle pouvait suivre le tracé nerveux de la cigarette de son mari. Elle sentit qu'il la trouvait quelque chose comme méchante et dénaturée. Tant pis. Mieux valait être la méchante que la victime. Et elle avait sommeil. Elle prit la main de Jean qui était sèche malgré la moiteur de l'air. Il dit:

— Je serai jamais capable.

— Ça doit pas être beaucoup plus compliqué que de préparer une soupe Lipton, voyons, Jean, fais ça pour moi.

Il avait écrasé sa cigarette et Marité ne disait plus rien. Au loin, ils entendirent leur fils vagir — petit paquet de troubles et d'émoi —, puis les vagissements devinrent de plus en plus insistants. Jean regarda le cadran lumineux de sa montre; il n'était même pas dix heures. Il se leva.

La suce de Gabriel, tombée encore une fois, avait roulé sous la bassinette parmi les bilous. Jean la ramassa, la passa sous le robinet et la remit dans la bouche du bébé qui la recracha aussitôt. Ça n'était pas ça. Il devait être mouillé. Mais même après avoir été changé de couche, Gabriel pleurait toujours. Alors, impuissant et affolé, Jean le prit dans ses bras et courut le porter à sa femme qui ne broncha pas... Il sortit de la chambre avec le sac de biberons et, assis à la table de cuisine, le bébé toujours dans ses bras et toujours hurlant, il entreprit de lire la recette de Fermalac. Il avait très chaud.

Cette nuit-là, pour la première fois depuis la naissance de Gabriel, Marité dormit jusqu'au matin d'un sommeil continu, opaque et sans rêves. Le lendemain, elle se banda les seins et cela ne lui fit pas plus mal que d'allaiter; elle avait si peu de lait!

L'exéprience écologique avait duré exactement dix semaines et laissé Gabriel un peu maigre et sa mère avec des poches sous les yeux et une envie folle de manger tout ce qui lui avait été défendu du temps qu'elle était une bonne vache nourricière désireuse de ne pas imposer à son petit les sales produits de la civilisation et ses nourritures trop riches, trop épicées, trop sucrées, trop salées, trop peu nourrissantes, trop excitantes ou trop alcoolisées. Pendant quelque temps, Marité cessa de boire du lait, d'absorber des yogourts nature et des carottes qu'elle avait en horreur: elle ne mangea plus que des chips B.B.Q., des steaks au poivre, des pizzas aux anchois et des choux de Bruxelles. Elle faisait tout cela d'une seule main, bien sûr, car de l'autre, elle aidait plus souvent qu'à son tour Gabriel à vider ses biberons Everflo. Mais il lui importait peu maintenant que le bébé boive à des heures impossibles car il avait cessé d'être une bouche hurlante et avide, toujours collée à elle.

— C'est les deux premiers mois qui sont durs à passer, dit-elle à Maryse. Après, ça va.

Celle-ci avait regardé les yeux encore cernés de son amie, mais elle n'avait aucun esprit critique vis-à-vis d'elle, et Gabriel, qui était le seul bébé de sa connaissance, lui semblait prodigieusement précoce.

Mis à part sa propension à brailler la nuit, Gabriel était en effet un bébé charmant, vif et beau. Dans la mesure où la chose est possible pour un nourrisson. Vu d'un œil extérieur, il commençait même à avoir formance de monde et quand Michel le revit, il le trouva moins laid que la première fois: gorgé de Fermalac, il avait profité.

☐

Quand Mélibée eut ses minous, c'était la nuit et il faisait très chaud dans la garde-robe de Maryse où elle avait choisi d'élever sa famille. La canicule dura pendant une semaine. Les gens dormaient sur leur balcon et ils rentraient leurs matelas pneumatiques aux petites heures seulement, quand le jour se pointait. Maryse avait un arbre devant sa fenêtre, mais pas de balcon, et la chambre était torride. Quelques nuits après la naissance des chatons, elle rêva que Michel l'accusait de les avoir tués: les trois petits chats étaient entrés dans le frigidaire à son insu, Michel ouvrait la porte pour prendre des glaçons et leurs corps raidis et durs comme des blocs de glace tombaient sur le linoléum. Maryse pleurait dans son rêve et Michel criait. Elle se réveilla en sueur, seule dans son lit et, pour se rassurer, elle alla s'asseoir devant la garde-robe de Mélibée qui la regarda avec ses yeux confiants; elle ronronnait très fort dans l'appartement désert et ses trois petits minous tétaient en pédalant. François en voulait un, le rayé, qui était peut-être une chatte, ou le noir. Maryse prit les chats dans ses mains, Mélibée ne montrant aucun signe d'inquiétude. Elle resta longtemps à les caresser et lentement la peur de son cauchemar sortit d'elle.

À son retour, Michel la trouva accroupie devant la boîte. Elle lui demanda ce qui s'était passé à sa réunion.

— Rien. Encore une réunion pour rien, du niaisage.

Elle pensa qu'ils avaient vraiment niaisé longtemps, mais ne le dit pas. Elle ne parla pas non plus de son rêve et, calmée, elle regagna le lit où elle se rendormit très vite, collée contre Michel.

Août 1970

Maryse était seule chez elle quand le téléphone sonna pour la douzième fois de la journée. C'était MLF, en larmes: elle venait d'avoir sa première engueulade avec un de ses chums, un nouveau, il fallait qu'elle en parle maintenant, à onze heures du soir, et ça ne se racontait pas au téléphone, c'était trop fou, trop long, trop stupide.

— Oké, dit Maryse, viens-t'en.

Mais il n'en était pas question: Michel pouvait rentrer à tout moment et Marie-Lyre ne voulait pas risquer de s'enfarger dans ses grandes phrases. Ce soir-là, elle détestait *tous* les hommes. C'était hélas temporaire comme sentiment — elle le savait — mais très ferme. Elle ne pouvait pas non plus rester à l'appartement car alors elle passerait la nuit à attendre que le chum en question rappelle.

— Écoute, on peut se rejoindre à *la Luna,* suggéra Maryse.

— Tu y penses pas! Tout le monde me connaît dans ce restaurant-là et j'ai les yeux rouges.

Marie-Lyre ne voulait pas non plus aller au *Gitano,* ni au *Coucou railleur,* ni à *la Bodega,* ni à *L'Enclos de Ninon,* ni à *l'Association:* il y avait trop de gars là-dedans. Chez *Florinda* et chez *Winters,* les dragueurs étaient moins nombreux, mais c'était bruyant. Chez *Malenfant* et à *la Paimpolaise,* trop déprimant, trop déprimant aussi à *L'Oiseau imberbe.* Chez *Négoce Ménard* c'était vraiment trop sale et à *L'Édredon doré,* comme *Aux beaux zenfants* et au *Vol au Vent,* trop cher. Au *Maplewood Inn,* elles se feraient achaler, comme ce serait le cas à l'*Harlequin,* au *Shack,* à *La Hutte suisse,* à *L'Escarpolette,* chez *Tony Parmesan,* chez *Gargamelle,* au *Bilongo,* à *La*

Bambola, chez *Le Frère Toque*, chez *Le Père Mondou*, au *Chat noir*, à *La Trattoria*, à *L'Epiceria*, chez *Emmavari*, à *la Cruche recollée*, au *Miraflor*, à *la Carotte amoureuse*, à *la Gadouille*, chez *Pitou Dubé*, au *Jardin d'Yvette* et au *Bouvillon*. Sans compter les places, comme *la Galère galante*, où elle ne remettrait plus jamais les pieds, après ce qui s'était passé la dernière fois!

— C'est ben simple, j'ai le goût de retourner chez ma mère, dit-elle.

Et elle se remit à brailler. C'est en braillant qu'elle pensa au chic *Continental*, le seul trou qu'elles avaient oublié dans leur énumération.

— On connaît tout le monde là aussi, fit remarquer Maryse.

C'était vrai, mais ça ne faisait plus rien. Elles n'allaient tout de même pas se rencontrer au milieu du parc Lafontaine, dit Marie-Lyre, parce qu'en plus d'avoir les dragueurs au cul, elles auraient les flics sur le dos, ou vice versa. De toute façon, il faisait sombre au *Continental* et ça ne paraîtrait même pas qu'elle avait pleuré. Elle ajouta:

— C'est un endroit sordide, en plein ce qu'il me faut comme ambiance pour raconter mes histoires d'amour. Je me remaquille et j'y suis dans une demi-heure.

Quand Maryse entra dans le bar, il y faisait plus chaud que dehors; l'air conditionné était en panne. Marie-Lyre n'était pas encore arrivée mais Coco Ménard était là, flottant d'une table à l'autre. Il se jeta dans ses bras, volubile et ravi de la revoir:

— Qu'est-ce que tu deviens? demanda Maryse.

— J'organise, fille, j'organise! Avec le FLQ. Y a des affaires au boutte qui se préparent. Mais c'est top secret, parles-en pas à personne.

Il s'arrêta, interdit:

— Veux-tu ben me dire, bonne femme, qu'est-cé que tu brettes icitte, dans mon spot?

Maryse eut à peine le temps de lui répondre que déjà il lui faisait un clin d'œil avant de s'éclipser avec deux de ses Craven A. Entre-temps, Marie-Lyre, enfin arrivée, se dirigeait vers sa table. Après une première gorgée, elle entreprit le récit de sa chicane:

— Figure-toi donc qu'il veut pas que j'utilise le mot chum.

— Mais tu parles de qui, là?

Elle parlait d'André. André Breton, son ancien professeur et nouveau chum. En fait, MLF avait toujours trois chums, mais son numéro deux, Albert, venait d'être remplacé: au printemps, madame Albert avait accouché, celui-ci avait laissé passer les quarante jours réglementaires et, redevenu fidèle, il avait annoncé à MLF que c'était fini entre eux. Simple concours de circonstances! Sa place avait rapidement été comblée par le professeur Breton, un Français qui portait bien son début de calvitie et de grosses lunettes à monture noire. Breton ressemblait à Hubert Aquin, en plus grand et en plus français. Malheureusement pour Marie-Lyre, il n'était pas Hubert Aquin, qu'elle avait seulement croisé une fois et qui ne l'avait même pas remarquée, détail qu'elle déplorait. Faute de mieux, elle couchait avec Breton depuis la fin des cours. Il était marié lui aussi (c'était fatal, à son âge!), mais nettement plus délicat que les autres: il acceptait de se promener sur Côte-des-Neiges avec elle et d'aller manger ailleurs que dans des restaurants chinois de la rive sud où il aurait pourtant été sûr de ne rencontrer aucun de ses collègues. Au début, MLF l'avait trouvé d'une gentillesse folle: comme sa femme à lui travaillait et comme il répétait depuis dix ans les mêmes sublimes cours sur le vers anapestique blanc, il avait beaucoup de temps à lui consacrer. Mais elle venait de déchanter: Breton s'était permis de l'écœurer!

— Chez moi, dit-elle à Maryse, au-dessus d'un repas que j'avais cuisiné spécialement pour monsieur! Comme si j'étais sa femme, maudite marde! C'est en plein ça! Je m'étais forcée; j'avais acheté rien que des affaires qui coûtent cher et j'avais rien raté. J'étais contente de passer avec succès l'examen du repas d'amoureux. Ma chume Marie-Hélène m'avait prévenue: «Les Français trouvent toujours à redire sur la bouffe. Watcheout! Si tu réussis ce coup-là, il va peut-être devenir un chum permanent.» J'y tenais pas plus que ça, mais enfin... Tout allait bien, il mangeait sans chiâler, même qu'il avait l'air d'aimer ça. Avant le souper, j'avais employé le mot espèce au masculin. Il m'a corrigée: c'est féminin, figure-toi donc! En France et dans le dictionnaire, le mot espèce est féminin. Je l'oublierai jamais! Ça m'a mortifiée de me faire couper le sifflet comme si j'avais cinq ans, comme s'il était encore mon prof, mais je me suis contrôlée, j'ai rien dit. Au dessert, j'avais oublié tout ça et je lui ai déclaré qu'il était le chum le plus fin que j'aie jamais eu! «Je t'en prie, Marie-Lyre, qu'y m'dit, ne m'appelle pas ton chum. Ce mot est tellement laid dans ta jolie bouche. C'est vulgaire.»

— C'est toujours pareil avec les Français, dit Maryse, quand on leur parle, on a l'impression de passer un examen.

Depuis deux minutes, un individu de sexe mâle, du type fumeur-de-rouleuses-et-très-cool, se tenait debout près de leur table. Il sentait le fond de tonne et, les yeux dans le beurre, il écoutait MLF:

— J'peux-tu te consoler, dit-il, qui c'est qui t'a fait de la peine de même, ma noire?

— Écœure-moi pas pi vas te crosser dans les toilettes! fit MLF, sobrement.

Avec une lenteur appliquée, le consolateur des noires partit vers une autre table occupée par deux filles *seules,* elles aussi. Marie-Lyre le suivit un moment du regard, puis elle enchaîna:

— J'ai dit: «Ah bon! t'es pas mon chum? Mais qu'est-ce que t'es, alors? Qu'est-ce que je suis pour toi? Qu'est-ce qu'on est, pardon, qu'est-ce que nous sommes? Oui, que sommes-nous, mon chéri? Rien. On n'est ni concubins, ni accotés, on n'est même pas dans le véritable adultère bourgeois, ça c'était quelque chose au moins! J'ai souvent l'impression qu'on n'existe même pas, qu'il n'y a jamais rien eu entre nous et que j'ai rêvé nos rencontres. On est innommables... en tout cas, innommés. Merde. Encore une affaire qu'i a pas de mot pour! Mais veux-tu me dire ce qu'on fout ensemble?» «T'énerve pas, Marie-Lo! qu'y m'dit.» Il me disait de ne pas m'énerver, tu te rends compte, Maryse, après ce qu'il venait de me dire! Y

m'énerve!!! Je lui ai répondu: «Vois-tu, mon cher André, étant
donné le caractère très spécial de notre liaison, il y a des tas de
mots que je ne peux pas utiliser pour te désigner. Il est exclu
que je t'appelle mon mari ou mon compagnon. Je peux pas
dire mon amant; on n'est pas dans un roman français, mais sur
la rue Marie-Anne, tu l'avais peut-être pas remarqué. Je peux
pas non plus te donner le titre de soupirant, c'est plutôt moi qui
soupire! Pas question de t'appeler mon futur, je ne me fais pas
d'illusions: t'es à peine présent! Je peux pas dire mon p'tit ami,
vu ton âge et ta taille, ça serait ridicule. Et j'ai pas le droit de
t'appeler mon amour; tu m'aimes pas, t'as pris soin de le
préciser: «on baise en toute amitié». Mais mon très cher ami, le
mot ami, ici à Montréal, en bas, en très Bas-Canada, ça veut
strictement rien dire. Je pourrais toujours t'appeler mon
ami-de-gars: c'est là une des trop nombreuses locutions bâtar-
des de notre dialecte de provinciaux. Moi, j'trouve ça amusant.
Tu trouves-tu? Non, han? Tu saisis pas ce que ça veut dire
et tu penses que c'est syntaxiquement dément. Peut-être. Mais
comment voudrais-tu que je t'appelle, moi qui te prenais
naïvement pour mon chum? En fait, t'es une sorte de chum
steady intermittent: t'es steady dans ton intermittence. Mais tu
refuses d'être désigné par un mot qui manque de vertus
poétiques! En effet, le mot chum est pas paétique. Le mot
chum rime avec bum, dum, Fullum pis gomme! Que c'est donc
laite, le québécois, mon dieu!... Anyway, on s'est peut-être mal
enlignés; cette langue merveilleuse qui nous permet de communiquer, cette grande francité-francitude qui nous englobe
comme du mâche-mallow nous perd peut-être, qui sait, dans
son giron trop vaste...» Il était devenu tout blanc et moi, je
m'enfonçais, je m'enfonçais vers l'irrémédiable, mais j'ai continué, c'était trop tentant: «Ton problème, André Breton, c'est
que tu parles bien, toi! Ce qui t'enlève beaucoup de possibilités
sur le plan du vocabulaire et de la syntaxe, ça te limite, et t'oses
pas inventer. Pour toi, si un mot est pas écrit dans le
dictionnaire des rimes, dans un dictionnaire point, il n'existe
pas. Mais qu'est-ce que je fous avec un versificateur, un
verriste, un verreux, maudit verrat!» Je forçais sur le québécois,

comme tu peux le voir, mais il m'avait cherchée. Finalement, j'ai admis que le mot était pas un des plus riches. J'ai dit: «Ça coïncide peut-être pas parfaitement avec ce que tu es, ce que tu représentes pour moi, mon chéri, mais qu'est-ce que tu veux, on n'a pas tellement de choix au Québec, dans ce domaine pourtant si important de la nomination, du nommage, de l'appelage, du câllage des mâles avec lesquels on s'accouple. Tu viens de mettre le doigt sur une carence hideuse de notre beau dialecte. On n'a rien que le mot chum pour vous nommer, toi et tous les autres. C'est un mot fourre-tout, si je puis dire. C'est à prendre ou à laisser: t'es mon chum ou t'es rien.» «Ça suffit, Marie-Laine!»... Il aurait jamais dû dire ça; je commençais à me calmer et ça m'a comme fouettée: «Si t'es allergique à mon vocabulaire, ça prouve dans le fond qu'on matche pas pantoute, André Breton. On est des amants qui matchent mal, on est désassortis, on est une erreur. On n'est rien. Je suis rien! Avec mes trois chums, je suis toujours seule, c'est vrai, ça, merde. Qu'est-ce que vous êtes pour moi, finalement?» «S'il te plaît, Marie, ne me mêle pas aux deux autres! Si tu veux que je m'excuse, je vais le faire, mais cesse de crier!» Alors j'ai repris très doucement: «Oké d'abord, je vais te dire exactement ce que t'es pour moi. Fais attention, c'est un néologisme barbare. Tu es un néologisme barbare, Dédé Breton. Je dirais que tu es mon amicule, c'est-à-dire mon petit ami de cul. Voilà. J'ai trois amicules dans ma réserve mais il y en a un, l'animal, qui corrige mon français! Tu vas m'arrêter ça, André Breton! Prends-toi pas trop au sérieux, t'es rien que le tiers de ma vie amoureuse et puis, à bien y penser, tu mérites pas le titre ronflant de chum. T'es plus mon chum! Out, dehors, fuera! Exit, tabarnak!»... Eh bien ma chère, il est parti en laissant sa tarte Tatin tout écharognée sur le coin de la table. Ça prend une heure, faire une tarte comme ça... pis on n'avait même pas baisé. Et c'est fini.

Marie-Lyre se mit à pleurer pendant que Maryse allait lui chercher un autre verre au bar, le waiteur étant trop occupé pour les servir.

— Braille pas comme ça, dit-elle en revenant, il te reste

deux autres chums.

— Je les ai pas vus de l'été, avec leurs maudits chalets pis leurs vacances en Europe! L'été, c'est pour les épouses, pas pour les maîtresses. Tiens, je ne lui ai pas parlé du mot maîtresse. Encore une expression stupide. Maîtresse de quoi? Je ne contrôle rien, je suis celle qui cède, celle qu'on cache, je suis la doublure, l'ombre. Des fois, je me demande si c'est bien moi qui joue un pareil rôle...

Marie-Lyre était plus calme maintenant, mais perdue dans ses pensées. Maryse n'osait pas intervenir, de peur de déclencher une autre averse de mots ou de larmes. Finalement, Marie-Lyre se secoua elle-même:

— Breton était peut-être un con pontifiant, mais il baisait bien. Ça compte! C'est ça mon problème. Maudits hommes, je les haïs tous!

— Moi aussi, fit Maryse, par sympathie.

Et elle se mit à parler de Michel, qui n'était pas odieux bien sûr, mais il y avait un malaise entre eux. Elle se dit: «Comment ça se fait donc qu'avec MLF, je finis toujours par parler contre Michel, c'est curieux ça.»

□

Le surlendemain, Breton revint avec un bouquet de roses rouges. MLF le laissa entrer car la chair est faible et sa solitude lui pesait. Mais il ne fut plus jamais question du mot chum entre eux.

À la suite de cette fausse sortie du professeur Breton, Marie-Lyre décida de tenir un registre des caractéristiques, entrées en fonction et départs de ses chums. Elle n'avait que vingt-quatre ans, mais si ça continuait à ce rythme-là, elle en oublierait bientôt des bouts et, une fois vieille, elle n'aurait plus rien de cohérent à raconter à ses petites filles. Elle entreprit donc de mettre sur fiches sa vie sentimentale et de cul. Cela lui prit trois longues soirées.

2

Le cheval pourpre

Chronique floue

Les cours avaient repris, mais c'était sans importance car personne ne les suivait vraiment; MLF et Maryse avaient la tête ailleurs, et cet ailleurs ne coïncidait pas du tout avec l'espace intérieur, si vaste pourtant et si marmoréen, des écrits mallarméens dont elles se devaient d'approfondir la splendeur sous la tutelle de L.P. Dubouque, professeur agrégé. Mais elles donnaient le change, en vraies petites vlimeuses qu'elles étaient. Quant à la gang de Michel, elle était travaillée par la zizanie: on ne s'entendait ni sur l'interprétation à donner aux manuscrits récemment retrouvés du journal intime et a-politique de Gramskov, ni sur les événements de Sus-Vanganie où les Moukères amarante, avec l'appui des Dom-doms et des USA, avaient repris le pouvoir et passaient les ennemis du régime au hachoir à gaz propane.

Puis, octobre arriva et ils eurent tous d'autres sujets d'étonnement et de controverses.

Au début, les gens étaient nerveux, mais sans plus. Le mardi six octobre, Maryse passa prendre Marité à l'étude *Dubois, Duclos, Glatz et Grand'maison* où celle-ci, installée depuis bientôt un mois dans le minuscule bureau que ses associés lui avaient réservé, attendait ses premiers clients. Cet après-midi-là, Marité était à la fois enthousiaste et troublée: son premier client venait de se manifester dans la personne d'une Italienne de quarante-trois ans qui en paraissait cinquante-cinq. La femme s'appelait Lucia Capelli, elle s'exprimait difficilement en anglais comme en français, semblait en proie à une terreur constante, bien ancrée en elle, et aspirait à la paix d'une séparation de corps. Elle avait dans le cou une énorme ecchymose qui était en train de passer du bleu au jaune et que ses cheveux courts dissimulaient mal. Pendant tout le temps de l'entrevue, Marité n'était pas parvenue à détacher ses yeux de l'ecchymose. Quand la femme se leva pour partir, Marité aperçut un autre bleu, violacé celui-ci, sur un de ses mollets. Elle n'oublia jamais la figure hébétée de Lucia Capelli, première d'une interminable série de clientes battues par leur mari et honteuses de l'être.

L'étude *Dubois, Duclos, Glatz et Grand'maison* était installée dans un ancien appartement de la rue Parc Lafontaine, à quelques pas seulement de la maison de Marité, ce qui permettait à celle-ci d'aller voir Gabriel pendant ses heures de lunch. Quand les deux femmes arrivèrent à l'appartement, il était quatre heures vingt et la gardienne avait déjà son imperméable sur le dos. Mais le petit, lui, était mouillé. Rien n'est parfait. En le changeant, Marité lui annonça d'une voix légèrement zozotante: «On va faire une promenade chez *Métro*.» Elle avait invité Maryse à souper et il ne restait plus dans le frigidaire que de la purée de courgettes pour bébé.

Comme elles descendaient la rue avec Gabriel dans sa poussette, une auto de police patrouillant en direction sud arriva à leur hauteur. L'auto ralentit et se mit à avancer à leur rythme, comme si les policiers voulaient les draguer. Ils les regardaient avec insistance, sans rien dire.

— Qu'est-ce qu'ils nous veulent, fit Maryse, y m'énervent.

Et, sans savoir pourquoi, elle sortit le bébé de sa poussette et le prit dans ses bras. Gabriel était tout petit encore et délicat, à peine plus lourd que Mélibée. Rendues à la rue Napoléon, elles tournèrent le coin et l'auto de police, toujours aussi lentement, continua sa ronde.

— J'haïs les flics, dit Maryse.

Chez *Métro*, elle reconnut Francine Crête, stationnée en double dans la section de nourriture pour animaux domestiques et bébés. Perdue dans la lecture des étiquettes de petits pots *Heinz*, Francine Crête sursauta en l'apercevant. Elle était étonnée de la retrouver dans *son* magasin *Métro*. Maryse la rassura: ce n'était pas le sien mais celui de Marité qui, elle, habitait le quartier. Puis, elle fit les présentations et demanda comment allait Sigismond-Jacob. C'était le prénom dont les Crête avaient affublé leur rejeton, nouvellement né. Sigismond allait bien, très bien, et il faisait dodo à la maison sous la surveillance de sa grand-maman.

— J'utilise la nourriture préparée seulement quand je suis mal prise, dit Francine Crête.

Elle avait l'air coupable.

— Mais c'est très bon, les petits pots, dit Marité. As-tu essayé le mélange poire-abricot-banane? Mon mari en mange en cachette.

Elles parlèrent bébé quelques minutes, puis le nom du diplomate britannique James Cross vint sur le tapis. La veille, le FLQ l'avait kidnappé. Francine Crête et Marité n'avaient pas du tout la même interprétation des faits. Il ressortit rapidement de la conversation que Marie-Thérèse Grand'maison était bêtement nationaliste. «Piort Lécithine a écrit que tout nationalisme est suspect», dit Francine Crête en triturant l'étiquette d'un pot contenant du BHA-BHT, du corn starch, du corn syrup, un supplément de vitamine A, B^{12} et E, du bisulfite de ménadione (qui active la vitamine K) et aussi un peu de chou-fleur déshydraté.

— Faut pas oublier que Duplessis était nationaliste, conclut-elle, Hitler aussi.

C'était juste. La question nationale est vicieuse.

— Sais-tu, dit Marité, on est un peu pressées, là, mon lavage est pas fait pis le p'tit a faim...

Elle et Maryse se dirigèrent vers la caisse et Francine reposa sur l'étagère le pot à l'étiquette écharognée. Elle en avait déjà douze semblables dans son charriot. En sortant de l'épicerie, les deux femmes croisèrent le penseur de gauche Mardochée Poitras qui fit semblant de ne pas connaître Maryse. Pourtant, trois jours plus tôt, il avait passé une soirée entière chez elle, à boire son whisky en compagnie de Michel.

— Pour lui, je dois faire partie des meubles, dit Maryse. Il ne me replace qu'en contexte, dans ma cuisine.

À l'appartement, Jean, le manteau sur le dos, était planté devant la télévision: on n'y parlait que de l'enlèvement de

James Cross et de l'ultimatum du FLQ. Maryse, se souvenant des allusions de Coco Ménard, se demanda jusqu'à quel point celui-ci était impliqué dans l'opération. Si le FLQ c'était Coco Ménard, ça ne devait pas être très sérieux.

□

Dès le lendemain cependant, elle changea d'idée, et les jours qui suivirent, elle les passa, comme tout le monde, rivée à la radio et à la télévision. Dans les journaux, les nouvelles internationales avaient été reléguées aux dernières pages, mais les informations sur le FLQ, qui étaient rédigées au passé comme les autres nouvelles — celles qui parlaient d'ailleurs — conservaient pour Maryse un caractère d'irréalité; l'enlèvement de Cross lui semblait presque aussi étranger et lointain que les troubles du Biafra ou ceux de la Rhodésie. Comme si tout cela se passait sur du papier seulement ou *dans* la télévision.

Le huit octobre, Gaétan Montreuil, de sa belle voix radio-canadesque, lut le manifeste du FLQ. Michel et Maryse furent bouleversés. Ils n'étaient pas les seuls. Leur téléphone se mit à sonner: c'étaient les Crête, puis ce fut MLF, puis Lady Fauchée, puis Lemire, tous énervés. Michel appela ceux qui ne s'étaient pas encore manifestés. Tout le monde se téléphonait.

□

À partir de l'enlèvement du ministre Laporte par la cellule Chénier, ils passèrent leurs soirées en meetings. Le quinze octobre, ils se rendirent à une assemblée monstre organisée au Centre Paul-Sauvé. François Ladouceur y était déjà. MLF aussi. Pour une fois, elle n'était pas seule; Azard Côté, son chum numéro un, qui faisait dans le syndicalisme, l'accompagnait. Maryse se retrouva tout près de Jean Duclos et celui-ci lui confia qu'ils étaient épuisés, Marie-Thérèse et lui, avec leur travail et le bébé. Ce soir, ils n'avaient trouvé personne pour garder et sa femme était restée à la maison avec le petit.

— Demain, j'irai garder, dit Maryse, et vous pourrez sortir

ensemble, aller aux vues pour vous changer les idées.

Mais ils n'eurent pas le loisir de se changer les idées: dans la nuit même, vers les quatre heures, la *Loi sur les mesures de Guerre* entra en vigueur.

L'après-midi du même jour, Michel reçut le téléphone d'Elvire Légarée qui avait perdu la trace d'Adrien. Puis ce fut tout jusqu'au soir, à part Hermine. Mais elle ne comptait pas. À l'heure du souper, Maureen téléphona. Ce n'était pas pour parler de la *Loi sur les mesures de Guerre*, mais pour se vanter d'avoir eu son premier bébé; un beau tit-gars. «Or, la Femme mit au monde un enfant mâle», pensa Maryse qui ne trouvait rien à répondre à sa sœur, heureuse et gaie, pour une fois. Maureen raconta tout: sa grossesse, l'accouchement, ce que leur mère Irène avait dit et à qui ressemblait le bébé. Maryse la laissa parler, promit de lui rendre visite et, finalement, elle dit:

— Excuse-moi, il faut que je te laisse, je m'en vais travailler.

Ce n'était pas vrai; elle s'en allait garder Gabriel. Elle dit:

— C'est dommage qu'on puisse pas choisir sa famille.

— Ouais, fit Michel distraitement.

Affalé devant la télévision ouverte, il tentait de trouver une explication aux événements dans un opuscule sur la néo-érectologie de Piort Lécithine.

— Tu ne viens pas avec moi?

Maryse le demandait sans trop d'espoir, mais elle aurait aimé qu'il l'accompagne car le bazou était au garage depuis deux jours et, seule, elle n'avait pas les moyens de prendre un taxi. Or, la veille, elle avait promis à François de lui apporter ses deux chattes (il en prenait deux finalement) en allant chez Marité.

— J'ai les minounes à transporter, dit-elle.

— J'ai vraiment pas l'temps, Maryse, je veux finir mon bouquin ce soir... Le braillage de bébé pis la néo-érectologie, ça va pas ensemble. D'ailleurs, tu devrais pas sortir, ils arrêtent le monde.

— Voyons donc! Ils arrêtent les gens connus et importants, ce qui n'est pas mon cas. De toute façon, t'es tanné des chattes.

Il souleva son gilet et, souriant, l'embrassa sur le ventre.

— Fais bien ça, ma chatte, dit-il.

Elle fondit. Il ne resterait plus dans l'appartement que l'inévitable Mélibée Marcotte et la troisième petite chatte nommée Gazoline, qui atterrirait chez la voisine d'en bas la semaine prochaine. Il se leva pour mieux l'embrasser puis, allégé, il retourna au traité du camarade Piort. Maryse chercha les deux chattes choisies par François et elle les enferma dans une petite valise en vinyl noir. Mélibée suivait l'opération d'un œil indifférent; elle ne devait pas se rendre compte encore! Gazoline lui jouait après la queue et ça l'agaçait. Elle lui donna un coup de patte énergique qui semblait vouloir dire: «Trouve-toi une autre bébelle, ma grande sans dessine» et, prestement, elle grimpa sur le calorifère où sa fille ne pouvait pas encore l'atteindre. Maryse partit avec son gros sac remuant. Elle avait hâte de voir Gabriel.

L'autobus 51 était presque vide et le métro également. Elle en sortit à la station Sherbrooke. Au coin de Saint-Denis et Cherrier, elle posa son sac pour s'allumer une cigarette. La figure compassée de la sœur Sainte-Monique lui revint en mémoire: «Mesdemoiselles, si jamais vous fumez, au moins que ce ne soit pas dans la rue. Une femme distinguée ne fume pas dans la rue, ne fume pas!» Maryse prit une touche et, son sac de minounes sous le bras, elle continua sa route. Était-ce dû à l'évocation de la sœur Sainte-Monique, sa Craven A lui sembla particulièrement bonne. Il régnait cependant dans le quartier une atmosphère bizarre qu'elle se sentait incapable de définir.

Devant la caserne des Fusiliers Mont-Royal, il y avait des soldats armés. Qu'est-ce qu'ils faisaient dehors à cette heure-là? Instinctivement, Maryse voulut changer de trottoir, mais il était trop tard, un des soldats s'était détaché du groupe et l'interpelait. Encore un fatiquant! Sans lui prêter attention, elle continua de marcher comme si de rien n'était, mais un autre soldat se planta devant elle:

— Excuse me, Miss, your identification please.

Le premier soldat, celui qui l'avait apostrophée, les rejoignit.

— What do you mean by papers? dit Maryse.

Elle pensait à Molloy, au début du roman, quand, sommé par les flics de montrer ses papiers, il leur exhibe son torche-cul. Scène inoubliable! Mais elle n'était pas Molloy. Ça se passait pourtant comme dans un roman, ça devait être une farce! D'ailleurs, les soldats n'avaient pas l'air vrais.

— Come on, miss, dit l'un des deux.

Il avait les cheveux hideusement courts et des boutons.

— Sorry, dit Maryse. I left them home. What's wrong?

— Really, dit l'autre soldat qui était tout aussi laid et affligé d'épaisses lunettes, you don't have your papers?

Il la regardait de la tête aux pieds. Elle portait des jeans usés et, par-dessus son gilet mauve, un chandail de grosse laine écrue que Michel ne mettait plus, en ce sens qu'il le lui avait abandonné. Les gars déguisés en soldats commençaient à lui tomber sur les nerfs, le téléphone de Maureen l'avait retardée et, s'ils continuaient à la niaiser, elle n'aurait pas le temps de parler avec François. Elle répondit:

— Really, vous me faites chier les gars.

Il était clair maintenant qu'ils ne comprenaient pas un mot de français.

— What have you got in your bag, miss, dit le premier soldat. Put it down.

Ce qu'elle fit. Le sac remua un peu et les soldats s'entre-regardèrent, sidérés. Ça devenait drôle. Un troisième comparse s'était approché. Il avait l'air d'un boss.

— What's going on there? fit-il.

Puis il aperçut le sac noir, luisant et fatidique.

— Open it, miss, dit le soldat boutonneux.

— Why? Are you sure you've got the right to do that? I'll complain.

Elle était furieuse et sentait monter en elle quelque chose qui ressemblait à de la peur. Elle voulut se prouver que tout cela était une énorme farce.

— Of course, dit-elle en prenant une dernière touche, it's a bomb. I never go out without my pills and my bomb.

— Open that bag, Williams, ordonna le soldat boss.

Ledit Williams se pencha sur le sac. Maryse jeta son mégot à ses pieds pour l'éteindre de sa sandale mauve pendant qu'avec d'infinies précautions le soldat faisait glisser la fermeture éclair. La chatte Gaby sortit sa petite tête et miaula: c'était son premier contact avec le monde extérieur et elle fut saisie. Williams le fut autant.

— Go on, dit le soldat boss.

Bravement, Williams ouvrit le sac tout grand. Granola apparut à son tour et, horrifiée, elle bondit se réfugier sous une auto. Entre-temps, d'autres soldats avaient commencé des manœuvres au beau milieu de la rue et il y en avait un qui jappait des ordres d'une voix terrible et dans une langue étrange que les chattes n'avaient jamais encore entendue.

Le sac de Maryse ne contenait rien d'autre qu'un étui à lunettes vide, des tickets d'autobus, un exemplaire de *Molloy* dans la collection 10/18, un paquet de Craven A et, dans un petit porte-monnaie tout usé, un billet de cinq dollars et un permis de conduire.

— Sorry, miss, dit le soldat à lunettes, we never know.

Il laissa retomber le permis de conduire sur Gaby.

Étendu de tout son long sur le trottoir, son comparse tentait de rattraper Granola en criant niaiseusement pussy, pussy. Puis, comprenant que la chatte ne bougerait pas, il s'étira le bras et la ramena par un pleuma. Elle était sale et lui aussi: il avait une belle tache noire sur le nez et les lunettes de travers. Granola rejoignit sa sœur au fond du sac qui était toujours béant.

— Fermez-le donc, astheure, mon sac, gang de gnochons.

— Sorry, we don't understand French, dit le soldat boss avec affabilité.

Maryse rezippa elle-même et elle leur demanda si c'était tout. Williams et l'autre regardèrent leur supérieur: oui, c'était tout.

— Maudits baveux, dit-elle en leur faisant comme un salut.

Et elle partit avec, sous le bras, la cause de ses troubles.

Une fois qu'elle eut tourné le coin de la rue Henri-Julien, elle se mit à courir de toutes ses forces jusque chez François, où elle arriva les jambes molles et en sueur. Celui-ci avait tourné en rond toute la journée dans sa ouache remplie de cendriers débordants. Il fut tellement soulagé de la voir indemne qu'il se mit à la traiter de folle. Il dit:

— Michel a téléphoné, il est inquiet. Veux-tu ben me dire quelle idée t'as eue de sortir?

Elle sourit faiblement:

— Engueule-moi pas, François, j'viens te livrer tes chattes.

— Voir si c'est le temps de livrer des chattes!

Il s'excusa, bourru, et en profita pour l'embrasser. Il avait les joues piquantes et sentait la gitane. Une odeur d'homme. Ils sentent tous la même chose, pensa Maryse. Elle téléphona à son chum et à Marité qui n'avait plus du tout le goût de sortir.

— Je prends un café avec François et je rentre en taxi, dit-elle à Michel.

Pendant que François débouchait une bouteille de *Mommessin Export* (c'est tout ce qu'il avait à boire), Maryse délivra les chattes; dans leur émoi, ils les avaient oubliées.

— Pourquoi vous leur avez donné des noms niaiseux de même?

— Je sais pas. Gazoline, c'est à cause du bazou de Michel, l'autre, c'est parce que j'haïs le granola, pis Gaby, c'est pour faire enrager ma belle-mère qui s'appelle aussi Gabrielle. Elle déteste les chats.

— Vous filez cheap.

— Qu'est-ce que tu veux, quand les minous sont arrivés, c'était l'été, j'étais en vacances, moi, j'avais pas le goût de leur donner des noms poétiques.

— J'vais appeler la noire Scarlett, dit François, pis la barrée, O'Hara. O'Hara, ça se dit mal en maudit par exemple: Oara, ouara, Mouara.

— Ah, ah! fit Maryse.

Mais ils riaient jaune et durent se rendre à l'évidence: ils ne parlaient qu'entre les bulletins de nouvelles de CKAC et ils avaient la chienne... une grosse chienne bâtarde et galeuse s'était installée dans le coin de la cuisine d'où elle observait les chattes en grognant.

Maryse resta le temps de vider la bouteille. Consciencieusement, ils essayèrent d'échanger des propos sensés sur la thèse de François et sur d'autres sujets, mais le cœur n'y était pas, et toujours, ils revenaient à la *Loi sur les mesures de Guerre*, aux rapports entre Québec et Ottawa et au texte du manifeste felquiste. Vers onze heures, François fit venir un taxi dont il referma lui-même la portière sur Maryse après l'avoir longuement embrassée. Elle le laissa faire; tout était spécial. Le chauffeur de taxi parlait lui aussi des felquistes. Au coin de Cedar et Côte-des-Neiges, un camion de l'armée était stationné dans une zone interdite. Maryse se retourna pour le regarder par la vitre arrière. Il était sinistre. Elle eut hâte de se retrouver en sécurité dans les bras de Michel: la terreur n'était plus seulement dans la télévision, mais sur la ville, sur le pays.

Au pied de son escalier, une chienne jaune semblait l'attendre en léchant sa patte malade.

□

Le lendemain, dix-sept octobre, le ministre Pierre Laporte avait été exécuté. Dès l'annonce de la nouvelle, Hermine téléphona pour dire:

— C'est donc effrayant, mon Dieu, ce qui est arrivé à ce pauvre monsieur Laporte, toute cette violence, ce sont des sadiques, des barbares, des exaltés, le monde est devenu fou, il faudrait les pendre, ma petite fille, c'est ce que dit Émilien, est-ce que vous regardez la télé, vous, Maryse, moi je ne suis plus capable, avec toutes ces images, tout ce sang et tout ça...

Pour la première fois, Maryse s'impatienta et les deux femmes s'engueulèrent tellement qu'Hermine, horrifiée de savoir ce que pensait vraiment sa bru, raccrocha pour quelques jours. Soulagée, Maryse se tourna vers Michel, qui était debout dans le corridor et habillé de pied en cap. Il lui annonça qu'il déménageait. Pour quelque temps. Si on venait l'arrêter, il serait introuvable. Il dit:

— Je m'en vais dans un Tourist Rooms, chez maman, je ne sais pas, c'est la seule solution, je ne peux plus dormir ici.

Et il partit avec la valise de vinyl.

☐

Après son départ, Maryse tomba dans une espèce de torpeur dont Marie-Lyre, venue la voir, ne parvint pas à la tirer: elle se consumait dans l'attente des événements et, surtout, du retour de Michel qui se terrait. Sous les couvertures de quelle fille? Elle ne le sut jamais, mais elle avait des doutes. L'image de son chum dans le lit d'une autre la tourmentait et venait se mêler d'une façon obsédante aux visions des cauchemars qu'elle faisait.

Une nuit, elle rêva qu'elle devait se rendre dans une maison inconnue, une maison de passe qui était, en fait, *la Luna de papel*. Elle était nue et se laissait dériver dans la rue. Car la rue était pleine d'une eau opaque et verte qui descendait en bouillonnant comme celle des rivières à la crue. Par endroits, l'eau se raréfiait et soudain Maryse se trouva à découvert, gelée et gênée. Pourtant, il fallait qu'elle parvienne à *la Luna* où l'«homme juste» allait trancher les têtes insoumises. Il tranchait une tête et c'était celle d'un bébé. C'était cela, finalement, la tête coupée et encore vivante d'un bébé insoumis qu'elle devait rapporter à *la Luna* où le petit corps était resté. Et pour cela, il fallait qu'elle coure, nue, dans la rue-rivière qui n'était plus qu'un ruisseau. Quand elle arrivait enfin, il était trop tard: l'homme juste, trancheur et recolleur de têtes, était parti, laissant derrière le bar sa grande épée rougie. À toutes les tables du restaurant, il y avait des soldats de l'armée canadienne assis avec des prostituées tristes. *La Luna* était devenue un bordel à soldats.

Elle se réveilla, seule au milieu de la nuit, et elle pensa à François qui, peut-être au même moment, avait peur lui aussi. Il ne téléphonait plus, craignant que sa ligne ne soit surveillée. Elle resta immobile dans son lit, à l'écoute, évitant de regarder par sa fenêtre, de peur d'y apercevoir le quatrième cavalier de l'Apocalypse, l'ange de la mort hideuse. Puis, comprenant qu'elle ne dormirait plus, elle se seva et essaya d'écrire. Mais c'est sa propre vie, à peine transposée, qu'elle paraphrasait:

POÈME TRISTE

Tu es parti, mon amour,
vers une quelconque fille d'Ebéneuzer Mopp,
blonde et dorée.
Je ne suis pas la fille d'Ebéneuzer Mopp.
Ni celle de Bourbon y Bourbon
qui dansait, merveilleuse et nue,
dans ton enfance charmée.
Toutes les rues de la ville dérivent de ma maison
vers celle de l'autre, dont le sourire te rassure.
Je ne suis pas souriante
comme les filles de la montagne-outremont.
Je ne suis pas ta docile sœur Claudine.
Je ne suis pas une femme Paradis.
Si tu m'as regardée, mon amour, c'est par erreur.
Je ne suis ni la fille du roi,
Ni celle du juge Taschereau.
Je ne serai jamais la déesse rouge
de cette révolution avortée.
Je ne suis même pas politisée.
Tu es parti et je reste seule
avec la mort qui sourit à la télévision.
J'écoute.
Et j'espère ton pas dans la rue.
Mais ce n'est pas toi, ce n'est jamais toi.
C'est le sabot lourd du cheval de la mort que j'entends.
Je ne sais pas le dompter.
Je ne suis pas l'écuyère fougueuse
de la maison Mc Naulty.
Je ne suis pas une lady.
Je ne suis que la fille du pauvre Tommy O'Sullivan.
Je ne suis que la fille d'Irène Tremblay.
Tommy O'Sullivan n'était pas scolarisé.
Tommy O'Sullivan n'a peut-être jamais existé.
Je suis peut-être même apocryphe.
Je suis la fille de personne.
Et j'ai peur. Et je t'aime. Et je tremble.

☐

Michel finit par téléphoner. Il fixa un rendez-vous chez *Da Giovanni*, «restaurant dégueulasse, dit-il, mais sécuritaire». Ils rirent de se voir, fébriles et incohérents, au milieu des décorations italiano-phentex de l'endroit. Ils étaient contents d'être ensemble.

— Dis-moi que tu m'aimes, demanda Maryse.

— Mais je n'ai pas besoin de te le dire, c'est évident, voyons.

— Alors, dis-le!

Michel sourit et enchaîna sur la conjoncture politique. Il avait les joues creuses et cela ne faisait que l'embellir. Maryse se prit à surveiller, dans ses paroles, les petits glissements de sens, les moindres tournures où pouvaient transparaître, à son insu, un peu d'affection, de tendresse, le désir d'avoir un avenir avec elle, des projets communs. Il parlait maintenant de Lemire qui, d'inquiétude, ne dormait plus depuis deux jours. Maryse ne perdait aucun mouvement de sa bouche d'où sortait toujours la même voix basse et tellement poignante qu'elle semblait être quelque chose de matériel. Elle se jura qu'il finirait bien, un jour, par lui dire «Je t'aime», quitte à l'envoûter. Effectivement, cela devait se produire. Un jour. Beaucoup plus tard.

Au bout d'une petite heure, ils se séparèrent sans qu'il lui ait dit où elle pourrait le retrouver...

☐

Les angoisses de Lemire étaient peut-être fondées, après tout: lui-même ne fut jamais inquiété, ni les Crête, ni Lady Fauchée, mais le soir même, François Ladouceur était perquisitionné, comme Elvire l'avait été et comme Azard Côté allait bientôt l'être. Plus connu, Adrien Oubedon avait eu l'honneur d'être incarcéré la veille sans savoir de quoi on le soupçonnait.

☐

Le dimanche vingt-quatre octobre, sentant que le danger s'écartait, Michel réintégra l'appartement, laconique et sombre comme s'il avait eu quelque chose à reprocher à sa blonde. Il conserva, de son repli stratégique, l'habitude de découcher parfois sans prévenir.

☐

On parlait beaucoup de l'amour libre, à l'époque; l'amour était libre ou il n'était pas. Le temps de la possessivité mesquine était révolu.

— Vas-tu toujours vivre avec moi? demanda Maryse, un soir.

— J'ai été avec toi jusqu'à maintenant, le mois prochain, je ne sais pas...

Elle le regarda, effondrée.

— Mais t'es jalouse!!!

Michel avait monté la voix. Il avait l'air effaré comme s'il venait de lui découvrir une syphilis avancée. Elle rit et le détrompa rapidement:

— Je ne suis absolument pas jalouse. Seulement, j'aime pas ça quand tu couches avec d'autres filles, quand tu rentres pas, quand tu me téléphones pas... Je sais jamais si je dois préparer le souper ou non.

— Tu fantasmes, je baise pas si souvent avec d'autres. Fais attention, Marie, tu deviens soupçonneuse.

Il ajouta:

— On n'a pas le temps de parler de ça, il me semble, avec tout ce qui se passe, il y a des questions plus importantes, plus politiques. Et puis, t'es pas obligée de faire le souper, tu sais.

Et il partit à un meeting.

Maryse ne faisait pas partie des questions politiques et, finalement, tout cela était dans sa tête: elle ne comprenait rien car, en pleine crise d'octobre, petite bonne femme de peu d'envergure, elle lui avait piqué une ridicule crise de jalousie!

Tu devrais le tromper toi aussi, lui avaient conseillé Marie-Thérèse et Marie-Lyre. Mais elle ne voyait pas comment cela eût pu la venger ou tout simplement la calmer.

□

Un soir de réunion politique, elle en eut assez de faire semblant de s'intéresser au placotage des étudiants pour suivre Michel et elle resta à la maison; ça s'équivalait sur le plan de la non-efficacité. Mais il tardait à rentrer, et plus il tardait, plus elle sentait une rage folle l'envahir: il était allé chez une autre fille, elle l'aurait juré. Elle ferma le poste de télévision qu'elle avait ouvert pour avoir un semblant de compagnie et écrivit une deuxième version de l'histoire de *La Fille mauvaise,* son tout premier texte. C'était le récit du combat de deux femmes à propos d'un homme qui disait les aimer toutes deux. La première femme, appelée Marie-Ange, entrait dans une salle dallée, sonore et remplie de gens. L'autre femme et l'homme y étaient déjà. Marie-Ange avançait vers eux et, grandie par la colère, elle s'approchait de l'autre et l'immobilisait. L'autre avait peur. Marie-Ange lui parlait longuement avant de la blesser. Elle parlait très fort pour que tous les gens l'entendent. Elle disait vouloir la marquer dans sa chair épaisse pour qu'elle se souvienne. L'autre avait très peur. Marie-Ange se mettait à lui frapper la tête sur le marbre du comptoir — cela se passait dans un grand magasin vieillot. Elle frappait plusieurs fois, longtemps, et c'était comme un martellement libératoire et vengeur au rythme duquel tous les assistants demeuraient suspendus, saisis de stupeur. Personne n'osait séparer les deux femmes... Puis, Marie-Ange desserrait son étreinte, la tête de l'autre retombait, inerte, sur le marbre et un filet de sang sortait de sa bouche muette. Tous pouvaient voir que ce visage n'aurait plus jamais peur.

□

Le trisaïeul de Maryse était un Irlandais au sang vif. À peine débarqué de son village natal, il avait, un jour, tué à coups de pelle un chien jaunâtre venu flairer le tas de gravier qu'il s'efforçait de faire diminuer depuis le matin. Cela se passait en 1846, sur les bords du canal Lachine que Tommy O'Sullivan, le premier du nom, creusait, jour après jour, avec d'autres immigrants. On enterra le chien à même le remblai du canal et on oublia l'incident. O'Sullivan avait alors dix-sept ans. Il se maria l'année suivante et, quelques vingt ans plus tard, il célébrait la naissance d'un septième fils, Mathieu, celui-là même qui allait devenir l'arrière-grand-père de Maryse. Contrairement à la croyance, ce septième fils n'avait aucun don particulier, mais l'habitude étrange de donner des coups de poing dans les portes qui lui résistaient, jusqu'à ce qu'elles cèdent. Il avait presque perpétuellement les poings meurtris et à la fin de sa vie, ses mains étaient devenues énormes, rouges, et certaines jointures s'étaient complètement disloquées. Maryse, qui le vit, petite, ne sut jamais pourquoi il avait de telles mains. Dans la famille O'Sullivan, on ne parlait pas des travers des aïeux et l'arrière-grand-père Mathieu allait demeurer, dans son souvenir, l'aïeul aux mains rouges.

□

Sur le coup, le récit du combat de *La fille mauvaise* avait calmé Maryse. Mais à chaque fois qu'elle y repensait, elle devenait mal à l'aise au souvenir de la démesure qu'il étalait et du plaisir féroce qu'elle avait pris à l'écrire. Elle déchira finalement le texte. Mais à chaque fois qu'elle s'emportait, elle entendait le bruit du martellement de la tête morte sur le marbre. Cette image sonore lui revenait souvent et la virulence qui s'en dégageait lui faisait peur. Elle sentait monter en elle des désirs de vengeance et de sang pour lesquels elle n'avait aucun alibi politique: elle n'était pas un guérillero mais une femelle possessive, ce qui n'avait rien à voir avec la libération des peuples et les choses *vraiment* politiques, donc importantes. Sa violence était brute, animale, profonde, primitive, viscérale et incontrôlable. Elle ne contrôlait pas ses pensées. Cette violence lui répugnait et elle ne lui trouva de plus terrible, que celle, menteuse et camouflée, de la répression et du pouvoir.

□

La perquisition dont l'appartement de François Ladouceur avait été l'objet laissa celui-ci révolté et scandalisé. Il prit deux jours à tout remettre en place et ne fit rien pour empêcher ses chattes de circuler parmi le désordre. Il chercha longtemps comment les appeler, mais l'inspiration lui manquait et elles restaient sans nom. Puis, en décembre, il re-baptisa la noire Cossette, et la rayée, Trudelle. Ainsi, le couple banni vécut à Montréal une vie lente et fantomatique de félin dans ses paperasses et son imagination. Les chattes devaient mourir toutes les deux dix ans plus tard, par un jour de pleine neige, au moment même où Louise Lanctôt et Jacques Cossette-Trudel, son mari, rentraient d'exil.

Huit mars 1971

François avait demandé *la cuenta por favor*. Depuis janvier, il potassait des manuels d'espagnol et il se pratiquait à parler avec Manolo, ce qui mettait la patience de celui-ci à rude épreuve. Mais dans le fond, le garçon de table était ravi qu'un Québécois se donne la peine d'apprendre sa langue. François avait d'abord commencé l'espagnol pour se distraire de sa thèse, mais son problème, actuellement, c'est qu'il préférait l'espagnol à sa thèse. Il avait avalé son *solomillo poco echo* pendant que Maryse le regardait, tendue et taciturne. Ne sachant pas comment la réconforter et pour éviter que le silence ne s'installe entre eux, il avait parlé de lui, c'est-à-dire de son hostie-de-thèse, sujet qui avait momentanément déclassé, dans son discours, les vues.

Manolo posa l'addition sur leur table et une bouteille de *Federico Paternina Banda Azul 1967* sur la huit.

— C'est à mon tour de payer, dit Maryse.

François sourit: justement, ça tombait bien, il était fauché, le deuxième versement de sa bourse du Conseil des Arts n'étant toujours pas rentré.

Dehors, ils s'arrêtèrent sur le perron, indécis. C'était un huit mars superbe, annonciateur d'un printemps qui ne devait pourtant arriver, cette année-là, que beaucoup plus tard. En face du restaurant, un Hindou tenait, depuis deux ans, un magasin de vêtements made-in-China-Afghanistan-Taïwan-Israël-Korea-Peru-Japan. La boutique s'appelait *The Oriental Cat* et son enseigne représentait, dieu sait pourquoi, une femme blonde aux traits occidentaux, vêtue d'un sari vermillon. L'Hindou n'avait pas lavé ses vitres depuis l'inauguration du magasin et le bas de sa vitrine était recouvert de slotche. Du

perron de *la Luna*, Maryse et François pouvaient à peine
distinguer les rags et autres dry goods lamentables qui y étaient
exposés et leur moral n'en fut aucunement affecté. Maryse
fixait la tache rouge du sari qui, seule dans la rue ternie par
l'hiver, brillait. Ça allait finir, enfin. Elle allait pouvoir cesser de
se promener la tête rentrée dans les épaules, le dos courbé et
les muscles contractés, malgré un emmitouflage de père Noël.
L'air recommençait à être doux et chargé d'odeurs. «Les
odeurs reviennent, dit-elle, ça dégèle.» Ça avait dégelé toute la
journée et les rivières du Nord devaient déjà commencer à se
gonfler. Ça sentait la débâcle et la folie du printemps, maladie
délicieuse qui, selon la sœur Sainte-Monique, atteignait à
chaque mois de mars toutes les fillettes réglées ou sur le point
de l'être. La folie du printemps les rendait non seulement
dissipées et rieuses, mais elle leur permettait de se ficher des
pénitences, et même d'y prendre plaisir. La sœur s'était bien
gardée de leur révéler que la maladie attaquait aussi les
femmes faites, ayant toujours laissé entendre qu'elle était liée
aux troubles de la croissance, mais Maryse voyait bien, maintenant, que Sainte-Monique avait menti plein sa cornette et que
le syndrome, très puissant, se moquait des âges et même des
sexes: après avoir été abattue pendant tout le repas, elle se
sentait fébrile et même François avait l'air émoustillé. Au
dessert, à brûle-pourpoint, elle lui avait proposé d'aller sur la
rue Saint-Laurent, dans les salles de billard, pour se changer les
idées. Cette tournée des pool rooms n'emballait pas François
mais il avait été ému à l'idée qu'elle avait besoin de lui, ne
fût-ce que pour être consolée. Il avait dit: «D'accord mais c'est
bien parce que je t'aime.» Et ils s'étaient mis à parler de la
Main, de ses clubs de strip-tease, de ses pawnshops, de sa
faune. C'était très beau. En paroles! Mais maintenant ils avaient
peur de ne pas fitter dans le décor.

   — Tu sais, dit-il, j'vais avoir l'air aussi étranger que toi
dans la place.

   — Peut-être, mais j'oserais jamais y aller seule; je me ferais
achaler.

   C'était peu flatteur pour François, mais elle avait passé

son bras sous le sien en ajoutant:

— Y penseront que je suis ta blonde.

— C'est dommage que ce soit pas vrai!

Elle soupira:

— Recommence pas, François, c'est tannant... On s'en va sur la vraie Main, en bas de Sainte-Catherine. Après, on fera un café d'Italiens, dans le nord de la ville. Oké?

— Oké.

Ils prirent la rue Sherbrooke jusqu'à Saint-Laurent, puis Saint-Laurent vers le sud. Ils descendirent la côte lentement, sans se presser, regardant de tous leurs yeux; c'était une rue désolée et sordide, mais troublante. Maryse pesait légèrement au bras de François. Les autres passants marchaient plus vite qu'eux, sauf quelques robineux qui semblaient aller nulle part. Ils traversèrent Sainte-Catherine et choisirent le *St-Lawrence Pool Room*, situé quelques portes plus bas. Courageusement, ils pénétrèrent dans l'atmosphère d'aquarium du restaurant et l'odeur d'huile à friture et de vinaigre les submergea aussitôt. Effectivement, ils ne fittaient pas dans le décor... Debout au milieu de la place et légèrement mal à l'aise, ils se laissèrent dévisager par les mangeurs de patates qui mastiquaient lentement, l'œil morne. «Un troupeau de beux», pensa Maryse. Puis, comme des bœufs rassurés, les clients remirent la tête dans leur auge. Un seul continua de la reluquer en froissant son casseau de patates.

— Câlisse, y'a des belles pitounes icitte à soir, dit-il.

Il lui manquait une canine. Maryse se mit à avoir chaud. L'homme termina son coke, les yeux toujours rivés sur elle. Il ajouta:

— Pitt, viens-tu jouer une game?

— Ouin, répondit Pitt, en se curant les dents.

Les deux hommes se dirigèrent vers les tables de billard installées au fond de la salle.

— On a l'air niaiseux, dit François, sinistre.

Il était mortifié de n'avoir pas mieux su la protéger de ces commentaires imbéciles. Il avait l'air tellement jeune et maladroit qu'elle se mit à rire. Pour se donner une contenance, ils commandèrent des cokes pendant que l'homme à la dent manquante n'en finissait pas de faire nerveusement passer sa baguette d'une main à l'autre.

— J'haïs ça, le coke, dit Maryse.

— Moi aussi!

De loin, ils regardèrent un moment les joueurs puis, leur bouteille à la main, ils se tournèrent vers la Main interdite qu'on apercevait à travers la façade entièrement vitrée du restaurant. Ils s'approchèrent de la vitrine et François y dessina un cercle dans la buée. En face, des hommes sortaient du cinéma Crystal, pleins de leur ration hebdomadaire de p'tites vues. Sur leur trottoir, un vieil homme passa, marchant pesamment en direction du nord, avec un sac à poignée au bout de chaque bras. Un mégot de cigarette pendait au coin de sa bouche et il avait une barbe de trois jours. Un chien jaune le suivait en boitant légèrement. Un futur cadavre, pensa François. Il dit à Maryse qu'il voyait la mort passer, de bien la regarder, parce que cet homme-là, c'était la mort par un soir d'avant-printemps.

— Il pourrait être mon père, dit-il, ton père.

Il ajouta:

— Quelle connerie de toujours représenter la mort sous les traits d'une femme!

Maryse frissonna. La buée s'était partiellement reformée sur la vitre. Elle leur fit un nouveau hublot du revers de sa manche: le vieil homme n'était plus visible. Appuyées à une auto, deux prostituées parlaient en gesticulant. L'une d'elles regarda dans leur direction et Maryse ne sut pas trop si elle devait lui sourire ou non. Qu'est-ce qu'elle allait penser? «Elle doit se demander ce que je fais là, se dit-elle, elle croit peut-être que je viens lui voler sa job. Pourquoi pas? Pourquoi elle et pas moi?»

— Tu sais, François, j'aurais pu virer guidoune, j'ai été élevée tellement près d'ici. Mais on habitait en haut de la côte et je n'avais pas le droit de venir dans le bout. Ma mère nous disait: «Que je vous pogne jamais à aller su'a Main-en-bas, parce que je j'vas vous frotter les oreilles pis les yeux avec du savon Lifebuoy. Va m'acheter une liv'e de steak haché, Mary,

pis des petits pois Aylmer, rapporte-moé mon change, parle
pas aux Polacks d'à côté, pis prends-moé donc un paquet de
Black Cat en même temps, pis grouille-toé, ton frère a faim, là.»

Je me dépêchais. Je courais jusqu'à l'épicerie au coin de
Prince-Arthur et Hôtel-de-Ville où l'Ukrainien nous faisait
crédit. Ça, c'était la semaine. Le samedi, on allait sur la rue
Saint-Laurent-en-haut de Sherbrooke pour faire la shop et à
chaque fois c'était une fête: la rue Saint-Laurent-en-haut
représentait à mes yeux d'enfant l'exotisme et la profusion des
magasins. Mais en bas de la côte, c'était l'enfer, la robine, les
trimpes. On n'y descendait jamais. À l'école, la maîtresse nous
avait appris que c'était la zone-du-péché... Plus tard, au
couvent, j'ai oublié tout ça, comme si j'avais refusé la Main et
voulu l'effacer de ma géographie personnelle. C'est pourtant la
frontière entre l'est et l'ouest, entre la pauvreté et l'abondance
des beaux quartiers.

— C'est en philo deux seulement que j'ai connu le
secteur, dit François. Trois gars de la classe étaient allés faire
une virée dans le Red-Light; ça a fait tout un scandale!

Il s'arrêta:

— Maudit, y'est chaud le coke en plus, on s'en va-tu d'ici?

Ils sortirent. Une des prostituées se mit à rire longuement.
Les rires et les bruits dégelaient aussi. Ils remontèrent la rue
pour aller chercher l'auto. L'homme aux sacs de marché s'était
arrêté devant une vitrine. Il portait peut-être dans ses sacs le
germe de sa propre mort, pensa François. Il se dit: «Ça va pas,
ça va passer.» Ils marchèrent lentement pour ne pas le
rattraper.

La portière droite de l'auto ne s'ouvrait plus et Maryse dut
s'y glisser par le côté du chauffeur.

— C'est illégal, dit François en souriant. Et tant que je me
serai pas trouvé une job, ça va rester de même. Mais tu vas
voir: ça nous empêchera pas de monter dans le Nord cet été.
Gazou Gagnon m'a proposé de louer un shack en commune
et j'ai quasiment le goût d'accepter. Je suis tellement tanné
d'être tout seul que je serais prêt à vivre avec une gang de
freaks!

Il rit.

— Qu'est-ce que vous faites, vous autres, pour les vacances?

— T'es bien le seul gars de ma connaissance qui avoue s'ennuyer, dit Maryse.

Et soudain, elle se mit à pleurer silencieusement. L'auto était rendue sur la rue Prince-Arthur au coin de Saint-Laurent et, au travers de ses larmes, elle voyait luire interminablement les feux rouges. À cette hauteur, la Main redevenait la rue maraîchère de son enfance, grouillante d'immigrés. Elle se rappela les samedis d'autrefois, alors qu'elle y traînait son âne-père docile et doux, leurs retours glorieux avec les provisions, les trois Juifs du magasin de fruits et légumes qui s'engueulaient perpétuellement et, surtout, l'odeur fraîche que dégageaient ces montagnes de fruits... Elle avait toujours aimé faire le marché, mais pas Maureen qui se sentait obligée de faire la shop au lieu de continuer à jouer dans la ruelle Hôtel-de-Ville en terre battue, boueuse presque à longueur d'année, mais riche en recoins et en trésors: les gens n'attendaient pas le passage du guénillou pour y jeter leurs vieilles affaires. Maureen était la-fille-la-plus-game-du-boute et Sainte-Monique l'aurait sûrement trouvée garçonnière, mais elle ne fit jamais sa connaissance. À douze ans, Maureen O'Sullivan ne voyait pas quel plaisir on pouvait trouver à courir acheter de la grobe dans une rue de Juifs puants. Et Maryse, qui prétendait aimer ça, la niaiseuse! «Maureen ne m'a jamais aimée, pensa Maryse, elle ne le sait pas, mais elle me déteste.» Le feu passa finalement au vert.

— On peut jamais virer à gauche dans c'te ville-là, dit François.

Il était un conducteur médiocre et s'en fichait. Pendant qu'il contournait un pâté de maisons pour reprendre Saint-Laurent vers le nord, Maryse parvint à articuler:

— Je pleure pour une niaiserie, t'en fais pas François, j'ai les nerfs à vif. Quand on me parle de vacances, je ne sais jamais quoi répondre! Je ne vis pas seule mais je me retrouve devant rien; avec Michel, on fait jamais de plans. En plus, il dit que la campagne l'emmerde.

Elle se demanda soudain si tous les passants étaient aussi bêtement malheureux qu'elle, malgré leur air normal. Ils étaient peut-être aussi seuls que François.

— Je t'ai téléphoné hier, dit-elle. T'étais pas là, ou tu réponds plus?

Il expliqua qu'il écrivait à la bibliothèque Saint-Sulpice, ces jours-ci: il s'y sentait moins seul que dans son trou, il fallait qu'il se force à travailler et, chez lui, il lisait seulement les grammaires espagnoles tout en sachant que c'était une fuite.

— Je suis peut-être un futur raté, ajouta-t-il d'un air suave.

— Voyons donc!

— Oh, c'est pas grave, je me suis renseigné; mon down est tout à fait classique. Quand on rédige une thèse, ça dure tellement longtemps qu'on finit par trouver le sujet dépassé. C'est ce que Tibodo m'a expliqué. Ça m'a rassuré. Un peu.

Il se tut. C'était encore lui qui parlait et il ne voulait pas retomber dans ses confidences plates.

Ils avaient croisé le boulevard Saint-Joseph, la rue Laurier, Bernard...

— C'est là que je veux aller, dit Maryse en désignant une vitrine éclairée, je me suis toujours demandé comment c'était à l'intérieur.

Il n'y avait, dans le café, que des hommes qui la regardèrent longuement quand ils entrèrent. Heureusement qu'elle était habillée lousse! Elle se mit à les dévisager elle aussi, avec aplomb, mais ils ne s'en rendirent même pas compte. François la prit par le bras et la fit asseoir au comptoir, près de lui. Une extraordinaire odeur de café flottait dans l'air.

— C'est comme ça en Italie, en mieux, dit-il.

— Est-ce qu'ils sont aussi effrontés avec les femmes?

— J'ai pas remarqué... Sais-tu, des femmes, y'en a pas tellement en Italie, dans les cafés, je veux dire dans les endroits publics.

C'était une révélation pour lui.

Ils commandèrent deux espressos que le patron posa devant eux. Ses mains, qui étaient énormes et velues, tenaient

délicatement les petites tasses; elles ressemblaient à des bêtes
apprivoisées, chaudes et rassurantes. L'odeur du café pénétrait
Maryse qui eut soudain l'impression d'être soûle. Réconfortée!
La folie du printemps pouvait l'envahir à nouveau; elle n'était
plus sur la défensive car les hommes étaient retournés à leurs
placotages d'hommes. Ils parlaient italien et parfois une expression anglaise ressortait curieusement du flot de leurs
paroles. François s'amusa à les écouter un moment.

Derrière le comptoir, la télé couleur était allumée sur une
partie de hockey mais le son avait été coupé et on n'entendait
que le bruit sec des balles de billard s'entrechoquant et, mêlée
à la rumeur des conversations, la voix chantante de la radio
d'où ne sortait que de l'italien, langue folle, ronde et savoureu-
se.

— Encore une nuit blanche, dit François, je pourrai pas
dormir, mais tant pis, j'aime trop le café.

Maryse avait de la difficulté à se concentrer sur ce qu'il
disait mais elle sentait la chaleur de sa cuisse, tout près de la
sienne, et cela lui plaisait. Elle était bien dans ce café. Elle avait
toujours aimé les restaurants, s'y sentant à l'aise. Devant elle,
une boîte à serviettes luisait doucement mais elle ne pouvait
plus, comme autrefois, y apercevoir sa figure déformée. Elle se
dit qu'elle devait être grande, irrémédiablement, puisqu'elle
n'arrivait plus à la hauteur des boîtes de napkins. François se
commanda une cassate. Elle sourit: les hommes québécois
aiment le dessert, les mets sucrés. Elle aussi avait déjà raffolé
des desserts... Toute petite, elle adorait s'asseoir sur les banquettes rembourrées des restaurants et contempler les grands
contenants à milk-shake et les coupes à sundae. Ils n'avaient
pas de vaisselle comme ça chez eux. Elle se mirait dans la boîte
à musique d'où sortait sa chanson *Put another nickel in the
Nickel-Odion*... et après, quand c'était fini, elle mettait un autre
cinq sous qu'elle avait tenu serré dans sa main. Ça se passait
comme dans la chanson et la chanson recommençait, c'était
de la magie. Le cinq sous devait être fait de la même substance
que les accessoires du restaurant, il était un accessoire de
restaurant, luisant et frais comme la cuiller à long manche, le

chrome des tables, la fontaine à coke, la boîte à napkins. Elle mettait ses petits doigts sales sur le beau métal poli de la boîte, elle se faisait des grimaces en s'y regardant et son père la laissait faire. Elle riait, prenait une napkin, mais c'était difficile, il en venait trois du même coup. C'était sans conséquence parce qu'ils étaient au restaurant. Les trois serviettes de table étaient toutes blanches, toutes prêtes à être salies, toutes à jeter. On pouvait les gaspiller, sa mère Irène ne le saurait jamais, et Mary était intensément heureuse d'être assise sur la banquette, en face de son père qui lui demandait de sa voix traînante: «Would you like some more ice cream, tootsy?» Elle répondait «oui», elle en voulait une troisième fois, aux fraises. Son père disait «oké» et il souriait, il souriait. Elle lui demandait de raconter l'histoire de la vue, mais la bonne, pas celle du corsaire qui danse sur le pont d'un navire marchand, mais la vraie, celle qu'elle préférait, qu'elle voulait réentendre, oui, encore une fois, la dernière, celle d'Elisa Doolittle qui danse au bal et qui sait si bien parler de la pluie en Espagne. Elle écoutait avec ravissement le récit décousu de Tommy O'Sullivan, projectionniste occasionnel au *Rialto*, en plongeant sa cuiller à long manche dans la coupe glacée de son sundae. Plus tard, la waitress venait demander: «Would you like something else, miss?» Elle l'appelait miss. Elle voyait bien, la waitress, comment son père l'aimait, elle, la plus petite, et pas les autres. En tout cas, ils n'étaient pas là, les autres, daddy ne les avait jamais amenés comme ça, au restaurant. Elle se trémoussait d'aise en jetant des coups d'œil furtifs au miroir où dansait l'image rose de la fameuse robe d'organdi qui n'était plus du tout à Maureen-la-toffe, mais à elle seule maintenant, *sa* robe...

Elle regarda son image dans le miroir qui occupait tout le mur du fond, derrière le comptoir. François et elle avaient vraiment l'air d'être un couple d'amoureux. Elle dit:

— Ç'est l'fun ici. Dans le genre. Est-ce qu'elle est bonne ta cassate?

Il lui en offrit une bouchée, qu'elle refusa. Il engouffra le reste. Elle lui sourit; elle avait toujours aimé le voir manger, il était mince. Elle prit la résolution de ne pas rentrer le lendemain, ce serait à son tour de faire attendre Michel. Elle irait passer la soirée à *la Luna* avec Marité, si c'était possible, ou avec Marie-Lyre, et elle y parlerait calmement de ses problèmes, au-dessus d'une nappe blanche, servie par Manolo qui ne dirait pas, lui, qu'elle était folle et hystérique. Il le pensait peut-être, mais il se contenterait de sourire.

— Tu sais, dit-elle à François, Michel me prend pour une waitress, une waitress folle.

Et tout d'un coup, avec une étrange facilité, elle se mit à lui raconter ce qui s'était passé, pourquoi elle lui avait téléphoné en catastrophe. Ça sortait enfin. Elle dit:

— J'avais préparé le souper. Michel avait promis de rentrer. Effectivement il est rentré, juste un peu en retard et en tabarnak, je ne sais pas pourquoi. Il m'a donné un bec, il s'est assis à table et j'ai apporté les assiettes. Il avait mis le *Nouvel Observateur* à côté de lui, ouvert à la page vingt-neuf. Tu regarderas à la page vingt-neuf, il y a un article sur le parti communiste indien. C'est très important, le P.C.I., tu sais. Pour Michel, en tout cas. Tu devineras jamais ce qu'il a fait, mon cher chum! Il a *lu* l'article. Au complet! En mangeant... Parfois, il fait des choses tellement renversantes qu'elles sont à peine croyables et j'aime mieux pas les raconter, c'est plus simple. Tout le temps qu'il mangeait, il m'a pas dit un seul mot, il a lu son christ de *Nouvel Observateur* exactement comme s'il avait été seul au restaurant!!! Ah oui, il a dit une chose — faut pas que j'oublie, c'est trop romantique — après avoir vidé son assiette, il a dit: «Y a-tu du dessert, Maryse?». C'est extraordinaire, il m'a parlé! J'ai dit non, même si j'avais fait un gâteau en fin d'après-midi. Il a dit: «C'est drôle, ça sentait le gâteau en rentrant.» Il s'est levé, a pris son *Nouvel Observateur* — j'haïs assez ce journal-là, moi, j'ai l'impression que c'est mon pire rival —, il s'est débouché une autre bière, il a ouvert la télé pis là, en attendant le hockey, il a continué à lire. C'est l'fun en maudit, la vie de couple avec un intellectuel de gauche, hein? C'est tellement enrichissant: je peux lire son précieux hebdomadaire quand il l'a toute épluché, comme ça, je suis parfaitement au courant de la politique intérieure française, je pourrais même

en remontrer à Lemire! J'avais à peine touché à mon assiette.
Je me suis dit qu'il passerait la soirée à prendre un bout de
hockey, un bout de *Nouvel Observateur,* une bribe du *Devoir,*
une gorgée de bière. Comme d'habitude! J'ai desservi. Sais-tu,
François, ce qui m'a le plus étonnée? Il m'avait pas laissé de tip.
Il a dû trouver, en plus, que le service était mal fait. C'est à ce
moment-là que je suis allée te téléphoner. Il ne m'a pas
entendue à cause de la télévision. Je suis sortie en disant que
j'allais prendre l'air. Il m'a regardée par-dessus son verre de
bière, incrédule. Je devrais pas t'avouer ça, François, mais j'ai
pensé qu'il avait l'air d'un veau au-dessus de son auge. Quand
il ne parle pas, ce gars-là, il a l'air épais, c'est sa voix qui fait
tout...

François n'osa rien répondre.

Elle lui apprit à mots couverts, tellement couverts qu'il ne
comprit pas vraiment ce qu'elle essayait de lui dire, qu'elle
avait peur de devenir alcoolique. Le matin même, elle s'était
levée avec un mal de bloc en se disant que merde, pour avoir
oublié de prendre ses deux aspirines avant de se coucher, elle
avait dû vraiment être paf la veille. Cela aurait été sans
conséquence si Michel, pendant le déjeuner, ne lui avait fait
remarquer qu'elle s'était paquetée.

Effectivement, après la Place des Arts, elle était allée
rejoindre la gang à *la Luna* et elle avait bu autant que les
autres, autant que Michel. Elle avait beaucoup ri des plaisante-
ries de Manolo qu'Elvire avait invité à leur table après son
service.

— J'étais pas plus soûle que toi! avait-elle dit à son chum.

— Mais moi, vois-tu, ça paraissait pas — il disait toujours
ça —, je me contrôle, je ne suis pas hystérique.

— Parce que moi je suis hystérique?

— Crie pas comme ça, avait dit Michel. Oui, t'es un peu
hystérique, pis tu bois beaucoup. C'est pas grave, Maryse, c'est
juste que moi, j'ai de la misère à supporter ça, les filles qui
s'énervent.

— Et qui te font honte.

— J'ai pas honte, mais t'es déjà agressive à jeûn, alors

quand t'as bu, tu te possèdes plus.

Elle s'était mise à pleurer.

— Braille pas en plus! Je suis tanné de ces histoires-là, c'est toujours compliqué avec toi, j't'en prie, fais-moi pas une scène, j'ai un test semi-final à passer, pis j'ai besoin de toutes mes capacités. J'ai pas l'intention de rater mon examen parce que madame s'est paquetée hier au soir pis qu'à m'engueule à matin.

De grosses larmes tombaient sur les toasts refroidies de Maryse. Voyant qu'elle était intarissable, Michel avait ajouté:

— Pense plus à ça, voyons, le monde t'aime pareil. On va se faire un bon souper ce soir. Pleure pas, on va rester ensemble, tout seuls ici, j'ai rien de prévu pour la soirée.

Il lui caressait les cheveux comme on le fait aux enfants.

— De toute façon, c'est un soir de hockey, avait dit Maryse en le reconduisant jusqu'à la porte. Dis-moi que tu m'aimes.

— Bien oui, je t'aime bien.

Et il était parti à ses examens en la laissant prostrée, incapable de faire quoi que ce soit jusqu'en fin d'après-midi où, frénétiquement, elle s'était mise à cuisiner. Elle avait pris ses deux aspirines, mais cela n'avait pas réussi à dissiper le sentiment de honte qui l'habitait et les reproches de Michel résonnaient dans son crâne douloureux: hystérique et soûle, deux mots épouvantablement laids.

Toute la journée, des images de folles avaient défilé dans sa tête. Elle voyait des pochardes blafardes aux lèvres gommées de gros rouge à lèvres violet. Leur rouge à lèvres laissait d'atroces marques sur les cigarettes Export A qu'elles posaient dans des cendriers débordants et qu'elles écrasaient finalement d'une main molle aux ongles ébréchés et sales dont le vernis s'écaillait. Les mains étaient enflées et portaient plusieurs bagues: de la pacotille. Ces mains appartenaient à une femme précise, dont les yeux fous flottaient au-dessus de son verre de bière flate. La femme parlait fort et un peu de salive lui coulait au coin des lèvres. Ces mains horribles et cette bouche pâteuse et violette étaient celles de la tante Kathleen que sa mère haïssait tant. «A va pas encore v'nir icitte nous baver, disait Irène, j't'avertis, Tom, si t'a mets pas dehors, c'est moé qui vas le faire.» Mais Tom ne bronchait pas et Irène endurait, parce que, finalement... et la tante Kathleen revenait de temps en temps faire son tour. Elle arrivait à moitié soûle et repartait le lendemain ou le surlendemain quand ça allait un peu mieux. La tante Kathleen n'avait plus d'enfants — heureusement, disait la mère de Maryse — et les dents cariées. Elle était la lie d'une famille mal vue dans un quartier qu'on disait alors pauvre et qu'on appelle maintenant défavorisé, c'est pareil. La tante Kathleen était le boute du boute de la misère jaune sale.

— La Kathleen, c'est le guiabe en jupon, disait l'oncle Paul qui était, lui, un Tremblay, comme Irène.

Et c'était à ça que Maryse ressemblait, à une guiablesse, à une maudite folle. La folie ne réussissait pas aux femmes, les hommes semblaient la porter mieux; c'était comme pour la boisson, même ça, ils le faisaient mieux. Tom n'était pas hystérique, lui, ni violent, il était un doux innocent, un idiot sympathique.

C'était la deuxième fois que Michel la traitait d'hystérique. Il devait avoir raison. Il parlait d'une partie d'elle-même qui lui échappait: comment, alors, le contredire? «Tu ne te possèdes pas», avait-il dit. Il la voyait instable et hors d'elle, donc elle l'était, ou le devenait. Toute la journée, elle avait réfléchi à sa folie et s'était promis de ne plus être hystérique, de se contrôler, de ne plus rien dire. Elle avait décidé de passer inaperçue, de se taire, d'être fine, de se taire, surtout... Mais elle savait bien qu'elle en serait incapable. Elle ne pouvait s'empêcher de riposter, de prendre parti, de parler. «Je ne me contrôle pas, s'était-elle dit, je ne suis pas cool. Marité est cool, sereine, Marie-Lyre sait très bien doser ses scènes, même Lady Fauchée peut rester calme. Elles ont certainement un truc. Moi je manque de style, de classe, je parle trop, trop fort, je crie, je gesticule, je m'énerve, je n'ai aucune retenue, je suis comme une pocharde, je ne tiens pas de ma mère mais de la maudite tante Kathleen.»

C'est ce souvenir obsédant de Kathleen qui l'avait poussée

vers la Main; elle avait pensé à sa tante scandaleuse toute la
journée, se demandant si Michel la voyait comme autrefois
elle-même voyait Kathleen, dont elle se souvenait bien. Elle
était jeune pourtant, à l'époque... Encore toute petite, elle
apportait précautionneusement une assiette pleine qu'elle
posait devant sa tante affalée. Sa mère disait: «Mange quelque
chose, au moins, Kathleen, mondou c'est effrayant.» Et Mary
était contente d'avoir apporté l'assiette trop pleine de bouilli
sans en renverser une goutte, elle était déjà une petite femme,
fière, et elle se rengorgeait. Mais son père ne la regardait pas,
pas à ce moment-là. Il n'avait pas vu comment elle avait bien
tenu l'assiette et la tante Kathleen n'avait pas dit «merci ma
belle fille» mais ça ne faisait rien. Mary attendait avec les autres
que la tante mange son bouilli, mais Kathleen avait pogné le
fixe et elle prenait une autre cigarette Export A avec ses doigts
rouges sales pendant que le bouilli refroidissait. Irène le
remettrait dans le grand chaudron derrière son dos parce qu'il
ne fallait pas gaspiller de la bonne viande comme ça, et
l'assiette aurait été salie pour rien, une assiette sale que Mary et
Maureen devraient laver avec les autres, celles qui n'avaient
pas été salies pour rien. Mary détestait faire la vaisselle et la
première fois qu'elle comprit le sens du mot obscène, elle se
représenta une assiette sale. Elle n'aimait que les belles
assiettes propres et les verres en cristal de roche ou pas en
cristal de roche, mais ceux qui brillent, surtout ceux qu'on n'a
jamais besoin de laver, comme au restaurant.

Ils commandèrent d'autres cafés et deux autres tasses
blanches apparurent devant eux. Maryse prit un carré de sucre
qu'elle trempa dans son café; le sucre se mit à brunir lentement.
C'était facile de se faire servir, aussi facile que de regarder le
café envahir le sucre. Elle laissa tomber le carré au fond de sa
tasse et en prit un autre.

— J'ai l'impression que tu ne me racontes pas tout, dit
François, pourquoi tu m'as téléphoné à moi?

Elle se mit à rire:

— Chez Marité, c'était occupé, et chez Marie-Lyre, ça
répondait pas! Mais t'es vraiment mon meilleur ami, François,

et je ne leur aurais peut-être pas tout dit à elles non plus.
Michel est tellement bête avec moi et tellement gentil avec les
autres, qu'on pourrait penser que j'exagère.

Elle laissa tomber le deuxième carré de sucre dans son
café et but une gorgée, sans même l'avoir brassé. Elle dit:

— En fait, je rêve d'une vie calme avec un gars qui serait
gentil. Je ne demande pas beaucoup, il me semble. Mais ce
que je veux, tout le monde trouve ça dépassé, y compris ceux
qui l'ont et en profitent, comme les Crête. Ils peuvent bien
parler de communes, eux autres, ils laisseront jamais tomber
leur kit familial.

— Moi aussi, dit François, je rêve d'une vie calme. Le
problème, c'est que tu penses toujours à Michel, jamais à moi.

Elle le regarda dans le miroir. Il souriait mais il avait l'air
triste. Qu'était François Ladouceur, tendre et attentif et qu'elle
n'aimait pas? François Ladouceur n'était pas un vrai gars. Il
était quelque chose comme une erreur, un manque, un
merveilleux ratage; il avait échappé au dressage qui transforme
les petits garçons blonds et sensibles en gros mâles bruns, toffes
et barbeux. Pourquoi aimait-elle Michel Paradis plutôt que lui?
Ç'aurait été tellement plus simple! Elle se dit: je l'aime peut-être,
je m'habituerais à lui... Mais elle eut immédiatement le sentiment d'être en train de tromper Michel.

François disait:

— Je vais te faire un aveu, Maryse, je le déteste profondément ton chum.

Elle soupira.

Les nouvelles du sport avaient défilé en silence à la
télévision et le film était commencé depuis longtemps. C'était
un vieux film d'Humphrey Bogart, que François voyait pour la
cinquième fois. Maryse aimait bien Humphrey Bogart et elle se
sentait soulagée et à l'aise, maintenant, dans cet univers de
mâles. «J'ai beau jeu, pensa-t-elle, je suis la seule femme ici!»
Elle dit:

— Pourquoi on jouerait pas au billard?

Les deux tables étaient libres et il n'y avait plus que trois
hommes dans la place.

— Oké, dit François. Viendrais-tu aux vues demain soir avec moi? Il y a le film de Frappier sur le Grand Cirque Ordinaire.

— Je ne sais pas...

Elle espérait être alors réconciliée avec Michel.

— Tu viendras pas, je le sais bien.

Elle ne répondit pas. Il brisa le triangle et les taches de couleur s'éparpillèrent sur le tapis.

— Comme au cinéma, dit Maryse. C'est comme au cinéma.

Elle avait les joues roses d'excitation.

— J'ai l'impression d'être dans une vue, dit-elle, dans une séquence de nuit qui s'étire sans fin, dans une nuit interminable, comme celles d'avant, à la piaule, t'en souviens-tu, François?

Il lui jeta un regard navré et elle comprit qu'elle avait gaffé. Les trois hommes la reluquaient à nouveau, mais ça ne la dérangeait plus. «Qu'y regardent, les maudits, se dit-elle, y vont bien voir que je vise aussi bien qu'eux autres.»

— C'est bien simple, je me sens comme Humphrey Bogart, dit-elle.

Elle se mit à jouer Bogart.

— Fais-toi-z-en pas, dit François, ça paraît pas pantoute!

— C'est parce que je suis une fille qui imite un gars que ça paraît pas! C'est nono, hein? On n'a jamais vu ça, une femme qui joue une partie de pool, dans un film. Moi si je faisais des vues, je mettrais une séquence comme ça. Évidemment, la fille serait championne et elle planterait tous les gars!

Elle frappa la boule blanche d'un petit coup sec et le numéro cinq rentra, puis le trois. Elle était gaie. Pour faire dégagé comme dans les films, elle dit:

— What's the matter with you, mon beau François Ladouceur? What's your problem, baby? Don't tell me there is only books in your damned life. Tell Mary how it was when you were a kid. Didn't you have an old dirty aunt Kathleen like the one I used to be ashamed of? Come on, babe.

Elle rendait parfaitement l'accent nasillard d'Humphrey

Bogart. François, qui s'apprêtait à jouer, interrompit son geste:

— J'haïs ça, Maryse, quand tu te mets à parler en anglais, surtout avec c't'accent-là, pis tu le sais!

Elle était ravie de l'avoir fait sortir de ses gonds.

— Tu pourrais bien me raconter tes peurs, François, puisque je te raconte mes troubles...

— J'ai pas de problèmes, je mène une vie plate.

Il joua un coup en silence. Il appréhendait le moment où il lui faudrait entrer se coucher, seul avec le même rêve absurde qui était revenu hanter ses nuits. La boule qu'il avait frappée s'immobilisa à deux pouces du trou et ce fut au tour de Maryse à jouer. Il dit:

— Tu sais, en Europe, je rêvais souvent à ma sœur, je te l'ai écrit, te souviens-tu?

Elle s'en souvenait.

— J'ai recommencé à faire le même rêve: je suis dans un champ de trèfle avec ma sœur Marie, il fait beau, le ciel est bleu, bleu, on dévale une colline, on court, Marie court devant moi, plus vite que moi et ses pieds touchent à peine les fleurs de trèfle, on court, on est très légers, souvent même parfois, on vole... Et quand je me réveille, pendant une fraction de seconde, j'ai l'impression de ne plus avoir de jambes.

— Tu l'aimes beaucoup ta sœur Marie, c'est ta préférée?

— Oui, j'aime mes trois sœurs.

Il donna un coup et rentra la boule numéro six, la seule qui restait. La partie était finie. Il ajouta:

— Je te l'ai jamais dit, Maryse, mais Marie a eu la polio à treize ans.

En sortant du café, ils virent que le froid avait repris: les flaques d'eau étaient gelées et la trêve était finie. Chez elle, au bas de l'escalier, elle l'embrassa sur la joue, comme une sœur, une quatrième... Leur soirée avait été un intermède en dehors du temps normal.

— On se reprendra au printemps prochain, Maryse?

Elle sourit et disparut dans le froid vers le lit de Michel qui dormait sans doute comme le mufle qu'il était. Le monde est mal fait, soupira François, et il démarra en trombe.

Chronique floue

Quand le vrai printemps arriva, François ne le vit pas passer, pas plus qu'il ne vit vraiment l'été: il avait renoncé à louer le chalet avec la gang de Gazou Gagnon pour pouvoir terminer sa thèse avant la fin de l'année. Il se félicita par la suite de ne pas avoir participé à l'aventure car les gens de la gang, qui avaient omis de payer une partie du loyer et saccagé quelque peu le terrain pour en faire un réaménagement plus écologique, durent comparaître à la Cour des petites créances où ils tentèrent vainement d'expliquer leur vision du monde à des individus peu ouverts à l'écologie, complètement fermés aux principes du yin et du yang qui pourtant animent tout, même la justice humaine, et vraiment pas cools...

François passa donc le court printemps soixante et onze et tout l'été sur la rue Henri-Julien, dans la chaleur de l'asphalte, à tenter d'écrire des choses cohérentes sur Abel Gance (son doctorat portait également sur le *Napoléon* d'Abel Gance). Il connut, à la fin d'avril, le grand bonheur d'être présenté au poète Oubedon, lors du vernissage de Napequine Bergeron où Tibodo l'avait traîné de force. François aima tout de suite l'homme, après avoir apprécié l'œuvre, et il se lia d'amitié avec le poète.

□

Le premier mai, Marie-Thérèse organisa une petite fête pour l'anniversaire de son fils. Maryse, qui y était venue avec Michel, exultait en voyant celui-ci s'amuser des pitreries du bébé; elle les observait tous les deux du coin de l'œil pendant

que Blanche lui racontait par le menu le bouquin de Benoîte
Groulx que sa fille lui faisait lire. La fête fut réussie, parfaite,
mais Charles-Émile ne vint pas.

En vidant les cendriers, Marité médita sur l'absence
agaçante de son père, puis elle laissa glisser ses pensées vers sa
préoccupation principale: ses rapports avec Jean. Depuis
quelques mois, son mari et elle reconsidéraient leur conception
du mariage, de l'amour, de la fidélité, du partage des tâches, de
l'éducation de Gabriel... Ça prenait tout leur temps de loisir; les
discussions commençaient vers dix heures le soir et se termi-
naient rarement avant deux heures du matin. Ces nuits
blanches avaient un avantage; quand le petit commençait à
pleurer, ses parents étaient déjà éveillés, debout, disponibles, et
ravis de la diversion qu'il leur apportait.

□

Le huit juin, Hermine Paradis fit une visite impromptue à
l'appartement de son fils. Elle inspecta les lieux et le mobilier,
flaira partout, même dans le frigidaire, et laissa entendre à
Maryse et Michel qu'ils vivaient comme des quêteux. En
partant, elle leur annonça qu'elle se chargeait dorénavant de
payer leur loyer. Maryse referma la porte et resta un moment
au milieu du corridor, encore assommée par les effluves du
parfum qu'Hermine avait laissées derrière elle. C'était *Tourmaline foudroyante* de Rapis.

— Ouf, dit Michel, le père est défâché, la période d'austé-
rité est finie! Julien a dû, enfin, les décevoir et ils se rabattent
sur moi.

Il sortit deux verres et la bouteille de Codorniú qu'ils
gardaient pour les grandes occasions. Il avait l'air heureux mais
la joie de Maryse n'était pas aussi complète: elle était ennuyée
de devoir quelque chose à sa belle-mère.

□

Dans le registre de sa vie sentimentale et de cul, le vingt-cinq juin au soir, MLF transféra le nom d'Azard Côté de la colonne des *actifs* à celle des *départs*. Il ne restait plus, sous la rubrique *actifs*, que l'ineffable André Breton et un dénommé Antoine B. Sa liaison avec Azard avait duré neuf mois et trois jours, ils avaient fait l'amour trente-cinq fois de septembre à janvier et douze fois de janvier à leur rupture. MLF compta le nombre de repas qu'il lui avait payés au restaurant et le nombre de fois où ils avaient mangé chez elle. Ses calculs lui donnaient neuf restaurants pour vingt-neuf repas-maison préparés de sa blanche main. Le compte n'y était pas et les chiffres lui prouvaient qu'elle avait eu raison de le retourner à sa femme. Ayant tiré un trait bien propre au bas de son dossier, elle revint au début de son cahier, à la page des *prospects* où elle inscrivit en fin de colonne le nom Aldo B. avec la mention «trente-cinq ans, beau sourire». Aldo était le numéro onze sur la liste de Marie-Lyre. Elle l'avait croisé plusieurs fois la veille au soir, lors des fêtes de la Saint-Jean, dans le Vieux Montréal où tout le monde se promenait en s'emmerdant, à la recherche de quelque chose, quelqu'un, quelqu'une, mais en faisant bien attention de ne pas le laisser paraître.

□

Dès la fin des cours, Maryse avait tenté de convaincre Michel d'aller à Cape Cod faire du camping pendant les deux semaines de vacances que la direction de la Place des Arts lui permettait de prendre à ses frais. Mais Michel n'aimait pas la mer. Il préférait les Cantons de l'Est. Ils allèrent au chalet de ses parents et y passèrent, seuls, deux semaines parfaites pendant lesquelles il se montra beaucoup plus attentif que d'habitude.

Le premier jour, étendue sur un matelas pneumatique dans la piscine d'Hermine, Maryse avait fermé les yeux et, dans l'odeur des pins qui parvenait par bouffées à supplanter celle du chlore, elle avait imaginé la mer et ses fureurs grisantes. Puis, elle avait rouvert les yeux et vu la caisse de bière de Michel et, au-delà de la caisse de bière, Michel lui-même, son beau Michel tout bronzé déjà. Elle lui avait demandé:

— Minou, on va-tu se rendre au lac, cet après-midi?

Il avait fait «grmoiuin» derrière la couverture noire de son roman de la Série Noire et elle avait souri, se disant qu'il était avec elle, sinon en esprit, du moins physiquement, et que la mer, ce serait pour l'an prochain. Le soir, elle avait écrit, dans un petit carnet de vacances, la question suivante: «Jusqu'à quel point l'amour, toute relation amoureuse, ne comporte-t-elle pas une part de masochisme et de servitude?... Régler ce problème au retour.»

Ayant noté cela, Maryse n'y pensa plus pendant les treize autres jours de la vacance qu'elle employa à se laisser dériver dans le bleu de la piscine, petite mer fade et coutumière.

Août 1971

C'était le lendemain de l'anniversaire de Maryse et MLF l'avait invitée à *la Luna de papel*. Le restaurant était presque désert et, derrière le comptoir, Manolo jouait discrètement aux dés avec le barman, un nouveau. Quand on avait besoin de lui, il s'approchait, rapide et souriant. Maryse s'était rendu compte du manège de Manolo et elle se demandait s'il jouait à l'argent mais n'osait pas lui poser la question. MLF avait voulu la voir, une dernière fois, avant de s'en aller à Paris. Car elle partait; elle en avait assez de Montréal, des hommes mariés, de la raideur des littérologues. Elle allait travailler avec la troupe de Véronique Molovnine, elle irait peut-être même chez Grotovski, elle ne savait pas encore, ça dépendrait.

— As-tu vraiment besoin d'aller si loin pour apprendre ton métier? demanda Maryse.

— Ça marche pas ici. J'ai préparé toutes les maudites auditions et ça m'a rien donné. Fuck les écoles de théâtre! Là-bas j'aurai au moins l'avantage d'être pittoresque et, à mon retour, tout le monde me trouvera divine avec ma formation d'outre-mer. Et puis, je peux avoir l'appartement parisien de Bérubé, le grand chum d'Adrien Oubedon. Parce que, vois-tu, Lapsus Bérubé a décidé qu'il était plus poète à Paris, cette année, mais poète à Montréal. Depuis les événements d'octobre, ils se disent que peut-être, dans le fond, on n'est pas si niaiseux que ça, puisqu'on peut en tuer du monde, nous autres aussi. Ça sent le sang. On est sur la carte. Y'a beaucoup de Québécois qui reviennent; ça fait de la place pour les autres.

Maryse était troublée par la décision subite de Marie-Lyre; qu'est-ce qu'ils avaient tous à vouloir partir pour l'Europe?

— Je vais m'ennuyer de toi, dit-elle.

— Mais on s'écrira, dit MLF en souriant. Elle ajouta:

— C'est Breton qui va avoir l'air bête, il ne sait rien. Antoine B. non plus.

Maryse n'osa pas insister. Elle sentait que pour son amie, il était important de pouvoir rompre les ponts et partir en disant «never mind», à son tour. En parlant, Marie-Lyre triturait son briquet de sa main racée aux ongles longs, soignés et polis. Comment s'y prenait-elle pour conserver de tels ongles? Maryse en avait toujours un qui lâchait et finalement elle les coupait tous. Marie-Lyre alluma une autre cigarette.

— Il est beau, ton briquet, dit Maryse.

C'était un Dunhill pour femme, plaqué argent, la quintessence du bon goût. MLF se mit à rire:

— C'est le dernier cadeau d'Albert! J'ai regardé le prix, pour le fun: il était marqué 45,99$ chez Birks.

C'était là un des paradoxes de sa condition de fille lib-lib ayant des chums à l'aise: elle avait à peine de quoi manger, mais de très belles choses. Contrairement à l'épouse d'Albert, son appartement à elle était vieux, petit et mal chauffé — elle n'habitait pas N.D.G. — et son briquet était plaqué argent. Elle dit:

— Je gage que sa femme en a un pareil, mais en or blanc. C'est une question de standing, d'âge et d'endurance. Elle l'a toffé plus longtemps que moi, il est juste qu'elle soit mieux entretenue. On est toutes des putains.

— Voyons donc, dit Maryse, tu bad-tripes.

La voix de MLF portait loin et Maryse en fut gênée; appuyé contre la caisse, Manolo avait l'air de ne rien avoir entendu, mais on ne pouvait pas savoir avec lui, il était poli. MLF continuait:

— C'est la pure vérité, j'te dis, des fois, je me demande pourquoi je ne suis pas une prostituée, tout simplement. Me semble que ce serait plus facile.

Elle grimaça à cause de son stérilet, tout nouveau. On lui avait dit qu'en Europe il était difficile de se procurer des contraceptifs et elle ne voulait pas prendre de chance. Elle expliqua que ce n'était rien, ça allait passer, ça lui avait fait très mal sur le coup, il y avait trois jours, mais la douleur décroissait à chaque crampe, c'était ça qui était encourageant. Sa main gauche s'était refermée entièrement sur le briquet et Maryse eut l'impression de sentir dans la paume de sa propre main les ongles rouges de Marie-Lyre qui s'y enfonçaient, y faisant affluer le sang, petite douleur provoquée, facile et apprivoisable, qui venait chasser l'autre.

— La seule chose vraiment insupportable dans la pose du stérilet, dit MLF, ça a été la face du gynécologue.

Elle déposa le briquet sur le livre de Maryse, *Le salut de l'Irlande*, de Jacques Ferron.

— Un autre médecin, dit-elle, je les déteste. Tous.

— Il paraît que Ferron est un très bon médecin...

— Ça se peut-tu, d'abord, un bon médecin? En as-tu déjà rencontré un, seulement un?

Mollement, Maryse répondit que non, mais on ne sait jamais, faut pas généraliser. Elle se rappelait la figure chafouine de son beau-père, ses bajoues tombantes et ses airs entendus. Émilien Paradis n'avait jamais douté de l'importance de son personnage, mais tout est relatif et, n'eût été la répugnance profonde qu'il lui inspirait — d'instinct, elle détestait tous les médecins —, Maryse l'aurait trouvé parfaitement quelconque. Elle parvint à chasser l'image d'Émilien Paradis mais un rêve qu'elle avait fait récemment lui revint en mémoire.

C'était une sorte de cauchemar dans lequel Michel essayait de la faire passer pour folle et exigeait qu'elle soit internée. Elle était au Couvent de la Désolation, dans l'immense dortoir de son adolescence, allongée sur un des quarante-deux lits de fer ripolinés. Tous les lits avaient des couvre-pieds blancs et Maryse, immobile comme une gisante et incapable de bouger, dormait d'un sommeil comateux, encadrée par les rideaux, blancs également, qui séparaient les lits, délimitant ainsi quarante-deux cages de cinq pieds par six que les bonnes sœurs nommaient, sans aucune pointe d'humour, des cellules. Le vieux médecin que Michel avait fait venir hochait la tête et annonçait que la patiente, Mary O'Sullivan, était folle. Folle et illégitime. Maryse disait: «Non, docteur, vous mentez, vos diagnostics sont faux, je ressemble à mon père, je ne peux pas être illégitime, je ressemble à mon père comme Gabriel me ressemble — Gabriel était son enfant dans le rêve — et je ne suis pas folle.» Elle criait: «Je ne suis pas folle» mais le dortoir restait silencieux et les autres petites filles, endormies. Les rideaux déployés autour d'elle étaient en fait des moulages de plâtre posés de chaque côté du lit et, comme des paravents opaques et immuables, ils montaient jusqu'au plafond. Elle se levait finalement et essayait de les refermer mais ses ongles dérapaient sur la surface crayeuse de leurs plis, sans même l'abîmer. Le docteur souriait méchamment...

Il faisait chaud dans le restaurant qui commençait à se peupler et la musique sembla soudain accablante à Maryse: pour la troisième fois de la soirée, le même *paso doble* rejouait, ronflant et agressif. Manolo avait laissé sa partie de dés et il circulait avec un plateau plein de margaritas et autres mélanges bizarres. Il avait le bassin étroit et bien dessiné, il était svelte mais on devinait, sous la serge noire de son pantalon très ajusté, les muscles de ses cuisses. Il ne portait que des chaussures fines. Maryse pensa aux gros souliers de Michel et elle se promit de lui en faire acheter comme ceux de Manolo. Elle se demanda ce qu'il faisait à cette heure-ci, s'il était rentré.

Marie-Lyre parlait toujours des médecins, mais comme de loin; sa figure aux yeux intelligents, grands et mobiles, était rendue un peu floue par la fumée de sa cigarette. Elle dissipa le nuage d'un geste et réapparut, très nette, blanche de peau avec des lèvres bien dessinées. Les lèvres perpétuellement rouges de MLF constituaient, pour Maryse, un autre mystère: comment faisait-elle pour rester maquillée jusqu'à la fin du repas, jusqu'à la fin de la journée? MLF était belle comme une photo d'actrice, mais en mieux parce que vivante, présente et volubile. Elle disait, de sa belle bouche rouge:

— De toute façon, ma crampe est passée et je ne veux pas te contrarier en fêtant ton anniversaire. C'est déjà assez effrayant que ton chum l'ait oublié.

Elle trouvait la conduite de Michel écœurante et c'est pour ça qu'elle avait invité Maryse à *la Luna*, pour qu'elle sache qu'elle avait une amie, au moins.

— Tiens, dit-elle, je te laisse mon briquet en souvenir.

Toujours posé sur *Le salut de l'Irlande,* le briquet y formait un petit rectangle doux et luisant qui faisait envie à Maryse. Elle le refusa pourtant:

— Je ne peux pas accepter, MLF, ça ne m'irait pas un briquet comme ça, j'aurais l'air de l'avoir piqué!

Marie-Lyre insista, la voix chavirée; elle allait s'ennuyer là-bas, elle était émue. Maryse aussi. Elle eut peur, soudain, que Marie-Lyre se penche vers elle pour l'embrasser. Elle avait parfois des effusions gênantes! Mais son amie se contenta de lui prendre la main pour mieux la convaincre. Et Maryse finit par accepter le cadeau. Avec une joie enfantine, c'est elle-même qui se leva pour serrer très fort MLF dans ses bras.

— T'es fine de m'avoir invitée à souper, dit-elle en se rasseyant. Mais tu sais, j'ai pas été complètement oubliée: François est venu me porter des fleurs.

Elle était rayonnante.

— Tu l'aimes pas mal, François Ladouceur.

— Évidemment que je l'aime! Parfois j'ai l'impression qu'il est ma meilleure amie.

— C'est fin pour moi, ça! dit MLF en riant. J'pensais que c'était Marité, ta meilleure amie, et puis ensuite moi. Je me retrouve au troisième rang.

Elle s'amusait beaucoup de la confusion de Maryse qui était devenue toute rose. Adrien Oubedon passa près de leur table en évitant de les regarder.

— L'écœurant, fit Marie-Lyre, après la nuit qu'on a passée la semaine dernière!

— Ah bon! Je ne savais pas que tu le connaissais...

— Le connaître, c'est un bien grand mot; j'ai seulement couché avec lui. Comme tu vois, c'est sans conséquence aucune.

Il y eut un moment de silence; Maryse était désarçonnée. Puis, pour faire diversion, sûre de son effet et contente d'avoir si longtemps gardé la nouvelle, elle lança:

— Tu sais pas ce qui arrive à Marité? Elle et Jean, c'est fini!

— Comment ça, fini? dit MLF. Me semblait qu'elle avait un gars correct, elle, au moins, que ça allait bien! Son mariage aura pas duré longtemps.

— Ça ne marchait plus depuis la naissance de Gabriel; ils s'entendent même pas au bureau. Mais la séparation se fait sans trop de heurts.

— C'est déprimant pareil, y'a personne d'heureux, l'amour c'est de la marde, merde! Les couples, c'est une vue de l'esprit, ça n'existe pas.

Elle resta un moment silencieuse, puis elle conclut:

— Ben coudon, ça fait un gars de libre! Dommage que je m'en aille.

— Il paraît qu'elle a commencé à écrire.

— Tiens, une autre! On voudrait toutes écrire, finalement. Qu'est-ce qu'on a? Qu'est-ce qu'on veut? Qu'est-ce qu'on veut prouver? Qu'est-ce qui nous manque?

— Je me demande où elle trouvera le temps, dit Maryse. Elle est trop occupée. Moi j'ai pas d'enfant et je parviens à peine à tenir un journal. Je note seulement des idées de roman, de spectacle, des rêves, les choses qui me troublent. L'autre jour, je me suis engueulée avec la femme de ménage et ça m'a dérangée, beaucoup. Je l'ai noté... Mais c'est mal écrit, tout ça, trop schématique et insignifiant. Il n'y a pas vraiment de réflexion et d'analyse, c'est une espèce de journal de petite fille.

— Vous avez une femme de ménage, dit Marie-Lyre, ah bon! Et comment faites-vous pour la payer?

Maryse eut un pincement. Elle n'aurait pas dû, pas voulu parler de la femme de ménage. Ça lui avait échappé. Elle expliqua comment, à la suite d'une discussion avec Michel au sujet du partage des tâches courantes, celui-ci avait proposé d'embaucher la femme de ménage de sa mère.

— Tu sais, dit-elle, il ne fait rien dans la maison et je n'ai pas toujours le temps de nettoyer. Pour éviter une chicane, j'ai cédé: ma belle-mère m'a donné le numéro de téléphone de sa fameuse madame Tremblée qui est venue, la semaine dernière, clairer la place, comme elle a dit. J'ai eu assez honte, ma petite fille! C'est vrai que l'appartement était sale, mais, maudit, j'étais quand même pas pour faire le ménage avant qu'elle arrive. Elle venait pour ça! Je ne peux pas te dire comment ça m'a humiliée de la voir fureter dans mes affaires. C'est simple, je me suis sentie comme au couvent quand les sœurs me trouvaient répugnante avec ma tignasse mal peignée. C'est d'autant plus gênant qu'après, elle s'en va non seulement chez Hermine, mais aussi chez la mère de Marité. Elles vont le savoir, jusqu'à quel point je suis cochonne! En partant à quatre heures, elle m'a annoncé qu'elle revenait la semaine prochaine parce que c'était *encrassé* et que ça prendrait au moins deux jours pour faire une bonne job. Je n'ai pas osé lui dire de laisser faire. Michel a trouvé tout ça très comique mais moi, ça m'a mortifiée; j'avais l'impression qu'elle me jugeait. Veux-tu bien me dire pourquoi on se sent plus concernées que les hommes par la crasse?

Marie-Lyre pensa qu'elle n'avait jamais eu l'occasion de partager avec un homme la mesquinerie tant décriée du quotidien: elle n'avait que des amours nocturnes, des nuits hors du temps qui n'étaient l'envers de rien. Elle aurait bien aimé vivre un de ces matins où le désir se dilue dans la sonnerie du réveil, l'éparpillement des vêtements et l'odeur des toasts refroidies. «On n'a jamais ce qu'on veut», se dit-elle. Puis, elle ajouta tout haut:

— C'est comme si on avait une vocation de torcheuses: on est toutes des femmes de ménage. Moi, mon rêve, ça a toujours été de jouer Solange dans *Les Bonnes*.

Et elle embraya sur Jean Genet.

Soulagée, Maryse n'eut pas à s'étendre davantage sur son premier contact avec Rose Tremblée, femme de ménage de son état.

La semaine suivante, en allant conduire Marie-Lyre à Dorval, elle se trouva à être présentée et mêlée à la famille larmoyante de celle-ci et à sa gang de théâtre, colorée, exhubérante et tout aussi larmoyante. Seule parmi tout ce monde, MLF semblait gaie. Après les embrassades, elle disparut avec les autres voyageurs vers l'avion-cercueil, le groupe se

dispersa et Maryse, les mains enfoncées dans les poches de
son grand gilet, retourna à l'auto. Au fond de sa poche droite,
sa main rencontra le petit briquet de MLF, qui était maintenant
à elle. Le briquet d'Albert. De tous les amants de MLF, aucun
n'était venu lui dire au revoir... Maryse mit le contact et elle
rentra retrouver Michel, qu'elle appelait maintenant dans sa
tête son presque-mari.

Après son clean-up général, Rose Tremblée ne revint pas;
Maryse ayant convaincu son chum qu'ils n'avaient pas les
moyens de se payer une domestique, elle allait continuer de
faire elle-même leur ménage pendant une autre année. Quant
à Rose, elle garderait sa pratique habituelle en haut de la côte,
nettoyant le lundi chez la femme du juge Grand'maison, le
mardi chez celle du docteur Paradis, le mercredi chez celle du
docteur Gervais et le vendredi chez madame Lagacé dont le
mari était dans les assurances. Depuis des années, elle passait
ainsi d'une maison à l'autre, y colportant certaines rumeurs,
mais avec modération: elle ne voulait pas perdre son monde et
savait tenir sa place.

3

Les belles-lettres et les bonnes manières

Septembre 1971

François Ladouceur avait le trac. Il poussa la porte intensément mauve de la salle NAOH305 et pénétra dans la pièce qui serait *sa* salle pendant les trois prochaines heures: dans cinq minutes, il allait donner le premier cours de sa carrière. Il laissa tomber sa serviette sur le pupitre qui correspondait le plus à l'idée qu'il s'était faite jusqu'à maintenant d'un bureau de professeur. C'était une table à pattes tubulaires, jaune et bancale comme les autres, mais sa position en avant, comme un ridicule tréteau à l'italienne, ne laissait aucun doute sur l'utilisation que les responsables de la maintenance voulaient qu'on en fît. La légère couche de poussière qui la recouvrait se voyait très bien dans l'éclairage des trop nombreux néons qui sillonnaient le plafond. La salle pouvait contenir une vingtaine d'étudiants et, devant François, il y en avait déjà trente-cinq. C'était normal; Litote Bergeron, un cadre mobile de l'université, avait coutume d'affirmer à ce sujet: «Ce qui est bon pour vingt étudiants est excellent pour quarante.» «Et puis, avait-il dit à François, si vous en avez beaucoup la première journée, ne vous affolez pas, cher ami, avec le temps, leur nombre diminuera, l'ivraie fuira d'elle-même et seul vous restera le bon grain.» Litote Bergeron, s.j., venait de terminer une carrière féconde d'homme d'Église officiel et il en commençait une, non moins prometteuse, d'homme de Dieu discret et d'administrateur efficace. François avait rapporté la conversation à Tibodo, dont il était désormais le collègue; quelque chose l'inquiétait dans ce rapport aux étudiants. «Où va l'ivraie?» avait-il demandé.

— Occupe-toi pas de t'ça, avait répondu Tibodo. Fais comme tout le monde, écœure-les ben raide en partant, c'est ça, la tactique.

François se tourna résolument vers le tableau pour y écrire; il n'y avait pas de craie. En fait, la craie semblait s'être éparpillée dans l'air qui en était comme saturé, mais de craie concentrée et véritable, il ne s'en trouvait nulle part. Il sortit en chercher. Le couloir était sinistre et les portes des salles, repeintes dans des tons criards, lui semblèrent soudain d'une gaieté dérisoire. Il se dit: «Je vais me concentrer sur le mot craie et ça va passer.» Aussitôt, il vit de gros bâtons de craie friable comme des os pourris et qui feraient une pâte écœurante dans la bouche sèche des morts. Ça n'allait pas... Dans la sixième salle vide, il en trouva un tout petit bout, comme égaré sur le rebord d'un tableau. Il s'en empara et revint à grandes enjambées vers la salle NA0H305 où les étudiants, avec une résignation étonnante, s'étaient presque tous installés sur des chaises qu'ils avaient rajoutées ou sur les pupitres mêmes. Quand ils virent François se diriger à nouveau vers le tableau, ils comprirent qu'ils ne s'étaient pas trompés: tout ti-cul qu'il était, c'était bien lui le nouveau professeur.

— Les profs sont jeunes, c't'année, dit un gars installé dans la première rangée.

Il y eut quelques rires. Les jambes du gars s'allongeaient longtemps devant lui sous le petit bureau jaunâtre. Il devait peser dans les cent quatre-vingt-dix livres et il arborait un magnifique coat de style Davy Crockett. François avait toujours haï Davy Crockett. Un autre étudiant demanda:

— T'as-tu fini ton Cégep, au moins, bonhomme?

François ne répondit rien et, se contentant de sourire, il écrivit au tableau: «Quand on ne trouve pas son repos en soi-même, il est inutile de le chercher ailleurs», La Rochefoucauld, Maxime LIII. Puis il posa la craie, tourna les talons et s'assit sur le bord de son pupitre. Tous les étudiants, sauf Davy Crockett qui le dévisageait, étaient penchés sur leurs feuilles de notes, occupés à transcrire la citation. Devant ce troupeau de têtes docilement inclinées, François eut un moment de stupeur.

— Bon, dit-il, vous avez compris? Allez-vous-en chez vous.

Personne ne broncha.

— Voyons, man, dit Davy Crockett, tu peux pas nous faire ça, on a un autre cours après le tien, pis le Saint-Régis est crowdé à c't'heure-citte. Pis à part de t'ça, La Rochefoucauld, c'était un fasciste. C'est pas cool pantoute, man, y est ben mal parti, ton cours.

— Ta yeule, Gravelle, dit quelqu'un. Laisse parler le ti-gars.

— Oké, oké, fit Gravelle-Davy-Crockett à travers sa chique de gomme.

Et il se mit à fouiller dans sa poche revolver. François le regardait, inquiet, s'attendant à n'importe quoi, à ce qu'il sorte un couteau à cran d'arrêt. Mais Gravelle extirpa lentement un stylo Pilot blanc sale avec lequel il se cura les ongles, après quoi il prit la position du scribe attentif: ayant terminé son numéro, il était tout disposé à laisser le professeur faire le sien.

Plus personne ne bougeait ni ne riait. Patiemment, tous regardaient François et certains avaient la bouche ouverte, comme s'ils eussent été prêts à gober tout ce qu'il allait dire. Une fille assise sur un pupitre lui sembla jolie. Elle avait une figure intelligente et son gilet orange faisait une tache gaie dans la lumière grise. Alors, il prit une grande respiration et commença à exposer avec fougue ses intentions de travail du semestre et le plan de son cours qui devait porter essentiellement sur la théorie signologique du révérend Saussure. Il abreuva l'auditoire de citations, bibliographie et conseils divers. Les étudiants s'étaient mis à poser des questions, ils avaient même l'air intéressés et Gravelle mâchonnait rêveusement son stylo: ça allait bien. François avait complètement oublié la sensation de la craie dans sa main et l'idée de la mort quand, au beau milieu d'une envolée, une fille l'interrompit très poliment pour le renseigner: il ne le savait peut-être pas, mais ils avaient coutume de prendre un break d'un quart d'heure de six heures trente à sept heures. C'était une nécessité, attendu, comme le disait la résolution 71.10, que «l'horaire de cinq à huit était une manœuvre de l'establishment administratif bourgeois et réactionnaire et de ses sbires du corps professoral pour décourager la masse étudiante et l'empêcher de s'approprier le savoir». La fille lui donna une lecture intégrale de ladite résolution, «pour que ce soit plus clair», dit-elle. Après quoi elle ajouta:

— Excuse-nous, Ladouceur. On veut pas te brusquer, on le sait que t'es correct! Mais moi j'suis porte-parole: il faut bien que je remplisse mon mandat, tu comprends?

François sourit:

— Oui, mademoiselle, je comprends. D'ailleurs, moi aussi ça me fait chier les cours de cinq à huit.

Tout le monde se mit à rire; il appelait l'étudiante mademoiselle!

Il était donc pittoresque et pas frais pantoute!

Avec une habileté qui l'étonna lui-même, il parvint à s'extirper du groupe d'étudiants questionneurs agglutinés autour de lui et à gagner la toilette des hommes dont la porte était jaune citron. Il n'avait pas sitôt dézippé sa braguette qu'un gars de son cours vint s'installer à ses côtés dans la position classique. Mais François vit qu'il ne pissait pas: c'était juste une excuse pour le seiner et ce manque total de délicatesse le choqua. Par-dessus le marché, le gars avait l'air d'une pieuvre.

— Qu'est-ce que tu penses de Chomsky, demanda-t-il en agitant son petit pénis. Faut-tu vraiment lire ça? C'est pas mal heavy.

François n'aimait pas tellement Chomsky et c'est en pissant qu'il se vit contraint d'expliquer à l'étudiant à tête de pieuvre la raison de ses réticences. La job de prof promettait d'être passablement heavy, elle aussi.

Effectivement, dans cette université, l'absence totale de droit au silence était un des principaux inconvénients de la fonction de professeur. François devait rapidement le comprendre: dès qu'il y mettait les pieds, il était assailli par des collègues ou des étudiants qui le sommaient de penser à voix haute. Dans le courant de l'automne, ses conditions de travail allaient cependant s'améliorer grâce à l'intervention charitable de Tibodo qui le maternait. Le professeur Tibodo était un pionnier de l'université et il y avait des relations dans toutes les sphères, surtout du côté de la maintenance. Par exemple, il était au mieux avec Pitt Bouché, le grand responsable de l'équipement, des locaux et du matériel. Son poste plaçait Bouché parmi le gratin de la boîte, pas loin derrière le sous-recteur à la gestation des troubles, les présidents d'unions et les organisateurs de cabale. Cela, Tibodo l'avait rapidement compris, ayant suivi en son jeune âge des cours de sensibilisation politique axés sur la prépondérance de l'infrastructure dans les sociétés capitalistes: Pitt Bouché — qui détenait le pouvoir des clés et représentait à ses yeux le top de l'infrastructure — devait forcément être le véritable chef de l'université! En finfinaud, Tibodo avait su se placer les pieds: il s'était paqueté la fraise plusieurs fois avec Pitt qui tinquait fort. Ces beuveries fastidieuses n'avaient pas été vaines car il en retirait encore certains avantages matériels qu'il avait baptisés du titre de droits acquis et parmi lesquels il avait pu compter pendant quelques années l'accès quasi-exclusif aux lieux d'aisance de la maintenance. Par un beau soir du printemps soixante et onze, en effet, Tibodo était sorti de la taverne Saint-Régis avec une copie de la clé ouvrant la porte d'une petite toilette naguère utilisée exclusivement par le monde interlope des veilleurs de nuits. En grand secret, il en avait fait faire une deuxième copie pour son directeur de département, une troisième pour son collaborateur Sopiquet et finalement, amolli par la description apocalyptique que François lui avait servie des toilettes publiques, ému et magnanime, il devait mettre celui-ci au courant de l'existence du précieux local dont la porte se confondait facilement avec celle d'un placard à moppes. Ainsi, bien avant que cela ne fût inscrit dans la convention collective des professeurs et reconnu, ce faisant, comme un droit irréfragable, quelques petits veinards, grâce au pouvoir politique naissant de Tibodo et, aussi, à cause de son grand cœur, purent profiter de l'endroit pour y abriter leurs breaks et ne rien y dire, seuls, merveilleusement seuls pendant de longs moments, le temps de pisser, quoi. Ils retournaient ensuite à leur labeur et considéraient d'un cœur allégé les vicissitudes de la vie universitaire, et leur mission d'intellectuels comme de grandes et belles choses.

Mais le soir de son premier cours, François n'avait pas encore la précieuse clé en sa possession. Il sortit donc de la salle de toilette commune assez morose au moment même ou Gravelle-Davy-Crockett y pénétrait. Celui-ci dit à l'étudiant téteux:

— Aie, Tétrault, faut que j'te parle!

Tétrault resta dans les toilettes et François put regagner sans encombre la salle où les étudiants attendaient la deuxième partie du programme. Dès qu'il eut recommencé à parler, il oublia son petit malheur et la dernière heure du cours, réservée aux ententes, vérifications et annonces diverses, passa avec une étonnante rapidité. À la fin, une étudiante demanda:

— Et la phrase au tableau, qu'est-ce qu'on fait avec?

— Ça n'a vraiment aucun rapport, dit le professeur Ladouceur, oubliez ça, c'était une joke!

Il quitta la salle NA0H305 entouré d'une grappe d'étudiants désireux d'avoir plus de détails sur la vie intime du révérend Saussure. La fille au chandail orange marchait devant lui. Elle portait dans le dos une grosse natte noire qui oscillait. À un tournant, elle disparut, happée par un ascenseur, et François se rendit compte, alors, qu'il avait faim.

À son département, on avait organisé un vins et fromages pour souligner l'arrivée du professeur importé de la session. Selon la norme, ils avaient droit à un importé et ils ne s'en privaient pas, s'approvisionnant toujours directement à Paris. Tibodo — qui aspirait à la chefferie du département, tchéquait tout et connaissait à fond le protocole — l'avait mis au courant: pour bien asseoir une carrière universitaire, une apparition à la cérémonie des vins et fromages était indispensable. Mais ce genre de party ennuyait François qui avait préféré donner rendez-vous à Maryse à *la Luna de papel*...

Les derniers étudiants qui l'accompagnaient s'éparpillèrent sur le trottoir et il se retrouva seul dans la rue pleine de gens survoltés: on parlait déjà d'une grève pour la fin septembre. En marchant vers le restaurant, il croisa un lacanologue assez bien coté et fut étonné de voir que le gars le saluait. Déjà! Il se dit que, mon Dieu! c'était donc pas snob comme milieu, que tout était facile! Il venait de passer avec succès l'épreuve du premier cours: les quarante-deux étudiants présents avaient accepté de lire une étude de cent quarante-cinq pages après avoir constaté *de visu* qu'il s'agissait d'un livre pas cher et imprimé gros. Ils avaient aussi accepté de se soumettre à des examens oraux à la fin du semestre. Par contre, ils avaient refusé de rédiger des travaux individuels et d'être évalués selon la notation A à E qui entretenait, disaient-ils, «la hiérarchisation, la compétition et le clivage des classes sociales». Leur position était très simple, voire limpide: ils voulaient tous avoir la mention «succès» qui était à leur yeux la plus juste note. François avait acquiescé à leur demande, sachant qu'il n'était pas en position de force; ses supérieurs hiérarchiques et rivaux l'avaient loyalement renseigné sur les limites de son pouvoir, lui évitant ainsi de commettre certaines bourdes que les étudiants se répéteraient de génération en génération.

Durant toute sa carrière, François allait être un professeur toléré, respecté même par les étudiants. «Il écœure pas trop», dira de lui Ti-Floune Boisjoli lors d'une mémorable journée d'étude en 74. Ti-Floune, étudiant dans la boîte de l'hiver 72 à l'automne 78, savait de quoi il parlait; il avait fait quatre programmes et commencé quarante-huit cours, sans compter ceux auxquels il assistait à titre gracieux, pour ainsi dire, pour faire de l'observation sociologico-didactique. Bien sûr, le professeur Ladouceur avait tendance à ne pas parler du sujet annoncé et à modifier ses plans de cours, surtout au retour d'une grève. Mais c'était à la limite du tolérable. Le gros avantage, avec lui, c'est qu'on pouvait faire ses travaux sur n'importe quoi et, par conséquent, lui refiler ceux des autres cours. S'il s'en apercevait, il ne le montrait pas.

En remontant la rue Saint-Alexandre, François pensait à sa nouvelle situation: à vingt-six ans, il se retrouvait professeur d'université! Temporairement. Ça ne l'intéressait pas vraiment mais c'était mieux que d'être étudiant: ça payait! Toutefois, il y avait, dans son embauche par le département de signologie, quelque chose de curieux: il penchait de plus en plus vers l'école dynamique — il ne s'en était jamais caché et les difficultés qu'il éprouvait à terminer sa thèse venaient d'ailleurs en grande partie de ce virement — or, tous les signologues du département — à l'exception de Tibodo — étaient statiques! Alors, pourquoi l'avaient-ils engagé, lui? François n'y comprenait rien... C'est qu'il lui manquait certaines informations et une connaissance approfondie du milieu. En fait, personne d'autre que Tibodo n'avait réalisé que François venait de virer capot. Qui eût pu soupçonner une telle infamie et qu'il fût un transfuge? Le dossier du candidat Ladouceur était garni des trois excellentes lettres de recommandation des plus grands de l'école statique! François Ladouceur était jeune, brillant, prometteur, malléable peut-être, pensaient quelques-uns. On l'avait donc engagé, à l'essai, à la condition qu'il devienne docteur patenté avant septembre 72. Quand, au bout de deux ans, ses pairs durent se rendre à l'évidence et admettre que François était irrémédiablement d'obédience dynamique, le mal était fait et le loup installé à demeure dans leur bergerie, les fesses bien au chaud sur la convention syndicale qu'ils maudirent alors. Ils déplorèrent la lenteur de leur entendement et leur aveuglement des premières années.

Mais en se rendant à *la Luna de papel*, François ne connaissait pas encore vraiment ses pairs et il était loin de soupçonner qu'il allait passer seize ans de sa vie à l'université. Il s'était seulement donné beaucoup de mal pour préparer ses premiers cours et avait reporté à octobre le fignolage de sa thèse. À la hauteur de Sainte-Catherine, l'œuvre intégrale d'Abel Gance lui revint à l'esprit et ses pensées, soudain assombries, le portèrent jusqu'à *la Luna* où il atterrit avec l'air d'un chien battu à la table de Maryse.

— Dis-moi pas que ça s'est mal passé!

— Mais non, succès intégral! Je pense que j'aime ça, parler devant des gens, à des gens. Les étudiants fonctionnent par flashes mais ils sont sympathiques.

Il enfila d'un trait la *cerveza* que Manolo venait d'apporter et se mit à parler en espagnol avec lui. Cela amusait Maryse qui commençait à saisir des bribes et s'intéressait, elle aussi, à l'espagnol.

— J'ai proposé à Marité de venir nous rejoindre, dit-elle, une fois Manolo parti. J'espère que ça ne t'ennuie pas, c'est le seul temps qu'elle avait pour me voir.

François lui dit que non, pas du tout, au contraire, il aimait bien Marité. Et il expliqua comment il avait commencé d'exposer la théorie de Saussure sur la triple occultation des faits de langage.

— Mais c'est pas ta spécialité, Saussure!

— Oui-mais, dit François, j'ai pas le choix... Et mon autre cours porte sur Abel Gance. Ils m'ont engagé pour parler d'une affaire qui ne m'a jamais intéressé et d'une autre qui m'intéresse plus! C'était ça ou rien. Et c'est normal, Tibodo me l'a confirmé: quand on arrive dans un département, on prend les cours dont les autres veulent plus. C'est pas grave.

Il sourit.

— Vois-tu, Maryse, ce qui me plairait vraiment, ce serait de pouvoir parler uniquement sur ce qui est accessoire dans le discours, et marginal, dans la marge. Un cours entier sur la parenthèse, la digression, les notes infrapaginales, les préfaces, les post-faces, l'utilisation des guillemets et des italiques... Quel rêve! Mais ils n'ont rien de tel au programme. Ça leur manque. Pour une université flyée, ils me déçoivent!

Marité arriva en s'excusant d'être en retard; elle était restée avec Gabriel jusqu'à son coucher, sans ça, elle ne l'aurait pas vu de la journée. On ne pouvait pas la rencontrer une seule fois sans qu'elle mentionne le nom de son fils. Il y en a qui parlent toujours de leur chum, pensa François, d'autres de leur mère, elle, c'était de son fils. Lui n'avait personne. S'il pouvait donc se faire une blonde! Marité expliqua à Manolo qu'elle avait déjà mangé à la maison; elle prendrait seulement un café.

— Ça fait rien, dit celui-ci.

— Vous avez l'air fatigué, vous, dit Maryse.

— Ma femme est malade...

— Qu'est-ce qu'elle a, ta femme?

Maryse passait sans cesse du tu au vous avec le waiteur, craignant qu'il ne la trouve méprisante ou hautaine. Elle le regardait travailler depuis des années mais elle ne le connaissait pas. Elle se disait qu'il était sans doute plus important pour elle — dans ses fantasmes — qu'elle ne le serait jamais pour lui. Il devait la considérer comme une cliente parmi d'autres avec ses caprices, ses lubies, sa condescendance. Elle ne voulait pas qu'il la trouve condescendante. Mais il partageait peut-être son malaise car il s'arrangeait toujours pour faire des phrases impersonnelles. Il répondit:

— Je ne sais pas, elle a une affaire compliquée, une maladie de femme. Elle va se faire examiner demain... Un café ou deux?

— Moi, j'en veux pas, dit Maryse.

— Alors, c'est deux cafés réguliers et un autre carafon.

Puis, il s'éloigna.

Marité n'avait pas l'air très bien, elle était cernée. Cela faisait maintenant un mois que Jean était parti et, seule avec l'enfant, elle se sentait glisser vers un désarroi similaire à celui de ses clientes. Elle avait l'intention de demander le divorce au plus tôt pour que la situation soit claire et c'est à sa propre histoire qu'elle pensait en parlant du bureau et de ses causes de divorce. François, qui pour une fois était détendu et content de lui, l'écoutait avec attention... Marité était toujours captivante quand elle parlait de ses causes mais quelque chose agaçait Maryse: au fond de la salle, Lady Fauchée pérorait avec les Crête et le son de sa voix leur parvenait par éclats. Marité se tourna un moment vers leur table et vit Francine Crête lui faire un vague signe de la main. C'était peut-être le signe de reconnaissance des jeunes mères en détresse mais Marité ne comprit pas ce que l'autre lui voulait. Maryse regarda la gang où Michel manquait et fit la grimace:

— Quand je les écoute parler chez moi, ils ont toujours l'air de vivre des moments historiques. Après leur départ, quand je nettoie les cochonneries, l'illusion se dissipe. C'est drôle, hein?

— Le ramassage des bouteilles vides, c'est très efficace pour se raplomber l'esprit, dit Marité en prenant une gorgée dans le verre de Maryse.

— N'empêche, dit celle-ci, ils discutent toujours de questions importantes, que je suis incapable d'analyser comme ils le font. Eux sont à l'aise là-dedans.

François sourit:

— Ils parlent toujours de la même maudite affaire, j'espère qu'ils connaissent au moins le sujet!

— Ils placotent sur les appareils d'État, ils en parlent tellement qu'ils finissent par avoir l'impression de les contrôler... C'est faux, évidemment, dit Marité. Les avocats n'ont pas tellement plus de pouvoir. Je veux dire: pour changer les choses. Le pouvoir de chacun est diffus et limité par celui des autres.

Elle se revoyait, impuissante à effacer les ecchymoses de Lucia Capelli et celles de Lise F, une nouvelle cliente.

— On est rien que des intellectuels, dit Maryse. On est inutiles.

François pensa qu'elle était dans une mauvaise passe. Elle n'était pas comme ça avant. Ça devait venir de l'influence déprimante de Paradis... En fait, l'ombre de Karl Marx poursuivait toujours Maryse et la faisait régulièrement douter de l'utilité de sa future carrière de travailleuse intellectuelle. Manolo passa silencieusement à côté de leur table, image d'un prolétariat discret, endimanché et parfumé à l'usage de ceux qui pouvaient jeter négligemment leur vingt piastres sur la table en disant: «Garde le change.» Maryse eut soudain le désir fou de coucher avec lui. Elle dit:

— On est des privilégiés. Je pourrais être à la place d'un manœuvre, d'un waiteur, de Manolo, par exemple, et lui à la mienne. En théorie! Mais dans les faits, personne ne change jamais de rôle. On l'aime bien Manolo, mais on ne penserait pas à l'inviter chez nous: ça serait déplacé. Ici, il fait partie du décor.

— C'est ça, dit Marité, il est une pure fonction. Il nous a jamais écœurés avec ses problèmes, lui. C'est toi qui mets ça sur le tapis. Généralement, chacun reste à sa place parce que ça lui est rigoureusement impossible de penser soulever la question des places... Tous les groupes dominants justifient le fonctionnement social qu'ils ont imposé et prévoient les réponses aux objections qu'il pourrait susciter.

— Et caetera, dit François.

Lui et Marité se mirent à rire: ils avaient bien appris leur leçon!

— C'est comme pour l'esclavage dans *Gone with the Wind*, dit François.

— Mon Dieu que t'as des goûts chromés, des fois, dit Maryse. J'me demande si je l'ai déjà lu, ce maudit roman-là... J'ai l'impression que oui à cause du film. Mais non! Merde, encore une affaire à lire!

Tout près, elle entendit Manolo expliquer aux clients de la quinze pourquoi la paëlla n'était plus ce qu'elle avait déjà été.

— Je vais te le passer, dit François.

— Maudit, François Ladouceur, je te parle du vrai monde, du gars qui nous sert, de Manolo, pis tu me réponds par Scarlett O'Hara! J'm'en chrisse, de Scarlett O'Hara, mais pas de Manolo! Je peux pas refermer le livre sur lui. C'est comme une femme de ménage que j'ai connue — Marité la connaît aussi — et qui prend beaucoup de place. Qu'est-ce que je fais avec du monde comme eux autres? Je suis tannée de me sentir coupable, tannée!

— Tu vas nous faire attraper une crise de mauvaise conscience, dit François. Moi qui filais bien depuis deux jours!

Marité pensa que Lucia Capelli était la matérialisation de sa mauvaise conscience personnelle...

Ils continuèrent à parler, mais par à-coups, laissant de grands moments de silence pendant lesquels ils entendaient jouer *la comparsita* et des bribes de conversations des tables voisines. Pour les rachever, le Baron fit son entrée et vint leur demander si ça gazait. Il était très high et sur un trip de commune. Son optimisme les déprima encore plus. Puis Oubedon arriva avec Elvire et le Baron alla croupir à leur table... Vers onze heures trente, Michel entra à son tour, avec Lemire. Après avoir donné un bec rituel à Maryse, il se dirigea vers sa gang.

Marité décida de rentrer: la gardienne voulait se coucher tôt. Elle dit à Maryse:

— T'es fine de m'avoir forcée à sortir.

— Bof! J'ai seulement trouvé le tour de te déprimer.

Marité partit d'un grand éclat de rire qui attira l'attention de Michel, occupé à surveiller de loin les agissements de sa blonde. La folle à Grand'maison s'en allait, tant mieux! François offrit à Marité de la déposer chez elle en taxi; son auto était au garage, il n'avait pas encore été payé, mais il se sentait déjà riche. Ils partirent tous les deux et Maryse resta à sa table, seule, mais à l'abri des analyses de la gang.

Elle sortit son stylo et un calepin de son sac. Dans un faux mouvement, elle accrocha son verre encore plein et le vin se renversa sur la nappe blanche. Elle eut le réflexe d'y verser du sel comme chez elle quand la visite se répandait sur le tapis vieux rose donné par Hermine. C'était souvent plein de monde chez elle, du monde qui buvait du vin rouge en parlant d'auteurs qu'elle n'avait pas lus, comme Louis Althusser. Maryse ne comprenait pas le dégoût qu'elle éprouvait pour ces conversations, ce qui, au juste, la révulsait, ni pourquoi la panique s'installait en elle jusqu'au départ de la gang. Elle ne savait pas si elle leur en voulait pour Althusser ou pour le vin renversé.

Elle regarda le tissu de la nappe s'imbiber lentement, le cercle rouge s'agrandir. C'était un dégât lamentable et elle se sentait piteuse. Un bus-boy vint nettoyer.

— *Se ha caído el vaso, que lastima!* dit Manolo.

Il souriait et Maryse se sentit réconfortée. La tache était rouge comme, au couvent, celle de son sang dans ses draps, la première fois et toutes les autres fois... Manolo parlait au bus-boy portugais en espagnol — ils parlaient tous espagnol. Les deux hommes étaient rapides et leurs mouvements, précis et sûrs. Ils déplièrent une nouvelle nappe blanche et la firent voler dans les airs, comme l'aile empesée d'une cornette de sœur... Maryse revit la face cireuse de Sainte-Monique soulevant son piqué taché de sang. Sa cellule était tout près de celle de la sœur, dans la première rangée, celle des indisciplinées-à-surveiller. Ce samedi matin-là, Sainte-Monique avait décidé que c'était le jour de la leçon sur «Comment faire son lit pour

qu'il soit bien bordé et tendu», comme si les couvertures
étaient du beau plâtre bien coulé. Sainte-Monique avait rouvert
le lit le plus proche, celui de Mary O'Sullivan, en disant:
«Mesdemoiselles, venez voir comment on tire les draps.» Elle
prononçait «drrraps». Dans un repli du piqué, se cachait une
toute petite tache de sang que Mary n'avait pas eu le temps de
laver. Elle ne comprenait pas comment les autres s'y prenaient
avec tout ce sang qui leur venait à chaque mois. Les autres
filles n'étaient pas cochonnes, elles étaient propres, des vraies
femmes, de vraies futures mères, mais pas elle, pas mademoiselle O'Sullivan, la traîneuse dont les piles de sous-vêtements
n'étaient jamais assez droites, jamais vraiment blanches, pas
assez hautes et fluffy... Sainte-Monique arrachait les draps avec
un entrain féroce. Bientôt, si elle continuait d'éventrer le lit en
faisant tout voler, les autres filles, déjà inquiètes, attentives et
ordonnées en cercle parfait autour du lit, sauraient. Elles
sauraient comment mademoiselle O'Sullivan était malpropre
et peu hygiénique. Honte suprême, elles verraient son lit
souillé! La main de la sœur Sainte-Monique tira sur le piqué
blanc qui tournoya dans les airs et retomba sur le matelas,
froissé et fatal, montrant en son milieu une étoile écarlate...
Sainte-Monique poussa un petit cri de saisissement et les
pensionnaires devinrent nerveuses, ne sachant plus quelle
contenance prendre. Mary voulait disparaître, mieux, n'avoir
jamais existé, n'avoir jamais été admise par charité dans ce
couvent compliqué de filles riches et toujours propres. Mais
rien de magique ne se passait, elle restait là, irrémédiablement
honteuse pendant que les autres la regardaient rougir à cause
de la tache dont elle n'était pas parvenue à se débarrasser et
qui s'imprégnerait dans leur souvenir. «Cela est dégoûtant,
disait Sainte-Monique qui s'était ressaisie, malpropre, SALE!»
Mary pensa au mot tare. En l'acceptant dans son couvent, la
supérieure avait demandé au curé s'il y avait des tares cachées
dans sa famille. Mary ne savait pas alors ce que le mot voulait
dire, mais la figure de la supérieure exprimait un profond
dégoût. Par la suite, chaque fois que quelque chose de
monstrueux et d'insupportable lui arrivait, Mary entendait le

mot tare. La tache de sang qu'elle croyait avoir dissimulée à la vigilance de Sainte-Monique au plus profond du lit où elle dormait, recroquevillée sur ses mauvaises pensées, avait refait surface comme une tare cachée, une plaie honteuse, un chancre tout petit qui, à lui seul, suffirait à gruger à tout jamais sa réputation de future femme propre, de femme. Sainte-Monique leur avait expliqué longuement qu'il fallait chasser le sang, ne jamais en parler — ça portait malheur! — et que les demoiselles qui n'étaient pas propres-sur-leur-personne ne trouveraient pas à se marier. Mary resterait donc vieille fille... Après la leçon du dortoir, la sœur ne l'avait pas regardée pendant toute une semaine, comme si elle avait eu peur d'être contaminée. Plus tard, dans les toilettes, Mary avait entendu deux grandes dire que Sainte-Monique était une maudite vache et cela lui avait fait du bien. Les grandes avaient raison! Mais il était vrai aussi qu'elle-même était une souillon sans ordre et qu'aucun gars ne voudrait d'une fille toujours beurrée de sang et dont les bas nylon étaient troués dès le lundi...

De ses mains fines, Manolo lissait les plis de la nappe. Il n'avait pas étalé la tache rouge comme l'avait fait Sainte-Monique. Il avait trouvé à se marier, lui! Mais il ne comptait pas, il était un homme. Quoique c'était peut-être chez lui ce qui plaisait le plus à Maryse, ce côté «féminin», doux, propre: il passait ses journées dans les nappes et les assiettes blanches.

Elle commanda un autre carafon auquel elle ne toucha pas. Sur la table redevenue immaculée, elle réinstalla son paquet de cigarettes et son briquet. Elle ouvrit son petit calepin et relut ce qu'elle y avait noté: «Les femmes et les prolétaires ne peuvent ni ne doivent devenir des auteurs, pas plus qu'ils ne le veulent.» C'était une citation que Simone de Beauvoir avait prise à Auguste Comte, et qui apparaissait à la page cent trente-six du *Deuxième Sexe*. Depuis la veille, Auguste Comte était, aux yeux de Maryse, le mal absolu. Oui, elle avait de plus en plus le goût d'écrire, et quoi qu'en aient dit tous les prétentieux imbéciles qui s'étaient jusqu'à maintenant arrogé la parole, elle finirait bien par y arriver! Mais ce n'était pas facile... À la maison elle ne parvenait pas à se concentrer car le

téléphone sonnait tout le temps. La chatte bâillait, s'étirait, se
levait et se recouchait sur la même pile de feuilles, en exposant
un autre côté d'elle-même au soleil de la lampe Luxo. Elle
attendait sa troisième portée de minous et ça n'avait plus
d'allure, disait Michel, il faudrait bientôt la faire opérer. Depuis
quelque temps, il était devenu allergique aux chats. En attendant de prendre une décision, Maryse caressait Mélibée et elle
écoutait sa belle-mère rabâcher les mêmes salades, puis Hermine finissait par s'arrêter, au bout de son rouleau. Maryse
pouvait enfin raccrocher après avoir dit que non, Michel
n'était malheureusement pas là et qu'elle ne savait pas quand il
reviendrait. Puis, ça resonnait. Elle redécrochait et disait: «Allô,
allô, allô...» et personne ne répondait. Elle entendait seulement une respiration. Elle était sûre que c'était le gars de sa
classe, toujours amoureux d'elle. Michel aussi en était sûr. Il
devenait crispé.

— Ça t'ennuie beaucoup qu'il téléphone? demandait
Maryse.

Il répondait non; elle se faisait des idées, il n'était pas
tendu à cause de cela, il n'était pas tendu.

— Excuse-moi.

Elle ne savait pas de quoi ni pourquoi elle s'excusait, mais
elle le faisait quand même. Au lieu de radoucir Michel, ça
l'énervait davantage.

Après avoir raccroché, elle tentait de reprendre le fil de
son texte mais elle trouvait ses idées informes et ridicules.
Comment d'ailleurs, à son âge, pouvait-elle prétendre avoir
quelque chose à dire qui intéresse vraiment les gens? Elle ne
connaissait rien, sortant à peine d'une adolescence passée
dans un couvent de religieuses et dans une maison que le père
avait désertée. Des maisons sans hommes! Son frère Jean-Guy
ne comptait pas, il était trop petit. Elle ne connaissait pas les
hommes, ni le genre d'idées qu'ils pouvaient bien brasser dans
leurs grosses têtes lourdes. Tous semblaient être régis par une
logique étrange dont elle n'était jamais parvenue à saisir les
règles. Quand elle lisait des romans, le comportement des
personnages masculins lui apparaissait pourtant évident et

limpide. Mais pas celui des modèles dont elle disposait. Son père avait toujours été un être à part, mystérieux, et c'est d'une façon tout à fait bizarre qu'il était parti, un soir, prendre une bière à la taverne *Nowhere* d'où il n'était jamais ressorti. Mary avait alors douze ans. Devenue femme, elle n'avait fréquenté que les artistes un peu mystificateurs des Beaux-Arts et quelques étudiants littérologues aux figures falotes. Chaque homme de sa connaissance, de Tit-cul Galipo à Jean Duclos, lui semblait spécial, étrange et peu représentatif de son sexe. Chacun était comme une variante trop particulière de *l'âme masculine*. On ne parlait jamais de l'âme masculine. On aurait dû! C'était ça le mystère pour Maryse. Elle imaginait facilement de raconter la vie de Marie-Thérèse ou celle de Marie-Lyre, elle aurait pu parler d'elles pendant des heures, mais que dire des hommes? De la masse de ses connaissances, seuls ressortaient Michel et François Ladouceur. L'ineffable François Ladouceur — tellement gentil qu'il n'en était pas croyable — n'était un sujet de roman: il était une exception, il était François Ladouceur, sa meilleure amie, il ne comptait pas. Quant à Michel, si problématique, il ne devait pas non plus être représentatif: les hommes ne pouvaient pas tous être aussi étranges et fuyants. C'était pourtant lui qu'elle connaissait le mieux et à qui ses pensées revenaient toujours. Leur relation était lamentable, elle le savait, et lui prenait toute son énergie, occupait tout son temps. Qu'aurait-elle eu à décrire, sinon l'angoisse qui la rongeait et les images atroces dont ses cauchemars étaient peuplés, telle cette séquence de bal ensorcelé auquel plus de femmes que d'hommes avaient été invitées: elle y était, sans cavalier. Un maître de cérémonie hargneux décidait que les jeunes filles seules danseraient entre elles pour que les hommes les voient bien et puissent choisir à leur aise. Elle dansait une valse interminable avec une fille gauche, à visage d'homme, aux mains moites. L'orchestre reprenait sans fin la même mesure avec la précision d'un disque enrayé et elle était sûre de mourir avant la fin de la valse... Sa relation avec Michel avait quelque chose de circulaire comme cette danse forcée et captive, comme le parcours sans issue de l'aiguille enrayée sur le disque. Et Maryse détestait cette image. Elle passait beaucoup de temps à la repousser, celle-là ou d'autres semblables. Ou encore, elle restait de longues heures assise à son bureau à noter des réflexions molles, obsessives et vaines sur Michel. C'était sans intérêt aucun et elle déchirait aussitôt les quelques pages qu'elle venait de griffonner. Elle n'avait surtout pas envie d'étaler les larmoyantes histoires de cœur. Elle se disait qu'on n'ennuie pas les gens avec ça...

À la table du fond, Lemire battait des palettes en parlant de coupure épistémologique. Ça avait l'air de lui faire très mal. Elle se risqua à regarder Michel: la bouche légèrement entre-ouverte et l'œil attentif, il écoutait Lady Fauchée. Maryse se demanda si, finalement, elle n'allait pas écrire des poèmes de jalousie et de haine plutôt que les chants d'abnégation de leur maudite libération sexuelle. Elle serait scandaleuse, vraiment, outrageusement possessive, révoltante et obscène. Mais elle ne se souvenait même plus de ce qu'elle voulait noter, en ouvrant son calepin. Elle le referma. Elle mit ses lunettes dans leur étui et toutes ses affaires dans son sac et, la mort dans l'âme, elle se dirigea vers la table de Michel. Tout le monde se tassa pour qu'elle s'assoie à côté de lui, qui la prit par le cou et continua de parler. Son arrivée n'avait pas interrompu la conversation.

Le lendemain elle commençait, sans aucun enthousiasme, sa troisième année de littérologie.

Novembre 1971

Maryse gardait Gabriel depuis la veille car Marie-Thérèse était malade en ce sens qu'elle était allée se faire avorter encore une fois. L'enfant était agité et il n'avait pas voulu se coucher. Maryse lui avait installé un petit lit sur le divan, auquel elle avait fait un rempart de coussins. Seule avec lui à l'appartement, elle lui avait chanté *La Poulette grise, Trois Anges sont venus ce soir* et *London Bridge* deux fois. Il répétait «enco, enco, enco» sitôt que la voix de Maryse faiblissait. Immobile sur le bras du fauteuil, Mélibée Marcotte avait écouté tout le récital, à l'affût des moindres gestes de l'intrus (beaucoup moins gros que les autres humains mais grouillant) puis, voyant que l'enfant ne bougeait plus ni ne bruissait, qu'il était devenu inoffensif comme un petit animal assoupi, la chatte était retournée au jeu qu'elle avait commencé avec son chat Popsicle, le seul de la dernière portée qui n'avait pas encore été mystérieusement englouti par le sac de vinyl noir.

Une fois Gabriel endormi, Maryse revint à son petit désarroi personnel: au moment où Marité se débattait avec des fœtus indésirés, elle-même venait d'apprendre qu'elle n'était pas enceinte. Pas encore. Le test était négatif. Pourtant, cette fois-là, elle avait bien pensé l'être. Elle trouvait cette situation injuste et sans issue. Le problème de la fécondité la confirmait d'ailleurs dans sa conviction que Dieu avait négligé la section féminine de son œuvre et que les femmes auraient été mieux, finalement, avec la Sainte Vierge. À la condition que celle-ci ne soit ni vierge ni sainte, ce dont Maryse avait d'ailleurs toujours douté... Elle sourit tristement: elle avait beau essayer de minimiser sa déception, elle n'en était pas moins désemparée. Comme Gabriel n'avait pas voulu rester seul, elle s'était installée tout près de lui, au salon, devant le petit secrétaire en bois de rose qui venait de chez Hermine. Elle fit jouer un disque de Leonard Cohen très bas et elle essaya de reprendre sa lecture d'une pièce de Bertolt Brecht, *Les Visions de Simone Machard*. Ça n'allait pas: elle ne pensait pas à Simone Machard mais à l'avortement de Marie-Thérèse et aussi à Lady Fauchée, dont la prose ahurissante se superposait à celle, pourtant cent fois meilleure, de Brecht... Michel venait de passer quatre jours entiers à la maison, alité à cause de la grippe, et la veille, se sentant un peu mieux, il avait sorti de sa serviette une copie d'un texte de Francine Fauchée en disant:

— Lis ça, c'est génial, tu vas voir!

Docilement, Maryse avait lu. Certains passages lui avaient semblé abscons et le tout, d'un intérêt très moyen mais Michel était tellement enthousiaste qu'elle n'avait pas osé le contrarier. Au moment où il l'avait interrompue, elle était en train d'essayer d'écrire et quand elle eut enfin la possibilité de revenir à son texte, elle en avait perdu le fil. C'est alors qu'elle avait découvert jusqu'à quel point elle détestait Lady Fauchée...

Certes, Francine Fauchée ne renversait pas de vin sur le tapis (il était totalement exclu qu'elle se soûle) mais elle avait la détestable habitude de ne pas écouter ce que les autres disaient. Au début, fascinée par son intelligence et ne pouvant pas s'expliquer une telle attitude, Maryse avait réservé son jugement. Mais elle n'avait pas pu ignorer longtemps le mépris subtil que Lady Fauchée lui témoignait et cela avait fini par transformer son admiration en dépit, et son dépit en haine.

— Qu'est-ce qu'elle a contre moi? avait-elle demandé à Marité.

Celle-ci avait répondu que la morgue de Lady Fauchée s'étendait sans doute à beaucoup de personnes et que, par conséquent, Maryse devait cesser d'en chercher en elle-même l'unique explication.

— Ça se peut pas qu'elle haïsse autant le monde, avait dit Maryse; elle est pour le nivellement des différences sociales.

Marie-Thérèse s'était contentée de sourire.

En fait, Marie Lucille Francine Fauchée était convaincue

de sa supériorité intellectuelle et attristée par le marasme d'insignifiance dans lequel macéraient la plupart de ses contemporains, sans compter leurs épouses. Personnellement, elle n'avait pas d'amies de fille, mais c'était un pur adon. D'ailleurs, elle était toujours très correcte quand il lui arrivait de se retrouver en tête-à-tête avec une femme: elle parlait alors de choses comme le macramé, les plantes vertes, le symbolisme des dessins d'enfants, la condition féminine, les régimes amaigrissants ou encore la recette de gâteau aux carottes sans carottes mais avec fèves soya. Il fallait, évidemment, que la conversation demeure abstraite et purement technique, mais c'est le cas de beaucoup de conversations et Francine Fauchée y excellait: elle était une femme hautement théorique et compétente, elle ne confondait pas les cochenilles avec l'érythème fessier. Une fois les sujets «de femme» épuisés, elle retournait à ses préoccupations politiques avec la satisfaction d'avoir trouvé, encore une fois, le ton juste. Elle ne soupçonnait pas jusqu'à quel point elle pouvait être chiante, réfléchissant peu, par discipline, à ses rapports avec les autres. Il ne fait aucun doute que si elle avait pris le temps de se pencher sur cette question, madame Fauchée y eût apporté un éclairage complètement neuf. Mais actuellement, cela n'entrait pas dans ses priorités: Lady Fauchée étudiait alors la société, pas les individus. Or, Michel avait une admiration sans bornes pour elle. Il était imbibé de ses idées à tel point qu'on ne savait jamais, en l'écoutant, si c'était lui ou elle qui parlait et jugeait. Maryse sentait, sans pouvoir le prouver, que son chum croyait vraiment Francine Fauchée plus intelligente, plus forte, plus articulée qu'elle. Il la trouvait jolie mais pas à la hauteur sur le plan intellectuel.

Elle entendit Gabriel bouger et s'approcha du divan, inquiète. Le bébé qu'elle aurait un jour lui ressemblerait peut-être; il aurait les traits aussi délicats. Soudain, elle eut envie de pleurer, tellement l'enfant lui sembla démuni: si, par malheur, il venait à mourir, il deviendrait un petit squelette friable dans un minuscule cercueil blanc. Mélibée s'était arrêtée au milieu du salon, l'air étrange, et Maryse sentit la mort passer près du lit improvisé. Elle se rappela la berceuse espagnole que François lui avait fait entendre l'autre jour. La chanson disait: *«Que no venga la mora, la mora, con dientes verdes. Toda la noche, mi niño, ligero, duerme.»* «Que s'éloigne la maure aux dents vertes. Toute la nuit, mon enfant, dort légèrement.» François avait découvert que le malheur prenait, pour rôder autour des berceaux espagnols, les traits des gypsies sanguinaires de son enfance. La chanson cristallisait toutes les frayeurs de l'inconnu en une image qui puisait sans doute sa source dans un vieux fond raciste: qu'on soit Québécois ou Espagnol, le danger vient toujours d'ailleurs, de l'autre, de l'étranger. Et l'imagination s'en nourrit. La mort avait, pour les femmes espagnoles fatiguées de veiller, les traits funestes d'une gitane aux dents vertes! Vertes comme le quatrième cavalier de l'Apocalypse qui, lui aussi, rôde sous les fenêtres pour s'emparer des corps des vivants. C'était peut-être leur sourire que Mélibée regardait si fixement. Maryse repoussa l'image du cavalier de l'Apocalypse; Gabriel était trop fragile pour lui. On voyait, à sa tempe, une veine bleue, et ça bougeait sous ses paupières: il devait rêver de gros rêves prenants et fébriles. Maryse prit sa petite main tiède dans la sienne. Son envie de pleurer ne l'avait pas quittée, mais il ne fallait pas, Michel pouvait arriver d'un moment à l'autre, il rentrerait certainement tôt, à cause de sa grippe. Elle reposa la main de l'enfant sur la couverture et, pour ne pas entendre le souffle de la *mora* tapie dans l'ombre, elle fit jouer l'autre côté du disque et reprit son livre où Simone Machard entendait en rêve la voix sensuelle et impérieuse d'un archange.

Cinq minutes avant le début des nouvelles de Radio-Canada, Michel rentra, l'air encore malade. Il vint embrasser Maryse, lui demanda si ça allait bien, ouvrit la télévision et se prit une bière. Maryse allait lui dire que son analyse avait été négative quand le sourire sobre de l'annonceur apparut sur l'écran. Tous les soirs qu'il passait à la maison, quelle que soit son occupation du moment, à dix heures pile, Michel allumait le poste. Aussitôt, les catastrophes du jour déferlaient devant eux, mettant une trêve à leurs activités et querelles domestiques; comme si, tout d'un coup, ce qui s'était passé ailleurs devenait mille fois plus important que ce qui avait cours ici maintenant. En un sens, c'était vrai: le monde était plein de troubles, d'attentats, de raz-de-marée, et les rues de certaines villes, jonchées de cadavres dont ils pouvaient voir des images sur leur écran, dans leur salon. En général, les films étaient mauvais, peu convaincants (les agonisants y mouraient sans même que vous vous en rendiez compte) mais il arrivait que certaines prises de vues soient aussi spectaculaires que celles d'un film de fiction. C'était alors saisissant. Et encore, ils n'avaient pas la télé couleur! Tout cela se passait dans un ailleurs lointain et douloureux à côté duquel les problèmes de Maryse étaient sans aucune importance. De quoi aurait-elle trouvé à se plaindre, elle qui vivait en privilégiée dans un des pays les plus riches, où il n'y avait jamais ni guerre, ni cataclysmes, ni réel terrorisme? On était bien ici, après tout... Maryse imaginait parfois que les nouvelles étaient choisies spécialement pour que les téléspectateurs se trouvent chanceux, par comparaison, et qu'ils jugent leurs préoccupations étriquées et relatives. Assise aux côtés de Michel, elle se disait: «Je me politise, au moins!» Le processus était long et pénible mais, de toute évidence, essentiel à sa formation d'intellectuelle. Ce soir-là comme les autres soirs, elle subit toutes les nouvelles, y compris celles, complètement hermétiques et parfaitement inutiles à ses yeux, du sport.

Michel avait tout écouté, silencieux et comme hypnotisé par la voix de l'annonceur. Puis, il y eut trois commerciaux et il alla se chercher une autre bière. Au début de l'émission de Lise Payette, Maryse lui dit:

— Tu me demandes pas comment ça va?

— Bien oui, je te le demande, je te l'ai demandé. As-tu passé une bonne journée?

Elle répondit «oui» d'une toute petite voix.

— Qu'est-ce qui va pas, dit-il, en lorgnant l'exemplaire de *Schizophrénie et Société* qui traînait sur la table à café.

— Tu veux pas connaître le résultat du test?

Il eut l'air à la fois gêné et perplexe: il avait oublié ça.

— C'est pas grave, dit Maryse, c'était négatif de toute façon.

Il fit «ah!» Maryse le regardait en silence, attendant qu'il parle. Il la prit dans ses bras:

— Dans le fond, Marie, c'est mieux comme ça, ce sera pour une autre fois.

Elle se mit à pleurer à chaudes larmes:

— J'aurais aimé ça, moi, qu'on ait un bébé!

— On en aura un, dit Michel en la caressant. On en aura un «planifié», après nos études, quand on aura trouvé des bonnes jobs. On est trop jeunes maintenant.

Il était gentil, câlin, il parvint même à la faire sourire. Mais la question du bébé ne semblait pas avoir beaucoup de gravité pour lui. Il ne lut pas ce soir-là; ils se couchèrent ensemble et firent l'amour. Puis Michel s'endormit. Maryse resta éveillée jusqu'à l'aube, blottie contre lui, à écouter Gabriel bouger de temps à autre.

□

Le lendemain, ils le reconduisirent chez sa mère qui se remettait de sa maladie. Jean était passé la voir à la maison et lui avait apporté des fleurs. Elle lui avait dit:

— C'est l'fun, t'es plus fin maintenant que pendant notre mariage!

Il avait eu un sourire navré. Elle avait ajouté:

— Je te préviens, je vais demander le divorce.

Jean n'avait plus souri du tout.

— Ça s'est bien passé? demanda Michel pour la forme car ces histoires-là l'embêtaient.

— Vous savez, dit Marité, l'air un peu perdue, dans une certaine ville d'un État américain, longtemps, la loi a obligé les femmes à enterrer elles-mêmes les fœtus dont elles avortaient.

Elle sourit. Michel chercha le regard de Maryse pour s'y accrocher, mais Maryse regardait Marité qui souriait comme on pleure. Elle ajouta:

— C'est moins pire qu'un accouchement.

Elle n'avait pas le goût de parler, surtout pas devant Michel Paradis, surtout pas à lui. Elle prit Gabriel dans ses bras et le serra très fort; il était chaud et sentait bon la poudre de bébé: tout redevenait normal. Elle le posa sur le tapis et l'enfant se dirigea vers le sac de vinyl que Maryse avait apporté avec ses bagages et la boîte de couches.

— Inou, dit-il.

Maryse dézippa le sac et Gabriel, frétillant de contentement, en sortit *son* chat Popsicle. Marité sourit à son enfant. Elle était pognée avec un minou, maintenant, c'était un coup de Maryse, mais il était trop tard pour protester. En plus, l'animal était curieusement bariolé. On se demandait avec quel maudit matou miteux Mélibée était allée couailler. Popsicle gigotait dans les bras de Gabriel qui le tenait de plus en plus serré.

— Mets-le par terre, ton minou, on va le garder.

Libérée du poids d'une autre maternité, Marie-Thérèse aimait à nouveau son fils, celui qu'elle avait souhaité, voulu, et qui était redevenu l'être qu'elle aimait le plus au monde.

Maryse et Michel partirent avec leur sac vide.

— Vraiment, ton amie Marie-Thérèse! dit celui-ci une fois dans l'auto. Quand elle a plus d'histoires folles à nous raconter sur ses clientes, on dirait qu'elle fait exprès pour qu'il lui arrive quelque chose. Avec elle, tout est toujours dramatique; c'est du théâtre qu'elle aurait dû faire, pas du droit! Je la comprends pas, une fille qui passe ses journées à régler les problèmes des autres, se mettre dans un pareil pétrin, elle devrait pourtant savoir que ça existe, la pilule!

Maryse ne répondit rien car elle était complètement aphone depuis le matin.

□

Elle resta sans voix pendant quatre jours. Quatre jours blancs de panique totale au cours desquels elle ne put s'empêcher d'imaginer qu'elle ne reparlerait plus jamais. Le quatrième jour, il n'y avait rien à manger à la maison et elle

devait aller travailler dans la soirée. Elle se dit: «Au moins, je
vais m'offrir un repas.» Rendue devant la porte de *la Luna de
papel,* elle hésita: qu'est-ce qu'elle ferait là, seule et sans voix?
Elle passa tout droit et entra chez *Fanchon,* le restaurant voisin.
On y servait une cuisine authentiquement française-cana-
dienne-italienne et le personnel y était exclusivement féminin.
Elle se choisit une table à l'écart, le plus loin possible du bar qui,
à cette heure-là, était plein d'hommes.

— Qu'est-ce que tu veux, ma belle, demanda la serveuse.

C'était une femme dans la quarantaine, forte et corsetée,
elle portait plusieurs bijoux en or, ses cheveux étaient teints en
blond, son visage placide, et ses jambes étaient légèrement
enflées. Maryse sortit son stylo et écrivit sur le revers de son
napperon: «Un gin tonic, s.v.p., je suis aphone.» La serveuse
montra du doigt le mot «aphone» et dit:

— Qu'est-ce que c'est, ce mot-là?

Maryse écrivit en lettres moulées: «APHONE, je n'ai plus
de voix!»

— Mon doux, dit la femme, la grippe est bien méchante
cette année! Ça sera pas long, j'vas t'apporter ça tout de suite.

Maryse ouvrit un petit cahier mais elle avait perdu l'idée
qui lui semblait si géniale quelques minutes plus tôt: le
tutoiement de la serveuse l'avait troublée et elle se sentait
jeune et inexpérimentée à côté de cette forte femme qui lui
parlait comme à une enfant malade. Seul ces vers d'Anne
Hébert lui revinrent en mémoire: «J'ai des souliers bleus / Et
des yeux d'enfant / Qui ne sont pas à moi.» La serveuse posa
le gin sur la table. Maryse lui sourit et articula «merci» mais
aucun son ne sortit de sa bouche, puis elle regarda la grosse
femme s'éloigner. Celle-ci était seule sur le plancher, elle avait
le bar à tenir et toutes les tables à servir: ça faisait du
marchement. Il y avait vingt-sept clients dans le restaurant, tous
des hommes, Maryse les avait comptés en se rendant à sa
table, elle les comptait toujours. Ils étaient bruyants et semblaient un peu bébés. Un d'eux cria:

— Mado, la même chose.

La serveuse se nommait Madeleine. Maryse fut contente

de connaître ce détail, se disant que la prochaine fois, elle pourrait peut-être l'appeler par son nom. Quelques hommes la regardaient avec insistance, se demandant sans doute ce qu'elle faisait là, seule. Elle se mit à écrire pour se donner une contenance, puis elle oublia complètement leur présence et, dépités, ils revinrent à leur discussion sur les mérites respectifs des bazous qu'ils n'avaient pas.

Maryse nota: «Vingt et un novembre: je rêve que je suis dans la maison de ma mère. Lemire est là, avec d'autres personnes, mais pas ma mère. Lemire dit que le mobilier est laid et je l'approuve. Il a un accent québécois. Tout est en désordre. Je vais dans la salle de bain parce que je suis menstruée. Je veux me laver mais il n'y a plus de baignoire. Je cherche partout dans l'appartement. François est là aussi, avec une grande fille blonde. Finalement, je découvre la baignoire à la place du lit de ma mère. J'enlève le vieux gilet turquoise et la jupe plissée bleu marine que je porte.»

Maryse leva les yeux: presque tous les hommes fixaient la télévision du bar qui retransmettait une partie américaine de quelque chose et deux autres serveuses étaient apparues sur le plancher. Elles étaient dans le style de Madeleine, qui vint demander si tout était oké. Maryse fit signe que oui et qu'elle voulait un autre gin. Mado apporta le second gin. Un son rauque sortit de la gorge de Maryse. La serveuse rit. C'était un rire chaud, pas moqueur, maternel, tendre. Elle dit:

— Ça y est. Le gin, c'est bon pour la grippe.

Maryse se sentit mollir soudain: elle était contente que cette femme, une inconnue, lui ait parlé, qu'elle ait ri, mais elle croyait devoir sa soudaine euphorie au seul fait que la voix lui était revenue. Elle but lentement son deuxième verre en suivant les allées et venues de Madeleine, agile malgré son poids, entre les tables et les hommes.

Par la suite, Maryse revint chez *Fanchon*, mais jamais avec Michel. Elle voulait garder cela pour elle seule.

Février 1972

Une semaine était passée depuis que Maureen avait télé-phoné pour annoncer d'un air important que leur mère était malade. Maryse n'était pas allée la voir et elle n'irait pas; elle n'avait rien à lui dire. Sa sœur n'avait pas rappelé. Irène n'était donc pas morte, pas cette fois-ci, et, contrairement aux insinuations de Maureen, elle vivrait sans doute longtemps encore, lamentable et larmoyante... Irène O'Sullivan, née Tremblay, avait toujours été pitoyable. Elle répétait sans arrêt: «Si chus malade, c'est de vot' faute.» Elle mangeait des petites pilules rondes et jaunes et le dessus de sa commode était rempli de pots de Noxzema, de Vicks et de bouteilles de sirops de toutes les couleurs. À l'en croire, ses enfants lui arrachaient le cœur, le souvenir de sa propre mère l'avait fait mourir et le départ de Tom l'avait achevée.

Petite, Mary avait peur quand Irène parlait de sa mort, mais avec les années elle s'était endurcie. Quand elle revenait de faire une commission ou, plus tard, quand elle rentrait en fin de soirée, elle ouvrait la porte en retenant son souffle et, sans faire de bruit, elle s'approchait de la chambre des parents — qui n'était plus que la chambre de sa mère — ou du divan d'où celle-ci regardait la télévision. Mary se figurait déjà ce qu'elle ferait si elle la trouvait là, morte dans son fauteuil ou dans son lit. Elle appellerait l'hôpital, puis la police, puis les deux clans: d'abord les Tremblay et ensuite les O'Sullivan qui sauraient peut-être où était passé Tommy. Elle avait élaboré tout un scénario qui, avec le temps, s'était affiné et était devenu d'une clarté et d'une efficacité admirables. Elle était prête!

Mais à chaque fois, Irène donnait signe de vie; elle tournait lentement vers sa fille sa figure inexpressive et disait:

— Mautadit, Mary, que tu m'as fait peur! T'es pire qu'une souris, on t'entend pas venir.

Mary, secrètement étonnée de la voir en vie, essayait de prendre un air naturel. Quand elle la trouvait endormie devant la télé et bizarrement immobile, elle écoutait et finissait par l'entendre respirer. Elle se disait alors: «Tiens, c'est pas pour ce soir.» Et elle fermait l'appareil. Irène continuait de dormir, la bouche horriblement ouverte. Elle rêvait peut-être qu'elle mourait mais, dans la réalité, elle était toujours là, massive, habitée par une vie sourde et qu'on eût dit primitive. C'est cette permanence, cette quasi-pérennité de sa mère qui étonnait le plus Mary. Elle trouvait étrange que celle-ci, après tant de jérémiades et de pressentiments, puisse se prolonger au-delà de ses prophéties. Pourquoi ne mourait-elle pas, elle qui en parlait tant? Mais Irène parlait seulement de mourir et elle survivait, absente à son entourage, branchée sur son labeur et ses seules maladies, essayant d'oublier elle ne savait plus quels lamentables regrets. Sa mort, pourtant, n'aurait étonné personne mais c'était toujours pour la prochaine fois, et Maryse avait cessé d'y croire. Elle n'avait donc pas cédé au chantage de Maureen. Et puis, elle-même était tombée malade. Chute délicieuse à laquelle elle croyait avoir droit. Bien sûr, elle n'avait rien de grave, rien de comparable à l'état de sa mère. Elle ne voulait d'ailleurs pas lui être comparée et ne s'attardait jamais longtemps sur son image. Elle l'avait aimée, pourtant, elle devait l'avoir aimée, petite. Elle n'avait pas le choix, alors. Mais plus maintenant. Elle ne la détestait pas, mais elle ne l'aimait pas. Tout simplement. Elle avait déjà voulu être écoutée et cajolée; cela ne s'était pas produit car Irène n'avait pas le temps et ne savait pas quoi répondre quand Mary s'animait pour parler de son cours classique. Les rares fois où elle avait prêté attention à sa fille, elle n'avait pas saisi le sens de ses paroles, et de peur de ne pas comprendre à nouveau, elle avait pris l'habitude de ne pas écouter. C'était sans importance maintenant pour Maryse: depuis son départ de la rue Hôtel-de-Ville, sa mère, et même son père Tom, avaient perdu le peu de poids et d'épaisseur qu'ils détenaient autrefois.

Avaient-ils seulement déjà existé? Qu'est-ce que c'était que ces histoires de famille? La famille! Devait-on les revoir absolument? Et pour quoi faire? Maryse savait bien qu'Irène habitait toujours le même taudis, ou un taudis analogue, dans le même quartier, mais elle ne pensait plus à elle. Jamais. Sa vie était ailleurs. Maureen disait qu'elle allait mourir, après toutes ces années, mais qu'est-ce qu'elle en savait? Irène n'allait pas lui faire le coup de disparaître officiellement et d'avoir, par conséquent, existé tout ce temps, vivotante mais inatteignable, fermée à tous... Pour Tom, c'était encore plus compliqué: sa brosse à la taverne *Nowhere* durait depuis maintenant douze ans et elle était devenue un peu irréelle. Maryse se demandait parfois ce qui lui était arrivé et s'il avait dessoûlé, depuis le temps. Mais pas vraiment, et elle ne faisait pas d'efforts pour le retracer. Ses deux parents étaient frappés d'irréalité, ils étaient irrémédiablement périmés et resteraient à tout jamais englués dans le souvenir d'un passé sordide, à gommer. Ils appartenaient à son enfance, c'était leur tort.

Maryse pensait à tout cela, couchée au beau milieu de la journée au lieu d'être debout comme les autres. Elle ne s'était pas levée depuis trois jours et se sentait devenir de plus en plus inexistante, vulnérable et vide. Elle ne valait pas le coup et ne devait rien exiger ni de la vie ni de Michel, qui sortit de la douche, ruisselant et parfumé. Il se sécha, mit un pantalon de velours côtelé et son plus beau gilet à col roulé. C'était l'uniforme chic des étudiants. «Mon dieu, pensa Maryse, il rencontre une fille ce soir. Encore!» Il dit:

— Voudrais-tu que je te rapporte quelque chose en revenant, des revues?

Elle répondit que ce n'était pas nécessaire; elle n'avait pas le goût de lire mais faim. Il eut l'air agacé; il s'apprêtait à partir et n'avait pas pensé à ça. Puis il sourit et alla s'affairer dans la cuisine d'où il revint rapidement avec un cabaret. Elle lui dit:

— Ça me ferait plaisir si tu rentrais tôt, ce soir.

— Je ne peux pas, j'ai une réunion.

— Ah! Ça m'aurait fait plaisir...

Elle avait encore employé le mot plaisir! À chaque fois

que Maryse prononçait ce mot, Michel ressentait un vague malaise. La façon qu'elle avait de dire «plai-isir» l'énervait car il sentait confusément, dans cette diphtongue, la trace de la différence de leurs origines. Il aimait pourtant penser que sa blonde, née défavorisée, était maintenant de sa classe, et il avait raison: Maryse en reproduisait parfaitement les manières, le langage, le comportement, et elle faisait de son mieux pour en assimiler les valeurs. Si elle eût agi autrement, Michel l'aurait trouvée pittoresque un moment mais, incapable de vivre avec elle et de l'afficher comme sa femme, il l'aurait vite délaissée. Elle le savait et il le savait aussi. Mais il était peu attentif aux minuscules fissures du personnage qu'elle s'était fabriqué et qui montraient parfois furtivement sa culture ou — selon certains — sa non-culture inaugurale. Michel ne comprenait pas la raison de son agacement, peut-être ne voulait-il pas comprendre. Quoi qu'il en soit, à ses oreilles d'ancien élève des Jésuites, l'énorme «plai-isir» de sa blonde sonnait comme la négation même de la chose évoquée.

Quelques années plus tard, écoutant sa voix sur un magnétophone, Maryse devait remarquer sa «faute» et s'empresser de la corriger avec succès, son ancienne prononciation ne lui revenant que dans les moments de grande fatigue ou de tension. Mais à l'époque, elle n'avait pas encore dépisté son défaut et, à chaque fois qu'elle prononçait le mot devant Michel, celui-ci devenait crispé.

Sentant que quelque chose était, encore une fois, en train de s'effriter, elle n'insista pas sur son emploi du temps et le laissa partir. Elle déposa le plateau par terre, à côté du lit, et retomba dans son engourdissement.

La dernière image qu'elle avait eue de lui était celle de son dos s'enfonçant dans le couloir sombre. Le dos de Michel fuyait comme celui de Jean Lévesque, le personnage de *Bonheur d'occasion,* au moment où Florentine le voit disparaître dans le froid. Maryse eut froid. Et si Michel était une sorte de Jean Lévesque? Non, ça ne se pouvait pas! Florentine ne vivrait jamais avec son Jean Lévesque; elle n'avait été créée que pour la frustration. Tandis qu'elle, Maryse O'Sullivan,

habitait avec Michel depuis bientôt deux ans. N'empêche...
C'était bête à dire, mais de tout le fatras littéraire qu'elle était
obligée de connaître pour passer sa licence, Florentine Lacasse,
frêle et maladive, était le seul personnage avec lequel elle se
sentait des affinités.

Le téléphone sonna. Elle le laissa sonner: dix coups
merveilleusement inutiles. Mélibée se promenait autour de
l'appareil d'un air interrogateur. Heureusement qu'elle ne
pouvait pas répondre: c'était l'avantage d'avoir une chatte
plutôt qu'un enfant!

Quand le téléphone fut silencieux, définitivement, Maryse
sourit et elle prit le miroir posé sur son bureau. C'était un
face-à-main venant du set brosse-peigne-et-miroir-années-cin-
quante et que sa belle-mère, dans sa grande mansuétude, lui
avait *donné*. Maryse avait jeté la brosse et le peigne mais
conservé le miroir dont la substance polie n'avait rien retenu
de l'odeur d'Hermine. Elle s'y regarda longtemps et vit, très
exactement, quelle vieille femme elle serait. Elle se dit: «Pourvu
que je ne me mette pas à ressembler à ma mère... Si je reste
avec Michel, je vais devenir laide.» Mais c'était là une idée
absurde. Comment le contact de Michel pourrait-il la rendre
laide, alors que lui-même était tellement beau? Si un change-
ment devait se produire, c'était sûrement en sens inverse, par
contamination: la beauté était, devait être contagieuse. Maryse
continuait de se mirer, ayant l'impression de ne pas s'être *vue*
depuis des années. Elle avait la tignasse mêlée et des cernes
profonds sous les yeux. Elle était trop maigre. Au Couvent de
la Désolation, Sainte-Monique, quand elle parvenait à la
coincer dans un corridor, lui disait invariablement:

— Mademoiselle O'Sullivan, vous êtes pâlotte, j'espère
que vous ne nous préparez pas une anémie, au moins!

Maudite vache! Quand Sainte-Monique l'accusait d'être
pâle, pâlotte, maigre, Maryse savait ce qu'elle devait comprendre: LAIDE! Aussi fuyait-elle le regard implacable de la sœur.
L'idée lui vint, tout d'un coup, que Michel était une version
mâle de Sainte-Monique. Elle se dit: «C'est son regard qui m'a
rendue comme ça, pas seulement la maladie. Il ne me *voit*

plus, il me regarde comme un objet qu'il posséderait depuis trop longtemps.»

Pourtant, d'autres l'avaient remarquée, et elle s'était sentie différente sous leur regard. François, par exemple, savait la regarder. Mais peut-être à la longue serait-il devenu comme Michel? Non, ça n'aurait pas été pareil avec lui. François Ladouceur... Elle chercha de l'œil, parmi les piles de livres et de revues qui jonchaient le tapis, l'exemplaire de *Cent ans de solitude* dans lequel elle avait glissé la lettre de Marie-Lyre où il n'était question que de lui...

Au début de janvier, François avait eu un congé de deux semaines pour aller soutenir sa thèse à Paris. Il avait la chienne, ça serait mortel là-bas en hiver et ça dérangeait ses cours: il était, comme d'habitude en de telles circonstances, démuni. Maryse lui avait donné l'adresse de Marie-Lyre, un paquet à lui remettre et un mot dans lequel elle la priait de s'occuper un peu de lui. Il ressortait de la lettre de Marie-Lyre que celle-ci avait pris les choses à cœur: François était beau, brillant, pas du tout marié, il baisait bien et en plus il était gentil, qualité rarissime. La description tant morale que physique de François durait cinq pages. Puis Marie-Lyre regrettait longuement (pendant trois pages) son retour à Montréal. Maryse ne savait plus où était passé *Cent ans de solitude.* Elle renonça à faire des fouilles. De toute façon, elle conservait de sa lecture de la lettre un souvenir cuisant. Elle se regarda à nouveau dans le face-à-main, comme si ce qu'elle ressentait à l'évocation de l'aventure de Marie-Lyre pouvait y apparaître, imprimé sur sa propre figure. Elle n'était pas jalouse mais résignée. Tout cela était parfaitement normal, régulier et, finalement, plutôt sympathique: Marie-Lyre était tellement plus jolie qu'elle, et libre! Mais en même temps, elle ne pouvait s'empêcher de penser: «Pourquoi pas moi? C'est moi qui aurais dû coucher avec François, depuis longtemps.»

Elle soupira: dans l'état où elle était, même François Ladouceur ne voudrait pas d'elle. Elle n'était plus désirable — si elle l'avait jamais été —, ce dont elle doutait. Michel était parti vers une autre et c'était, en un sens, fatal car déjà, elle en était sûre, son visage commençait à s'éroder. Elle chercha des signes dans le miroir. Si elle devenait laide, Michel cesserait définitivement de la regarder. Il avait peut-être même déjà cessé; ils étaient comme mariés... Elle pensa: «Ma présence perpétuelle noie son désir. Il ne me souhaite plus, je suis toujours là.»

Comme à chaque fois qu'elle était alitée, l'idée de la mort vint rôder autour d'elle. C'était une idée séduisante et facile: mourir serait la solution la plus douce à ses problèmes. Il lui aurait suffi de se laisser aller pour connaître le même sort que sa cousine Gisèle dont on ne parlait plus dans la famille. On l'aurait bien vite enterrée comme on l'avait fait pour la tante Rachel, morte consomption, et pour la grand-mère Émerise, la mère de sa mère, morte à vingt-cinq ans en mettant au monde son septième enfant. Seule Irène semblait vouloir résister à la mort et peut-être (qui sait?) la conjurer en en parlant. Elle parlait sa mort et continuait de vivoter, souffreteuse comme toutes les femmes Tremblay, et même comme les femmes O'Sullivan. Oui, c'était cela, des deux côtés, elles étaient vouées à la souffrance; toutes ces maladies sournoises qui bouillonnaient en elles! Sans compter leurs obscures maladies-de-femmes dont elles s'entretenaient à mots couverts. Elles étaient toutes atteintes de quelque chose et sa race était tarée. Elle se souvint des noms désuets des mortes de sa famille dont Irène évoquait parfois les dernières douleurs en soupirant. Les femmes mouraient jeunes dans les deux clans de sa famille, même les Irlandaises entêtées et rageuses finissaient par être emportées. C'est pourquoi Maryse avait voulu les oublier et ne plus fréquenter que des femmes gaies, aux chairs épanouies. C'est ce qui l'avait d'abord séduite chez Marité; elle éclatait de santé. Et Marie-Lyre avait les dents blanches, bien droites et les cheveux drus. Elle n'était jamais malade. Mais contrairement à ses attentes, ses belles amies n'avaient pas déteint sur elle et sa race pourrie lui ressortait par les pores de la peau: elle suait la maladie. Comme la cousine Gisèle emportée à vingt-deux ans par un mal de pauvres et comme la tante Kathleen, alcoolique par détresse, elle était malingre et peut-être même porteuse de mort. C'était ça: sous le regard de Michel, elle se sentait un corps boursouflé, laid, déjà en décomposition...

Michel rentra vers cinq heures du matin.

☐

Le lendemain, elle lui dit:

— Tu sais, il y en a qui me trouvent jolie et qui voudraient bien sortir avec moi. Des fois je pense que ma fidélité t'arrange et j'ai le goût d'avoir une aventure, juste pour voir comment tu réagirais.

Il eut alors cette réponse étonnante:

— C'est vrai que j'ai une belle blonde, c'est bien normal que les autres s'essaient! Mais ils savent pas que t'es toujours malade.

Maryse voulut répondre qu'elle n'avait jamais été gravement malade, mais quelque chose l'empêchait de parler: elle avait la bouche sèche et, en même temps, le goût de vomir. Abruptement, Michel venait d'exprimer son malaise des derniers jours, mais ce qu'il disait était faux et injuste: tout compte fait, il était mal en point plus souvent qu'elle.

— Je ne parle pas des malaises inhérents à la condition féminine, dit-il de sa voix suave et bien timbrée. C'est normal. Je veux dire qu'à part ça, t'as pas une grosse santé, minou. (Il l'appelait «minou» depuis quelque temps.)

Il lui avait déjà exposé ses théories sur les-malaises-de-la-condition-féminine, mais il y revint. Pour lui, le monde de la maladie se divisait en deux, selon que vous étiez un homme ou une femme. Le partage était simple: les femmes avaient des malaises de femmes et les autres étaient malades. Parce que vous étiez une femme, donc sujette aux indispositions mystérieuses et inévitables de votre sexe, vous ne pouviez pas avoir les affections ordinaires du monde ordinaire qui était composé des hommes, lesquels, par une sorte de souci d'équité de la nature sans doute, semblaient avoir une option prioritaire sur la grippe intestinale, les rages de dents et les douleurs musculaires. Chez la femme, les intestins, les dents et les muscles étaient comme secondaires. Vous ne pouviez pas trop en demander tout de même, vous aviez déjà des seins, un vagin et tous les trucs y afférents, foyers d'infections nombreuses et lentes à guérir. Or, Maryse avait déjà son lot de malaises dits féminins dont quelques-uns, comme les vaginites, lui venaient peut-être, incidemment, de Michel. Mais comment savoir? Quand on est libre, on est libre de ne pas en parler. Peu importe, elle saisissait l'essentiel du propos de son chum: en-tant-que-femme, elle devait se spécialiser dans ces maladies énigmatiquement féminines et laisser les autres aux gars. Autrement, elle cumulait, ça en faisait trop. Dorénavant, elle serait malade à la sauvette et en silence et n'étalerait plus que ses fatales indispositions de femelle.

Michel parlait toujours. Il était revenu aux gars qui s'essayaient à la draguer et il venait de dire:

— Ils ne vivent pas avec toi, tu sens la pharmacie.

Maryse se dit: «Ça ne se peut pas, j'ai dû mal comprendre» et elle lui demanda de répéter. Elle était debout. Il la prit par la taille et la fit asseoir sur ses genoux.

— Tu sens la pharmacie, minou.

Il avait dit ça d'un ton badin, en lui caressant la joue. Il était justement en train de croquer une pastille contre la toux. Maryse n'eut pas la présence d'esprit de le lui faire remarquer, tant elle était désarçonnée: tout ce temps-là, elle avait senti la pharmacie et personne n'avait osé le lui dire! Ça devait provenir de ses serviettes sanitaires désodorisantes ou de la cochonnerie qu'elle se mettait sur la figure. Quelle horreur! Si les étudiants de sa classe la regardaient, ça devait être par simple politesse, par réflexe de mâles se croyant obligés de réagir au passage d'une femelle. Car elle n'était qu'une femelle parmi les autres. Toutes les femmes se faisaient draguer mais ce n'était qu'un rituel qui ne s'adressait pas tant à elles qu'à l'espèce; elles ne devaient pas en tirer vanité! Ce qu'elle-même avait pris pour de l'intérêt ou la reconnaissance de ses qualités propres n'était que la manifestation d'un solide instinct, le fameux instinct mâle, qui ne la concernait pas personnellement et n'avait rien à voir avec ce qu'elle était dans l'intimité: une fille qui sent la maladie. Elle avait l'odeur d'Irène et de Kathleen, l'odeur qui sert à masquer celle de l'infection. En un sens, sentir les médicaments, c'était pire que d'être sale car, sale, on pouvait toujours se laver — elle passait son temps à prendre des bains — mais sentir la pharmacie, ça signifiait être dans un état pathologique permanent. Quel homme voudrait faire des enfants avec une femme toujours malade? Aucun. Cette évidence n'était écrite nulle part, on ne lui en avait jamais parlé au couvent, mais il y avait, comme ça, des règles tacites qui n'en étaient pas moins contraignantes. Le fait que les hommes n'aiment pas les femmes malades ou qui ont l'air de l'être ou qui peuvent le devenir, en était une. Elle était en train de dégoûter Michel à tout jamais et, à l'idée qu'elle sentait encore les remèdes, elle quitta brusquement ses genoux. Puis, elle se rappela avoir voulu une explication: il l'avait trompée et laissée seule pendant qu'elle était démunie. Mais elle était maintenant incapable d'en parler tellement elle se sentait honteuse de s'être laissée aller à la maladie. La discussion semblait d'ailleurs être close; Michel était sur son départ. Il dit:

— Ce qui compte, Maryse, c'est que tu te rétablisses. On pourrait aller voir un film demain, si ça te tente?

Il avait l'air soulagé qu'elle soit mieux. Il partit vers son séminaire sur les causes du fétichisme chez Karl Marx en grignotant une autre pastille préventive et elle eut, encore une fois, une longue nuit à passer. Sa maladie était finie, mais pas l'aventure que Michel s'était permise à cette occasion.

Une fois seule, elle s'alluma une cigarette et s'efforça de fumer posément, mais sans y parvenir; elle sentait monter en elle une rage profonde qui était à la mesure de son impuissance. Encore une fois, elle avait été eue! Il fallait pourtant qu'elle fasse quelque chose, non pas tant contre Michel que pour se prouver à elle-même qu'elle existait, qu'elle était quelqu'un, quelqu'une, quelque chose, un corps au moins. Elle prit sa main et la mordit au sang, jusqu'à ce qu'elle n'en puisse plus... Elle regarda la paume: la trace des dents y apparaissait clairement, les canines l'avaient déchirée et son sang perlait, rouge sur sa peau blanche. Elle passa la nuit à écrire et fit de sa brève maladie et de la trahison de Michel un poème plein de sang, de solitude et de nuit où déferlait comme un raz-de-marée le quatrième cavalier de l'Apocalypse. Elle n'en garda que ce fragment:

> *J'ai mordu dans ma chair.*
> *Je m'y suis fait un mal à ma mesure,*
> *que je puisse voir et tenir dans ma main.*
> *J'ai ri.*
> *La douleur était facile, rouge et brillante:*
> *Deux minuscules marques de dents...*
> *J'ai ri encore.*
> *Les dents des femmes sont petites*
> *et leurs entailles, délicates et profondes.*
> *Le sang de toutes les femmes est le même, il est vif.*
> *Il coule souvent.*
> *Je saigne.*
> *Et j'entends courir le cheval de quatre heures*
> *dont la tête furieuse emplit tout le ciel.*
> *Il est pourpre et hagard*
> *et cependant muet comme ma voix.*

Le lendemain était un jeudi terne de février. Maryse dissimula sa main blessée dans ses vêtements et, après s'être soigneusement maquillée, elle retourna à ses cours et à son travail. Michel ne lui posa pas de questions. C'était donc vrai: il ne la voyait plus. Le temps du délire et de la régression était passé, et elle fit tout pour qu'il lui revienne. Il n'était pas allé très loin, mais au 5428 Gatineau, la rue voisine, dans le nid d'amour d'une fille de sa classe. Comme la fille commençait à faire des projets, prudemment, Michel regagna son appartement.

Chronique floue

En avril, Marité quitta l'étude *Dubois, Duclos, Glatz, Grand' maison.* Elle n'avait jamais été à l'aise dans ce bureau où il lui était devenu pénible de revoir Jean en étranger, sans pouvoir échanger avec lui ne fût-ce que quelques mots au sujet de Gabriel. Mais c'était fini: dans deux semaines, elle allait entrer à l'Aide juridique, elle y aurait un bureau tout neuf et de nouveaux collègues. Maryse était venue l'aider à emballer ses affaires personnelles et les deux femmes travaillaient depuis une heure déjà. En un an et demi, Marité avait accumulé beaucoup de paperasses. Gabriel courait au milieu des boîtes à moitié pleines et des tiroirs vides; elles avaient décidé de le laisser faire, quitte à devoir le mettre dans le bain en rentrant à la maison.

— La semaine dernière, dit Marité, j'ai eu une cliente qui te ressemble.

— Elle est rousse?

— Non, elle a des cheveux ordinaires, bruns je crois. Mais elle te ressemblait.

— Bon, j'ai l'air d'une femme battue, astheure, y manquait plus que ça!

— C'est pas ce que j'ai voulu dire, mais la fille avait la même expression que toi, ou les mêmes manières, je ne sais plus. D'ailleurs, c'était pas une femme battue.

La cliente en question avait été arrêtée pour une affaire de vol à l'étalage. Elle s'appelait Élise Laurelle, avait vingt ans et terminait son Cégep. Elle avait dit: «Je pourrai jamais travailler avec un dossier judiciaire...» Marité avait essayé de l'encourager: dans certaines entreprises, on ne vérifiait pas les antécédents des postulantes. Mais ce type d'emploi était rare et elle ne connaissait pas vraiment la question, elle ne faisait pas de droit pénal. Élise Laurelle avait l'air doux et buté. Quand elle parlait, c'était comme à elle-même. Après quelques minutes, elle était sortie brusquement du bureau en bredouillant. Marité s'était souvenue d'elle à cause de sa ressemblance avec Maryse et de la peur très spéciale qui semblait l'habiter; ce n'était pas celle des femmes battues et humiliées depuis longtemps, mais un désarroi lointain, antérieur, eût-on dit, aux vacheries de la vie, un désarroi de naissance ou d'enfance, comme celui des autistes...

Marité décrocha la photo de Gabriel installée bien en vue derrière son fauteuil et la mit sur le dessus d'une boîte pleine. Son enfant courait, blond, poussiéreux et ravi au milieu de la place en criant:

— Ma'ité, Ma'ité, Ma'ité...

Jean le prenait maintenant une fin de semaine sur deux mais elle ne savait jamais si c'était le vendredi soir ou le samedi, quelque part entre midi et six heures. C'était mieux que rien; elle en profitait pour lire et dormir.

Gabriel mit sa petite main sale sur la jupe claire de Maryse qu'il tira vigoureusement. Celle-ci regarda la tache et lui sourit en disant:

— On va se laver les mains.

Elle le prit dans ses bras et sortit. «Une vraie matante», pensa Marité. Puis, elle se demanda si elle était vraiment une bonne mère: le matin même, elle s'était laissée aller à des sautes d'humeur disgracieuses, elle avait hurlé après Gabriel qui lui faisait répéter la même chose pour la quatrième fois. Elle s'emportait souvent contre lui, trop souvent. Les autres mères ne criaient pas. Une psychologue de la Cour, chargée de l'évaluer, l'aurait-elle jugée *adéquate?* Elle en doutait...

Maryse revint, tenant toujours Gabriel dans ses bras. Marité se dit qu'elle n'avait pas le temps de s'apitoyer sur ses performances maternelles ou marâtres et elle ferma le couvercle de la boîte. Dans son nouveau bureau, elle installerait une photo plus récente.

Premier mai 1972

Ils eurent un printemps cette année-là, ce qui rendit les gens un peu fous.

Le premier mai, Maryse avait congé. Juste avant son réveil, elle rêva à une boutique dont les étalages débordaient de courtepointes chatoyantes et de vêtements bleus. C'étaient des vêtements d'enfants. Elle s'apercevait peu à peu que des oiseaux en liberté couraient partout: il y avait des colombes, des poules, des faisans et aussi de petits lièvres. Au fond de la boutique, un énorme aquarium. Les vêtements d'enfants la tentaient mais elle ne pouvait rien acheter car elle était pressée. Elle se disait: «Je vais revenir, on est trop bien ici.» Quand elle ouvrit les yeux, il faisait un gros soleil d'été. Elle devait rencontrer François en fin de journée, après sa réunion du Front Commun, et quand, vers cinq heures, elle arriva à l'université, elle constata qu'il était survolté. Sur la porte mauve de son bureau, elle vit un dessin blanc, plein de fleurs et d'oiseaux peints par touches légères dans le style mystico-granola de l'époque. Le dessin lui rappela son rêve d'abondance du matin. François expliqua que le dessin et tous les graffiti de toutes les portes de l'université étaient des gags, mais des gags très longs et qui ne se résumaient pas.

— Si ça t'intéresse, dit-il, je te raconterai ça au restaurant, c'est assez drôle, tu vas voir.

Sauf qu'avant d'aller manger, il devait passer porter des textes au poète Oubedon.

— J'espère que ça ne te dérange pas de m'accompagner, dit-il.

Ça ne la dérangeait pas, elle n'avait pas faim de toute façon. Elle sortait de chez *Fanchon*, où elle avait lu tout l'après-

midi en étirant son gin. Le bazou de François monta péniblement la côte jusqu'à l'appartement du poète qui habitait sur la
rue de la Visitation et qui avait écrit sur sa porte: «Cher
François, je suis chez Elvire, veux-tu venir me porter ça. Merci
pour ta peine.»

    — Y'é pas gêné, dit Maryse.

    — C'est pas grave, c'est en haut.

Elvire habitait en effet à l'étage supérieur, au-dessus de
son poète préféré. Ils formaient ainsi une espèce de couple
open-ensemble-séparés: quand Adrien avait besoin de se faire
inspirer, il n'avait qu'à monter, c'était pratique.

À la porte d'Elvire, pendait un écriteau sur lequel on
pouvait lire: «NE PAS DÉRANGER: POÈTE SOUS INFLUEN-
CE». Au-dessus de la sonnette, la muse s'était identifiée au
Lettraset doré: «Marie-Elvire Légarée, M.R.» (muse reconnue).
Elle commençait effectivement à l'être et sa cote ne cessait de
monter. Maryse et François entrèrent sans sonner et sur la
pointe des pieds. Le vestibule avait été aménagé en salle
d'attente: on y avait placé un fauteuil et deux chaises, des
cendriers, des revues spécialisées: «Le Pohète libéré», «Versets
champêtres et mondains», «Du Bon Usage de la Muse domestique», «La Muse Gueule», «La Grue déchaînée», «L'Erato
moderne», etc. Les murs étaient parsemés de gravures érotico-
poétiques et la lumière était d'un mauve lyrique. Sur une
étagère, un long bâton d'encens se consumait dans un brûloir
en formant des volutes qui progressaient au rythme langoureux
du troisième mouvement de la sonate pour violoncelle seul de
Masérola. Venant de la pièce contiguë, dont la porte était
entrebâillée, on entendait le ronron puissant d'une dactylo.
François et Maryse poussèrent la porte et restèrent sur le seuil,
éblouis: Adrien, l'air extatique, actionnait la dactylo pendant
qu'Elvire, immobile sur un monceau de coussins, dans la
position du cobra à double menton, l'œil fixe et les bras mous,
bruissait avec dévotion. Dans son bocal posé sur l'allège de la
fenêtre, un poisson rouge ondulait consciencieusement. Cela
sentait bon la poésie et l'effort intellectuel. Oubedon prenait
des amphétamines depuis trois jours et il commençait à être

passablement ding-ding.

— Bonjour, dit Maryse, on est venus...

Elle s'arrêta, soudain consciente du caractère lourdement prosaïque et charnel de sa voix. «Moman», dit-elle tout bas.

— Je ne suis pas sûr que nos mamans apprécieraient le spectacle, murmura Ladouceur.

Pourtant, c'était beau! Oubedon n'avait pas entendu parler Maryse mais François avait fait geindre le plancher en bougeant. La dactylo s'arrêta sec. Le poète se leva aussi sec et il marcha vers eux.

— Kriss-d'hostie-de-tabarnak-d'enfant-d'chienne-de-saint-ciboire-de-kaliss-de-kriss, dit-il, qu'est-ce qui vous prend de venir faire craquer mon plancher? J'vas débander ben raide, moi là!

— Wow, Adrien, dit François. Je viens seulement te porter les textes, pompe-toi pas.

— T'aurais pu les laisser dans l'antichambre!

— Maudit que t'as donc mauvais caractère, toi! Heureusement que ça paraît pas dans ce que t'écris.

— J'ai pas mauvais caractère, je *crée*, c'est toute! Pis à part de t'ça, appelle-moi donc maître comme tout le monde.

Pendant ce dialogue admirable, Elvire n'avait pas bronché.

— Qu'est-ce qu'elle a? demanda Maryse.

— Tu vois pas qu'a l'inspire? dit Oubedon. C'est une grande inspireuse!

Il retourna à sa table de travail en criant à sa dulcinée: «Over Roger!» Aussitôt, Elvire décrocha et leur sourit de ses belles dents Colgate. Elle dit avec un accent français:

— Excusez-moi, j'inspirais, j'inspirais, c'est prenant, vous savez! Prendriez-vous un joint?

Puis, d'un ton tout à fait naturel, elle enchaîna:

— Adri, qu'est-cé qu'y a qui va pas, mon pit?

— Non merci, dit Maryse, on veut pas vous déranger...

— Vous ne nous dérangez absolument pas, dit Elvire. (Elle savait recevoir.)

François s'était approché de la table où officiait Adrien. Il lut, au beau milieu de la page blanche qui était rose —

Oubedon n'écrivait que sur du papier rose, les autres couleurs
l'incommodant:

> *«oubedi, oubedon*
> *à petit bedon doré.*
> *tu es l'édredon*
> *de mon goupillon.*
> *coudon.»*

François fit: «Hon!» il recula de trois pas et s'inclina pour
se gratter le genou qui lui démangeait. Adrien se tourna vers
les intrus:

— Pshitt, disparaissez, vermine anti-aphrodisiaque, pshitt!!

Puis il dit à sa muse:

— Viens mon bonbon rond, ils sont cons. Viens me
consoler, ma musette adorée, pulpeuse et plumitive. Viens, ô
mon aimée! Faisons-les fuir.

La muse répondit:

— Oui, Adri, tout ce que tu voudras, liquéfions ces
ignobles ignares qui nous refroidissent.

Adrien nota rapidement: «ignoble-ignare: à conserver»
pendant qu'Elvire lui murmurait: «a pouti crapinto crapa?» Il
répondit:

— Raspouta crapotaine li capota, copak!

Il avait eu sa période lettriste quelques années auparavant.

— Vous devriez sortir, suggéra Maryse, il fait beau dehors.

— On dit ça! dit Elvire. Moi, je n'ai pas besoin du
printemps externe; je suis bucolique par profession.

— Écoute, Adrien, quand ton rush sera passé, téléphone-
moi donc, dit François.

Le poète lui envoya un long bec du bout des doigts et il
pesa sur le piton «on» de sa dactyleuse électrique. Elvire les
embrassa sur les deux joues et, en les refoulant vers la porte,
elle leur glissa tendrement à l'oreille:

> *«Chnaillez, petits illettrés.*
> *Montrez-vous raisonnables.*
> *Le maître a parlé:*
> *Vous êtes indésirables!»*

Ils étaient encore dans l'escalier quand Maryse cessa de retenir son fou rire. Elle jubilait: Adrien Oubedon, dans l'intimité, était encore plus toffe à endurer que Michel! Elle eut le réflexe de remercier Dieu de vivre avec un logue plutôt qu'avec un poète, mais elle se rappela à temps que Dieu était un grand carré beige.

— Je ne pourrais jamais faire la muse, dit-elle, je bouge trop, ça me piquerait partout.

— Il paraît que c'est un long apprentissage, dit François.

— Tu parles d'une job, j'aime autant rester placière toute ma vie.

Ils montèrent dans le bazou mais le bazou ne voulut pas partir. François décida de l'abandonner sous le balcon d'Elvire. Le lendemain, il devrait probablement aller le récupérer à la fourrière, mais il s'en fichait. Ils marchèrent jusqu'au restaurant en parlant du rôle de la muse, personnage énigmatique dont l'Histoire, la grande, gardait peu de traces. Maryse se promettait d'entreprendre des recherches là-dessus. Comme ils passaient la porte de *la Luna*, Lady Fauchée en sortit, l'air échauffé, et elle les salua à peine.

— Il y a des jours comme ça, dit François en souriant, faut croire qu'on n'a pas la cote.

Il était irrésistiblement de bonne humeur malgré ses problèmes de cœur et le marasme du Front Commun, et sa bonne humeur n'avait fait que grandir au contact de Maryse qui était en pleine crise de folie du printemps.

— Raconte-moi l'histoire des dessins, dit-elle quand ils eurent commandé.

François se mit alors à retracer, en ajoutant beaucoup de détails de son cru, le récit de la *Guerre des Murs* qui avait commencé en novembre, était loin d'être terminée et demeurerait un des litiges universitaires les plus significatifs de la décennie soixante-dix. Il voyait le conflit comme une épopée ubuesque où s'affrontaient l'Imagination et le Crétinisme. Son récit dura tout le temps du repas. En voici une version vulgarisée, sobre et impartiale, qui évite heureusement les écarts de langage auxquels, dans le feu de sa relation, le

professeur Ladouceur se laissa aller. Pour une analyse scientifique des faits, on pourra consulter avec profit les deux rapports
qu'il cite et surtout l'étude fouillée de Marie-Laure Margoulette
intitulée: *L'université en folie: quinze mois de luttes psychédéliques, ou les avatars de la répression*, PUK, 1977, 359 pages.

En toute simplicité, François intitula le prologue de son
récit:

PROLOGUE

Ou comment, jadis,
la faune universitaire
faisait parler les murs

---

*Au commencement, dit François, nous avions reçu l'ordre
de nous exprimer et de communiquer entre nous et par
ailleurs. Ce que nous fîmes dans le chaos joyeux de la
créativité. L'absence générale de locaux qui caractérisait
l'université naissante, de même que la pénurie totale de
matériel didactique, sonore, odieux-visuel et livresque ne
constitua, à aucun moment, une entrave à l'expansion de
notre expressivité. Nous n'avions ni salles de cours inso-
norisées, ni ateliers, ni caféteria, ni bibliothèque véritable,
ni lieux de rencontre, ni arena, mais qu'importe! Nous
avions des couloirs. Des pieds et des verges de couloirs
aux murs vierges, luisants et hauts, sans compter ceux des
cages d'escaliers, des ascenseurs et des toilettes!*

Nous affichâmes donc, mus que nous étions par un franc

désir d'échanger nos connaissances. *Nous affichâmes tout*: dessins, photos, posters géants, permis de conduire, baptistères et groupes sanguins, mensurations des professeurs de sexo, calendriers des shows, numéros de téléphone des étudiantes sachant dactylographier et des pushers, montants des éventuels prêts et bourses, mots d'ordre psychédéliques, mots d'esprits de Lapassade, slogans, liste des cours contremandés, date d'ouverture des grèves, dates de fin des sessions prolongées, prix des minounes à vendre et des travaux à céder, adresses des cliniques avorteuses de New York, photocopies des meilleurs articles de Mad et du Journal de Montréal, en un mot, tout ce qui constitue l'essentiel de la vie universitaire. Toutefois, le plus gros des placards était constitué de dazibaos contre Murray Hill, pour les gars de Lapalme, pour Jacques Rose, pour le bill Omnibus, contre Nixon, contre la clique Mambo qui avait noyauté la commission des Déboires, contre l'ignoble professeur Tétro, contre le fascisme, contre Bourassa, contre Bokassa, et cœtera. D'autres étaient exactement pour Bokassa, pour le kik, et d'autres pour la Chine du président Mao et contre Soljenytsine. Bref, c'était la période bienheureuse du libéralisme wise: tout était dans toute, et n'importe qui pouvait écrire n'importe quoi, pourvu qu'il ou elle s'exprimât! Les marxistes devaient faire bon ménage avec les hédonistes, et ceux-ci étaient contraints de tolérer les pornopathes et même les vendeurs de shampooing antidépressif...

Dans notre soif d'informations et de contacts, nous en étions rendus à envahir les plafonds quand Pitt Bouché, l'infâme haut responsable des biens meubles et immeubles du campus, méditant sur notre trop grande activité cérébrale en parcourant les couloirs encombrés des corps mous des étudiants, constata qu'il y avait abus et décida de passer à l'attaque. L'âge d'or de l'expressionnite universitaire venait de prendre fin.

CHAPITRE I

La guerre de l'affichage, ou comment Pitt Bouché rase les murs et met fin au bordel, sevrant ainsi les habitants des couloirs d'images et de mots

Pour corriger ce qu'il avait lui-même identifié comme étant l'encombrement-trop-abusif-des-corridors, Pitt, ennemi des demi-mesures, décida d'organiser une rafle monumentale. Le nettoyage eut lieu un samedi, vers cinq heures du soir, alors que le campus était pratiquement désert. L'équipe choc de Bouché agit avec célérité et, à huit heures quarante, tous les posters, affiches, avis, décorations et autres cochonneries avaient été confisqués, et les murs étaient redevenus glabres. Dans chaque édifice, sur chaque palier, un mémo annonçait à la populace qu'il lui faudrait dorénavant demander des permis d'afficher. Pour les questions courantes, les bidules pouvaient en délivrer trois par semaine, disait le mémo, mais les demandes extraordinaires concernant le sexe, l'idéologie et la revente des bazous, nécessitaient une approbation spéciale que seul monsieur Bouché était habilité à donner. Et toc!

Le mémo émanait du sous-doyen à la Maintenance lui-même. Ce samedi-là, Pitt rentra chez lui en retard pour le souper mais fier de son coup de force: il avait clairé la place!

CHAPITRE II

La vengeance,
ou comment l'Ange barbouilleur frappe
Pitt Bouché dans les parties sensibles

Pitt pensait avoir réglé le trouble. Aussi fut-il éberlué quand il vit, quelques jours à peine après le grand dépouillement, que des mains criminelles avaient barbouillé les portes de son université. À chaque fois que Pitt pensait à ces portes, son cœur fondait: peintes en couleurs vivantes grâce à d'innombrables gallons de peinture entassés dans la maintenance et qu'il avait lui-même achetés un an auparavant dans une vente de faillite, les portes, mauves, jaunes ou rouges, étaient la coquetterie de Pitt. Incrédule, il parcourut tous ses couloirs et vit que bien peu avaient été épargnées. Elles avaient été badigeonnées par on ne savait quelle main puissante, une main inhumaine et vaillante comme celle de l'Ange dans l'histoire de la Bible dont il se souvenait vaguement. Il se dit tout bas: «Barnac! C'est quasiment comme si ça serait l'Ange exterminateur de la Bibe qui a faite c'te job là... Y'en a partout!» Pitt était suffoqué de rage, scandalisé et momentanément anéanti... Puis il se dit en lui-même: «Voyons, mon Pitt, laisse-toé pas abattre!» Il jeta un dernier regard aux productions de l'Ange et ajouta: «À nous deux, vandale!» Sur quoi il tourna les talons et s'en fut dans son bureau se verser un double scotch.

CHAPITRE III

Pitt riposte

Redevenu lucide et efficace grâce au scotch, il prit des dispositions. «Y vont ben voir qui c'est qui mène icitte!» hurla-t-il dans le téléphone. Il avait convoqué son escoua-

de spéciale qu'il chargea de faire disparaître les barbeaux subito presto.

Hélas, les dessins se révélèrent avoir été tracés avec un produit quasi-indélébile et il fallut trois couches de peinture pour les recouvrir complètement. Ça n'était pas grave, de la peinture, ils en avaient...

Dès le début des travaux, Pitt afficha un mémo énumérant les sanctions qu'il songeait à prendre contre d'éventuels récidivistes. Tout à fait dans l'esprit de l'université, les mesures étaient optionnelles: les coupables auraient, au choix, l'ongle de l'auriculaire gauche coincé dans une portière de char jusqu'à ce qu'il devienne de la couleur mauve des portes, ou l'obligation de faire un sit in de trois jours ouvrables dans l'une quelconque des toilettes de leur pavillon, ou le devoir de mimer la visite de l'Ange exterminateur et/ou le retour d'Égypte (Bouché était dans un «mood» biblique). Cette dernière épreuve peut sembler anodine mais elle était assortie de conditions non-optionnelles: le numéro serait joué en présence du recteur et de ses dignitaires; de plus, par mesure exceptionnelle, les exécutants n'auraient droit à aucun accessoire (ni ketchup, ni moutarde, ni pizza), ils n'auraient, pour tout support à leur créativité, que leur anatomie défaillante.

Le mémo fit beaucoup de bruit et, selon toute vraisemblance, l'Ange l'avait lu car il se tenait coi. Au bout de trois semaines, quand le dernier des gribouillages infamants eut disparu, Pitt recommença à aimer sa job et, réconcilié avec lui-même, il rentra à la maison un vendredi soir, refait comme un homme neuf après avoir célébré par de longues libations sa victoire au Saint-Régis.

CHAPITRE IV

Deuxième visite de l'Ange, au cours de laquelle celui-ci révèle à Bouché son véritable nom

Malheureusement pour Pitt, l'Ange n'avait pas renoncé et, dès le jeudi suivant, d'autres dessins, plus beaux encore et plus grinçants, apparurent sur les portes. Ils étaient tous signés «Léo Doré». L'allusion était limpide et Pitt retontit sur-le-champ dans le bureau du recteur qui s'appelait justement Léon-Serge Doraie.

— C'est scandaleux, monsieur le recteur! Les petits baveux, y vont nous payer ça!

Un léger sourire errait sur la lèvre encore humide du recteur; il venait d'engouffrer les trois quarts d'un sandwich plain tomates-mayonnaise en cachette de sa secrétaire, laquelle lui interdisait l'ingestion de telles nourritures cadrant mal, à son avis, avec le sérieux de sa job. Elle avait l'air de s'y connaître; elle en était à son cinquième recteur! En son for intérieur, Léon-Serge Doraie déplorait que le commando-artiste, dont il avait entendu vanter les talents et aperçu quelques œuvres, ait épargné les portes du troisième étage de son pavillon, réservé à sa suite et aux bureaux de son staff. Il se dit: «C'est pas une bonne job, recteur, si seulement j'avais fini mon doctorat, je pourrais enseigner moi aussi, c'est ça la vraie planque!» Par contre, il était flatté que le commando ait choisi son nom pour identifier des activités plutôt sympathiques... Mais il ne pouvait pas répondre cela à Pitt Bouché qui n'aurait pas compris et qu'il détestait d'ailleurs cordialement.

— Avez-vous une solution, monsieur Bouché? dit-il prudemment.

— *C'est la deuxième fois que ça se produit, monsieur le recteur, y faudrait les planter! Ça doit être la gang de crottés des Arts.*

Pitt se souvint que le recteur était un ancien artiste, mais trop tard.

— *C'est pas sûr, ajouta-t-il. Faudrait enquêter sur le stuff qui se sont servis.*

— *Je vous donne carte blanche, mon ami, dit le recteur.*

Il pensait au dernier quart de son sandwich qui l'attendait dans son tiroir du haut.

CHAPITRE V

Pitt mène l'enquête

Sorti du bureau du recteur comme une flèche, Pitt convoqua des experts qui expertisèrent durant neuf longues semaines. Leurs analyses furent peu concluantes. Selon la composante des produits qu'il avait utilisés, Léo Doré était de taille moyenne, de l'un ou l'autre sexe, il était un ou cinquante, il avait entre sept et soixante-dix-sept ans et semblait être à la fois trotskyste, féministe, anarchiste, patachiste, marxiste, nihiliste et souverainiste. Seul détail significatif, il ou elle affectionnait les chili peppers. Les experts étaient tous d'accord sur ce point. «Léo Doré est peut-être mexicain, dit Pitt, ou d'une race forte, dans le genre.» «Ça ne voulait rien dire», fit remarquer Léon-S. Doraie. (Lui-même connaissait un Suisse à l'œil bleu dont la femme, pourtant très douce, gâchait sa propre cuisine en la parsemant de chili peppers.)

Bref, aux termes du rapport de l'enquête, le mystère des murales sur portes restait entier: Léo Doré, ce monstre, était la bête à sept têtes, la bibite tentaculaire, peut-être même l'hydre de Lerne en personne. Il était sûrement l'Ange exterminateur, pensait Pitt en son particulier, mais barnac, c'est lui qui allait l'exterminer! Il réunit son équipe de helpeurs préférés pour leur parler en ces termes:

— On a fini de fourrer le chien, les gars! Faites-moi repeinturer ces maudites portes-là au plus sacrant, que je les voie plus!

Ce qui fut fait sur-le-champ.

Pitt classa l'expertise inutile et mit sur pied un réseau d'espionnage et de surveillance musclés: il était sur ses gardes et redoutait un nouvel affront de l'Ange vandale. La suite des événements allait d'ailleurs justifier ses craintes...

CHAPITRE VI

Troisième visite de l'Ange Doré, où il appert que celui-ci prend Pitt pour un cave

Le guet à l'entrée des pavillons venait d'être renforcé et les portes étaient encore humides de peinture lorsque l'Ange frappa à nouveau et encore plus durement. Non content de beurrer les portes, il avait débordé sur les murs. Ses derniers dessins étaient splendides et ses textes, irrésistiblement drôles... à tel point que tout le monde commençait à le trouver sympathique. C'en fut trop pour Pitt qui ne se possédait plus, avait maigri et commençait à douter du caractère divin de son autorité.

Par un sombre mardi matin, Pitt, égarouillé et chambran-lant, porta l'affaire devant la Commission des Déboires qui est, après le Concordat des Teneurs de Poche, la plus haute instance morale de l'institution.

CHAPITRE VII

Où les forces vives de la Commission des Déboires font front commun pour lutter contre l'Ange des contrepèteries

Après audition de la cause, laquelle dura tout l'avant-midi, les commissaires, épuisés, en vinrent à un consensus: les méfaits de l'Ange méritaient une sanction exemplaire... Mais laquelle? Les avis divergeaient: certains préconisaient les verges, d'autres la tutelle et les plus coriaces proposaient d'imposer trois sessions supplémentaires dans la boîte, dont au moins une sans grève. Mais ces projets de vengeance, les commissaires en étaient conscients, ne deviendraient exécutoires qu'après avoir démasqué l'Ange persifleur... On n'en sortait pas! Vers midi trente, la discussion tournait en rond et les esprits étaient devenus brouillés. On ajourna jusqu'à deux heures pour se sustenter.

À deux heures cinquante, retapés par un bon dîner, de retour dans la salle ronde où ils siégeaient, les commissaires y virent plus clair et purent accoucher, dans l'élégance de la bonne conscience, de la résolution 72 M- PiBo. 3.1.85 d/c dans laquelle il est fait mention d'une multitude d'attendus, notamment: «la gravité du cas, (...) le caractère flagrant d'indiscipline universitaire des méfaits de l'Ange, (...) l'amollissement inévitable des esprits, (...) la détérioration rapide des immeubles (...) et l'épuisement inéluctable de la réserve de peinture». La résolution préconisait la formation immédiate d'un comité «adoque et paritaire», lequel comité serait «nanti des pleins pouvoirs d'investigation, expertise, inquisition, enquête et contrôle sur toute question concernant les ébats, tant nocturnes que diurnes, de l'Ange Doré, autant sur le campus qu'extra muros.»

Une fois son travail fini, le comité devait produire un rapport et faire les recommandations idoines à la Commission des Déboires. Pour être paritaire, le comité devait se composer d'un nombre égal de représentant(e)s des cadres mobiles, des cadres immobiles, des professeurs-chercheurs, des professeurs-enseignants, des professeurs cherchant à ne pas enseigner, des étudiants rigolos, des étudiants tristounets, des employés de bureau, des employés de la maintenance, des futurs employés de la future cafétéria, et aussi des affligés de cours, le tout, pondéré selon les allégeances politiques avouées desdits représentants et représentantes.

La Commission des Déboires ayant négligé de donner un nom au comité, on le désigna tout naturellement du patronyme de ses trois co-présidents: Savoie-Crispin-Panneton. Puis, avec le temps, tout le monde l'appela affectueusement «la gang des Sa-Cri-Pan». Ce relâchement s'explique facilement du fait que le comité allait siéger pendant treize mois complets et qu'il devint, pour les usagers des couloirs, une sorte de molosse jappeur mais bon enfant, un animal aussi familier que l'Ange Doré lui-même.

CHAPITRE VIII

Des travaux énormes accomplis par les Sacripans et de l'avènement d'un comité pirate

Les Sacripans décidèrent de procéder à une analyse structurale du contenu latent et/ou manifeste des productions de Léo pour mieux cerner sa personnalité protéiforme et affolante. L'université avait ses analyseurs de contenu mais il était évidemment exclu qu'ils donnassent leur avis, étant eux-mêmes partie au litige et hautement suspects. On consulta à grands frais les experts des quatre autres universités de la ville. Leurs soupçons se portèrent tout naturellement vers la faculté des Arts, mais la piste était mauvaise: aucun artiste n'ayant pu tracer convenablement la ligne juste et définir l'apertisme, l'aliénation, ou même la dictature du salariat, toutes ces expressions étant chères à Léo, les gens des Arts furent blanchis par leur ignorance.

Toutefois cela compliquait singulièrement la tâche du comité qui fit procéder à un sondage approfondi des cœurs et des serviettes: tous les habitants des couloirs, y compris les 3 800 étudiants de burologie, leurs trente-huit professeurs et leurs soixante-treize affligés de cours, furent investigués, examinés, interrogés, contre-interrogés, perquisitionnés, fouillés et triturés jusqu'à l'aveu de leur totale ignorance de l'identité de Léo. Après quoi ils étaient relaxés et pouvaient à nouveau circuler et même stationner dans les couloirs, à la condition, bien entendu, d'être porteurs de la badge mauve S.C. (sous contrôle) que Pierre Savoie, le grand chef des Sacripans, leur décernait lui-même. L'université comptait alors 500 cadres, 302 professeurs, 15 328 étudiants, 613 employés de bureau, 109 employés de maintenance, 57 futurs employés, 28 professeurs d'apparat et 612 affligés de cours. Le sondage fut long.

Entre-temps, un autre comité s'était formé dans le but de lutter contre l'impérialisme et les pouvoirs discrétionnaires grandissants des Sacripans. Ce comité, pirate et populaire, composé de passologues, d'épistémologues, de travailleurs sociaux et d'écologues, se définit comme un commando de vigilance et se donna pour mandat de tchéquer les agissements louches des Sacripans dont l'enquête piétinait.

CHAPITRE IX

Des ultimes prouesses de Léo Doré et comment il finit par rallier tous les esprits rêveurs

Pendant toute la durée du mandat des Sacripans, l'Ange récidiva. Ses productions étaient parfois vaporisées à même des cannettes de peinture gold et püante, parfois peintes avec de l'acrylique volé tout bonnement aux ateliers des Arts. Les signatures variaient: Léo signait maintenant quelquefois «Léa Dorée». Des filles avaient dû s'infiltrer dans le commando et prendre la relève de leurs chums fatigués et à cours d'inspiration. Elles firent grand usage de mascara «fabulash» réputé à l'épreuve des larmes et autres avaries.

Au printemps, Léo / Léa devint champêtre: ses assemblages de slogans de toutes les obédiences furent entrelacés de fleurs, de petits oiseaux, d'arbres fous, d'animaux fantastiques, de dictateurs ligotés et d'Indiens ayant planté leurs tentes sur la terrasse de la Place Ville-Marie, redevenue enfin un lieu habitable. En juin, le recteur eut droit à sa murale: l'Ange avait peut-être conservé au fond de son cœur le sens des castes car la porte de Léon-S. Doraie affichait rien de moins qu'une série de papes stones à l'œil bleu au fond duquel on pouvait voir des culs roses la tête en bas, dont l'air serein montrait qu'ils étaient en train d'écouter pour la douzième fois la troisième Gymnopédie d'Éric Satie. Ravi, le recteur se dit: «Tout de même, c'est l'fun des fois d'être dans les honneurs!»

À la rentrée, les productions de Léo / Léa reprirent de plus belle pour atteindre des proportions endémiques. La risée était devenue générale: les professeurs se montraient entre eux leurs portes de bureau, fiers comme s'ils les avaient peintes eux-mêmes! L'opération graffiti soulageait tout le monde, d'autant plus que Léo semblait avoir entrepris sa propre critique, ce qui lui assura l'estime inconditionnelle et définitive de tous. En octobre, il avait rallié tout le monde, y compris ceux de la Commission des Déboires qui commençaient à être tannés du braillage de Pitt Bouché et de la prolifération cancéreuse des sous-sous-comités qui n'étaient même plus adoques. En fait, Léo/Léa avait réalisé dans son œuvre délirante la symbiose de toutes les aspirations culturelles et idéologiques de l'époque, au-delà des coteries et des luttes de pouvoir. Il (ou elle) était devenu(e) le symbole de la transcendance des différences. Il ou elle fut et demeure la seule personne et le seul événement à avoir réussi ce tour de force, dans toute l'histoire de l'université. Voilà pourquoi il est fait mention ici de ses exploits.

CHAPITRE X

Où l'on voit que Pitt Bouché
ne le prend pas pantoute

Cependant, Pitt rongeait son frein et s'étiolait dans son racoin. Il avait été nommé Sacripan d'office et, quand il n'enquêtait pas, il s'encastrait dans l'angle le plus creux de son bureau pour y concocter des brouillons de lettres le plus souvent anonymes destinées à l'Ange Doré qu'il considérait maintenant comme un ennemi personnel. C'étaient des lettres dans le style: «Aye, t'es t'un pissou, Léo! Montre-toé la face, Doré! Si t'es t'un homme, sors dehors, qu'on se batte! As-tu compris, là? C'est ma dernière notice...» À aucun moment, en effet, Bouché ne crut que Léo (ou Léa) pouvait être une ou quelques-unes des belles petites mères qui promenaient leur anatomie charnue dans ses couloirs, non, il fallait que Léo soit un homme, un «gros sale», comme il se plaisait à l'imaginer.

*Mais Pitt n'affichait pas ses lettres: il avait commis l'impru-
dence de confier ses projets épistolaires à un collègue
Sacripan qui en avait aussitôt parlé aux autres. Affolés
par tant de haine injustifiée, les Sacripans avaient été
d'avis de ne pas envenimer le débat. Secrètement, ils
trouvaient Pitt un peu trop mal embouché. Encore plus
secrètement, chacun d'eux avait fini par avoir de l'estime
pour l'imprenable Léo/Léa qu'ils pourchassaient d'ailleurs de plus en plus mollement.*

*Bouché eut donc beau pondre des mémos (dont sa
secrétaire normalisait le français), contrôler les allées et
venues des usagers, grossir l'effectif de son escouade, rien
n'y fit: les coupables, dont on admirait l'organisation et la
faconde, ne furent démasqués ni par les Sacripans, ni par
les services spéciaux de Pitt, ni par le comité pirate. Ils
restèrent inconnus et impunis. Ils le sont toujours.*

CHAPITRE XI

*Où les Sacripans
accouchent finalement
d'un rapport normalement constitué
mais un peu faible dans son esprit*

*Treize mois jour pour jour après le début de leur étude,
les Sacripans mirent bas un long rapport pratiquement
exempt de fautes de français. Le texte, intitulé* Mémoires,
propos et confidences des Sacripans, *escamotait habilement l'hystérie de Pitt Bouché, les errements du comité et
son incompétence à dévoiler les coupables, de même que
les sommes englouties dans la chasse à l'Ange. Par
ailleurs, il vantait l'esprit de corps des cadres mobiles et
des professeurs cherchant à ne pas enseigner, de même
que le désir de collaboration manifeste de plusieurs
sous-fifres syndicaux et administratifs et, finalement, le*

côté profondément humain de la mission dont on l'avait chargé et qu'il prétendait avoir accomplie.

Les Sacripans en venaient à la conclusion qu'il fallait abandonner la lutte ouverte avec l'Ange Doré, ne plus aller sur son terrain et saper à la base le fondement de ses délires: les portes et les murs étaient atteintes, on n'avait qu'à les supprimer! La recommandation principale du rapport était à l'effet d'enlever le tiers des portes et la moitié des murs intérieurs de l'université. On établirait ainsi des zones libres favorisant la communication verbale. Il fallait d'ailleurs dégager et décloisonner car les émanations de la peinture incessamment fraîche avait fini par gazer complètement le monde universitaire.

La Commission des Déboires accueillit favorablement le rapport sacripan et elle allait procéder à la mise en œuvre de son étonnante recommandation quand elle fut stoppée dans ses délibérations par une contre-attaque sauvage du comité pirate.

CHAPITRE XII

Comment les Pirates sauvent l'université du précipice où la recommandation sacripante allait engager ses pas

Le rapport des Sacripans était à peine lu qu'on entendit, aux portes de la salle ronde, une rumeur de gazou et de trompettes et des bruits de bataille: c'était le comité pirate qui ne se déplaçait jamais officiellement sans son orchestre. Les Pirates neutralisèrent rapidement les gardes de sécurité de la Commission des Déboires en leur exhibant leur badges mauves S.C. pendant que leur chef criait: «Alakazou, gonoré, Mao est un malaise.» (C'était le mot de passe de la semaine pour siéger à la Commission des

Déboires.). *Ils y entrèrent donc. Leur chef marchait devant, vêtu de l'humble jean des populistes, puis venaient les hommes, et ensuite les femmes. Tibodo, qui s'était découvert une âme de Pirate sur le tard, fermait glorieusement la marche. Il n'avait pas été nommé Sacripan, il était donc passé à la clandestinité, c'était forcé. Il regarda les commissaires attablés et les Sacripans rangés derrière eux de l'air calme de celui qui vaincra finalement.*

Quand tous les Pirates se furent installés dans l'enceinte (ils étaient une bonne trentaine), leur chef s'avança pompeusement devant le président de la Commission et, dans un fracas disgracieux, il vida à ses pieds étonnés l'immense barouette qu'il poussait: les trente-six exemplaires réglementaires de son contre-rapport venaient d'être dûment déposés à la Commission des Déboires qui devait maintenant en prendre connaissance. Les commissaires furent choqués par tant de mauvaises manières, mais ils durent se contrôler: les Pirates avaient le mot de passe, ils n'étaient pas expulsables.

Leur contre-rapport prouvait, avec chiffres à l'appui, que si on enlevait les cloisons internes de l'université, il y avait de fortes chances pour que ses murs externes ne s'amollissent dangereusement, que les planchers ne plient en leur centre et que, finalement, certains étages ne s'écroulent tout bonnement sous le poids des ans, de la recherche et du savoir, entraînant dans leur effoirement fatal une bonne partie de la relève du pays, peut-être même quelques futurs bonzes des années 90. Le contre-rapport aboutissait à une unique recommandation, à savoir qu'on modère ces inutiles travaux d'allègement et de réfection, «attendu, pouvait-on y lire, que les édifices universitaires sont pour la plupart trop vétustes pour être ravaudés, bien que l'université soit jeune dans sa tête et son cœur». Le texte était accompagné d'une pétition de dix mille trois cent une signatures parmi lesquelles figurait celle de François Ladouceur.

Bien sûr, aucun commissaire ne prit au sérieux ce rapport fait sans grands moyens, trop rapidement et par en dessous. Mais un doute subsistait dans leur esprit: «Et si les Pirates avaient raison?» La Commission en référa au Concordat des Teneurs de Poche qui, après deux mois de délibérations, jugea prudent de ne pas toucher à des murs tenant peut-être, qui sait? par la seule vertu collante de la peinture. Le doyen à la Maintenance reçut l'ordre de surseoir définitivement à leur enlevage.

Et c'est ainsi, grâce au dynamisme d'un petit groupe de forcenés qui usaient leur belle jeunesse à sauver le patrimoine, que les murs de l'université furent épargnés et que, moyennant un prix de visite ridiculement bas, on peut, encore aujourd'hui, y admirer les productions de l'Ange, lesquelles ont été déclarées d'intérêt public et classées comme Monuments historiques.

ÉPILOGUE

Ce qu'il advint des combattants

L'Ange Doré se livrait depuis peu à la méditation transcendentale, ce qui atténuait sa combativité. Quand les hostilités eurent vraiment cessé, quand les esprits furent pris par d'autres querelles, Léo/Léa s'installa dans un coin confortable de la maintenance et, la tête sous l'aile, s'y endormit pour quinze ans...

Sur l'entrefaite, le recteur découvrit la sauce soubise lors d'un repas donné en son honneur et il en fit part à sa secrétaire qui, pleine de tact, fit semblant de ne pas connaître déjà la recette.

Le chef des Pirates devint petit-boss dans un pavillon excentrique et, peu de temps après, celui des Sacripans fut promu moyen-boss au centre-ville, pendant que ses deux sous-chefs obtenaient chacun une place de stationnement gratuite, sur la rue Frontenac, pour une durée de trente ans.

Quant à Pitt Bouché, miné par sa lutte avec l'Ange, usé par les travaux de plume, prématurément vieilli, ayant perdu toute foi dans son autorité et voyant le peu de cas qu'on faisait finalement de ses troubles, il demanda — et obtint facilement — un congé de maladie de dix-huit mois. Quand il en revint, il avait perdu sa superbe. On le mit bien au chaud sur une tablette et plus jamais il ne fit chier le monde.

François but la dernière gorgée de son café qui était froid depuis longtemps. Son histoire avait duré une bonne heure et beaucoup amusé Maryse. Il faisait cru dans le restaurant et Manolo n'y était pas; c'était son jour de congé. Michel non plus n'y était pas. Soudain, Maryse n'eut plus le goût d'être là. Elle voulut sortir pour profiter du printemps. Il était tôt encore. Elle dit à François:

— Emmène-moi chez toi.

Il la regarda, complètement interloqué.

— Si je rentre chez moi, je vais encore attendre Michel. Je n'ai pas le goût d'attendre...

Ils marchèrent jusque chez lui.

Ils firent l'amour. Et tout fut parfait, à part le fait que Maryse ne put s'empêcher de penser tout le temps à Michel.

— «On ne commande pas à son humeur», cita François. Et il ajouta: «Ni à ses pensées.»

La chatte Cossette était venue se percher sur le pied du lit et elle suivait d'un air intéressé les volutes de la fumée de leurs cigarettes.

— C'est fini, les minous, pour Mélibée, dit Maryse, elle n'en aura plus.

— Ah bon! Vous l'avez finalement fait opérer? Je ne savais pas. C'est vrai que je ne t'ai pas beaucoup laissée parler.

— Moi non plus je ne le savais pas.

Sans la prévenir, Michel avait mené la chatte au vétérinaire, «pour t'éviter ça», avait-il dit. Elle avait fait une colère d'autant plus furieuse qu'elle la savait inutile. Elle admettait que tout cela était ridicule mais elle continuait de lui en vouloir. Elle se mit à parler de lui et François soupira:

— Tu penses tout le temps à ton chum. On était bien, pourtant! J'ai l'impression qu'il sera toujours entre nous deux.

Il n'était pas vraiment triste, un peu déçu.

— Je t'assure que je n'y pensais pas tantôt, c'est à cause de la chatte...

Quand, à son tour, Trudelle pointa son museau au bord du lit, Maryse était en train de se dire qu'objectivement, François faisait mieux l'amour que Michel. Cette découverte la stupéfiait. Elle en avait connu peu avant lui, et sa présence avait fini par effacer leur souvenir. François baisait mieux, définitivement. Il était bien proportionné, sa peau était lisse et foncée... Elle se dit: «En me forçant, je pourrais m'habituer à son corps, je serais heureuse avec lui.» Avec Michel, elle n'avait jamais eu besoin de se forcer, c'était à ses manières qu'elle ne se faisait pas.

— Est-ce que je sens la pharmacie? dit-elle.

François la prit dans ses bras. Elle était merveilleusement nue, comme il avait longtemps rêvé qu'elle le soit, mais c'était en mieux: il n'avait jamais touché une peau aussi douce. Il la berça longuement et dit:

— Qu'est-ce que c'est que cette histoire de pharmacie?

Mais Maryse ne parlait pas. Finalement, elle avoua:

— J'ai peur de mourir, François, j'ai peur de vieillir, de me défaire, de me déformer avant qu'il me soit arrivé quelque chose, sans avoir été aimée, sans avoir vécu. C'est toi que je devrais aimer...

Il la berça encore.

— J'ai peur la nuit, à toutes les nuits quand je suis seule. Et je pense à toi. Je me demande si tu es seul aussi et si tu as toujours peur de la maure aux dents vertes.

— La maure aux dents vertes est morte, n'y pense plus, dit François. Le cheval de quatre heures est mort aussi, même la chienne jaune est morte.

— Ça fait encore des morts!

Elle rit et l'embrassa dans le cou. Elle se leva pour ouvrir la fenêtre. Dehors, ça sentait le lilas. Les deux chattes grimpèrent sur l'allège où elles restèrent immobiles à regarder la nuit de mai, légère et comme translucide. Maryse retourna s'allonger à côté de François qui continuait de parler. Elle savait qu'il lui racontait des histoires et elle le laissa faire; elle aimait ça. Aucun homme ne lui avait jamais parlé de cette façon, surtout après avoir fait l'amour. Puis, elle voulut partir.

— Reste encore un peu, dit François, ne t'habille pas.

Elle attendit. Mais finalement, c'était plus fort qu'elle, il fallait qu'elle rentre. Il la laissa aller. Elle lui dit:

— Bonne nuit, François Latendresse... c'est Latendresse qu'on devrait t'appeler.

Dehors, un lilas caché embaumait et le ciel était étrangement clair. Elle avait l'impression de flotter. Elle se disait en marchant: «Je connais un homme doux, j'ai connu un homme doux. Doux.» Arrivée à la maison, elle écrivit très facilement un petit poème en prose où le ciel fondait comme une grappe de lilas dans sa bouche.

□

Elle fut gaie pendant deux longues semaines au cours desquelles Michel lui sembla être devenu relatif et très secondaire. Puis, elle retomba dans son humeur habituelle: le fait d'avoir couché avec François ne la dédommageait pas, ne compenserait jamais les frasques de Michel. Cependant, elle ne lui dit rien: cela ne le concernait pas, cela avait été comme une parenthèse heureuse dans sa vie, et elle ne voulait pas que le souvenir en soit terni.

François passa l'été seul dans un chalet qu'il avait loué au bord d'un lac. C'étaient ses premières vraies vacances: avant, il avait toujours travaillé l'été. À l'automne, il revint donner ses cours et remarqua tout de suite, dans la deuxième rangée, une fille étrange qui ressemblait à Maryse. La fille prenait peu de notes et ne cessait pas de le regarder. C'était Élise Laurelle, craintive et taciturne, mais libre: elle n'était amoureuse de personne. Dès lors, il ne pensa plus qu'à l'aborder.

Août 1972

Émilien Paradis mariait sa fille Claudine et la réception avait lieu au chalet. Maryse et Michel n'avaient pas trouvé d'excuse pour justifier leur absence à la noce. «D'ailleurs, avait dit Michel, si tu ne fréquentes plus ta famille, c'est pas une raison pour ne pas voir la mienne.» C'était juste. Maryse avait hâte que la journée soit passée car elle gardait un souvenir pénible du repas de Noël dernier chez ses beaux-parents. Émilien avait été exécrable et il avait une façon bien à lui de la détailler sans que personne ne s'en aperçoive. De savoir qu'il était chirurgien écœurait Maryse; elle l'imaginait, comme dans *MASH,* les bras plongés jusqu'aux coudes dans les tripes et ruisselant du sang des autres. Mais elle appréhendait aussi de revoir sa belle-mère qui était pourtant charmante; à chaque visite, elle se sentait jugée, soupesée, évaluée, et elle avait le sentiment que si cela avait été possible à Hermine, celle-ci l'aurait palpée sans vergogne comme le font les vieilles aveugles dans certains pays pour voir comment leur bru est faite et si elle convient bien à leur cher fils... Maryse ne savait jamais comment s'habiller pour aller la voir. «Reste comme tu es, disait toujours Michel, ma mère est très simple, dans le fond, et elle t'aime bien.» Il ne comprenait pas les angoisses de sa blonde devant une femme que lui-même avait toujours si facilement manipulée.

Pour la noce, Maryse avait mis sa plus belle robe qui était longue et verte avec des dentelles écrues. La mode était aux fanfreluches vieillottes.

— Laisse faire pour les bijoux, avait dit Michel, c'est rien que de la pacotille et ma mère a l'œil pour ça! Quand j'aurai une job, je t'en achèterai des vrais.

Le mariage avait lieu dans l'après-midi et ils étaient arrivés
bien avant pour aider. Mais il n'y avait rien à faire: c'était un
garden party tout organisé, la nourriture venait d'un traiteur
qui fournissait aussi le barman et un waiteur. Quand ils
débouchèrent dans le patio où Hermine ré-enlignait les chaises
pour la troisième fois, il faisait déjà très lourd. Elle les embrassa
avec effusion en les appelant «mes enfants» et elle entraîna
Maryse vers sa chambre.

— Comment me trouvez-vous, ma chère, dit-elle, j'ai fait
pâlir ma teinture; ça fait plus doux, hein?

— Oui madame Paradis, répondit docilement Maryse.

— Vous avez une belle petite robe! Le vert vous va bien,
c'est la couleur des rousses. Ah! Ah! C'est joli, mais un peu trop
sobre, ça manque de bijoux, ça fait sévère. Tenez, Maryse, je
vais voir si j'aurais pas quelque chose pour vous...

Elle ouvrit un coffret pansu. «Claudine aura tout ça un
jour», se dit Maryse. Tout ce qui l'entourait était l'héritage des
enfants Paradis. Les bijoux reviendraient forcément à Claudine:
elle était la seule fille. Quelques-uns iraient peut-être aux brus,
à la femme de Paul et à elle. De préférence à la femme de
Paul; d'abord, eux, ils étaient vraiment mariés. En plus, ils
avaient une petite fille, la première de la famille.

Maryse sentit quelque chose de froid contre sa cheville;
c'était le museau de Mésange, la chienne d'Hermine, une
bâtarde chétive, jaunâtre et ridicule. Elle pleura pour monter
sur le lit. Hermine la prit dans ses bras, comme un bébé et lui dit:

— Mais oui ma belle, viens sur le lit.

La chienne renifla le coffret ouvert où Hermine s'était
mise à fouiller en parlant. Maryse se demanda à quel jeu idiot
sa belle-mère jouait, pourquoi elle l'aguichait d'une façon aussi
grossière avec sa richesse. Puis, elle se dit qu'Hermine devait
agir en toute innocence, ayant toujours été à l'aise. Quand elle
mourrait, Maryse, sa petite Maryse, aurait peut-être droit à une
relique, peut-être la broche en or... Dans un coin du coffret,
comme oubliée, il y avait une broche ciselée, tourmentée et
délicate que Maryse aurait voulu avoir. Elle se voyait très bien
porter cette broche-là. Elle eut honte, tout d'un coup, de la

tournure qu'avaient prise ses pensées. Elle en était venue à souhaiter la mort d'Hermine et celle-ci s'en rendait peut-être compte! Du moins, pouvait-elle le deviner. Oui, c'était cela: toutes les femmes avaient les mêmes désirs, les mêmes envies. Maryse imagina Hermine trente ans plus tôt, encore mince et jolie, devant le coffret béant et raccoleur d'une vieille femme, sa belle-mère, ou peut-être même sa propre mère. Cette vieille femme avait déjà été jeune elle aussi, et pressée d'avoir son héritage... Maryse vit une longue file de jeunes femmes lorgnant d'un œil faussement détaché les bijoux des vieilles qui tardaient à mourir. Les jeunes souhaitaient silencieusement leur mort pour pouvoir profiter de leur bien avant d'être vieilles à leur tour et devenues indésirables. Cette image était horrible. Quand sa mère Irène mourrait, sa sœur et elle ne se disputeraient pas ses colliers de plastique; il n'y aurait que des fioles de sirop et des pots d'onguent à jeter...

Finalement, Hermine choisit un énorme camée qu'elle épingla elle-même sur la poitrine de Maryse. Elle recula pour voir l'effet et, jugeant qu'elle l'avait mis trop à gauche, elle le repiqua dans la robe:

— Mais il vous va très bien mon camée, Maryse, on dirait qu'il a été fait pour vous!

Maryse n'aimait pas les camées. Elle dit:

— Merci, madame Paradis.

— Il faudrait remonter vos cheveux, dit Hermine en replaçant le coffret, ça fait trop négligé, comme ça, sur les épaules.

Elle la fit asseoir sur le tabouret de la vanité et, munie d'une brosse aux poils trop durs, elle se mit en devoir de l'arranger. Maryse se demanda où était passé Michel; lui seul aurait pu calmer sa mère en lui disant qu'il aimait sa blonde de même. Mais il était resté dehors et elles étaient «entre femmes». Hermine lui sépara les cheveux en deux masses égales et, ayant appuyé son ventre corseté à son dos, elle entreprit de la brosser. L'air de la chambre était plus étouffant que celui du dehors et, comme toujours, Hermine sentait la *Tourmaline foudroyante*.

Dans le miroir de la vanité, Maryse voyait la main de sa belle-mère, devenue soudainement ferme, s'abattre régulièrement sur sa tête. Elle eut l'impression d'être ligotée, nue et impuissante, à un fauteuil de coiffeur ou de dentiste. Mésange était rendue sur ses genoux et lui léchait les doigts. Hermine brossait toujours comme si elle ne s'était pas peignée depuis des mois. Elle se dit: «Il est bien normal que j'aie un jour les bijoux, je suis en train de les mériter.» Sa mère, qui n'avait rien à lui léguer, ne lui avait jamais infligé un tel traitement; elle la laissait libre de se coiffer, ou de ne pas se coiffer. D'ailleurs, Irène touchait rarement ses filles, les marques d'affection n'étant pas leur fort, dans la famille. Seule sa cousine Gisèle aimait la peigner longuement. Mais Gisèle n'était pas comme les autres: elle partait souvent sur des lires et ils la laissaient faire...

Mary était toute petite, du temps de Gisèle, et ses cheveux encore blond-roux. Gisèle lui disait: «T'as les cheveux dorés, Blondie.» Elle l'appelait Blondie et elle passait des heures à fourrager dans sa chevelure, qu'elle peignait avec dévotion et faisait mousser, l'étalant ensuite sur les épaules, comme des ailes. «Mon Dieu, Gisèle, que t'es bébé, disait Irène. Ça paraît que t'en as pas deux à étriller tou'é maudits matins que le bon Dieu amène. Tu vas voir, ma petite fille, quand tu vas t'être mariée...» Irène se taisait, soudain cramoisie: à sa nièce qui n'aurait pas le temps de se marier, il valait mieux ne pas parler d'avenir. Gisèle ne répondait rien, elle était douce et comme innocente: pressentant qu'elle allait mourir jeune, elle avait renoncé à l'âge adulte. Ça n'en valait pas la peine! Elle préférait jouer à la catin avec sa cousine Mary qui se laissait faire et qui était un beau petit bébé comme elle n'en aurait jamais. Sa mère Kathleen, attablée avec Irène, la regardait peigner Mary, l'œil fixe, agrandi par la bière. Elle comptait le temps qu'il restait à sa fille et, complètement désemparée, elle prenait une autre gorgée. Kathleen avait accouché de Gisèle à l'âge de seize ans dans une salle sinistre de l'Hôpital de la Miséricorde. Elle l'avait gardée malgré les pressions des religieuses et élevée toute seule. Et maintenant, les médecins prétendaient que sa maladie ne guérirait jamais. La vie était une grosse écœuranterie... Mary ne comprenait rien à tout cela, elle sentait la main légère de sa cousine dans ses cheveux, elle était à la fois troublée et heureuse. Puis Gisèle n'était plus venue à la maison. Kathleen était toujours seule et elle finit par ne plus parler de sa fille morte, se contentant de brailler silencieusement au-dessus de sa bière. D'ailleurs, plus personne ne parlait de la belle Gisèle, disparue à vingt-deux ans, ça portait malheur. Mary apprit à retenir ses questions et à se faire des tresses. Sa tignasse était démêlée quand Irène avait le temps, quand elle y pensait, ou pas du tout, jusqu'à ce qu'elle entre au Couvent de la Désolation et que Saint-Monique s'en empare.

Avec la portion de cheveux qu'elle jugea avoir suffisamment démêlés, Hermine fit une torsade qu'elle fixa au crâne de Maryse à l'aide de broches longues et pointues. Puis, elle prit la masse du dessous qu'elle avait laissée en attente, lui inclina la tête, et se remit à brosser. Maryse avait le visage tout près de celui de Mésange. Elle ferma les yeux. Hermine la traitait exactement comme Sainte-Monique, le dimanche matin avant la messe, quand elle la trouvait «pas présentable». Sainte-Monique l'accrochait alors par une couette, elle dénattait, brossait nerveusement et renattait plus serré en disant: «Vous devriez vous faire couper ça, mademoiselle O'Sullivan, c'est malpropre.» Il y avait des ciseaux dans les petits yeux cruels de la sœur.

Hermine posa une dernière broche et elle déclara que c'était fini. Maryse releva la tête, se vit dans le miroir et se trouva hideuse.

— Ça vous va bien mieux les cheveux relevés, le front dégagé, dit Hermine. Mais vous êtes pâle sans bon sens, Maryse!

Elle ouvrit un placard plein de fioles, de bouteilles et de produits de beauté et bardassa dans plusieurs tiroirs. Elle finit par trouver une boîte de blush-on rosâtre et, à grands coups de pinceau, elle en appliqua sur les joues de Maryse en répétant: «Mon Dieu que vous êtes pâle, que vous êtes pâle, Maryse!»

Après quoi, elle lui tendit un tube de rouge à lèvres:

— Mettez-vous-en, c'est exactement la nuance qui s'harmonise avec votre robe.

Elle avait dû lire ça dans *Marie-Claire*! Puis, en lui présentant un kleenex, elle dit:

— Mordez là-dedans.

La trace de ses lèvres rappela à Maryse celles que Kathleen laissait partout. Elle sourit à son image pour faire plaisir à Hermine qui se donnait tellement de mal: la métamorphose était complète, elle avait vraiment l'air d'un clown! Mais c'était fini, enfin: elle ne voyait vraiment pas ce que sa belle-mère aurait pu encore lui infliger, quand celle-ci s'écria:

— Mon doux! J'allais oublier la laque!

Elle en fit apparaître une énorme cannette pour cheveux fins et rebelles et dit:

— Fermez-vous bien les yeux, ma chère.

L'air devint un cauchemar de spray net. La chienne avait fui sous l'averse. Hermine recula pour contempler son travail mais elle était toujours derrière sa bru, dans le cadre du miroir. Elle souriait. Maryse eut mal au cœur à cause de l'odeur combinée du spray net, du blush-on, du rouge à lèvres et de l'inévitable *Tourmaline foudroyante*. Elle dit:

— Il faut que j'aille aux toilettes.

Hermine lui ouvrit la porte en annonçant qu'elle allait voir aux derniers préparatifs de sa fille.

Dans la salle de bains, des serviettes de fantaisie avaient été disposées un peu partout mais Maryse n'osa pas les salir. Elle fit couler l'eau et se frotta les joues et la bouche avec des kleenex mouillés. Quand tout fut parti, l'odeur du spray net était toujours là. Elle essaya de déserrer son chignon mais il était solide. Effectivement, elle était pâle, cernée en plus. Elle voulut se mettre du fond de teint, mais son sac à main était resté dans l'auto et il n'était pas question de sortir de la salle de bains avant d'être regardable, Hermine pouvait réapparaître. Il devait y avoir du fond de teint quelque part. Elle chercha dans la pharmacie et dans les tiroirs sous l'évier; ils ne contenaient que d'autres serviettes de fantaisie. Elle ouvrit les placards; ils étaient pleins de produits de nettoyage. Sur une tablette, elle vit une bouteille de scotch vide aux trois-quarts. Émilien devait boire en cachette. Il paraît que les alcooliques, les vrais, cachent leur boisson, elle l'avait entendu dire. Dans sa famille d'ivrognes, ils ne s'étaient jamais donné cette peine. Elle referma la porte du placard, il ne fallait pas qu'elle tarde, sans quoi Hermine viendrait la *soigner*. Elle se pinça les joues pour les avoir rouges et sortit.

En l'apercevant, Michel partit à rire puis, voyant qu'elle était au bord des larmes, il la prit dans ses bras et lui dit:

— Ça te va pareil, fais-toi-z-en pas, c'est pas si pire!

Finalement, ils étaient en retard pour l'Église et durent s'y rendre à toute vapeur. En constatant que Maryse s'était démaquillée, Hermine eut l'air incrédule mais elle ne put rien faire: sa belle-fille occupait un banc trop loin du sien, en dehors de sa zone d'influence. Maryse trouva la messe longue et la cérémonie stupide. Au retour, Hermine lui souffla d'aller retoucher son maquillage quand elle en aurait le temps puis, abruptement, elle lui confia un plateau de petits fours et lui ordonna de les passer, comme si elle n'avait pas payé quel-qu'un exprès pour faire ça... Maryse dut parader devant toute la famille, affublée de son chignon ridicule et de l'énorme camée qui lui ballottait entre les seins. Elle avait l'impression de puer outrageusement le spray net et que tout le monde s'en rendait compte. Elle se sentait comme absente, étrangère à ce corps façonné par une autre. Puis, comme la tante Adrienne s'extasiait sur sa belle coiffure, l'idée lui vint que tout cela était sans importance. Elle se dit: «Je suis une autre, ce n'est pas moi, c'est Maryse O'Sullivan dans le rôle de la petite-future-bru d'Hermine Paradis. Je joue très bien ce rôle, tout le monde est content, même Michel. Quand tout sera fini, je vais me retrouver.» Cela devint tolérable et, une fois les premières gorgées de gin absorbées, son malaise diminua considérable-ment.

Au beau milieu du party, l'orage éclata abruptement et tous les invités, mouillés et défaits, durent s'entasser sous la tonnelle puis, voyant que la pluie ne cessait pas, rentrer dans le chalet, vaincus. Hermine s'était attardée dehors et son rimmel coulait. Maryse lui trouva quelque chose d'étrange dans le regard. Hermine passa dans la salle de bains et elle en revint souriante, les yeux secs et brillants. L'impression de Maryse avait été fugitive. D'ailleurs, elle se fichait des autres maintenant: elle avait oublié son déguisement et l'odeur et elle s'était mise à jouer avec la fille de Paul, Noémie, qui lui semblait être, de loin, la personne la plus sensée de la noce. Près d'elles, Julien, le freak de la famille Paradis, faisait honte à sa mère en s'obstinant à jouer des tounes de guitare. Il avait l'air de s'emmerder lui aussi. Maryse se mit à lui parler et ils inventèrent des jeux pour Noémie, ravie d'avoir tant d'attention.

En partant, elle déposa le camée bien en vue sur la coiffeuse et dès qu'elle fut dans l'auto, elle défit son chignon. Il était tard, la pluie avait cessé, il faisait froid et elle n'avait pas de châle. En arrivant à Montréal, ils étaient complètement dégrisés.

— T'avais trop bu, minou, dit Michel.

— Ça n'a pas dû paraître beaucoup; Noémie a quatre ans pis Julien était stone...

— Justement, t'avais l'air bizarre.

— Attriquée comme je l'étais, j'ai pas de misère à te croire!

— Tout le monde vous regardait: ma blonde qui se roule sur le tapis avec mon niaiseux de frère pis sa nièce. Vous êtes plus bébés que la petite! J'ai pas fini d'en entendre parler.

En fait, il n'en entendit jamais parler. Il ôta son deuxième soulier et ajouta:

— Maudite noce plate: Claudine marie un imbécile pis en plus ma blonde se pacte pis snobe ma famille.

— J'étais pas plus paquetée que toi, dit Maryse, t'avais de la difficulté à conduire.

Elle allait ajouter: «Ton cher oncle Arthur a essayé de me pogner le cul, c'est pour ça que j'ai préféré me tenir avec Julien et Noémie.» Mais à quoi bon? Elle était écœurée.

— Me semble que je te demande pas grand-chose, dit Michel, juste de pas faire la folle devant mes parents.

— C'est ça, j'ai compris.

Elle ferma la porte de la salle de bains pour avoir la paix et ouvrit les robinets. Elle se mit à pleurer au-dessus de l'eau. Ça y était, elle avait encore fait quelque chose de croche. Elle détestait les réunions de famille, les familles, la sienne et celle de Michel. Avec lui, elle se retrouvait toujours dans des situations idiotes dont elle ne savait pas comment se tirer. Quand ce n'était pas des logologues auxquels elle devait donner la réplique, c'étaient des oncles auxquels il fallait plaire... Elle commença à faire mousser ses cheveux, en pleurant toujours. Michel avait réveillé en elle un vieux senti-ment de culpabilité face à la boisson. Lui n'avait pas ce problème-là: tout le monde était normal dans sa famille et ses parents ne lui feraient jamais honte alors que les siens n'étaient pas sortables. Et elle pas plus qu'eux! Elle lui avait fait honte comme Kathleen leur faisait honte, comme son père faisait honte à sa mère. Honte? Mais pourquoi? Kathleen avait la bière triste mais douce. Son père aussi... C'étaient les autres qui étaient violents. C'était Henry, le frère aîné de son père. Une fois, elle l'avait aperçu en pleine crise à la taverne *Nowhere* où elle s'était faufilée. Les tavernes étaient des lieux de péché, des endroits interdits aux femmes et aux enfants. Même grande, elle ne pourrait toujours pas y entrer et elle ne saurait jamais ce que devenait son père pendant les longues journées qu'il y passait. «He only went there by bus'iness», comme il disait toujours. Mais sa fille ne savait pas ce que c'était que la bus'iness et Irène n'arrêtait pas de souhaiter que le guiabe emporte son mari. «Cœur-Sacré de Jésus, disait-elle, si la maudite taverne *Nowhere* pouvait donc brûler, je pense que je vous ferais trois neuvaines coup sur coup!» Irène avait une conception très particulière des dévotions. Mais comme c'était là, tout de même, une sorte de prière, Mary craignait que le vœu de sa mère ne soit exaucé et que son père ne s'envolât dans la fumée du guiabe. Elle savait bien que le Sacré-Cœur était très occupé à faire la paix dans le monde — la maîtresse l'avait dit — mais il n'y avait pas de chances à prendre: des fois qu'il aurait un moment de libre pour s'occuper d'eux autres qui n'étaient pas dans le monde, mais simplement sur la rue Hôtel-de-Ville! Il fallait qu'elle sorte son père de là malgré lui, qu'elle le sauve de l'enfer. Par la même occasion, elle verrait bien comment c'était. Un après-midi, en revenant de l'école, elle avait semé Jean-Guy et elle y était entrée... Ça sentait très mauvais, les hommes étaient sales et ils parlaient trop fort. Elle avait cru reconnaître son père, attablé au fond avec Henry et d'autres businessmen. Elle avait pensé, furtivement, qu'il ressemblait aux autres. Mais c'est son oncle Henry, surtout, qui l'avait impressionnée: il était chétif et noueux, tout maigre dans ses vêtements trop vastes, il hurlait et bégayait en répétant toujours la même chose: «Mackenzie King was an asshole...» Elle ne savait pas qui était Mackenzie King, mais le nom lui sembla épouvantablement laid, ça devait être une sorte de guiabe dont elle n'avait pas encore entendu parler, le guiabe des tavernes. Un waiteur portant un immense plateau plein de verres de bière s'était approché d'elle: «Qu'essé que tu veux, la p'tite?» Mary avait tourné les talons et elle était sortie en courant... Elle s'était retrouvée sur l'unique marche de ciment de la taverne, le cœur fou et dépitée. Même dehors, ça sentait encore mauvais. Elle avait arrangé sa jarretelle détachée et, une boule dans la gorge, elle était rentrée à la maison. Elle avait quelque chose à dire à daddy en rentrant à la taverne, mais elle ne s'en souvenait plus et elle ne savait plus pourquoi elle était allée dans un endroit de bus'iness défendu. La bus'iness, c'était sale et ça sentait le renvoyage... Daddy ne l'avait pas vue, il regardait Henry. Heureusement! Ça ne comptait donc pas, ça ne pouvait pas compter. Elle ne devait plus penser à cela. Tout ce qui se passait à la taverne ne la regardait pas. C'était un autre Tommy qui était là, pas le vrai. Pas son père. Il ne se ressemblait pas. D'ailleurs, Irène disait toujours qu'il buvait à cause du maudit Henry: «Pourquoi c'est faire qu'Henry va pas boire sa draft dans son boutte, à Pointe-Saint-Charles, avec le restant de la gang d'Irlandais? J'pensais qu'on aurait la paix, loin d'eux autres. Ben non, y s'fait charrier gratis jusqu'icitte dans le quartier, pis là, y fonce direct sur la taverne *Nowhere!* Comme si ça serait la seule place de l'île!»

Maryse avait oublié, croyait avoir complètement oublié cette scène de son enfance. Elle repensait à l'incident pour la première fois depuis des années. Elle revit Henry et les autres frères de Tom, ivrognes endormis ivres-morts au milieu des rues. Race de buveurs. Kathleen buvait comme ses frères mais elle n'aurait jamais eu l'audace de crier, debout sur une chaise de taverne. En un sens, elle tenait son rang...

Maryse ferma le robinet; ses cheveux étaient rincés depuis longtemps. Elle aussi était une buveuse, aux dires de Michel. Elle ne s'aimait pas. Elle ôta le bouchon de la baignoire, toute l'eau coula et elle se retrouva, sèche sur la porcelaine sèche et blanche comme elle. Ses cheveux, délivrés de l'odeur du parfum, dégoûtaient en rigoles sur son corps. Elle restait là, assise à réfléchir à cette réalité accablante: elle avait trop bu et Michel ne l'aimait pas.

— Qu'est-ce que tu fais Maryse? Viens donc te coucher!

Il lui parlait! Donc, il n'était plus fâché. Elle courut se serrer contre son dos immense et chaud.

Cette nuit-là, elle rêva qu'elle était dans un salon de coiffure. Une voix de femme lui disait dans un haut-parleur: «Attendez, mademoiselle, la jeune morte va vous peigner». Sa cousine Gisèle s'avançait, diaphane comme Florentine Lacasse, et elle la peignait longuement. La voix de femme était celle d'Hermine.

Chronique floue

Durant l'été, Maryse et son chum s'étaient inscrits à la maîtrise, dans leurs Facultés respectives. Lui, avait décroché une charge de cours, et ses parents étaient fiers de voir qu'il finirait par devenir quelqu'un. Émilien s'était même mis à leur faire des cadeaux. Maryse trouvait que cela venait un peu tard, Michel aussi, mais ils prenaient tout de même l'argent, ça ne se refusait pas.

Comme ils en avaient maintenant les moyens, au cours de l'automne, Michel voulut engager une femme de ménage. Maryse n'ayant pas trouvé d'arguments rigoureux pour s'y opposer, Rose Tremblée revint à tous les jeudis.

Maryse avait cédé au désir de Michel d'autant plus facilement que leur relation allait mieux depuis quelques semaines: il était souvent à la maison et étudiait beaucoup. L'ennui, c'est que Lemire aussi était souvent là. Les deux gars étaient inscrits exactement aux mêmes cours et ils faisaient tous leurs travaux ensemble. À leur séminaire de pornologie appliquée, ils avaient choisi d'analyser la revue *Penthouse*.

— C'est un excellent corpus! avait dit leur professeur, un ancien prêtre.

Le bureau et le salon furent envahis par *tous* les numéros existants de la revue, achetés pour moins que rien dans une librairie d'occasions. L'engouement de Michel pour *Penthouse* ennuyait Maryse sans qu'elle puisse expliquer pourquoi. Lemire avait beaucoup ri de sa réaction: elle était une nénette-prude-et-bornée. Maryse n'avait rien répondu mais elle trouvait l'appartement sinistre: Lemire s'y vautrait dans les vieux meubles d'Hermine qu'elle n'aimait pas et que Rose Tremblée venait chambarder à toutes les semaines. La maison était

pleine de corps étrangers. Hostiles. Aussi, entre ses cours et la
Place des Arts, se réfugiait-elle de plus en plus souvent chez
Fanchon ou à *la Luna*. Elle s'était mise à y jouer aux dés,
Manolo lui ayant montré comment. Des dés, ils étaient passés
au backgammon, qu'elle préférait. Plusieurs planches du jeu
circulaient dans le restaurant et les habitués pouvaient y
entreprendre partie sur partie sans être dérangés. Les triangles
alternés rouges et noirs de la planche et le glissement doux des
pions semblaient à Maryse cent fois plus intéressants que tous
les séminaires de littérologie et même que tout discours
sénémantique: c'était cela qui était porteur de rêveries et faisait
sens. C'était définitivement cela qui la sauvait de Lemire et de
la balayeuse de Rose Tremblée.

Le soir, quand elle ne travaillait pas, elle passait souvent
chez Marité où les affaires de Gabriel traînaient partout. Ce
désordre la rassurait: elle préférait s'enfarger dans des jouets
Fisher Price plutôt que dans des piles de *Penthouse* étalées.
«Question d'âge mental, sans doute», pensait-elle. Elle parlait
souvent à Marité de MLF, toujours aussi prolifique, et lui lisait
des grands passages de ses lettres, à tel point que Marité avait
l'impression de la connaître et parfois le goût de lui répondre.
Puis, elles parlaient de l'éducation de Gabriel, dont la garde
était compliquée...

□

Depuis qu'elle vivait seule avec son enfant, Marie-Thérèse
avait eu cinq gardiennes. C'était toujours le vendredi soir, en
enfilant leur manteau, qu'elles lui avouaient ne pas pouvoir
revenir le lundi suivant. Elles trouvaient toutes d'excellentes
excuses pour ne pas l'avoir prévenue plus tôt. Marité avait
jusqu'au lundi matin pour paniquer, se ressaisir et inventer une
solution. Blanche lui avait proposé de prendre le petit, mais
elle habitait loin et partait souvent en voyage... Ne pouvant
plus supporter les aléas de la garde à domicile, Marité s'était

mise à la recherche d'une garderie. Comment n'y avait-elle pas pensé avant? C'était *la* solution!

Elle avait d'abord fait les garderies de son quartier en se disant: «Je choisirai la meilleure, celle qui me conviendra le mieux.» À *La Chandelle verte*, c'était complet. C'était complet aussi au *Schtroumpf placoteur* et chez *Les Petits Rigolos*. Chez *Les Marmoussets libérés*, ils attendaient toujours leur permis du ministère pour pouvoir agrandir. Au *Jeune Ouapit*, on lui demanda si Gabriel était propre. Non, pas encore. C'était dommage, ils ne pouvaient pas le prendre! *Chez Mémé*, on avait les mêmes exigences. Au *Snoopy Inn* et à *La Chenille à poil*, c'était complet et, incidemment, ils lui firent remarquer que Gabriel n'était pas encore propre. Marité commençait à désespérer: qu'est-ce qu'elle allait faire de son fils, d'ici à ce qu'il soit entraîné? Quelqu'un lui conseilla *Les Ouaouarons;* ils avaient déjà vingt-cinq noms sur leur liste d'attente. Au *Petit Prolo*, elle n'entrait pas dans les normes et à *La Frimousse beurrée*, ils se spécialisaient eux aussi dans les enfants déjà propres. Pour accélérer les recherches, Maryse prit sur elle d'aller voir à *La Petitécole*, à l'*Académie Tabrini*, à *La Foufoune joyeuse* et même au *Boogyman pussillanime*. On lui fit partout la même réponse: ils avaient déjà leur plein d'enfants propres et pas de permis pour les poupons. Partout, les listes d'attente étaient longues et partout Marité remplissait les mêmes formulaires où il était question de la socialisation de l'enfant, de son degré d'élasticité, de ses prouesses sur le plan psycho-moteur et de la bonne conduite de ses parents: l'enfant avait-il été désiré ou était-ce un accident? L'accouchement avait-il été naturel, surnaturel ou autre? L'enfant s'était-il vraiment remis de sa naissance? Pouvaient-ils le prouver? À quel âge avait-il fait sa première joke? Quelles étaient ses maladies favorites? Avait-il des vices cachés? Savait-il mettre ses mitaines seul et zipper son habit de neige? Pouvait-il et voulait-il se moucher? Confondait-il encore la gauche et la droite? Boubou et René Lévesque? René Lévesque et René Simard? Savait-il par cœur les paroles de la chanson thème de *Candy?* Sinon, qu'attendait-il pour l'apprendre? Que pensait-il de ses collègues du Biafra?

Au fait, était-il raciste, séparatiste, juif ou autre? Pouvait-il se préparer un sandwich au beurre de peanut, seul, sans s'entailler les doigts? Était-il agressif, surexcité, hyper-actif, tannant? Dormait-il pendant la sieste ou, au contraire, avait-il tendance à faire le fou avec ses chums? Et, finalement et surtout, se torchait-il le cul tout seul?

Quand elle avait répondu à ces questions, Marité (ou Maryse qui l'aidait) passait à la partie deux, réservée aux parents du rejeton. Cette section commençait inévitablement par les noms, prénoms, qualifications, occupation et revenu du PÈRE. Ensuite, on était prié d'indiquer les disponibilités de la mère et d'expliquer pourquoi celle-ci voulait faire garder la chair de sa chair. Pour travailler en usine? Dans un bureau? Ailleurs? Si oui, où, quand, et à quel salaire? Ou était-ce, au contraire, pour pouvoir jouer à la canasta avec ses voisines, magasiner, forniquer avec des hommes mariés, rester seule à la maison pendant quelques heures, ou pour toute autre raison difficilement avouable? Son mari et elle étaient-ils pour ou contre la pédagogie nouvelle? Justifiez en cinq lignes. Etc.

Elles remplissaient les questionnaires et les postaient mais le doute les avait assaillies: Gabriel, qui faisait encore pipi dans sa couche à deux ans et quatre mois, était-il un enfant normal? Marité l'avait-elle bien élevé? Elles manquaient de point de référence. Une chose devenait de plus en plus claire: Gabriel n'était pas encore assez mûr, socialisé, avancé, développé pour la jungle des garderies. Le pédiatre l'avait dit: «Madame, avant quatre ans, la place d'un enfant est avec sa mère.» C'était un excellent pédiatre qui connaissait «personnellement» la question: il avait deux chérubins à la maison, sa femme ne travaillait pas à l'extérieur et sa petite famille vivait du fruit de son unique labeur. Mais Marité était une mère indigne qui voulait larguer son lardon pour aller s'occuper des problèmes de pension des femmes divorcées. Un lardon qui n'était pas même encore propre!

À la mi-novembre, elles n'avaient toujours rien trouvé.
Marie-Thérèse pensa alors aux Dames de l'Adoration perpétuelle. Pourquoi pas? Au moins, elles avaient une pouponn-
nière! Elle alla donc frapper à la porte de leur *Centre des Petits
Tabernacles* pour y placer son fils athée et pas propre. Hélas,
ces Dames étaient complètes elles aussi et Marité retourna
chez elle, bredouille encore une fois.

C'est alors que le miracle se produisit: à peine rentrée, le
téléphone sonna. Elle était spécialement exaspérée et n'avait
pas le goût de répondre.

— Réponds donc, lui conseilla Maryse qui était venue
prendre un café. On ne sait jamais, c'est peut-être un aspirant
chum.

Et elle décrocha elle-même en disant:

— Je vais prendre le message, ça ne t'engage à rien.

Chez les autres, le téléphone avait une tout autre connota-
tion, pour Maryse. Or, ce n'était ni un chum éventuel, ni une
cliente en pleurs, ni le gars de *La Presse* désireux d'abonner la
maîtresse de maison à son épais journal, mais bien un délégué
officiel du comité d'accueil de la *Garderie des Petits Bouts de
Chriss Inc.* où Marité avait fait application au tout début de ses
démarches.

— Bougez pas, dit Maryse, j'vais vous passer la moman
elle-même.

La garderie en question était la plus sélect, la plus
avancée, la plus open et aussi la plus alternative de toutes.
Marie-Thérèse avait renoncé, depuis belle lurette, à y être un
jour admise et ne voilà-t-il pas qu'après avoir bien examiné son
cas, étudié l'état de ses revenus, ses besoins, les leurs, l'apport
qu'elle pourrait être pour le groupe, l'assemblée des usagers en
était venue à la conclusion qu'ils pouvaient accepter son
enfant, même s'il n'était pas encore propre; une place venait
d'être libérée sans préavis.

La *Garderie des Petits Bouts de Chriss Inc.* était non
seulement alternative, mais elle était aussi populaire et collé-
giale: les parents *devaient* y participer, c'était une condition
essentielle pour que leur enfant y soit admis et, surtout, pour

qu'il y reste. Marité était tellement soulagée de voir que son enfant aurait enfin un endroit où s'ébattre et des amis pour se socialiser, qu'elle signa tout ce que les membres du comité voulurent et c'est ainsi qu'elle s'engagea à donner un soir par mois pour l'aménagement des locaux et deux autres soirées pour discuter de l'orientation idéologique de la garderie. Elle était déjà membre active d'un comité pour l'avortement et d'un comité de citoyens... Ça lui en ferait un de plus! Maryse l'assura qu'elle pouvait compter sur elle au moins une fois par semaine pour garder.

— T'es bien fine, répondit Marité, mais je verrai pas Gabriel pendant ce temps-là, moi.

Maryse lui trouva l'air épuisé, soudain. Elle s'était mise à parler de son avortement. Cela faisait presque un an mainte-nant. Elle dit:

— J'aurais un bébé de quelques mois, tu te rends compte. Un autre! Je serais seule avec deux.

Gabriel était sur ses genoux et elle le caressait machinale-ment en parlant. Elle ajouta:

— Jean ne s'en occupe pas beaucoup. Il est avec une fille qui a l'air amoureuse de lui... Il y a peu d'hommes intéressants, sais-tu. Ça fait des semaines que je n'ai pas eu une conversation intelligente avec un gars. C'est seulement aux femmes que je peux parler, comprends-tu ça, Maryse? La plupart des hommes que je connais sont mariés ou insignifiants ou les deux; ils n'ont rien à dire, ne comprennent rien, n'écoutent pas. Ton François Ladouceur a quelque chose de remarquable: il sait écouter. Et puis, il est pas laid.

— C'est une litote, dit Maryse.

— Quoi?

— Tu viens de faire une litote. C'est la figure de style québécoise par excellence: ça consiste à dire le moins possible pour le plus!

— Oké d'abord, il est beau, dit Marité.

Et elles rirent.

— Je pense qu'il a une blonde, dit Maryse.

— Oh merde!

Elles rirent encore, mais Marité, moins; elle venait de constater que la personne de François Ladouceur l'intéressait beaucoup plus qu'elle ne l'aurait pensé.

□

Au début de décembre, elle obtint son divorce. Les choses étaient allées vite, Jean n'ayant rien contesté. Elle avait réclamé la garde de Gabriel et il la lui laissait. Il avait dit:

— Pour les droits de visite, on s'entendra à l'amiable.

Il en voulait peu de toute façon. Jean Duclos plaçait sa paternité bien loin au-dessus des contingences matérielles.

Décembre 1972

C'était un jeudi de ménage et la présence de Rose Tremblée était envahissante. Il faisait froid dehors, Maryse n'avait pas du tout le goût de sortir et elle s'était dit: «Après tout, je suis chez moi ici, pourquoi aller lire ailleurs?» Elle s'était enfermée dans le bureau.

Elle leva les yeux de son livre et regarda un moment par la fenêtre où il n'y avait rien à voir, la vitre étant givrée. Mais sur l'allège, à la place habituelle de Mélibée Marcotte, elle aperçut un génie qui l'observait d'un œil torve. C'était un tout petit génie qui n'avait aucune chance de grandir: il ne se nourrissait que de participes passés bien accordés et s'était arrogé le titre de génie de la langue française. Pour faire oublier son peu d'envergure, il parlait très vite et continuellement. Maryse n'avait jamais eu de très bons rapports avec lui et elle avait l'impression qu'il était devenu plus harceleur depuis qu'elle avait commencé sa maîtrise.

— Qu'est-ce que tu fais là, à m'espionner? dit-elle.

— Je ne vous espionne pas, chère amie, je suis votre *vade-mecum*, je vous guide.

— Aie, écœure pas.

— Mon enfant, vous avez une fâcheuse tendance à abuser d'expressions triviales.

— Fuck, j'ai pas de temps à perdre aujourd'hui.

À ce mot fuck, le smile du génie disparut et lui-même se fondit rapidement dans les rosaces du givre. Maryse sourit: si elle n'avait toujours pas dompté le cheval de quatre heures, elle pouvait aisément venir à bout d'un tout petit fantasme diurne à saveur littérologique.

Elle reprit sa lecture de la pièce de Bertolt Brecht, qu'elle choisirait probablement pour sa thèse. Le problème, c'est que les auteurs étrangers étaient passés de mode; on n'était plus colonisés, donc, on ne les lisait plus. Le cas de BB, cependant, était spécial: le fait même d'en parler *prouvait* que vous étiez à gauche et c'était là un choix tout indiqué pour la blonde d'un gars comme Michel. Mais avant de penser à sa thèse, elle devait terminer sa scolarité de maîtrise, et l'expression «scolarité de maîtrise» la déprimait profondément. «Je suis toujours à l'école, se dit-elle, qu'est-ce que ça me donne tout ça? Il ne m'arrive jamais rien, j'aurais peut-être mieux fait d'imiter ma sœur, de me marier et d'avoir des enfants.» Soudain, elle se rendit compte qu'elle était dans la lune et que, même en l'absence du génie de la langue française, elle avait de la difficulté à se concentrer.

— J'peux-tu entrer? dit Rose en ouvrant la porte.

Le froid du corridor mal chauffé s'engouffra dans le bureau.

— J'vous dérange pas, toujours?

Sa voix se superposait à celle de l'annonceur de CKVL qu'elle écoutait toujours en mettant le volume de la radio au boutte. Éric, son petit dernier, n'était pas allé à l'école et il fallait absolument qu'elle lui téléphone.

— Ben voyons, madame Tremblée, vous avez pas à me demander la permission pour ça, dit Maryse. Mais ça vous ferait rien de baisser la radio? J'ai du travail.

— Si ça vous dérange, m'as l'éteindre tantôt.

Maryse dit que ce n'était pas nécessaire; il suffisait de le baisser. Très loin, au fond de la cuisine, un imbécile parlait en faveur de la peine de mort. Cela n'avait pas l'air de déranger Rose. Bouche bée, le torchon à la main, elle regardait le téléphone posé sur la table de travail de Michel qui était parti avec son copain Lemire faire une enquête sur le terrain même de la porno.

— Allez-y, madame Tremblée, dit Maryse.

— Merci, dit Rose, vous êtes smatte, vous.

Elle composa un numéro et se mit à parler de sa voix rocailleuse. À son entrée, Mélibée, qui dormait sur une pile de

feuilles, était disparue dans une cachette connue d'elle seule.
Rose avait dit:

— Qui c'est qui parle, là?

Puis Maryse s'était efforcée de ne pas écouter. Elle s'était
levée pour aller prendre un verre d'eau et en avait profité pour
réduire le volume de la radio. Quand elle revint, Rose, qui lui
tournait le dos, parlait toujours. Elle avait alors quarante-trois
ans mais on lui en aurait donné autour de soixante. Elle avait le
même dos, la même allure désarmante et usée que lorsque
Maryse l'avait vue pour la première fois dans le boudoir de
Blanche Grand'maison, au cours d'une visite faite en compagnie de Marie-Thérèse... Pendant que les trois femmes prenaient le thé, Rose était venue demander quelque chose à sa
bourgeoise. Blanche lui avait répondu patiemment, en souriant,
puis la femme de ménage était repartie et Maryse avait regardé
s'éloigner son dos dans le couloir; un dos sans grâce, noueux,
trapu, aux épaules étrangement étroites comme celles d'une
enfant. L'apparition de Rose Tremblée avait créé un intermède
discordant au milieu de leur après-midi doré et sa présence
dans le boudoir cossu avait eu, pour Maryse, quelque chose de
choquant, d'obscène, que les deux autres femmes n'avaient
pas semblé remarquer. Rose les avait importunées pendant
très peu de temps, finalement, comme si elle-même avait été
consciente de ce qu'elle représentait, du malaise qu'elle susci-
tait chez Maryse. Après, Blanche lui avait demandé si ses
parents étaient des O'Sullivan d'East Angus. Pour se donner
du temps, elle avait pris dans ses bras Gabriel et, pendant
qu'elle l'empêchait de frapper la tasse de porcelaine avec la
petite cuillère d'argent dont il s'était emparé, elle avait pensé...
Elle avait pensé qu'elle était affolée et ne savait pas quoi dire.
Absurdement, elle s'était entendue répondre: «Mon père est
mort quand j'étais jeune... Je l'ai très peu connu. On a perdu
tout contact avec la famille de son côté.» Marité avait eu l'air
étonnée mais elle ne l'avait pas démentie et, sur l'entrefaite,
Louis était arrivé. Il venait chercher les filles pour étrenner son
truck. Elles étaient parties presque aussitôt avec le fils Grand'
maison qui continuait d'agacer son père; il se livrait maintenant

à la dope, c'était notoire, et Charles-Émile aimait mieux faire semblant de ne pas le savoir. Une fois les enfants partis, Blanche avait sans doute rapporté le service à thé à la cuisine et lavé les tasses elle-même — Rose avait la main lourde. Distraitement, elle s'était peut-être étonnée de ne pas connaître les parents de Maryse qui vivait avec le fils d'Hermine Paradis, une compagne de couvent, puis elle avait dû lire *L'Express* pour se tenir au courant... C'est comme ça que l'imaginait Maryse. Elle avait peut-être entendu au loin le ronflement de la balayeuse de Rose, mais peut-être pas, la maison d'Outremont est grande et les bruits y sont absorbés par d'épais tapis... Maintenant, c'était dans sa propre maison que la femme de ménage promenait ses inquiétudes et sa balayeuse poussive. Elle avait fini son téléphone mais s'attardait dans le bureau. Maryse lui demanda pourquoi Éric n'était pas à l'école.

— Y'é tombé. Y y ont faite des points de soudure pis y ont dit de le garder à maison... C'est encore p'tit, y a rien que neuf ans. Pis un garçon en plus, tu-seul avec mon mari! Ça m'énarve.

Pendant qu'elle parlait, Rose n'avait pas cessé de fixer le téléphone. Soudain, elle reprit le combiné et se mit en devoir de le frotter avec le linge qu'elle tenait toujours à la main. L'appareil — le modèle le plus courant de la compagnie Bell — avait déjà été noir, puis Maryse l'avait enduit de varathane blanc. Quelques jours auparavant, par désœuvrement, par haine de cet instrument de torture et aussi pour le camoufler, elle l'avait recouvert de collants du parti Rhinocéros. Elle était très fière du résultat. Rose ne disait rien mais elle frottait avec acharnement sous le regard incrédule de Maryse: c'était pas vrai, elle ne venait pas lui briser son beau téléphone rhino! Les collants commençaient à se soulever par endroits et Rose frottait toujours, pleine de réprobation. Elle demanda à Maryse si son neveu était encore venu.

— Ça prend ben des enfants pour faire des jobs de même! dit-elle.

— Quel neveu? J'ai pas de neveu.

— Ben le p'tit là, Gabriel, c'est comme vot' neveu?

— Ah bon, si vous voulez, dit Maryse.

Elle sourit à l'idée. Rose la regarda, interloquée. Elle ouvrit la bouche pour dire quelque chose, puis renonça. Les relations familiales et autres de Maryse la laissaient perplexe. Elle se contenta de faire remarquer:

— Y fait chaud icitte, on étouffe.

— Mais j'ai froid, moi, je suis gelée... Laissez faire le téléphone, je vais finir de le nettoyer tantôt.

— C'est vrai que vous travaillez pas, dit Rose, quand on travaille, on a chaud.

Maryse fut mortifiée mais elle ne trouva rien à répondre. Finalement, elle lui indiqua assez sèchement la porte en lui disant qu'elle la dérangeait. Sa voix était devenue stridente.

— Mon doux! Excusez-moi, madame Paradis! J'voulais pas vous bâdrer.

Et, comme à regret, Rose sortit du bureau. «Madame Paradis! Je suis devenue Madame Paradis astheure», pensa Maryse. Elle avait le goût de hurler.

Comme elle essayait de revenir à Bertolt Brecht, le téléphone sonna. Ça devait être Hermine. Le nettoyage de Rose avait laissé l'appareil échârogné, avec ses collants délavés et à moitié déchirés. Au lieu de répondre, Maryse le fit disparaître sous le bureau dans l'espoir enfantin qu'il cesserait de sonner... Le matin même, Maureen avait appelé pour lui apprendre triomphalement qu'elle était enceinte.

— Encore! avait dit Maryse.

— Comment ça, encore? Patrick a deux ans pis chus contre ça, les enfants uniques!

À la fin du récit inutilement long et détaillé de cette deuxième grossesse, Maryse avait raccroché en se disant: «La faticante! Qu'est-ce qu'elle veut que ça me fasse?» Mais elle pensait à Maureen depuis le matin. Elle caressa distraitement Mélibée qui avait retrouvé sa pile de feuilles sous la Luxo, puis s'alluma une cigarette. C'est en aspirant la première bouffée qu'elle aperçut à nouveau le génie, assis nonchalamment sur le Petit Robert.

— Maudite marde, c'est pas mon jour!

— Maudite merde, fit le génie. Si vous y tenez.

— Qu'est-ce que tu fais icitte, le smatte? J't'avais pourtant dit de chrisser ton camp!

— Mais ma chère amie, je dois vous surveiller et vous assister dans le choix de votre sujet de thèse. Si vous optez pour ce Bertolt B., vous devrez travailler sur une traduction. Car, évidemment, vous ne savez pas l'allemand! C'est ridicule, convenez-en...

— Je gagerais que toi non plus, tu parles pas allemand?

Le génie passa outre:

— De plus, Maryse O'Sullivan, vous n'êtes pas vraiment francophone: votre véritable prénom est Mary et, à l'âge de seize ans alors que vous découvriez les Belles-Lettres, vous avez usurpé une identité canadienne-française. Bien sûr, votre entourage ignare et mal embouché n'y voit que du feu mais je sais la vérité, moi: vous êtes *née* anglophone. Et vous avez la prétention d'écrire en français!

— Comme Beckett, dit Maryse.

Et toc! Le génie répondit mielleusement:

— Monsieur Beckett a la chance de vivre en France, lui. Mais son image avait pâli. Maryse continua:

— Coudon, le taon, peut-être que toé tou c'est pas ton vrai nom? P'têt ben que t'es rien qu'un génie recyclé. On est rien qu'au Québec icitte, comme tu me l'as déjà faite remarquer. On a peut-être des génies du français de seconde-main! Si t'arrêtes pas de m'écoeurer, j'vas te rapporter à la Société Saint-Jean Baptiste: on va ben voir qui c'est, de nous deux, qui fake!

Le génie battait faiblement des garcettes. Il dit:

— Écoutez, mademoiselle, ne le prenez pas sur ce ton. Je badinais. Ne me cherchez pas. Vous abusez des canadianismes de bon et de mauvais aloi. Pourtant, vous avez un certain sens de la langue et je suis sûr que vous pourriez faire mieux que de vous complaire dans la fange de votre joual natal.

— Fous le camp! dit Maryse, tu me fais penser à Sainte-Monique.

— Je vous aurai avertie, mademoiselle: si vous persistez à

utiliser votre dialecte, vous ne ferez rien de valable car la Francité ne parle pas votre patois. Vous êtes, hélas, mademoiselle O'Sullivan, régionale! Pittoresque, mais régionale! Et qui plus est, bâtarde!

Il se mit à couiner. La balayeuse de Rose venait de s'arrêter. Maryse ne voulut pas que la femme de ménage eût connaissance de ses démêlés avec le représentant du bon-parler-français; son intervention ne pourrait qu'empirailler la situation. Elle dit tout bas:

— Fucking bastard yourself...

C'en était trop: le génie, déjà chancelant, frémit, s'étrangla et disparut dans un spasme de rage. Satisfaite, Maryse sortit du bureau pour payer Rose dont l'ouvrage était faite.

La femme de ménage partit à son tour et Maryse se demanda qui l'avait le plus dérangée: sa sœur reproductrice, le génie de la langue française ou Rose et sa balayeuse? Elle n'aurait pas pu le dire. Un vers merveilleux lui vint à l'esprit: «Tout m'afflige et me nuit, et conspire à me nuire», mais elle se retint de le réciter: c'eût été suffisant pour que l'hostie de génie se pointe à nouveau. Elle se contenta de murmurer: «Maudite journée plate!» — c'était sans aucun risque. Elle se versa un gin et s'en vint, indécise et désemparée, prendre la place de Michel devant la télé. Elle se promit d'aller voir son vrai neveu, Patrick, et de lui acheter un gros cadeau de Noël. Elle se sentait bonne. C'était toujours l'effet que lui faisait la boisson, après quelques gorgées. Puis, sa pensée prit un autre cours: pendant son altercation avec Rose Tremblée, elle avait eu la même voix que celle-ci, elle était devenue hargneuse et vindicative comme l'oncle Henry debout sur sa chaise à la taverne *Nowhere,* comme certaines ménagères de la rue Hôtel-de-Ville. Elle s'était chicanée avec Rose comme une voisine en engueule une autre dans un fond de cour négligée: elles étaient de la même race, des Tremblées pauvres toutes les deux. Et pourtant, la seule présence de Rose la hérissait. C'était là une autre contradiction. Elle voulait rédiger une thèse sur *La Mère* de Bertolt Brecht mais elle était incapable de supporter cinq minutes la présence d'une vraie femme du peuple... Dans les pièces de BB, les femmes prolétaires parlaient peu mais juste, elles étaient émouvantes et sympathiques. Pas Rose Tremblée qui était plutôt révulsante et dont la voix, discordante et mal ajustée, avait de fréquents éclats. Quand Rose ouvrait la bouche, c'était à chaque fois comme si elle avait perdu l'habitude de parler, cela sortait de travers, cela ne coulait pas de source. Fallait-il lui en vouloir pour si peu? Un détail que personne sans doute n'avait remarqué. Les autres avaient le tour de parler à la femme de ménage: Michel était toujours suave avec elle. «Il ne comprendrait pas mon malaise», pensa Maryse. Même Marité ne comprendrait pas. Elle dirait: «On est les spécialistes des contradictions...» Ou quelque chose comme ça, puis elle sourirait. Qu'est-ce qu'ils avaient tous à sourire? Elle ne souriait pas, elle, on le lui avait assez dit au couvent: «Qu'est-ce que vous avez, mademoiselle O'Sullivan?... Rien? Alors souriez!»

Rose Tremblée non plus ne souriait pas souvent, alors que Michel avait un sourire enjôleur, le même que sa mère. Blanche aussi souriait beaucoup. Ils avaient la détente facile, dans ces quartiers-là, ayant été élevés dans l'ignorance du manque et ne soupçonnant pas ce qu'était la pauvreté. Pourtant, il y avait des pauvres chez eux, pour les nettoyer et les servir. Mais sans doute étaient-ils incapables de leur imaginer une vie personnelle, une fois passé le seuil de leurs maisons confortables? Maryse imaginait très bien cette vie-là. Ou plutôt, elle n'imaginait pas; elle n'avait qu'à se souvenir. Elle était née pauvre et cela paraîtrait toujours. Elle se voyait maintenant, assise devant la télé, un verre à la main. Le gin avait remplacé le coke, mais pour le reste, elle n'avait pas vraiment changé. À nouveau, elle eut le goût de hurler.

Elle se leva brusquement, remit à sa place un cendrier que Rose cachait toujours derrière une potiche, et s'habilla pour aller acheter les cadeaux de Noël des enfants des autres.

4

Bonne Saint-Valentin, mon amour

Quatorze février 1973

— **J**'peux pas t'amener au party, avait dit Michel. Les conjoints sont pas invités.

Le soir de la Saint-Valentin, tu parles! Maryse ne le crut pas. Elle se jura de ne pas passer la nuit seule et elle partit vers *la Luna de papel*. Le restaurant était plein et Manolo, très occupé. Ça ne faisait rien: ils finiraient tous par rentrer chez eux, il lui suffisait d'attendre la fermeture. Elle s'installa dans un coin avec un verre et un livre, mais elle ne lisait pas: elle suivait le garçon de table du regard et ne perdait aucun de ses gestes... Après, cela avait été facile: il devait penser à elle depuis un bout de temps, c'était dans l'air. Ils étaient allés chez Marité qui n'avait pas posé de questions et, sur les coussins amoncelés dans le bow-window du salon, ils avaient fait l'amour...

Accoudés à l'allège de la fenêtre, ils parlaient. La nuit était claire et ils pouvaient se voir, à la seule réflexion de la lune sur la neige. Elle regarda sa silhouette musclée. Il était un peu court, tout le contraire de Michel. Il fumait une Gauloise et ses gestes étaient beaucoup plus lents que d'habitude, différents de ceux qu'elle lui voyait accomplir depuis des années. C'étaient des gestes privés, personnels, qu'il n'était pas payé pour faire, des gestes à lui. Il bougeait bien. Dans le fond, elle avait toujours voulu savoir comment il était après, en dehors de *la Luna*. Il regardait dehors:

— Y a pas de neige comme ça, chez moi. C'est beau, mais ça ne me plaît pas. *Eso no me gusta*. Et des fois, j'ai le mal du pays, comme vous dites. *Me siento nostálgico*.

En dehors de chez lui et de la cuisine de *la Luna*, Manolo parlait en français, mais quand il en avait la possibilité, quand il était en confiance, il se traduisait lui-même pour ne pas s'oublier tout à fait. Dans ces moments-là, il se sentait moins déraciné: il se rappelait avoir été un enfant comme les autres, confondu avec ceux de son village. C'était du temps où il n'était pas encore un étranger, un immigré...

Maryse posa la paume de sa main, puis sa main tout entière sur son épaule nue; il avait la peau étrangement douce pour un homme.

— Tu y retourneras, chez toi?

— Non. J'ai pas d'avenir là-bas.

La réponse, immédiate, fut suivie d'un long silence que Maryse sentit plein de regrets. Il ajouta:

— J'aimerais bien pouvoir ouvrir un restaurant à mon compte, avec un ami. J'en ai assez de *la Luna de papel*. D'ici un an ou deux, j'aurai ramassé l'argent nécessaire.

Il se remit à la caresser.

— Tu trouves pas que je sens la pharmacie?

— Quelle idée! T'es bizarre, toi! Tu sens très bon.

Contrairement à ce qu'on peut imaginer, Manolo ne prononçait pas: «Tou sang trrès bonne.» Il n'était pas un Espagnol d'opérette. Né dans un petit village d'Estremadure pauvre et sec, il était venu à Montréal à vingt-trois ans et avait rapidement appris notre français qu'il parlait sans aucun accent, c'est-à-dire avec le nôtre. Il avait la parole facile, chantante et charmeuse.

Maryse se dit: «Je pourrais aimer cet homme et vivre avec lui. J'aurais pu être sa femme.»

— Elle s'appelle comment, ta femme?

Ce désir soudain qu'elle avait de la connaître, de savoir comment ils vivaient, de ne rien briser dans leur vie. «Judéo-chrétienne, masochiste et résignée jusqu'au lit!», pensa-t-elle.

— Soledad, *se llama* Soledad.

— Mais ça veut dire «solitude»?

— Hé oui!

Il rit. Il devenait beau quand il riait, son visage s'animait.

— Tu sais, chez moi, les filles portent souvent des noms de Vierge; il y en a qui s'appelent Dolores, Pilar, Conception, Esperanza. C'est pas grave, on leur donne des surnoms.

Soledad, c'est beau, ça sonne bien.

— Tout de même, je voudrais pas m'appeler «solitude», moi!

Maryse était atterrée. Elle apprit qu'il habitait sur la rue Saint-Dominique.

— C'est en plein quartier portugais! T'es minoritaire dans le ghetto des autres.

— De toute façon, à Montréal, il n'y a pas de quartier espagnol. *No hay.* Pour ma femme, c'est ce qui ressemble le plus à chez nous. Et puis, plusieurs Portugais comprennent l'espagnol.

Maryse se dit: «Si j'étais sa femme, j'habiterais mon ancien quartier. C'était peut-être là mon destin.» Puis elle pensa à la vraie Soledad, seule dans son lit, dans un appartement mal chauffé, avec ses deux enfants, attendant peut-être comme elle-même avait attendu d'autres nuits. Elle se raidit: l'idée de l'existence de Soledad devint omniprésente, plus forte que son désir.

— Il faudrait que tu partes, Manolo, ta femme t'attend.

Il sourit, l'air embarrassé:

— Tu t'intéresses plus à elle qu'à moi, on dirait.

Il fuma lentement une dernière cigarette, s'habilla tout aussi lentement, comme à regret, et partit. Maryse n'était pas pour lui, trop compliquée. Elle le vit descendre les marches du perron. Habillé, il était redevenu un homme quelconque portant un pardessus trop léger, un passant ordinaire qui rentre enfin chez lui. Il regarda la fenêtre et vit que Maryse y était, nue et blanche. Elle lui envoyait la main. Il disparut de son champ de vision. C'était fini. Elle continua de regarder dehors. Elle aurait pu rentrer à son tour et épargner Michel, mais elle ne le voulait pas. Ce qu'il allait penser lui était bien égal; comme lorsqu'elle avait fait l'amour avec François, Michel venait de perdre beaucoup d'importance et elle n'avait pas le goût de le retrouver. Pas maintenant. Elle avait l'impression d'être redevenue elle-même, pour une fois. Elle voulut en profiter. Les arbres du Parc Lafontaine se découpaient, noirs et humides, sur la neige. En les regardant, elle en vint à penser à la fragilité des choses, au fait qu'elle allait mourir un jour et que le bonheur est fugace. Le bonheur, c'était ces ormes condamnés à mourir mais dont les branches ruisselantes zébraient la neige. C'était des petites choses comme cela, un sursis avant la mort... Elle resta longtemps devant la fenêtre, à penser à sa vie désormais différente, débarrassée de l'attachement maladif qui la liait à Michel. Avec François, elle n'avait pas vraiment eu de plaisir, mais avec Manolo, oui. Dorénavant, elle pourrait aimer d'autres corps que celui de Michel, le maléfice était rompu; elle ne serait plus bêtement fidèle et monogame.

Dans la porte du salon, Gabriel apparut, étonné de la voir sur *ses* coussins alors qu'elle n'y était pas la veille. Il était à peine six heures du matin. L'idée qu'elle n'avait pas vu passer le cheval de l'Apocalypse effleura Maryse. Elle sourit à l'enfant et prit dans ses bras son petit corps chaud et dodu.

□

Quand Michel était rentré vers trois heures du matin, Maryse n'était pas dans son lit. Il s'était couché, puis relevé. Mais qu'est-ce qu'elle faisait? À l'aube, il s'était installé à sa table de travail avec un café. Il n'avait pas travaillé. Les autres locataires avaient fait du bruit dans l'escalier en partant, puis le calme était revenu. Vers neuf heures, quelqu'un avait joué dans la serrure et était rentré; Michel avait reconnu la démarche de Rose, dont c'était le jour.

Peu de temps après, Maryse poussa la porte du bureau. Elle était fatiguée mais se sentait extrêmement calme, en pleine possession de ses moyens, pas du tout hystérique. Michel lui trouva l'air innocent et il ne dit rien tout d'abord. C'est ce calme inhabituel qui le mit hors de lui. Elle vint l'embrasser sur la joue comme il faisait lui-même quand il rentrait trop tard.

En fait, il aurait fallu qu'elle le trompe dès le début pour se revaloriser à ses propres yeux, se prouver qu'elle était libre elle aussi, indépendante, pour se divertir de lui. Son tort avait toujours été d'être bêtement amoureuse et complaisante, trop disponible. En prenant ses distances, elle devenait, pour une fois, moins vulnérable. Assis devant elle, Michel avait l'air fou de rage... et humilié. Elle n'avait pas prévu cette réaction. Dans le bruit de la balayeuse, il se mit à la questionner. Rose était dans une lire de balayeuse; elle ne devait pas l'entendre, mais ce n'était pas sûr: souvent, elle branchait l'appareil, le mettait en marche et ne se donnait pas la peine de l'arrêter pour faire autre chose ou pour ne rien faire. Elle était peut-être derrière la porte, à écouter.

Maryse n'avait jamais imaginé avoir un tel effet sur Michel. Elle avait secrètement espéré qu'il trouverait sa conduite normale puisqu'elle était le calque de la sienne. Elle avait agi pour elle, par besoin. Il le prenait contre lui et le lui reprochait. Il parlait! Tout d'un coup, il s'était mis à parler! Ses silences habituels n'étaient peut-être, dans le fond, qu'impuissance à communiquer: son bel équilibre ne recouvrait rien d'autre qu'une immense et affolante retenue. Il criait presque. Toutes ces années où il l'avait trompée en toute quiétude, sûr qu'il était de la trouver dans son lit en rentrant! Elle voulut lui avouer que ce n'était pas la première fois, puis elle eut pitié de lui: il était, plus que jaloux, profondément blessé. Elle se demanda pourquoi les choses étaient si compliquées quand il s'agissait d'elle. Elle se sentit lasse; il lui fallait un autre café pour pouvoir passer au travers de la journée.

— Je vais faire du café. En veux-tu?

— Non! Tu ne sors pas du bureau avant qu'on se soit expliqué!

Il l'avait prise aux poignets. Rose vint frapper à la porte:

— Faut-tu que je change vot litte, madame Paradis?

Maryse tenta de se dégager mais Michel la tenait serrée. Elle cria:

— Faites comme vous voudrez.

Il y eut un temps mort, puis Rose dit «Oké» et elle se mit à fourrager le long des plinthes avec sa balayeuse. Le téléphone sonna. Michel laissa Maryse, prit le récepteur et le lança contre le mur d'où il retomba avec fracas. Ils entendirent la voix d'Hermine crier: «Allô, allô, allô, Maryse, est-ce que c'est vous?» puis elle raccrocha. Maryse avait mal aux poignets.

— Tu m'aimes plus, dit Michel.

— Mais oui, je t'aime. Seulement, t'as toujours dit que c'étaient des mots ridicules. Pour toi, c'est pas grave de coucher avec d'autres: tu m'es fidèle, fondamentalement, comme tu dis. Je te comprends maintenant, il m'arrive la même chose.

— Tu veux rire de moi?

Non, elle ne voulait pas rire de lui. Elle avait sommeil. Il voulut savoir avec qui elle avait passé la nuit. Lui aussi était curieux, finalement.

— C'est qui? Ça doit être ton maudit François Ladouceur?

— Mais non, François a une blonde maintenant.

— D'abord, c'est le gars qui téléphone tout le temps?

— Il téléphone plus. Et je sais même pas ce qu'il est devenu.

Elle ne voulait pas le lui dire. À quoi bon? Puis, elle pensa que ça n'avait aucune importance:

— C'est Manolo.

— Manolo? Qui ça?

— Ben, Manolo, voyons, tu le connais, à *la Luna de papel*.

Il eut l'air incrédule.

— Pourquoi lui? T'as fait ça pour m'écœurer?

— Mais non.

— Alors pourquoi?

— Je sais pas. Je le trouve gentil. Et intelligent. C'est pas un intellectuel, mais il est intelligent.

Le coup partit immédiatement, puis un autre, puis un troisième. Elle ne cria pas: les mains devant la figure, elle s'accroupit derrière la porte et attendit... Elle se demanda si Rose entendait les coups; la femme de ménage n'intervenait pas et sa balayeuse ronflait toujours. C'est alors qu'elle remarqua le bruit du téléphone: la Bell avait déclenché la sirène ordonnant aux usagers de raccrocher le récepteur. Ce nouveau bruit, combiné à celui de la balayeuse, était insupportable. Si au moins un des deux avait pu diminuer d'intensité...

Les coups cessèrent aussi brusquement qu'ils avaient

commencé et Michel se releva, ahuri: il n'avait jamais voulu la battre, cela lui avait échappé. Il s'assura qu'elle n'avait rien de cassé. Non rien. Elle saignait. Il resta saisi un moment puis, énervé par ce qu'il venait de faire et comme pour se justifier, il se remit à crier: c'était bien de son genre de courir après les garçons de table, c'était son monde! Elle dit tout bas:

— J'aime mieux être waitrice que boss. Je recommencerai. Je ne veux plus rester avec toi, Michel Paradis. Je te suivrai pas en Europe l'an prochain.

— Tu seras bien contente d'être en Europe avec moi: c'est plein d'aspirants-waiteurs à importer, y'en a à tous les coins de rues! Tu seras servie. Madame baise avec des garçons de table espagnols! Qu'est-ce que vous avez toutes à triper sur les étrangers? Toutes les hosties de filles que j'ai connues ont toujours eu, à un moment donné dans leur vie, un Italien ou un Français quelconque. Toi, c'est un Espagnol, c'est pas mieux. Mais qu'est-ce que vous leur trouvez? Y a-tu quèque chose de plus kétaine qu'un waiteur espagnol, chriss? Je gage que s'il avait pas été espagnol, ce gars-là, t'aurais jamais couché avec!

Maryse pensa que cela avait peut-être joué, en effet. L'Espagne, c'était le rêve permis, l'ailleurs accessible. C'était le prestige des vieilles civilisations bien assises sur des siècles de barbarie. C'était, encore une fois, la culture. Mais une culture n'offrant que de plaisantes différences avec la nôtre et peu de points de comparaison. On se comparait trop aux Français, on les prenait pour modèles et on avait tort: ça finissait toujours mal, on en venait à se haïr. Avec les Espagnols, il n'y avait aucun danger que cela se produise, leur culture était à la fois différente de la nôtre et familière, leur langue était séduisante et facile à apprendre. Elle se dit: «Comment ça se fait que je pense à ça alors que je viens d'être battue pour la première fois de ma vie? C'est bien moi, ça, toujours à côté du sujet! La face poquée, je me vois en danseuse espagnole!»

Michel n'en finissait pas de déblatérer contre l'Espagne de pacotille qui illumine les rêveries à rabais des petites Québécoises en mal de libération. Elle se dit: «Tiens, c'est comme ça qu'il me voit.» Elle s'en fichait. Il parlait contre les déportés de tous genres et, tout d'un coup, elle comprit la raison de sa hargne: le fait qu'elle l'eût trompé avait été effacé, balayé, par l'humiliation d'avoir été comparé à un garçon de table espagnol plutôt qu'à un de ses amis, fils de notaire ou d'ingénieur. C'était comme si elle avait établi une équation entre Manolo et lui. Elle ne l'avait pas trompé avec le bon gars. Même là, elle manquait de tact.

Repliée dans son coin, elle se mit à le détester. Elle le voyait, petit Québécois imbu de lui-même, minoritaire et bafoué dans son propre pays et, de surcroît, arrogant envers les autres ethnies: au fond de lui, il y avait un profond dédain de tous ceux qu'il jugeait inférieurs. Elle cessa de l'écouter et de lui répondre. Sa joue, qui commençait à enfler, lui faisait mal. Attentive à sa douleur et repensant à Manolo, elle attendit patiemment qu'il s'en aille, sans plus lui prêter d'attention. Elle venait de découvrir le mépris.

Ayant tout dit, il partit finalement. Elle raccrocha le récepteur et se fit des compresses. Elle passa la journée dans la chambre, d'où elle n'osa pas sortir, à cause de Rose. Vers quatre heures, celle-ci cria:

— Madame Paradis, j'ai fini mon ouvrage, là.

Maryse passa sa main dans l'entrebâillement de la porte et lui tendit l'argent qu'elle lui devait.

— Faites bien attention à vous, là, dit Rose.

Chronique floue

Pendant deux semaines, Maryse n'adressa pas la parole à Michel. Elle n'avait rien à lui dire. Strictement rien. Son œil était noir, elle avait le visage tuméfié et n'osait pas sortir. Pendant ces jours de silence hostile et d'enfermement, elle se sentit libre, indépendante, débarrassée enfin de son emprise: pour la première fois, elle envisageait de le quitter. Mais en même temps, la peur d'être enceinte la tenaillait: deux soirs au cours du mois, elle avait oublié de prendre sa pilule. Il ne fallait pas qu'elle soit enceinte, pas cette fois-ci, ce serait trop bête car Michel ne voudrait jamais entendre parler d'un enfant dont il ne serait pas sûr d'être le père.

Elle raconta son aventure à MLF dans une lettre de dix pages et téléphona à Marité qui tenait absolument à lui rendre visite.

— Ah non, tu viendras pas! Si tu fais ça, je t'ouvre pas la porte. J'suis pas regardable!

— Mon Dieu, tu dois être poquée en pas pour rire!

Elle hésita:

— Écoute, Maryse, tu me diras peut-être que c'est pas de mes affaires, mais il me semble que tu ferais mieux de le quitter. On ne reste pas avec un gars qui nous bat.

À son grand étonnement, Maryse s'entendit répondre:

— Il ne m'a pas beaucoup battue.

C'était vrai. Comparativement à d'autres. Mais pourquoi disait-elle ça? Elle continua:

— Ça paraît parce que c'est dans la figure, mais il m'a seulement donné trois coups... C'est pas si grave.

— J'suppose qu'après le troisième, t'as cessé de compter! Vous êtes toutes pareilles. Toutes les femmes battues ont les

mêmes maudites justifications toujours prêtes! C'en est décourageant.

— Je ne suis pas une femme battue, dit Maryse, je ne suis
pas masochiste, moi. C'est un accident. Que j'oublierai jamais,
mais un accident!

Marité ne disait rien.

— Tu sais, continua Maryse, c'est pas grand-chose, des
coups de poing, comparé à ce qu'il m'a fait endurer jour après
jour depuis trois ans. C'est rien, comparé à l'inquiétude, à son
indifférence.

Marité la laissait parler. Il y eut un silence. Maryse ajouta,
d'une toute petite voix:

— Par contre, tu sais, je pense que je ne vivrai pas
toujours avec lui. J'aurais le goût de connaître d'autre monde...
En tout cas, je ne le laisserai jamais recommencer.

Marité ne lui fit pas remarquer qu'elle se contredisait; ce
n'était pas le moment.

□

Le jeudi suivant, en ressortant son arsenal de produits
nettoyants, Rose regarda Maryse avec commisération:

— Pauvre vous! Heureusement que j'étais là la semaine
dernière! Ça aurait pu être pire! Quand y pognent les bleus, y
sont toutes pareils.

Rose parla longtemps de sa sœur battue et Maryse fut
mortifiée par cette complicité forcée avec la femme de ménage
dont l'air entendu et quasiment protecteur l'agaçait. Elle lui en
voulait de comparer Michel à son beau-frère, ivrogne, lâche et
brutal. Mais, quelque part au fond d'elle-même, elle savait que,
dans sa façon élémentaire de voir les gens et de les cataloguer,
Rose avait raison.

Entre-temps, Michel s'était radouci et essayait de la recon-
quérir: il rentrait à tous les soirs et s'était mis à faire les repas,
des steaks-frites. Maryse mangeait tout, de très bon appétit, et
ne disait rien. Elle était parfois tentée de lui faire le coup du

Nouvel Observateur... Il avait l'air penaud, honteux, et ne comprenait pas comment il en était arrivé à la battre. Il avait peur qu'elle ne sorte et dise à tout le monde: «Regardez, mon chum m'a battue.» Heureusement, elle ne sortait pas! Elle ne lui adressait pas la parole, mais elle ne sortait pas.

Un matin, elle se réveilla complètement guérie: ses traits étaient redevenus réguliers et ses lunettes ne lui faisaient plus mal. Elle était menstruée. Tout rentrait dans l'ordre. Elle retourna à ses cours et à son travail. Le soir, elle alla manger chez *Fanchon* où elle était devenue une habituée: elle appelait maintenant Mado par son prénom. François aussi fréquentait le restaurant depuis peu. Il était attablé avec Élise Laurelle.

— Tu viens pas t'asseoir avec nous autres? On se voit plus.

Maryse prit place à côté d'Élise en se disant que François pourrait ainsi les comparer à son aise. Mais François ne pensait pas du tout à ça. Elle se mit à parler. Beaucoup. De tout et de rien. Surtout pas de son œil au beurre noir; ça se plaçait mal dans la conversation. Pourtant, elle avait la démangeaison de dire: «Au fait, vous savez pas la dernière? Mon chum-militant-de gauche m'a sacré une volée! Y é capable, c'est pas rien qu'un intellectuel, mais un vrai gars!» Elle parvint à se contenir. À cause d'Élise, sans doute. Non pas que celle-ci eût été agressive ou gênante, mais elle ne parlait pas et on ne pouvait pas savoir ce qu'elle pensait. Elle semblait fragile. Maryse la trouva jeune, très jeune. Elle se dit: «Tiens, je vieillis.»

☐

Elle retourna à *la Luna de papel*. Manolo ne s'était pas départi de sa politesse et il ne semblait pas mal à l'aise, même devant Marité: c'était comme s'il ne s'était rien passé. Il ne s'était peut-être rien passé, en effet. Ce n'était pas grave. Seulement, Maryse pensait souvent à lui, maintenant, et à chaque fois, elle l'imaginait avec Soledad, qu'elle se représentait sous les traits d'une madone de Murillo. Elle se demandait comment était sa vie, leur vie, comment il se comportait avec elle, s'il la battait comme Michel l'avait fait. Un homme pouvait battre sa femme et demeurer très convenable avec les étrangers et ses amis. Maryse examinait tous les hommes pour tenter de déceler leur potentiel de violence mais il n'y avait aucun moyen de savoir comment ils agissaient dans l'intimité. Ils étaient tous charmants; elle les soupçonnait tous.

Michel avait cessé d'aller à *la Luna* et personne de ses amis ne comprenait pourquoi. Il avait perdu son assurance: il ne pouvait tout simplement pas supporter l'attitude de Maryse qui continuait de l'ignorer bien qu'il lui parlât comme si de rien n'était.

Un matin, alors qu'elle était encore mal réveillée, par lassitude sans doute, par distraction, et aussi parce que ça ne pouvait pas durer indéfiniment, elle s'oublia et répondit à une de ses questions. Il fut soulagé, très soulagé: il allait remonter la côte! Le jour même, il lui fit livrer un bouquet de chez Madame Lespérance. C'était le modèle fleurs-des-champs-variées-à-vingt-deux-piastres, un élégant assemblage d'aspho-dèles, de mufliers, de clafoussis, de mimosa, d'œillets frisés et d'avigêles. Maryse avait déjà vu de tels bouquets — qu'elle jugeait extravagants — chez Blanche Grand'maison. C'était maintenant à son tour d'en avoir un à elle seule, un énorme bouquet de fleurs folles écloses en plein hiver. Quand Michel lui faisait des cadeaux, elle avait toujours un peu l'impression d'être achetée. Mais les fleurs ne laissent pas de traces, pas de preuves, elles sont gratuites. Ce geste la toucha. Et puis, sans trop vouloir se l'avouer, depuis quelques jours, elle avait à nouveau le goût de lui.

Ils firent l'amour. Comme avant. Sauf que Michel ne s'endormit pas tout de suite. Il dit:

— Ça serait peut-être le temps d'avoir un enfant?

Sa phrase glissa dans le silence épais de la chambre, plein des volutes de la fumée de leurs cigarettes. Mélibée tendit l'oreille: elle était curieuse de savoir ce que Michel pensait de la reproduction, ayant découvert depuis peu, par une série de recoupements, qu'il avait quelque chose à voir dans sa stérilité précoce. Maryse laissa rebondir la phrase en la savourant. Il n'y avait aucun doute possible, Michel avait parlé fort et clairement: *il voulait un enfant.* C'était curieux parce que, au tout début de leur liaison, elle avait pensé se faire faire un enfant, pour le garder, pour en garder quelque chose. Elle avait vite écarté cette idée comme la dernière des astuces féminines, comme une pauvre machination dont elle porterait seule le poids pendant des années. Puis, lors de l'avortement de Marité, quand elle avait cru être enceinte, elle s'était rendu compte qu'elle désirait vraiment un enfant. Mais pas Michel. Inconsciemment presque, elle avait agi pour l'enfant comme pour l'appartement: elle avait su patienter. Elle se disait que ça devait venir de lui, qu'il ne pourrait plus refuser l'idée — et surtout la chose — s'il en avait parlé le premier. Mais il n'abordait jamais la question. Elle avait attendu, tout ce temps, et son attente n'avait fait que la confirmer dans son désir... Au moment où elle n'espérait plus rien, où elle songeait même à le quitter, il se décidait enfin.

Elle mit ses lunettes pour mieux le voir et lui sourit de toutes ses dents: il était tellement beau! Ils auraient un bel enfant, une belle petite fille qui jouerait avec Gabriel.

Le lendemain, elle s'empressa de téléphoner à Marité pour lui annoncer la nouvelle.

— Méfie-toi, dit celle-ci, quand ils en sont rendus à t'offrir des enfants, c'est que le terminus est proche! Avec Jean, ça a été le début de la fin. Et puis, est-ce qu'il sait ce que ça veut dire, élever un enfant? Est-ce qu'il en veut vraiment un?

— Ben voyons, puisqu'il en parle! C'est rare, tu sais, les hommes qui sont intéressés par les bébés. Eh bien, à chaque fois qu'on croise un carrosse dans la rue, il se penche pour voir dedans.

Marie-Thérèse était sceptique. Mais comme elle n'avait pas d'autre père à proposer à Maryse en remplacement, étant elle-même à cours de père, elle laissa tomber. D'ailleurs, Gabriel scandait «moman, moman, moman» depuis une bonne minute en tirant sur sa jupe. Elle raccrocha.

Effectivement, Michel voulait très sincèrement avoir un

fils. Gilles Crête en avait bien un! Il n'en aurait pas parlé le premier s'il n'avait pas été obligé de le faire. Mais depuis son escapade avec le garçon de table, sa blonde était devenue lointaine, inaccessible. Or il avait dû, en quelque sorte, se l'avouer: il tenait à elle. Pour la reprendre définitivement en main, il avait parlé de l'enfant. Elle avait tout de suite changé d'attitude et ils s'étaient réconciliés totalement. Michel avait fait d'une pierre deux coups: il aurait peut-être un enfant l'an prochain — à vingt-sept ans c'était normal — et, par la même occasion, il s'assurait la fidélité de Maryse jusqu'à l'accouchement. Elle lui avait dit vouloir un enfant de lui et de personne d'autre; elle avait donc fini de faire la folle avec des waiteurs immigrés.

Ils furent très heureux pendant tout le restant de l'hiver. Même Maryse était heureuse. Tout ce qu'elle avait souhaité se réalisait: Michel ne sortait plus, il était devenu tendre et discutait avec elle de logologie. Elle s'intéressait maintenant à la logologie et faisait des plans pour quand ils auraient le bébé. En fait, elle n'avait jamais cessé d'aimer son chum et le souvenir de son aventure avec Manolo s'estompait: ils étaient même retournés à *la Luna de papel* ensemble. Elle cessa de scruter le comportement des hommes — batteurs hypothétiques de leurs blondes — pour étudier celui des femmes enceintes. C'est fou ce qu'il pouvait y avoir de femmes enceintes quand on se mettait à les remarquer! Bientôt, avec un peu de chance, ce serait son tour.

□

Le onze mai, Marie-Thérèse eut trente ans. Sa mère avait téléphoné dans la journée et Maryse aussi: elle l'invitait pour dimanche avec Gabriel, elle ferait un gâteau et tout. Louise, une autre amie, avait aussi téléphoné. Mais aucun homme ne s'était souvenu de sa fête... Il était une heure du matin et, assise dans son lit trop grand, elle pensait à François Ladouceur. Inutilement, elle le savait: François était occupé maintenant et cela avait l'air sérieux, Maryse le disait. Il fallait donc cesser de penser à lui, c'était une perte de temps. Sauf que du temps, elle en avait, la nuit surtout: elle était une femme seule. Une femme seule qui a réussi. Ça semblait faire l'affaire de tout le monde dans son entourage et on l'admirait beaucoup. On disait: «Marie-Thérèse Grand'maison est une forte femme, une avocate trrès compétente!» De plus, elle savait si bien concilier sa carrière et ses obligations de mère, elle n'avait pas besoin d'un homme pour la faire vivre et l'épauler, elle était vraiment émancipée! Les gens applaudissaient presque. S'ils avaient su! Elle était seule et tannée de l'être...

Gabriel apparut, pieds nus sur le tapis de la chambre. Il demanda où était Jean.

— Chez lui. Ici, tu es chez toi, chez Marité.

— Veux voir papa.

C'était le même scénario à toutes les nuits. Le jour, il ne mentionnait jamais le nom de son père, mais la nuit, réveillé en sursaut, il le réclamait. Marité ne savait pas quelle attitude adopter et Jean ne voulait pas entendre parler de ces caprices, de ces frayeurs d'enfant. Il prétendait que son fils n'avait pas peur chez lui, qu'il était parfaitement équilibré et sécure. D'une façon générale d'ailleurs, Jean ne semblait pas intéressé à parler de ça. Le mot ça désignant en l'occurrence toutes les histoires de braillage, torchage, ramassage et autres troubles inhérents à l'élevage d'un futur joueur de hockey. Jean rêvait de faire entrer son fils dans l'équipe peewee quand celui-ci serait en âge d'être exhibé. Mais en attendant, Gabriel relevait exclusivement de la juridiction de sa mère... Elle soupira et le fit allonger près d'elle. C'était une mauvaise habitude à lui donner, mais tant pis. Que les psychiatres réprobateurs et autres jos-connaissants lui servent de père et qu'ils se lèvent pour lui, à toutes les nuits. Autrement, ils ne lui étaient d'aucune utilité. Il était d'ailleurs étrange de voir comment elle se retrouvait seule, au bout du compte, pour prendre les décisions d'importance au sujet de son enfant. Blanche et Maryse l'écoutaient volontiers mais c'est sur elle que tout reposait. Même à la garderie, ils avaient le commentaire succint et peu de temps à lui consacrer: Gabriel était bien adapté, ça disait tout, ils n'avaient rien à ajouter et lui avaient fait sentir que ses questions intempestives étaient déplacées, égoïstes et non comprises dans le tarif... Au milieu de l'hiver, lors d'une belle journée froide et pédagogique, elle était tombée nez à nez avec Élise Laurelle, sa cliente qui ressemblait tant à Maryse. Élise était occupée à chercher la botte rouge de Merlin Brochu. Elle lui avait dit, tout simplement: «Je suis remplaçante, ici. Vous savez, dans les garderies populaires, ils ne vérifient pas les casiers judiciaires.» Puis elle avait déposé la pile de vêtements mouillés qu'elle tenait pour voler au secours d'une certaine Zoé Gravelle qui menaçait de rendre l'âme, et la conversation avait fini là... Gabriel parlait souvent de la monitrice Élise. Marité se dit qu'il lui serait peut-être possible, en la questionnant, d'avoir plus de détails sur le comportement de l'enfant. Elle le trouvait petit pour son âge, et sensible. Trop? Elle ne savait pas, n'avait pas de points de comparaison. Elle avait tendance à se replier sur lui et il ne fallait pas, ce n'était pas la solution à sa solitude, elle l'aimait trop pour lui imposer ça.

Elle ferma la lumière et essaya de faire le vide. Elle se vit avec lui dans une île grecque qu'elle avait visitée au cours de son voyage de noce. L'unique rue de l'île était blanche et inondée de lumière. Ils marchaient dos au soleil et voyaient leurs deux ombres s'allonger loin devant eux. Puis, une autre ombre apparut, immense, à leur côté; c'était celle de François Ladouceur.

□

Au début de l'été, Maryse reçut de Marie-Lyre une lettre qui commençait par l'avertissement suivant: «Ceci est ma dernière missive, ma chère Maryse, car je rentre bientôt...» Venait ensuite un compte rendu enthousiaste des hauts faits du Mlf auquel Marie-Lyre avait adhéré depuis peu.

Après avoir parcouru la lettre de son amie, Maryse sortit

faire des courses, et c'est chez *Eaton,* au comptoir des cosméti-ques, qu'elle revit la muse Légarée. La belle Elvire avait les traits tirés sous son maquillage Elizabeth Borden. Et pour cause: elle passait de grandes soirées à recopier de sa main d'inspiratrice des poèmes qu'Adrien déchirait ensuite dans de rageurs accès d'auto-destruction.

— Mais pourquoi tu lui recopies ses textes, demanda Maryse? Après tout, il sait dactylographier, ton poète.

— Tu comprends pas! La dactylo, c'est pour le brut. C'est un bête outil de travail. Mais le poème ne prend toute sa force, tout son sens, son suc, son tremblement, que lorsqu'il a été recopié en caractères standards par la muse. C'est une étape décisive dans le processus créateur car c'est alors seulement que le maître, voyant enfin son œuvre sortie de lui, extériorisée, peut la juger, la débarrasser de ses scories, l'émonder ou même la détruire. Adrien a beaucoup émondé cet hiver et il n'en est resté que trente-deux vers publiables. Oh! j'ai fait mon auto-critique; j'ai pensé un moment que ma calligraphie était en cause. Mais c'est impossible; j'ai eu mon diplôme de muse senior en mars et je suis sortie première de ma promotion. Mais c'est pas ça qui nous fait vivre et on a deux appartements à payer. Alors, j'ai pris ça ici pour un bout de temps, je suis surnuméraire.

Derrière le comptoir, Elvire déplaçait machinalement les fioles.

— Mais pourquoi t'as choisi vendeuse de produits de beauté?

Elvire eut l'air agacé:

— J'ai pas vraiment choisi... J'ai bien essayé de faire de la calligraphie pour d'autres poètes, mais c'est pas facile: la production de l'année a été faible. J'ai calligraphié pour Gladu, pour Boileau, un peu pour l'Épagneul Bourru, mais ils sont chiches et quand ils ont du travail, ils le refilent à leur muse steady, ça se comprend. Et puis tu sais, Adrien est devenu susceptible; il tolère mal que j'en calligraphie d'autres, même des petites jobs vite. Il a son honneur.

— Il pourrait pas travailler, ton poète?

— Voyons donc! Adrien est beaucoup trop fragile pour la vie extérieure, trop sensible. De nous deux, c'est moi qui suis robuste. Mais je ne sais pas si je vais tenir le coup encore longtemps; je pense que je suis allergique à Elizabeth Borden.

À bien y regarder, on voyait, sous le maquillage crayeux d'Elvire, d'énormes plaques rougeâtres.

— C'est absurde, dit Maryse.

— Mais non, chère, c'est paétique!

En plus, Elvire avait dû se faire avorter pour la deuxième fois.

— Tu veux vraiment pas avoir d'enfants?

— C'est pas ça. Au contraire, j'aimerais bien. Mais pour une muse, c'est pas recommandé. Pas avant trente ans (elle en avait vingt-six). Si je peux tenir encore quelques années, après je pourrai me recycler muse domestique. J'aurai droit au Bien-Être et j'aurai des tas d'enfants...

— My dear Elvire, dit la surveillante du plancher, are you busy, now? You know you are not allowed to loiter with customers who don't buy anything.

— Votre anglais est vraiment pas pire pour une Canadienne française, dit Maryse, mais votre accent vous trahit.

— Qu'est-ce qu'on peut faire pour vous, madame? siffla la surveillante avec un sourire terrible.

Maryse eut peur qu'Elvire ait à payer l'impertinence de ses propos. Dans l'espoir de réparer sa bévue, elle acheta un gros tube de stuff trop fort pour sa peau fragile de rousse.

— Je vous mets un échantillon de crème émolliente-désincurstante, dit la surveillante, c'est le spécial de la semaine.

— C'est pas nécessaire.

— Ça me fait plaisir, madame.

Voyons, pensa Maryse, j'ai pourtant pas la peau si maganée! Puis elle dit timidement salut-on-se-téléphone à Elvire, et elle partit.

Juillet 1973

L'été passait dans la mollesse: ayant tous deux terminé leur scolarité de maîtrise, Maryse et Michel avaient enfin l'impression d'être arrivés quelque part. Le matin, ils déjeunaient ensemble, après quoi ils travaillaient un peu. C'est-à-dire que Michel refaisait pour la nième fois le plan de sa thèse en demandant à sa blonde son avis à tous les quarts d'heure. Ces interruptions ne dérangeaient pas vraiment Maryse qui avait décidé de prendre un break: la chatte sur les genoux, elle lisait les romans d'Alba de Cespédes, une auteure «étrangère et mineure» dont ses professeurs littérologues lui avaient pudiquement caché l'existence. C'est MLF qui avait suggéré cette lecture impie. Mais même dans cette entreprise peu orthodoxe, Maryse conservait quelque chose de discipliné: elle avait entrepris de lire *tous* les romans d'Alba de Cespédes sans sauter aucune description. Quand elle en aurait fini avec Alba, elle pourrait penser à sa thèse. Pour le moment, il faisait vraiment trop chaud et tout le monde se traînait dans l'humidité enveloppante de Montréal.

Ils auraient bien aimé prendre des vacances, partir — Maryse avait même laissé la Place des Arts et jeté son uniforme beige — mais ayant postulé partout pour avoir du travail, ils attendaient qu'on les rappelle et n'osaient pas s'éloigner de la ville. Et puis, ils n'avaient pas d'argent. Michel continuait d'être gentil, à sa façon. Il ne voyait presque plus Francine Fauchée, mais beaucoup Lemire avec qui il faisait de la photo. Celui-ci avait une chambre noire, très fraîche, et les deux hommes s'y enfermaient pendant des heures, à tous les après-midis. Maryse ne pouvait rien y redire. Elle était d'ailleurs béate et comme engourdie par le calme soudain et inespéré de sa vie.

Depuis le début de l'été, Hermine n'arrêtait pas de les achaler pour qu'ils aillent se baigner au chalet. Un samedi, ils décidèrent d'accepter son invitation; ça serait réglé. Michel ne raffolait pas de la baignade mais il s'était découvert récemment un goût pour le tir au pigeon d'argile; il pourrait en faire dans le champ derrière, avec Lemire.

— Ah bon, dit Maryse, je ne savais pas que tu l'avais invité!

C'était normal et tout naturel, pourtant: Lemire avait une réputation d'excellent tireur. Réputation qu'il s'était faite lui-même.

— Si c'est comme ça, je vais devoir amener Marie-Thérèse, moi, sinon, je serai prise pour parler avec ta mère.

— Bon, comme tu veux, mais maman viendra sûrement pas sur le champ de tir, elle déteste ça.

— Mais moi aussi, j'haïs ça, la carabine!

Michel rit:

— Le tir au pigeon d'argile ou ma mère, choisis ce qui fait le moins de bruit!

— Je préfère Marité.

Celle-ci ne faisait justement rien. Ils la prirent en passant.

□

— Veux-tu bien me dire ce qu'on fout ici, chez ma belle-mère, demanda Maryse.

Pour la forme. Elle était debout au bord de la piscine, à regarder la masse d'eau chlorée qui miroitait cruellement sous le plein soleil. Comme toujours, dans cette eau outrageusement brillante et qui avait l'air synthétique, Maryse essayait d'imaginer la mer toute verte et qu'on disait froide et fouettante; la mer de la Nouvelle-Angleterre, qu'elle ne connaissait toujours pas. Ce n'était pourtant pas la fin du monde d'aller passer quelques jours au bord de la mer, tous les autres y allaient! Même François était à Nantucket avec Élise. Il lui avait envoyé une carte postale entièrement rédigée en espagnol et représentant un homard qui accusait une forte ressemblance avec Woody Allen. Elle sourit à ce souvenir.

— C'est François qui a raison, dit-elle. Il prend des vraies vacances, lui. Il a l'air heureux.

Marité avait installé son pliant tellement proche de l'eau qu'elle pouvait y tremper sa main. Elle était d'excellente humeur, elle l'avait été jusqu'à maintenant, mais en entendant le nom de François, elle eut un pincement; elle l'imaginait trop bien avec sa blonde car elle savait maintenant qui elle était. Un soir, en reprenant Gabriel à la garderie, elle avait croisé François et n'avait pas pu s'empêcher de lui demander platement: «Qu'est-ce que tu fais ici?» Il avait répondu avec une franchise terrible et un grand sourire: «Je viens chercher ma blonde.» La garderie fermait et il ne restait plus qu'Élise comme monitrice. Marité avait été confondue: la blonde de François était Élise Laurelle! Montréal était un petit village, trop petit. Étouffant.

— Sais-tu, dit-elle, je la connais la fille qui sort avec François. C'est mon cas de vol à l'étalage. Elle est rendue monitrice pour les Petits Bouts de Chriss et mon fils est fou d'elle, il en parle sans arrêt. À part ça, elle est avec un maudit beau gars! Je trouve qu'elle se débrouille bien, pour une fille qui avait l'air si mal prise.

— Qu'est-ce que t'as? dit Maryse. On dirait que t'es jalouse.

— C'est en plein ça, maudit torrieu! Je suis tannée d'être une femme libérée, raisonnable, seule comme une codinde avec ma force de caractère! Je suis tannée d'être fine! Je me sens devenir pas fine à une vitesse folle...

Elle n'eut pas le temps de finir sa phrase: de l'autre côté de la piscine, Gabriel se penchait au-dessus de l'eau au point d'y basculer. La chienne Mésange lui mordillait les mollets et il riait à en perdre le souffle. Marité fit le tour de la piscine et le tira prestement vers l'arrière.

— Je t'avais dit de pas t'approcher de l'eau!

L'enfant n'osa pas répondre et jeta son dévolu sur une fourmilière. Mais il avait la baboune longue-longue. Ah! La casseuse de fun! Marité soupira et se laissa retomber dans son pliant:

— C'est bizarre, avoir un enfant, ça nous vieillit, tu verras. Depuis que Gabriel est né, j'entrevois la fin de mon règne. Il me pousse en avant. C'est un peu comme si j'étais périmée, déjà.

Elles restèrent un moment sans parler. Les cheveux blonds de Gabriel brillaient dans le soleil. Il faisait une chaleur assommante. Sur ses pattes trop courtes, Mésange s'était mise à courir après un papillon invisible. Encore une maudite chienne jaune! se dit Maryse. Soudain, Gabriel se mit à arracher du gazon pour les fins d'un jeu dont lui seul saisissait la logique. Sa mère cria: «Fais pas ça, Gabriel!» Deux fois. Sans résultat. Puis elle cria encore: «Je suis fatiguée de toujours tout te répéter!» Gabriel dit: «De quoi?» Marité eut la tentation de lui donner une tape mais il était trop loin. Il s'était encore rapproché de la piscine en jouant. Maryse alla le récupérer. En se levant, elle eut un court vertige à cause de l'odeur de chlore, mais elle se remit d'aplomb et courut vers Gabriel qu'elle emporta dans ses bras. L'enfant se mit à ruer en disant:

— Je veux courir après le chien, bon.

— On se baigne-tu, là? dit Marité. Te baignes-tu? Sinon, on va s'installer ailleurs. Ça m'énerve, moi, cette piscine-là.

— Je vais me baigner avec le petit, dit Maryse.

Mais au bout de l'allée, son attirail de colliers bringuebalant sur sa poitrine flasque, sa belle-mère apparut, portant un plateau de boissons colorées. Elle sentait le gin et souriait: elle était contente d'avoir du monde. En bonne belle-fille, Maryse lui prit le plateau des mains. Hermine cajola Gabriel et essaya de l'entraîner vers l'intérieur du chalet, mais le petit préférait la piscine. Hermine placota quelques minutes, puis elle s'excusa: elle devait rentrer, ne supportant pas le soleil. Mésange la suivit. Ouf!

Michel et Lemire s'étaient approchés pour prendre leurs verres.

— Allez, Marie-Thérèse, pourquoi ne venez-vous pas avec nous? dit Lemire.

— Si c'est à moi que tu parles, dit Marité, tu peux me tutoyer.

— Vous avez peur des armes à feu, peut-être?

— T'as déjà essayé de tirer de la carabine avec un p'tit dans les bras, toi?

— Mais on pourrait l'initier, c't'enfant-là.

C'est Michel qui avait parlé.

— Laissez Gabriel tranquille! Je suis contre ça, moi, les fusils!

— Bon, le flower-power, astheure. Me semblait, aussi, qu'on était dû! Envoie-nous donc une petite toune de peace-love, Marie-Thérèse Grand'maison, pendant que tu y es.

— Aie les gars, on n'est pas venues ici pour se chicaner, dit Maryse. Allez donc jouer au cowboy dans la cour en arrière avec vos guns. Nous autres, on aime mieux rester dans le parterre à jouer à mère. Oké là?

Pleins de tact, les deux gars partirent pour ne pas assombrir par des vétilles une si belle journée.

— Aille, lui, Lemire, y me tombe sur les nerfs! dit Marité. Avoir su qu'y serait aussi pénible, je serais allée me promener autour de l'étang du Parc Lafontaine. Je pense que je me serais moins faite baver.

— Je veux nager, dit Gabriel qui avait enlevé tous ses vêtements.

Il ne se baignait pas, il nageait. Marité n'avait absolument pas le goût de se baigner et son fils frétillait d'impatience. Au loin, elles entendirent les premiers coups de feu. Lemire ne reviendrait pas de sitôt. Maryse, qui était pieds nus, posa ses lunettes à l'ombre de son pliant, à côté de son verre, elle prit Gabriel dans ses bras et entra tout habillée dans la piscine. Le petit la trouva très drôle. Il riait en faisant de grands splatchs dans l'eau. Maryse se mit à rire elle aussi. Son bonheur eût été total si elle n'avait pas entendu les coups de feu, ponctués à tort et à travers par les jappements inquiets de Mésange. Elle installa Gabriel dans son flotteur et fit une longueur de piscine. Mais l'enfant n'arrêtait pas de l'appeler pour qu'elle le fasse nager. Elle le soutint et lui fit faire l'avion longtemps, longtemps. Elle se concentra tellement sur ses progrès qu'elle finit par ne plus entendre les coups de feu, puis elle s'arrêta, épuisée, et sortit de l'eau. Gabriel dut sortir aussi.

— On va se rebaigner tantôt, dit-elle.

Ses vêtements, qui lui collaient à la peau, lui faisaient une fraîcheur délicieuse. Immobile sur son pliant, Marité lui sourit mais Maryse sentit que ça n'allait pas fort. Elle prit une cigarette et une gorgée de son planter's punch déjà tiède.

— Tu sais, dit-elle, on est chanceuses, dans le fond. Il y a pire que nous...

Pour une fois, elle ne pensait pas à sa famille, mais à Elvire Légarée. Sa rencontre avec Elvire l'avait troublée et elle commençait à trouver étranges les mœurs des muses. Curieusement, l'œuvre des écrivains ne semblait pas conserver la trace de leur travail. Que devenaient-elles? Et quel était leur apport réel aux écrits des Maîtres? Elle venait peut-être de trouver là son sujet de thèse. Elle aborderait la question sous l'angle esthétique bien que son aspect socio-affectif l'intéressât: la vie de muse semblait si misérable, surtout en période de sécheresse poétique... Dire qu'elle avait déjà envié Elvire qui avait viré vendeuse de grimage chez *Eaton,* les vendredis soirs!

— Tu sais, dit-elle à Marité en guise d'explication, Elvire Légarée est pognée avec un poète à faire vivre et l'interdiction d'avoir des enfants. On est beaucoup plus libres qu'elle.

— Tu crois? dit Marité. Avoir un enfant, c'est aussi une servitude.

Elle s'arrêta net:

— Mondou, où est-ce qu'il est passé?

Le petit avait disparu. Elles l'appelèrent. Pas de réponse. Seulement les bruits de carabine au loin. Elles appelèrent encore... Hermine accourut, essoufflée. Le terrain était grand, légèrement vallonneux et le jardin, à l'abandon depuis l'été d'avant: Émilien n'aimait pas les fleurs et Hermine avait tout laissé aller. Marité était blanche.

— Il ne peut pas être tombé à l'eau, dit Maryse, on l'aurait entendu, on l'aurait vu.

Suivies de Mésange qui leur courait dans les jambes, elles se mirent toutes les trois à le chercher en criant son nom. C'est Maryse qui arriva la première au haut du talus et le vit: bien installé parmi les herbes folles et les restants de tiges de pissenlits, Gabriel jouait placidement aux fesses avec l'esprit mauvais.

— Je l'ai! cria-t-elle.

Elle aperçut en même temps l'esprit mauvais qui lui fit un large sourire:

— Tiens, dit-il, si c'est pas la petite madame Paradis!

Il se sentait taquin. Il s'étira, boutonna sa culotte et dévala la pente. Il avait l'air d'une petite fleur luisante dans le soleil. Il disparut sous une roche. Marité arriva à son tour:

— Qu'est-ce que tu faisais là, Gabriel Duclos? Pourquoi tu ne nous réponds pas quand on t'appelle?

Gabriel la regarda silencieusement de ses grands yeux. Son petit zizi était un peu en érection.

— Pauvre tit bébé! dit Hermine qui était péniblement arrivée à leur hauteur, laissez-le pas tout nu, voyons, y va attraper un coup de soleil sur les fesses!

Sa mère l'agrippa par un bras et, dans son énervement, elle lui flanqua une claque n'importe où. Il l'attrapa sur l'oreille et se mit à hurler, mais sans conviction. Marité cria:

— Maudit, Gabriel, fais-moi plus jamais ça, des peurs de même! Réponds quand on t'appelle. Qu'est-ce que tu faisais, donc?

Elle le serrait très fort.

— J'étais occupé, dit Gabriel.

Il pensait en lui-même: «... Marité veut pas que je joue avec le petit bonhomme barré rose-bleu.»

— On retourne se baigner, proposa Maryse.

— C'est ça, amusez-vous les enfants, moi je suis trop vieille! Je vais vous refaire des drinks.

Larmoyante et toujours suivie de Mésange, Hermine retourna vers le chalet. Quand elle fut hors de portée de voix, Marité dit:

— Mais ta belle-mère est soûle, complètement soûle...

— C'est possible, dit Maryse en entrant dans l'eau avec ses vêtements redevenus secs, je m'en fous.

Elle se sentait tellement sûre d'elle, pour une fois, et gaie, qu'Hermine lui faisait pitié. Elle ajouta:

— Si j'avais vécu avec Émilien Paradis pendant trente
ans, je me paqueterais peut-être moi aussi les dimanches
après-midi d'été...

Elle pensa, presque joyeusement: «Je suis dans la piscine
de mes beaux-parents!» C'était une piscine parfaite, très grande
et très turquoise. Qui ne servait à rien en temps normal; ni
Hermine ni Émilien ne se baignaient. La piscine était là, en
attente des enfants — quand ils voulaient bien venir — ou des
petits-enfants. Maryse revit Noémie, dans sa robe à petites
fleurs, l'été d'avant, aux noces de Claudine, s'approcher de la
piscine convoitée et dangereuse. Sa mère la prenait par la
main et l'éloignait... Elle imagina son propre enfant dans cette
même piscine; qui sait? l'été prochain, elle aurait peut-être un
bébé qu'elle baignerait, comme elle le faisait aujourd'hui avec
Gabriel. Elle n'aurait pas besoin d'emprunter l'enfant, il serait à
elle tout le temps. Elle l'amènerait à Hermine. Pourquoi pas?
Sa belle-mère était une femme seule et malheureuse qui
s'ennuyait... Dans ses bras, Gabriel se tortillait. Il dit: «Allô,
allô...» au soleil. Maryse regarda dans la même direction que lui
et elle vit l'esprit mauvais planer sur les eaux turquoises en
souriant. Il faisait d'adorables loopings. Elle lui rendit son
sourire.

— Je me baignerais bien avec vous autres, dit l'esprit,
mais je ne sais pas encore nager.

— Facile, facile, fit Gabriel, c'est bébé.

De chaque goutte lumineuse qu'il faisait voler dans le
soleil, sortait un esprit rieur.

Chronique floue

Marie-Lyre revint à la fin de l'été. Peu contaminée par la culture, les tics et les modes de l'ancienne mère patrie, elle reprit facilement le rythme de la vie montréalaise, évitant ainsi à son entourage de subir les retombées de deux années de snobisme parisien. On la jugea intacte. «T'as pas changé, MLF!» disait-on. Elle trouvait ça un peu déprimant, mais souriait: elle savait bien qu'elle avait changé, ayant décidé d'être heureuse maintenant, et bien dans sa peau, quoi qu'il lui arrive ou ne lui arrive pas. Elle y parvenait pendant de longues heures.

Un beau matin, sans prévenir, elle retontit chez Maryse, à bicyclette, avec une blouse mauve. Elle rangea la bicyclette dans la salle à dîner: elle avait peur de se la faire voler en la laissant dans la rue.

— La vie à Paris est tellement rough, dit-elle, j'ai pris des habitudes de guérilla.

La blouse faisait juste et Maryse en fut ravie. Marie-Lyre également. Une fois installée devant un énorme verre de jus d'orange, elle demanda des nouvelles de tout le monde et Maryse lui raconta ce qu'elle ne lui avait pas écrit. Elle dit:

— François Ladouceur est avec une fille, maintenant.

MLF le savait déjà.

— C'était inévitable, dit-elle, un gars fin comme lui.

Et elle enchaîna:

— Au fait, je me cherche justement un chum. T'aurais pas quelqu'un en vue? Vasectomisé, de préférence.

— Vasectomisé?

— Oui. Je suis plus sélective maintenant. Je favorise les sujets ouverts et conscientisés. C'est un nouveau critère dans mon classement; au départ, ça leur donne trois points.

Maryse ne connaissait aucun gars vasectomisé.

— C'est pas grave, dit MLF, je trouverai sur le terrain. C'est pas pressé.

Elle était bien comme ça, seule pour le moment, et contente d'être revenue. Elle se cherchait surtout un appartement et une troupe. L'appartement, parce qu'elle campait chez son amie Marie-Hélène dont le chum n'était pas endurable, et la troupe, parce qu'il était grand temps qu'elle s'intègre au milieu. Le lendemain, elle avait rendez-vous avec une gang de gars qui avaient besoin, de leur aveu même, «d'une fille pour faire les rôles de filles». Elle dit:

— Je ne sais pas ce que ça va donner, mais je vais aller voir.

Puis, elle raconta Paris, les shows auxquels elle avait participé, le Mlf et les manifs. Cela lui prit toute la journée.

Maryse se demanda comment elle avait pu se passer tout ce temps de son rire et de sa verve.

— Je vais te présenter à Marie-Thérèse, dit-elle, il le faut. Depuis le temps qu'elle veut te rencontrer!

Elle les invita à souper la semaine suivante: les deux femmes se plurent et elle se sentit comblée.

MLF partit tard dans la soirée, à bicyclette, forcément. Elle portait des shorts et eut droit à une série de réflexions sur ses jambes qui étaient longues et fines. Ayant perdu l'habitude des niaiseries des Montréalais pour s'acclimater à celles des Parisiens, la stupidité des commentaires et leur caractère agressif lui sautèrent en plein visage. Au coin de Mont-Royal et Saint-Denis, un rocker, au volant d'une impensable minoune avec queues de renard et photos de plottes incorporées, vint la tasser. Elle poussa alors un cri strident qui eut pour effet d'attirer l'attention des passants, et elle se mit à débiter très fort, très vite et en polonais, son extrait préféré d'*Andromaque*, de Racine, la dernière scène du dernier acte où il est question, entre autres, de serpents à sonnettes. Les gens écoutaient, interloqués, les seuls mots compréhensibles de cette étrange tirade étant l'expression bien connue «va donc te crosser» dont MLF ponctuait habilement la poésie racinienne. Elle accompagnait le tout de gestes discordants, de grognements, de tics faciaux et autres détails innommables dont l'usage est généralement exclu du comportement des femmes séduisantes. Le rocker, complètement abasourdi et de plus en plus gêné, songeait à se réfugier dans la valise de son char quand le feu passa enfin au vert. Il démarra en trombe. MLF le suivit de près, rassurée sur l'efficacité de ses moyens de défense: elle réintégrait Montréal pour de bon et s'y sentait de nouveau à l'aise. La bicyclette lui donnait des ailes.

□

Le lendemain était un vendredi. Maryse reçut un appel du Cégep Laure-Gaudreault, un des nombreux endroits où elle avait postulé un emploi. Les gens de la direction dudit Cégep venaient de constater qu'il leur manquait un professeur régulier pour donner le bloc de cours 518 (sénémantique organisation-nelle théâtrale, romanesque, poétique, publicitaire, culinaire et subsidiaire). Les cours commençaient le mardi suivant.

— Vous aurez la fin de semaine pour vous préparer, fit remarquer le directeur du département de *Français, langue ornementale.*

Il offrait carrément le poste à Maryse.

— C'est la littérologie qui m'intéresse, dit-elle. Pas la sénémantique. D'ailleurs, je n'y connais rien.

— Mais vous en parlerez de littérologie, si vous aimez ça, mademoiselle O'Sullivan. C'est compris dans le bloc 518. Seulement, nous avons besoin d'un professeur pour donner tout le bloc... On n'enseigne pas toujours ce qu'on aime, vous savez! De toute façon, vous avez votre scolarité de maîtrise, oui ou non?

— Oui.

— Alors, vous avez la compétence pour donner des cours d'introduction à la sénémantique. D'ailleurs, vous étiez notre meilleure candidate, celle qui nous a le plus frappés.

Il se souvenait très bien de l'entrevue de Maryse qui avait été percutante: après avoir répondu convenablement aux questions de ses hypothétiques futurs pairs, elle était ressortie de la salle en s'enfargeant dans la porte. Maryse avait cette habitude de donner dans les portes ouvertes. D'une façon générale, elle entretenait d'ailleurs des rapports problématiques avec les portes et les serrures — typiquement féminin, disait Lemire — et, quand elle était émue ou énervée, son trouble s'amplifiait. C'était sa façon de bégayer, elle ne s'en portait pas plus mal, mais cela gênait parfois les témoins de ses errances.

— Si ça ne vous intéresse pas, dit le directeur...

Elle fit rapidement «oui, oui».

— Bon! Vous commencez mardi mais passez donc à mon bureau la veille pour avoir votre horaire détaillé et un plan des bâtiments. On en profitera pour remplir les formalités. Le Cégep vous propose un contrat d'un an, renouvelable sur attestation de bonne conduite, faite conjointement par les professeurs et les étudiants.

Maryse raccrocha et se mit immédiatement à préparer ses quinze heures d'enseignement de la première semaine. Le mardi suivant, elle arriva dans sa salle de cours essoufflée et cernée, mais prête. Dès lors, elle fut très occupée et n'eut plus le temps de lire autre chose que de la sénémantique organisationnelle. Fort heureusement, elle venait tout juste de terminer les dernières pages du dernier roman d'Alba de Cespédes.

☐

Marie-Lyre aménagea dans son nouvel appartement avant les premiers froids. C'était un quatre et demi minable, au troisième étage quelque part sur la rue de Lorimier. Elle entreprit de le renipper en le peinturant entièrement couleur lilas. «Ah! dit-elle, cette prise de possession des choses qu'est la peinture!» Elle en mit trois couches sur tout. Il faut entendre par là qu'elle s'était même attaquée au téléphone, au frigidaire et au poêle. Pour faire ressortir tout cela, elle fit des rideaux mauve et bourgogne. En accrochant ceux du salon, elle vit rentrer son voisin du deuxième qui était un beau gars vivant apparemment seul. Il portait au côté gauche un minuscule cœur blanc nacré: l'insigne des vasectomisés. MLF inscrivit dans son cahier: «Le voisin d'en bas: cœur blanc bien en vue, barbu, musclé, la trentaine», et elle lui alloua ses trois points initiaux. La vie était belle! Finalement, elle était devenue stagiaire dans une troupe très politisée qui préparait un spectacle dans lequel on lui confia les rôles du Capitalisme, de la femme du boss, d'un essuie-glace (celui de droite) et d'une petite fille riche et sacramente. Marie-Lyre incarnait tous ces personnages ingrats sans maquillage — l'esthétique de la troupe l'interdisait —, mais avec un costume et deux accessoires. Elle excellait dans le rôle de l'essuie-glace, ayant appris, lors d'un stage intensif en Pologne, comment dépouiller son moi-externe pour qu'il devienne bien malléable et ouvert à toutes les exigences que la représentation plastique de l'objet pose à l'actant-signifiant.

□

En novembre, Michel reçut un appel éploré de son père: Hermine entrait en clinique pour une cure de désintoxication.

— Qu'est-ce que ça veut dire? demanda Maryse.

— Quoi? Tu ne t'en étais pas rendu compte?

Non, jamais. Et depuis cinq ans qu'ils se connaissaient, Michel n'avait jamais parlé de l'alcoolisme de sa mère. C'était donc ça, tout ce temps, pensa Maryse, il ne voulait pas qu'elle boive à cause de sa mère. Elle revit les yeux vitreux d'Hermine, hésitante au bord de la piscine, l'été d'avant. Elle revit la bouteille de scotch camouflée dans un placard; mille détails lui revenaient maintenant. Elle n'avait jamais découvert l'alcoolisme de sa belle-mère tout simplement parce qu'elle s'y était refusée: Hermine, si digne et si assommante de correction, ne pouvait pas boire en cachette. C'était pourtant ce qu'elle faisait depuis des années, tout le monde le savait et se taisait: on ne parlait pas de ça en haut de la côte. Mais dans le fond Hermine était comme la tante Kathleen, la chaleur et la drôlerie en moins. Michel avait, lui aussi, des choses honteuses à cacher. C'était pareil partout, les riches étaient seulement plus discrets.

— Je ne suis pas alcoolique, moi, dit-elle, c'est ta mère qui l'est.

— Tu ne l'es pas encore!

Elle se figea: il redevenait comme avant.

Ils eurent la paix tout le temps que dura la cure. Puis Hermine sortit, momentanément désintoxiquée, et elle retéléphona de plus belle.

Dix-sept décembre 1973

Ce soir-là, Marité allait souper au restaurant avec un collègue pour fêter son divorce qui venait juste d'être prononcé, et Maryse gardait son fils. Quand celle-ci entra à la garderie des Petits Bouts de Chriss, Élise Laurelle lisait une histoire aux 3-4 ans; deux autres monitrices sirotaient leur café à la cuisine et, dans le racoin qui servait de vestiaire, entouré d'une grappe d'enfants excités et bruyants, s'agitait nul autre que l'ineffable Coco Ménard. Qu'est-ce qu'il foutait là? Maryse décida de l'observer jusqu'à ce qu'il découvre sa présence. Comme il achevait de faire l'éléphant, il l'aperçut:

— Ah man, c'est too much!

Il se dépêtra des enfants, fonça sur elle et la prit dans ses bras en répétant plusieurs fois: «Maudit, que je suis content de te voir, fille!» Il s'était fait percer une oreille et avait un peu engraissé, ce qui le remplumait.

— Moi aussi, Coco, ça me fait plaisir. Est-ce que tu travailles vraiment ici?

Gabriel s'approcha d'eux et Coco fut enchanté d'apprendre que Maryse lui servait de matante; il aimait l'enfant et ne s'en cachait pas.

— Ça m'étonnerait pas, dit-il, que ce p'tit-là soit la réincarnation de Pic de la Mirandole, un gars complètement way out pour son époque. Gabriel est mauditement bright.

— Coco, viens jouer à pomme-banane avec nous autres, dit une petite fille.

— Tantôt, tantôt, chère... Mon oncle est occupé, là.

Lui et Maryse se racontèrent leurs vies respectives. Oui, il travaillait vraiment à la garderie depuis quelques semaines. Il y était très apprécié, étant le seul gars. Il aimait les enfants, surtout à cet âge-là. Il dit:

— L'école, c'est déjà toute fucké, fille, c'est au niveau des garderies qu'il faut agir.

Maryse lui tendit une Craven A.

— Tut, tut, fit-il. Je me suis libéré de t'ça astheure. Je fume plus! Mais ça me porte à manger pas mal de jelly beans, par exemple. Ça pis du tofu. Pis des graines. C'est la base de mon alimentation.

Maryse sourit: il n'avait pas changé, il suivait toujours la mode. Il lui expliqua pourtant qu'il avait évolué; il habitait toujours une piaule, mais seul. «Et c'est propre, dit-il, ça shine!» Et puis, il pratiquait maintenant le *Yi King*:

— Un de ces jours, je pourrais te tirer au *Yi King*. Ici, je passe tout le monde au batte après chaque dîner. Rien qu'à te voir, comme ça, je suis sûr que t'as le karma toute croche.

— Ça se peut, dit Maryse. Je travaille trop, j'ai plus de temps pour moi. J'enseigne au Cégep Laure-Gaudrault.

— Ouin, t'as la job toé, tu fais un gros salaire.

Maryse devait découvrir plus tard que les moniteurs étaient payés le salaire minimum, à peine.

— On s'en va-tu, là? dit Gabriel.

Il n'avait ni mitaines, ni foulard. Quant à ses bottes, elles étaient mouillées.

— Où elles sont, tes mitaines? demanda Maryse.

En mastiquant les nananes qu'il venait d'échanger contre un dinosaure fushia, Gabriel répondit:

— J'le sais pas. Y sontaient mouillées.

— Oké. On va essayer de les trouver. Elles sont de quelle couleur?

— Jaunes. Mais j'ai mis les brunes... on les trouvait pas, les jaunes.

C'était logique. Maryse se mit à regarder à l'intérieur de toutes les mitaines brunes qu'elle trouvait.

— Qu'est-ce que tu fais là? demanda Coco.

— Ben, son nom doit être écrit dedans...

— Ma mère, a fait pas ça, dit Gabriel, pasque je les perds pareil.

Coco venait de trouver une des mitaines brunes de Gabriel. La deuxième ne devait pas être bien loin.

— C'est celle-là, l'autre, cria Gabriel en en brandissant une rouge.

— Ben non, voyons, ça se peut pas, dit Maryse, elle est rouge.

— Ça a rien à voir, fille; à matin, a nous l'a envoyé avec un kit dépareillé. C'est des choses qui arrivent.

— Les brunes, y en reste rien qu'une, expliqua Gabriel, pis on a pris la vieille rouge qui était toute seule dans le tiroir.

Le vestiaire s'était rempli de parents venus cueillir leurs rejetons. Une petite fille prit Gabriel par le cou et lui demanda, en désignant Maryse:

— C'est-tu elle, ta matante?

Elle avait la bouche pleine de gomme. Sa mère lui dit:

— Ferme ta bouche, s'il te plaît, Sidonie, quand tu mâches, et d'où ça vient, cette gomme-là?

— Soyez donc pas répressive, madame, lui dit un popa cool. Vot' fille a rien que quatre ans!

Maryse regarda Coco, sidérée. Mais Coco avait l'air de trouver leur conversation toute naturelle. Elle moucha Gabriel et se dit: «Maudite gang de fous!» La moman répressive et le popa cool dialoguaient amicalement au-dessus de leurs enfants respectifs, lesquels jouaient à qui étirerait le plus son chandail. Une des monitrices de la cuisine avait laissé son café et entrepris de faire de l'ordre. Elle demanda à Coco s'il était occupé.

— Oui, chère, il faut que je trouve le foulard de Marie-Maude Mélancholie.

— Me semble qu'elle en avait pas, à matin.

— Sa mère prétend le contraire, pis que c'est ben important parce que c'est le foulard de sa demi-sœur qui retourne ce soir chez sa vraie mère qui sera pas contente si la petite revient pas all dressed.

— Pis le foulard de Gabriel, dit Maryse, est-ce que vous savez où je pourrais le trouver?

La deuxième monitrice avait surgi du fond de la cuisine.

Elle se dirigeait vers l'autre salle pour y discuter de pédagogie transcendantale, même qu'elle était en retard à sa réunion. Elle n'avait évidemment pas le temps de s'occuper de Maryse.

— Écoutez, madame, lui dit-elle, cherchez-le un peu votre foulard (elle avait un accent français très appuyé). D'abord, êtes-vous sûre que votre enfant en avait un, ce matin? Et puis, l'avez-vous marqué, et êtes-vous venue à la corvée de samedi dernier? C'est curieux, j'ai l'impression que vous ne venez pas souvent aux corvées. Vous savez, c'est une garderie populaire, ici, il faut participer, si vous ne participez pas, vous serez expulsée. C'est un choix idéologique.

— J'ai mon voyage, dit Maryse, fais quelque chose, Coco, parce que je vais la mordre.

— Wow Arlette! dit Coco. Si tu regardais plus le monde, tu verrais bien que c'est pas la mère à Gabriel, ça, mais sa matante.

— Mais je t'assure que je la reconnais parfaitement bien: madame est la mère de Chimère Legault, elle est au comité d'hygiène dans les vécés et elle a manqué la dernière réunion.

— Oké, d'abord, la smatte, montre-moi donc Chimère Legault.

Arlette désigna un enfant dans le groupe.

— Ça, ma grande, j'veux pas te faire de peine, mais c'est Hugo Laflèche! Des fois je me demande comment tu fais pour reconnaître tes propres enfants dans le tas.

— Elle doit les repérer à l'accent, dit Maryse.

Élise, qui était tout près, sourit, et Arlette fila vers son comité en levant dédaigneusement le nez.

— Viens jouer à pomme-banane, demanda pour la deuxième fois la vraie Chimère Legault en tirant Coco par la manche.

Maryse alla récupérer Gabriel qui lui avait échappé pour courir avec ses chums. Il était devenu un petit bout de chriss accompli et parfaitement intégré: il adorait la vie à la garderie. Elle finit de l'emmitoufler au moment précis où Coco mettait la main sur le foulard fatal qui était devenu une babiche indescriptible évoquant vaguement un serpent à sonnettes écrasé et

macéré dans la slotche. En souriant, il remit la chose à
l'heureuse maman de Marie-Maude.

    — Faudrait qu'on se revoie, fille...

    — Écoute, on fait un gros party, Michel et moi, pour Noël,
le vingt-quatre. Viens donc, ce serait le fun.

    — Je dis pas non...

Ils échangèrent leurs numéros de téléphone et Maryse
partit avant que Gabriel n'ait trop chaud.

Vingt décembre 1973

Maryse entra à *L'Hyperbole facétieuse*. Par désœuvrement, pour rien. Elle ne cherchait aucun livre en particulier, ayant déjà sur son bureau une pile de lectures en retard. Elle était venue à la librairie pour se perdre entre les rayons, dans les textes des autres, et oublier ainsi qu'elle était malheureuse et exaspérée; elle n'avait pas commencé sa thèse alors que celle de Michel était déjà bien avancée. Celui-ci avait toujours sa charge de cours à l'université — une seule — et cela le laissait passablement libre, il aurait fini avant le printemps et la menace d'aller en Europe l'an prochain pour faire un doctorat se précisait. Maryse n'avait pas le goût de partir; elle n'aurait peut-être même pas soutenu sa thèse de maîtrise d'ici là.

Elle avait proposé, comme sujet définitif: «Les muses et leur influence». Déjà, elle avait débroussaillé le terrain, établi des listes de cas-type et fait un échantillonnage. Elle avait voulu en discuter avec son directeur de thèse et lui soumettre certains noms: Julie Charles, Blanche d'Antigny, Clothilde de Vaux, Alice Ozy, Alphonsine Plessis, Laure de Noves, Murielle Guilbault, Sophie Volland, Charlotte de Holdenberg, Marie Duplessis, Pauline de Beaumont, Marie Dorval et Louise de Coligny-Châtillon aux paupières flétries... Devait-elle en choisir une quinzaine pour établir clairement un paradigme ou s'en tenir à une monographie sur l'influence de Juliette Drouet, par exemple, qui avait vécu dans l'ombre du grand Rhugo? Mais dans l'occurrence d'une monographie, peut-être valait-il mieux retenir le cas exemplaire de Charlotte Willhoeft Stieglitz qui, vers 1835, s'était gentiment suicidée pour libérer le génie poétique de son mari? Mais son corpus était peut-être trop uniquement continental et français? Et la muse de Milton, et celle de Schiller, celles de Goethe et de Shakespeare, celle de Longfellow, fallait-il tenter de les retracer? Qu'en pensait son directeur de thèse?

Il avait ôté ses lunettes.

— De quoi parlez-vous au juste, mademoiselle O'Sullivan?

Succintement, elle avait expliqué l'importance de ces femmes. Je partirais, avait-elle dit, du postulat que les muses ont apporté quelque chose à l'œuvre de leur maître.

— Mais vous êtes tombée en plein référent! avait dit le professeur. Vous n'êtes même plus dans le signifié, ce qui, à la rigueur, serait acceptable. De tels errements m'étonnent de vous, Maryse. Vous êtes dans une mauvaise passe, ressaisissez-vous, grands dieux.

Il était perplexe comme devant un canular de mauvais goût. Il avait ajouté:

— Mademoiselle O'Sullivan, vous étiez, jusqu'à ce jour, une de nos meilleures élèves: je ne devrais pas avoir à vous rappeler qu'en littérologie, on ne s'occupe pas de l'homme, mais de l'œuvre.

— C'est de la femme que j'aurais voulu parler...

— Ah, ah! avait fait le professeur.

Et les choses en étaient restées là. Maryse n'avait pas trouvé d'autre sujet qui l'intéressât vraiment et elle demeurait fascinée par le travail souterrain des muses-calligraphistes mentionnées furtivement dans la petite histoire des poètes et intellectuels. Elle devait pourtant garder en réserve ce sujet jugé hors-programme et il lui faudrait, tôt ou tard, revenir aux maîtres.

Mais elle n'avait pas la tête à ça aujourd'hui. D'ailleurs, il lui aurait été impossible de travailler chez elle: on était jeudi et elle fuyait Rose. Elle contourna la section de burologie, passa outre devant la sénémantique et s'enfonça dans la science-fiction. Les couvertures bariolées des livres sautaient absurde-ment devant ses yeux sans qu'elle parvienne à fixer son attention sur aucune. Même ici, elle pensait à la femme de ménage dont on venait de déclarer le mari inapte au travail. Comme son père Tom. Mais ce n'était pas à cause d'une

maladie industrielle que Tommy O'Sullivan était inapte à la vie
active, c'était de naissance, il était peut-être inapte à vivre, tout
simplement... Rose avait dit:

— J'ai encore trois enfants à maison, pis ça mange
comme des défoncés. Une chance qu'y m'ont faite la grande
opération, moé, sans ça. j'serais pognée avec toute une trâlée.
Des fois, je me dis qu'y a un bon Dieu pour le pauvre monde.

Il y avait, chez Rose, un optimisme irrationnel et un goût
teigneux de vivre qui stupéfiait Maryse.

Une fille la bouscula en passant. Elle reconnut Jocelyne
Ménard, son ancienne collègue de piaule. Décidément, c'était
l'époque des revenants! M'ame Ménard avait l'air très à son
aise et au meilleur de sa forme: elle ne devait pas avoir de
troubles avec sa thèse et sans doute aucun problème de femme
de ménage. Torcheuse comme elle l'était! Elle ne vit pas
Maryse qui eut le goût de sortir de cet endroit affolant où elle
risquait à tout moment de rencontrer quelqu'un d'exécrable,
quelqu'une qu'elle n'aimait pas, à qui il faudrait parler. Mais
elle se dit: «Je vais faire une femme de moi, je vais rester.» Elle
se força à marcher d'un air naturel et se retrouva dans la
section «théâtre», pensant toujours à Rose Tremblée à qui elle
avait rêvé la nuit d'avant... Installée dans la maison de sa mère,
Rose la disputait et lui ordonnait de prendre son bain. Elle
venait pour s'exécuter mais la baignoire était sale et elle
obligeait la fillette qui l'avait précédée à la nettoyer. Elles
étaient rendues au couvent, dans la salle des baignoires; il y
avait une longue filée de petites filles attendant pour se laver et
qui se réprimandaient les unes les autres en une chaîne infinie.
Le popa cool de la garderie leur disait: «Ne soyez pas répressi-
ves!» Maryse tenait à se laver parce qu'elle avait encore saigné.
Elle était menstruée...

«Quel rêve idiot», pensa-t-elle. Heureusement qu'elle ne
les racontait plus! Elle tenait à la main une édition de luxe du
Macbeth de Shakespeare. C'est Lady Macbeth qui lui avait
rappelé son rêve, elle que tous les parfums de l'Arabie ne
parviendraient jamais à purifier. Lady Macbeth avait le goût du
désinfectant et de l'eau de javel, déjà. Mais elle était l'invention

d'un homme, sa chimère. «Imaginaire lourdement mâle», dirait MLF. Et d'abord, est-ce que ça existait, l'imaginaire féminin? Lady Macbeth plonge ses mains entre ses cuisses et elle les sort, ruisselantes de sang. Elle est la dame rouge, la cruelle, la mort. Les crimes qu'elle fait commettre à son mari, elle en prend la source en elle car, à tous les mois, elle accouche de la mort. Malgré les enfants qu'elle a nourris, Lady Macbeth est stérile, cela était évident... Maryse avait l'impression d'essayer de faire un enfant depuis des années. Elle avait la nausée.

Au tournant d'une allée, elle aperçut François Ladouceur plongé dans la lecture d'un gros livre indigeste. Ils se dirent bonjour, comment ça va, on ne se voit plus.

— Ça va mal.

— Moi aussi, dit François avec un sourire très doux.

Ils comprirent qu'ils étaient exactement au même niveau de spleen. En entrant à *L'Hyperbole*, François avait évité de regarder le comptoir des nouvelles parutions: de plus en plus de gens de sa connaissance s'étaient mis à publier. Et lui n'arrivait pas à écrire: sa thèse l'avait comme vidé.

— Qu'est-ce qui ne va pas, dit-il, c'est Michel?

En fait, oui, c'était beaucoup Michel qui s'était remis à courailler. Mais Maryse ne voulait pas en parler; elle espérait que ce soit seulement une toquade. Elle dit:

— Ma thèse avance pas. Tout mon temps passe à préparer mes cours.

— Moi non plus, j'arrive pas à écrire...

Il tenait pourtant un projet de roman, mais ce n'était pas si facile: il avait de longues périodes de doute pendant lesquelles ce qu'il voulait écrire lui semblait stupide, niais, mesquin, et même... réactionnaire. Que diraient ses collègues et amis en découvrant l'étendue de son ineptie et le peu d'envergure de ses préoccupations secrètes? Que dirait la gauche, vis-à-vis de laquelle il se sentait de plus en plus critique? Bien sûr, il se fichait des modes intellectuelles et des diktats — qu'ils soient de gauche ou de droite — mais en même temps, il craignait le jugement de certains: s'il affichait autre chose que leur ortho-doxie, ils l'accuseraient d'être réactionnaire. Or le mot réactionnaire déplaisait énormément à François. À l'époque, il y avait encore de belles catégories pour classer les gens, des divisions bien nettes entre le mal absolu et le bien, on avait des idéaux lointains, purs, exemplaires. Quelques années plus tard seulement, les bons deviendraient méchants et les méchants, insignifiants; on ne saurait plus que faire des étiquettes. Mais cela était alors impossible à soupçonner. De plus, François commençait à remarquer l'œil réprobateur de certains collègues: il ne produisait pas! Il fallait qu'il sorte ce roman au plus vite. Mais au lieu d'écrire, il s'épuisait en tracasseries stupides et ses angoisses le poursuivaient même la nuit: outre le fait qu'il rêvait souvent à la mort de ses proches, à la mort de Marie ou à celle d'Élise, il s'était mis à rêver qu'il ne retrouvait pas sa salle de cours, perdait ses notes et les travaux des étudiants, ou qu'il leur donnait des bibliographies fausses et incomplètes; certains s'en rendaient compte et le rapportaient à ses collègues. Tout cela était ridicule, il ne s'aimait plus. Il dit:

— J'écrirai un roman dégueulasse et sordide, puisque la vie est telle. Le personnage principal aura des préoccupations médiocres.

Il pensait prendre le père d'Élise pour modèle. Celle-ci lui avait présenté sa famille, qu'il avait tout de suite détestée. Tous! Mais surtout le père, un homme froid, mesquin, à la parole rare. «Mon père ne m'a jamais regardée, lui avait dit Élise, s'il l'a déjà fait, je ne m'en souviens plus.» La mère ne devait pas être mieux, avec son air pincé et ses maigres sourires. Sa mère à lui était tendre et gaie; elle l'avait toujours défendu des garde-robes peuplées de bonshommes fantastiques et elle n'avait jamais ri de ses pleurs. Il se mit à parler de la mère québécoise, du personnage de la moman nettoyeuse, nourricière, et silencieuse malgré tous ses mots. «Il est toujours dans sa tête», pensa Maryse. Qu'est-ce qui le tracassait? Quels noms, quelle blessure était à l'origine de ses remarques générales et trop théoriques? Il n'en finissait pas de parler de la mère et elle revit Rose Tremblée et les travaux de récurage écœurants auxquels celle-ci devait se livrer pour faire vivre sa famille. Puis, l'image de sa propre mère vint se superposer à celle de Rose. Elle eut le vertige. Elle se dit: «Ça va passer, il faut qu'il cesse de parler.» Sa main, qui tenait toujours le *Macbeth* et tous les mots terribles de la fable, était devenue moite. Il faisait très chaud dans cette librairie immense, démesurée, et malgré cela, encombrée de livres. Ça débordait de partout. Il y avait quelque chose d'insensé dans une telle pléthore de textes inutiles, de mots, d'idées qui ne pouvaient rien changer à la misère de Rose Tremblée, qui ne calmeraient jamais les angoisses de François ou son propre désarroi. Et lui qui voulait écrire un livre, un de plus! C'était absurde. Elle lui dit: «Sortons, oké?» Elle remit le *Macbeth* à sa place et ils partirent sans avoir rien acheté.

Dehors, il faisait encore clair. Elle remarqua sa barbe longue et ses joues creuses. Elle le trouva beau.

— Et Élise? dit-elle.

C'était la question de fond, celle qui le tenaillait.

— C'est fini. Depuis un mois. Il n'y a même pas eu d'explication. Je ne sais pas ce qui s'est passé, elle n'a rien voulu me dire, je ne l'ai pas revue; elle a abandonné ses cours à l'université.

Tout ce temps-là, il pensait à Élise et parlait de la gauche et de la mère québécoise!

— J'aurais pas dû sortir avec une étudiante, j'étais peut-être trop vieux pour elle. Fais-tu ça, toi, sortir avec tes étudiants?

— Moi, c'est pas pareil, je suis «mariée»! Et fidèle.

François eut un drôle de regard. Il pensait sans doute à la fois où ils avaient fait l'amour. Il dit:

— Tu sais, Élise, quand on faisait l'amour, elle ne parlait pas. Elle refusait de parler. C'est pas normal, ça, je trouvais ça dur. J'ai jamais connu quelqu'un d'aussi renfermé, elle est pire que moi.

— Michel non plus ne parle pas quand on baise. Au début, j'avais de la difficulté mais je me suis habituée.

François soupira; ils n'allaient pas se remettre à parler de Michel, contre Michel, encore une fois. Il pensait à Élise mais se sentait incapable de dire quoi que ce soit sur elle. Ils restaient

sur le trottoir, hébétés, contents de se revoir, mais solitaires,
tournés qu'ils étaient chacun vers ses problèmes. Un motard
passa, bruyant.

— Si jamais j'écris un roman policier, dit François, la
victime sera un gars de bicique, je les haïs assez.

Il y avait un bruit horrible à cette heure du jour sur la rue
Saint-Denis.

— Je rentre.

Il voulait s'enfoncer dans sa solitude. Maryse dit, précipi-
tamment:

— Je fais un party la semaine prochaine. Vas-tu venir, au
moins? Viens, François, je t'en supplie. Je ne veux pas me
retrouver seule avec la gang de Michel.

— Je savais pas que t'aimais les partys.

— Mais j'aime pas les partys!

Ils partirent chacun de son côté. François revoyait Élise,
pleurant, muette sous ses longs cheveux, pendant des nuits
entières. Cela avait duré un an avec elle. Il n'avait le goût de
rien.

Vingt-quatre décembre 1973

Marité avait obtenu de son ex-mari qu'il prenne Gabriel pour quelques jours. Elle arriva au party au moment où les gens commençaient à être un peu soûls et, quoiqu'elle n'ait rien bu, elle se sentit tout de suite à leur niveau. C'est Michel qui l'accueillit, avec sa gueule des beaux jours: il était content car tout se déroulait à son goût. Dans la chambre où il la fit se dégreyer, la pile de manteaux jetés sur le lit était considérable. Marité posa le sien sur une chaise pour pouvoir plus facilement le retrouver, elle se passa la main dans les cheveux et jugea qu'elle était prête à plonger dans la masse des invités. En se rendant au salon, ils croisèrent Francine Crête qui sortait des toilettes, précédée de sa bédaine et suivie de son fils: elle était enceinte de sept mois. L'enfant se mit à hurler «Pas dodo, pas dodo» en donnant des coups de pied dans les jambes de sa mère, après quoi il renifla deux fois.

— Voyons, Sigi, dit Francine, c'est pas gentil, ça.

Marité se réjouit secrètement: Gabriel ne l'avait encore ni frappée, ni mordue.

— Quel être charmant! dit Ladouceur qui débouchait dans le corridor.

— Voudrais-tu que moman se couche avec toi?

Sigismond-Jacob fit: «Han?» et il renifla encore. Sa mère répéta. L'enfant dit: «De quoi?» Mettons que la musique était forte... Elle rerépéta. Sigismond redit: «Pas dodo» et se remit à brailler.

— Mon Dieu, qu'est-ce que je vais faire? dit Francine. Viens te coucher, moman est fatiguée, là. Où c'est qu'il est, lui, donc?... Il est jamais là quand j'aurais besoin de lui.

Elle parlait évidemment de Tit-Gilles.

— Je vais aller voir, dit Michel.

Il partit à sa recherche et ne revint pas. Entre-temps, Sigi s'était échappé pour courir au milieu du salon où les gens s'écartaient prudemment de son sillage.

— J'ai trouvé personne pour le garder, dit Francine.

«Divorcez et vous partagerez parfois l'élevage de votre enfant», pensa Marité. Elle réprima un sourire et dit:

— Laisse-le faire, il finira bien par tomber endormi, c'est un soir spécial.

— Comment allez-vous appeler le prochain? demanda Ladouceur pour être poli.

Le sujet intéressait énormément Francine Crête, qui était lancée:

— On ne sait pas encore. Si c'est une fille, on a pensé à Chimène ou Célanise, mais on aime bien aussi Roxanne-Anne et Valérie-Anne. Qu'est-ce que vous préférez, vous autres?

François sourit:

— C'est très recherché! Mais des petits noms comme Julie ou Ginette, ça vous dit rien?

— Mon Dieu, t'es pas sensible à la sonorité des mots? C'est étonnant, tout de même, pour un linguiste.

— J'suis pas linguiste. Mais c'est vrai que-quand-qu'on-s'appelle-Frrancine-Crrrête — il roulait les rrr avec délectation — on doit vouloir faire un change!

— Tu te penses drôle, François Ladouceur, mais je ne vois pas pourquoi j'infligerais des noms insignifiants à mes enfants!

— Chicanez-vous pas, dit Marité, et elle entraîna François vers le salon.

— De toute façon, dit celui-ci, ils vont finir par l'appeler Jiang-Qing.

— Je pencherais plutôt pour Marie-Mao.

Ils rirent. À travers la masse des danseurs, ils virent Francine capturer Sigismond-Jacob et le traîner, hurlant et piaffant, vers la chambre. Il avait fait tous les cendriers à sa hauteur et s'était copieusement barbouillé les mains. Une fois rendue, Francine fit une place sur le lit en jetant par terre une partie des manteaux et elle s'étendit à ses côtés. Quand Maryse entra dans la chambre, l'enfant dormait déjà.

— Tu profites pas du party, dit-elle à Francine, c'est dommage.

— T'en fais pas pour moi; j'ai mal au cœur pis j'aime pas tellement ça, les partys.

Maryse se mit à rire: c'était la première fois que Francine lui paraissait sympathique. Elle dit:

— Moi non plus, j'aime pas les partys, c'est une idée à Michel.

— C'est réussi, en tout cas.

— Oui, on dirait. Repose-toi.

— Si tu vois Gilles, envoie-le-moi.

Dans le salon, Maryse aperçut Ti-Gilles, bien installé sur un tas de coussins. Il parlait de Piort Lécithine.

— Ta femme veut te voir, dit-elle, elle est dans la chambre.

Il dit: «oui, oui, j'y vais...» et reprit sa phrase exactement là où il l'avait laissée.

Le party, qui arrivait à son zénith, était effectivement très réussi. Maryse y avait invité le plus de monde sympathique possible: Marie-Lyre, Marité et son frère Louis qui était arrivé seul à l'heure du souper, François, Coco Ménard, trois collègues du Cégep qu'elle aimait bien, les deux sœurs Hébert, Anastasie et sa petite chérie, Christine Nantel, Louise Barrette, Michèle Brault et leurs chums respectifs, Armande, Alice et Aurélienne Duguay, Elvire et son poète. «On vient de se séparer», avaient-ils dit. Ils mangeaient paisiblement à *la Luna.* «Venez pareil!»... Ils étaient venus. De même que le Baron Philippe et un gars aux souliers pointus qui tenait absolument à faire danser tout le monde et que personne ne connaissait. Mais le Baron et le gars aux souliers pointus passèrent quasiment inaperçus dans la foule des invités de Michel qui étaient tous plus too much les uns que les autres et dont celui-ci était très fier: il avait réuni chez lui des représentants de toutes les tendances de l'élite gauchisante montréalaise et même des étrangers. Il montrait l'élite aux étrangers et vice versa. Des éminences gris pâle du P.Q. côtoyaient des Trots,

des LMNO et même des ABC. Les gens discutaient finement,
en personnes bien élevées. Ils semblaient tous apprécier
d'être là et par ricochet, l'apprécier, lui. C'était cool. À part
les obligatoires Crête-Lemire-Fauchée, il y avait là Serge
Gagnon, Sauvageau, Pitou, le directeur du département où
Michel enseignait, Mardochée Poitras, Jean Gagnon, Saint-
Jude, le photographe d'*Allô Police,* Gilles Charbonneau et sa
petite sœur, deux Chiliens, un Juif sépharade, Azard Côté qui
était devenu un ami de Michel, les duettistes Désécluses et
Rossi, Lucette, Pierrette et Huguette qui se présentaient comme
telles et se tenaient ensemble — elles ne semblaient pas avoir
de noms de famille —, un judoka péquiste, petit gars roublard
de l'Est, un peu mal à l'aise dans ce salon d'intellectuels, un vrai
débardeur syndicaliste et costaud comme il se doit, ainsi que sa
blonde, Tit-Floune Boisjoli et plusieurs autres courailleux de
partys et, bien sûr, d'inévitables freaks, exhumés pour l'occasion, avec leurs «bonnes femmes» et leurs p'tits, d'une commune des Cantons de l'Est. Le fait est qu'il faisait mauditement
froid, le vingt-quatre décembre, à Frelighburg; ils se chauffaient
au bois et la réserve de granola baissait. Alors ils étaient
revenus se faire contaminer pendant quelques heures par les
rib-steaks, les chars, le chauffage central, la tévé et le vin. Le
lendemain, ils iraient docilement bouffer la dinde pas naturelle
de leur mère et ils en mangeraient beaucoup uniquement pour
lui faire plaisir... Pour le moment, ils étaient tombés sur un
party bourgeois où ils écoutaient Santana en prenant un air
absent. Ils étaient stones et n'avaient aucun mérite à cela.

   — Stie, ça manque de Noirs, icitte, dit un des freaks, tu
parles d'un maudit party dull pis raciste!

   Hélas, Michel ne connaissait aucun Noir! Un jeune homme
en redingote fit taire le freak chiâleur: il l'empêchait d'entendre
les célèbres duettistes Désécluses et Rossi, venus à Montréal
donner un séminaire particulier, et que Michel avait réussi à
garder pour son party. Les duettistes étaient filosophes de
carrière et ils parlaient en chœur et très lisiblement. Ils avaient
fait leur numéro en début de soirée et le reprenaient maintenant, à la demande générale. Leur seconde performance se

déroulait sans bévue. Toutefois, malgré leur succès incontesta-
ble, les invités de marque de la soirée restaient les Chiliens.
Très à l'aise, Michel circulait avec eux parmi les groupes. Il en
était rendu à les présenter au débardeur, beau spécimen,
pensait-il en son for intérieur, du vrai peuple. Le débardeur ne
savait pas quoi dire. Les Chiliens non plus.

Le téléphone sonna doucement, très loin derrière la
musique, et Maryse fit semblant de ne pas l'entendre. Un
enfant freak s'empressa d'aller répondre, il parla un bout de
temps, puis laissa tomber le combiné et annonça:

— C'est grand-maman Hermine, a veut parler à Maryse.

Sa belle-mère lui souhaitait un Joyeux Noël et toutes
sortes de bonnes choses. Elle n'avait pas pu, disait-elle, attendre
à demain. Maryse pensa avec angoisse à l'obligatoire souper
de famille du lendemain. Hermine était mieux, mais soûle... et
loquace. Maryse savait tout ce qu'elle allait lui dire et, le
récepteur sur l'oreille, elle regarda les Chiliens que Michel
trimballait, lui sembla-t-il, comme des marionnettes. On s'attendait à ce qu'ils parlent du Chili et de sa révolution avortée, on
voulait qu'ils témoignent de troubles et d'atrocités qui recule-
raient à chaque jour dans leur souvenir. Personne ne se
demandait ce qu'ils ressentaient personnellement, ni quel
genre d'avenir les attendait ici: ils étaient des exilés politiques,
ils n'étaient que ça, des symboles. Maryse les voyait, momifiés
et figés dans ce rôle, comme certains Espagnols, chassés
autrefois de leur pays par la guerre civile, douloureusement
dépassés par les enfants qui leur étaient nés en exil. Ces
enfants étaient déjà d'un autre pays, autres, déjà plus espagnols.
Les exilés politiques sont englués dans leur passé, pensa
Maryse, et sans avenir; leur descendance leur échappe, autant
que le passé leur a fait défaut... Hermine parlait de son petit
deux pièces du temps des Fêtes et Maryse se demanda si, une
fois la curiosité passée, ce pays permettrait aux Chiliens de
faire quelque chose, ou s'ils seraient éternellement voués au
souvenir.

— C'est un broché argent, disait Hermine, avec une
bretelle mince, mince, mince.

— Ça doit être très joli.

On nous promettait d'autres convois d'exilés pour l'année 74. À ce rythme-là, chaque petit intellectuel de gauche en aurait un à exhiber et à québéciser à coups de Beatles et de Santana. Les Chiliens seraient à la mode pour quelque temps, puis on les oublierait.

— Je l'ai choisie verte, disait Hermine, c'est votre couleur.

— Ah! c'est gentil.

Michel avait disparu et un freak avait affublé le Chilien d'une guitare. Visiblement, l'homme ne savait pas, ou ne voulait pas en jouer. Encore le folklore, se dit Maryse, et elle pensa soudain à Soledad qu'elle imagina sous les traits de la Chilienne. Très loin, au bout du fil, Hermine demandait:

— Êtes-vous là, Maryse?

— Oui, mais il y a du bruit, je vous entends mal, on pourrait peut-être se rappeler demain?

— Si je ne vous intéresse pas, dites-le tout de suite! Est-ce que je peux toucher un mot à Michou, au moins?

Michel passa tout près de Maryse qui lui mit le récepteur dans les mains.

Dans la salle à dîner, François parlait maintenant avec Oubedon et le Chilien qui s'était dépêtré de sa guitare. Elle se dirigea vers eux. François avait parlé en espagnol. Il se tourna vers Adrien:

— Je ne te traduis pas mon explication de la conjoncture québécoise; tu dirais que je suis réactionnaire, démobilisateur... et soûl. T'aurais tort; je suis pas soûl mais seulement démobilisé. Chus tanné de vot bag patriotico-socialiste; on peut jamais parler contre.

Adrien ne répondit pas car il avait la tête ailleurs: il n'avait pas connu la transe depuis un bon mois et cette carence l'inquiétait. Arrivé au party dès neuf heures, il avait tenté à plusieurs reprises de donner lecture de ses œuvres récentes, mais c'était difficile avec Jimmy Hendrix comme fond sonore et les couacs de la clarinette d'un freak qui jouait aussi du ruine-babines et des cuillers. Bon prince, le poète avait laissé tomber. Mais il venait d'avoir une riche idée: il prit le Chilien par le bras et lui dit:

— Mon cher, il faut absolument que je vous lise mes poèmes politiques. Votre avis me sera précieuse.

Il venait de féminiser le mot avis. Il disparut avec le Chilien qu'il tenait fermement.

François, qui regardait les danseurs, fit la moue sans s'en rendre compte.

— T'as l'air dégoûté, dit Maryse.

— Je vais sacrer mon camp.

— Fais pas ça, laisse-moi pas tomber, pas maintenant.

Il sourit:

— Je disais ça pour t'agacer. C'est dans les moments durs qu'on reconnaît ses vrais chums! Crains pas, je vais rester. Tes amies de fille aussi, je gage.

Ils les virent toutes les deux au milieu de la place, faisant des figures compliquées. Marie-Lyre invitait les femmes à danser et elle en était rendue à Marité. Les autres danseurs évitaient habilement les deux femmes mais celles-ci semblaient prendre plaisir à les bumper. Elles riaient beaucoup. Gilles Charbonneau avait entrepris de cruiser Lucette, Pierrette et Huguette, mais ça n'allait pas de soi. La gang Lemire-Crête-Fauchée discutait dans son coin pendant que dans l'autre, Azard et Mardochée Poitras bombardaient les duettistes de questions et prenaient des notes. Mais la plupart des invités dansaient. François et Maryse s'étaient assis à même le plancher. Ils voyaient beaucoup de jambes et c'était instructif: Gilles Crête avait fait broder sur le bas de ses pantalons «J'aime la LMNOPQRSTU»; d'autres personnes affichaient sur les épais talons de leurs bottes «Le PCC vaincra!» Ces graffiti n'étaient visibles, en temps normal, que pour les chiens, les chats et les tout petits enfants, mais certains groupes avaient décidé d'infiltrer les masses dominées des fourrières et des garderies. Michel dansait avec Elvire qui portait au bras gauche le délicat ruban bleu-de-prusse des muses momentanément libres.

— Ça lui va bien, dit Maryse, elle a l'air mieux depuis qu'elle a laissé Oubedon.

— C'est plutôt lui qui l'a laissée. Il l'a répudiée! Oh, très correctement: Oubedon est un poète open. Mais il l'a répudiée. Paraîtrait que leur union n'était plus féconde. Présentement, il en cherche une autre.

— Mon Dieu, c'est donc ça! Il collait MLF tantôt. C'est effrayant François, Marie-Lyre est en train de virer muse.

— Ça marchera pas! Même si elle le voulait, elle a pas le physique pour.

— C'est quoi, d'abord, un physique de muse?

— Je ne sais pas au juste, mais il y a des normes très strictes. Toi, par exemple, t'es belle, mais t'aurais jamais pu devenir muse: tu portes des lunettes et ça te disqualifie au départ. Les muses doivent avoir une vision à cent pour cent et l'œil limpide pour que le poète puisse y voir loin! Elles ne peuvent même pas porter des verres de contact.

— Mais comment tu sais tout ça, toi?

— Tibodo prépare une étude là-dessus avec un collègue. Ils envisagent même d'ouvrir un certificat de musologie.

— C'est fort, dit Maryse, à l'autre université, on n'a même pas le droit de prononcer le mot muse.

Elvire dansait toujours avec Michel et soudain il n'y eut plus qu'eux dans le salon: tous les deux blonds et vêtus de bleu, ils étaient devenus une tache vibrante et vertigineuse. Maryse regarda Michel et elle pensa qu'elle l'aimerait toujours, lui et sa gueule d'ange. Au gré des figures, les longs colliers colorés d'Elvire volaient dans les airs avec fracas et elle était très belle. On dirait la déesse de la danse, pensa Maryse, le cœur gros. Elle se dit: «Pourquoi je suis pas une muse, moi? Pourquoi j'ai des lunettes? Pourquoi je danse mal?» Elle avait les yeux pleins d'eau mais ça ne paraissait pas à cause, justement, de ses lunettes. D'ailleurs, personne ne la regardait, pas même François qui était perdu dans ses pensées. Il sembla à Maryse que tout le monde regardait Michel et Elvire danser, comme au cinéma quand les autres personnages s'estompent et deviennent des spectateurs. Et, comme au cinéma, Michel et Elvire ne voyaient personne, pris dans leur danse: ils étaient devenus des géants que rien n'atteignait. Maryse pouvait les admirer à son aise; elle était fascinée par eux comme elle l'avait été, petite, par son père, lorsqu'il dansait avec Kathleen... Sa tante chantait alors, de sa voix un peu cassée, *I'll take you home again, Kathleen.* Invariablement, elle se mettait à brailler au deuxième couplet. Tommy disait: «Don't worry, Katty, they won't come tonight.» Et il commençait à parler tout seul d'ennemis menaçants qu'ils appelaient «Them». Kathleen braillait encore en rechantant sa chanson ou *Peggy O'Neil,* ou quelque chose du genre pendant que Tom valsait au milieu de la place en louvoyant. Irène disait: «Arrête de faire le fou, Tommy! Si tu continues, je vas te faire rentrer à Saint-Jean-de-Dieu!» Kathleen se débouchait une autre bouteille de bière et Tom courait après les enfants, il en attrapait un, et c'était parfois elle, Mary, qu'il assoyait sur ses épaules. Elle aimait bien danser comme ça, très haut sur les épaules de son père, c'était facile: elle aussi savait, pouvait danser. Tout le monde la regardait, même les grands-parents, car c'était parfois à Noël, chez les grands-parents. Et tout cela se passait en anglais, comme dans les vues de Tom où les marchandes de violettes parlaient si bien. Tout cela se passait en anglais car on était du côté de son père, dans le clan O'Sullivan dont l'aïeul avait d'immenses mains rouges.

— Tu ne danses toujours pas, dit François.

Il pensait en même temps à Élise, se demandant ce qu'elle faisait en ce moment... elle ne devait sûrement pas dormir.

— Non, dit Maryse, je sens le rythme, et ça reste dans ma tête.

Elvire et Michel s'étaient éloignés et elle ne les voyait plus que furtivement, entre les autres danseurs. Elle se sentit épuisée, tout d'un coup. Il n'était que deux heures.

— S'ils pouvaient tous disparaître!

Les enfants freaks dormaient sur le divan mais les adultes avaient l'air bien éveillés et encore frais. Tout le monde posait un peu, voyant que Saint-Jude s'était mis à prendre des photos. Le groupe Lemire-Fauchée restait cantonné dans son coin à discuter; une fois de temps en temps, l'un d'eux prenait les verres et allait discrètement leur chercher des refills. Dans un autre coin, Coco et le Baron avaient monopolisé Adrien pour une poetry-session. «Rien qu'une petite!» avaient-ils dit. «On va faire ton straight man», avait promis le Baron. Ils ne tenaient pas parole mais ça se déroulait bien quand même. Ils s'étaient lancés dans une impro-happening triple qui consistait, pour le moment, à se donner des claques dans le dos et des becs sur les mains en se traitant mutuellement de collègues-félibres.

Maryse se leva pour ouvrir une fenêtre car il faisait de plus en plus chaud. Elle sourit machinalement à Ti-Floune qui s'empiffrait de salami à l'ail et qui, avec deux de sa gang, cuisinait les duettistes en les tenant bien coincés entre la table où était servi le buffet et le mur. Les duettistes commençaient à mollir. Le buffet aussi. Toute cette nourriture qu'elle avait préparée avec Marie-Lyre! Curieusement, aucun des amis de Michel n'était venu l'aider. Lui-même pouvait difficilement s'occuper de la bouffe: il organisait la musique, ce qui avait consisté à focailler dans le système de son pendant tout l'après-midi. MLF avait dit: «Pauvre Maryse, je vas pas te laisser toute seule avec ça» et elle était venue faire des sandwichs. Elles avaient préparé quatre douzaines d'œufs mimosa et arrangé six pieds de céleri que personne n'avait touchés et qui voisinaient maintenant avec des bouteilles vides et des cendriers. Il y avait des cendriers partout, dans les endroits les plus étranges. «Je suis une mauvaise hôtesse, se dit Maryse, je ne m'occupe pas assez des cendriers, des plats, du monde...» Elle voulut prendre un cendrier débordant posé sur le couvercle de la table tournante et elle aperçut son image dans le miroir. Elle se trouva laide, oublia le cendrier, et courut vers la salle de bains. Elle avait les traits tirés comme toujours lorsqu'elle était menstruée. Elle l'était depuis le matin. Encore. Elle ôta ses lunettes pour se remaquiller mais le résultat lui parut mince. Il fallait pourtant qu'elle ressorte et affronte les invités; des gens qui ne se connaissaient pas il y avait quelques heures et qui ne se reverraient peut-être jamais. Quelle idée absurde de les avoir réunis! Elle avait le goût de prendre un bain, mais ça ne se faisait pas en plein party. Elle s'assit sur le bord de la

baignoire et regarda l'émail très blanc et l'éponge qui était
tombée. L'éponge était blanche, blanche, et Maryse aurait
voulu y entrer, s'y perdre. Elle pensa qu'elle avait le fixe,
comme la tante Kathleen... Elle sortit finalement de la salle de
bains — on frappait à la porte depuis tantôt — et jeta un coup
d'œil vers la chambre: Francine Crête dormait, ou faisait
semblant de dormir, le résultat était le même; elle avait la paix.
Au salon, le hash circulait. Oubedon avait terminé son improvi-
sation et il la notait dans un carnet ocre. Tout près de lui, Azard
Côté chantait la pomme à une fille que Maryse n'avait pas
remarquée jusqu'alors. Elle se dit: «Mon Dieu, j'espère qu'il en
arrive pas des nouveaux, à cette heure-ci!» Bien installé au
milieu de la place, Coco Ménard tirait tous les intéressés au *Yi
King* en leur promettant le walhalla et tout ça. La Chilienne
regardait la scène de loin. Elle avait l'air aussi épuisée que son
compatriote. «Ils auraient pu mourir là-bas!» se dit Maryse.
Peut-être leurs frères étaient-ils morts. D'autres l'étaient. Empri-
sonnés ou morts. Leurs cadavres commençaient à se décom-
poser dans des fosses communes creusées à la hâte, sans
prières, sans que leur famille le sache... Il y avait comme une
odeur de mort dans l'air enfumé, cela semblait se dégager des
gens. Janis Joplin chantait. Elle aussi était morte... Maryse eut
soudain l'impression que des morts traînaient dans la pièce,
mêlant leurs pas cahotiques à ceux des danseurs: c'était leur
présence qui saturait l'air. Elle fixait la bouche de la Chilienne,
une bouche rouge sombre. Elle repensa à l'autre, à Soledad
qui devait passer la nuit toute seule, *la Luna* étant ouverte
pour le réveillon. Elle eut l'envie furieuse de lui téléphoner
pour lui dire qu'elle n'était pas seule, ignorée et perdue dans
une ville indifférente.

Elle s'était appuyée au mur, comme prostrée, et sachant
bien qu'elle ne pourrait pas indéfiniment rester inactive à son
propre party, enfin, pendant un party qui avait lieu chez elle.
Michel était disparu avec Elvire, et il manquait beaucoup de
monde; le salon s'était vidé. Elle dit tout haut:

— Je vais aller voir ce qui se passe à la cuisine.

Au passage, elle entendit Lady Fauchée déplorer les

méfaits innombrables du général Boetz-Ribo-Flavine qui avait
la manie, comme bien des dictateurs d'Amérique latine, de
faire fusiller tous les récalcitrants. Pour analyser le fonctionnement du régime de l'infâme général, Lemire proposait la grille
de Markov. Un autre mort! Un autre problème: Maryse ne
parvenait pas à se faire une idée sur Markov, à savoir s'il était
un salaud, un utopiste, ou tout simplement un des marxistes les
moins obtus. Elle passa outre, n'étant pas tenue, au moins ce
soir, de prendre position.

Debout sur la table de cuisine, Marie-Lyre haranguait les
gens. Elle avait amené son amie Marie-Hélène au party et une
fille venait de lui faire une remarque là-dessus: finalement,
c'était un party de femmes, il y en avait trop, elle aurait dû se
trouver un gars pour l'accompagner! Le fait est qu'il y avait
beaucoup de femmes dans la cuisine de Maryse où le Baron et
Coco pénétrèrent à leur tour; ils venaient y chercher des cubes
de glace pour une démonstration d'alta-yoga, mais ils restèrent
pantois en entendant MLF réciter:

> «Des amoureux, mes très chères dames,
> Mais j'en ai tant que j'en ai trop
> Pour choisir l'objet de ma flamme
> Je fais: nemi, nemai, nemo!»

Elle adorait Clémence qu'elle s'était choisie comme idole-
de-femme, à défaut de l'avoir comme amie de fille. Mais
elle-même n'était pas dépourvue d'inspiration et elle avait
entrepris de raconter la troublante histoire de sa vie amoureuse:
des amants, elle en avait à la pelletée, même qu'elle venait
d'en plaquer un.

— Quand j'ai compris, dit-elle, que ce gars-là me méprisait,
moi, une fille tellement correcte, une fille tellement fine,
tellement merveilleuse, je me suis dit qu'il ne me méritait pas et
je l'ai mis sur le balcon à coups de pied dans le cul.

— T'as mauditement ben faite, bonne femme, dit le
Baron, laisse-toi pas exploiter!

La Chilienne entra timidement et resta debout à côté de
Maryse. Une fille laissa tomber:

— C'est parce que t'aimes pas les hommes, tu les connais pas.

Il y eut un moment de silence pendant lequel on entendit les voix aiguës de Lemire et de Lady Fauchée qui se chicanaient au salon à propos du T.A.B.A.S.C.O. Marie-Lyre prit une gorgée de jus d'orange et elle attaqua:

— Comment ça, j'aime pas les hommes? Mais je passe mon temps à penser à eux autres! Je les connais pas? J'en ai pourtant essayé de toutes les sortes, de toutes les obédiences et de toutes les marques d'auto: j'ai connu des garagistes, des waiteurs, des employés de banque, des gars du gaz, un notaire, un médecin, un électricien, un voleur de bazous. J'ai eu des chums de toutes les races et de toutes les couleurs: des noirs, des roux, des chauves et des imberbes. J'ai connu des sportifs de télévision, des gars de bicique, des gars satisfaits, des grévistes pis des circoncis. J'en ai connu qui baisaient mal, d'autres qui baisaient pas pantoute. Ça arrive! Je suis même déjà sortie avec un Italien dans le terrazzo, un vendeur de polices d'assurances pis un authentique Don Juan. Mais attention, les filles, Don Juan baise mal!

— Ça se peut pas, dit Gilles Charbonneau.

— Qu'est-ce que t'en sais, toi? T'as aucun point de comparaison, et moi, je fais des statistiques. Croyez-moi, mesdames, Don Juan baise mal. Tous les soirs où je l'ai rencontré, il avait la queue basse et, une fois déshabillé, le regard fuyant. Don Juan est un botcheur qui s'ignore. Celui-là croyait me posséder! — ils pensent tous nous avoir. Nuance: c'est moi qui les avais. C'est moi qui les ai. La preuve? Je suis capable de les laisser! Je suis même obligée de les laisser tellement ils deviennent vite pas endurables!

Elle avait le goût de brailler, mais se rappelant sa relecture récente de Diderot, elle reprit, comme s'il s'agissait d'une autre:

— Au tout début, mesdames, j'ai été fascinée par les blonds. Mon premier, Roger Bélanger, était un blond aux yeux bleus. Il portait toujours des jeans bleu pâle pour matcher avec ses yeux. J'avais dix ans, alors, et j'aurais pu en conserver une fixation. Mais pas du tout! Car enfin, pourquoi se borner à un seul type quand le choix est si vaste? Choisir, c'est éliminer, et moi, je les aime tous: les gros, les grands, les beaux, les costauds, les trapus, les barbus, les mafflus. Mais j'aime aussi les petits! On ne fait pas assez pour les petits. Notre société est injuste envers eux et je ne comprends pas pourquoi: ce sont les plus charmants. Par exemple, je me souviens d'un petit Français de rien du tout, l'hiver dernier à Paris, oh nostalgie! Je l'ai rencontré dans un train. Ma vie européenne est pleine de trains, de gares et d'attentes. Mais c'est un autre sujet qui fera peut-être un jour, qui sait? l'objet d'un autre monoloy-de-cuisine... Toujours est-il que je m'emmerdais dans un compartiment de non-fumeurs, entre Paris et Saint-Denis. J'avais pas vraiment envie de fumer, remarquez. Mais moi, les affaires défendues, ça m'agace. En plus, tout ce que j'avais à lire, c'était un roman de Robbe-Grillet.

— J'adore Robbe-Grillet, dit le photographe d'*Allô Police*.

— C'est justement ce que mon Français a trouvé comme entrée en matière. Faut croire que les lieux communs ne lui faisaient pas peur! Qu'importe, il baisait bien, je le dis sans honte. Seulement, à chaque fois qu'on faisait l'amour, il me citait le président Mao. Comprenez-vous ça, vous autres? Il y en a qui ont la maudite manie de nous lire des affaires au lit! Comme les poètes.

Adrien se faisait tout petit devant son coin d'armoire.

— C'est parce que t'as pas la vocation, fit remarquer Elvire qui venait d'entrer. Tu devrais laisser tomber, tu nous enlèves du travail.

— T'as raison, ma chère. Je ne sais pas comment tu fais et je t'admire, ayant déjà été affligée moi-même d'un barde lyrique qui me récitait ses chefs-d'œuvre érotiques non-publiés au lieu de baiser. Il ne lui est jamais venu à l'esprit que je pouvais avoir le goût de parler de choses plus générales que lui-sa-vie-son-œuvre, et que j'avais peut-être moi-même, moi, toute petite moi, et quoique flouée, une vie à moi, voire même une œuvre personnelle. Or, mesdames et messieurs, bien que jeune encore, et femme, j'ai déjà écrit quelques monoloys dont je vous livre la primeur: tout ce que j'ajouterai est extrait des mémoires à venir de Marie-Lyre Flouée qui, un soir d'Halloween, manquera mourir noyée dans son bain alors qu'elle s'adonnera à une relecture transversale et néanmoins oblique de BB.

— Tam di di lam, tam didili dilam, chanta Coco Ménard.

— Vole-moi pas mon show, Ménard! Je t'ai laissé faire le tien tantôt...

— C'est vrai ça, dit le Baron, écoute la môme flyée, Coco.

— Vos gueules, gang de poches, fit Oubedon, interrompez pas l'artiste.

— Doncques, voici, dans son entier, la chronologie des chums de Marie-Lyre Flouée, amante éperdue et valeureuse: au début, à dix ans, il y eut Roger Bélanger, précédemment nommé. À Roger, succéda Sylvio Soucy qui fut rapidement déclassé par Tit-Guy Duquette, lequel avait un poing américain et des airs de bum. À son contact, j'eus peur d'être enfirouapée dans la traite des blanches et le semai habilement dans la maison des glaces du parc Belmont. De Tit-Guy, je passai à Dieudonné Larramée, et de Dieudonné, à Bobby. Bobby se déclassa lui-même et fut remplacé par Gilbert. À Gilbert succéda Viateur Mongrain, puis Rodolphe Robidoux et Achille Lamalice. Lui Achille, pour l'avoir aimé, je l'ai aimé en sacramant, l'écœurant; c'était un courailleux, un vrai! Je dus mettre fin moi-même à une relation trop masochiste et avec notre rupture tragique s'acheva ma première période, celle du french-kiss. Puis, j'accédai à l'âge adulte, c'est-à-dire à l'amour intégral. Le premier de cette deuxième série s'appelait Théodule Masson. Nous baisâmes pendant trois jours et trois nuits, après quoi je ne le revis plus. Je récidivai avec Mélançon, Meloche, Meunier et Marcoux, puis vint l'athlétique H.B. dont je vous cache le nom, par mesure de délicatesse. Que les personnes ici présentes se rassurent d'ailleurs: l'identité de mes héros est savamment travestie car je ne laisse jamais rien au hasard et ne voudrais ni blesser, ni léser ma clientèle. H.B., hélas, jouait au bowling, sport que j'exècre! Je l'évincai au profit d'Hercule Ladouceur, puis survint une période trouble au cours de laquelle je m'adonnai au libertinage avec Rosaire

Roberge, puis avec Roland, Ronald, Rénald, Réal, dont les oreilles frisaient, et Rodrigue, à l'inoubliable zizi. Rodrigue fut le dernier spécimen de cette époque naïve où je ne baisais qu'avec des célibataires. Quand il sortit de mon lit, je m'enfonçai dans le jardin marécageux des amours adultérines. Jean-Jacques Jodoin, mon premier homme marié, portait des bobettes barrées. Mon deuxième s'appelait Désiré, il était très beau, mais sa femme découvrit rapidement le poteau rose derrière lequel nous cachions nos ébats. Mon troisième s'appelait Aimé et mon quatrième, Lorenzo Proulx. Je dois dire ici qu'il y avait, en chacun de ces hommes, du premier au dernier — de Roger Bélanger à Raphaël Saint-Hilaire qui, sans le savoir encore, sera le prochain — quelque chose de séduisant, parfois même d'attendrissant. Chacun était, est, et sera, à sa façon, aimable. Et je les ai tous aimés, au moins furtivement. Le plus longtemps que je pouvais, pour ainsi dire, car je ne pouvais pas toujours longtemps: tous ces hommes, surtout les hommes mariés, n'étaient, hélas, que sporadiques dans ma vie et trop souvent distraits. Il vint un temps où, pour meubler mes longues soirées solitaires, je fus contrainte de devenir polyandre. Je connus alors simultanément Gaston et Romuald, puis Ronald, Régent et Renaud. Régent tomba malade et fut relayé par un certain Edgar qui était grand-maître en 'pataphysique. Une nuit, je n'ai jamais su pourquoi, Réal ne revint pas. Je gardai en souvenir le briquet que je lui avais subtilisé et le remplaçai par Émile qui était très doux mais toujours en retard. Sur l'entrefaite, je partis pour les Europes où je fus à même d'apprécier les charmes de Georges, le maoïste précité, et aussi ceux de Jules, Jérôme, Julien, Jean, Geoffroy, Gérard et Josaphat qui était d'ailleurs un Yougoslave aux yeux pers. Un jour, pour rien, il piqua une colère rouge et claqua la porte. Morose, je rentrai à Montréal où, depuis, j'ai fait la connaissance de Jean-Guy, Tony, Armand et Julien Beaufouette, lequel ne pouvait malheureusement pas m'accompagner ici ce soir, vu que sa femme fait une crise d'appendicite aiguë, m'a-t-il annoncé dix minutes avant le début du party. C'est dommage pour elle (si c'est vrai) et aussi pour vous tous à qui j'aurais pu le présenter. Si jamais

vous me revoyez, je ne serai pas nécessairement avec Beaufouette car je sors aussi un peu avec Lortie, Lanteigne et Oscar
Portelance. Mais ce ne sera peut-être pas eux-autres non plus,
parce que j'ai des visées sur Gaston Rochon, Daniel, Nathanaël,
Robert, Rock et Raphaël.

    — Qu'est-ce qui se passe ici? dit Michel en entrant.

    — Mais voici, mesdames et messieurs, continua MLF, que
s'avance l'incomparable Michel Paradis. Ne fuyez pas à son
approche car il vient à son tour vous donner un aperçu de ses
innombrables prouesses amoureuses.

    L'assistance se mit à rire et à crier: «On veut Marie-Lyre,
on veut Marie-Lyre, bis, bis, bis.» Michel rit aussi car il devait se
montrer à la hauteur mais il était en chriss: la folle de
Marie-Lyre Flouée était en train de lui saborder son beau party
avec ses histoires d'un goût douteux. Fermement, il pria les
gens de regagner l'enclos qui leur avait été assigné. Et de
danser! Ils étaient là pour s'amuser, il fallait que ça paraisse!
Pour faciliter la manœuvre, MLF descendit de son stage
improvisé et, après un zigonage tout formel dans le frigidaire et
les robinets, les invités revinrent vers le salon en troupeau
résigné. Ainsi prit fin le premier monologue public de Marie-
Lyre Flouée, qui allait devenir, quelques années plus tard,
one-woman-show de profession.

    Les duettistes étaient ravis de la tournure de la soirée: une
fois rentrés à Paris, ils se voyaient déjà publier une étude sur le
monoloy-québécois comme lieu d'embrayage privilégié des
machines désirantes, orphelines et colonisées. Pour des raisons
différentes, la plupart des invités, y compris les freaks, étaient
tous aussi ravis: MLF avait quelque chose de magnétique et,
loin de choquer les gens comme Michel le craignait inutilement,
elle plaisait. Énormément. Au salon, les lumières avaient été
baissées mais quelque chose n'allait plus. Plusieurs, qui auraient
aimé que MLF continue, se mirent à la commenter.

    — C'est pas très féministe, dit Lady Fauchée, qui s'était
faufilée dans la cuisine vers la fin.

    MLF partit d'un grand éclat de rire:

    — Écoute, Francine, j'ai fait un numéro décent. Je n'ai

énuméré que mes relations hétérosexuelles, bourgeoises et de
bon goût. Si tu veux connaître l'autre côté de ma vie, je peux te
donner un rendez-vous, chère.

Francine Fauchée, incapable de savoir jusqu'à quel point
MLF plaisantait, décida de ne plus lui adresser la parole. La
soirée tirait à sa fin. Certains, qui avaient comme principe que
tout party doit finir en orgie, venaient de se rendre compte de
la triste réalité: ce party-là ne virerait jamais en orgie. C'était
plate, mais c'était comme ça: débandant. Quelqu'un avait mis
un disque de Léo Ferré qui évoquait Bakounine, «ce camarade
vitamine». C'est là où ils en étaient. Marité se tourna vers
François qui avait l'air un peu dégonflé et ne s'était toujours
pas acheté de bazou:

— Je te ramène chez toi?

Ils prirent leurs vêtements dans le noir pour ne pas
déranger Francine Crête endormie à côté de son chérubin et
s'en allèrent en catimini.

Maryse se coucha quand ils furent tous partis, au petit
matin, longtemps après la venue du cheval blême et apocalyptique. Les Crête furent les derniers à partir, avec Lemire.
Maryse voulait les assassiner. En plus, Michel avait passé toute
la soirée à coller Elvire.

— T'as qu'à danser, minou, avait-il dit.

5

La débâcle

Février 1974

La salle d'attente était vert hôpital et encombrée d'enfants trop jeunes pour fréquenter l'école et de mamans virtuelles, à des stades variés de grossesse. Bel échantillonnage, pensa Maryse. Elle voulait voir le gynécologue depuis le mois de novembre, mais son rendez-vous avait été fixé au dix-huit février. On était le dix-huit février et ça ne lui tentait plus du tout: elle aspirait à retourner rapidement au Cégep où on ne diffusait pas, à longueur de journée comme ici, une écœurante musak de type *Steinberg/Métro*. Mais ce serait bientôt son tour car elle attendait depuis vingt minutes déjà. De temps à autre, une moman criait à son enfant de ne pas crier et de ne pas salir le mobilier puis elle retombait dans une léthargie bienheureuse, alimentée par le bruit des néons, le bruit du ventilateur et le bruit du système de chauffage, tous camouflés par la musique.

— Pourquoi est-ce qu'ils nous font attendre comme ça? Je vais finir par être en retard, moi!

Maryse avait parlé tout haut. Quelques femmes la regardèrent, abasourdies: qui était-elle pour oser chiâler chez un si grand spécialiste? Les autres firent semblant de ne pas l'avoir entendue et elle comprit qu'elle ne gagnerait rien à récidiver: toutes les patientes étaient contentes de leur sort, satisfaites de l'environnement, fières d'être enceintes et soignées par le docteur Malenfant. Maryse se dit que *Lysistrata*, c'était vraiment rien qu'une histoire et qu'elle ne ferait jamais un exorde aux femmes dans l'anti-chambre bondée des docteurs Rappoport, Malette, Malenfant, Ostiguy et Bolduc, tous très éminents et très spécialistes. Les femmes étaient là pour bénéficier des progrès de la science médicale, pas pour se faire achaler par une petite jeune à lunettes qui n'avait rien à leur offrir.

Résignée, elle prit le plus récent numéro de la revue *Nous autres* qui annonçait, en super spécial, un reportage sur la fonction de l'orgasme chez les lapins albinos. L'article était dans le style de la musak, exactement comme s'il avait été écrit pour être lu avec cet accompagnement sonore. Maryse n'alla pas plus loin que le premier paragraphe car, à travers ce texte insipide, elle ne parvenait qu'à se remémorer sa dernière chicane avec son chum...

La semaine d'avant, Marie-Lyre leur avait procuré des billets pour une représentation de *La Sagouine*. Michel, qui allait peu au théâtre, s'était pourtant déplacé. Mais il avait été déçu. Après le spectacle, à *la Luna,* la conversation avait roulé sur le thème de la représentation du prolétariat dans les arts, Maryse avait parlé, longtemps, et les autres l'avaient écoutée. C'était rare et presque gênant. Puis, elle était passée de l'art à la réalité et avait donné son cas en exemple: elle venait plus ou moins de la même classe sociale que la Sagouine.

— Voyons, Maryse, t'es pas représentative, avait dit Michel, l'air exaspéré. De toute façon, ton analyse est trop subjective. Et puis, ce genre de pièces-là donne encore bonne conscience aux gens. Ça ne dépasse pas les *Fridolinades.*

— Qu'est-ce que tu sais, toi, des *Fridolinades?* avait dit Maryse.

— Tu comprends jamais quand on parle: c'est un exemple que je donnais.

Alors très doucement, pour que lui seul entende, elle avait dit:

— Si tu continues comme ça, je vais te tirer mon assiette par la tête et ta belle gueule de beau ténébreux sera dégoulinante de crevettes à l'ail refroidies, exactement comme dans les vues, et je vais crier et tu vas avoir honte. Parle plus jamais de la Sagouine ou des femmes de ménage, Michel Paradis, parce que tu vas voir comment ça peut être pénible de sortir une fille qui comprend rien, qui mêle tout et qui est trop subjective.

Michel était devenu livide. Il avait continué de parler mais

quelque chose était changé dans sa voix. Manolo avait apporté
le gin de Lady Fauchée qui lui avait dit:

— J'avais commandé un whisky, pas un gin, voyons.

Elle avait l'air outré. Après que Michel lui eût coupé la
parole, Maryse s'était retirée dans sa tête, seule au milieu des
mots des autres avec l'image de Rose Tremblée transformée
en Sagouine, et elle avait suivi mentalement le service de
Manolo, accomplissant avec lui tous les gestes qu'il devait faire.
Apparemment, elle était demeurée près de Michel, approuvant
ce qu'il disait, le laissant parfois la frôler, mais en fait, elle était
loin, très loin, debout avec Manolo, le précédant aux tables et
même dans la cuisine. Et elle souriait! Elle avait fini par trouver,
dans de telles circonstances, une façon de sourire qui calmait
les gens et décourageait leurs questions. Quelque chose venait
de se briser dans sa relation avec Michel, à cause de la
discussion. À cause de la Sagouine! Elle se demandait ce qu'il
pouvait y avoir de si révulsant dans ce personnage pour
qu'une simple conversation sur le sujet ait suffi à la mettre hors
d'elle et à la dresser contre Michel. Elle n'aurait pas pu dire ce
qui venait de se détruire dans son rapport à lui, ni au juste
pourquoi, ni comment cela s'était produit, mais elle constatait
l'existence d'une faille: peu lui importait maintenant que
Michel l'aime ou non, elle l'aimait déjà moins.

Depuis cette scène, son sentiment n'avait fait que s'accentuer. La querelle remontait à plusieurs jours mais elle était
encore très claire dans son souvenir et, au milieu des bruits, de
la musak et des jacassements des parturientes, elle en revivait
chaque détail. La revue était ouverte sur ses genoux et elle
fixait sans la voir la grosse tête de lapine illustrant le texte.

— Mary O'Sullivan! cria le docteur Malenfant à la porte de
son bureau.

Maryse se leva tellement vite que la revue tomba dans le
calcium de la moquette.

— Qu'est-ce qu'on peut faire pour vous ma petite dame?

— Je ne suis pas enceinte, docteur, dit-elle en s'assoyant.

— Depuis quand êtes-vous mariée?

— Je ne suis pas mariée.

Il sourit d'un air entendu. Puis, en lui brandissant un calendrier, il lui demanda:

— QUAND?

— Quand quoi?

— Bien... vos dernières menstruations!

— ...

Maryse pensa qu'il devait faire le coup à toutes ses patientes, si justement nommées. Elle ne se souvenait plus. Sur le coin gauche du bureau, trônait une représentation hideuse, en plastique rose et transparent, de ce qui ne pouvait être que le mystérieux utérus. C'était grandeur nature, comme si vous y étiez, mais en coupe, pour qu'on voie bien tous les petits conduits énigmatiques et les voies — insondables en temps normal — de la Nature. La chose, qui était dure à l'œil et au toucher, avait la laideur fascinante des objets essentiellement didactiques. Maryse ne pouvait pas en détacher ses yeux. Le docteur répéta poliment sa question.

— Je ne sais pas... Je ne suis pas régulière.

— Comment voulez-vous que je le sache, moi? Comment voulez-vous que je vous soigne?

Il soupira. Maryse pensa: «Si tu sais tout, le smatte, tu devrais voir ça rien qu'à me regarder dans les yeux!» Elle dit:

— Je suis menstruée présentement, par exemple. Excusez-moi!

Elle regretta de s'être excusée, mais trop tard.

— Ça fait rien, mademoiselle. La prochaine fois, notez-le donc sur le calendrier.

Lui-même gribouilla quelque chose dans son dossier.

— Depuis quel âge avez-vous des relations sexuelles?

— Dix-neuf ans.

Tu parles d'une question! Et tout d'un coup, elle se rappela sa cousine Norma: Maureen avait toujours prétendu que leur oncle Henry couchait avec sa fille. Elle parlait de cela en cachette, bien entendu, et sur un ton mélodramatique, mais elle n'était pas méchante et n'avait pas pu inventer une telle histoire. Contrairement à sa cousine Norma, Maryse n'avait jamais été violée par son père qui était un doux. Elle se demanda si celles qui avaient été forcées de coucher avec leur père à treize ans le déclaraient aux médecins. Probablement pas: c'étaient des histoires de familles, c'était pas pour vrai, ça ne devait pas compter.

Le gynécologue s'était mis à lui faire un examen dit gynécologique avec ses mains caoutchoutées et sa grande mirette froide. Ça faisait mal mais c'était normal: il fallait souffrir pour avoir des enfants...

— Tout est normal, dit-il en jetant ses gants à la poubelle. Tout a l'air correct.

Ils retournèrent dans le bureau.

— Vingt-six ans, c'est encore jeune! À part ça, êtes-vous sûre de vouloir un enfant?

— Mais oui!!! De toute façon, je ne suis pas seule: je vis avec quelqu'un depuis quatre ans.

— Ah bon! fit le médecin.

Au mur, pendaient des photos couleurs de sa famille à lui: deux enfants blonds et une jolie petite femme, blonde également.

— Écoutez, votre ami, on peut toujours le faire examiner, s'il est consentant, bien sûr. C'est peut-être lui, le fautif, avez-vous pensé à ça?

— Peut-être, dit Maryse.

Elle n'y avait pas pensé et se demandait déjà si Michel consentirait à subir un tel examen.

— Tout est correct, répéta le docteur. Vous avez encore le temps.

Il sourit.

— C'est tout pour aujourd'hui, mamzelle.

Il fit chlic-chlic et lui montra la porte. Elle frôla le chambranle en sortant et se retrouva, complètement soufflée, parmi les autres patientes aux utérus féconds. La consultation avait duré sept minutes, il ne lui avait même pas examiné les seins et elle avait oublié toutes les questions qu'elle voulait lui poser. Elle prit un dix cents dans son portefeuille et téléphona au Cégep pour annoncer qu'elle était malade. En un sens, c'était vrai.

La clinique était tout près du métro mais elle avait besoin de marcher. La neige, qui fondait en tombant, lui glissait dans le cou et c'était sans aucune importance. Elle s'était mise à pleurer. Elle était seule dans la neige mouillante et stérile; quelque chose le lui disait! De toute façon, elle n'était plus sûre de vouloir un enfant de Michel... Elle marcha longtemps. Venue du nord de la ville, elle avait traversé le Carré Saint-Louis et pris la rue Prince-Arthur. Sans vraiment l'avoir voulu, elle se retrouva dans le quartier de Manolo. Elle passa la rue Hôtel-de-Ville, de Bullion, Coloniale et, arrivée au coin de Saint-Dominique, elle entra dans un restaurant pour consulter l'annuaire du téléphone: Rosabal, Manuel. Il habitait en haut de Prince-Arthur. Elle nota l'adresse, laissa un gros pourboire à côté du café qu'elle n'avait pas touché et se rendit en face de chez lui. La maison était ordinaire, sans cachet, mais curieusement mise en valeur par celle d'à côté, dont la brique venait d'être repeinte en bleu. C'était l'heure où les enfants reviennent de l'école. Elle vit un garçon d'une dizaine d'années entrer chez Manolo puis la porte se referma sur lui. Ils habitaient au deuxième et elle ne pouvait rien deviner de leur intérieur. Elle se dit: «Qu'est-ce que je fais là? Je suis ridicule.» Mais elle y restait, pleurante et transie, comme dans l'attente de quelque chose. Dans l'appartement, quelqu'un alluma une lampe et elle aperçut des ombres dans la fenêtre, puis, plus rien, mais elle regardait toujours la maison. Cela dura longtemps. Elle ne se décidait pas à partir. Quelle heure pouvait-il être, maintenant? Une heure vague. Cela lui était égal et elle ne prit pas la peine de vérifier à sa montre. Finalement, une femme sortit. Elle avait un chariot à provision dans les bras et une petite fille la suivait. La femme se retourna vers l'intérieur et dit quelque chose en espagnol, que Maryse ne comprit pas. Elle eut d'abord le réflexe de se dissimuler, puis elle pensa que cela n'avait pas d'importance puisque la femme de Manolo ne la connaissait pas. La fillette avait à peu près cinq ans, de grands yeux bruns et une bouche toute petite. Le manteau de la femme était noir comme celui des autres immigrées mais elle portait un foulard bariolé. «C'est ça, se dit Maryse, c'est

l'Espagne de pacotille.» Soledad avait descendu précautionneusement l'escalier raide et elle se tenait tout près de Maryse
sans la voir, toute attentive qu'elle était à déplier son chariot
sur le trottoir raboteux.

— *Mama, quiero una muñeca para mi cumpleaño*, dit la
fillette d'une voix chantante.

Maryse entendit Soledad répondre:

— *Si, niña, vamos a comprar una.*

Puis, le reste se perdit dans la neige et le vent. La femme
de Manolo l'avait regardée dans les yeux, sans broncher,
comme une étrangère. Mais elle était une étrangère! Soledad
avait vraiment les traits fins des madones de Murillo. C'était
dérisoire. Elle avait l'air d'une madone lasse, mal nourrie,
fatiguée; une madone pour prolétaires. Manolo Rosabal consa-
crait six jours par semaine à l'alimentation des autres, et sa
famille était famélique! C'étaient eux, les nouveaux pauvres,
habitant son ancien quartier qu'ils coloraient tant bien que mal
pour tenter d'oublier le gris sale de la misère des pays froids.
Maryse se dit encore une fois qu'elle aurait pu être exactement
à la place de Soledad et vivre les mêmes petits malheurs dans
son ancien quartier. Elle avait l'impression d'avoir été, déjà,
cette petite fille pauvre voulant une *muñeca*. Une autre
femme, pareille à Soledad dans sa maternité obscure et
enveloppante, à quelques années d'intervalle seulement, à
quelques rues de distance, dans une autre langue également
non reconnue ici, lui avait promis, autrefois, une «catin». Sa
mère Irène avait vécu les mêmes craintes que Soledad et sans
doute avait-elle fait les mêmes calculs exténuants. Elle-même
aurait pu ne jamais aller au Couvent de la Désolation, ne pas
avoir appris tout ce qu'elle savait. Comment était-elle, avant le
dressage des bonnes sœurs? Ignorante, et sans doute vouée à
l'usine. Un jour, après le ménage, Sainte-Monique lui avait
donné la permission de se mettre derrière le chœur et de
chanter, d'essayer de chanter avec les autres. Le cantique
disait: «Dans la blanche clarté de l'Éternité, Je vous retrouve-
rai...» Le mot clarté, qui était bel et bien imprimé dans le cahier
de musique avec un gros «a» ouvert, avait paru à Mary très

laid, vulgaire même, d'une luminosité agressive. Chez elle,
dans la rue d'à côté pas loin d'ici, ils prononçaient clerté. Elle
n'était jamais repassée dans cette rue, devant la maison de son
enfance, elle n'osait pas, cela aurait pu lui porter malheur... Elle
suivit Soledad jusqu'au coin de la rue Duluth et la vit tourner
vers la gauche. Soledad marchait calmement, d'un pas égal,
elle était une femme comme les autres, qui va faire ses courses
pour nourrir sa progéniture. Maryse pensa qu'elle ne se
promènerait jamais suivie d'une petite fille, sa fille. Elle aurait
échangé toutes ses années d'études avec Soledad pour avoir
une enfant comme elle... La neige était devenue plus consis-
tante; ils allaient avoir, encore une fois, une tempête de fin du
monde. Elle prit la direction opposée. Elle ne souhaitait plus
rien et ne pleurait plus. Elle marchait distraitement dans la
neige, en jouant, dans le fond de sa poche, avec le briquet
d'Albert. Michel découvrirait bientôt qu'elle était stérile et, si
elle ne le quittait pas avant, il s'arrangerait pour la répudier, en
quelque sorte. Elle savait maintenant qu'elle finirait par le
quitter, qu'ils n'avaient plus rien à faire ensemble. Leur séparation n'était qu'une question de temps, de courage et d'usure.
Elle se mit à chantonner *Stormy Weather*.

Mars 1974

Ils eurent plusieurs tempêtes, cet hiver-là et, à chaque fois, les écoles fermaient leurs portes, de même que plusieurs bureaux. Les gens restaient là où la neige les avait surpris et, pendant ces jours immobiles, tout leur était permis; la plupart en profitaient pour faire une chose scandaleuse en temps normal: ils faisaient RIEN! Avec délectation. C'était un temps de fête blanche, de quasi-carnaval, un temps hors du temps...

Puis, le froid cessa brusquement et ce fut la fonte: la ville était en eau, les trottoirs et les allées du Carré Saint-Louis, où les monitrices de la garderie menaient leur troupeau d'enfants, refaisaient surface. Dans les rigoles formées par le dégel, Gabriel redécouvrait avec enchantement les petites pierres vives et brillantes du ciment. Il avait posé bien à plat sa main nue dans le ruisseau et se faisait un barrage. L'eau montait, montait, puis passait par-dessus sa main. Ça ressemblait aux écluses qu'il avait visitées l'été d'avant, mais l'eau de mars était froide, froide — engourdissante —, et Gabriel aimait ça. Dans le soleil aveuglant, l'esprit mauvais lui apparut; il contourna un orme et atterrit, radieux, au bord du ruisseau-écluse. Ses ailes avaient poussé d'un millimètre et cela leur faisait une frange mauve pâle qui foncirait graduellement au cours de l'été, comme les pousses des sapins qui virent du vert tendre au vert sombre.

— C'est mon cent trentième printemps, dit-il, et je ne m'habitue toujours pas! Ça me rend polisson!

On était un jeudi saint, jour qu'il adorait puérilement.

— Les corneilles arrivent demain!

— Je le sais, dit Gabriel, je peux pas te parler, chus t'occupé là!

— Évidemment, monsieur sait tout!

— Ben oui, tu me l'as déjà annoncé hier.

Ils entendirent au loin la voix hésitante d'Élise qui appelait Gabriel. Au retour du parc, les monitrices comptaient toujours les enfants avant de traverser la rue Saint-Denis; c'est comme ça qu'elles avaient constaté son absence. Le restant du troupeau, tout aussi dépenaillé et morveux que lui, l'attendait à l'autre coin de rue, mais il ne voulait pas rentrer si tôt. Les bottes d'Élise se posèrent en aval de son ruisseau, mais sur la rive, sagement. Élise ne marchait jamais dans l'eau, elle manquait de très belles occasions et Gabriel ne comprenait pas pourquoi.

— Tu vas encore attraper un rhume.

Tous les «adules» étaient des casseux de partys! Les monitrices aussi, malgré qu'elles n'élevaient jamais la voix; elles sortaient d'ailleurs toujours gagnantes des périodes de discussions-égalitaires-avec-les-amis. Gabriel ne connaissait pas leur truc mais il avait les siens:

— Attends, dit-il, attends! Regarde-moi, je vais faire un mur dans l'eau.

— On est tannés de t'attendre. Viens-t'en, Gabriel Duclos.

Gabriel retira ses doigts de l'eau pour les réchauffer dans sa bouche. Il aperçut Élise tout entière et toute tremblée dans son eau redevenue courante. Elle ressemblait à Blanche-Neige. En mieux. Il releva la tête et vit qu'elle pleurait. Comme lui des fois! Des grosses larmes de bébé! C'était la première fois qu'une «adule» pleurait devant lui et il en fut troublé.

— Es-tu malade, encore?

Élise ne répondit pas. Elle avait été absente la semaine d'avant et tous les amis-de-la-garderie avaient préparé des dessins-cadeaux pour son retour de maladie... Son avortement à New York s'était très bien passé; ils avaient été impeccables et elle ne pouvait rien leur reprocher. Elle aurait seulement aimé pouvoir en parler avec quelqu'un. L'esprit mauvais s'était mis à barboter lui aussi dans l'eau. Elle dit:

— Toi, l'esprit, tu devrais pas te tenir ici. On n'aime pas que les gens viennent pendant les heures de garderie.

— Voyons Élise, tu sais bien que je compte pas, moi, je suis pas du monde! Pis à part de ça, tu me fais de la peine, t'assombris mon printemps... Je le sais à quoi tu penses, Élise Laurelle: oublie donc ça! Si tu faisais partie de ma run régulière, je t'aurais prise jeune, pis tu te revirerais pas les sangs de même.

Élise restait silencieuse et l'esprit ne savait plus quoi dire pour l'encourager. Tout comme Gabriel, il ne comprenait pas à fond la psychologie des adultes. Il ajouta à tout hasard:

— Laisse-toi pas aller, cheer up, sursum corda, carpe diem, sacramant! C'est ça, carpe diem: me semble que c'est simple, ça, comme ligne de conduite!

Mais Élise n'était pas très forte dans les locutions étrangères.

— Ne m'en demande pas trop, dit-elle doucement. Je suis toujours vivante, c'est tout ce que je peux faire pour le moment... T'es bien gentil, toi, c'est dommage que t'existes pas.

— J'aime donc pas ça quand tu dis des affaires de même!

L'esprit était devenu tout rouge de colère et il avait les plumes gonflées. Pendant qu'ils parlaient, Gabriel s'était remis à flacoter dans l'eau.

— Dépêchez-vous, là, sinon les autres vont venir nous chercher, dit Élise.

En effet, Vénus Bérubé approchait. Elle avait quatre ans et demi, de grosses joues roses et elle dépassait Gabriel d'une tête. Elle était sa blonde, la première. Celui-ci était tout content que Vénus l'ait choisi, lui, plutôt que son copain Merlin Brochu. L'autre jour, elle l'avait invité à jouer chez elle. Il avait voulu lui remettre sa politesse ce soir, mais ce soir, c'était pas possible: ils allaient manger au restaurant avec François Ladouceur. Gabriel aimait bien François qui faisait le cheval beaucoup plus longtemps que son père, mais pas les restaurants... Comme Vénus arrivait à leur hauteur, l'esprit mauvais prit congé:

— Faut que je vous laisse, j'ai une nouvelle cliente à voir sur la rue Mentana.

Il ondulait de joie à cette pensée: il venait d'être muté à la

section des athées et son nouveau travail lui plaisait énormément, d'autant plus qu'il avait obtenu de garder trois de ses
anciens protégés, dont Gabriel. Il fit apparaître sur le champ un
canot pneumatique *Fisher Price*, y prit place et entreprit, par la
seule force de son caractère, de remonter les ruisseaux jusque
chez la belle Ariane de la rue Mentana.

Vénus ne le vit pas partir en pétant de la broue mais elle
vit la broue dans le barrage de Gabriel et, comme lui, elle y
trempa ses mains. Que c'était donc le fun!... Ils s'éclaboussèrent
abondamment avant qu'Élise ne s'empare de leurs petites
mains froides et les enfouisse dans chacune de ses poches. Le
ciel était d'un bleu poignant comme les yeux de Vénus, qui
n'était consciente ni de ce détail, ni de sa beauté et qui, pour
cette raison, n'en était que plus charmante.

□

Au moment précis où l'esprit arrivait à la hauteur de Roy
et Mentana, Hermine fit irruption dans le bureau de Maryse.
Elle tenait Mésange sous son bras gauche et, dans sa main
droite, un carton de pâtisserie. Maryse ne l'avait pas entendue
sonner à cause de la balayeuse de Rose, qui lui avait ouvert la
porte. Hermine embrassa sa belle-fille sur les deux joues et elle
passa à l'attaque:

— Mais vous vous arrachez les yeux, ma petite fille! Vous
devriez allumer la lampe! Je ne comprends pas pourquoi vous
avez choisi la pièce la plus sombre de la maison pour en faire
un bureau... Vous avez déjà les yeux faibles, il faudrait pas que
Michel s'abîme la vue à son tour! Au fait, vous l'attendez à
quelle heure?

Dans le calme relatif de son après-midi, Maryse lui trouva
un air dément.

— Je ne l'attends jamais! dit-elle. C'est fini ça.

— Ha! Ha! fit Hermine. Vous êtes donc drôle, Maryse! Je
vous ai apporté des petits fours du Duc de Lorraine, ceux que
Michel préfère.

Ça tombait mal: depuis lundi, Maryse suivait un régime amaigrissant à base de pamplemousses et de monoglutamate de sodium et elle rédigeait fébrilement sa thèse qu'elle espérait soutenir en juin. Hermine déposa Mésange sur la table de travail et elle alluma la luxo. Résignée, Maryse referma sa plume fontaine, refoula sa belle-mère et son horrible chienne dans le salon et mit de l'eau à bouillir pour le thé. Au passage, elle déplaça le bouton de la radio et la voix de Maureen Forrester remplaça fort heureusement celle de Michel Pascau.

En attendant que l'eau soit prête, elle essaya de retracer Michel: elle téléphona chez Lemire, chez les Crête, chez Azard Côté, chez Lady Fauchée et finalement à *la Luna de papel*... Il n'était nulle part. Il faudrait donc qu'elle fasse la conversation à Hermine.

— Il est excellent votre thé! dit celle-ci en souriant. Il est différent! Qu'est-ce que vous mettez dedans?

— Du thé, fit Maryse.

Rose Tremblée revint du sous-sol avec une brassée de linge frais lavé qu'elle déchargea dans le fauteuil-crapaud (ils avaient un fauteuil-crapaud, un don d'Hermine évidemment, que Maryse trouvait hideux). Rose redescendit au sous-sol. La conversation commençait déjà à languir: elles auraient bientôt épuisé les rares sujets sur lesquels elles risquaient de ne pas trop s'engueuler. Mésange fouinait partout et Mélibée, cachée derrière le divan, faisait pshitt. Rose revint avec une autre brassée qu'elle culbuta par-dessus la première.

— Voyons, madame Tremblée, dit Hermine, vous ne pouvez pas faire ça ailleurs? Vous voyez bien qu'on parle.

Soudain inspirée, elle s'était mise à déblatérer contre les Lagacé.

— Si vous alliez dans la cuisine? proposa Maryse.

— Ma cuisine est pas faite...

— Allez dans la chambre, alors?

— La chambre est faite pis ça va mettre des minous partout. Ça va mieux icitte.

— Je vais vous aider, dit Maryse.

Elle voulait que Rose disparaisse au plus vite. Elles

commencèrent à plier le linge pendant qu'Hermine continuait de se plaindre des Lagacé. Mais soudain, elle interrompit son envolée:

— Maryse! Vous ne les tirez pas assez, les draps! Tendez-les, voyons!

Elle posa sa tasse et prit la place de Maryse. Au-dessus des draps, ses mains baguées et bouffies devenaient légères; on eût dit qu'elle avait fait cela toute sa vie. Elle commentait les opérations, au fur et à mesure, comme Sainte-Monique, au couvent. Puis, ayant écarté Rose, elle s'agenouilla lourdement sur *son* ancien tapis, devant *sa* table à café et entreprit de monter des piles de linge bien droites, impeccables. Rose la regardait faire, muette, sachant qu'elle n'aurait jamais raison, qu'il était préférable qu'elle n'eût pas raison. Indéniablement, Hermine avait le tour.

— Vous savez, ma petite fille, dit-elle à Maryse, pour faire faire une chose, il faut savoir la faire soi-même et pouvoir la leur apprendre. Elles ne savent pas travailler...

Elle se tourna vers Rose:

— Je ne dis pas ça pour vous, madame Tremblée, vous êtes une femme de ménage dépareillée. Mais la plupart sont paresseuses.

— Y'a toute sorte de monde! dit Rose.

Hermine continua de pérorer sur l'entretien du linge et l'économie domestique. Ça n'en finissait plus. Elle avait complètement oublié les Lagacé. Maryse ne disait rien; elle regardait les mains de sa belle-mère courir sur son linge et le tapoter... C'était comme si la grosse femme s'était emparé de son corps, de toute sa maison. Hermine était chez elle, sur son territoire, et elle lui en remontait. Mais était-ce vraiment chez elle? Les meubles étaient les restants d'Hermine et le bail au nom de Michel. Maryse se contentait de payer le loyer avec son salaire du Cégep. Curieusement, c'est surtout à Hermine qu'elle en voulait, pas à Michel. «Encore une histoire de femmes», se dit-elle. Il lui sembla que toutes les querelles de femmes tournaient autour des mêmes menus objets, de guenilles et de chiffons. Du linge! Elle avait l'impression accablante que la scène actuelle se répétait de temps à autre, fatalement: il y avait toujours eu, dans sa vie, une étrangère venue lui faire honte à cause de son linge mal entretenu...

La première avait été une voisine. Mary avait huit ans peut-être, dix ans, pas plus; elle n'allait pas encore au couvent. Sa mère lui avait demandé d'étendre le linge avant son retour. C'était à l'automne, tard. Il faisait déjà froid. Une buée montait du bac et le linge gelait à mesure qu'on le dépliait. C'est ce qui amusait Mary: les vêtements prenaient en pains, comme des bonshommes! On devrait les rentrer tout raides et ça sentirait bon le froid dans la maison. Fière de ses responsabilités, elle était sortie sur la galerie d'en arrière sans foulard ni gants et elle avait commencé à étendre les vêtements sans aucun ordre, comme ils venaient, comme Irène, avant de partir travailler, les avaient jetés dans le panier: en vrac. Elle avait rempli près de la moitié de la corde quand la voisine était sortie de chez elle: «Mon Dieu, si c'est pas effrayant de travailler mal de même. T'es pas encore bonne à marier, Mary! Ôte-toé, j'vas t'arranger ça.» À une vitesse folle, la femme d'à côté avait ôté le linge déjà accroché et l'avait remis sur la corde, en ordre de grandeur et de couleur, en faisant chevaucher soigneusement les pièces pour économiser l'espace et les épingles. Elle avait étendu d'abord les draps, puis les taies d'oreillers et les serviettes, ensuite, elle avait mis les jupons, les linges à vaisselle et, finalement, les débarbouillettes. Sur l'autre corde, elle avait étalé les jaquettes fleuries d'Irène, celles des filles, les sous-vêtements, les mouchoirs et les torchons. Elle avait fait deux cordées parfaites. Irène ne se donnait pas tant de mal. Mary allait rentrer se chauffer quand la voisine l'avait apostrophée: «Va-t'en pas, c'est pas fini! Astheure, on va faire mon étendage. Tu vas voir, ça sera pas une traînerie, toute mon linge est préparé! Tu feras pareil la prochaine fois. Ça va mieux de même»... Mary était rentrée chez elle transie et mortifiée d'avoir été prise en défaut par une étrangère qu'elle n'aimait pas. Toute sa vie, elle devrait à une autre femme que sa mère le secret des belles cordées bien ordonnées. Dans la cuisine, son père fumait, les pieds sur la bavette du poêle. Il avait dit en la voyant:

«Poor little thing», mais il n'avait rien fait pour l'aider. Il avait ajouté, en français: «Qu'est-cé qu'à fa, donc, Irene, qu'a l'arrive pas?» Tom O'Sullivan prononçait toujours le nom de sa femme à l'anglaise mais il parlait d'elle en français. Irène était allée faire le ménage chez une madame de la rue Sherbrooke ou du Carré Saint-Louis. À chaque fin de mois, quand vraiment le chèque du Secours Direct n'était plus qu'un souvenir, Irène s'habillait et partait faire des ménages. Les autres jours, elle restait en robe de chambre toute la journée et ne sortait même pas pour les courses: c'étaient les girls qui s'en chargeaient en revenant de l'école. Irène expédiait son ordinaire en savates, sans dire un mot et sans jamais rien expliquer. Mais qu'aurait-elle eu à expliquer? Le savoir-faire n'était peut-être pas transmissible de mère en fille car c'est seulement plus tard, au couvent, que Mary avait appris à tenir une maison, en même temps que l'algèbre et l'hérésie des Albigeois... Elle s'était toujours senti plus d'affinités avec les Albigeois et les Cathares qu'avec l'eau de Javel, mais Sainte-Monique ne tenait pas compte des préférences capricieuses de ses ouailles et le samedi matin, il lui arrivait d'envoyer mademoiselle O'Sullivan à la lingerie. Pour qu'elle apprrrrenne! Mary avait l'impression d'être de corvée plus souvent qu'à son tour. «Vous qui êtes toujours gelée, mademoiselle O'Sullivan, ça vous réchauffera!» disait Sainte-Monique. L'atmosphère de la lingerie, embarrassée de cuves d'eau bouillante et d'énormes presses à linge, était celle d'une étuve. Mary laissait à regret son manuel d'histoire et elle s'y rendait, résignée à suffoquer tout l'avant-midi dans l'odeur de l'eau de Javel et le bruit. La sœur buandière, sourde à cause du vacarme incessant des machines ou de naissance — on ne le sut jamais—, lui montrait en vociférant comment glisser les vêtements dans les immenses rouleaux des tordeurs. Les jaquettes des sœurs, longues et imbibées d'eau, étaient lourdes à manipuler et quand venait le moment de les repasser, elles se dérobaient sous les doigts malhabiles de Mary. Tout ce linge, pourtant propre, dégageait une drôle d'odeur. Parfois, il fallait repasser certaines pièces sans les roussir et la sœur buandière, bien

intentionnée et souriante, hurlait ses recommandations, puis
elle s'éloignait. Mary s'appliquait, au-dessus de son fer trop
chaud, comme les autres fillettes qui avaient été désignées
pour la corvée. La sœur revenait vers elles en souriant
toujours. À son approche, Mary se crispait, sûre d'avoir mal fait
son travail. La sœur effaçait les faux-plis sans cesser de sourire:
«Vous ferez mieux la prochaine fois, mademoiselle O'Sullivan.»
Humiliée, Mary attendait que l'avant-midi passe, comme elle
attendait aujourd'hui le départ d'Hermine... Mais celle-ci s'attardait devant la table à café, fière d'avoir pu être utile.

Maryse pensa que si sa mère lui avait un peu montré
comment travailler, elle n'aurait pas eu à subir, encore une fois
cet après-midi, les remontrances d'une étrangère suffisante.
Elle avait l'impression d'être comme le linge qu'Hermine
pouvait plier à sa volonté. Elle voulut renverser la table d'un
coup de pied pour que tout revole: les petits fours, le linge si
savamment empilé et les restants de thé. Mais au lieu de cela,
elle dit à Rose:

— Faudrait serrer ça dans les tiroirs, s'il vous plaît, madame
Tremblée.

Hermine bondit:

— Y'a des choses à repasser, là-dedans! On les plie
d'abord pour éviter les faux plis, mais il faut ensuite repasser.

— Je repasse pas, moi, dit Maryse avec un grand sourire,
je ne repasse *rien!* Jamais! C'est pas nécessaire.

Hermine ne la crut tout simplement pas, et elle revint aux
Lagacé.

Michel rentra au moment où Rose disparaissait dans
l'escalier avec ses bottes de plastique, son manteau de cuir
raide et son ticket d'autobus entre les dents. Dès qu'elle
n'entendit plus le pas de la femme de ménage, Mélibée sortit
de sa cachette et regarda Mésange dans les yeux avec des
yeux qui voulaient dire: «Viens ici, petite chose, que je te
maganne un peu.» Michel ramenait Victor Retamal et un sac
d'épicerie. Il fit les présentations pendant que Maryse déballait
ses achats. Victor était Chilien et désireux d'être inité aux
charmes du hockey; il venait regarder la partie avec Michel

pour avoir le bénéfice de ses commentaires et explications. Celui-ci était d'excellente humeur car, depuis une semaine déjà, il fêtait sa soutenance de thèse qu'il avait passée haut la main.

C'était la première fois de leur vie de couple que Michel pensait à l'épicerie et il fallait qu'Hermine soit là! Le sac contenait trois petits steaks — la seule chose que Michel savait cuisiner — du lait, une demi-livre de bacon Maple Leaf, des chips et beaucoup de bière. Maryse sourit: il avait oublié le pain et la nourriture pour chats mais pensé à l'essentiel, sa bière! Depuis quelques semaines, il parlait de féminisme. Lady Fauchée se disait féministe et ils en discutaient longtemps pendant que Maryse desservait la table et leur apportait un autre cognac. La veille, il lui avait annoncé:

— Tu sais, minou, je suis très sensible aux problèmes de la condition féminine: les femmes du tiers monde vivent dans un état de sujétion scandaleux.

— Laisse faire les femmes du tiers monde, avait dit Maryse. Si tu serrais seulement tes traîneries et si t'acceptais d'aller passer un test de fécondité, tu ferais déjà beaucoup pour les femmes du Québec.

Quelques jours auparavant, elle lui avait demandé d'aller se faire examiner et s'était heurtée à son refus systématique d'aborder la question.

— T'es vraiment colonisée-dominée, avait répondu Michel, tu ne peux pas parler du sujet sans t'impliquer personnellement et tout ramener à une dimension triviale!

— Parle-moi plus jamais de la condition féminine, Michel Paradis, parce que j'vas te grémir!!! J'en ai ras le bol de tes théories et celle-là, tu vas me l'épargner.

Cela avait été dit calmement, au grand soulagement de Michel: ils étaient à *la Luna*. Suite à cette conversation, il avait pris la résolution de laver son bain et d'aller faire les courses. C'était ce soir son premier essai et il était content de lui. Mais sa démarche ne parvint pas à impressionner Maryse: c'était comme trop tard.

Hermine eut la décence de ne pas rester à souper mais

Maryse ne lui pardonna jamais la leçon de choses qu'elle lui avait fait subir en présence de Rose. Les Canadiens gagnèrent ce soir-là cinq à un et Maryse s'en sacrait éperdument. Après avoir fait la vaisselle, elle s'enferma dans le bureau, à l'abri des exploits de Steve Shutt, et téléphona à Marie-Lyre pour lui raconter la visite de sa belle-mère. Puis elle se coucha bien avant que Victor ne parte.

Juin 1974

Maryse avait parlé d'aller à la mer, comme à chaque été, mais ils n'avaient pas encore pris de décision et Michel n'avait pas ouvert la bouche de la journée. Assise avec lui devant la télévision où défilaient les nouvelles de dix heures trente, elle réfléchissait à un rêve absurde, essayant d'en découvrir le sens et de comprendre pourquoi il la troublait tant, quand le téléphone se mit à sonner longtemps, pesamment, avec insistance. Elle décrocha.

— Allô, Mary, c'est-tu toé? C'est moé, dit Maureen.

— Tiens, vous existez encore?

— Ris pas, c'est pas drôle pantoute; y'a d'la mortalité dans'a famille.

— Maman est morte?

— Ben non, fais-toi-z-en pas! C'est rien que lui. Fallait ben que ça arrive un jour.

— Tu veux dire que papa est mort?

— Ouan, y'é mort...

— Il est exposé à quel salon?

— Y est pas exposé, Mary.

— Comment ça, y est pas exposé?

— C'est trop tard, Mary... Y'a pas de salon mortuaire, pis y'a pas d'enterrement non plus! Rien!

Maryse était atterrée:

— Vous m'en voulez à ce point-là? Pourquoi?

— Calme-toé! Crie pas après moé, c'est pas de ma faute!... Popa, y'é mort ça fait quatre mois. Y'é mort le deux février.

— Pis t'as décidé de m'annoncer ça à soir! Pourquoi?

— Je viens jusse de le savoir, torrieu! Énerve-toi pas Mary, ça sert à rien! M'as toute t'espliquer.

Maureen avait appris le jour même la mort de leur père, par une cousine de son côté à lui, rencontrée par hasard à la Ronde: «Je vous aurais bien avertis, avait dit la cousine Doris, mais les autres ont pas voulu.»

— Sur le coup, j'ai faite la toile, dit Maureen. Y fait chaud à' Ronde pis chus encore partie pour la famille. Y m'ont étendue su'un banc.

Maryse voyait très bien la scène: sa sœur, jeune et déjà difforme, enceinte pour la troisième fois, apprenait la mort de son père — un presque inconnu — dans un décor de foire, dans l'odeur de la bière et des patates frites. C'était une lamentable histoire de fous, comme tout ce qui se passait dans sa famille.

— Imagine-toé donc que moman a pleuré! A dit qu'a l'aimait, dans l'fond. Faut-tu qu'à soye assez folle! Après toute c'qu'a l'a enduré!

Maryse avait le goût de pleurer, elle aussi. Elle demanda pourquoi Kathleen ne les avait pas prévenus.

— T'es t'en retard din nouvelles, toé! Doris dit que matante Kathleen, est pus là! All'a disparu dans'a brume, ça fait un an. Les autres étaient ben trop contents qu'on le save pas...

C'était vrai, sans doute: les deux familles ne s'étaient jamais entendues. Et depuis que Tom, par un soir de printemps comme les autres, avait dissout à tout jamais ses obligations familiales dans une draft de la taverne *Nowhere*, les deux clans ne s'étaient plus jamais adressé la parole. No use! Même Kathleen venait de plus en plus rarement faire son tour. L'automne suivant la disparition de son père, Mary était entrée au couvent, comme protégée du curé, à titre d'enfant *abandonnée*. Dès lors, ses journées avaient été absorbées par le dressage domestique et, l'année d'après, par mesure exceptionnelle, on l'avait mise à l'étude de la guerre des Gaules, du gérondif et du chant grégorien. Il n'y avait pas de place, dans cette nouvelle vie, pour les délires de Tommy, le cutex écharogné de la tante Kathleen et les chicanes des Tremblay avec la gang d'Irlandais, comme les appelait Irène... Maryse avait refoulé tout ça, mais ça refaisait surface maintenant:

toujours cantonné à Pointe-Saint-Charles, le clan O'Sullivan continuait de vivoter, pauvre ici depuis plus d'un siècle après avoir été pauvre en Irlande depuis des temps immémoriaux... En épousant Tom, Irène avait posé une seule condition: ils n'habiteraient pas Pointe-Sainte-Charles, ni ailleurs dans le Griffin Town. Mais pendant les quatorze ans qu'avait duré son mariage, les gens de la Pointe, régulièrement, étaient venus chez elle, en p'tits chars: quand ce n'était pas Kathleen, c'était Judy, plus ou moins guidoune elle aussi, ou pire, Henry, qui attirait Tom vers la taverne *Nowhere*. Secrètement soulagée par le départ de son mari, qui remontait au printemps 58, Irène avait rompu les ponts avec la visite de Pointe-Saint-Charles et depuis, elle avait été pratiquement sans nouvelles d'eux. Mais Maureen rattrapait le temps perdu et elle retraçait les seize années de misère, de maladies et de querelles O'Sullivan dont le récit leur avait jusqu'alors été épargné et que la cousine Doris lui avait résumées à la Ronde, pendant que les enfants lyraient pour faire des tours de manèges. Elle racontait tout, et on eût dit qu'elle y prenait plaisir.

Maryse s'était assise par terre, tassée au fond du couloir, petite dans sa robe de chambre un peu usée. Michel passa et revint avec une bière. Il la regarda, interloqué:

— Qu'est-ce qui se passe?

Elle boucha le combiné:

— Rien. C'est Maureen, c'est pas grave.

Sa sœur s'embrouillait dans son récit, elle se répétait et sa voix lui parvenait maintenant comme au ralenti:

— Tu sais comment qu'y sont, de son côté: y nous ont toujours haïs (elle prononçait agui). Mais j'arais jamais pensé qu'y s'raient sauvages à c'te point-là, par z'emple. Doris dit qu'y a voulu te voir, toé pi moman, avant de mourir. Ça se peut: y te trouvait ben plus fine que toute nous autres! J'sais pas pourquoi! Entécas... Y ont dit qu'y savaient pas comment nous rejoindre. Faut-tu être assez écœurant!

Maryse ne disait rien.

— Es-tu là, coudon, Mary?

— Mais oui.

— Quand j'pense qu'on n'a même pas eu d'enterrement!
Faudrait aller voir la tombe, au moins. Moman veut y aller.
Doris est prête à nous aider. C'est la moins pire de la gang. A dit
que la tombe fait dur. C'est ben d'valeur! Y ont toujours été
cheap, les O'Sullivan... Y était fou, mais y méritait une belle
tombe pareil. Après tout, c'était pas de sa faute.

Maryse s'entendit dire faiblement:

— Il était pas fou, pas vraiment.

— Voyons donc, Mary, y était pas normal, c't'homme-là: y
aimait les cartoons comme un enfant pis y déparlait la moitié
du temps. Y couraillait même pas! Y nous a jamais battus, par
z'emple, y nous a jamais chicanés. C'est pas normal, ça! Y était
no'te père mais c'était comme un autre enfant pour moman,
même pas le plus vieux: Jean-Guy était quasiment plus
raisonnable que lui...

— Te souviens-tu, dit Maryse, quand il nous chantait
London Bridge?

Il y eut un moment de silence.

— Ben non. J'm'en rappelle pas...

— Mais oui, *London Bridge*, c'était sa chanson. Il me la
chantait à moi.

— Ça se peut pas: *London Bridge*, c'était la chanson à
moman. C'était toute c'qu'à chantait en anglais!

Maryse resta saisie: elles avaient un passé commun, et ce
n'était pas le même.

— Anyway, on t'appelle parce qu'on sait pas quoi faire,
nous autres: figure-toi donc qu'y a laissé un terrain dans le
Nord. Un terrain à lui, toute payé. Y avait ramassé l'argent en
faisant des jobbines. Ça nous revient à nous autres, c'te
terrain-là. Mais y a pas faite de testament pis ça a l'air
compliqué. Son côté veulent l'avoir. Faudrait aller faire un
tour. Ça nous revient! Vas-tu venir avec nous autres?

Maryse ne répondit pas.

— Y a construit un shack dessus. C'est là qu'y restait, tout
seul. Ça devait pas être drôle, à'fin! C'est pas grand-chose,
mais ça nous revient...

Maryse n'entendait plus que cette phrase, répétée à

l'infini: «Ça nous revient.»

— Viens donc voir ça la fin de semaine prochaine.

— Non.

— Me semblait ben! T'es toujours aussi bockée! L'autre fin de semaine, d'abord?

— Non plus. Je veux pas y aller.

— C'est ben toé, ça. Tu fais ça jusse pour nous écœurer! Envoye-donc. Y paraît qu'y a un petit lac, pas loin...

— J'irai pas! Je m'en fous, ça m'intéresse pas.

Elle avait des larmes dans la voix. Maureen dit:

— Excuse-moi. Je pensais pas que tu prendrais ça mal de même! Moé aussi j'ai resté bête quand je l'ai su. Mais y est mort, y est mort! On peut pus rien faire... Braille pas, Mary, voyons! Y est mieux mort que vivant. Y viendra pus nous faire honte, pus jamais! As-tu pensé à ça? Y peut plus revenir. T'avais toujours peur qu'y r'tontisse.

— C'est pas vrai!

— Je sais pus quoi te dire, moé! Don't cry, for heaven sake! Why don't you call mommy, just for once?

— Parle-moi pas en anglais en plus, Maureen, tu me fais penser à lui!

— J'ai pas fait exiprès, torrieu! J'ai jamais su comment t'prendre, toé! Entécas, penses-y, pour le terrain. On pourra pas l'avoir tant que t'auras pas signé, toé aussi.

Elle raccrocha. Et Maryse resta un moment prostrée, à écouter le son morne de l'appareil.

À elle, il n'arrivait que des choses stupides: son père mourait mais ce n'était pas grave, ils n'auraient même pas à se déranger et tout le pleurage était déjà fait. Il n'y aurait pas de fin du monde comme dans son rêve où d'énormes poissons rouges sortaient de la mer pour venir mourir sur la grève et où le ciel, bas et humide, était chargé d'aurores boréales et d'éclairs jaunes qui descendaient verticalement dans l'eau. Assise sur une chaise droite de couvent, Maryse assistait, seule, à cette apocalypse. Comme à un spectacle. L'eau de la mer était aussi immobile que celle d'une piscine ou d'un aquarium. Maryse avait peur de cette mer de plomb. Les poissons aussi avaient peur. Les yeux leur sortaient de la tête et roulaient sur le sable, comme des billes sur du gravier d'aquarium...

Comment allait-elle annoncer à Michel la nouvelle idiote et déjà ancienne de la mort de son père? Elle alla s'asseoir près de lui devant la télévision ouverte. Il lisait. Sur la table à café, il avait posé son portefeuille, ses clés et une lettre bien dépliée. Maryse fixait la lettre depuis longtemps quand elle se rendit compte de quoi il s'agissait: c'était un formulaire d'inscription à l'Université de Paris 73... Il avait sans doute fait exprès pour le laisser traîner!

Le son de la télé était bas mais parfaitement audible: on y repassait *Les Enfants du Paradis*. De sa voix émouvante, avec sa diction appliquée, Maria Casarès disait à Baptiste: «J'espère. Enfin, je pense que peut-être un jour, malgré tout, tu m'aimeras.» Maryse avait espéré aussi, déjà. Elle se rappela que Baptiste n'aimerait *jamais* Nathalie, il en aimait une autre, il aimait Garance. Et pourtant, à la fin du film, il allait en être séparé par les remous d'une mer de gens ivres, joyeux, enfarinés. Maryse avança ses cheveux devant ses yeux pour s'en faire un voile et se mit à pleurer en silence. Michel, concentré sur son livre, ne s'en aperçut pas. Elle tourna la tête vers lui et le vit, à travers ses larmes: il était beau et toujours aussi désirable. Il était à côté d'elle mais ailleurs, dans la grille markovienne. Il ne disait rien et c'est la télévision seule qui parlait, exactement comme les soirs où elle était vraiment seule. Sur l'écran, Garance discutait maintenant avec Frédérick Lemaître. Garance était un personnage d'une infinie tristesse.

Maryse se leva doucement et alla dans la chambre enfiler un jeans qui traînait et un chandail de Michel. Elle revint au salon, prit les clés de l'auto et sortit en disant: «Je vais faire un tour, j'étouffe ici...» Elle avait agi si furtivement et si rapidement que Michel n'avait pas eu le temps de réagir.

Sans même y penser, elle prit la direction du Nord, là où était le terrain dont elle ne voulait rien savoir. Elle roula vite, longtemps, puis elle entra dans une route secondaire qui passait au milieu des champs et arrêta l'auto pour marcher dans l'avoine nouvelle. Ça sentait bon la terre fraîche et le printemps. La lune était à son dernier quartier et le ciel, couvert. Elle en fut soulagée: elle avait toujours eu peur de la lune, grosse face d'épouvante apparaissant devant leur fenêtre, quand elle réfléchissait, la nuit, aux côtés de Maureen endormie. Il faisait noir, maintenant, et dans ce noir, dans l'isolement de la plaine, elle pensa à son père, évoquant toutes les fois où il s'était occupé de sa petite personne. Elle revit la séquence du restaurant et celle de la cabine de projection. Curieusement, ses souvenirs de Tom se présentaient comme des bouts de films, des flashes trop brefs, silencieux pour la plupart ou mal synchronisés. Tom lui apparut, les pieds sur la bavette du poêle, regardant d'un œil indifférent sa femme partir travailler, puis s'animant pour raconter l'histoire d'Elisa Doolittle. Puis elle revit toute la famille réunie chez le grand-père O'Sullivan et elle, toute petite, sur les épaules de Tom. Il l'avait prise dans ses bras devant tout le monde et elle voyait le monde comme lui, de son point de vue, mais ça bougeait et les figures s'embrouillaient... Et c'était tout. Le film était fini. Inachevé. Elle essaya de se remémorer d'autres séquences analogues. Elle devait être trop fatiguée, trop émue, car aucune autre image de Tom ne venait. Il y avait bien *London Bridge* mais c'était un souvenir purement sonore; elle ne parvenait pas à mettre une image là-dessus. Elle eut beau chercher, elle ne voyait pas le visage de Tom penché sur son lit d'enfant. La seule figure qu'elle apercevait — et encore vaguement — c'était celle, inquiète et hébétée, d'Irène, la fois qu'elle avait longtemps été malade. C'était du temps où Tom, déjà, était parti... Sûre d'être bien seule, elle se mit à pleurer tout haut et à crier le nom de ce père dont elle savait si peu de choses. Elle n'avait pas, ici, à justifier son chagrin: il n'y avait personne dans les champs presque chauves, il n'y avait qu'elle, perdue dans le noir de la plaine, elle qui était restée la petite Mary O'Sullivan, ahurie et affligée d'un désarroi en différé. Elle n'avait même pas connu la mort de Tommy, même ça, on le lui avait dérobé...

Quand elle rentra à Montréal, il était près de quatre heures et, dans le ciel blanchissant, elle ne vit pas passer le quatrième cavalier de l'Apocalypse. François devait avoir raison: le cavalier de la mort était peut-être mort à son tour et, comme Tommy O'Sullivan, il ne reviendrait plus. Jamais.

À l'appartement, Michel dormait devant le poste de télévision toujours ouvert. Quand il se réveilla, elle lui apprit calmement la nouvelle. Elle en parla comme d'une chose qui ne la concernait pas, comme d'une histoire qu'elle s'appliqua à bien raconter. Mais l'idée de la mort de Tommy O'Sullivan ne la quitta plus: c'était cela, sa fin du monde. La fin d'un certain monde. Plus rien n'avait d'importance et elle se sentait capable de tout faire sauter.

Chronique floue

Le lendemain était un jeudi. À l'heure du dîner, Maryse dit à Rose:

— Vous savez, madame Tremblée, on n'aura plus besoin de vous.

Ses propres paroles l'étonnèrent; une minute auparavant, elle ne savait pas qu'elle allait congédier la femme de ménage.

— Pourquoi? dit celle-ci. J'fais pus l'affaire?

— C'est pas ça, mais à l'automne, je serai toute seule, j'aurai plus besoin d'aide. Michel s'en va en Europe.

C'était faux. Ou du moins, pas encore vrai; il n'en avait toujours pas parlé. Rose s'alluma une cigarette, geste qu'elle faisait rarement en présence de Maryse. Elle dit:

— Vous auriez pu me l'dire avant.

Maryse lui offrit de la dédommager.

— J'ai pas besoin de la charité de personne, madame Paradis!

— C'est pas de la charité...

Rose finit sa cigarette, lentement; elle jonglait en se mordant les lèvres où il ne restait qu'une mince ligne de rouge. Puis, elle écrasa soigneusement son mégot de sa grosse main veinée et elle lava le cendrier:

— M'as toujours ben finir ma journée pis vous allez voir que ça va être propre pareil!

Maryse passa l'après-midi dans sa chambre, à essayer de lire. Elle était à la fois mal à l'aise et soulagée. Soulagée, surtout. En prenant sa dernière paie, Rose lui demanda si elle ne connaîtrait pas quelqu'un, des gens, ayant besoin d'une femme de ménage. Maryse ne voyait pas. Elle dit:

— Je vais y penser.

Puis elle ajouta:

— Vous faisiez des beaux ménages, madame Tremblée. On était contents de vous.

— Je faisais mon possible, dit Rose.

Et elle partit.

☐

Maryse n'apprit pas à Michel qu'elle avait clairée Rose et ce n'est que le jeudi soir suivant, quand il trouva l'appartement en désordre, qu'il comprit.

— Qu'est-ce qui t'a pris de la renvoyer? C'est la mort de ton père qui te rend comme ça?

— Laisse mon père tranquille.

— Alors pourquoi t'as fait ça? T'es folle! On en a besoin.

— Ne me parle pas sur ce ton-là, Michel, je ne le prends plus.

Il s'excusa. Et dit:

— Ça fait rien. On va en engager une autre; tu l'as jamais aimée, madame Tremblée.

— Ah non, t'as pas compris! C'est à ton tour de rien comprendre. Les femmes de ménage, c'est *fini,* Michel Paradis. À partir de maintenant, on va se torcher tout seuls! Saisis-tu? Répète ce que je viens de dire, pour voir. Je ne veux plus prendre de chances avec toi, j'en ai assez des malentendus. Tu ne pourras pas m'accuser, cette fois-ci, d'avoir tout embrouillé.

Michel était stupéfait. Il répéta:

— Tu dis qu'on n'aura plus de femme de ménage. Mais je ne vois pas pourquoi. Je ne te comprends plus, Maryse. T'es bizarre depuis une semaine.

— C'est ça, Michel, quand tu ne comprends pas ce que je dis, c'est parce que je suis bizarre. Folle. Et quand moi je ne comprends pas ce que tu dis, c'est que je suis trop sotte. C'est toujours de ma faute, de toute façon. Mais c'est fini. Je veux bien, pour une dernière fois, une toute dernière, t'expliquer. Ce qui s'est passé avec Rose Tremblée est peut-être trop compliqué pour toi, mais je vais faire un effort pour me mettre à ton niveau. Écoute bien.

Et elle se mit à lui exposer les raisons qui l'avaient contrainte à renoncer aux services de Rose Tremblée: si elle avait donné son congé à la femme de ménage, c'est qu'elle ne pouvait tout simplement plus la sentir, l'endurer, souffrir sa présence dans l'appartement. Rose, et tout ce que sa maigre personne pouvait signifier en tant que symbole et/ou icône, ce qu'elle dénotait, connotait, renotait, annotait, ânonnait — bref, ce qu'elle lui rappelait perpétuellement — la rendait littéralement malade! Elle n'avait pas pu la supporter plus longtemps! En outre de ces problèmes strictement personnels, elle était affligée, comme toutes les autres petites-bourgeoises-pognées de son espèce, de mauvaise conscience. Une mauvaise conscience chronique. Toutes se sentaient coupables de se faire blanchir, lessiver, récurer, épousseter, astiquer, décrotter, torcher par d'autres femmes. Car c'était une histoire de femmes!!! Encore! Une maladie-de-femme: elles parlaient peu de leur femme de ménage, et en termes voilés: elles étaient gênées de leur existence et des privilèges qu'elles en retiraient. Chez elle, Mary O'Sullivan, le malaise éclatait au grand jour et prenait des proportions pathologiques. Elle était atteinte du syndrome de la femme de ménage! Elle dit:

— Je suis le foyer de cristallisation de la mauvaise conscience petite-bourgeoise. Tu comprends, minou, chez moi, l'instance représentative a toujours été doublée d'entrée de jeu, si je puis dire — et ça je m'en doute depuis la fin de ma cure au monoglutamate de sodium —, cette instance, dis-je, a toujours été redoublée par une instance auto-réfringente profondément castratrice et néanmoins subliminale qui, inévitablement, devait s'hyperboliser un jour dans la non-représentativité du sujet historisé, lequel est mon sujet préféré, ça, tu dois le savoir. Mais ce sujet allait demeurer occulté, c'était inévitable et fatal, tu saisis, jusqu'à ce que Rose Tremblée sorte de ma maison. J'ai alors songé, sauf à vouloir réduire ce substrat de malaise en le faisant fondre à feux doux, que nulle n'est tenue de s'hypostasier dans l'objet de sa déréliction. J'ai donc opéré

avec succès un déplacement du signifiant vers l'altérité irréversible de la coupure. Je n'étais, jusqu'à jeudi dernier, qu'un
corps sans organes mais depuis lors, je me suis retapée. Olé!
J'étais, structuralement, affreusement entravée, occultée même, et j'irais jusqu'à dire occluttée, à ne me rêver perpétuellement que sur la voie didascalique, laquelle, tu le sais sans
doute mon chéri, est la voie de garage des théâtreux timides.
Bref, je n'étais qu'un texte-prétexte, un texte-objet, et je suis
devenue un texte-sujet. Sujette à de légers vertiges parfois,
mais rien de plus. Depuis jeudi, depuis la fin des jeudis de
Rose, je me suis réintégrée, je m'habite et plus personne ne
vient jouer avec mes bibites. Moi aussi j'ai lu, mon chéri.
Words, words, words! On ne pourra pas dire qu'il n'y aura eu
que tes mots dans notre histoire. Pour conclure succinctement,
ajoutons qu'il fallait qu'elle sorte, c'était elle ou moi. J'allais
virer folle.

— T'étais déjà folle!

— Mais non, pas plus que toi. Tu dis ça pour me faire taire
et ça ne prend plus.

Elle eut soudain le goût de pleurer: elle venait de rendre à
son chum la monnaie de sa pièce, elle lui avait parlé jargon et
lui non plus n'avait pas compris. Mais elle n'en éprouvait
aucune satisfaction. Elle ajouta:

— Tout ça est sans importance, Michel. On n'aura jamais
plus de femme de ménage ensemble parce que je ne suis plus
capable de vivre avec toi.

Il s'approcha d'elle, docile, tendre, suppliant. C'était donc
ça: plus elle serait odieuse, plus il deviendrait gentil. Elle
n'acceptait pas de devoir le manipuler pour qu'il l'aime. Il la
prit dans ses bras et elle se sentit mollir. Elle se laissa aller.
Comme toujours, il suffisait qu'il la touche pour que tout
chavire. Ils firent l'amour. Elle pensa que s'il devait partir, elle
ne se consolerait pas de l'absence de son corps, même s'il
n'était dans son lit que de façon sporadique.

Après, il attendait qu'elle parle, qu'elle se dédise. Mais elle
se taisait. Il avait allumé une Gitane et le poids de son corps
s'enfonçant dans le matelas la faisait glisser vers lui. Ils ne

reparlaient pas des vacances à la mer. Ils ne parlaient pas. Puis il souffla:

— Tu sais, je t'aime, Maryse.

Elle ne bougea pas d'abord. Ne dit rien. Le silence était lourd.

— Qu'est-ce que tu dis, Michel?

— Tu sais ce que j'ai dit.

Elle lui demanda de répéter. Pour en être sûre. Pour l'entendre encore. Il y eut un temps très long. Michel serra les mâchoires, il alluma une autre cigarette, et articula:

— Bien oui, je t'aime, Maryse.

Elle attendait ces mots-là depuis cinq ans. Elle mit ses lunettes et le regarda dans les yeux. Puis, elle ôta ses lunettes pour pleurer plus commodément.

— Moi aussi Michel, je t'aime. Je t'ai aimé. Mais j'ai peur que ce soit trop tard. Il y a quelque chose de cassé en moi. Je me suis durcie.

— J'ai changé, dit Michel, je vais changer.

Elle sourit tristement.

Ils refirent l'amour avec une rage désespérée. Elle pleurait. Il se mit à pleurer aussi. C'était tout ce qu'il leur restait: faire l'amour pour la dernière fois peut-être. Il aurait voulu la rejoindre de cette façon mais il ne parvint qu'à lui transmettre sa frénésie. La chambre tout entière sombra. Et, dans la chaleur impitoyable de l'été commençant, ils se retrouvèrent en pleine débâcle.

6
Les petits ruisseaux

Chronique floue

Michel partit au milieu de l'été, fermé, rageur et déjà solitaire avant même d'avoir quitté Maryse. Le jour de son départ, ils s'embrassèrent une dernière fois et elle resta seule au milieu des vieux meubles d'Hermine qu'il lui laissait, à écrire sa thèse sous la surveillance malveillante du génie de la langue française. Elle termina son texte avec application, bien proprement, en pensant à Michel dont la présence flottait toujours dans l'appartement. Il avait laissé beaucoup d'objets derrière lui, des livres surtout, qui traînaient. Il s'était dit, sans doute, qu'il en rachèterait là-bas. Ou alors, il avait peut-être considéré que les livres, même les siens, faisaient partie des biens meubles devant *normalement* revenir à la femme séparée? Maryse ne savait pas. Elle se contentait de trouver étrange qu'il eût tout laissé là en vrac, comme s'il devait revenir. Elle feuilleta ses livres et les annotations qu'il y avait faites la troublèrent: elle se trouvait à reprendre, malgré elle, sa lecture. Même parti, il lui imposait encore sa vision des choses: il expliquait, commentait et, comme toujours, elle n'avait pas droit de réplique.

☐

Quelques jours après le départ de Michel, elle reçut une carte postale de Marité et une de François. Les deux cartes étaient adressées de Nantuckett où ils avaient loué un chalet. Ensemble. Marité posait beaucoup de questions, elle s'inquiétait du silence de Maryse et la suppliait de lui écrire. Pour le reste, il faisait beau sur leur île et François était merveilleux avec le petit. Marité ne disait rien d'elle-même. La carte de François représentait un goéland à l'air neurasthénique, pansu comme Oubedon, entouré d'étoiles de mer et de scampis cuits, et photographié à travers un filet de pêche rougeâtre. François s'excusait, en espagnol comme toujours, de ne pas avoir trouvé de photo plus kitch. Il disait avoir beaucoup avancé dans l'écriture de son roman et s'amuser comme un fou avec Gabriel. Lui non plus ne parlait pas de sa relation avec Marité. C'était comme si l'enfant leur eût servi d'alibi et les eût dispensés de parler d'eux.

Maryse resta songeuse: depuis le soir lointain où François lui avait demandé d'être présenté à Marie-Thérèse, et depuis qu'elle l'avait traîné au pseudo-baptême de Gabriel, elle avait envisagé la possibilité qu'il devienne amoureux de son amie. C'était elle, toujours, qui les avait rapprochés et c'était elle, encore, qui n'avait pas voulu de François. Elle était passée à côté du seul homme tendre de son entourage et si Marie-Thérèse l'avait remarqué, on ne pouvait pas lui en vouloir. Maryse n'éprouvait aucune amertume en pensant à eux qui étaient à la mer ensemble alors qu'elle restait à Montréal, seule et toujours amoureuse de Michel dont les traces resurgissaient partout dans la maison, sournoisement, à chaque fois qu'elle déplaçait quelque chose.

□

À intervalles réguliers, Maureen téléphonait à propos du terrain. À chaque fois, Maryse lui répondait:

— Non, Maureen, je ne signerai rien!

Et elle raccrochait. Elle ne voulait plus penser à cette histoire de terrain et à son père, qu'elle essayait d'oublier en même temps que Michel. Il lui apparaissait maintenant que ses relations avec les deux hommes avaient été semblables. Et cela la consternait. Il y avait eu, dans son amour pour eux, dans la fascination qu'ils avaient exercée sur elle, beaucoup plus d'imaginaire et de rêve que de contacts réels. Tommy O'Sullivan et Michel Paradis étaient tous les deux des Survenants qu'elle avait attendus et aimés. Follement. Mais eux? Eux, c'était différent. Tommy ne lui avait jamais payé que des «ice cream cones» et il n'était pas souvent là, mais qu'importe? Ça ne voulait pas dire qu'il ne l'aimait pas! Comme on dit! «Vot'e pére vous aime à sa façon», bougonnait Irène quand elle était excédée de justifier les fugues de Tom auprès des enfants trop petits pour comprendre que c'était «quésiment mieux de même». Car Tom partait souvent, Maryse s'en souvenait maintenant, ça lui revenait, et elle se rappelait parfaitement le genre d'angoisse qu'elle ressentait alors. Une fois, il n'était tout simplement pas revenu... Michel venait de partir à son tour sur un nowhere — l'Europe était, pour Maryse, le nowhere absolu; lui aussi avait dû, tout ce temps, l'aimer à sa façon...

Elle passait de longues heures à parler de cela avec Marie-Lyre qui ne parvenait pas à la faire sortir de l'appartement. Consternée mais compatissante, son amie venait la voir presque à chaque jour et elle essayait de la distraire avec ses aventures tragico-comiques; elle avait maintenant un chum non-marié pratiquement steady et beaucoup de répétitions-réunions-comités. Après son départ, Maryse se retrouvait seule et impuissante avec ses fantômes. La nuit, elle restait assise au milieu de son lit devenu immense. Elle revoyait la bouche gonflée de Michel, sa bouche rouge et boudeuse d'enfant de riches, tranquillement cruel. La bouche disait le mot Bauhaus. Mais le temps de la magie était bien révolu. Elle ne s'endormait qu'au petit matin et faisait alors des rêves houleux qui lui semblaient, au réveil, plus réels que sa vie diurne. Elle rêvait à son père, mort, et pourrissant dans son cercueil cheap.

Septembre 1974

Maryse était prête à partir. Elle allait rejoindre François à la sortie de son cours pour discuter avec lui de sénémantique chronique, matière qu'on l'avait priée d'enseigner mais avec laquelle elle était peu familière. Depuis le départ de Michel, c'était son premier effort pour se secouer et voir quelqu'un d'autre que Marie-Lyre ou les gens du Cégep. Comme elle passait la porte de l'appartement, le téléphone sonna. Elle se dit: «Tiens, je vais répondre, on ne sait jamais.» Elle était vaguement dans l'attente de quelque chose. Malheureusement, c'était Hermine Paradis.

— C'est vous, Maryse?

— Non c'est pas moi, c'est Bing Crosby.

— Mon Dieu! Vous avez l'air de bonne humeur! Moi qui m'inquiétais pour vous! Je vous dérange pas, toujours, là?

— Je partais justement.

Hermine la rassura: ce serait rapide. Elle voulait téléphoner depuis longtemps, mais elle n'osait pas le faire. C'était tellement délicat! Elle regrettait énormément la décision de Michel et ne s'expliquait pas leur rupture; son fils avait l'air si heureux en sa compagnie! Elle en avait longuement parlé avec Émilien qui déplorait, lui aussi, leur pseudo-divorce. Ils la considéraient d'ailleurs toujours comme leur bru et elle tenait à lui dire qu'elle lui *laissait* tous ses meubles et accessoires prêtés: le tapis vieux rose, le divan, le fauteuil-crapaud, le service à thé, le set de salle à dîner, le malaxeur, la lampe torchère, les brosses et peignes, les draperies du salon, le presto, la bibliothèque vitrée, la coiffeuse, les descentes de lit, les deux petits couteaux à pamplemousses, les trois coussins brodés, l'abat-jour japonais en soie et, évidemment, le lit. Hermine avait énuméré tout cela comme si elle avait lu une commande d'épicerie déjà prête et Maryse comprit que, tout ce temps, sa belle-mère avait tenu un compte rigoureux de ses anciennes possessions, qu'elle en avait surveillé l'utilisation et mesuré le degré d'usure. Cela avait quelque chose de sidérant. Maryse avait toujours cru que les meubles appartenaient à son chum et qu'il pouvait donc les lui avoir donnés. Tel ne semblait pas être l'avis d'Hermine, mais ça revenait au même, puisque celle-ci lui laissait TOUT. Elle soulignait bien le mot tout. Elle avait seulement une faveur à lui demander, c'était à propos du petit secrétaire en bois de rose... Tiens c'est vrai, pensa Maryse, elle a oublié le secrétaire dans sa liste! Hermine se lança dans une histoire embrouillée à propos de sa bru, son autre bru, «... la femme de Paul, vous savez bien, dit-elle, voyons Maryse, la mère de Noémie, juste-ment, Noémie a commencé l'école et elle voudrait un pupitre, un vrai, comme une grande. Elle est tellement cute cette enfant-là, Maryse! Vous devriez la voir, elle ne parle plus comme un bébé, toujours est-il que la mère de Noémie se demandait si, par hasard, elle ne pourrait pas avoir le secrétaire pour sa fille, vu qu'il ne fait rien chez vous...»

Or, le secrétaire ne faisait pas rien chez Maryse: il était du plus bel effet dans le coin du salon et elle s'en était servi souvent du temps de Michel pour essayer d'écrire en paix, seule. Il était petit et — elle aimait à le penser — fait à sa mesure, le bois en était bien soigné, lisse, doux et il avait, dans le haut, une étagère à vitraux verts et roses. De tous les meubles de Michel, il était le seul auquel Maryse tenait. Et c'était celui-là, précisément, qu'Hermine lui demandait de rétrocéder. Elle enverrait quelqu'un le prendre la semaine prochaine, si ça ne la dérangeait pas. Elle l'imaginait déjà dans la chambre repeinte de Noémie.

Dès les premières phrases de sa belle-mère, un déclic s'était fait quelque part en Maryse: même si Hermine disait la considérer encore comme sa bru, quelque chose, déjà, affirmait le contraire. Qui sait, peut-être se réjouissait-elle secrètement de n'avoir prêté à son fils négligent que des vieilleries? C'était là un hasard fort heureux, et aucune pièce essentielle de leurs précieuses possessions familiales, de leur patrimoine, ne serait perdue aux mains d'une étrangère! Maryse sentait tout cela sous les mots d'Hermine, et que celle-ci se réservait pour la prochaine bru, la vraie celle-là, espérait-elle, la définitive, celle à qui elle léguerait une partie de ses meubles et de ses bijoux. Maryse comprenait que les mamours d'Hermine ne lui avaient jamais été destinés à elle — en propre —, mais à la future femme de Michel, à l'éventuelle porteuse des petits-enfants qui s'appelleraient Paradis et continueraient la lignée. Or, elle n'était pas, n'avait jamais été une femme Paradis.

Elle laissa parler Hermine. Longtemps. Elle lui donna même la réplique, n'oubliant aucune formule d'usage, aucun répons, pensant qu'elle pouvait bien écouter jusqu'à la fin puisque c'était la dernière fois. Puis, Hermine cessa de parler. Alors, très doucement, Maryse lui demanda si elle avait bien fini, si c'était tout, si c'était vraiment tout.

— Je pense bien que oui, fit Hermine, légèrement décontenancée.

— Contrairement à vous, madame Paradis, je ne suis pas très douée pour les conversations téléphoniques, dit Maryse. Je n'y suis pas à mon meilleur. Mais c'est sans importance de toute façon: vous ne m'avez jamais vue à mon meilleur. Je vais donc vous dire ce que j'ai à vous dire, tout de suite, au téléphone.

— Mais je vous écoute, Maryse. Je me disais, aussi, que vous aviez besoin de parler à quelqu'un. Émilien ne voulait pas que j'appelle...

Maryse l'interrompit:

— Chère madame Paradis, je vous rendrai le secrétaire et même tout le reste si vous voulez, bien que j'aie pu penser un moment que cela compensait les trois années pendant lesquelles votre fils a vécu à même mon salaire d'ouvreuse. Il m'avait laissé ses possessions mais il a eu tort, sans doute: je n'étais pas la bonne personne. Je m'excuse d'avoir pu penser que vos meubles étaient devenus les miens, je ferai le nécessaire pour corriger la situation et tout rentrera dans l'ordre. Ça m'arrange, voyez-vous, parce que plus jamais je ne vous serai obligée: le contrat est rompu, je ne suis plus votre bru.

Hermine tenta d'articuler une vague protestation mais Maryse ne lui laissa pas la parole, c'était à son tour:

— Madame Paradis, je n'étais pas, je n'ai jamais été un parti pour Michel, et vous le savez très bien. Je n'ai jamais rien eu à voir avec votre famille: vous êtes tous tellement distingués! Tôt ou tard, je vous aurais déçus parce que chez moi, voyez-vous, en bas de la côte, on était sales, on avait peut-être même des poux, on se tirait le mobilier par la tête et on s'exprimait affreusement mal. Je m'en suis sortie. Apparemment. Mais le naturel revient toujours et, inévitablement, j'aurais fini par faire honte aux Paradis, c'est fatal. Tôt ou tard, je me serais échappée. Car en fait, Madame Paradis, j'ai été très mal élevée et je compte le rester.

Très suavement, elle prit congé d'Hermine, trop abasourdie pour rétorquer. Elle posa le récepteur et sourit à Mélibée. Elle se serait embrassée sur les deux joues!

— J'en ai fini avec le protocole du clan Paradis et les bontés d'Hermine, dit-elle à la chatte, qui la regarda d'un air pénétré.

Il était quatre heures et elle n'avait plus le temps de passer à *L'Hyperbole facétieuse* pour dénicher les bouquins recommandés par Marie-Lyre. Par contre, il était encore trop tôt pour descendre à l'université; François n'aurait pas terminé son cours. Mais elle ne tenait pas en place, il fallait qu'elle sorte. Elle prit son sac et partit en laissant sa porte débarrée. La pensée que les meubles d'Hermine avaient peut-être une vague chance d'être cambriolés l'amusait beaucoup.

Elle trouva facilement à garer la minoune de Michel tout près du Campus en se demandant si, par hasard, l'Homme du clan, son horrible beau-père, n'allait pas la lui réclamer pour un quelconque arrière-petit-neveu bien légitime, bien familial et bien estampillé du sceau Paradis. En passant la porte vert lime de la célèbre institution, elle sentit une grande faim la dévorer. Les machines distributrices, qui faisaient office de cafétéria, ne contenaient plus que de la gomme Chicklets et des chips à saveur de cole-slaw. Elle s'enligna sur la troisième à partir de la

gauche et son choix s'avéra être excellent: la machine était de
bonne humeur et elle pondit, après trois vingt-cinq cents
seulement, un sac de chips très légèrement défraîchi. Pendant
que Maryse se penchait pour le prendre, une voix pâteuse
murmura contre son épaule:

— Coudon, bonne femme, t'aurais pas du spare change?

— Sorry, je viens justement de me faire pocher.

— Oké d'abord, bonne femme, c'est parfa si t'as pas de
change. Avec tes gros bills, achète-moé donc *L'Organe du
Peup* pour seulement une piastre le numéro doub.

— T'sais, bonhomme, dit Maryse, chus Témoine de Javel-
le, moé, fais que m'as faire un deal avec toé: m'as t'échanger
L'Organe du Peup numéro doub contre *La prothèse de Dieu*
numéro trip... Ça fait-tu ton bonheur ça, frère-camarade?

— Hostie que t'es pas cool, toé!

Maryse prit son sac de chips, tourna les talons et se dirigea
vers la salle Jr b12 où François «dispensait son enseignement».
Elle trouva la salle *du premier coup:* tout lui réussissait
aujourd'hui! Toutefois, elle n'osa pas rentrer à cause des chips.
Elle chercha une place où s'asseoir, mais comme dans les
grands magasins et les autres endroits publics de la ville, il n'y
avait pas de bancs dans les corridors de l'université populaire.
Les murs, cependant, étaient ornés d'affiches «NO LOITE-
RING» que Pitt Bouché avait artistiquement fait disposer à
tous les cinq pieds. Malgré les pancartes, plusieurs étudiants
discutaient, assis par terre, en écrasant leurs mégots à même le
plancher. Par chance, il y avait une place libre et pratiquement
propre tout près de la salle Jrb12 dont la porte était entrebâillée. Maryse s'en empara et, très lentement, elle savoura ses
chips cole-slaw en regardant passer les gens. Entre les crunchs,
elle entendait François parler du démiurge Pygmalion, géni-
trice-et-mère.

— Le mythe de Pygmalion illustre quelque chose comme
la naissance inversée, disait François, l'accouchement au masculin. Vous ne trouvez pas ça suspect?

Aucun étudiant ne répondit. Il continua:

— Étrangement, dans toutes les variantes du mythe grec,

la créature fabriquée, refabriquée par le démiurge est une femme. Comme si la femme devait être refaite par l'homme qui, de toute façon, lui donne toujours son statut social. Tel est le cas d'Elisa Doolittle, l'héroïne de Georges Bernard Shaw, lequel, soit dit en passant, n'a fait que broder sur le thème de Cendrillon. La Cendrillon de Perrault — ou celle de Straparole, c'est la même — réalise ses rêves de promotion sociale en étant *vue*, constatée, par le Prince. «Peut-on être seulement *vu?*» dit Beckett.

Maryse pensa qu'elle aussi avait longtemps été dans le regard d'un homme. Trop longtemps.

— Et l'œil du Prince, disait François, est l'œil du monde. La séquence du bal, dans le film de Cukor, en est l'illustration parfaite: Elisa paraît, elle danse, et tous s'arrêtent pour la contempler. Le nombre de films reprenant cette séquence de danse sociale valorisant une femme est d'ailleurs incalculable... Rapidement, je pense à la *Merry Widow* d'Eric Von Stroheim, à *Little Nellie Kelly, Escape, The Swan, Orgueuil et Préjugés,* d'après le roman de Jane Austin, *The Glass Slipper* avec Leslie Caron qui avait alors vingt-deux ans, *Dancing in the Night, Elisa un soir, Dans la nuit incertaine,* où Lilian Gish avait l'air de voler, je pense à tous les navets présentant des scènes analogues, magistralement reprises et sabordées par *They Shoot Horses, Don't They?,* et je pense finalement au *Guépard.* Mais la version de Shaw est plus intéressante, je crois, dans la mesure où elle montre Elisa capable de manipuler non seulement la gestuelle, mais avant tout le langage de la classe dominante. Étrangement, il semblerait que les femmes aient une plus grande facilité que les hommes à calquer l'accent et même à assimiler la syntaxe du discours des classes sociales supérieures, c'est une amie qui me faisait remarquer ça...

Une voix dit:

— Raconte-nous pas ta vie, Ladouceur. On le sait que t'es t'un crouseur.

François enchaîna en souriant:

— Par un autre biais, Pygmalion est aussi l'histoire du créateur dépassé par sa créature qui se révolte, revendique une existence séparée et, finalement, supplante son maître. En ce sens, la femme serait ce qui échappe à l'homme, le meilleur de lui, ce qu'il ne soupçonnait même pas.

Quelqu'un dans la classe, une voix mâle, dit:

— Aïe là, tu charries, Ladouceur!

Mais Ladouceur continua sans se démonter:

— Finalement, cette histoire laisserait entendre que tous les défavorisés sont virtuellement les égaux des mieux nantis et que presque tout, dans le comportement humain, est acquis et culturel: n'eût été sa naissance et son sexe, Elisa aurait supplanté son maître dans son propre domaine. Elle est en effet supérieure à Higgins parce que plus sensible que lui et, à mesure qu'elle apprend à *bien* parler, on découvre qu'elle sait penser, qu'elle avait toujours pensé. Saussure aurait-il tort? La pensée, avant la parole, n'est-elle vraiment qu'une nébuleuse? Le langage maternel d'Elisa en est-il un? Ou s'agirait-il, comme d'aucuns l'affirment à propos du joual, d'un sous-idiolecte idiot?... Mais toutes ces questions sont hors d'ordre, hors texte, hors d'œuvre, et je me rends compte que je digresse de ma digression. Pour conclure — je sens qu'il est tard car j'en vois qui fortillent —, j'ajouterai qu'Elisa Doolittle est une parvenue. Comme tout le monde. Car nous sommes tous des parvenus, vous qui me subissez sans peut-être m'écouter et moi-même qui m'écoute parler. Si nous n'en sommes pas, c'est nos parents qui le furent, qui se sont maintenus et nous ont maintenus. Parvenus ou maintenus, la différence est mince...

Il leur fit un dernier sourire, ramassa ses notes, et sortit en disant:

— Ciao, à la semaine prochaine.

□

— On va passer par mon bureau, dit-il à Maryse. Il faut que tu voies mon installation.

Il en était très fier. La pièce, qui faisait six pieds sur sept, n'avait pas de fenêtre mais logeait beaucoup — vu sa taille. L'ameublement comportait, à l'origine, une chaise droite, un classeur à deux tiroirs, un cendrier, un téléphone et, évidemment, un bureau. Or, après huit réquisitions et seize appels téléphoniques échelonnés sur un an, François venait de recevoir le lustre octogonal à tige rétractile et l'agrafeuse géante auxquels les professeurs de sa catégorie avaient droit. La maintenance lui avait promis, pour le printemps prochain, une chaise mauve à roulettes et dossier basculant. Tout de même, se disait-il, il ne fallait pas désespérer; l'université fonctionnait! Il aurait peut-être également droit à un dictionnaire Larousse, édition 1971, qu'il comptait troquer avec un collègue des Arts contre trois pots de gouache destinés à Gabriel. Pour le moment, il avait dévissé les néons du plafond pour pouvoir mieux profiter de l'éclairage doux de son lustre et il agrafait *tout*. Assise sur l'unique chaise, Maryse admirait poliment ses acquisitions. Un étudiant passa la tête dans la porte du bureau.

— Coudon, Ladouceur, à cinq heures moins dix hier au soir, je suis passé pour te voir; j'étais fourré dans ma recherche. Pis t'étais pas là! Comment ça se fait, donc?

— Je peux te voir maintenant, dit François.

— Non, laisse faire, man; je me suis dédjammé pis j'ai une réunion, là.

Il partit dans un bruit de botterlos traînés.

C'était la première fois que François voyait Maryse depuis la mort, si on peut dire, de son père. Il voulut savoir comment elle le prenait.

— C'est pas grave tout ça, François. Je n'ai même pas eu de peine. C'est comme pas vrai; la mort, c'est seulement un mot.

Mais le sujet lui était, au contraire, très pénible et François le sentit. Il donna aussitôt à la conversation une tournure moins personnelle.

— J'ai voulu proposer un cours sur le thème de la mort, dit-il. Je sais pas si tu vois le genre. J'aurais examiné les dramatiques de Radio-Canada de 1963 à 1973, le Code Napoléon (je lis tous les textes de loi de Marité; tu peux pas savoir comme c'est fou, ça, bien plus que les grammaires espagnoles!), j'aurais parlé aussi du néo-réalisme italien et, ça s'impose, de quelques romanciers sud-américains: Garcia Marquez, Jose Donoso, Vargas Llosa, Amado, Cortazar. La problématique serait la suivante: Qui meurt? Quand? À la page vingt-deux ou à la dernière ligne? Pourquoi meurt-il ou elle? De quoi et comment? D'une cirrhose? D'un accident d'auto? Devant un peloton d'exécution ou bien mangé par des cochons? Par ailleurs, qu'en pensent les personnages survivants, le narrateur, l'auteur? Quel étalage celui-ci fait-il du sang, de l'horreur, voire même de la scatologie? Et caetera. Mais c'est un sujet impossible: le monde aime pas entendre parler de la mort. Pas longtemps, en tout cas... Sais-tu ce qu'ils m'ont répondu, mes chers collègues? «Sois sérieux, François: primo, ton champ sénémantique est trop vaste et mal clôturé; secundo, ta grille d'analyse est floue; tertio, ton corpus empiète sur celui d'au moins cinq bidules.» «Et si je proposais: la répulsion dans le discours médical français du dix-neuvième siècle, j'ai dit, analysé avec la méthode des cônes sulfureux, ça serait-tu assez circonscrit? Ça usurperait quoi? Ça dérangerait qui? Y a pas de bidule médical dans c't'université!» «Non. Mais. Ça empiéterait sur bio, cono, écolo, géronto, géo, maths pures et chimie.» «Drop dead!» que je leur ai dit.

Tibodo fit irruption dans le bureau et il écrasa à demi sa cigarette dans le cendrier:

— 'coute ben, mon François: demain, au meeting, m'as faire scinder la proposition 7a. Oublie pas de voter oui au premier membre, non au second, pis oui au dernier. Si par hasard — on sait jamais avec eux zautres — la gang All Bran parle contre le deuxième membre, tu fais l'inverse: ça voudra dire qu'i y a du maudit là-dedans, une pogne qu'on aura pas vue. Oublie pas: pour-contre-pour. Ou le contraire. Fais passer le mot. Salut Coco. Salut mamzelle.

Il sortit. Devenu chef d'équipe de la faction 09, il prenait très au sérieux ses fonctions. Son mégot fumait encore dans le cendrier.

— Foutons le camp d'ici, dit François.

Il ferma la porte sur son précieux mobilier et ils se dirigèrent vers la sortie.

— J'ai surpris la fin de ton cours, dit Maryse. Ça m'a fait drôle de t'entendre parler de *My Fair Lady*. Je croyais que tu enseignais le nouveau roman...

— Mais c'est mon cours sur le nouveau roman! Si je leur parle de vues, c'est pour bien leur montrer a contrario, ab absurdo, a fortiori et in extenso ce que n'est pas le nouveau roman. Une fois qu'ils ont compris ça, le pire est fait!

Il ajouta:

— Tu vois, à mon cours sur Beckett, je parle surtout du Code civil québécois et des bizounes de Ronfard. Pis les étudiants haïssent pas ça. Y'a moyen de s'arranger! C'est ça qui me plaît dans la boîte.

— Où est-ce qu'on va? dit Maryse, en s'installant au volant.

Elle le demandait pour la forme, pensant bien qu'ils finiraient à *la Luna de papel*.

— Marité nous attend. Elle voudrait que tu viennes souper avec nous. Vous ne vous voyez plus, on ne se voit plus... Après, on pourrait parler de signologie bien tranquilles.

Maryse revit les joues roses et pleines de Marité, elle entendit sa voix ferme, son rire, elle pensa à la sorte de paix qui se dégageait d'elle et elle eut envie de la voir et de voir Gabriel:

— Pourquoi pas? Puisque de toute façon vous avez combiné ça d'avance!

Elle rit et démarra. Elle était fébrile: la façon dont elle avait répondu à Hermine et ce que François avait dit de *Pygmalion*, la vue de son père, l'avait survoltée. Ils firent monter un pouceux à bottes Kodiac qui attaqua tout de suite sur la politique de Boubou. François lui donna complaisamment la réplique pendant que Maryse se laissa dériver dans ses pensées: l'attirance qu'elle avait toujours éprouvée pour le personnage d'Elisa Doolittle s'expliquait parfaitement. Elle se dit: «Oui, c'est ça, c'est un trip de langage! J'ai toujours fait des trips de langage et, au couvent, c'est comme ça que je m'en suis sortie...» Elle n'avait pas été tirée du ruisseau comme Elisa Doolittle, mais bien proche: elle venait de la ruelle Hôtel-de-Ville, de la crasse et de l'ignorance, elle venait de la décharge et de la chambre à lessive des Sœurs de la Désolation... La première année de couvent, elle avait été ouvrière domestique parmi une quinzaine d'autres filles de son genre. On les cantonnait dans une classe spéciale où la sœur enseignante la moins brillante de la congrégation leur faisait l'école quatre heures par jour au lieu de six. Le reste du temps, elles servaient les autres pensionnaires et faisaient leur ménage: elles astiquaient les planchers, les vitres, les baignoires, les bols de toilettes et la vaisselle. Ces travaux étaient durs, longs, abrutissants et, quand venait l'heure de l'étude — écourtée pour elles —, elles somnolaient devant leurs cahiers chiffonnés. Jamais une pensionnaire normale ne leur avait adressé la parole; ce n'était pas un règlement mais une coutume, une règle tacite de comportement: elles étaient toutes des petites demoiselles et ne se déplaçaient pas. Cela avait duré toute une année puis, à la rentrée, en septembre suivant, la direction du couvent avait aboli la fonction d'ouvrière domestique, on ne savait trop pourquoi, et les demoiselles durent laver leur vaisselle et leur baignoire elles-mêmes. Seule parmi les quinze ouvrières, Mary avait été choisie comme pensionnaire protégée: les religieuses, l'ayant trouvée plus vive que les autres, avaient décidé d'en faire une demoiselle. Après tout, une des vocations de la communauté était de prêter une attention particulière aux œuvres de miséricorde spirituelle autant que corporelle: Mary O'Sullivan, dont le père était un bon-à-rien et la mère une sans-dessine, mais qui avait fait d'énormes progrès en grammaire, leur avait semblé être une candidate-brebis toute désignée... Comme Elisa Doolittle, Mary s'était appliquée à suivre les règles d'étiquette et à copier la prononciation des riches. À aucun moment, on ne lui avait fait sentir directement qu'elle était pauvre: les attaques de Sainte-Monique étaient subtiles et Mary O'Sullivan n'en avait d'ailleurs pas l'exclusivité. Peu à peu, les autres avaient fini par l'accepter; il le fallait bien, elle les dépassait dans toutes les matières scolaires.

Jusqu'à ce jour, Maryse ne s'était jamais demandé ce qu'il était arrivé aux quatorze autres ouvrières rejetées dans le ruisseau. Elle avait oublié leurs visages, leurs voix, leurs mains

gercées, leurs noms. Elle avait tout oublié de cette année de
service et n'en avait jamais fait mention à personne, pas même
à François. Il y a des choses qui se racontent mal, et l'humiliation en est une. Et puis, presque toujours, elle avait eu des
contacts purement intellectuels et désincarnés avec François.
Ça allait continuer car il avait la grande qualité d'être poliment
théorique et abstrait. «Ce qui sauve les gens comme nous,
avait-il dit un jour, c'est qu'on vit dans l'ordre symbolique.»
Maryse sourit.

Ils larguèrent l'étudiant au coin d'Ontario et Berri et
Maryse se mit à parler des textes qu'elle allait pouvoir écrire,
maintenant qu'elle avait mis le point final à sa thèse.

— Je vais me faire plaisir, dit-elle. Je vais rédiger tout ça
dans une langue châtiée, impeccable. Jusse pour le fun! Les
derniers temps, Michel prétendait que mon français laissait à
désirer. Eh bien sacrament, je vais lui montrer qu'on peut à la
fois parler *mal* et bien écrire. Je vais me lancer dans le poème
lousse, comme Oubedon.

— Tu pourras pas, dit François: d'abord, t'aimes pas
vraiment ça, pis t'as même pas de muse.

Il était hilare.

— Achale-moi pas, François Ladouceur avec tes histoires
de fou! Oubedon non plus en a pas de muse, asteure.

— Ça paraît aussi: il ne produit plus rien.

— Entoucas! Si c'est nécessaire, je mettrai une annonce
dans le *Journal de Montréal* pour recruter un muso. Je ne vois
pas ce qui m'en empêcherait. Il m'inspirera, et je serai prodi-
gieuse!

Ils étaient rendus.

Popsicle vint à leur rencontre en s'étirant. Puis les chattes
de François, qui dormaient dans une des chambres, se levèrent
à leur tour. Marité rentra du bureau avec Gabriel quelques
minutes après eux; elle était radieuse. Maryse s'empara de
l'enfant. Elle vit que le ménage était frais fait et que tout avait
été chambardé, ce qui n'était pas dans le style de Marité et
encore moins dans celui de François. Les meubles avaient été
comme décentrés. Cela lui rappela quelque chose.

— C'est bien propre, coudon, dit-elle, on se reconnaît plus, ça désoriente.

Marité sourit:

— J'ai écopé de madame Tremblée: maman m'a fait remarquer avec insistance qu'elle n'avait toujours personne pour le jeudi. Elle m'a dit: «Je peux la payer si tu n'arrives pas, une femme seule, et caetera...» Blanche a toujours l'impression que je suis dans la misère depuis que Jean est parti. N'empêche, ça fait du bien de rentrer dans une maison propre.

Par-dessus ce ménage de fond, Maryse remarqua ça et là des affaires d'homme, de François, qui traînaient. Elle se dit: «Tiens, c'est fait, ils sont ensemble pour de bon.» C'était étrange. Elle fixa tous ces objets épars et les chattes de François installées dans la place en se disant qu'elle finirait bien par s'habituer à les voir dans ce contexte, à trouver cela normal. Eux devaient déjà être habitués.

Après le souper, elle lut une histoire de minous à Gabriel et à Popsicle pendant que Marité et François faisaient la vaisselle.

— Faudrait ben qu'on parle un peu de signo, dit celui-ci les mains encore humides.

Maryse fit «ouan, faudrait», elle enleva à l'enfant ses souliers et le mit tout habillé dans le bain que sa mère venait de faire couler. Gabriel se dit que de tous les «adules» de sa connaissance, Maryse était la plus fine et la plus «compréhensible». Avec elle, au moins, on avait du fun!

— Dis-donc, fit celle-ci en revenant vers François, quelle grille d'analyse tu prends, toi, dans tes cours? D'ordinaire, moi, j'utilise la petite beige-pâle pointillée sur fond écru, c'est la moins contraignante que je connaisse. Mais figure-toi donc que les étudiants m'ont demandé quelque chose de plus foncé, de plus raide, de plus musclé. Je les comprends pas. J'ai l'impression qu'ils veulent des recettes.

— Les miens aussi, dit François.

Ils étaient tous les deux perplexes. Ils parlèrent longuement de sénémantique, de manque, de sèmes, de malsèmes, de transhumance. Ils revinrent à la grille beige-pâle qui ombrage

avantageusement certains textes, leur contexte et leurs inter-
textes; ils s'attardèrent sur la taxinomie des bornes et clôtures
des champs de cygnes verdoyants et finirent inévitablement
par se remémorer les riches lopins Duchamp du signe entrevus
jadis dans la salle de bains d'un ami commun. Tout cela, bien
sûr, ne les avançait pas à grand-chose mais leur ouvrait des
horizons lourds de sens, et surtout, ça soulageait.

   — On parle pour parler, dit François d'un air suave. On ne
le fait plus assez souvent depuis qu'on a des jobs de prof.

   Ils rirent doucement d'eux-mêmes, de ce qu'ils étaient
devenus, du fait que François enseignait la signologie et
préparait un roman au lieu de faire des vues comme il en avait
longtemps rêvé. Puis Maryse rentra dans son appartement
hostile où seule Mélibée Marcotte l'attendait.

   Elle s'était *booké* un souper en tête-à-tête avec Marité
pour la semaine suivante. C'était bizarre, les couples; on ne
pouvait pas tout dire aux deux ensemble même si on les aimait
bien séparément. Et elle voulait parler à Marie-Thérèse seule,
retrouver *sa* Marité, celle d'avant François.

Chronique floue

Quelques jours plus tard, *My Fair Lady*, de Cukor, repassait à la Cinémathèque et Maryse eut la curiosité de s'y rendre. Elle pleura pendant toute la projection en se répétant qu'elle ne devait pas pleurer: il ne s'agissait là, comme l'avait déjà dit François, que d'un remake d'un goût douteux, aussi mièvre et collant qu'un gâteau de noces. Elle chercha par la suite à revoir l'autre film, *Pygmalion,* le premier, celui qu'Anthony Asquith avait tourné vers 1937 et dont parlait toujours son père. Le film était introuvable à Montréal. Elle fit des recherches. Bizarrement, les auteurs ne situaient pas la sortie de *Pygmalion* à la même date. Selon certains, il n'en restait plus que quelques copies, difficilement accessibles. Un historien du cinéma prétendait même que l'original et les copies avaient été brûlés en 1961, peu de temps avant le tournage de *My Fair Lady.* Il soupçonnait Cukor d'avoir été pour quelque chose dans cette disparition suspecte. Il devait exagérer. Mais *Pygmalion* demeurait un document rare, à l'existence incertaine. Et cela désespéra Maryse: c'était comme si toute son enfance, cristallisée dans le souvenir du récit de ce film, lui était interdite. C'était comme si on l'avait empêchée de revoir les images magiques qu'elle avait visionnées, enfant, dans le bruit des projecteurs de Tom, et dont celui-ci, par la suite, avait si souvent reparlé. Les preuves se dérobaient... Elle avait peut-être inventé tout cela. Pourquoi pas? Une fille lui avait déjà avoué n'avoir conservé de son enfance que l'image d'un immense trou noir. Alors, aussi bien s'inventer des souvenirs! Tommy O'Sullivan n'était pas un père mais un souvenir confus. Elle se rappela que même de son vivant, sa mère, sa sœur et elle-même avaient coutume de parler de lui au passé: comme si, déjà, il avait été mort. Une seule chose était sûre: les rares souvenirs qu'elle avait de lui s'estompaient et c'est maintenant qu'il mourait peu à peu, chaque jour.

☐

Dans la semaine qui suivit le téléphone d'Hermine, un matin, Maryse ouvrit la porte de sa pharmacie et une bouteille de pilules dégringola dans l'évier. Ça débordait de vieilles prescriptions de Michel et de tubes de crème à barbe à moitié vides. Agacée, elle lança la bouteille à la poubelle. C'était lui — et non pas elle — qui avait toujours été maladif, souffreteux et toussotant. Elle l'avait aimé comme il était, se disant que la cohabitation nous astreignait, forcément, à quelques petites intrusions dans le fonctionnement biologique des autres. C'était sans importance et même, touchant: ses bobos, ses pastilles et ses fioles faisaient partie de Michel, elle les avait toujours acceptées. Comment avait-elle pu être aussi tolérante avec lui qui l'était si peu? Dès qu'elle avait la moindre grippe, il la regardait comme si elle avait été pestiférée ou morte et déjà pourrissante... Peut-être maintenant, à Paris, regardait-il du même œil dégoûté une autre femme? Maryse prit un sac à vidanges et vida la pharmacie de tous ces produits devenus aussi inutiles que les effets personnels d'un mort. Puis, elle se dit que le grand nettoyage n'était pas fini et, sans même prendre le temps de déjeûner, elle entreprit de démêler ses possessions et celles de la famille Paradis. Elle fit le tour des meubles d'Hermine et vida leurs tiroirs de ses choses, elle décrocha les draperies et roula le tapis vieux rose, elle mit le malaxeur, le service à thé, l'abat-jour, les couteaux à pample-mousse et les autres cossins dans des boîtes de carton, elle prit tout ce que Michel avait laissé derrière lui — livres, disques, piles de *Penthouse* et de *Nouvel Obs,* vêtements — et en emplit six énormes sacs en plastique vert. Elle fit venir un camion de chez Baillargeon et expédia le tout chez madame Émilien Paradis, à Outremont en haut.

Quand celle-ci vint pour payer les déménageurs, ils lui dirent que c'était déjà fait.

☐

Dans l'appartement vidé, Maryse se promenait en souriant, suivie de Mélibée Marcotte qui souriait également: la chatte n'avait jamais beaucoup aimé Michel et elle savourait son absence.

— T'aurais pas dû rendre les meubles! dit Marité. Peu importe d'où Michel les tenait, ils te revenaient en compensation; c'est toi qui payais les comptes courants et la nourriture.

Elle était fâchée: les femmes se retrouvaient toujours devant rien, à la suite d'une séparation!

— Et toi, dit Maryse, après ton divorce d'avec Jean?

— Change pas le sujet! dit Marité.

Et elle se mit à parler en jargon juridique...

— Tu dois avoir raison mais je ne regrette pas; tu ne peux pas savoir l'immense satisfaction que j'ai éprouvée à lui retourner son bric-à-brac. Je me sens nette, neuve, sans attaches.

Elle n'hériterait jamais de la broche en or d'Hermine, et c'était bien ainsi. Elle laissait tous les bijoux aux autres brus, aux vraies Paradis.

☐

Après ce geste, Maryse vécut une courte période d'euphorie, se sentant remarquablement jeune et belle: surtout pas malade! Elle avait l'impression de se retrouver, après des années, portant des bijoux — du toc — et des vêtements que Michel détestait et qu'elle était libre, maintenant, d'aimer. Elle passait le plus de temps possible au Cégep, à préparer ses cours, ou en réunion, ce qui lui évitait de penser. Le soir, au lieu de rentrer, elle mangeait au restaurant. Elle était prise d'une frénésie de voir les gens, de reprendre le temps perdu. Elle sortait avec Marie-Lyre qui avait accepté de lui montrer comment draguer. Car elle s'était mis dans la tête d'oublier Michel en couchant avec d'autres gars. «Il paraît que ça marche, des fois», dit-elle. Assise au bar de *la Luna*, MLF lui donna trois leçons en ronchonnant car elle avait passé cette période-là, elle, depuis bien longtemps!

— Qu'est-ce que tu veux, dit-elle, nos vies amoureuses et de cul sont rigoureusement a-symétriques: j'ai tout eu, sauf un chum vraiment steady, et toi, c'est tout ce que tu connais!

Mais elle bougonnait pour la forme car elle était, elle même, dans une forme remarquable: son chum steady était un peu moins assidu mais, ô joie! elle jouait dans une pièce de Michel Garneau. Enfin, elle avait un rôle à son goût!

— C'est de la job, par exemple, confia-t-elle à Maryse. Faut que je travaille mon québecquoys pour attraper le juste accent garnoesque! Mais c'est de la maudite belle ouvrage et j'ai hâte que tu voyes le show.

□

Le trip de drague de Maryse dura quelques soirs; ça n'était vraiment pas son genre. Elle s'étonna de voir à quel point c'était facile puis, une fois l'amusement passé, elle trouva que c'était un petit jeu insignifiant et vain.

— Je te l'aurais bien dit, fit MLF avec philosophie, mais tu m'aurais pas crue: la drague, c'est drabbe!

Maryse faisait tout cela pour repousser le moment de se retrouver seule à l'appartement, où elle avait peur. Elle expérimentait la solitude, n'ayant connu, jusqu'à ce jour, que la promiscuité de sa chambre d'enfant qu'elle avait toujours été forcée de partager avec Maureen, puis celle des dortoirs, puis la cohabitation faussement libre des piaules — cruelle pour les amitiés — et, finalement, la vie de couple. Mais cette solitude toute neuve, qu'elle n'avait pas vraiment souhaitée, lui pesait. L'appartement, même vide, était encore celui de Michel, du temps de Michel, et en plus elle croyait y voir son père dans chaque ombre. Il aurait fallu qu'elle achète des meubles neufs et qu'elle redécore. Elle n'en avait pas le goût.

— Casse donc ton bail! dit Marie-Lyre. C'est possible: je l'ai déjà fait!

— Si tu l'as fait, je peux le faire, dit Maryse.

Elle le fit.

Aidée de Marie-Lyre, elle emménagea le peu de choses qui lui restaient dans un appartement plus petit, moins cher, et situé tout près du Parc Lafontaine. En sortant de son panier de voyage, Mélibée Marcotte inspecta les lieux et sembla approuver. L'appartement était au troisième étage, très haut dans les arbres dont les feuilles dorées commençaient à tomber. Immédiatement, Maryse s'y sentit en sécurité, inatteignable, comme à l'abri du cheval au cri pourpre et des autres visiteurs louches de la nuit. Elle sut que là, peut-être, en paix, elle pourrait faire quelque chose, écrire.

□

La première nuit, Mélibée installée à ses pieds, elle rêva qu'elle roulait sans fin sur un immense tapis posé à même le gazon. Le tapis était bleu foncé, sans limites et moelleux. Elle était heureuse, très heureuse! Elle avait une impression intense de bonheur pendant que quelqu'un la regardait amicalement. Gabriel était là, un peu barbouillé, mais il souriait et l'appelait «Mary Tremblay». À son réveil, Maryse se dit qu'elle était enfin arrivée ailleurs.

On était dimanche. Elle resta à la maison toute la journée, à écrire sous l'œil attentif de Mélibée. Accouru dès les premières lignes de son texte, l'affreux génie de la langue française sautillait partout sur le bureau, en couinant. Il avait tellement diminué, depuis quelque temps, que Mélibée se demandait s'il n'appartenait pas à une espèce nouvelle de gros bourdon. Maryse, quant à elle, essayait de l'ignorer. Au bout d'une heure, manquant de cartouches, elle voulut utiliser une vieille plume fontaine et elle sortit d'un tiroir son énorme encrier Carter presque plein d'encre verte. Elle en dévissa sans peine le couvercle. Excité, le génie sauta sur le bord de l'encrier et se lança dans un discours pédant sur les qualités variées des encres des écrivains, les grands, les vrais. Il prétendit que le vert n'était pas fécond.

— Ôte-toi de là, dit Maryse. Tu m'empêches de travailler.

— Mais c'est impossible! fit le génie en se mirant dans l'encre.

Il battait des palettes et cela faisait exactement comme le bruit agaçant d'un faux-bourdon. Jugeant qu'il avait assez importuné Maryse, Mélibée Marcotte leva sur lui une patte exaspérée et implacable comme un tue-mouches; le génie oscilla et chuta dans l'encre verte. Il cria:

— Holà manant! Maman! À moi, quelqu'un! S.O.S., quoi!

— S.O.S. n'est pas français, dit Maryse.

Et prestement, sans même avoir pris le temps de remplir sa plume, elle remit le bouchon sur l'encrier et le vissa bien serré. Satisfaite, Mélibée regarda un moment le génie s'agiter dans son funeste jus vert, puis elle s'étira et sortit prendre l'air sur le balcon.

Maryse jeta les feuilles éclaboussées, remit l'encrier à sa place au fond du tiroir, prit un stylo bic à pointe fine et, le cœur léger, elle se remit à écrire. Ça allait mieux.

Décembre 1974

Elles étaient toutes trois à *la Luna de papel*: Marie-Lyre, Marité et Maryse. Et c'était comme du temps volé à leurs vies quotidiennes; elles se sentaient délinquantes. Marité voyait souvent MLF maintenant car elles étaient devenues des amies, mais elles aimaient bien aussi se rencontrer *en gang* malgré les difficultés d'horaire que cela présentait. Maryse avait souhaité cette sortie à trois, elle y tenait, elle était revenue à la charge plusieurs fois, et un soir, par miracle, un soir qu'elle-même n'avait pas de réunion, que Marité ne faisait pas de bureau, qu'elle n'avait pas de comité, un soir que MLF n'avait ni date, ni répétition, ni réunion, cela avait été possible.

— Et Gabriel? avait demandé Marité, qu'est-ce que j'en fais?

— Je m'en occupe, avait dit François. De toute façon, j'ai du travail, je vais le coucher tôt et en profiter pour avancer dans mon roman.

Les trois femmes s'étaient donc retrouvées à *la Luna* où Lemire réglait le sort du monde en compagnie de gens que Maryse ne connaissait pas. Elle lui fit de loin un salut délicieusement distant et poli. À la table voisine, Adrien Oubedon était installé avec Tibodo qui mangeait sa soupe en sapant, mais cela s'entendait à peine car le haut-parleur diffusait très fort un tango de Gardel. Maryse se mit à frapper des petits coups de talon sous la table en pensant à son père Tom lorsqu'il dansait... La semaine d'avant, elle s'était disputée avec sa sœur à propos de lui. Maureen l'avait retracée depuis peu et avait recommencé à la harceler au sujet du terrain dont elle lui avait même fourni les coordonnées. À chaque téléphone, Maryse restait ferme sur ses positions mais elle prenait le temps d'écouter Maureen maintenant et essayait de la questionner sur leur enfance.

— Te souviens-tu quand papa dansait, aux Fêtes, chez grand-papa O'Sullivan?

— On est allés là rien qu'une seule fois, chez pépère O'Sullivan, pis t'étais tout p'tite, Mary... Après ça, la chicane a pogné ben raide pis on les voyait pus, même pas aux Fêtes! À part de t'ça, popa, y dansait pas.

Déçue, Maryse avait raccroché: encore un souvenir qui s'effritait. Cela s'était peut-être passé une seule fois, en effet, la danse de son père avec elle sur ses épaules. Elle avait magnifié l'événement d'autant plus facilement qu'il était unique. La mémoire n'était pas juste et Maureen avait peut-être raison... «Arrabal amargo, metido en mi vida como la pondera de una maldición»[*], chantait maintenant la voix de Carlos Gardel, la voix d'un mort. Maryse frissonna et ne voulut pas en écouter davantage. Elle revint à la conversation, à *la Luna* où Manolo, dans son pantalon de serge noire, se dirigeait vers leur table. Marie-Lyre commanda un cognac.

— Pour commencer, dit-elle. J'en ai grandement besoin: primo, je suis sous le choc d'une déception amoureuse et secundo, je vis intensément les séquelles d'un incident à la fois loufoque et catharsistique.

Elle venait en effet de découvrir que son chum quasi-steady et non marié était homosexuel.

— J'aurais dû m'en douter, aussi! dit-elle. Maudite marde, maudit milieu, maudite gang d'artisses: en théâtre, les seuls gars potables sont toujours mariés avec ta grande amie pis les autres sont aux hommes. J'aurais jamais pu penser qu'une affaire aussi niaiseuse pouvait m'arriver, à moi! Mais c'est rien, c'est pas grave, c'était seulement un flirt, ça va passer avec le cognac.

Maryse et Marité sentaient bien que MLF le prenait au contraire très mal mais elles n'insistèrent pas: si Marie-Lyre, habituellement loquace, n'en disait pas plus, c'est qu'elle ne

---

[*] «Faubourg amer, enclavé dans ma vie comme le poids d'une malédiction.»

pouvait pas en parler. D'ailleurs, en même temps que sa paëlla, elle avait entamé le récit de son autre aventure qui lui semblait plus racontable dans la mesure où elle présentait, au moins, un côté amusant. Marie-Lyre ne se sentait aucun penchant pour la tragédie et la capacité qu'elle avait de faire rire les gens avec ses déboires la consolait souvent.

— Imaginez-vous, dit-elle, que j'ai connu la véritable catharsis avec Émérentienne Dupont.

— C'est qui, ça?

— Émérentienne est une comédienne très moyenne, encore inconnue du grand public et qui me tombait sur le trognon depuis pas mal longtemps: elle est fine, charmante, pas du tout agressive, féminine quoi! Je ne sais pas si vous voyez ce que je veux dire? C'est une femme douce, la race que je peux pas endurer, c'est le genre de femme qui sourit toujours, perpétuellement, niaiseusement, le genre qui te dit les pires vacheries bien calmement, sans que les autres s'en aperçoivent, le genre que t'aurais le goût d'y péter-la-yeulle-en-sang pour qu'a cesse enfin de sourire. Eh bien, les filles, c'est ce que j'ai fait: félicitez-moi!

Elle prit une bouchée et continua:

— Je l'ai sérieusement tapochée pis a l'a perdu, son grand smile. Mais le plus beau de l'affaire, c'est qu'elle s'est défendue! On a eu un vrai combat à la suite duquel j'ai éprouvé une intense satisfaction! C'est ça, la véritable catharsis! Les autres criaient: «Voyons, les filles, lâchez-vous! C'est pas beau, ça, c'est pas fin, c'est pas gentil, c'est pas poli, c'est laid, c'est vulgaire, c'est brutal, c'est cheap, c'est effrayant, c'est répugnant! Contrôlez vos pulsions agressives. Toi, MLF, t'es pas civilisée, c'est toi qui as commencé, t'es la plus verrase, la plus pire des pas fines! C'est l'année de la femme, en plus.» «Pis, que je leur ai crié. Justement! Faut que j'en profite moi aussi; c'est mon tour. J'ai toujours voulu me battre avec les autres filles, mais j'étais trop bien élevée pour ça!» (Entre nous, c'est mauditement le fun, des fois, d'être off-beat.) Ils ont continué, comme ça, à nous abreuver de bêtises pendant qu'on se bourrait de coups. Elle a du nerf, Émérentienne, du répondant.

Quand ils nous ont séparées, j'avais une pognée de ses cheveux dans la main. Je pense bien que j'en ai perdu aussi. Ça a été un match égal, quoi, très clean. La gagne de tarlas, de tarlaises, a rien compris: ils étaient gênés! Pas nous autres. Depuis le combat, ça va mieux avec Émérentienne, la situation est claire comme elle ne l'aurait jamais été après une explication verbeuse. Ça nous manque, le corps à corps entre femmes, vous trouvez pas?

— T'es folle, dit Marité. (Elle riait aux éclats.) Tu risques une amende d'au plus cinq cents dollars ou six mois de prison ou les deux: articles 245(1) et 727 du code criminel, voies de fait.

Marie-Lyre s'affaissa soudain:

— Pensez-vous que je pourrais, au moins, faire un show avec ma déception amoureuse?

— Je ne sais pas, dit Maryse, mais une bataille de femmes serait sûrement spectaculaire! J'aimerais bien voir ça sur une scène.

Marie-Lyre trouva l'idée géniale.

— Pourquoi tu m'écris pas des textes? demanda-t-elle à Maryse.

— Pourquoi pas! dit celle-ci.

Mais elle ne savait pas si MLF plaisantait ou non. Elle repensa à son histoire de la Fille mauvaise pendant que la conversation roulait sur les rapports entre femmes, ce qu'on pouvait, ne pouvait pas, devait, ne devait pas faire, dire, tenter, oser, espérer, et cætera, vu la conjoncture et tout ça. Maryse voulut noter quelque chose à propos de la bataille de MLF et de ses propres fantasmes de violence, elle sortit de son sac la Mont-blanc plaquée or qu'elle venait de s'offrir. «Un vrai petit bijou!» avait dit la vendeuse, son premier vrai bijou était une plume réservoir et la possession de cette plume lui procurait un plaisir hénaurme! Mais elle oublia ce qu'elle voulait écrire car, avec un rire dans les yeux, Marité venait d'annoncer qu'elle était enceinte.

— Encore!

— Eh oui.

— Tu vas le garder, celui-là?

— Vous pouvez en être sûres. J'ai pas le goût de m'envoyer un autre avortement.

— Ce serait ton deuxième, fit remarquer MLF, c'est beaucoup.

Marité la détrompa: aussi ridicule et insensé que cela pouvait paraître, elle en était à son troisième avortement. La première fois, à dix-huit ans, son petit ami avait décidé qu'ils étaient trop jeunes pour avoir un enfant, le juge Grand'maison avait jugé que sa fille n'avait pas le droit de lui faire un pareil scandale et il avait lui-même défrayé les coûts de l'intervention, comme il disait pudiquement. Marité n'avait jamais pardonné aux deux hommes d'avoir choisi à sa place. Les autres fois, elle avait été contrainte par les circonstances, parce qu'elle ne pouvait pas faire autrement. Mais cette fois-ci, elle voulait l'enfant, elle l'aurait.

«Pumpkin eater», nota Maryse dans son calepin. C'est comme ça que sa tante Kathleen appelait les femmes toujours parties pour la famille, celles qui attrapaient des bébés comme d'autres, des coups de soleil.

Elles firent des projets pour l'enfant qui serait une fille, cette fois-là, Marité l'espérait. Elles parlaient fort et riaient beaucoup. Lemire les reluquait de loin d'un air réprobateur. «Pauve mec! pensa Maryse, il se figure peut-être qu'on rit de lui.»

— On a du neuf, dit-elle à Manolo, qui apportait les cafés. Tu devines pas quoi?

— ...

— Marité est encore enceinte!

— Tu voudrais pas être le parrain de mon bébé? demanda celle-ci.

Manolo se contenta de sourire et, comme la première fois, il leur apporta des fines *de la casa*.

Chronique floue

La fin de semaine suivante, MLF avait une date avec Miguel Farol y Mantillas, un nouveau chum. Miguel avait dix ans de plus qu'elle, il était Chilien, chômeur, vasectomisé et *divorcé*. Il avait proposé de faire une bouffe. Le samedi matin, alors que l'appartement était bordélique et qu'elle allait sortir pour acheter les provisions, il se pointa.

— Mais c'est pas prêt, dit-elle, je t'attendais pour le souper, moi.

— Je le sais, mais je t'accompagne faire les courses.

«Ça se peut pas, se dit Marie-Lyre, y' a quèque chose qui cloche là-dedans...»

Ils firent les boutiques de la rue Saint-Laurent et atterrirent finalement chez *Warshaw* où Miguel, presque rendu à la caisse, commença une belle chicane en espagnol avec un Portugais pendant que Marie-Lyre s'engueulait en anglais avec une Grecque complètement dépassée par l'énergie furieuse qui émanait de ce couple peu banal mais si bien assorti. La discussion avait pour thème: la conduite des chariots colossaux dans les allées encombrées, étroites et sinueuses du magasin d'alimentation *Warshaw*. MLF et Miguel prirent à partie tout le monde, dans toutes les langues qu'ils connaissaient à eux deux mais en se gardant bien d'utiliser le français: c'eût été trop facile! La dispute allait dégénérer en bagarre générale quand MLF perçut le danger: pendant l'altercation, une Québécoise (qui était en fait Canadienne mais ça ne se voyait pas du tout), un Juif, deux Portugaises et une famille entière d'Italiens s'étaient faufilés devant eux à la caisse. Ô râge! Sur l'autre front, la situation n'était guère plus reluisante: le gérant de l'endroit ramait péniblement vers eux. Or Marie-Lyre, en

bonne ménagère, avait glissé dans son sac à main un Bour-
seault bien mûr, qu'elle ne payait jamais, vu la cherté de ces
petites choses. Elle jugea qu'ils s'étaient suffisamment fait
remarquer, mit ses doigts dans sa bouche et siffla comme son
frère Clément le lui avait appris vingt ans plus tôt. Aussitôt, les
principaux protagonistes de la joute oratoire, c'est-à-dire la
Grecque et le Portugais sus-mentionnés, de même que Miguel
et elle-même, se ressaisirent, se serrèrent la main et mirent le
cap vers leurs caisses respectives.

— Mautadits émigrés, dit une cliente, c'est des vrais
sauvages!

Elle dardait un œil noir sur MLF qui déclara très haut, avec
un accent fortement gaspésien:

— J'te l'avais dit, itou, mon pitou, que j'avais pas d'l'air
pantoute d'une Pellequier du Bas du fleuve (sa mère était une
Pelletier-Barlette) mais d'une wops à grand yeulle.

Elle jubilait. Ils laissèrent la Québécoise pantoise, doutant
presque de ses propres origines l'abord-à-plouffiennes, et
sortirent en distribuant de larges sourires à leur auditoire.

Dehors, ils se regardèrent, éblouis: ils venaient de se
découvrir une passion commune et un égal talent pour les
débats contradictoires publics et improvisés. Ils se donnèrent
des becs. Leur souper aux chandelles fut une réussite.

□

Depuis le début de l'automne, François écrivait à tous les
jours, fébrilement, et il achevait son roman. Quand il n'avait
pas de cours, il travaillait toute la journée à la maison, et
lorsque Marité rentrait tard, c'est lui qui allait chercher Gabriel.
Un jour quelconque de janvier, au moment où il entra dans le
vestibule de la garderie, Chimère Legault y était en grand
conciliabule avec d'autres petites filles, mais elle s'interrompit
pour crier à la cantonade:

— Gabriel Duclos, ton père est arrivé!

— C'est pas mon vrai père, dit Gabriel en lui sautant au
cou.

François eut un pincement: il aimait l'enfant de Marité, il l'aimait beaucoup! Il n'était pas son père mais c'était pourtant lui qui s'en occupait à tous les jours, pas l'autre... François méprisait profondément maître Duclos, B.A.L.L.L., criminaliste en vogue et de plus en plus occupé, tellement occupé qu'il voyait rarement son fils et n'en connaissait pas le mode d'emploi.

Élise était assise à la table de bricolage. Elle avait encore maigri. Elle fit un sourire absent à François et lui dit bonjour, puis elle baissa les yeux sur la panse d'un horrible toutou jaune qu'elle recousait.

— C'est mon chien Joséphine, annonça Vénus Bérubé. On l'a n'opérée pis a guérit plus.

François voulut dire quelque chose à Élise, mais à quoi bon? Comme d'habitude, elle ne répondrait que par monosyllabes. Depuis qu'ils avaient rompu, elle ne lui avait, pour ainsi dire, plus reparlé. Murée dans son silence. En habillant Gabriel, il pensa aux femmes qu'il avait connues et aimées: elles avaient toutes quelque chose en commun avec Maryse. Il avait les mêmes goûts, les mêmes affinités, les mêmes peurs que Maryse. Il tournait peut-être encore autour d'elle par amie, par ressemblance interposées. Cela avait d'abord été MLF, puis Élise qui lui ressemblait physiquement, et maintenant, il vivait avec Marie-Thérèse. Pour longtemps, très longtemps. Il sourit: il serait le *vrai* père de leur fille et quand il viendrait la chercher ici, elle crierait «papa, papa» très fort, d'une petite voix perçante et encore mal contrôlée qui ne l'agacerait même pas... Gabriel avait perdu ses mitaines comme d'habitude. Sa main était sale et chaude; François la prit dans la sienne. En passant la porte, il se retourna et vit la chienne jaune recousue, debout sur la table à bricolage. Élise la contemplait d'un œil vague pendant que Vénus applaudissait.

□

Elles marchaient depuis longtemps déjà. Il neigeait et, à travers la neige fondante, Maryse voyait toutes ces femmes réunies pour la même raison, des femmes de tous les âges: il y avait là Marie-Lyre, Louise et Marité qui avaient aidé à l'organisation de la marche, il y avait Gervaise, Ginette, Nicole, Norma, Rose, Lisette, Mélissa, Odette, Louise, Lise, Monique Laviolette, Mona, Laura, Jeanne, Judith, Louise Laurin, Françoise, Dona, Hélène, Elvire Légarée, Esperanza, Karen, Joceline et sa fille Sophie, Louise, Marie, Madeleine, Michèle, Marie-Claire, Micheline, Ariane et sa sœur, Louise, Alice, Chantal, Élise Laurelle, Ophélie, Carmen, Louise, Louisette, Doris, Danielle, Lorraine, Christine, Jacinthe, Yolande, Francine Fauchée, Solange, Véronique, Louise, Frédérique, Joanne, Juanita, Mercedes, Marthe, Rose-Aimée, Paule, Isabel et sa mère, Élizabeth, Palmyre Duchamp et Louise-la-blonde... Il y avait toutes les autres que Maryse connaissait de vue seulement ou pas du tout, et parmi lesquelles elle marchait, portée par leur mouvement. Toutes ces femmes réclamaient l'avortement libre et gratuit. Elles étaient six cent quarante et, le lendemain, les journaux rapporteraient qu'elles étaient à peine quatre cents.

Depuis deux coins de rue, Maryse n'en pouvait plus, les jambes allaient lui flancher. La question du contrôle des naissances la troublait car elle voulait toujours, de plus en plus, avoir un enfant. Elle avait jeté sa rondelle d'Ortho-Novum il y avait deux ans maintenant et, depuis le départ de Michel, elle avait fait l'amour à gauche et à droite; elle n'était toujours pas enceinte. Devant elle, Marité, dont le ventre commençait à pointer, marchait d'un bon pas en chantant. Elle se retourna et lui sourit sans cesser de chanter. Au même moment, Maryse reconnut, dans son ventre et dans ses cuisses, le malaise très spécial qui accompagnait toujours ses menstruations. Elle en fut à la fois meurtrie et soulagée; elle ne voulait pas être enceinte de n'importe qui et, justement, elle venait d'avoir une aventure avec n'importe qui. Elle n'était pas sûre, non plus, de vouloir élever un enfant toute seule, le père était important, elle en savait quelque chose; s'il était disparu, on le cherchait, et s'il était présent, on souhaitait qu'il eût été plus consistant. Elles devaient bien choisir le père de leurs enfants, c'était une autre de leurs responsabilités. Mais elle n'aurait probablement jamais de reproches à ce sujet car elle savait être stérile. STÉRILE! Elle sentit le sang partir et se dit: «J'ai la malédiction!» L'expression, qu'elle l'avait toujours trouvée horrible, était pourtant très juste: si, autrefois, les femmes souhaitaient des maternités nombreuses, c'était pour être valorisées. Et malheur à celles qui voyaient leur sang couler à tous les mois! Elle se dit: «Je suis archaïque, je suis à contre-courant, à contre-flot. Je me meurs d'envie d'avoir un enfant alors que d'autres en sont embarrassées, «embarazadas», comme on dit en espagnol.» Elle n'osait jamais parler de ce désir qui ne la laissait pas et de son impuissance à le réaliser. Cela lui faisait mal. Et honte. Elle était la seule femme *stérile* de sa connaissance. Elle n'en pouvait plus de marcher avec toutes ces femmes trop fécondes.

Elle bifurqua à un coin de rue et monta dans un taxi pour retourner à son auto. La radio du taxi était ouverte sur l'imbécillité mondiale, puis les nouvelles prirent fin et une voix nasillarde s'éleva, chantant *Stormy Weather*. Cette voix revenait du fond de son enfance ignorante et lui rappelait Tommy, encore une fois. Et avec une clarté douloureuse et un foisonnement de détails sordides, Maryse revit l'appartement de la rue Hôtel-de-Ville. Elle le vit, non pas comme dans ses rêves ou comme elle l'avait refabriqué, l'autre hiver, en épiant Soledad, mais comme il avait été, vingt ans auparavant: délâbré, sale et puant... Car c'est dans l'odeur de la pauvreté qu'elle avait, pour la première fois, entendu cette chanson: les samedis après-midi, avec son vieux projecteur bruyant, daddy leur passait des p'tites vues qu'il empruntait à la compagnie de distribution pour laquelle il travaillait sporadiquement. C'étaient souvent des cartoons comme *Felix the cat* ou des chansons filmées. Maryse se rappela le rire un peu épais de son père et son plaisir naïf qui surpassait celui des enfants, le sien, en tout cas: elle avait toujours été plus raisonnable que lui. Parmi ces vues, il y avait *Stormy Weather;* c'était l'image minable d'une grande femme fade et blonde vêtue d'un trench, beige probablement.

Elle chantait sous une pluie qu'on devinait être celle d'un arro-
soir. Elle était sommairement abritée sous un porche, comme
dans le poème de Prévert, mais elle ne s'appelait pas Barbara,
elle n'avait pas de nom, elle était là pour chanter de sa voix
traînante qui s'étirait maintenant dans le taxi surchauffé. C'était
la même voix. Maryse n'osait pas demander au conducteur de
changer le poste (il était chez lui, dans son taxi) et la voix de la
chanteuse la confinait dans le souvenir de son père, l'innocent
Tommy, mort depuis un an déjà. La chanson resurgissait
comme pour lui rappeler d'où elle venait et ce qu'elle avait été:
une petite sauvageonne sale foxant l'école avec la complicité
de son père qui, lui, foxait la job perpétuellement. La chanson
coulait de la radio, gluante et sirupeuse comme le sang qu'elle
sentait couler entre ses jambes. Le trajet semblait ne devoir
jamais finir car la rue était glissante et congestionnée, pleine de
feux rouges.
    Elle fit arrêter le taxi avant d'être rendue, paya et descen-
dit. Le chauffeur noir la regarda, interloqué, mais il ne fit aucun
commentaire. Elle resta sur le trottoir, sous la pluie — il pleuvait
maintenant, comme si la chanson avait fait pleuvoir. Elle avait
les bleus, elle était transie et sentait son sang se répandre
partout. Sa robe était certainement tachée mais ça lui était égal.
Elle se mit à pleurer; c'était le temps où jamais, puisqu'il
pleuvait, personne ne le remarquerait. D'ailleurs, elle s'en
fichait également. Elle voulait seulement pleurer à son goût,
brailler, et dormir au chaud, au sec, pour oublier qu'elle était
menstruée encore une fois et que c'en était fini de la quête
toujours différée, mais toujours possible autrefois, du père. Elle
resta longtemps sous la pluie et, quand elle fut bien sûre que le
blues était terminé, elle héla un autre taxi et donna son
adresse. Elle avait renoncé à récupérer sa voiture laissée
quelques rues plus loin, au début de la manifestation.
    Arrivée chez elle, elle prit deux valiums et s'endormit bien
vite pour effacer cette journée désespérante.

Trois jours de mai 1975

Il était quatre heures trente et les petits Bouts de Chriss revenaient du parc où Élise Laurelle n'était pas allée. Gabriel était surexcité: c'était aujourd'hui sa fête et il attendait avec impatience l'arrivée de sa mère et de François qui avaient promis de venir ensemble le chercher. Il avait hâte de déballer ses cadeaux! Il entra le premier dans la grande salle et courut vers les toilettes en espérant que ce ne soit pas trop tard. Mais il s'en fichait un peu: ils n'oseraient pas le chicaner aujourd'hui. Marité dirait: «Si c'est pas dommage, un grand garçon de cinq ans qui fait encore pipi dans ses culottes!» ou quelque chose comme ça. Et ce serait tout. La porte des toilettes était débarrée mais il avait beau la pousser, elle ne bougeait pas. Il cria:

— Coco, la porte est bloquée!

Coco ne vint pas; il se roulait une cigarette, car il avait rechuté. Gabriel essaya encore et, par le petit espace d'ouverture, il vit que le plancher était mouillé et rouge.

— Coco, la porte, a s'ouve pas, bon!

Ménard arriva enfin en tirant sur sa cigarette.

— Y'a du rouge par terre, dit Gabriel.

— Ouin, bonhomme. Qui c'est qui a encore joué dans 'a gouache?

La porte résista à sa poussée, mais il parvint à l'entre-ouvrir. Le plancher était rouge, en effet. Rouge sang. Le robinet coulait encore dans un bruit atroce et l'évier débordait. Derrière la porte, sur le terrazo sale, Élise était tombée à la renverse, blanche au milieu de l'eau et de son sang qui s'y diluait. Elle s'était tranché les veines avec un exacto, bien proprement. Elle ne s'était pas ratée. Sa main gauche glissa dans l'entrebâillement de la porte. Coco repoussa Gabriel, mais trop tard. L'enfant se mit à hurler. Un long cri. Arlette accourut et le prit dans ses bras pendant que Ménard fermait le robinet, refermait la porte et refoulait les autres enfants...

Dans les bras de la monitrice, Gabriel hurla sans arrêt, pendant vingt longues minutes, jusqu'à ce que Marité arrive et le prenne sur elle.

□

Assise sur les marches du perron, Maryse les attendait en regardant flâner les gens dans les allées du Parc Lafontaine. L'oncle Louis n'était pas venu à la fête parce qu'il faisait une tournée avec sa gang de musique, mais son cadeau était rendu. Marité eut un léger étourdissement en passant de la lumière à l'ombre fraîche de la maison. Elle déposa Gabriel et celui-ci, tendrement, la caressa, comme si c'était elle qui avait besoin d'être consolée. Popsicle se frôla contre leurs jambes en ronronnant fort. Puis Gabriel vit ses cadeaux et il se précipita sur l'amoncellement de boîtes qu'il déballa dans un fouillis de papier de soie et de rubans. Contrairement à son habitude, il fit peu de commentaires, se contentant de ranger soigneusement chaque jouet un à un. Puis il prit les papiers et les rubans, et les jeta à la poubelle.

— Il est pas dans son état normal! dit Marité.

Habituellement, Gabriel voulait tout garder de ses cadeaux, y compris leur emballage déchiré dont il avait déjà un plein tiroir. Au dessert, en soufflant les bougies de son gâteau, il dut s'y prendre à deux fois pour toutes les éteindre: il n'aurait pas son souhait et c'était pas jusse!

Il avait désiré qu'Élise Laurelle ne soit pas morte pour vrai.

Vers neuf heures, les adultes lui firent prendre une grosse portion de Tempra, le sirop-de-calmant, comme disait Marité et, malgré sa résistance, ils le mirent au lit. L'esprit mauvais, qui avait l'habitude de venir rôder à l'heure de la prière du soir, n'était pas dans les parages.

— Qu'est-ce qu'y fait, c't'hostie-là? dit François. Pour une fois qu'il pourrait se rendre utile!

Gabriel avait eu de beaux cadeaux mais il avait surtout beaucoup de peine à cause de son désir raté. Une fois dans son lit, il appela l'esprit mauvais:

— Esprit, es-tu là? Viens te coucher avec moi.

Mais l'esprit ne répondit pas et, faute de mieux, Gabriel finit par s'assoupir en serrant fort dans ses bras sa poupée Marie-Carmelle. Marité resta longtemps auprès de lui et c'est seulement quand elle fut sûre qu'il dormait profondément qu'elle alla retrouver François et Maryse.

☐

La chaleur de la journée avait pénétré dans la maison où on étouffait maintenant; c'est dehors qu'ils seraient le mieux. Ils avaient sorti la bouteille de scotch et, pour se calmer, eux, les vivants, les survivants, pour apprivoiser la mort, pour la rendre moins atroce, assis tous les trois côte-à-côte sur la première marche du perron et regardant droit devant eux dans la nuit légère, ils se mirent à parler d'Élise, à parler de sa mort. Long-temps... Marité avait mal au dos mais elle refusa de s'asseoir sur une chaise; elle voulait rester près d'eux, collée à eux.

— Maman est malade, dit-elle.

— Qu'est-ce qu'elle a?

— On ne sait pas. Ils ne savent pas... Mon père commence à peine à la laisser en paix. Je ne voudrais pas qu'elle meure maintenant, ce serait trop bête.

Les deux autres ne se donnèrent pas la peine de dire: «Voyons-donc, Marie-Thérèse, tu te fais des idées!» C'était pas tellement de circonstance.

— Je l'aime, moi, ma mère, dit Marité. Ce que j'ai de mieux, je le tiens d'elle. Je viens d'une lignée de femmes fortes et vaillantes. Il paraît que ma grand-mère était courageuse, mais j'ignore presque tout d'elle. Il me semble parfois que Blanche est une étrangère et que je ne la connais pas non plus: on ne s'est pas assez parlé, on ne s'est pas assez vues. Et c'est peut-être trop tard.

Elle s'arrêta, impuissante:

— J'ai à peine le temps d'aller la voir à l'hôpital, j'ai trop de causes. Je me sens fatiguée, fatiguée...

Sur ces mots, l'esprit mauvais arriva, venant de la direction Mentana. Il était accompagné d'une petite créature de son genre. Perdue dans ses pensées, Marité ne les vit pas.

— Je vous présente l'archange Gabrielle, dit l'esprit mauvais.

— Enchantée, fit Maryse.

Vraiment, elle était enchantée: l'archange était rousse, elle portait des lunettes rondes comme les siennes et elle était *très* belle!

— Comme ça, maudit pissou, t'as eu peur de venir tout seul! dit François à l'esprit mauvais.

— Écoute-le pas, Fred, dit l'archange — car l'esprit mauvais s'appelait Fred —, la douleur l'égare.

Tout piteux, Fred se dirigea vers la chambre de Gabriel, suivi de la belle archange. Ils en revinrent au bout d'une dizaine de minutes, à peine.

— Alors? demanda François.

— Votre enfant n'oubliera jamais la mort d'Élise, monsieur, dit Gabrielle, mais il s'en tirera: il n'est pas suicidaire.

— Je ne suis pas vraiment son père.

— Je le sais, figurez-vous donc! Je ne suis pas archange pour rien. Je voulais seulement vous faire plaisir.

Elle fit une pause et ôta ses lunettes:

— Écoutez mon petit François, je m'y connais, depuis le temps que je suis préposée aux naissances et aux morts fluides: pour le moment, Gabriel est bien, son état est satisfaisant, tout est sous contrôle, je vous assure. On repassera dans deux jours pour les séquelles.

— J'ai mon voyage, dit François. C'est rendu que les esprits se prennent pour le docteur Welby. On doit avoir l'imaginaire fucké, en perte de quelque chose, en manque.

Gabrielle haussa les épaules et descendit les marches d'un pas léger, suivi de Fred, qui avait la falle plutôt basse.

— Je boirais bien un petit quelque chose, moi aussi, dit-il.

Il avait remarqué la bouteille de scotch.
Ils n'entendirent pas la réponse de l'archange.

☐

Marité contemplait le fond de son verre vide, l'air absent. François passa son bras autour de sa taille épaissie. C'était bizarre, mais il n'avait plus peur de la mort. Pas ce soir, en tout cas. À la garderie, pendant que Marité consolait Gabriel et rassurait les moniteurs quant à leurs responsabilités civiles, il s'était approché de la civière et avait soulevé le drap qui recouvrait Élise... Il avait vu la mort en face. Il avait regardé le visage mort de la première femme avec laquelle il avait vécu une longue et douloureuse liaison. Un visage de femme qu'il avait aimé. Cette femme était blanche, toute petite, elle était comme une petite fille muette... Il pensa à son silence quand ils faisaient l'amour. Il savait peu de choses d'Élise, malgré toutes ces nuits passées dans son lit. Elle n'avait laissé aucun mot, en mourant, aucun avertissement... Muette jusqu'à la fin.

— Elle est peut-être morte de silence, dit Maryse, comme si elle eût poursuivi la pensée de François.

— Peut-être.

Il se demanda si Maryse pensait toujours à son père mais il n'osa pas lui en parler... Oui, elle y pensait, en ce moment précis; elle regrettait de n'avoir toujours pas réussi à évacuer ce non-souvenir. Elle pensait à la mort de Tom, à celle d'Élise, à celle de Gisèle, à toutes les autres, à toutes ces morts oubliées, qu'on taisait... La mort, même la plus douce, devait avoir quelque chose d'obscène pour qu'on en parle si peu, pour qu'on la cache. Car on la cachait. On ne savait rien d'elle. Personne ne sait ce qui se passe dans la tête d'un mourant. Et qu'arrive-t-il aux morts, aux mortes? Où passait l'âme? Est-ce qu'on lui laissait le temps de s'échapper avant de refermer le couvercle du cercueil? Bien sûr, il n'y avait pas d'âme. Elle prit une autre gorgée de scotch, et c'était horrible.

— Il paraît que leurs cheveux continuent de pousser pendant quelques heures, dit-elle.

Elle repensa aux histoires que sa mère Irène se plaisait à raconter: autrefois, vidant un cimetière, on avait retrouvé certains cadavres retournés dans leur tombe, des poignées de cheveux dans les mains, et s'étant dévoré le bras. C'étaient les morts légendaires de la grippe espagnole, qu'on avait enterrés trop vite, de peur de la contagion. Des morts vivants. Maryse sentit comme des vers grouiller dans sa bouche. Elle se leva pour aller vomir... Quand elle revint, Marité et François, silencieux, semblaient s'être englués dans la douceur de la nuit. Ça sentait le lilas blanc dans un parterre où il n'y avait pas de lilas...

Gabriel pleura dans la nuit et, aussitôt, sa mère se précipita vers lui. Il voulait se lever et elle n'eut pas le courage de refuser. François l'apporta au salon, petite momie emmail- lotée dans sa couverture. Ils l'étendirent sur les coussins de la baie vitrée et il se rendormit. Ils rentrèrent tous. Dans le grand miroir du salon, Maryse aperçut son visage; elle avait l'air hagard, elle eut peur d'elle-même. Et elle pensa au pâle cheval de quatre heures. Gabriel reposait comme pendant les nuits où, le gardant, elle le regardait dormir.

— Le sommeil est comme une idée avant-coureuse de la mort, dit-elle. Une petite mort quotidienne, une mort à temps partiel, un acompte sur la mort, la vraie.

— Tu couches ici, dit Marité. Je ne veux pas que tu t'en ailles chez toi ce soir.

Maryse ne protesta pas. Il valait mieux que personne ne se sépare; la maure aux dents vertes rôdait et elle emportait dans son grand manteau gluant les enfants mal protégés, mal aimés. L'avaleuse d'enfants. Maryse s'allongea à côté de Gabriel pour la nuit en pensant que le lendemain elle irait voir Irène, avant que celle-ci ne meure à son tour et qu'elle regrette, pendant des années, de ne pas y être allée. Elle s'assoupit à l'aube, à l'heure où Coco Ménard-Laflamme, seul dans sa piaule bien entretenue, avalait le dernier verre de la plus grosse brosse de sa vie.

☐

Dans ses rêves, Maryse retournait souvent à la maison de son enfance: quand elle n'y entrait pas, tout restait harmonieux, mais si elle passait le seuil, presque toujours, un sentiment d'étrangeté la saisissait... et le rêve prenait des allures de cauchemar.

Quand elle entra chez sa mère, Maureen y était déjà avec ses trois enfants. Ce n'était pas l'appartement d'autrefois mais on eût dit le même: il était tout aussi lamentable. La télévision était ouverte dans la poussière du jour et le volume, très fort. Personne ne l'écoutait, pas même les enfants, mais personne ne songeait à l'éteindre.

— T'es venue signer pour le terrain, Mary? dit sa mère.

— Je suis venue vous voir.

Elle aurait aimé qu'Irène lui donne sa version des faits et lui raconte certains détails de son enfance. Elle demanda pourquoi, à douze ans, on l'avait placée chez les Sœurs de la Désolation comme ouvrière domestique, et si daddy était d'accord.

— Daddy!!!

Irène prit une grande respiration et une litanie commença: Oui! Son père le savait en maudit, qu'elle allait torcher les sœurs. Pis ça faisait son affaire. Après, elle avait eu toute son instruction gratis. Elle en avait eu *plusse* que son frère Jean-Guy. Une fille! Pis elle était pas mal sans cœur parce qu'elle venait jamais la voir, sa santé était pas bonne, pis a pouvait partir d'un jour à l'autre...

Comme pour le prouver, Irène toussa et la graisse de ses bras nus trembla. Maryse demanda si c'était vrai que daddy l'emmenait souvent au restaurant.

— Quèques fois. Y était ben fort pour aller faire son jars avec toé quand je venais jusse de te mette propre...

Irène se mit à dire comment les enfants se salissaient sans bon sens... Maryse n'écoutait pas; elle regardait les rejetons verdâtres de sa sœur et ne pouvait pas s'empêcher de les comparer à Gabriel, rose et blond. Irène parlait toujours, mais d'elle et pour elle-même, pas pour ses filles. Pendant son monologue, une vérité accablante se faisait jour en Maryse: sa mère ne l'aimait pas, ne l'avait jamais aimée. *Et son père non plus!* Il la trimballait comme une petite catin mais il n'avait jamais rien fait de concret pour elle, pour eux. C'est Irène qui s'occupait des choses vraies, importantes, des tâches ingrates de la maison. Lui, n'avait jamais fait que lui raconter des histoires, une histoire creuse, toujours la même, du vent. C'était un homme de vent, au cerveau trop léger et plein de trous...

Pourquoi était-elle revenue? Elle avait trop espéré de cette démarche. Naïvement, elle avait souhaité que sa mère, encore vivante, soit mieux que Tom. Elle aurait tellement aimé qu'Irène ait quelque chose à raconter, des souvenirs au moins, à lui léguer. Elle demanda à voir leurs photos de famille. On lui exhiba deux énormes enveloppes jaunes pleines de photos couleur mal cadrées, floues pour la plupart et relativement récentes. Les photos représentaient des gens très quelconques: eux!

— Mais l'album? dit Maryse. On en avait un, je me souviens...

— Ah, ça! dit sa mère. Tu veux pigrasser dans ces vieilleries-là!

Elle se leva lourdement et sortit du side-board un album en lambeaux, datant des années cinquante.

Maryse s'en empara. Oui, c'était ça! Les photos, prises par Tom, étaient bonnes. C'était à peu près tout ce qu'il savait faire mais il le faisait bien: il avait le sens de la composition des images. À la troisième page, deux clichés avaient été enlevés. Maryse continua à feuilleter: l'album était plein de trous, des pages entières avaient été vidées de leurs photos et ne restaient plus que les coins noirs les ayant assujetties.

— Mais qu'est-ce que ça veut dire? dit-elle.

— Voyons, dit Maureen. Tu t'en rappelles pas, Mary? Daddy a sacré son camp avec les meilleurs portraits dans ses poches. Moman y a jamais pardonné. Han, moman, vous y avez jamais pardonné?

— C'est pas vrai! dit Irène. C'pauv' homme, c'est toute c'qu'y est resté.

Elle avait les yeux pleins d'eau.

— Vous en avez parlé pendant des années pis astheure qu'y est mort, vous vous en rappelez pus!!!

— Entouécas, dit Irène.

Elle grimaça et se mit à leur décrire une douleur qu'elle avait au creux du dos. Elle parlait, parlait, mais ne disait rien. Elle ne répondait pas aux questions de Maryse, elle n'avait jamais pu y répondre... Comme autrefois, elle énumérait ses maladies et prophétisait sa mort. Par on ne sait quel détour, elle revint sur la grippe espagnole. Maureen se trompait: une telle femme ne pouvait pas chanter *London Bridge*. Une telle femme ne chantait pas. C'est Kathleen qui devait leur avoir appris la chanson. Irène était usée, abrutie, sans espoir et sans présent autre que celui des quizz télévisés. Et elle n'avait même pas de passé consistant! Assise dans son éternel fauteuil de télévision, elle était un monument de médiocrité. Elle n'avait pas changé, avec le temps, mais empiré: elle était seulement devenue plus ignorante, plus difforme, plus désespérante. Maryse eut le goût de brailler: «C'est ça, ma mère, se dit-elle, et rien de plus!» Elle regarda la femme qui l'avait mise au monde, qui lui avait montré le monde. Non. Cette femme-là ne pouvait pas lui avoir enseigné quoi que ce soit, *parce qu'elle ne savait rien* et ne voulait plus rien savoir...

Irène n'avait jamais eu le temps d'apprendre à travailler: à quatorze ans, on l'avait placée comme bonne, et son ouvrage était tellement long et harrassant qu'elle n'y avait jamais trouvé aucun plaisir. Comment aurait-elle pu vouloir transmettre à ses filles un pauvre savoir-faire qu'on lui avait inculqué de force, au cours des ans, et qu'elle détestait? Car Irène Tremblay détestait tenir maison: la maison, la vraie, celle qu'elle aurait aimé entretenir pour elle-même, avait toujours été celle des autres femmes. La sienne était un taudis impossible à garder propre et, dans ce taudis, seul le dessus de sa commode, bourré de pots de crèmes odorantes et onctueuses, n'était jamais sale. Bien qu'elle les utilisât peu, Irène pensait souvent à ses petits pots et parfois, au milieu de la journée, elle s'enfermait dans sa chambre, enlevait quelques couvercles et sentait la bonne odeur du *Cold-Cream* ou du rouge à joue *Marcelle*. Ça ne coûtait rien, ça ne dépensait même pas! Ça ne sentait ni l'eau de javel ni la crasse, ni rien qui rappelât le nettoyage. Ça sentait le LUXE. Irène respirait longuement et elle s'imaginait alors être devenue belle et parfumée comme la danseuse Effie Mack qu'elle avait applaudie, petite, au théâtre National et qui menait le chœur des girlies. Elle-même devenait une girlie et les cris des enfants et la voix de son mari qui déparlait dans la cuisine s'estompaient... Quand elle rebouchait les pots, revenue à elle, c'est-à-dire aux autres, Irène songeait à réparer leurs nouveaux dégâts. Elle avait toujours pensé à eux en terme de travail; ils étaient des salisseurs, des défaiseux d'ouvrage. C'était pas croyabe comme ça pouvait cochonner une maison, un homme pis trois enfants! Une nettoyeuse, voilà ce qu'avait toujours été Irène Tremblay, une nettoyeuse morose et muette.

Cette femme-là avait torché en silence la petite Mary, mais pour le reste, pour le savoir-faire et l'adresse, pour l'allure, l'allant, la façon, la manière de bien laver les draps, pour l'étendage, le réglage des comptes, la lecture, les talons hauts du dimanche et les bas bien tirés, c'étaient des étrangères, toujours, qui lui avaient montré comment s'y prendre. Maryse devait beaucoup à Sainte-Monique, finalement, la maudite sœur de la Désolation qui, un matin froid de septembre, avait posé sa main sèche sur elle pour la dresser. Sainte-Monique, au moins, parlait. Alors qu'Irène avait toujours été fermée et comme absente, perdue dans la contemplation du dessus de sa commode. Pas là! Elle aussi avait vécu dans une sorte de nowhere parallèle à celui de son mari...

Maryse déposa l'album sur le sofa encombré. Elle se rappelait avoir regardé des photos chez sa belle-mère et une autre fois chez Blanche. Les albums étaient luxueux, bien organisés, sagement annotés et, surtout, pleins! Débordants! L'histoire de leurs familles n'avait pas été démantelée par un père fugitif ayant emporté avec lui les meilleurs de leurs souvenirs... Mais elle le savait bien: même avec les photos manquantes, leur album n'aurait pas fait le poids à côté de ceux des familles d'Outremont. C'était cela, la véritable pauvreté; ils étaient tellement pauvres qu'ils n'avaient même pas de souvenirs! Où était-il, ce prolétariat laborieux-mais-malchanceux, plein de bon sens, d'allure et d'ingéniosité, que les amis de Michel évoquaient avec tellement d'assurance? La misère n'était pas, n'avait jamais été, et ne serait jamais belle. Comme Irène Tremblay, la misère portait d'horribles dentiers mal ajustés qui nuisaient à sa prononciation. Il y avait peut-être, en quelque part, du bien-bon-monde-pas-riche-mais-propre, mais les O'Sullivan n'en n'étaient pas. Les Tremblay non plus. Irène et Tom étaient calés tellement profondément dans la pauvreté, la crasse et l'ignorance, qu'ils avaient vécu toute leur vie muets et impuissants, sans même oser entrevoir, pour leurs enfants, autre chose que le lot sordide qui leur avait été adjugé.

Maryse essaya d'imaginer son père assis auprès de sa femme et regardant, lui aussi, bouche bée, la télévision. S'il avait été encore vivant, si c'était lui qu'elle était venue voir aujourd'hui, il l'aurait sans doute déçue tout autant que sa mère. Il n'avait peut-être pas grand-chose, lui non plus, à raconter. Elle lui en voulut d'être parti alors qu'elle était encore petite et d'être mort caché: il portait encore à rêver, on pouvait le réinventer à loisir, il ne viendrait jamais, imbécile et insignifiant, détruire son image... Mais en fait, Maryse s'en resouvenait maintenant, Tommy O'Sullivan avait toujours eu quelque chose d'ahuri au fond de ses yeux bleus de fou, une étrange absence de lueur dont Mary était parfois furtivement inquiète. Vieilli et toujours balbutiant, son personnage n'aurait pas résisté à l'implacable adolescence de Maryse. Tommy O'Sullivan n'était peut-être rien d'autre qu'un pauvre fou, doublé d'un habile salaud... Irène lui survivait, présente, vérifiable, cruellement banale. Elle avait fait vivre la famille avec ses ménages pendant que l'autre leur passait des dessins animés sur un drap sale. Quand elle rentrait le soir, crevée, elle n'avait plus de temps pour les caresses: elle était comme une étrangère venue faire leurs repas et les décrotter. Aujourd'hui, survivante mais morte à son insu, plus rien ne l'intéressait.

Maryse regarda la femme qui croyait être sa mère: elle parlait toujours devant la télévision ouverte. Elle avait peut-être parlé à la télévision, tout ce temps. Maryse n'avait rien à dire à cette femme qui lui sembla plus étrangère que toutes les autres, celles qui ne seraient jamais de sa famille — sa maudite famille —, mais qu'elle aimait et qui l'aimaient.

— Je signerai tous les papiers que vous voulez, maman, dit-elle. Je renonce au terrain...

Elle partit en ne fermant pas la porte et alla chez *Fanchon*, auprès de Mado, réfléchir à cette visite inutile qu'elle venait de rendre à une très quelconque Irène Tremblay. «Si j'ai une fille, se promit-elle, je lui serai attentive, je lui montrerai tout...» Mais, quelque chose le lui disait, elle n'aurait jamais d'enfants, ni fille, ni garçon... Elle n'aurait pas plus de descendance qu'elle n'avait eu droit à des ascendants auxquels s'identifier: la famille n'était pas de son ressort. Elle ne tenait, ne voulait tenir, ni de sa mère francophone et bornée, ni de son père, irlandais, idiot et inconsistant... Elle était issue de toutes ces bâtardises, de ces deux sous-cultures appauvries. Elle était sans racines et ne devait pas s'attarder à la question des origines; c'était un luxe pour celles qui avaient des mères-à-souvenirs et des pères professionnels. Elle ouvrit son cahier et y nota:

«*Ma mère n'est pas née avant moi,*
ma mère n'est pas née.
Les filles qui n'ont pas eu de mère
sont condamnées à rester petites, toujours,
et à mourir dans l'enclos maudit de leur enfance:
they have to stay in the kindergarten for ever...»

Elle biffa ce début de poème et ajouta, en majuscules énormes, au travers de la page:
ON DEVRAIT POUVOIR CHOISIR SES AÏEULES.

☐

Il avait été convenu que Maryse accompagnerait François et Marité à l'enterrement. Ils ne voulaient pas aller au service mais François tenait à se rendre au cimetière. Maryse alla les chercher, puis ils passèrent prendre Coco Ménard qui s'assit sur la banquette arrière en se lamentant:

— Dire que j'avais vu sa mort d'ins cartes! Je sais ben que c'est un hasard écœurant, mais je le prends pas. Je toucherai jamais plus au Tarot.

Personne ne fit de commentaires; personne n'avait le goût de parler, sauf lui. Au sixième mois de sa grossesse, Marité avait *encore* mal au cœur; elle demanda à Ménard d'éteindre son mégot, ce qu'il fit de mauvaise grâce. Il était hâve, survolté, et tenait à la main des feuilles roses roulées comme un parchemin.

— Par-dessus le marché, dit-il, y a des parents qui nous regardent comme de la marde! Y se demandent si c'est vraiment sécuritaire de confier leur ti t'enfant à des suicidés. Hier, une moman m'a engueulé: «Ça s'est jamais vu, monsieur, un suicide dans une garderie! C'est inadmissible!» Moé, j'avais mal aux cheveux, pis pas de cigarettes. J'y ai dit: «C'est ça madame, c'est inconcevable comme les morts d'enfants: c'est scandaleux! On en a eu deux depuis que je travaille icitte mais on a caché les corps pour pas perdre not'permis. Ah, ah! Pis vous savez pas le pire: quand Élise Laurelle s'est suicidée, les toilettes étaient sales-écœurantes. À vot'e place, madame, je n'hésiterais pas un seul instant: je porterais plainte at large et, concurremment, je m'offrirais comme volontaire pour torcher les bols afin que les suicides à venir se fassent dans l'ordre et la dignité.»

Coco rit nerveusement et sa voix se cassa:

— Personne comprend, stie! Les autres moniteurs comprennent pas pourquoi Élise leur a fait ça, en pleine garderie, comme y disent! Elle était si avenante, si fine, ça lui ressemble pas!!! C'est ça le feeling général; y se demandent même pas pourquoi a s'est tuée. M'as toute sacrer là, moé, pis m'as partir sur un trip aux Indes-hostie. Le monde est une gagne d'écœurants!

— C'est bizarre, dit Maryse, il n'y a pas de mot pour désigner l'état des parents dont les enfants meurent; ils sont ni veufs, ni orphelins, ils sont rien: y a pas de terme pour eux.

— Peut-être parce qu'on refuse de nommer ça, dit François. En Espagne, on considère comme la pire des malédictions le fait, pour des parents, de devoir enterrer un enfant adulte. Manolo me l'a dit.

— Y ont raison, fit Coco. C'est pas normal que les jeunes partent en premier, ça devrait pas arriver des affaires de même, c'est pas naturel.

— Oh! la nature, dit Marité, je l'ai sur le cœur! Si je peux dire.

Ils étaient rendus au cimetière de Côte-des-Neiges. La famille Laurelle avait l'air de bourgeois endimanchés pour une promenade. Visiblement, ils étaient du bon monde, gênés et ahuris. Ils devaient se sentir coupables. Les autres moniteurs étaient tous arrivés et, surprise! il y avait même des parents de la garderie, dont plusieurs avaient amené leurs enfants.

— Me semble que je traînerais pas mon petit à un enterrement, dit Maryse. C'est pas obligatoire?

— Ben non, dit Coco. Mais c'est cool à mort. Ah, ah!

Les enfants couraient partout en piaillant comme des moineaux et n'avaient pas l'air spécialement perturbés. Maryse pensa qu'Élise avait renoncé à la vie sans être vraiment sortie de l'enfance. Sa courte biographie devait avoir la minceur de celle d'une enfant; elle était une petite morte sans histoire, et qu'on oublierait vite. On s'empresse d'évacuer les choses qu'on ne comprend pas. Pendant qu'ils descendaient de l'auto, Ménard continua de raconter ses déboires des derniers mois. Élise l'avait appelé deux fois pour qu'il la sorte du poste numéro dix: elle avait piqué des cosmétiques, et ce n'était pas la première fois.

— Mais on ne se tue pas parce qu'on vole des cosmétiques chez *Eaton,* dit François. Ça n'explique rien, c'est absurde!

Il avait presque crié.

— Je prétends pas expliquer, cria Coco. Je parle, c'est toute, faut que je parle.

— Excuse-moi, je suis nerveux.

— Moé tou, chus t'énervé. Excuse-moé bonhomme...

La cérémonie commençait et Coco serrait toujours son rouleau de feuilles roses. Il ajouta:

— Coudon, j'vous ai pas vus au salon mortuaire?

— On n'est pas allés.

— Comment ça, vous êtes pas allés?

— J'haïs les salons mortuaires, dit François. On haït les salons mortuaires, tous les trois!

— Ben vous êtes pas mal sauvages...

Et Coco se mit à raconter, avec forces détails, comment ils l'avaient *arrangée*. Maryse essaya de ne pas écouter. Elle ne voulait pas penser à toutes ces opérations mystérieuses auxquelles les embaumeurs se livrent, en cachette des familles, sur les corps des morts. Mais les corps morts ne sont déjà plus des corps. Ils sont devenus des cadavres, mot horrible. Elle regarda tous ces gens assemblés, dont plusieurs ne se connaissaient pas et ne se reverraient jamais. C'est comme un party, se dit-elle. Un party inversé. Et comme pour une fête, les gens avaient tous pris un air de circonstance. Mais c'était l'éventualité de sa propre mort que chacun envisageait et Maryse vit, en chacun d'eux, même dans les enfants aux joues rebondies, comme un germe de mort. La vie était fragile... À ses côtés, Ménard, ayant fini par se taire, s'était absorbé dans ses papiers. Marité parlait à voix basse avec François et ils se mirent à rire sans pouvoir s'arrêter; ils avaient un énorme fou-rire.

— Gosh, dit Coco, c'est pas le temps! Arrêtez donc de faire les fous; le monde nous regarde.

— T'es devenu straight sans bon sens, toi, Coco Ménard, dit Maryse. Je t'aimais mieux quand tu te promenais en combines roses en dessous de ton trench en plein hiver.

Le cercueil descendit dans la fosse et il sembla tout petit à Maryse, comme celui d'une enfant. Après le rituel catholique, ordonné par les parents, Coco chuchota: «C'est mon tour,

watchez ben!» et il se faufila en avant. Une fille s'était mise à
jouer un air très doux sur sa flûte traversière. Coco déroula ses
feuilles et lut le poème qu'Adrien y avait écrit la veille. C'était
un long et très beau texte, composé gratuitement, uniquement
pour la circonstance. Dans le cimetière plein d'enfants et de
soleil, les gens étaient restés saisis; personne ne se souvint du
texte, par la suite, mais tous avaient le goût de pleurer. Depuis la
mort d'Élise, Maryse avait l'impression que le temps était revenu
sur ses pas et elle eut soudain la conviction que c'était son père
qu'on enterrait maintenant. Né en mars, au temps des fausses
débâcles, Tommy O'Sullivan était mort quelques semaines
avant son anniversaire, par une nuit froide de février, ce mois
sanguinaire et dur. Le vieux Tom avait dû se laisser prendre
par le froid, doucement... Maryse se dit que sa propre mort
serait douce; elle serait démission, oubli. Un jour, elle oublierait,
elle s'oublierait, elle laisserait tout aller... Le poème parlait des
morts translucides et la flûte jouait toujours. Maryse sentit
qu'elle acceptait, enfin, la mort de son père, et qu'elle ne
lutterait plus. C'était pour comprendre cela qu'elle était venue
à l'enterrement, et pas seulement pour accompagner François,
qui n'était plus seul. Elle se dit que c'était cela, la mort, quelque
chose de familier, de doux, de possible, quelque chose d'arrivé,
où on arrivait. Sa mort à elle serait cet inévitable beau jardin,
lourd, fatal, envoûtant. Remontant encore une fois vers son
enfance ânonnante, elle se prit à dire: «Mon Dieu, faites que je
meure vieille, plissée, usée, érodée, mais ayant vécu.» Elle
sourit à ce vieux réflexe de prière... Ça bougeait dans le ventre
de Marité, déjà; elle lui prit le bras et se serra contre elle. Le
corps de Marité était tiède, accueillant, doux, et quelque chose
de sa vitalité passa dans Maryse. Qu'importe qu'elle n'ait pas
d'enfants, elle vivait. Elle était habitée par une irrésistible envie
de vivre.

   Alors que la flûte jouait toujours, Coco revint vers eux. Il
avait laissé tomber ses feuilles sur la terre fraîche; elles étaient
pour Élise, et il n'en n'avait plus besoin; il connaissait le texte
par cœur.

☐

Marité et François n'avaient pas voulu amener Gabriel à l'enterrement; ils l'avaient laissé à la maison avec une gardienne qui aimait la musique très forte et très disco.

— Je m'en vas jouer dans ma chambre, avait-il annoncé.

Ravie de l'aubaine, elle l'avait laissé aller: cet enfant-là était facile, il se gardait tout seul. Un ange! En fait, dans sa chambre, l'esprit mauvais l'attendait avec Gabrielle.

— Écœurez-moi pas avec vos cours particuliers, dit l'enfant. Je vais pas encore à l'école, moi, j'suis pas éligible.

— Non, mais t'es précoce.

— J'ai pas l'âge de raison.

— Raisonneur, à part ça!

— Coudon, toé, veux-tu une claque su'a suce? dit amicalement Fred.

— Claque su'a suce, répéta Gabriel en faisant claquer sa langue.

Et il rit.

— Bon. Ça suffit, faut parler d'Élise, dit l'archange.

L'enfant leur demanda à combien de parsecs était situé le ciel par rapport au Parc Lafontaine et si Élise y était arrivée à cette heure-ci.

— Ah, tu sais, le ciel! fit l'archange, d'un air désabusé. Élise est morte. Comprends-tu ce que ça veut dire?

— Ben oui. C'est comme le poisson rouge: Marité avait laissé le bocal sur le calorifère. Y a bouilli... C'est ça, mourir, bon. Achalez-moi pus.

Et il se mit à pleurer à gros sanglots en disant qu'il ne ferait plus jamais de désirs de gâteau de fête. Alors, très doucement, l'archange Gabrielle et Fred lui expliquèrent la mort. L'archange était devenue énorme, avec des seins doux et confortables et elle avait pris l'enfant dans ses bras. Elle parla longtemps. Elle parla du désir, de la mort, de choses graves. Puis elle sourit d'une certaine façon et la musique atroce de la gardienne disco fut remplacée par un orchestre d'archanges jouant la *Petite Musique de nuit* de Mozart, que Gabriel avait découverte depuis peu et qu'il adorait... Quand il eut bien compris qu'il ne reverrait jamais plus Élise, quand il fut calmé, pour le distraire, les esprits proposèrent de jouer aux dominos.

□

À la première partie, ils le laissèrent gagner. À la seconde partie, l'enfant dit:

— Ça suffit, Fred, fais pas exiprès pour perdre, chus pas si bébé que ça!

À la troisième partie, les deux esprits jouaient mal, ils ne se concentraient plus et se mirent à placoter d'affaires plates d'adultes:

— Comment tu fais pour que tes ailes soient toujours aussi luisantes? demanda Gabrielle à Fred.

Les ailes de l'esprit mauvais étaient violettes sombre et très bien polies. Comme laquées. C'était un secret de sa catégorie d'esprit.

— Tente-moi pas, répondit-il. Je ne peux pas en parler, tu le sais bien.

— Envoye! Envoye-donc, sois pas cheap, donne-moi ton truc.

— Jouez comme il faut! ordonna Gabriel, boudeur. Vous êtes aussi plates que ma gardienne.

Comme les esprits allaient répondre, François, revenu de l'enterrement, entra dans la chambre et s'enfargea dans le jeu de dominos. Il dit «chriss», fit un vague salut à l'esprit mauvais et un grand sourire à l'archange.

— Fais pas de bruit, dit-il à Gabriel. Marité se repose.

— Pourquoi tu cries chriss, d'abord?

François sourit patiemment:

— C'est uniquement pour te montrer qu'à l'occasion je peux être faillible, mon cher Gabriel.

— Qu'est-ce que ça veut dire faillible?

— Tu demanderas à Fred, il connaît bien le sujet.

François ne voyait pas toujours les esprits, ça dépendait des jours et de son humeur. Craignant que ceux-ci ne s'évaporent à cause de sa lourde présence, il entreprit de leur faire la conversation:

— Je voulais vous demander ça, dit-il à l'archange, vous connaîtriez pas un certain Doré, par hasard? Léo Doré, un artiste peintre?

— Mon cher monsieur, fit sèchement l'archange, nous ne sommes pas de la même unité d'accréditation. Léo Doré, dont j'ai vaguement entendu parler il y a quelques siècles, est un ange mineur.

— Ah bon... Est-ce que je peux savoir, au moins, ce que vous racontiez à Gabriel?

— Vous êtes trop âgé, François Ladouceur. Arrangez-vous tout seul avec la mort.

— De toute façon, pour toé, mon François, ça serait double tarif, dit Fred.

Et il ajouta, les mains dans les poches et l'air goguenard:

— Au fait, vous la payez trop cher, la gardienne; avec elle, c'est nous zautres qu'on fait toujours la job!

Gabriel, qui avait grimpé sur les épaules de François, fit semblant de ne pas avoir entendu: il avait horreur qu'on parle de lui comme d'une corvée.

— Foutez-moi le camp, dit François, dépité.

— Ingrat! crièrent les deux esprits.

Et, d'un commun accord, ils disparurent aussitôt dans l'oreille endormie d'un énorme Mickey Mouse affalé au pied du lit.

Juin 1975

La journée était lumineuse. Maryse avait laissé l'auto sur la route pour qu'elle ne s'embourbe pas dans la terre encore détrempée, et elle marchait au milieu des rebuts en chantonnant *London Bridge*. Elle pensa avec amusement aux inutiles colères de Marité qui était alors péquiste et agacée de voir qu'on insufflait à son fils trop de comptines anglaises et pas assez de folklore purement québécois.

— C'est comme ça que se fait l'acculturation, avait-elle dit la veille encore.

Maryse avait répondu:

— Tu as parfaitement raison, Marité. Je suis moi-même remarquablement bien acculturée!

Et, comme Gabriel insistait beaucoup, elle avait pris un air innocent et repris une dernière fois *London Bridge*. Après, elle avait chanté *Le Pont du Nord* pour montrer à Marie-Thérèse sa bonne volonté.

Elle posa le pied sur un madrier providentiel qui s'enfonça lentement dans la boue. Elle sourit: «Falling down, falling down, falling down...» Quand elle était petite, on ne lui avait jamais dit que le pont de Londres était une sorte de pont-levant — ou baissant, c'est selon — et, à l'évocation de ce pont tombant, elle ressentait toujours une vague inquiétude, mêlée de fascination. En répétant «falling down», elle voyait s'écrouler un pont de pierres dont les blocs, énormes et crayeux, tombaient en chute libre, en *slow motion*, comme les pierres du Temple, dans une vue de Tommy. Mary avait très peur des *slow motion* de Tom, de l'expression même et, surtout, de la ralenti dans laquelle semblait figé ce pont de Londres s'écroulant sans fin dans l'espace clos d'un participe présent...

Elle parcourut tout le madrier, fit deux pas sur un mélange d'herbe nouvelle et de chiendent, et se retrouva devant la cabane de son père. Les vitres avaient été brisées, le toit s'était à moitié enfoncé au cours de l'hiver et la porte céda facilement; elle n'était pas verrouillée. À l'intérieur, quelques vêtements usés — des guenilles — pendaient des tiroirs entrouverts. On avait pillé l'endroit et éventré un oreiller. Cela sentait la moisissure. Dans un coin, comme abandonné et laissé pour compte même par les pilleurs, elle aperçut le projecteur brun de son enfance, mangé par la rouille: la bobine de décharge était encore en place mais quelqu'un l'avait tordue. Aux murs, pendaient des vieux calendriers et des photos d'acteurs, découpées dans les p'tits journaux ou dans des magazines. Plusieurs avaient été déchirées et la plupart traînaient sur le plancher où elles se diluaient dans des flaques de neige fondue qui s'était engouffrée par le toit béant. Maryse s'accroupit et reconnut les visages presque effacés de Vivian Leigh, Lilian Gish, Ramon Novarro. Les autres ne lui disaient rien. Une des coupures représentait Tarzan et Jane, assis sur un tronc d'arbre, en compagnie de leur guenon. La vignette commentait: «Johnny Weissmuller et Maureen O'Sullivan dans une scène de leur prochain succès.» On ne disait rien de la guenon. Ainsi, l'actrice qui jouait le rôle de Jane portait le même nom que sa sœur! C'était à cause d'elle, sans doute, que ses parents lui avaient donné son joli prénom. L'actrice Maureen O'Sullivan avait une figure d'ange et la bouche en cœur. Mais pas Maureen... Maryse laissa le bout de journal où il était, sur le plancher. Dépassant d'une pile informe, elle aperçut le coin d'une photo, une vraie. Elle la sortit. Il y avait, en fait, deux photos, gonflées et pâlies par le temps mais encore déchiffrables. Sur la première, on voyait une jeune femme mince, plutôt jolie, à la chevelure abondante, et qui souriait de toutes ses vraies dents à la caméra. Au verso, une date, encore lisible, avait été notée: 1935. Irène Tremblay avait alors dix-huit ans... C'est Tommy, sans doute, qui avait saisi cette image si flatteuse d'un corps que Maryse n'avait jamais connu à sa mère. L'autre photo montrait une fillette d'environ cinq ans à la chevelure

vaporeuse, légère, moussante — des cheveux blond-roux.
La fillette avait la tête renversée en arrière et elle riait aux
anges. Il y avait un autre cliché de la même série dans l'album
d'Irène mais celui-ci était meilleur, plus spontané: sur la photo
d'Irène, la petite Mary ne riait pas. Pour Tom, le temps s'était
arrêté: Mary avait toujours eu cinq ans et Irène, dix-huit. Sa vie
avait été une série d'images qui ne l'engageaient à rien: lui-
même n'était jamais dans le cadre, il regardait.

Depuis bientôt un an, Maryse avait essayé de comprendre
le chagrin qu'elle avait éprouvé à l'annonce de sa mort. Ce
chagrin lui semblait suspect: qu'avait fait Tom pour inspirer
autant de regrets? Rien. Justement rien. Il ne lui avait jamais
rien fait, ou si peu, tellement peu que cela l'avait impressionnée. Il ne lui avait pas transmis d'autres connaissances que
celles d'une chanson enfantine et d'un film plutôt médiocre. Et
encore, pour la chanson, elle doutait que cela lui soit venu de
Tom. Ses souvenirs de lui étaient si minces qu'elle avait pu les
repérer facilement et dû s'y accrocher. Dans la grisaille et la
répétition des gestes quotidiens d'Irène, ses rares contacts avec
Tom se détachaient comme des moments privilégiés. Mais cela
pouvait représenter, en temps réel, quelques heures, trois ou
quatre après-midi, une semaine au plus, étalée sur toute une
enfance. Une semaine d'attentions de la part de daddy! En
fouillant ses souvenirs, elle s'était rappelé quelques autres
petites choses que Tom avait faites pour elle: il lui avait montré
comment souffler dans une bouteille de coke vide pour imiter
la sirène d'un bateau; il lui avait fait croire, à quatre ans, que si
elle mangeait trop d'animal crakers, les animals se battraient
dans son estomac et lui donneraient mal au ventre; il lui avait
aussi expliqué qu'elle ne devait pas s'installer à genoux sur les
banquettes latérales des tramways, surtout les jours où elle
portait des bas troués. Voilà. Il y avait ces détails-là, aussi. Elle
n'avait jamais réussi le truc de la sirène de bateau, il n'y avait
plus de tramways ni de bas troués dans sa vie, elle était grande
maintenant, et détestait les biscuits en forme d'animaux informes de la compagnie Mc Cormick. Ce n'était pas le monde
que son père lui avait appris, mais des histoires creuses, pas

même originales, des fadaises... Pour le reste, pour ce qui se passait à la maison et non pas dans les vues, Tom ne s'en occupait pas: il ne l'avait jamais nourrie, habillée, soutenue, encouragée. Il ne l'avait jamais embrassée. Lui non plus. D'un côté comme de l'autre, ils n'étaient pas caressants...

Maryse mit les deux photos à plat sur la commode, côte à côte. Si la rousseur de ses cheveux lui venait de son père, c'est d'Irène qu'elle en tenait le volume prodigieux. Sa mère n'avait pas toujours été difforme; c'est une femme jeune et belle encore qui s'était laissée séduire par le délire hésitant et quasi-enfantin de Tom. Par la suite, elle avait dû le maudire en silence, pendant qu'elle nourrissait la progéniture qui lui était née. Bouche close sur le regret de l'avoir épousé, elle avait peiné et travaillé, hargneuse et amère. Cela n'avait pas été photographié par Tom. Il ne remarquait pas cela. Les hommes ne photographient pas leurs femmes pendant qu'elles travaillent mais le dimanche matin, alors qu'elles se déguisent et essaient de rappeler la jeune fille qu'elles ont été. Pour les O'Sullivan, il n'y avait pas de dimanche matin: ils n'allaient pas à la messe, ils n'étaient pas habillés pour. Après son mariage, Tom avait cessé de regarder Irène et il n'avait pris que des photos des enfants. C'est celles-là qu'il trimballait dans ses poches pour les exhiber à ses chums de la taverne *Nowhere*. De toute la panoplie, il n'en restait que deux. Le clan paternel était passé et avait pris le reste. Ils ne rendraient jamais leur butin, à supposer qu'ils ne l'aient pas détruit. Maryse arrivait aujourd'hui, femme faite, dans le nowhere dérisoire de son daddy; elle n'avait plus cinq ans, ni même dix-huit comme Irène la première fois, et l'endroit lui sembla sans intérêt et comateux comme les limbes de son enfance. Le clan O'Sullivan pouvait garder tous les restes...

Elle glissa les photos dans la poche de sa veste, sortit et regarda la seule chose qu'il leur laissait: un fond de cour marécageux et sale... irrécupérable comme lui-même. Il y avait dans l'air un bruit d'eau qui venait du bout du terrain. Tout près de la clôture, un peu en contrebas, coulait un mince torrent. Maryse marcha vers ce ruisseau inespéré pour y tremper ses

mains. Elle pensa aussitôt à Gabriel, qu'elle aurait aimé amener
en promenade. Elle pensa à ce que l'enfant aurait fait, s'il avait
été là: tout de suite, il aurait eu les pieds mouillés et sa mère
l'aurait appelé. Mais c'est elle — et non pas Marité, trop lourde
maintenant — qui aurait sorti Gabriel du ruisseau. Comme un
chaton qui s'ébroue, il aurait agité dans l'air ses petites jambes
et l'eau aurait giclé partout et dessiné dans le soleil un voile de
pluie lumineuse. Au loin, Marité aurait crié le nom de son
enfant, de sa belle voix chaude, mais elle aurait eu l'air
légèrement exaspéré. C'était cela, le réel: une mère tannée et
un peu inquiète appelant son enfant. Et, dorénavant, ce serait
cela pour elle, l'enfance; celle des autres. Elle était rendue sur
l'autre rive et devenue adulte. C'était irréversible. Si autrefois, il
y avait trop longtemps, elle avait été l'enfant d'Irène et Tom,
c'était fini, maintenant. Et elle ne se sentait plus aucun
sentiment d'appartenance envers qui que ce soit, pas même
envers Michel Paradis. Elle s'en était sortie, fluide comme l'eau
qui coulait sur sa main engourdie. Elle leva la tête et vit la
ramure étrange d'un arbre dont les bourgeons avaient éclaté.
Seul dans les alentours, l'arbre était plein de petites feuilles vert
tendre. Une de ses branches pendait très bas; Maryse toucha la
chair transparente des feuilles qu'elle sentait pleines de soleil.
Elle éprouva une impression fulgurante de bonheur et comme
un soulagement. Elle pensa: «Je ne suis plus avec Michel, *et
c'est bien.*» Au milieu de ce terrain plein de vieux papiers, de
pneus et de meubles brisés, elle était heureuse. Et libre.

Elle replongea sa main dans l'eau, comme autrefois elle la
plongeait dans les ruisseaux étroits de son enfance... Au dégel,
le voisin d'à côté creusait des rigoles sur leur trottoir et Mary
O'Sullivan, l'année de ses cinq ans, y joua pendant de longues
après-midi claires, sous l'unique surveillance des autres enfants
de la rue. C'étaient là les seuls ruisseaux qu'elle eut jamais
connus, petite, étant née sur la rue Hôtel-de-Ville. Tracés à la
fonte des neiges, les ruisseaux de Mary O'Sullivan coulaient
quelques jours, puis ils disparaissaient en emportant dans les
caniveaux leur charge de sable et d'ordures. Après, l'été sec et
poussiéreux s'installait sur le ciment lavé...

Maryse pensa que le ruisseau, formé par la crue, s'assé-
cherait au cours de l'été et que l'arbre deviendrait banal quand
ceux des alentours auraient déployé leurs feuilles. Elle se
releva et assécha sa main mouillée. Elle n'était plus la petite
Mary O'Sullivan et n'en gardait aucune amertume.

Elle revint vers l'auto et rentra faire ses bagages: le
lendemain, elle partait passer un mois à la mer avec Marie-
Lyre.

Chronique floue

Régulièrement, tout l'hiver, Maryse avait écrit dès que son enseignement et les réunions syndicales lui laissaient un moment. Elle avait rempli trois cahiers bien tassés. Elle ne se posait plus de questions sur la mystérieuse âme masculine, ayant réalisé que la littérature existante en faisait un étalage plus que satisfaisant: peu lui importait, maintenant, de ne pas traduire fidèlement le point de vue des hommes, ils s'étaient si bien racontés eux-mêmes! Par ailleurs, elle ne se demandait plus si, en regard d'une problématique sénémantico-loco-déontocrate déjà posée, elle cernait bien les problèmes. Avec Michel, du temps de Michel, elle avait toujours été à côté de la question. Mais ce temps était révolu: elle n'était plus hors-d'ordre, hors-propos, hors-texte: la question, et toutes les questions, étaient exactement celles qui l'intéressaient, et comme elle entendait les formuler.

Elle avait d'abord mené de front plusieurs projets, des adaptations, surtout. Elle avait même commencé un montage du petit roman d'Alexandra Kolontai. Mais plus elle travaillait les textes des autres, plus elle prenait conscience d'avoir, elle aussi, d'elle-même, quelque chose à dire. Au printemps, elle s'était mise à écrire toute seule, sans le support d'un texte matrice mais en tenant compte des commentaires de Marie-Lyre. L'idée, lancée un soir à *la Luna*, de faire quelque chose ensemble, un spectacle, était sérieuse: MLF ne voulait plus interpréter que des textes qui correspondent vraiment à ses convictions. Elle avait vingt-neuf ans et passé l'âge des conces-sions. Maryse lui avait fait lire ses premiers brouillons et, tout de suite, celle-ci avait été emballée. Les deux filles s'étaient vues plusieurs fois au cours de l'hiver et, pour mettre à point le spectacle qu'elles préparaient, elles s'étaient alloué un mois de réclusion à la mer.

La plage était déserte et la véranda du chalet y donnait directement. Maryse avait installé sa dactylo face à la mer et, dans le fracas des vagues, elle travaillait toute la journée. MLF lisait à mesure et elle commentait longuement, avec intransigeance.

— Je suis ta muse, dit-elle, un soir, grimpée sur le divan du salon, ses cheveux luisants dans l'éclat du feu du foyer.

Maryse se mit à rire:

— Non, surtout pas!

Elle revit la triste Elvire, immobile et pathétique sur le divan, enfermée dans son rôle de muse comme le poisson rouge dans son bocal. MLF n'était pas une muse mais son égale, sa répondante.

— Tu es ma *paire,* dit Maryse.

Et elle sortit marcher sur la grève, dans la marée montante. Elle courut. (Elle courait toujours quand elle était exaltée.) La mer dépassait en fureur tout ce qu'elle avait pu imaginer: c'était l'élément grisant, fou, démesuré qu'elle avait toujours souhaité. Elle aurait passé sa vie sur la grève, à courir dans le déferlement des vagues... Sa robe était mouillée jusqu'à la ceinture mais elle continua de courir, longtemps. Elle voyait, dans l'écume pâle des flots, des chevaux ardents qui n'évoquaient plus rien de la mort et de la peur. Chacun de ces chevaux était monté par un de ses ancêtres, une de ses aïeules, qui souriaient. Le plus grand des chevaux avait comme cavalière Irène Tremblay, au temps de ses dix-huit ans; son visage était enflammé, elle chantait une chanson démesurée et sans fin et, au fond de ses yeux agrandis, on voyait les signes d'une obscure intelligence. Irène était devenue telle qu'elle aurait dû être, si la vie lui en avait laissé la chance... Maryse revint vers le chalet, fouettée par l'air salin, épuisée et contente: elle venait de trouver la fin de sa pièce.

La principale question qu'elle se posait maintenant était celle-ci: pourquoi sa mère était-elle encore vivante et muette, et son père mort et bavard? Quel malaise dormait sous le silence

de l'une et le babil de l'autre? Aucun n'avait jamais vraiment
été à l'aise dans ses propres mots: ni l'anglais écorché de Tom,
ni le français défavorisé de sa mère ne les avaient servis.
Défavorisé! Cet euphémisme avait toujours agacé Maryse:
c'était de quartiers pauvres qu'il s'agissait, de pauvres! Mais ce
mot était peu scientifique et, semblait-il, teinté de mépris. En
fait, il faisait peur. Sa mère était pauvre, comme l'était Rose
Tremblée. Et c'est cela qu'elle mettrait dans son spectacle
intitulé provisoirement: *Fragments des vies posthumes de
Rosirène Tremblée, muette et morte-née*... À mesure qu'elle
travaillait le texte, d'innombrables personnages de femmes se
levaient sous sa plume, sortant de l'oubli et du silence. Elle dut
élaguer et en laisser plusieurs en attente: elle les ferait parler
ailleurs, sur d'autres scènes. Elle conserva cependant, autour
de Rosirène Tremblée, la coiffeuse Juliette, la sœur Marie-
Angélique, une waitrice nommée Valence, Laure Gaudreault,
Mégiflée, Marie-Ange la violente, la dame aux Camélias, Rosa
Luxembourg, Fleur de Rhétorique et l'aïeule Laura Lorca.

□

   À la fin du mois, le canevas du spectacle était arrêté et
tout le brut des monologues, écrit. Il lui resterait à poncer le
texte. Maryse quitta la mer à regret, mais elle était certaine,
maintenant, de pouvoir y revenir à chaque été: une immense
vague avait noyé les ruisseaux de la ruelle Hôtel-de-Ville et
emporté la piscine fadasse de ses étés avec Michel.

Épilogue

Août 1975

Maryse vérifia sa tenue avant de sortir: elle portait une robe unie bleu-mauve taillée dans un coton rendu doux par de nombreux lavages. Ses cheveux tombaient sur ses épaules. Elle se jugea présentable. Jolie, même. Pour son âge! Elle aurait vingt-huit ans le lendemain. Dans le bas de la psyché, Mélibée Marcotte jouait avec son double, passant sa patte sous le cadre et essayant de s'attraper de l'autre côté du miroir; mais elle n'y était jamais et le jeu pouvait durer des heures. En avançant vers la chatte, Maryse se regarda marcher vers son image. Sa robe faisait des plis souples qui lui plaisaient et ses sandales bleues s'enfonçaient doucement dans le tapis, également bleu, qu'elle venait de faire installer. Dans son immense salon, il n'y avait qu'un système de son, des coussins, et la psyché. Elle se pencha vers Mélibée, la prit par surprise et alla l'enfermer dans son panier de voyage. On était vendredi et elles allaient passer la fin de semaine au chalet de Marité et François.

Au coin de Rachel et de Lorimier, Marie-Lyre attendait, au bas de son escalier, avec tous ses bagages et Miguel. Ils s'installèrent dans l'auto surchauffée, sous l'œil inquiet de la chatte qui n'aimait pas les déplacements. Mais ses peines n'étaient pas finies car ils devaient prendre la nourriture en passant.

— On va au marché Jean-Talon ou sur Saint-Laurent?

— Sur Saint-Laurent.

Maryse stationna tout près des magasins de poules vivantes, laissant Mélibée livrée à leur odeur et leurs caquètements troublants: la chatte en frémissait d'envie, elle aurait de quoi s'occuper pendant leur absence. Munis de sacs à provisions, ils s'extirpèrent de l'auto et entreprirent de faire systématiquement la Main.

— Comme des immigrés! dit MLF. Tu trouves pas que j'ai l'air d'une immigrée, Miguel?

Il sourit.

Ils entrèrent chez *Waldman,* à la pâtisserie *Lozu,* à *Old Vienna* et, finalement, Miguel et MLF se chargèrent de *Warshaw* pendant que Maryse allait, seule, à la boutique de fruits où, dans son enfance, les trois Juifs faisaient quotidiennement leur numéro. Ça sentait le cresson frais et la pêche. À l'arrière du magasin, une chatte qui ressemblait à Mélibée somnolait sur un cageot de noix, comme à l'accoutumée. Du plus loin qu'elle se souvenait, il y avait toujours eu une chatte endormie au fond de ce magasin. Mary cherchait toujours à la caresser, mais en cachette parce que c'était sale, disait Irène. Maryse choisit une grappe de raisins verts et des framboises, elle prit des bleuets, des groseilles, un panier de pêches, des prunes, des citrons, un énorme pied de laitue et un fruit rose, aux formes étranges, qu'elle n'avait jamais goûté. C'était trop, mais pourquoi résister? Quand elle était petite, traînant son âne-père ou traînant elle-même sur les talons d'Irène, elle n'avait pas le droit de toucher les fruits et ils n'achetaient que des pommes-des bananes-des oranges, des oranges-des pommes-des bananes, et encore, pas toutes les fois! Les autres fruits, qui attiraient Mary, n'étaient pas pour eux: ils faisaient partie des choses sans nom, pas catholiques, trop chères, étranges et certainement pas mangeables, que seuls les estomacs des immigrés pouvaient tolérer. Les O'Sullivan avaient beau être pauvres, ils n'étaient pas des immigrés, eux autres! Maintenant, Maryse avait droit à tous ces fruits autrefois interdits.

Elle sortit du magasin les bras chargés et, lentement, remonta la rue jusque chez *Warshaw* où MLF et Miguel étaient encore en palabres. Appuyée à la devanture, elle les attendit en mangeant placidement une prune. Quand ils sortirent, elle était perdue dans l'examen du bas de sa robe où s'étalaient trois petites taches. Elle leur demanda si le jus de prune partait facilement.

— Sûrement pas! dit MLF en plongeant sa main dans le sac.

Et elle ajouta:

— C'est au boutte, ce mauve-là sur le bleu de ta robe!

Les taches descendaient en cascade légère et le mélange de couleurs était en effet intéressant. «Votre petite robe est jolie, pensa Maryse, mais un peu trop sobre, elle manque de bijou.» Elle se mit à rire doucement:

— C'est Michel qui m'aurait engueulée!

— C'est pas vrai, il était fou, ou quoi? dit Miguel.

Il avait été mis au courant, par Marie-Lyre, de l'existence antérieure de Michel Paradis, mais celle-ci lui avait épargné certains détails aberrants.

— Oui! Dans son genre, il était, et doit toujours être fou, dit-elle: il aurait sûrement engueulé Maryse. Il ne tolérait pas qu'elle parle fort et, à chaque fois qu'elle s'enfargeait dans une porte, il le prenait contre lui. Il prétendait qu'elle voulait lui faire honte, qu'elle le cherchait!

— Rigoureusement exact, fit Maryse.

— La plupart des hommes ont des idées bien arrêtées sur la propreté des femmes et très peu de sens de l'humour, dit MLF.

— Et moi, je l'ai, le sens de l'humour? demanda Miguel.

— Y'a ben des chances...

Maryse avait les mains collantes et elle se lécha les doigts pour régler son problème. Comme MLF avait faim, ils allèrent à *la Vieille Europe* manger des saucisses, debout dans la vitrine, leurs sacs entre les jambes. Ils avaient presque terminé lorsqu'ils virent Manolo entrer avec Soledad et les deux enfants. La petite s'appelait Marisol et le garçon, Manuel.

— Comme mon père, dit-il.

Mais c'est tout ce qu'il dit.

Manolo présenta fièrement sa femme. Maryse lui trouva l'air plus jeune que le jour où elle l'avait suivie dans la rue, mais habituée de voir Manolo dans l'éclairage flatteur de *la Luna*, elle découvrit qu'il avait vieilli. Il avait des poches sous les yeux.

— Tu travailles pas, aujourd'hui? Comment ça se fait?

— C'est ma semaine de vacances.

Elle se mordit les lèvres: Manolo passait sur l'asphalte sa courte période de vacances. L'an prochain, ils iraient peut-être en camping, dit-il. Mais pas cette année, c'était impossible, ils étaient trop serrés dans leur budget.

Marie-Lyre lui demanda s'il allait enfin ouvrir son restaurant. Ils seraient ses premiers clients.

Manolo sourit. Il avait fait des démarches pour s'associer avec un ami, espagnol lui aussi, mais les banques étaient réticentes à leur avancer des fonds: étaient-ils *vraiment* solvables? Il racontait cela sur un ton léger mais on sentait qu'il devenait amer et qu'il était sur le point d'abandonner. Maryse voulut parler à Soledad mais celle-ci ne la comprit pas. Elle essaya l'anglais; Soledad comprenait encore moins.

— À l'automne, ma femme prendra des cours de français pour les immigrants, dit Manolo. Maintenant que la petite va aller à l'école, ce sera plus facile.

Le reste de la conversation se déroula en espagnol. Mais même dans sa langue, Soledad parla peu: elle semblait intimidée et, pour compenser son silence, elle souriait beaucoup, en se demandant qui pouvaient bien être ces deux jolies Québécoises que son mari avait l'air de si bien connaître et dont il ne lui avait jamais parlé.

Maryse était stupéfaite: Soledad vivait à Montréal depuis une dizaine d'années et elle ne parlait aucune des deux langues du pays! Elle avait passé dix ans de solitude dans une cuisine trop petite, sans doute, et mal aménagée...

Ils se séparèrent. La famille Rosabal regagna son logis exigu pendant qu'eux entassaient leurs sacs débordants autour de Mélibée et prenaient la direction des Cantons de l'Est. Maryse pensa que la rue Saint-Laurent était devenue, pour elle qui ne vivait plus collée dessus, un lieu pittoresque.

□

Au chalet, le bazou vert très pâle dont Marité venait de faire l'acquisition — et que François avait aussitôt baptisé *le carrosse vert de gris* — était stationné n'importe comment dans la cour arrière et Gabriel l'avait choisi comme terrain de jeu; il s'y était enfermé avec *ses* trois chats: Trudelle, Cossette et Popsicle, lequel portait à la taille une paire de lunettes d'aviateur. Popsicle était un bon gros chat patient et optimiste: il savait bien que le petit finissait toujours par se tanner. À l'arrivée de l'auto de Maryse, François sortit sur la galerie.

— Va donc jouer dans ton carré de sable, lança-t-il à Gabriel. Au lieu de niaiser dans le char!

— Ça me tente pas, bon.

— Oké d'abord, dit François. J'ai donc pas d'autorité, moi.

Il s'empressa d'aider sa visite à décharger l'auto. Miguel lui donna l'accolade. C'était la deuxième fois seulement qu'il le rencontrait et les manières chaleureuses du Chilien le prenaient un peu au dépourvu. Toutes ces questions d'embrassades, de salutations, de présentation, fascinaient François mais l'embarrassaient: cela ne lui venait pas spontanément. Il se promit de prendre l'initiative, la prochaine fois, avec Miguel. Maryse avait posé le panier de sa chatte sur l'herbe. Elle l'ouvrit et, avant même d'en sortir, Mélibée fit des pushs retentissants à son ancienne progéniture, délivrée de l'auto par la curiosité de Gabriel.

— Ô nature! dit Marité, accourue sur la galerie. Qu'on ne me parle jamais de l'instinct maternel des bêtes!

Elle était elle-même prodigieusement enceinte. Et rayonnante.

En prenant l'apéro, ils préparèrent un énorme repas auquel Marité n'eut pas le droit de mettre la main.

— Repose-toi, dirent-ils en chœur.

— Je suis pas impotente, mais enceinte!

Ils tinrent bon et, ne pouvant pas rester inactive, Marité dut jeter son dévolu sur des vêtements de Gabriel qui attendaient d'être réparés depuis longtemps. Du ravaudage. Mais elle détestait repriser et poser des pièces. Or, Gabriel perçait *tous* ses jeans. Elle l'appela pour qu'il vienne les essayer, ce qu'il fit de mauvaise grâce, étant très *zoccupé* à faire la chasse aux grenouilles. Des six pantalons troués, un seul était encore assez long. Soulagée, Marité mit prestement les cinq autres à part, pour les acheminer vers un comptoir de vêtements. Le posage de patches était la troisième chose qu'elle détestait le plus dans les travaux domestiques, cela venait immédiatement après l'achat de la nourriture et le récurage des chaudrons; pour chacune de ces corvées, elle avait un truc.

□

Le souper se déroula très bien dans les moments où il ne fut pas interrompu. Comme ils achevaient l'entrée, Blanche téléphona. Elle s'était complètement remise de sa maladie depuis un mois; cela avait été une fausse alerte. Elle tenait absolument à entendre la voix de sa fille dont le terme approchait dangereusement, dit-elle à François qui s'était sacrifié pour aller répondre. Elle voulait s'assurer que tout allait bien: c'était la pleine lune ce soir et cela pouvait précipiter la venue du bébé, cette idée étrange qu'ils avaient eue de s'isoler à la campagne, à un pareil moment! La bouche pleine, Marité rassura sa moman: elle ne devait accoucher que le vingt-sept et ils rentreraient sagement lundi ou mardi. Marité était tellement heureuse de la guérison de Blanche qu'elle répondit longue-ment, joyeusement même, à toutes ses questions. Puis, elle revint vers la table.

— Et ton roman, François, demandait Miguel, ça avance?

— C'est fini. Et je pense que c'est pas trop pire... J'ai même eu des idées pour la page couverture mais je ne devrais pas m'en mêler, j'aurai probablement aucun contrôle là-dessus.

Le téléphone resonna et François se releva. C'était l'autre future grand-mère. Elle posa à son fils les mêmes questions et souleva les mêmes objections que Blanche, avec un peu plus de réserve cependant: Marité était sa bru, pas sa fille. En se rassoyant, François rapporta in extenso sa conversation. Ils rirent: elles étaient toutes pareilles! Il dit:

— Je voulais pas qu'on loue un chalet avec un téléphone, aussi. On peut même pas décrocher; not'e ligne est jumelée avec celle de Larry Pitou, du troisième rang.

François se donnait des airs bourrus mais personne n'était dupe; lui aussi, de toute évidence, ne pensait qu'au bébé.

Comme ils se remettaient à peine des deux téléphones, ils furent alertés par un bruit sec suivi d'un chriss bien sonore et tout aussi sec. Le vacarme provenait de la porte arrière dans laquelle l'archange Gabrielle venait de s'écraser lamentablement après un long vol pourtant sans histoire.

— Tu connais pas ça, les moustiquaires? lui demanda Fred.

Il trônait sur le comptoir de la cuisine, les pieds dans l'évier, au frais. L'archange ramassa ses lunettes, les mit et lui jeta un regard furibond. Elle ouvrit la porte moustiquaire et entra.

— Y'a pas de porte chez vous? lança Gabriel.

— Mon Dieu qu'il est mal élevé cet enfant-là! dit l'archange en se rajustant.

Tous les adultes rirent. Gabrielle referma enfin la porte mais Popsicle et Cossette avaient eu le temps de sortir. Il faudrait les appeler minous-minous pendant des heures pour qu'ils reviennent. L'archange fit trois pas dans la direction de Marité, elle prit la position classique, et lui annonça:

— Réjouis-toi, comblée de grâce, le Seigneur est avec toi... Voici que tu concevras dans ton sein et enfanteras une fille, et tu l'appelleras du nom de Jésus.

— On le sait, que j'attends une petite sœur! dit Gabriel. Je l'ai raconté à tout le monde, que ma mère est enceinte. C'est moi qui te l'as dit. Nounoune!

— Que me vaut l'honneur? demanda Marité. Vous n'êtes pas venue pour Gabriel.

— Je ne sais pas au juste. Écoutez, je ne suis pas la déesse-mère mais son émissaire. On ne me dit pas tout! (Elle avait l'air mortifiée.) Je sais seulement que votre fille aura un destin particulier.

— Vous ne venez pas un peu tard? dit François. Il me semble que pour la Sainte Vierge, vous vous étiez pointée au premier mois.

L'archange haussa les épaules et ses ailes montèrent de

quelques centimètres:

— Bien sûr, cher monsieur, mais vous n'êtes pas sans savoir que la population mondiale a augmenté, depuis le temps. En plus, il y a eu un rush de suicides cet hiver. Je n'ai vraiment pas pu venir avant. J'ai une grosse clientèle, moi! (En disant cela, elle toisa l'esprit mauvais du regard.) Je sais pas ce qui se passe au Québec, mais il y a comme un bébé-boum dans l'air et, sur le lot, j'ai plusieurs futures célébrités à annoncer.

— Vous la ferez pas baptiser, celle-là, han? demanda Fred.

— Qu'est-ce que tu veux insinuer? dit Marité.

— Je me comprends...

Gabriel gloussa. L'archange était restée debout, en carafe au milieu de la pièce, semblant attendre quelque chose. Mais quoi?

— Vous lui donnez pas de pourboire, à ma copine? dit Fred. En plus d'être ingrats, vous êtes radins!

Les adultes s'entre-regardèrent, gênés et perplexes: quels étaient les tarifs? Et fallait-il vraiment donner quelque chose? Personne n'avait d'argent sur soi. À tout hasard, Maryse prit deux dollars dans son sac qui n'était pas loin et les glissa dans la main de l'archange. Celle-ci lui fit aussitôt un joli sourire:

— Merci, mon enfant! dit-elle. Vous avez de beaux cheveux.

Et elle repartit — à pied — après avoir salué à la ronde.

— Sale métier! murmura-t-elle entre ses dents.

— Bon, dit MLF. On va peut-être pouvoir parvenir à souper en paix, astheure.

Et, d'autorité, elle servit à chacun une énorme portion de tarte au citron meringuée.

□

Ils étaient parvenus à endormir Gabriel et même à tous s'endormir quand Marité reconnut les signes avant-coureurs de sa délivrance. Elle réveilla François qui, dans son énervement, réveilla toute la maisonnée...

— Prenez mon auto, au moins, dit Maryse. Que vous vous rendiez! C'est plus sûr que vot'e bazou.

Ils partirent...

Marie-Lyre n'avait plus sommeil; elle resta dans la grande salle à lire le dernier texte que Maryse lui avait apporté. C'était une légende intitulée *Les Sœurs de Cendrillon* et qui racontait comment celle-ci, après avoir charmé le Sultan Valiquette par sa spécialité (la danse lascive des petits anneaux de Moebius), ouvrait toutes grandes les portes du palais à ses sœurs. Cendrillon avait deux cent vingt-deux sœurs plus grandes qu'elle et très fortes en gueule. Le Sultan se sentait un peu dépassé par les événements. Les écrits de Maryse avaient de plus en plus de force, de magie et de drôlerie. Au loin, Marie-Lyre l'entendit chanter pour Gabriel qu'elle avait amené dans sa chambre...

L'enfant réclamait sa mère, mais de plus en plus mollement. Il avait dit:

— Chante-moi *London Bridge.*

— Tu me demandes toujours les mêmes chansons.

Elle pensa chanter *Bobby Pin,* qui était à la mode, mais c'était trop rythmé. Elle opta pour la berceuse quétaine *Ferme tes jolis yeux.* Dans le calme de la campagne, elle entendit sa voix, qu'elle trouva trop grêle. Elle repensa à celle de Michel, envoûtante et chaude. Elle se souvint du tout premier soir, à *la Luna,* et se demanda si c'était lui qu'elle avait aimé, tout ce temps, ou sa voix, ou l'air de *jota* qu'on entendait au moment précis où il parlait. C'était sa voix! La voix humaine avait toujours été, pour elle, la chose la plus poignante. Un jour, seule à l'appartement, elle avait entendu la voix de la Callas sortir de la radio et se répandre partout comme une présence; elle avait fondu. La voix de Michel lui faisait le même effet. Cette voix, qui s'exhalait, qui sortait de lui, c'était son souffle, sa vie même, son âme, enfin extériorisée. Elle pensa que Michel n'avait jamais été qu'une voix, que pure extériorité. Elle ne saurait jamais ce qu'il avait au fond de lui. Aussi étrange que cela pouvait paraître, elle avait passé cinq ans de sa vie avec Michel Paradis à cause de cette voix émouvante qu'il avait... Elle achevait la berceuse.

— Encore, dit Gabriel en se glissant vers le pied du lit pour caresser son chat qui y dormait, roulé en boule.

Maryse chanta la *Nana de la mora*, la berceuse que François lui avait apprise, pour que la mort ne vienne pas et leur accorde, une nuit encore, un petit répit. Les yeux de Gabriel se fermaient mais il résistait au sommeil.

— Encore une! *London Bridge*...

Maryse dit oui, mais c'est la dernière, dernière fois. Et elle chanta:

> «*London Bridge is falling down,*
> *falling down, falling down,*
> *London Bridge is falling down,*
> *My fair Lady.*»

Elle le chanta en pensant qu'ils vivaient peut-être, en effet, dans un monde figé en perte d'équilibre. Mais sans le savoir. Sans pouvoir le voir. Gabriel s'était endormi. Alors, ayant fermé la lumière, Maryse demeura longtemps immobile et comme en attente, les yeux grands ouverts sur la nuit.

□

Vers quatre heures du matin, à l'hôpital général d'une petite ville de province, alors que l'obstétricien du jour n'était pas encore levé, aidée d'une infirmière et de François Ladouceur, Marie-Thérèse accoucha d'une fille ronde et rose.

Ils ne l'appelèrent pas Jésus.

octobre 80 — décembre 82

Annexes

BIBLIOGRAPHIE

I

OUVRAGES DE FRANCINE NOËL

Maryse, roman, VLB Éditeur, 1983, 432 pages.
Chandeleur, théâtre, VLB Éditeur, 1985, 190 pages.

II

ÉTUDES

Critiques et entrevues

ALAVO, Yves, «Francine Noël, romancière de l'année»: entrevue avec Francine Noël, revue *Marie-Pier*, mars 1985.
BARRETT, Caroline, «Maryse», *Québec français*, N° 53, mars
1984.
BEAULIEU, Michel, *Le livre d'ici*, janvier 1984.
BOIVIN, Jean-Roch, «Écrivains nouvelle vague ou nouvelle
vague d'écrivains», *Montréal ce mois-ci*, février 1984.
CLOUTIER, Guy, «Francine Noël: Jésus s'appelait Myriam et
sa gardienne écrivait des poèmes»: entrevue avec Francine Noël, revue *Nuit blanche*, N° 18, avril-mai 1985.

CORRIVAULT, Martine R., «Beau roman pour bohème nostalgique», *Le Soleil*, 15 décembre 1983.

CROTEAU, Solveig, «*Maryse*, le premier roman de Francine Noël», *Journal du Salon du livre de Québec*, vol. 3, N° 5, 5 mai 1984.

DE GRAMONT, Monique, «Maryse, Sarah et les autres»: entrevue avec Francine Noël, *Châtelaine*, 25 décembre 1985.

DUBOIS, Richard, «Chut! Voici Maryse...», *Relations*, vol. 44, N° 500, mai 1984.

DUFRESNE, Martin, «Le passé immédiat éclaire-t-il le futur?», *Hebdo Saint-Louis*, 18 avril 1984.

FOGLIA, Pierre, «Quelques titres contre la grippe», *La Presse*, 29 décembre 1983.

GAUVIN, Lise, «*Maryse*, le livre de ceux qui avaient 20 ans en 68», *Le Devoir*, 21 janvier 1984.

HOMMEL, David, «Maryse», *Books in Canada*, January-February 1985.

KARCH, Pierre-Paul, «Le charme discret des Québécois cultivés», *L'Express*, semaine du 21 au 27 août 1984.

KEARNS, Gloria, «Houblon et révolution», *Le Continuum*, 23 janvier 1984.

LANGLAIS, Pauline, «Le tour de force de Francine Noël», *Journal d'Outremont*, février 1984.

LEFEBVRE, Pierre, «Maryse», Revue *Moebius*, N° 20, hiver 1984.

MAILLE, Michèle, «Des livres agréables pour Pâques», *Le Nouvelliste*, 17 avril 1984.

MARCHESSAULT, Jovette, «La débarque des 'paètes'», *La Vie en Rose*, N° 16, mars 1984.

MARCOTTE, Gilles, «*Maryse*: tendrement satirique, le roman des années 'flyéees' et un des livres les plus marquants de la saison littéraire», *L'Actualité*, vol. 9, N° 4, avril 1984.

MARTEL, Réginald, «Un livre magnifique: C'était hier, déjà», *La Presse*, 14 janvier 1984.

MARTEL, Réginald, «Je me sens romancière américaine»: entrevue avec Francine Noël, *La Presse*, 4 février 1984.

MARTEL, Réginald, «Littérature», *La Presse*, 23 juin 1984.

NORMAND, Anne, «La triple nature de Francine Noël»: entrevue avec Francine Noël, *La Presse*, 26 août 1985.

PELLETIER, Jacques, «Maryse ou le portrait d'une génération», revue *Pour le socialisme*, N° 5, 2e trimestre 1984.

ROY, Monique, «Et Maryse vint»: entrevue avec Francine Noël, *Le Devoir*, 4 février 1984.

ROY, Pierrette, «Un simple roman d'amour»: entrevue avec Francine Noël, *La Tribune*, 20 octobre 1984.

STANTON, Julie, «Avoir vingt ans en 1968», *La Gazette des femmes*, 5 octobre 1984.

THÉORET, France, «Grandeurs et misères du roman», *Spirale*, N° 41, mars 1984.

TRÉPANIER, Marie-Claude, «Maryse», revue *Nuit blanche*, N° 12, février-mars 1984.

TRÉPANIER, Marie-Claude, «Une vieille passion»: entrevue avec Francine Noël, *La Vie en Rose*, décembre-janvier 1986.

TRUDEL, Serge, «*Maryse*, le livre du mois» (ainsi qu'une entrevue avec Francine Noël), revue *Nos livres*, Nos 5619-5669, mars 1984.

VANASSE, André, «Papa Tom, Elisa Doolittle et les autres...», revue *Lettres québécoises*, N° 33, printemps 1984.

Textes de fond sur *Maryse*

GAUVIN, Lise, *Lettres d'une autre*, Montréal, Éditions l'Hexagone et Paris, Le Castor astral, 1984.

MICHON, Jacques, «Romans», *University of Toronto Quaterly*, vol. 53, N° 4 (summer 1984).

PIGUIET, Fabienne, *Les niveaux de la langue dans le roman québécois en 1960 et en 1980*, mémoire de licence, Faculté des lettres de Lausanne, Suisse, juillet 1985.

Choix de critiques sur *Maryse*

«J'ai été souvent curieux de savoir comment vivent ces étudiantes, ces étudiants qui s'entassent à plusieurs, tous sexes mêlés, dans des appartements exigus, comment ils réussissent à étudier, quels rapports ils ont entre eux, et ce qu'ils peuvent bien se raconter dans les bars, les clubs où ils semblent passer la plupart de leurs soirées.

Je le sais maintenant. J'ai lu le roman de Francine Noël, *Maryse*, qui nous dit tout ce qu'il y a à savoir sur le sujet — du moins à une certaine époque, de 1968 à 1975. Et qui le dit avec une finesse, une aisance, un art de la suggestion qui font de son roman un des ouvrages les plus marquants de l'année littéraire.

[...] Qu'est-ce donc qu'on vivait, de 1968 à 1975, quand on était étudiant à l'Université de Montréal ou à l'UQAM, en sciences sociales, en communications ou en lettres de préférence? Un joyeux mais toujours facile décrochage par rapport aux modèles anciens, familiaux ou autres, la Révolution tranquille s'accomplissant dans les mœurs, les attitudes, les gestes, les mots. Mil neuf cent soixante-huit, c'est un style que je ne saurais mieux définir que par l'adjectif anglais *loose-jointed* (à peu près: dégingandé), un mélange de fantaisie et de sérieux dont rend compte l'écriture de Francine Noël.»

Gilles Marcotte
L'Actualité

□

NOTE: On trouvera la référence bibliographique des critiques à la partie intitulée «BIBLIOGRAPHIE».

«Il y a eu *Le Matou*, voici *Maryse*. [...] Quelques années, 1968-1975, dans la vie d'une jeune Montréalaise — toute une époque qui resurgit, plus vraie que la vraie, avec son flot d'événements drôles ou tragiques, vécus par des personnages qu'on reconnaît ou qu'on croit reconnaître, qu'on aime ou qu'on déteste; et puis enfin, ce qui n'est pas absolument nécessaire mais ne gâte rien, du style, un style fluide, net, heureuse adéquation de l'écriture et du propos. C'est rare un premier roman où presque rien n'accuse l'inexpérience. Rare et magnifique. [...] L'intention de l'auteur était peut-être celle-ci: au lieu d'inventer un personnage qui reste à la surface des choses en les appréhendant toutes, faire de Maryse celle à travers qui se manifestent, mais lentement, les vrais changements, plus profonds que les modes. En tout cas, c'est ce qu'a réussi Francine Noël. Ainsi voit-on naître et progresser, au-delà de la simple chronique d'époque, une conscience féministe nouvelle. C'est dire la densité, l'intensité extraordinaires d'une héroïne qui n'a besoin d'écraser personne pour susciter l'amitié des lecteurs. Elle n'a qu'à être elle-même. C'est beaucoup et ça donne une idée de la compétence de la romancière.»

Réginald Martel
La Presse

□

«Un livre rare, d'une éblouissante maîtrise langagière, sans prétention autre que celle de transformer en conscience — et en écriture — la vie au jour le jour d'une époque et d'une génération, celle qui avait 20 ans en 1968. [...] On aura compris que la critique est féroce. Critiques des institutions d'abord. À lire absolument, le morceau d'anthologie que constitue la relation d'une enquête menée par une université pour la recherche d'un peintre talentueux, coupable d'avoir, plusieurs fois de suite, couvert de graffiti les murs et portes de l'établissement. Critique des systèmes encore qui de signifié en signifiant et de signologie et sénémantique et autres tiques, ont fini par disqualifier toute recherche qui pourrait s'intéresser au 'référent'. Critique enfin d'une certaine représentation de la femme véhiculée par une partie de la littérature. Là réside l'originalité première du livre.

[...] Le livre explore et affirme ce que je serais tentée d'appeler *l'intelligence du quotidien*. Un quotidien tout aussi séduisant que la prose carnavalesque qui le traduit.»

Lise Gauvin
Le Devoir

□

«Je ne vous surprendrai pas si je vous dis que les personnages les plus attachants de ce livre remarquable sont les femmes. Des femmes qui semblent souvent survivre à cette tragique jeunesse du cœur, à coups de sangria, d'amitié, de courage — non, je ne dirai pas complicité, je préfère quant à moi parler d'alliance. L'alliance des femmes, et c'est avec elles et Mélibée Marcotte, la chatte futée de Maryse, que nous traversons les épaisseurs de l'après-temps de la révolution tranquille des pépères québécois.

Ce livre nous garde entre le fou rire, la jubilation, les pincements de cœur et le coup de foudre pour une écrivaine qui vient de prendre le large, le grand large.»

Jovette Marchessault
La vie en rose

□

«C'est son itinéraire (celui de Maryse) que retrace pour nous Francine Noël: de sa dépendance affective à son chum Michel Paradis jusqu'à sa libération, sa prise en main sept ans plus tard: dur passage des 'années naïves' au temps de 'la débâcle'. En ce sens, en privilégiant le personnage de Maryse, c'est d'une certaine manière un roman féministe qu'a écrit l'auteure. Mais c'est aussi plus que cela: une chronique de sept années tumultueuses de la vie du Québec, des illusions

partagées par toute une jeunesse en 1968 à sa découverte de
la vraie vie, au seuil de la trentaine, au milieu des années 70,
au moment où l'avenir jusque-là largement ouvert se referme,
se rétrécit, où l'espoir ne va plus de soi, mais devient une foi,
où on ne peut plus étudier, travailler, militer qu'avec conviction
mais sans véritable espoir.»

Jacques Pelletier
Pour le socialisme

☐

«Premier roman de Francine Noël, surtout connue dans le
milieu théâtral, *Maryse* occupe d'ores et déjà une place de
choix au panthéon de la littérature québécoise: la première, en
fait, à côté d'œuvres aussi significatives que *Bonheur d'occasion*, de Gabrielle Roy, par exemple, ou de *L'Hiver de force*, de
Réjean Ducharme, en ce sens qu'il s'agit de témoignages
soutenus chaque fois par une écriture magistrale.
[...] Une écriture nerveuse, drolatique, tendre et passionnée, proprement québécoise dans ses structures sans
passer par le joual d'il y a quinze ans. Une génération entière
se reconnaîtra dans cet extraordinaire roman.»

Michel Beaulieu
Le livre d'ici

☐

«[...] Un livre de femme, ça oui. Comme *La Storia* d'Elsa
Morante en est aussi. Je ne sais pas pourquoi j'ai pensé à *La
Storia*, ça n'a rien à voir. Quoique le procédé... cette façon de
mettre en pages le quotidien, de faire de la petite histoire en
marge de la Grande...
Qu'importe. Si vous aviez entre 18 et 35 ans en 1970, à
Montréal; si vous fréquentiez l'Association Espagnole ou La
Hutte suisse; si vous avez fait plusieurs fois la révolution à trois
heures du matin, en vous engueulant à propos de l'indépen-

dance, de Mao, de Gramsci, du Laos; si vous avez levé ne serait-ce que le petit doigt (et le coude alors!) pour la libération du prolétariat, alors vous serez chez vous dans le roman de Francine Noël. Vous allez vous y reconnaître. Mais ne craignez rien, vous ne réentendrez pas vos sornettes de l'époque. [...] La fille qui a tout enregistré, y met son grain de sel, de poivre même. Elle nous renvoie notre image, quinze ans après, là où la connerie a laissé des rides.»

Pierre Foglia
La Presse

□

«Francine Noël a travaillé avec des gens de théâtre. Elle connaît bien le langage et la puissance des mots et des expressions, des rythmes et de la couleur des sons. [...] *Maryse* raconte la bohème d'un groupe de jeunes Montréalais des années 70. Mais, s'ils discutent de politique et de révolution, ils vivent surtout les contradictions de l'époque. Leur engagement s'arrête au seuil de l'intolérance. Le poète et sa muse, les étudiants qui gravitent entre l'université, leur logement et la Luna de Papel, en bottes Kodiac et chemises à carreaux, promenant leur réfugié sud-américain comme une bonne conscience, tous font simplement l'apprentissage de la vie et de la liberté en jonglant avec les mots et les idées. [...] Trois niveaux de langage, une chronique en flou et en précis, des dates, un calendrier, des pages de journal et tout au bout, la naissance d'un(e) auteur(e) bi-culturel(le) qui s'amuse désormais avec le génie de la langue française comme Michel Tremblay avec le chat Duplessis dans *La grosse femme d'à côté...*»

Martine R.-Corrivault
Le Soleil

□

«L'intérêt du roman de Francine Noël réside surtout dans la description du milieu des cégeps, des universités, des petits cafés étudiants. Les discours politiques empreints d'idéalisme, les attitudes parfois très contradictoires des étudiants membres de divers groupuscules de gauche, les relations amoureuses souvent tumultueuses évoqueront sans doute beaucoup de souvenirs à ceux et celles qui sont passé(e)s par les mêmes sentiers que Maryse et ses compagnons.

Francine Noël écrit bien, elle a un style à elle et surtout un très bon sens du récit.»

Caroline Barrett
Québec français

□

«Réécriture du mythe de Pygmalion, ce récit nous donne également un portrait ironique et humoristique des jeunes intellectuels des années soixante-dix avec leur jargon, leurs gourous, leurs partis pris, leurs pseudo-libérations, leurs contradictions et leurs illusions. L'ironie et la caricature ne sont pas féroces, mais empreintes d'une tendresse certaine. La narration qui adopte le plus souvent le point de vue de l'héroïne, demeure sympathique à cet univers dérisoire et attachant. De nombreux morceaux de bravoure témoignent d'une observation fine et caustique des milieux universitaires d'avant-garde. Depuis la parution du *Matou* (1981) d'Yves Beauchemin, il s'agit sans doute du roman québécois le plus nouveau et le plus étonnant tant par son contenu que par son écriture. L'auteure, en adoptant le point de vue, le ton du désir romantique contrarié, de la désillusion, en faisant implicitement le procès de tous les mensonges idéologiques de sa génération, rejoint le mode d'énonciation des grandes entreprises romanesques depuis le *Don Quichotte* de Cervantès. Pour un premier roman, il s'agit d'une réussite rare et remarquable.»

Jacques Michon
University of Toronto Quaterly

CET OUVRAGE
COMPOSÉ EN SOUVENIR LÉGER
A ÉTÉ ACHEVÉ D'IMPRIMER
LE CINQ FÉVRIER
MIL NEUF CENT QUATRE-VINGT-HUIT
PAR LES TRAVAILLEURS ET TRAVAILLEUSES
DES ATELIERS GRAPHIQUES MARC VEILLEUX
À CAP-SAINT-IGNACE
POUR LE COMPTE DE
VLB ÉDITEUR.

IMPRIMÉ AU QUÉBEC (CANADA)